한국아동문학사의 재발견

아동청소년문학총서 09

한국아동문학사의 재발견

2015년 8월 3일 1판 1쇄 인쇄 / 2015년 8월 17일 1판 1쇄 발행

지은이 원종찬 외 / 엮은이 한국아동청소년문학학회 / 펴낸이 임은주
펴낸곳 도서출판 청동거울 / 출판등록 1998년 5월 14일 제406-2011-000051호
주소 (413-120) 경기도 파주시 문발로115 (파주출판도시) 세종출판벤처타운 103호
전화 031) 955-1816(관리부) 031) 955-1817(편집부) / 팩스 031) 955-1819
전자우편 cheong1998@hanmail.net / 네이버블로그 청동거울출판사

책임편집 김은선
출력 칼라리스 / 인쇄 세진피앤피 / 제책 경원문화사

책값은 뒤표지에 있습니다.
잘못 만들어진 책은 바꾸어 드립니다.

First published in Korea in 2015 by CheongDongKeoWool Publishing Co.
Printed in Korea.

ISBN 978-89-5749-174-4 (93800)

이 도서의 국립중앙도서관 출판시도서목록(CIP)은 서지정보유통지원시스템 홈페이지
(http://seoji.nl.go.kr)와 국가자료공동목록시스템(http://www.nl.go.kr/kolisnet)에서
이용하실 수 있습니다. (CIP제어번호: CIP2015021245)

아동청소년문학총서 09

한국아동문학사의 재발견

원종찬 외 지음

한국아동청소년문학학회 엮음

청동거울

머리말

사실과 해석의 균형을 위하여

아동청소년문학학회의 총서 시리즈로 지난번에 '장르론'을 펴낸 데 이어서 이번에는 '한국아동문학사의 재발견'에 해당하는 논문들을 가려 뽑았다. 이번 것은 그간에 이뤄진 연구 성과 가운데서도 가장 근간이 되는 연구 영역이라고 할 수 있다. 무엇보다도 실증의 중요성을 일깨우는 문학사 연구 논문들이기 때문이다.

문학비평과 달리 과거의 유산을 다루는 문학연구는 결국 문학사 연구로 귀결된다. 그동안 우리 학회에서 개최한 정기학술대회도 시대별 문학사 연구가 주종을 이뤄 왔다. 그러고 보니 우리 학회가 출범한 지도 벌써 꽤 되었다. 오늘날 아동문학 분야는 더 이상 연구의 사각지대가 아니다. 전공자가 꾸준히 늘어나는 추세이고, 매시기 상당량의 논문들이 쏟아져 나오고 있다. 그중에는 기존 아동문학사를 수정 보완하는 성과들이 적지 않다. 개척기에는 먼저 깃발을 꽂으면 임자라고 생각할 수도 있었겠으나, 지금은 해당 주제의 선행 연구를 부지런히 찾아 읽지 않으면 애써 쌓아올린 게 헛수고로 바뀌기 일쑤다. 비로소 아동문학연구가 학문의 본무대에 올라섰다고 말할 수 있게 되었다.

그럼에도 모래 위에 집을 짓는 일이 되풀이되고 있음을 본다. 이는 기초 연구를 소홀히 하는 타성 때문이기도 하지만, 최근의 연구 성과를 꼼꼼히 살폈더라면 충분히 피할 수 있는 문제점이다. 아무리 재료가 좋아도 모래 위에 지은 집은 순식간에 꺼져버리고 만다. 맥락을 통해 작품의 문학적 가치를 살핀다든지 참신한 해석으로 작품에 의미를 더하는 일은 설득의 영역이기에 관점의 차이가 존재할 수 있지만, 사실 여부는 복수(複數)의 진리가 경쟁할 수 없다. 작가 행적, 작품 연보, 원본 확정 등이 그런 기초 영역에 속한다. 이것들은 객관적 사실로 존재하는 것이므로 하나로 고정돼야 마땅하다. 명성이나 권위가 진리를 보장하는 것도 아니고, 증명되지 않은 누군가의 회고나 증언은 다만 참고 자료일 따름이다.

아시다시피 아동문학 분야는 일차 자료의 부족으로 오랫동안 기초 연구가 부실한 상태에 머물러 있었다. 다행히 아동문학에 대한 사회적 관심과 책임이 높아지는 것에 비례하여 과거에 건너뛰었던 문학사의 빈 지점들에 응분의 눈길이 주어지고 있다. 특히 최근에는 엄격한 심사제도로 운영되는 학회지들이 눈에 띄게 증가했는바, 과거처럼 이현령비현령 식의 주관적 해석에 머물기보다는, 힘써 숨은 자료를 찾아내고 날카로운 해석과 검증을 거쳐서 기존 문학사의 오류를 바로잡는 성과들이 줄을 잇고 있다. 이 논문집은 그런 연구 성과들 중에서도 대표적인 것들을 한자리에 모아 놓은 것이다. 물론 최근 성과의 극히 일부분에 지나지 않는다.

또 하나 노파심에서 말하는데, 기초 연구는 문학연구의 출발점이지 끝은 아니다. 문학연구를 독단적 해석과 무책임한 인상에서 건져내기 위해 기초 연구가 필요한 것이지, 문학연구에서 사실 규명은 본령이 아닐 뿐더러 부분의 사실로 전체를 오도하는 일이 얼마든지 가능하다는 점을 잊어선 아니 될 것이다. 역사주의를 통과하지 않은 실증은 마술로 둔갑하기 쉽다. 식민지 질서에 봉사한 실증사학의 폐단은 유명하지 않은가. 요컨대 올바른 문학사 서술은 사실과 해석의 균형을 획득함으로써 가능하다는 점을 강조해 두고자 한다.

이번 논문집을 기획하고 선별하는 데 염희경, 조태봉 출판이사의 노고가 매우 컸다. 논문을 수록하는 데 흔쾌히 동의하고 원고를 새로 손질해서 보내준 필자들에게 감사드린다. 학회의 활동이 지속되는 한, 총서의 출간은 멈추지 않을 것이다. 이 논문집은 학회 활동의 중간 결산이다. 부득이 1인 1편으로 논문수를 제한했기에, 한 연구자가 기초 연구 영역에서 여러 편의 중요한 논문을 발표한 경우에도 다 거두지는 못했다. 시기별·갈래별로 모든 영역을 망라하기도 쉽지 않았다. 여기 수록된 것들은 진위를 다투는 쟁점을 포함하고 있거니와 여기 수록되지 않은 주요 성과물이 적지 않다는 점을 유념해야 한다. 모쪼록 이 논문집이 하나의 이정표가 되어서 새로운 연구 성과들이 속속 이어지기를 기대한다.

2015년 5월 18일

원종찬

| 차 례 |

제1부 한국아동문학사의 오류와 해명

제2부 자료 발굴과 재조명

부록

제1부 한국아동문학사의 오류와 해명

소파 방정환과 사회주의 • 염희경

아동문학사의 잘못된 연표—「바위나리와 아기별」의 서지사항을 중심으로 • 원종찬

『별나라』와 계급주의 아동문학의 의미 • 류덕제

김영일의 '자유시론'과 '아동자유시집' 『다람쥐』 • 김찬곤

어두운 기억의 소환—이원수의 친일 아동문학과 작가론 구성 논리에 대한 재검토 • 조은숙

「황소와 도깨비」는 이상의 창작인가 • 김영순

두 작가를 동일시한 문학사적 오류 • 박금숙

소파 방정환과 사회주의*

염희경

1. 방정환은 '우파 민족주의자'인가?

아동문학계에서 1999년은 방정환(方定煥, 1899~1931) 탄생 100주년을 기념하는 해였다. 세기의 전환을 앞두고 우리 '근대' 아동문학을 되짚어 본다는 점에서도 '방정환'은 하나의 문제적인 화두로 떠올랐다. 아동문학과 어린이 문제에 관한 한 우리는 아직도 방정환의 고민들, 곧 근대적 사유체계를 제대로 극복했다고 보기 어렵기 때문이다. 따라서 한국 근대 아동문학의 기원에 자리한 방정환을 올바르게 해명하고 비판적으로 계승하는 일은 현 시점에서도 여전히 중요한 과제가 아닐 수 없다.

그러나 지금까지 아동문학계의 연구 부진 탓에 사실 확인과 같은 기초 조사조차 부실한 실정이다. 그러한 바탕 위에서 방정환에 대한 신화에 가까운 우상화나 부당한 비판 내지는 폄하가 끊임없이 되풀이되어 왔다. 때문에 지금 우리는 방정환의 문학과 사상, 활동에 대한 객관적

염희경
nomachingu@hanmail.net 인하대학교, 춘천교육대학교 강사, 아동문학연구자. 저서로 『소파 방정환과 근대 아동문학』을 썼고, 「일제 강점기 번역·번안 동화 앤솔러지의 탄생과 번역의 상상력」(1) (2) 등의 논문이 있다.

실상을 확보하는 일과 그것을 오늘의 시점에서 재평가해야 하는 두 겹의 과제를 안고 있는 셈이다.

널리 알려졌듯이 방정환에 대한 비판은 카프(KAPF)의 영향 아래 있던 『별나라』로부터 시작되었다. 박세영(朴世永)과 송영(宋影)을 필두로 한 『별나라』는 방정환과 『어린이』를 '동심천사주의'(童心天使主義)로 비판하면서 '동심의 계급성'이라는 깃발을 높이 내걸었다. 요컨대 아동문학의 이념을 '민족'에서 '계급'으로 새롭게 조정하려 했던 것이다. 그러나 조정기의 이러한 대립적 인식은 특수한 전략적 구도의 산물로, 거기서 비롯된 주의·주장은 실상과 많은 거리를 노정하게 마련이다.

이 거리가 쉽사리 메워지지 못하고 굳어질 때 하나의 고정관념이 되고 만다. '민족주의자 방정환'이라는 상도 다분히 그렇다. 물론 방정환이 민족주의자임을 부정할 수는 없다. 하지만 이때의 '민족주의'라는 이데올로기적 선택의 수사는 너무 강력하고 지배적이어서 '방정환과 사회주의'라는 논제 자체를 무력하게 만든다. 더욱이 분단으로 말미암아 남북한에 이질적이고 적대적인 체제가 자리잡음으로써 '민족주의 대 계급주의'라는 카프의 방정환 비판의 잣대는 양측의 제도권 문단에 무비판적으로 수용된 측면이 강하다.

따라서 아동문학계에서는 이 둘을 무관한 것으로, 심지어는 적대적인 것으로까지 규정하는 시각이 널리 통용되어왔다. 이것은 방정환을 객관적으로 조명하는 데에 걸림돌이 되지만 한국 근대아동문학사를 바라보는 데에도 강력한 편견으로 작용한다. 이를테면 방정환을 반동으로 규정하고 계급주의 아동문학을 주류로 삼고 있는 북한의 아동문학사는 말할 것도 없고, 남한 학계 아동문학 연구의 대표적 성과라 할 이재철의

---

* 이 논문은 1999년 5월 한국어린이문학협의회 주최로 열린 〈방정환 탄생 100주년 기념 강연회〉(1999.5.15.)에서의 발표문을 보완한 것으로, 『아침햇살』 22호, 도서출판 아침햇살, 2000년 여름호에 수록되었다.

『한국현대아동문학사』(일지사, 1978)나 이에 대한 비판으로 쓰였다고 할 이재복의 『우리 동화 바로 읽기』(한길사, 1995)도 이러한 편견을 더욱 확고하게 만들었다. 이재철은 저서에서 "『어린이』지와 그 민족주의적 경향", "『별나라』의 투쟁적 계급주의적 경향"이라는 설명 방식으로 방정환을 사회주의에 대립한 민족주의자로, 또한 방정환 문학의 특성을 '동심천사주의'로 파악하였다. 한편, 이재복은 현실을 떠난 어린이라는 카프의 방정환 비판을 그대로 수용하여 방정환의 문학을 '눈물주의', '영웅주의', '동심천사주의'라고 비판하였다. 이처럼 두 논자는 서로 다른 관점에 기반을 두고 있으면서도 카프 계열의 방정환 비판(동심천사주의)을 그대로 수용함으로써 방정환을 사회주의와 대립한 좁은 의미의 민족주의라는 틀에 가두어 본다는 점에서는 동일하다.

이러한 이분법적 대립의 구도에 문제를 제기한 연구자는 원종찬이다. 그는 「한국 아동문학이 창조한 주인공—근대 아동문학사 연구의 반성」에서 방정환이 한국 근대아동문학의 기원을 세우는 자리에 있었기 때문에 계몽주의와 낭만주의뿐 아니라 민족과 계급 문제를 함께 고민한 현실주의에도 뿌리를 두고 있다고 평가했다.[1]

필자는 이런 문제의식에 공감하면서 지금껏 밝혀지지 않았거나 적대적인 것으로만 치부되어온 방정환과 사회주의의 문제를 살펴보려고 한다. 따라서 이 글은 방정환에 대한 총체적 이해보다는 그것을 가로막아온 그릇된 일반 통념을 바로잡기 위해 새로운 자료들을 검토하고 그의 사상적 기반을 해명하는 데에 초점을 두었다.

1 원종찬, 「한국 아동문학이 창조한 주인공—근대 아동문학사 연구의 반성」, 『창작과비평』 103, 창비, 1999년 봄호.

2. 번역과 창작에 담긴 사회주의 사상

방정환은 일본 재류 시기(1920.9~1923.11)에 사회주의 사상의 세례를 받는다. 이것은 당시 유학생들이 일본 사회에 확산되어 있던 사회주의 사상으로부터 적잖게 영향을 받던 시대 상황을 반영하는 것이다. 하지만 방정환이 이 시기에 보이는 사상을 단지 일본 사회주의의 영향만으로 해석할 수는 없다. 무엇보다도 방정환이 지녔던 천도교 사상과 당시 일본에 확산되던 사회주의 사상이 자연스럽게 만날 수 있었다는 점을 주목해야 한다.

방정환이 최초로 번역한 동화는 오스카 와일드의 「행복한 왕자」다. 이 사실은 방정환과 사회주의 사상과의 친연성을 해명하는 데에도 무척 흥미롭다. 잘 알다시피 「행복한 왕자」는 한평생을 행복하게 살다가 죽은 왕자가 동상으로 세워진 뒤, 세상에 가난하고 불쌍한 사람들이 많다는 것을 깨닫고 자신이 가진 것을 아낌없이 나누어줌으로써 하느님의 축복을 받게 된다는 줄거리의 동화다. 방정환은 이 동화를 「왕자와 제비」(『천도교회월보』, 1921.2)라는 제목으로 고쳐 '목성(牧星)'이라는 필명으로 발표한다. 이때 제목뿐 아니라 줄거리와 구성, 인물의 성격, 결말 등 많은 부분을 새롭게 고쳐썼다.[2] 따라서 엄밀한 의미에서 원작에 충실한 번역이라기보다는 창작의 성격이 덧보태진 번안인 셈이다. 이 번안동화는 방정환과 천도교, 그리고 사회주의 사상의 관련성을 밝히는 데에 많은 것을 시사한다.

동화의 원작자인 오스카 와일드는 흔히 유미주의자요 예술지상주의자로 알려져 있다. 하지만 그는 영국의 사회주의 사상에 영향을 끼친 예술

2 졸고, 「방정환 번안 동화의 아동문학사적인 의미」, 『아침햇살』 17, 도서출판 아침햇살, 1999년 봄호; 졸고, 「'네이션'을 상상한 번역 동화: 방정환의 『사랑의 선물』에 대하여(1)」, 『동화와번역』 13집, 건국대 동화와번역연구소, 2007.6.

가이기도 하다.[3] 표면적으로 상충하는 듯한 이 두 사실은 서양 예술사에서 '예술을 위한 예술'이 지닌 역사성을 이해할 때 어느 정도 이해가 된다. 낭만주의에서 유래된 '예술을 위한 예술'은 원래 고전적 예술 규범에 대한 하나의 반항으로 출발했지만 더 나아가 모든 외적 제약에 대한 저항, 즉 자유를 위한 투쟁의 수단을 대변했다. 특히 당시 부르주아지들이 자신들의 정치적 목적을 위해 예술을 선전의 도구로 삼으려는 것을 철저히 거부하는 예술적 진지성이 그 이면에 깔려 있었다. 철저한 예술지상주의는 철저한 반부르주아 의식과도 통할 수 있었던 것이다. 그런 점에서 빅토리아 왕조에서 일어나기 시작한 물질주의에 반대하는 정신운동으로서, 오스카 와일드가 존 러스킨과 함께 기독교 사회주의 사상을 일으켰다는 것, 「행복한 왕자」는 그러한 사상에 바탕을 두고 창작된 대표적인 동화라는 사실[4]은 기성 제도와 부르주아 속물주의에 대한 예술지상주의자들의 철저한 비타협성을 보여주는 것이라 할 수 있다.

기독교 사회주의 사상에 뿌리를 둔 「행복한 왕자」는 방정환에 의해 천도교 사상과 사회주의 사상이 어우러진 「왕자와 제비」로 새롭게 태어났다. 이러한 특징은 동화의 결말 부분에서 뚜렷하게 나타난다. 원작에서 왕자와 제비는 '하느님의 낙원'에서 축복을 받는 것으로 마무리된다. 하지만 방정환은 세상 사람들이 왕자와 제비의 사랑과 희생정신을 오래도록 전하는 것으로 고쳤다. 원작의 기독교적 색채가 사라진 것이다. 그렇다면 이 부분의 변화가 의미하는 것은 무엇일까.

---

3 오스카 와일드와 영국의 사회주의 사상과의 관련은, J. F. C. 해리슨, 『영국 민중사』(이영석 역, 소나무, 1987)와 K. O. 모건, 『옥스포드 영국사』(영국사연구회 역, 한울아카데미, 1994)를 볼 것. 『영국 민중사』(331쪽)에서는 당시 영국의 사회주의 당파들로 사회민주연맹, 사회주의자동맹, 페비언 협회, 기독교 사회주의자, 무정부주의자, 프리덤 클럽, 독립노동당, 클래리온 협회와 그밖의 지방 단체들을 들고 있다. 『옥스포드 영국사』(548쪽)에서는 영국의 사회주의적 경향에 영향을 준 주요 인물로 존 러스킨, 윌리암 모리스, 라파엘 전파 동인과 함께 1880~90년대의 유미주의자들 중에서도 특히 오스카 와일드를 거론하고 있다.

4 박화목, 「오스카 와일드 동화 연구」, 『아동문학연구』 1집, 한국아동문학연구소, 1984.

방정환은 「동화를 쓰기 전에 어린애 기르는 부형과 교사에게」(『천도교회월보』, 1921. 2)에 바로 이어 「왕자와 제비」를 실었다. 앞의 글에서 그는 "어린이들이 새 세상의 새 일꾼으로 지상천국을 건설하는 데 이바지할 수 있기를 바라는 마음에서 새 일(인용자 주: 동화 창작)에 임하려 한다"고 밝혔다. 이러한 발언을 고려할 때, 결말 부분의 변화는 천도교의 '지상천국 건설'이라는 이념과 닿아 있는 것으로 해석할 수 있다.

이 동화를 번안할 당시 방정환은 천도교청년회의 도쿄 지회장으로서 교세 확장에 힘을 기울이고 있었는데, 동지인 천도교인 박달성(朴達成)이 도쿄로 온다는 소식을 듣고 환영의 글을 쓴다.

> 우주 최고의 진리인 **인내천주의 하에 절대평등**으로 다 같은 교인으로 아름다운 천덕송 소리 속에 즐거운 평화한 날이 끝없이 흘러갈 날을 생각할 때에 지금 또 한 일꾼을 맞는 것이 기쁘지 않고 어쩌랴. (소파, 「교우 또 한 사람을 맞고」, 『천도교회월보』, 1921.2)[5]

여기서 방정환이 천도교 사상의 핵심인 인내천(人乃天)을 절대평등 사상으로 이해하고 있다는 것을 알 수 있다. 이러한 천도교적 인식이 당시 일본에서 급속도로 힘을 얻어가던 사회주의의 평등사상과 쉽게 만날 수 있었을 것이다. 물론 이것은 천도교(동학)가 한국 근대 정치사상사에서 민족·민중운동의 성격을 지닌 종교였다는 점과도 관련된다.

방정환은 1921년부터 『개벽』에 사회주의 사상이 담긴 글을 자주 발표했는데, 특히 「왕자와 제비」를 번안한 얼마 뒤에 '목성(牧星)'이라는 같은 필명으로 「깨어가는 길」(『개벽』, 1921.4)을 번역하였다. 방정환은 이 글에

---

5 이 논문에서는 원문을 인용하는 경우 현재의 맞춤법과 띄어쓰기에 맞게 고쳤으며, 특별한 언급이 없는 한 굵은 글꼴은 인용자의 강조이다.

서 "가장 취미 있고 가장 유익한 이야기로 나는 이 일 편을 소개한다. 이것은 현금 일본 사상계에 유명한 계리언(堺利彦) 씨의 작인데 이제 나는 그 전반(일본 역사에 관한 것)을 약제하고 요지만을 우리말로 고쳐서 쓴다"(124쪽)고 하였다. 여기서 그가 소개하고 있는 사카이 도시히코(堺利彦, 1870~1933)는 그 무렵 일본에서 활동하던 대표적인 사회주의자이며, 한국내의 사회주의를 발전시킨 최초의 외국인 사회주의자로 주목받는 인물이다.[6] 그는 1921년에 사회주의를 강의하기 위해 우리나라에 초빙되기까지 했고, 『개벽』에는 그의 강연문이 요약되어 연재되기도 했다.[7]

> 어쨌든가 돈이란 이상한 것이니라. 임금은 돈을 곳간 속에다가 잔뜩 쌓아놓고 파수를 보게 하는데 그 돈이 많으면 많아질수록 우리는 그만큼 더 많이 일을 해야 하고도 먹을 것을 점점 없어질 뿐이고, 그러다가도 산촌과 싸운다는 소문이 나서 수수와 말린 생선을 산같이 모으고……. 그러면 우리의 먹을 것이 더 없어지고, 그래도 태평세계로 불평의 소리가 조금 일어날 듯하면 오초란 놈이 또 노래를 부르며, 산촌놈을 죽이라고 부르짖는다. (…중략…) 그런데 여기 빨갱이란 사람이 생겼는데 그 사람이 꽤 그럴 듯한 이야기를 하였다. (…중략…) 힘을 합하는 자는 강해지나니, 해촌인이 산촌인 하고 미워하지만 해촌인과 산촌인이 힘을 합치면 싸움도 없어지고 수비도 파수도 다 소용 없이 될 것이다. 그리고, 놀고 먹는 사람 없이 다 같이 일을 하면, 하루에 두 시간 이상 일을 할 필요가 없을 것이라고……. (목성, 「깨어가는 길」, 『개벽』, 1921.4, 135~136쪽.)

인용한 부분은 "원숭이의 인류화, 인류의 생활 조직, 국가의 성립, 국력의 증대, 부자의 속출, 자본가의 융성 등, 예기치 못한 변천에 통감하

6 서대숙, 현대사연구회 역, 『한국 공산주의 운동사 연구』, 이론과실천사, 1985, 72쪽.
7 사카이 도시히코, 정백 역, 「사회주의학설대요」, 『개벽』, 1923.10~1924.3.

는"(125쪽) '나'가 상식 많은 노인을 찾아가 인류 최고의 역사에 관한 일을 묻자 그 노인이 이야기를 들려주는 대목이다. 인용한 부분을 통해서 어느 정도 짐작할 수 있지만, 「깨어가는 길」은 인류의 발생, 조직의 형성, 국가의 성립, 자본가의 등장, 사회주의자의 등장을 거론하면서 사적 유물론의 관점에서 인류 역사를 해석하고 있다. 「깨어가는 길」이란 제목은 "빨갱이는 이리저리 피하여 다니며 거사할 일을 도모하였다. 그러나 촌민은 그저 눈이 뜨이지 않았다. 그저 이때까지 깨닫지를 못하고 있단다."(137쪽)에서 알 수 있듯, 민중들이 사회주의 사상으로 각성되어야 함을 역설하는 것이다.

한편 방정환은 '목성'이라는 필명으로 '풍자만필(漫筆)' 형식의 기록서사물 「은파리」를 『개벽』에 연재(1921.1~1921.12)하는데, 이 글에서도 친사회주의적 사상을 드러낸다. 이때가 1921년이니 방정환이 한창 사회주의 사상을 내비치던 때로, 사회주의 사상을 드러낸 작품의 계보로 따져도 꽤 앞선 것이다.

> 부지런히 일하는 놈은 빈한해지고 박해를 당하고, 편히 노는 놈은 점점 금고가 커지는 게 사람의 세상이다. (…중략…) 착한 사람들이 부지런히 노동해서 모은 돈을 거짓말로 속여서 빼앗는 것이 재산이다. 유산자가 무산자의 힘을 빌고 그 상당한 보수를 주게 되기까지는 그 말이 옳은 말이다. 그렇지만 그 옳은 말을 하는 놈은 곧 잡아다가 가둔다 이게 사람의 세상이다. (목성, 「은파리」, 『개벽』, 1921.4, 76~77쪽)

방정환은 "불령 파리"란 꼬리표를 달게 되었다는 입담 좋은 '은파리'의 입을 빌어 사회 이곳 저곳의 세태를 날카롭게 풍자한다. 인용한 부분에서 알 수 있듯, 자본주의의 모순과 불평등 구조를 비판하고 있다. 특히 「은파리」 연재 가운데 1921년 3월호에서는 자신이 일경에게 감시를 받는다는 사실을, 4월호에서는 "뜻밖의 일로 수십 일이나 철창 속에 지내다가 나왔다"는 사실을 밝히고 있다. 『개벽』 4월호의 발행 날짜가 4월 1일이므로, 방정환이 1921년 3월 무렵 어떤 사건에 연루되어 일경에 체포되었다는 것을 알 수 있다.

그런데 어찌된 일인지 지금까지 작성된 〈방정환 연보〉에는 이 시기의 검거 사실이 빠져 있다.[8] 그렇다면 과연 어떤 사건이었을까. 여기서 주목할 것은 박달성이 쓴 「철창에서 느낀 그대로」(『개벽』, 1921.4)란 글이다. 이 글에서 박달성은 "2월 16일 동경에서 일어난 M의 사건"으로 감옥에 갇혔다고 전한다. 그리고 글 끝에 "六二.三.一四"라고 밝혔다. 여기서 62는 1860년을 포덕 원년으로 삼는 천도교 연호로 1921년을 가리킨다. 박달성은 당시 천도교 청년회 도쿄 지회에서 방정환과 함께 활동했는데, 방정환도 이 사건(2월 16일에 일어난 M사건)에 연루되어 체포되었다. 박달성이 이 글을 쓴 날짜로 미루어보아 방정환 역시 1921년 2월 중순 무렵부터 3월 초·중순까지 약 20여 일 남짓 구금되었음을 알 수 있다. 이러한 사실은 방정환의 장남인 방운용의 진술을 통해서도 분명하게 확인할 수 있다.

> 그 당시(방정환이 천도교소년회 창립 문제로 서울과 도쿄를 자주 오가던 1921년: 인용자 주) 동경 유학생 독립운동가인('양근환에 의해'가 생략되어 의미가 부정확해짐 : 인용자 주) **민원식(閔元植) 살해 사건 혐의로 천도교 청**

8 참고할 만한 대표적인 방정환 연보는 다음과 같다.
이재철, 「소파 선생 이야기 : 연보편」, 『소파방정환 문학전집』 (8권), 문천사, 1974.
신인간 편집실, 「소파 방정환 선생 연보」, 『신인간』 389, 신인간사, 1986.4.
안경식, 「소파 방정환 선생 연보」, 『소파 방정환의 아동교육 운동과 사상』, 학지사, 1994.
그런데, 필자가 이 글을 발표할 무렵 일본의 한 연구자에 의해 이 사실이 확인되었다.
나까무라 오사무(仲村 修), 「方定煥 硏究 序論—東京 時代を中心に」, 『靑丘學術論集』 14, 한국문화연구진흥재단, 1999년 4월. 이 논문의 일부가 양미화 번역으로 『어린이문학』 18, 한국어린이문학협의회, 2000년 4월호에 소개되었다.

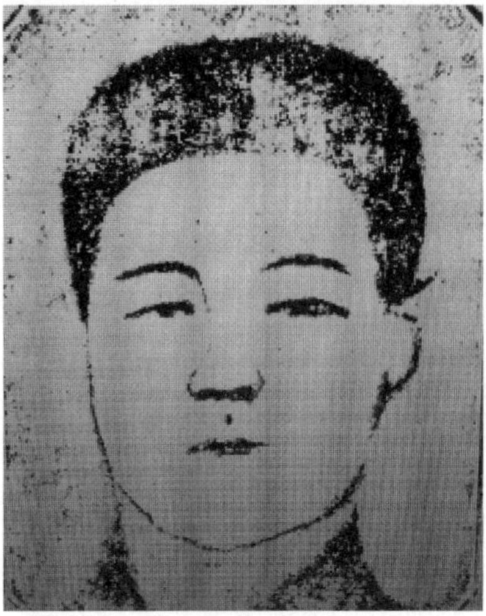
양근환 사진 (《조선일보》 1921.4.21.)

년회원들이 전부 구속되는 큰 사건이 일어나서 고생을 했고…… (방운용, 「아버님의 걸어가신 길」, 방운용 편, 『어린이를 위한 마음』, 삼도사. 1965, 260쪽)[9]

이로서 박달성이 말한 "1921년 2월 16일 동경에서 일어난 M의 사건"은 민원식(閔元植) 암살 사건임이 확실해졌다. 민원식은 신일본주의를 표방하는 국민협회(國民協會)장이며 《시사신문》의 발행자인 친일파다. 그는 1921년 2월 이른바 참정권 운동을 표방하여 중의원 선거법 시행 청원운동을 전개하기 위해 도쿄에 갔다가 민족주의자 양근환(梁槿煥)에 의해 살해되었다.[10] 방정환을 비롯한 당시 도쿄의 천도교 청년회원 전원은 이 사건의 혐의를 받고 체포되었다.[11]

한편, 방정환은 도쿄로 유학을 떠나기 전인 1918년 보성전문법률상업학교의 문예부장으로 활동하면서 문예강연회에서 모리스 르블랑(Maurice Leblanc)의 탐정소설 〈팔일삼(八一三)〉을 구연하기도 했다.[12] 더욱

---

9 삼도사판(1965)에 "동경유학생 독립운동가인" 뒤에 '양근환에 의해'가 생략되어 의미가 부정확하므로 이후 전집에는 "반(反) 독립운동가인"으로 고쳐 실렸다. (방운용, 「아버님의 걸어가신 길」, 『나라사랑』, 외솔회, 1983년 겨울호, 81쪽.)

10 양근환의 민원식 암살 사건은 《동아일보》, 1921. 3. 2. 참조.
양근환과 민원식에 대해서는 한국민족문화대백과사전 편찬부, 『한국민족문화대백과사전』, 한국정신문화연구원, 1991 참조

11 『별건곤』(1931.8)에 실린 「명사봉변록(名士逢變錄)」을 보면, 일본 유학 당시 방정환은 평소 양근환과 친분이 있어 가끔 만난 데에다 얼굴 모습이 닮아 민원식 암살사건이 일어났을 때 검거되는 수난을 당했다. 암살 사건 당시 여관집 보이가 목격한 인상만 듣고 수색을 하던 형사에 의해 방정환이 양근환과 인상 착의가 비슷한 데다 천도교청년회 도쿄 지회장으로 요주의 인물이었기에 방정환과 천도교청년회원 전원이 검거되었던 것이다.

이 『청춘』과 『유심』의 독자현상문예에 소설을 투고해 당선되었으며,[13] 1920년대 초에는 『개벽』을 통해 「은파리」뿐 아니라 몇 편의 다른 소설들을 발표하기도 했다.[14]

나 자신이 민중의 일인인 이상 거짓 없는 진실한 나의 요구는 그것이 많은 민중의 그것과 그다지 다르지 아니할 것이며, 그것은 의심할 것도 없는 당연한 것입니다.

많은 민중은 모두 모든 모순, 불합리, 혼돈한 속에서, 생존경쟁이란 진흙 속에서 털벅거리고 있습니다. 그리고, 그 생존경쟁은 아무 향상도 아니고, 새로운 창조도 아닌 걸아와 같은 욕망을 채우려고 남의 눈에 들려고만 노력할 뿐입니다. 그러느라고 빈약자는 부강자에게 자꾸 그 고기를 먹히고 있습니다.

비참히 학대받는 민중의 속에서 소수 사람에게나마 피어 일어나는 절실한 필연의 요구의 발로, 그것에 의하여 창조되는 새 생은, 이윽고 오랜 지상의 속박에서 해방될 날개를 민중에게 주고, 민중은 그 날개를 펴서 참된 생활을 향하여 날개 되는 것이니, 거기에 비로소 인간 생활의 신국면이 열리는 것입니다.

이리하여 항상 쉬지 않고 새로 창조되는 신생(新生)은 민중과 함께 걸어갈 것입니다. (방정환, 「작가로서의 포부—필연의 요구와 절대의 진실로」, 《동아일보》, 1922.1.6)

이 글에서도 모순과 불합리, 혼돈과 생존경쟁이 지배하는 시대를 비

12 1920년 6월 7일과 6월 13일 《동아일보》에 방정환이 〈팔일삼〉을 강연했다는 기사가 있다. 또한 6월 26의 《동아일보》에는 '보성회 문예부장 방정환'이라고 소개되었다.

13 ㅅㅎ생, 「우유배달부」, 『청춘』 13, 1918. 4.; ㅈㅎ생, 「고학생」, 『유심』 3, 1918. 12. 'ㅅㅎ생'과 'ㅈㅎ생'은 모두 방정환의 필명이다. 둘 다 주소가 '시내 견지동 118'로 되어 있는데, 같은 잡지에 '방정환' 또는 '소파생'이란 필명으로 보내어 뽑힌 글들도 이 주소로 되어 있다. 또 일본의 도요(東洋) 대학 학적부에도 방정환의 본적이 '조선 경성 견지동 118'로 기입되어 있다. 학적부의 본적 확인은 나까무라 오사무, 양미화 역, 앞의 글, 92쪽을 볼 것.

14 목성, 「유범」(流帆), 『개벽』 1, 1920. 6; 목성, 「그날 밤」, 『개벽』 6~8, 1920. 12~1921. 2.

판하면서 빈자와 부자의 계급 갈등에 주목하고 있다. 그리고 "비참히 학대받는 민중들 속에서 피어나는 소수의 절실한 필연의 요구에 의해 창조되는 새 생"이야 말로 "민중이 속박에서 해방되는 참된 생활을 누릴 수 있는 인간 생활의 신국면"이라고 밝히고 있다. '절대평등' 사상 중심의 인내천 이해와 더불어 다분히 '민중문학론'적 사고를 내비치는 이러한 발언을 볼 때, 이 무렵 방정환이 사회주의 사상을 자연스럽게 받아들였음을 알 수 있다.

3. 사회주의자들과의 교류

앞에서 살펴보았듯이 방정환은 유학 시절 초기인 1921년 무렵에 번역과 창작을 통해 사회주의 사상을 피력했다. 그렇다면 방정환이 이 당시 일본에서 교류한 사람들 가운데 많은 사람들이 사회주의 사상을 지녔으리란 것은 자연스러운 일일 텐데, 지금껏 이러한 사실은 밝혀지지 않았다.

먼저, 사회주의자 김찬(金燦, 본명 金洛俊)과의 관계에 주목해야 한다. 김찬은 '동경조선고학생동우회'(東京朝鮮苦學生同友會)의 창립 일원이며, 화요회(火曜會)의 중진으로 조선공산당 창건에 중요한 역할을 했던 사회주의자다. 그는 1, 2차 조선공산당 검거 사건을 피해 국외로 망명하여 활동을 펴다가 국내로 잠입하지만 1931년 5월 구속되고 만다.[15]

그런데 김찬이 검거된 얼마 뒤 『혜성』(1931. 7)에서는 〈김찬은 어떤 인물인가〉란 특집을 마련한다. 이 특집 기사에 방정환은 「호방한 김찬」이란 글을 발표했다. 이 글을 보면, 방정환이 1921년에 김찬과 교류를 하

15 강만길 · 성대경, 『한국 사회주의운동 인명사전』, 창작과비평사, 1996, 127쪽.

고 있었고 유학 시절에 아주 친했다는 사실을 알 수 있다. 방정환은 김찬과 교류하며 겪은 세 편의 일화와 다른 사람들로부터 전해 들은 그에 관한 일화 하나를 곁들여 소개한다. 또, 이 특집란에는 박달성이 쓴 「동경에서 본 김찬」도 실려 있다. 박달성은 신유(辛酉)년 봄, 곧 "방정환, 이기정(李起貞) 제군과 동경소석천구대총판하정(東京小石川區大塚坂下町)에 천도교청년회 동경지회를 창설하고 매일 여러 동지들과 교유하던 때"에 김찬을 처음 만났다고 밝히고 있다. 천도교청년회 도쿄 지회가 1921년 2월 13일에 창설되었으니 그들이 알게 된 것은 얼마 뒤의 일일 것이다. 특히 이 글에서 박달성이 김찬에 대해 "양근환 군과 호일대(好一對)였지요. 성격과 행동이 어지간히 근사(近似)하였지요."라고 언급한 부분은 무척 흥미롭다. 양근환이 1921년 2월 16일 민원식을 암살한 민족독립운동가라는 것과, 이 사건에 연루되어 방정환을 비롯한 도쿄의 천도교 청년회원 전원이 체포되었던 사실을 앞에서 이미 밝혔다. 그런데, 박달성이 양근환과 사회주의자 김찬을 견주어 말한 것을 보면 당시 그들을 잘 알고 지냈음을 알 수 있다. 양근환과 사회주의자 김찬이 그 당시 교류를 했는지는 알 수 없지만, 적어도 방정환과 박달성이 이 두 사람과 밀접하게 교류했다는 사실만은 확인할 수 있다.

이 밖에 방정환과 김찬의 관련을 생각해 볼 수 있는 또 다른 사실이 있다. 천도교청년회 주최로 '현하의 동양대세(現下東洋大勢)에 관한 시국강연회'가 개최되었을 때, 김찬은 〈현하의 극동〉이라는 주제로 강연을 한다.[16] 그리고 1923년 5월 1일 어린이날을 맞아 열린 소년문제 강연회에서 김찬은 〈러시아의 소년〉이라는 연제로 강연을 하기도 했다.[17] 1923년 어린이날을 준비하기 위해 결성된 '소년운동협회'(少年運動協會)의 중심 조직이 천도교소년회이고, 그 조직의 중심인물이 방정환과 소춘(小

16 《동아일보》, 1923.3.31.
17 정인섭, 『색동회 어린이운동사』, 학원사, 1975, 52쪽.

春) 김기전(金起田)이라는 점, 그리고 일본에서 방정환과 김찬이 긴밀한 교류를 가졌다는 점을 종합해 볼 때, 김찬이 이 두 강연회의 연사로 초청된 데에는 누구보다도 방정환의 역할이 컸으리란 것을 쉽게 알 수 있다.

한편, 방정환은 천도교청년회의 도쿄 지회장으로 있으면서 1921년 9월 도쿄에서 조직된 '천도교 청년극회'에도 관여했다.

> **천도교청년회 동경지회의 주최로 흥행하여 「신생(新生)의 일(日)」**의 연극은 동교 지일(地日)기념일에 동교총부에서 흥행하여 많은 갈채를 받고 그후 평양 진남포 등지를 돌아다니면서 흥행을 하여 많은 갈채를 받은 바 경성에서 한번 다시 보기를 원하는 사람이 많음으로 금일 오후 일곱시 반에 경운동 교당 안에서 다시 흥행하고 입장권을 발행할 터인데 보통권은 오십 전 평균이요. (《동아일보》, 1921.9.4)

이 기사에서 천도교청년회 도쿄 지회 주최로 연극 〈신생의 일〉을 공연했다는 사실을 주목할 필요가 있다. 유민영에 따르면 '천도교 청년극회'는 대부분 학생들로 구성되어 방학을 이용해 전국을 돌며 작자 미상의 〈신생의 일〉이란 레파토리로 공연했다고 한다.[18] 그런데 1923년 도쿄에서 조직된 '색동회'의 회원 정인섭은 방정환이 1921년 9월 4일 천도교 대강당에서 자작 사극 〈신생의 일〉을 연출·출연했다고 밝혔다.[19] 또 방정환이 사망한 후 《동아일보》(1931.7.28) 관련 기사에는 그가 '일본유학생회'에서 연극하던 때의 모습을 담은 사진이 함께 실려 있다. 이 기사에서 밝힌 '일본유학생회'가 '천도교 청년극회'는 아닌 듯하다. 그러나 정인섭의 발언이나 《동아일보》에 실린 기사와 사진을 볼 때, 당시 도쿄에서 조직된 '천도교 청년극회'에 방정환이 관여했으리란 것은 거의 틀림

18 유민영, 『한국 근대 연극사』, 단국대 출판부, 1996, 540쪽.
19 정인섭, 앞의 책, 415쪽.

없다. 방정환이 일찍이 연극과 영화에 관심을 갖고 활동했으며 그 당시 천도교청년회 도쿄 지회장이었던 사실은 그가 도쿄에서 '천도교 청년극회'의 조직에 적극 관여했다는 것을 뒷받침한다.[20]

방정환이 '일본유학생회'에서 연극하던 때의 모습 (《동아일보》 1931. 7.28.)

방정환이 '천도교 청년극회'에 관여했다는 사실은 그의 활동이나 업적 하나를 더 추가하는 것 이상의 의미를 띠고 있다. 방정환과 사회주의 사상의 관련을 밝히는 데에 중요한 단서를 제공한다. 이것은 당시 도쿄를 중심으로 활발히 조직되던 극예술 단체의 연극인들과 방정환이 교류했을 가능성을 시사하기 때문이다. 1920년 봄, 도쿄 유학생들은 '극예술협회'(劇藝術協會)를 조직하는데, 김우진(金祐鎭), 조명희(趙明熙), 조춘광(趙春光, 본명 趙俊基), 고한승(高漢承), 최승일(崔承一), 김영팔(金永八) 등이 동인으로 활동했다. 극예술협회의 동인들은 이 무렵 일본에서 다양한 사상의 흐름을 적극 수용하고 있었는데 특히 이후 카프의 전신인 염군사(焰群社)나 파스큘라(PASKYULA)에 가입하는 등 사상적으로 사회주의에

20 기존의 방정환 연보에 따르면 방정환은 1918년 마해송(馬海松), 이일범(李一範), 류광열(柳光烈)과 최초의 영화 잡지 『녹성』(綠星)을 발간했고, 1918년 12월 비밀 결사 조직 '청년구락부'(青年俱樂部)의 망년회에서 자작 각본의 소인극 〈동원령(動員令)〉을 연출・주연했다고 한다. (신인간 편집실, 「소파 방정환 선생 연보」, 『신인간』 389, 신인간사, 1986. 4) 그러나 영화 잡지 『녹성』은 대정 8년(1919년) 11월에 창간호를 발행했다. 또 편집 겸 발행인은 이일해(李一海)이고 발행소는 녹성사(일본 동경)로 되어 있다. 그런데 사고(社告)를 보면, 문의 사항과 잡지 주문 등은 동경이 아닌 경성 녹성사로 하라고 되어 있다. 따라서 방정환은 일본 유학을 떠나기 전인 1919년 경성에 있으면서 『녹성』 발간에 관여한 듯하다.

천연했던 인물들이다. 이 가운데 조명희는 1919년 도요(東洋) 대학 동양 철학과에 입학해 고학 생활을 하면서 1921년 극본 〈김영일(金英一)의 사(死)〉[21]를 썼다. 방정환 역시 도요대학에 다녔으므로,[22] 조명희와의 만남을 생각해 볼 수 있다.

극예술협회 동인 가운데에는 방정환과 함께 1923년에 색동회를 조직한 고한승, 조준기도 있다. 조준기는 니혼(日本) 대학 문학부 극문학과에서 연극을 공부하던 학생으로, 색동회를 창립할 당시 일본에서 그가 각색한 〈사인남매(四人男妹)〉가 상연되기도 했다. 〈사인남매〉는 혁명가, 인도주의자, 사회주의자, 연애지상주의자 등 각양각색의 신사상에 물든 젊은이들이 등장하여 서로 충돌하는 것을 보임으로써 사회주의, 아나키즘, 인도주의 등 근대적 제사상이 혼류하는 1920년대 초반 정신계의 현실을 부각시키려 한 작품으로 평가받는다.[23] 특히 그는 방정환이 중심이었던 『신청년』 창간호(1919.1)에 수필(또는 일인칭 단편소설)인 「불안한 일야(一夜)」와 시 「천변(川邊)」을 발표했던 것으로 봐서 일찍이 방정환과 교류하고 있었다. 이처럼 조준기는 방정환과 일본에서의 지속적인 교류로 색동회 동인으로 함께 참여하게 되고, 색동회와 어린이사 주최로 1923년 7월 23일부터 일주일 동안 천도교당에서 개최한 전조선 소년 지도자

---

21 서연호, 『한국 근대 희곡사』, 고려대 출판부, 1994, 110~112쪽 참조. 《동아일보》(1921. 7. 30)는 당시 상연된 〈김영일의 사〉에 대해 다음과 같이 논평했다. "〈김영일의 죽음〉은 동경에 가서 공부하는 고학생의 생활을 공개하여 크게 환영을 받고 제2장의 빈부 학생 충돌은 현금 사회를 통하여 공명되는 기분이므로 그 순간은 배우나 관객이나 같은 기분에 부지중에 손에서 울려나오는 박수 소리는 갈채를 의미하는 것보다 행동이 일치되는 것을 의미하였다." 한편, 유민영은 〈김영일의 사〉가 "포석의 자전적 수필 「느껴본 일 몇 가지」(『개벽』, 1926. 6)에서 보이는 것처럼 새로운 사회주의에 대한 흥분과 막연한 빅토르 위고적인 인도주의라는 사상적 발상에서 씌어진 작품"이라고 평가한다. (유민영, 『한국근대연극사』, 단국대 출판부, 1996, 523쪽.)

22 1920년 9월 중순부터 1921년 3월까지 철학과 '특별청강생'(학급에 구애되지 않고 임의로 학과를 청강할 수 있는 학생)이었으며, 1921년 4월 9일부터 이듬해 3월 30일까지는 전문학부 문화학과 '청강생'(학급을 정하고 청강하는 보통 청강생)이었다. (나까무라 오사무, 앞의 논문 참조.)

23 유민영, 앞의 책, 523쪽.

대회에서 동화극 부문을 맡았던 것이다.[24] 색동회 동인인 고한승은 도요대학 문화학과에 다녔는데,[25] 그는 일본 유학을 떠나기 전부터 방정환, 마해송(馬海松), 진장섭(秦長燮)과 친분이 두터웠다.[26]

방송기 앞에서 이야기하는 방정환 (『어린이』 1926.9.)

조준기가 다니던 니혼대학에는 극예술협회 동인인 최승일과 김영팔도 다녔다. 김영팔과 최승일은 카프의 전신인 염군사(焰群社) 동인이며 둘 다 사회주의 단체 북풍회(北風會)에 가담한 인물이다. 특히 김영팔은 방정환과 관련해서도 낯설지 않다. 김영팔은 1925년 카프에 가입하고 1927년에 경성방송국 연예부문 캐스터로 활동하다가 해방 후 월북한다. 그는 방정환이 사망한 후 「방송과 방 선생」(『어린이』, 1931.8)이라는 글을 쓰기도 했다. 그가 1927년 경성방송국 연예부문 캐스터였기에 그 당시 경성방송국에서 어린이 방송(동화 구연과 강연)을 진행하던 방정환을 잘 알았던 것이다. 그런데 방정환과 김영팔은 그 훨씬 전

24 이 부분은 원래의 원고에서 추후 보완한 부분임. (염희경, 「소파 방정환 연구」, 인하대학교 박사논문, 2007, 71쪽.)

25 고한승은 방정환이 도요대학에 정식 입학했던 때와 같은 학기인 1921년 4월 12일부터 같은 해 9월 30일까지 한 학기 동안 도요대학 문화학과 청강생으로 다녔다. (나까무라 오사무의 도요대학 학적부 조사 참고함.) 한편, 정인섭의 『색동회 어린이 운동사』(정인섭, 앞의 책, 427쪽)의 부록에는 진장섭이 대필한 고한승 이력서가 있는데, 여기엔 고한승이 "1921년~1923년 일본대학 예술과 수업"이라고 되어 있다. 진장섭의 기록을 바탕으로 필자는 원래의 논문에서 고한승이 한 학기 동안 도요대학 문화학과 청강생으로 있다가 그만 두고 니혼대학에 다녔을 것이라 추정했다. 그런데 최근 박금숙 · 홍창수의 연구에 따르면, 이러한 논란은 아동문학가 고한승과 다다이스트 고한용이 혼용되면서 빚어진 오류라고 한다. (박금숙 · 홍창수, 「두 작가를 동일 인물로 혼동한 문학사적 오류—아동문학가 고한승과 다다이스트 고한용의 생애 고찰을 중심으로」, 『한국아동문학연구』 23호, 한국아동문학학회, 2012.12)

26 진장섭, 「산구(山口)서 송도(松都)까지」, 『여광』(麗光) 2, 1919. ; 정인섭, 앞의 책, 35쪽 참조.

인 일본 유학 시절부터 교류했던 것으로 보인다. 당시 유학생 사회에서 그들이 자주 만나 교류를 했던 것은 흔한 일이며, 이 때 방정환은 '천도교 청년극회'를 조직하고 사회주의 사상을 강하게 드러내던 시기였기에 극예술협회 동인이자 사회주의 활동을 하던 김영팔과 일찍부터 친분이 있었을 가능성이 높다. 이처럼 일본 유학 시절 방정환은 사회주의 사상과 친연했던 극예술협회 동인들과 교류했던 것으로 추정된다.

한편 방정환은 이 시기에 소설 창작에 관심이 많았고, 『백조』의 후기 동인으로 참여하기도 했다.[27] 김기진(金基鎭)은 회고록에서 방정환과 자신이 박영희(朴英熙)의 추천으로 1922년 겨울에 『백조』 동인으로 가입하기로 했다고 밝혔다.

> 나도 조선에 있는 선배들과 처녀지를 개척하는 일꾼이 돼야겠다고 생각하고 있었는데 어느 날 박영희로부터 자기가 추천하여 소파 방정환과 내가 동인으로 가입하는 것이 확정되었으니 빨리 승낙서를 보내달라고 편지가 왔다. (중략) **그 때 나와 함께 『백조』 동인으로 참가한 소파 방정환은 메지로(目白)에서 자취 생활을 하며 '도오요'(東洋) 대학에 다녔고 그의 집으로부터 멀지 않은 곳에는 윤극영(尹克榮), 정순철(鄭順哲), 최호영(崔虎永) 등 음악 전공하는 친구들이 자취하고 있었기 때문에 몇 번 놀러갔었고 모두 친하게 지내는 사이였다. (…중략…) 소파는 그때부터 소년문학과 어린이 운동을 열심히 주장하였던 것이다.** (김기진, 「편편야화」, 《동아일보》, 1974.5.17~7.5 ; 홍정선 편, 앞의 책, 344쪽에서 재인용)

김기진은 방정환과 교류하던 이때 사회주의 사상에 깊이 빠져들고 있었다. 『백조』의 주요 구성원들이 『백조』 붕괴 이후 신경향파 문학 단체

27 「육호잡기」(六號雜記), 『백조』 3, 1923. 9; 홍사용, 「백조 시대에 남긴 여화」, 『한국문단측면사』, 깊은샘, 1983.; 김기진, 홍정선 편, 『김팔봉 문학 전집』(Ⅱ), 문학과지성사, 1988.

인 파스큘라(PASKYULA)를 결성하고, 염군사와 함께 이후 카프를 성립했다는 것은 잘 알려진 사실이다. 파스큘라 구성원은 박영희, 김기진, 김복진(金復鎭), 김형원(金炯元), 이익상(李益相), 연학년(延學年), 안석주(安碩株), 이상화(李相和) 등이다. 김기진의 회고에 따르면 파스큘라의 결성에 석송(石松) 김형원과 성해(星海) 이익상의 역할이 컸다고 하는데, 다음 글은 방정환과 관련해서도 매우 흥미로운 사실을 언급하고 있다.

> **파스큘라가 결성되기에는 석송 김형원과 성해 이익상 두 친구의 입김이 많이 작용했다.** 1923년 여름 나는 토월회 제1회 공연 준비를 위해 서울에 먼저 와 있다가 **개벽사에서 소파 방정환의 소개로 석송과 성해를 따로따로 인사해서 알게 되었다.** (김기진, 「문단 교류기—나와 '카프' 문학 시대」, 《대한일보》, 1969.6.12, 17, 19, 24, 7.3 ; 홍정선 편, 같은 책, 531쪽에서 재인용)

석송 김형원은 미국의 시인 W. 휘트먼의 민주주의 시론을 수용하면서 신경향파 시론의 형성에 이바지한 시인이다. 그가 주창한 '힘의 시' 이론은 월탄을 거쳐 팔봉에 이르면서 초기 신경향파 시론의 중심 사상으로 수용된다.[28] 더욱 흥미로운 것은 석송 김형원이 천도교인이라는 사실이다. 석송은 『개벽』(1920.12)에 「이향」(離鄕)이라는 시를 발표하는데, 작품 끝에 "六一. 一一. 一一, 金石松 作"이라고 천도교 연호를 사용해 창작 시기를 밝혔다. 천도교인임을 드러낸 것이다. 따라서 방정환과 김형원은 같은 천도교인으로서 방정환이 『개벽』에 관여하기 전부터 알고 있었을 것으로 보인다.

한편, 성해 이익상은 니혼대학 사회과에 재학 중이던 1921년에 최초의 재일본 한국인 사회주의 단체—무정부주의와 맑스주의의 분화가 이

28 한계전, 「석송 김형원의 시와 시론」, 『한국현대시론연구』, 일지사, 1983, 85쪽.

루어지지 않은 초기의 연합 조직—인 '흑도회'(黑濤會)에 가입했다. 그는 「예술적 양심이 결여한 우리 문단」과 「빙허군의 「빈처」와 목성군의 「그날 밤」을 읽은 인상」을 『개벽』(1921.5)에 발표하면서 본격적으로 문필 활동을 시작했다. 당시 『개벽』의 도쿄 특파원이었던 방정환이 이익상과 교류했으리란 것은 지극히 자연스럽다. 게다가 방정환의 소설 「그날 밤」을 평하는 글로 문단에 등단했던 것으로 보아 서로 알고 지냈을 것이다. 이익상은 그 뒤 『어린이』에 「새끼 잃은 검둥이」(『어린이』, 1925.3)를 비롯해 몇 편의 수필을 발표했는데, 도쿄 유학 시절 방정환과 맺은 인연이 계기가 되었을 것으로 보인다.

천도교에서 발행한 종합잡지 『개벽』이 신경향파 문학의 주무대였다는 사실은 잘 알려져 있다. 그런데 파스큘라의 결성과 관련해 김기진이 다음과 같이 말한 것을 보면 발표 지면을 제공했던 것 이상의 의미를 지니고 있다.

> 그래서 몇 차례 그(석송 김형원 : 인용자 주)와 만났을 때 그는 성해와 함께 『백조』 동인들 중에서 뜻이 통하는 사람들과 더불어 문학 연구를 하는 새로운 단체(파스큘라 : 인용자 주)를 하나 만들자고 주장했다. **개벽사의 김기전 주간도 소파와** 함께 그런 뜻에 찬성하였다. (김기진, 「문단 교류기—나와 '카프' 문학 시대」, 《대한일보》, 1969. 6. 12, 17, 19, 24, 7. 3 ; 홍정선 편, 같은 책, 532쪽에서 재인용.)

1923년 5, 6월 쯤 방정환은 도쿄에서 돌아온 김기진에게 『개벽』에 실을 글을 청탁한다. 이에 김기진은 「프로므나드 상티망탈(Promenade Sentimental)」을 『개벽』(1923.7)에 처음 싣는다.[29] 이를 계기로 김기진은

29 김기진, 「나의 회고록—초창기에 참가한 늦동이」, 『세대』, 1964.7~1966.1 ; 홍정선 편, 앞의 책, 186쪽.

개벽사 동인들, 개벽사 편집실 앞. 앞줄 오른쪽 첫 번째 박영희, 두 번째 방정환, 네 번째 차상찬. 뒷줄 왼쪽 첫 번째 신영철, 두 번째 이정호, 세 번째 박달성.

『개벽』에 자주 글을 발표하게 되었다. 이런 사실을 볼 때, 방정환과 김기진이 함께 『백조』의 후기 동인으로 가입했던 것도 단순한 친분을 넘어서 문학 · 사상적으로 공유하는 바가 컸기 때문으로 볼 수 있다.

한편, 방정환과 김기진이 박영희의 추천으로 『백조』의 후기 동인으로 가입했던 것을 보면 방정환과 박영희의 친분 관계도 짐작할 수 있다. 실제로 박영희는 1924년 4월 당시 『개벽』의 편집자였던 방정환의 주선으로 개벽사에 입사하였다.[30] 개벽사에 입사할 무렵의 박영희는 이미 『백조』의 붕괴와 파스큘라 결성을 계기로 사회주의 사상으로 급속히 기울어진 뒤였다. 그는 현철의 후임으로 개벽사에 입사해서 학예부장으로 문예란을 책임지면서 신경향파 문학을 자주 실었다. 그리고 계급문학에

30 손해익, 『박영희의 문학 연구』, 시문학사, 1994, 58쪽.

대한 여론을 환기시키기 위해서 「계급문학 시비론」(『개벽』, 1925.2)을 기획하기도 했다. 이처럼 방정환은 신경향파 문학의 두 기수인 김기진과 박영희를 『개벽』에 끌어들이는 데에 중요한 역할을 했던 것이다.

그뿐 아니라 방정환은 신경향파 문학의 흐름을 『어린이』에도 자연스럽게 수용했다. 실제로 박영희, 김기진을 비롯해 이익상은 물론이고 이후 『별나라』 동인이 되어 방정환을 비판하기에 이른 송영과 박세영, 신고송도 『어린이』를 무대로 활동했다. 급기야 방정환은 송영의 「쫓겨 가신 선생님」(『어린이』, 1928.1)을 실은 것이 문제가 되어 필화 사건을 겪고 유치장 신세를 지기도 했다. 이런 일이 있은 뒤에도 송영의 「가난의 싸움」(『어린이』, 1928.9)을 실으려다가 아예 전문 삭제를 당하고 만다. 이처럼 방정환은 일제의 거듭되는 검열에도 불구하고 계급주의 아동문학을 끊임없이 수용하려 했다.

한편 정홍교(丁洪敎) 중심의 무산계급 소년운동단체 오월회(五月會)는 1925년에 이르러 방정환 중심의 소년운동협회에서 독립하여 또 하나의 전국 규모의 소년운동단체를 발족시켰다. 이로 인해 소년운동계는 양분되었고 급기야 1926, 1927년에는 어린이날 행사가 따로 치러지기까지 했다.[31] 대체로 이것을 민족주의 소년운동단체와 계급주의 소년운동단체의 갈등·분열이라고 한다. 그리고 이것은 '사회주의에 대립한 민족주의자 방정환'이라는 지금까지의 일반 통념을 뒷받침하는 것으로 이해되었다. 그러나 앞에서 이미 살펴보았듯이 방정환은 이 시기에 계급주의 아동문학가들의 작품을 『어린이』에 계속해서 수용했다. 더욱이 그는 '길동무'라는 필명으로 당시 사회주의 국가인 러시아의 소년단 활동을 소개하는 글을 『어린이』에 연재하다가 결국 삭제를 당하기도 한다.[32] 1927년과 1928년 두 차례에 걸쳐 러시아 소년단 이야기를 실으려다 삭제되

31 소년운동사에 대해서는 김정의, 『한국 소년 운동사』, 민족문화사, 1992 참조할 것.

었던 것으로 보아 이 시기 방정환이 사회주의에 배타적이었다고 보는 것은 단편적인 해석이다. 방정환이 사회주의와 대립한 편협한 민족주의자였다면 이런 일에는 결코 나서지 않았을 것이다.

그렇다면 1920년대 중반 이후 노골화된 소년운동 단체의 갈등·분열 현상을 어떻게 해석해야 할까. 여기엔 몇 가지 사정이 얽혀 있다. 먼저 방정환은 사회주의 사상에는 어느 정도 공감했지만, 1920년대 중·후반에 대두한 계급주의 소년운동과 아동문학 운동이 실제로 전개되는 과정에서 심각한 관념성을 드러내면서 운동의 주체인 어린이를 소외·분열시키는 현상을 비판적으로 바라보았다. 특히 무산계급 소년운동을 주창하는 좌파의 견해에 대해서는 소년운동이 특정 계급을 위한 운동이어서는 안 된다는 생각을 지녔던 것으로 보인다.[33] 무엇보다도 방정환이 이 당시 계급주의 소년운동과 아동문학을 명시적으로 비판한 자료가 전혀 없다는 점은 주목할 만하다.

이와 함께 방정환이 천도교 신파의 중심인물이었다는 점도 간과할 수 없다. 1920년대 초기에 천도교는 정치·사상적으로 좌파적 경향을 강하게 드러냈지만, 좌파가 본격적으로 등장하여 세력을 확산해 가는 중반 이후에는 종교적 성격이 강화되었다. 특히 1920년대 중반 천도교 신파와 구파의 갈등(이른바 제2차 분열)과 세력 확장을 위해 좌파와 합작을 시도했던 구파의 활동 강화들도 '천도교청년회'로 대표되는 신파에 속했던 방정환이 사회주의 계열과 일정 거리를 둘 수밖에 없었던 또 다른 이

---

32 길동무, 「봄철을 맞는 "어린이 공화국"」, 『어린이』, 1926.4.; 「소년 탐험군 이야기」, 『어린이』, 1926. 6~7. 방정환은 「소년 탐험군 이야기」에 이어 '일기자'란 필명으로 「러시아 삐오네르」(『어린이』, 1927.1)를 썼는데, 이 기사는 아예 삭제되었다. 또한 『어린이』(1928.8)에도 '로서아 영사 부인' 치차예 크세니아의 「씩씩하고 꿋꿋한 러시아의 어린이생활」이라는 글을 실으려다가 삭제되었다. 크세니아의 동일 제목의 글은 방정환 사후인 『어린이』(1931.8)에 실리는데, 이전에 삭제되었던 글을 다시 실은 것으로 보인다. 1931년 8월호 『어린이』에는 방정환의 이전 글 몇 편이 재수록되었다. 번역자가 밝혀져 있지 않지만 이 글은 그 이전 러시아 소년들의 생활을 소개했던 방정환의 글이 거의 확실하다.

33 안경식, 『소파 방정환의 아동교육 운동과 사상』, 학지사, 1994, 83쪽.

유로 보인다. 물론 이 부분은 좀 더 정밀하게 검토되어야 하겠지만, 적어도 당시 소년운동계의 갈등과 대립을 곧바로 '사회주의자와 대립한 민족주의자 방정환'이라는 식으로 단순화하는 것은 곤란한 일이다.

4. 새롭게 쓰는 방정환론을 기대하며

지금까지 한국 근대아동문학사를 바라보는 시각은 어느 경우든 방정환의 한쪽 측면만을 과장하거나 왜곡해왔다고 할 수 있다. 역사의 무대 위로 어린이를 끌어올리는 과정에서 방정환이 강조했던 '동심'은 우파에 의해서 '현실을 떠난 순수한 어린이'라는 의미로 변질되었다. 식민지배와 봉건적 질곡이란 이중의 억압 속에서 방정환이 새롭게 발견해낸 어린이, 그 어린이에 대한 찬미나 '동심'의 옹호가 지닌 역사성을 외면한 채, 방정환을 자기변호를 위한 방패막이로 삼아온 것이다. 좌파 역시 우파와의 대립 속에서 방정환을 서둘러 반대파로 규정·격하하면서 거꾸로 자기 입지를 좁히는 모순을 낳았다. 비판적으로 계승해야 할 점들까지도 섣불리 청산하려는 과격한 조급성을 보임으로써 얻은 것보다는 잃은 것이 더 많았던 셈이다.

이처럼 어떤 정치적 견해를 막론하고 방정환의 전체상을 객관적으로 조명하는 데에는 커다란 걸림돌로 작용했을 뿐이다. 한국 근대아동문학사의 핵심이라 할 방정환의 사상과 문학의 본질을 꿰뚫는 명쾌한 시선을 확보해야 할 때이다. 무엇보다도 실증적이고 객관적인 접근과 작품에 대한 정밀한 해석 및 비판에 힘을 쏟아야 한다.

이 글은 방정환을 사회주의와 대립한 좁은 범위의 민족주의자로 바라보는 편협하고 경직된 기존의 관점을 비판적으로 재고하는 데에 초점을 두었다. 방정환이 남긴 다양한 형태의 글과 어린이 문화운동의 실천 과정에서, 그리고 사회주의자들까지 아우르는 그의 폭넓은 교우관계에서 이러한 사실을 확인할 수 있었다. 무엇보다도 방정환이 천도교(동학)의 근대 민족·민중사상에 튼실한 뿌리를 두고 활동했다는 점에서 선명하게 드러난다.

방정환의 전모 가운데 은폐 또는 왜곡된 부분을 새롭게 조명하고, 그 은폐와 왜곡의 기원을 밝히는 일은 현 시점에서 무엇보다도 중요하다. 방정환 연구는 곧 한국 근대아동문학의 기본 성격을 규명하는 일과도 통하기 때문이다. 근대에 대한 맹목적 추종도, 근대에 대한 낭만적 부정도 온당치 못함이 자명해진 현실에서 우리는 일면으로는 근대를 성취하면서 일면으로는 근대의 부정성을 극복해야 하는 이중의 과제를 안고 있다. 방정환은 그와 같은 엄중한 이중의 과제 속에서 어느 한 쪽에 편향되기보다는 그 양자의 긴장을 늦추지 않으며 아동문학과 어린이 문화운동을 전개하려 고투했던 인물이었다. 이에 대한 구체적 논의는 앞으로 좀더 비판적으로 검토·보완되어야 할 것이다.

21세기의 한국 아동문학은 북한의 아동문학사는 물론이고, 이재철의 『한국현대아동문학사』나 이재복의 『우리 동화 바로 읽기』 같은 기존의 시각들을 새롭게 재평가하는 데에서 출발해야 한다. 새롭게 써야 할 한국근현대아동문학사는 '새롭게 다시 쓰는 방정환론'으로부터 출발해야 하기 때문이다. 방정환 연구는 그 자체뿐만 아니라 남북한의 분단 구조 속에서 한국 근대아동문학이 어떻게 전개되었는지 그 성격과 문제점을 규명하여 새로운 세기의 아동문학이 나아갈 길을 모색하기 위한 밑그림으로도 그 의미를 지닐 것이다.

참고문헌

1. 기본 자료

『개벽』『녹성』《동아일보》『별건곤』『신인간』『어린이』『유심』《조선일보》『천도교회월보』『청춘』

강만길 · 성대경, 『한국 사회주의운동 인명사전』, 창작과비평사, 1996.

김기진, 홍정선 편, 『김팔봉 문학 전집』(Ⅱ), 문학과지성사, 1988.

이원수 · 이주홍 · 이재철, 『소파 방정환문학전집』(전 8권), 문천사, 1974.

한국민족문화대백과사전 편찬부, 『한국민족문화대백과사전』, 한국정신문화연구원, 1991.

2. 국내외 논저

김정의, 『한국 소년 운동사』, 민족문화사, 1992.

박금숙·홍창수, 「두 작가를 동일 인물로 혼동한 문학사적 오류—아동문학가 고한승과 다다이스트 고한용의 생애 고찰을 중심으로」, 『한국아동문학연구』 23호, 한국아동문학학회, 2012.12.

박화목, 「오스카 와일드 동화 연구」, 『아동문학연구』 1집, 한국아동문학연구소, 1984.

방운용, 「아버님의 걸어가신 길」, 『나라사랑』, 외솔회, 1983년 겨울호.

서연호, 『한국 근대 희곡사』, 고려대 출판부, 1994.

손해익, 『박영희의 문학 연구』, 시문학사, 1994.

안경식, 『소파 방정환의 아동교육 운동과 사상』, 학지사, 1994.

염희경, 「'네이션'을 상상한 번역 동화 : 방정환의 『사랑의 선물』에 대하여(1)」, 『동화와번역』 13집, 건국대 동화와번역연구소, 2007.6.

______, 「방정환 번안 동화의 아동문학사적인 의미」, 『아침햇살』 17, 도서출판 아침햇살, 1999년 봄호.

______, 「소파 방정환 연구」, 인하대학교 박사논문, 2007.

원종찬, 「한국 아동문학이 창조한 주인공—근대 아동문학사 연구의 반성」, 『창작과 비평』 103, 창비, 1999년 봄호.
유민영, 『한국근대연극사』, 단국대 출판부, 1996.
이재복, 『우리 동화 바로 읽기』, 한길사, 1995.
이재철, 『한국 현대 아동문학사』, 일지사, 1978.
정인섭, 『색동회 어린이운동사』, 학원사, 1975.
한계전, 『한국현대시론연구』, 일지사, 1983.

나까무라 오사무(仲村 修), 「方定煥 硏究 序論—東京 時代を中心に」, 『靑丘學術論集』 14, 한국문화연구진흥재단, 1999년 4월; 양미화 역, 『어린이문학』 18, 한국어린이문학협의회, 2000년 4월호.
서대숙, 현대사연구회 역, 『한국 공산주의 운동사 연구』, 이론과실천사, 1985.
J. F. C. 해리슨, 이영석 역, 『영국 민중사』, 소나무, 1987.
K. O. 모건, 영국사연구회 역, 『옥스포드 영국사』, 한울아카데미, 1994.

아동문학사의 잘못된 연표

—「바위나리와 아기별」의 서지사항을 중심으로

원종찬

1. 기초연구의 중요성

아동문학에 대한 관심이 높아지면서 이 분야의 전공자와 연구논문이 나란히 증가하는 추세에 있다. 어느새 석박사 학위논문만도 상당량에 이른다. 이 중에서 가장 높은 비중은 우리 아동문학의 유산을 다룬 작가·작품론일 것이다. 그런데 몇몇 중요한 성과가 없지 않음에도, 모래 위에 집을 짓는 것 같은 일이 그치질 않고 있다. 이는 기초연구를 소홀히 하는 안이한 풍토에서 말미암는다. 작가·작품론은 해석과 평가, 곧 텍스트의 문학적 가치를 따져서 올바르게 자리매김하려는 데 최종목적이 있다. 이를 위해 가장 먼저 수행해야 하는 과제가 다름 아닌 작가 연보와 원본 확정 등의 기초연구다. 이것들은 객관적 사실로서 존재하는 것이기에 엄격한 고증을 거쳐 하나로 고정되어야 마땅하다. 하지만 우리 아동문학의 연구는 문학사 연표조차 불완전한 초보적 단계에 머물러

원종찬
wjc92@inha.ac.kr 인하대학교 한국어문학과 교수, 아동문학평론가. 저서로 『아동문학과 비평정신』, 『동화와 어린이』, 『한국근대문학의 재조명』, 『한국아동문학의 쟁점』, 『북한의 아동문학』 들을 썼다.

있다. 이 점에 대한 자각이 없으면, 부실한 연구를 초래할 가능성이 그만큼 커진다. 기초연구는 잘못된 사실에서 비롯되는 해석의 여러 가지 오류를 방지하기 위해서 반드시 거쳐야 하는 관문이다.

예컨대 우리가 보는 각종 아동문학전집류와 마해송 작품집에 실린 「토끼와 원숭이」는 맨 처음의 발표 연도를 달고 있지만 작가가 나중에 대폭 보완한 텍스트다. 해방을 전후해서 10여 년에 걸쳐 완성한 이 작품을 '『어린이』 1931년 8월호'라는 서지사항에 입각해서 해석한다면, 작품 후반부가 해방 후의 사회상황과 관련된 내용이라는 사실을 간과하고 엉뚱한 결론에 이를 수도 있는 것이다.[1] 최근에는 이상(李箱)의 유일한 창작동화라고 알려진 「황소와 도깨비」가 일본 동화의 번안인 데다 번안자도 이상이 아니라는 사실이 밝혀졌다.[2] 이로써 이상의 작품으로 설명해온 기존의 논의는 한순간에 모래알처럼 스러져버렸다. 특히 민족성과 관련지은 해석은 희극적인 장면으로 전락할 운명이다. 방정환의 유명한 창작동요라고 언급돼 온 「형제별」도 이와 사정이 비슷하다. "일제하에서 압박받던 당시 우리 민족의 슬픔을 그린"[3] 것이라고 해석된 이 동요가 '일본 동요의 번안'[4]이라는 사실은 너무 아이러니하지 않은가? 수용미학의 측면에서는 이 동요가 민족의 슬픔을 불러일으켰으리라는 추정이 가능하다. 그렇지만 엄격한 실증을 거치지 않은 역사주의비평은 때로 치명적이다. "'날 저무는 하늘'이라는 공간적 배경은 일제치하의 조국으로 보여지며, '삼형제의 별'은 우리 민족이나 삼천리강산으로도 볼 수 있다. 주권을 잃은 조국의 비운을 별 삼형제로 의인화하여 그 비극성을 더욱 정서와 밀착시키고 있음을 볼 수 있다."[5]는 해석은 사실관계에

---

1 「토끼와 원숭이」의 판본별 텍스트 비교는 졸고, 「해방 전후의 민족현실과 마해송 동화」(염무웅 · 최원식 외, 『해방 전후, 우리 문학의 길찾기』, 민음사, 2005)를 참고하기 바람.
2 김영순, 「'황소와 도깨비'는 이상의 창작인가」, 『창비어린이』, 2003년 겨울호.
3 이재철, 『세계아동문학사전』, 계몽사, 1989, 136쪽.
4 심명숙, 「다시 쓰는 방정환 동요 연보」, 『아침햇살』, 1998년 가을호.
5 이재철, 앞의 책, 136쪽.

의거할 때 명백히 '의도의 오류'에 해당한다.

일제 식민지시대는 아동문학의 형성기라 할 수 있으므로 기초연구의 중요성이 더한층 엄정하게 제기된다. 손쉽게 접근할 수 있는 2차자료에 의존하는 연구관행은 재고되어야 한다. 매우 민감하고 중요한 사안에 대해 고증이 불철저한 선행연구를 답습하는 것은 말할 것도 없거니와, 각종 회고담이나 전집류의 연보를 그대로 수용하는 것에도 많은 함정이 도사리고 있다. 형성기의 주요 작가인 방정환, 마해송, 이주홍, 이원수 등에 관한 몇 가지 기본적인 사항이 최근 연이어 수정되고 있는 현상을 볼 때, 기초연구의 중요성을 거듭 강조하지 않을 수 없다.

2. 아동문학의 정전(正典) 문제

기초연구의 중요성은 작가·작품론의 영역에만 한정되지 않는다. 아동문학의 정전 문제와 관련해서는 기초연구의 중요성뿐 아니라 시급성까지 요구되는 상황이다. 주지하다시피 정전(canon)은 '잣대'를 뜻하는 말에서 유래되어, '기준이 되고 모범적이며 규범적인 것으로 수용되는 문화유산'을 가리킨다.[6] 그런데 문화유산을 선별하는 전통의 수용행위는 특정가치를 대변하게 마련이므로, 아동문학의 연구가 활발해질수록 정전을 둘러싼 문제가 쟁점으로 떠오를 가능성이 매우 높다. 우리 아동문학은 과연 정전이 존재하느냐는 의문이 들 만큼 문화유산에 대한 조명이 불충분한 상태였다. 하지만 창작과 독서 행위는 어떤 식으로든 정전의 영향을 받게 마련이다. 그동안 아동문학의 정전 형성에 보이지 않는 힘을 행사해 온 것으로 각종 아동문학사 연표 및 저술, 아동문학 전집류와 초등교과서 등

6 라영균, 「정전과 문학 정전」(『외국문학연구』 7집, 2000), 참고.

을 들 수 있다. 이것들은 선택과 배제를 통해서 내용이 구성된다. 그런데 이러저러한 이유로 배제되었거나 묻혀 있는 미발굴 작품이 적지 않을 것으로 짐작되고, 선택되었을지라도 서지사항조차 제대로 확인되지 않은 지경이라면 정전을 둘러싼 문제가 얼마나 심각할 것인가.

지금까지 나온 주요 아동문학사 연표 및 저술은 다음과 같다.

- 윤석중, 「한국아동문학서지」(『아동문학의 지도와 감상』, 대한교련, 1962).
- 윤고종, 「아동잡지소사」(『아동문학』 2집, 1962).
- 어효선, 「아동문학사연표」(『아동문학』 12집, 1965).
- 이재철, 『한국현대아동문학사』(일지사, 1978).
- 이재철, 「한국아동문학서지」(『세계아동문학사전』, 계몽사, 1989).

이들 아동문학사 연표 및 저술은 자료가 대단히 불충분한 악조건, 그야말로 초창기에 이루어낸 성과라는 점에서 자못 의의가 크다. 이와 같은 일차적인 토대가 마련되어야 후학들이 다시 수정보완하면서 보다 단단한 성과를 구축해 갈 수 있는 것이다. 윤석중, 윤고종, 어효선의 경우는 부족한 내용을 채워내고자 기억에 의존한 항목이 적지 않다. 언뜻 눈에 띄는 것으로 윤석중은 『붉은 저고리』의 창간을 1912년, 윤고종은 『어린이』의 창간을 1925년, 『어린이』, 『신소년』, 『별나라』의 폐간을 각각 1932년, 1930년, 1929년으로 잘못 기록하고 있다. 윤고종은 해방 후에 『어린이』를 복간한 고한승(1902~1950)이 해방 전에 작고한 것으로 기록하기도 했다. 어효선도 『붉은 저고리』의 창간을 1912년, 『신소년』과 『별나라』의 폐간을 모두 1930년으로 잘못 기록하고 있다.

윤석중, 윤고종, 어효선이 작성한 연표의 가장 큰 문제점은 문학사적으로 중요한 사항이 대폭 누락되었다는 사실이다. 이것들의 불충분함은 이재철의 연구로 와서 대부분 극복되었다. 이재철의 『한국현대아동문학사』(1978)는 체계적이고 실증적인 토대를 갖춘 본격적인 저술이다. 아동문학 연구조건의 척박함을 고려할 때 이는 전무후무한 업적으로 평가할 수 있다. 그러나 아직도 해결해야 할 과제가 적지 않다. 개척의 공로가 큰 선행연구의 미비점을 넘어서지 못하고 실증적인 오류를 되풀이하는 것은 선행연구와 더불어 전체적인 연구의 위신을 떨어뜨리는 일이다.[7]

---

7 아동문학 연구가 활발해진 1990년대 이후 새롭게 발굴 · 확인된 것으로 기존의 아동문학사 연표 및 저술을 재구성해야 할 필요성을 제기하는 주요 자료는 다음과 같다.

(1) 작품집
교육문예창작회 엮음, 『한국근대동화선집』(전2권), 창작과비평사, 1993.
원종찬 엮음, 현덕 동화집 『너하고 안 놀아』, 창작과비평사, 1995.
원종찬 엮음, 윤복진 동시집 『꽃초롱 별초롱』, 창작과비평사, 1997.
겨레아동문학연구회 엮음, 『겨레아동문학선집』(전10권), 보리, 1999.
김중철 엮음, 아동극 선집 『노래 주머니』, 우리교육, 2002.
김제곤 엮음, 노양근 장편 소년소설 『열세 동무』, 창작과비평사, 2003.
김경연 엮음, 주요섭 장편동화 『웅철이의 모험』, 풀빛, 2006.

(2) 연구논문
원종찬, 「현덕의 아동문학」, 『민족문학사연구』 6호, 1994.
이재복, 『우리 동화 바로 읽기』, 한길사, 1995.
원종찬, 「정지용과 이태준의 아동문학」, 『아침햇살』, 1997년 여름호.
박숙경, 「이광수와 근대 창작동화의 기원」, 『아침햇살』, 1998년 여름호.
심명숙, 「다시 쓰는 방정환 동요 연보」, 『아침햇살』, 1998년 가을호.
염희경, 「소파 방정환과 사회주의」, 『아침햇살』, 2000년 여름호.
나까무라 오사무(仲村修), 「발굴자료 이주홍 '배암새끼의 무도'」, 『창비 어린이』, 2003년 여름호.
김영순, 「'황소와 도깨비'는 이상의 창작인가」, 『창비 어린이』, 2003년 겨울호.
조은숙, 「1910년대 아동신문 "붉은 져고리" 연구」, 『근대문학연구』 8호, 2003.
박태일, 「이원수의 부왜문학 연구」, 『배달말』 제32집, 2003.
김자연, 『아동문학의 이해와 창작의 실제』, 청동거울, 2003.
오오타케 키요미(大竹聖美), 「전시 통제하의 식민지조선 아동문화사 연표」, 『근대 한일 아동문화와 문학관계사』, 청운, 2005.
최기숙, 「'신대한 소년'과 '아이들보이'의 문화생태학—"소년"과 "아이들보이"를 중심으로」, 『상허학보』 16집, 2006.

박숙경은 『새별』 1914년 1월호에 발표된 이광수의 「내 소와 개」를 발굴 소개하면서 이 작품을 한국 창작동화의 형성과정에서 새롭게 사리매김했고, 김자연은 1914년 『아이들보이』에 발표된 최남선의 「센둥이와 검둥이」를 한국 최초 창작동화로 주목했다. 심명숙의 방정환 연보는 염희경의 「소파 방정환 연구」(인하대박사학위논문, 2007)에서 더욱 상세하게 보완되었다. 나까무라 오사무는 이주홍의 등단작 「배암새끼의 무도」가 1925년작으로 알려져 왔으나, 실제로 발표된 것은 『신소년』 1928년 5월호임을 밝혔다.

한편, 정전 문제와 관련해서 주목할 만한 선·전집류는 다음과 같다.

- 『조선아동문학집』(조선일보사, 1938).
- 『한국아동문학전집』(전12권 : 민중서관, 1962).
- 『한국아동문학독본』(전10권 : 을유문화사, 1962).
- 『한국현대동화집—소년소녀 세계문학전집 · 60』(계몽사, 1962).[8]
- 『한국아동문학대표작선집』(전30권: 웅진출판주식회사, 1988).
- 『어린이한국문학』(전50권: 계몽사, 1995).

- 『1920년대 아동문학집 · 1』(평양: 문학예술종합출판사, 1993).
- 『1920년대 아동문학집 · 2』(평양: 문학예술종합출판사, 1994).
- 『1930년대 아동문학작품집 · 1, 2』(평양: 문학예술출판사, 2005).

일제시대와 해방 직후에도 개인이 엮은 몇몇 갈래별 선집은 존재한다. 그러나 대표성과 영향력 면에서는 조선일보 출판부에서 펴낸 『조선아동문학집』을 넘어서는 게 없다. 그리고 분단시대에 남북한에서 발간된 선·전집류는 훨씬 많을 것이지만, 일제시대의 작품을 수록하고 있는 것으로 대표성과 영향력을 고려한다면 위에 제시한 자료가 우선적으로 검토되어야 할 대상이라고 판단된다.

영향력 있는 주요 선·전집류라 했지만 오류가 만만치 않다. 작품 선정 기준은 차치하고서라도 수록된 텍스트가 그리 믿을 만한 게 못 되고, 연보 또한 하나로 고정되어 있지 않다. 특정 오류가 동일하게 반복되어 나타나기도 한다. 이런 문제점을 대표하는 양상의 하나가 바로 「바위나

8 필자는 초판발행연도를 밝히지 않은 1983년 중판을 소장하고 있는데, 이재철의 『한국현대아동문학사』에는 1962년에 『소년소녀 세계문학전집』 '전50권'이 나왔다고 되어 있다.(536쪽) 따라서 중판의 '제60권'으로 나온 『한국현대동화집』은 초판 발행연도가 1962년 이후일 가능성도 없지 않다. 이원수(1911~1981)가 엮은 것으로 되어 있다.

리와 아기별」의 서지사항이다. 이 작품은 아동문학사적으로 매우 비중 있게 다뤄져 온 만큼 사실관계의 굴절이 초래하는 문제점도 클 수밖에 없다. 이제 불철저한 고증의 문제점을 환기하는 차원에서 이 작품의 관계기록을 면밀하게 되짚어보고 아동문학사 연표의 중대한 오류를 바로 잡아 보기로 하겠다.

3. 「바위나리와 아기별」의 서지사항

마해송(馬海松, 1905~1966)의 「바위나리와 아기별」은 '1923년 『샛별』에 발표된 우리나라 최초의 창작동화'라는 서지사항과 더불어 지금까지 나온 아동문학사 관련 저서에서 빠짐없이 언급되고 있는 작품이다.[9] 석·박사 학위논문 가운데 가장 많이 언급되고 있는 작품도 이것인데,[10] '1923년 『샛별』에 발표된 우리나라 최초의 창작동화'라고 강조하는 데에서 예외가 없다. 이 작품은 1989년도 제5차 교육과정부터 지금까지 초등 교과서에 가장 장기간 수록된 작품이기도 하다. 우선 필자는 「바위나리와 아기별」이 문학사적으로 의의 있는 선구적인 작품이라는 평가에 동의한다. 하지만 문학사에서 '최초'를 따지는 일은 부질없다. 그보다도 우리의 관심은 '1923년 『샛별』에 발표된 것'이라는 서지사항으로 돌려져야 한다. 그토록 중요하게 여기는 작품에 대해서 응분의 관심을 가지고 관련 자료를 살폈더라면, 결과적으로 그렇듯 부정확한 서지사항을

---

9 이재철, 『한국현대아동문학사』, 일지사, 1978 ; 이상현, 『아동문학강의』, 일지사, 1987 ; 석용원, 『아동문학원론』, 학연사, 1992 ; 김만석, 『아동문학개론, 동북조선민족교육출판사, 1993 ; 이재복, 『우리 동화 바로 읽기』, 한길사, 1995 ; 박상재, 『한국 창작동화의 환상성 연구』, 집문당, 1998 ; 김자연, 『한국 동화문학 연구』, 서문당, 2000.

10 한국교육학술정보원의 학술연구정보서비스(http:/www.riss4u.net)에서 제공하는 마해송 관련 학위논문은 2008년 현재 총 24건이다. 부분적으로 「바위나리와 아기별」을 다룬 학위논문은 이를 훨씬 넘어선다.

되풀이 강조하는 어리석음은 피할 수 있었을 것이다. 「바위나리와 아기별」을 '우리나라 최초의 창작동화'라고 언급한 수많은 연구논문에서 텍스트비평은 찾아보기 힘들다. 연구대상의 원본 확정을 건너뛰는 무모함이 무책임한 인상비평을 양산한다.

앞의 윤석중, 윤고종이 작성한 목록에는 「바위나리와 아기별」이 빠져 있고, 어효선이 작성한 목록에는 연도를 밝히지 않은 채 「바위나리와 아기별」이 『샛별』에 발표되었다고만 기록되어 있다. 반면에 이재철의 『한국현대아동문학사』에는 「바위나리와 아기별」이 무려 열 번이나 언급되었는데, 그중 여덟 번은 '1923년 『샛별』에 발표된 우리나라 최초의 창작동화'라는 사실을 강조한 것이다.[11] 그러나 이 사실을 증명할 수 있는 자료 『샛별』은 아직 구해지지 않는다. 뒤에 자세히 살펴보겠지만, 후기로 올수록 「바위나리와 아기별」의 가치가 높아지고 있음을 기억해 두자. 「바위나리와 아기별」을 수록하고 있는 주요 자료는 다음과 같다.

- 『어린이』(1926.1).
- 『해송동화집』(동경 : 동성사, 1934).[12]
- 『떡배 단배』(학원사, 1953).
- 『마해송 동화집—한국아동문학전집 · 2』(민중서관, 1962).
- 『한국현대동화집—소년소녀 세계문학전집 · 60』(계몽사, 1962).
- 『사슴과 사냥개』(창작과비평사, 1977).
- 『귀 먹은 집오리—한국아동문학대표작선집 · 5』(웅진출판주식회사, 1988).
- 『바위나리와 아기별—어린이한국문학 · 1』(계몽사, 1995).

---

11 이재철, 앞의 책, 86, 101, 132, 133, 134, 307, 383, 388쪽.

12 개벽사 발행으로 전하고 있지만, 실제로는 동경(東京)의 동성사(同聲社)에서 발행했고 개벽사는 보급을 맡았다. 염희경, 「마해송 작품 연보」, 염무웅 · 최원식 외, 앞의 책, 194쪽.

- 『1920년대 아동문학집 · 2』(평양 : 문학예술종합출판사, 1994).

1926년 1월호 『어린이』 잡지에 실린 것이 우리가 확인할 수 있는 최초의 텍스트다. 잡지 목차에는 「바위나리와별」이라고 되어 있으나 아마 오식(誤植)일 것이다. 텍스트 제목은 「바위나리와애기별」로 표기되어 있으며, 텍스트 말미에 또 다른 서지 관련 주석은 없다.

1934년 동성사에서 발행한 『해송동화집』에는 11편의 작품이 실려 있다. 이재철 소장(所藏)의 이 동화집은 일부 훼손된 상태다. 저자 후기와 판권도 낙장이다. 그런데 수록작품마다 텍스트 말미에 서지사항이 주석으로 밝혀져 있다. 그것을 작품이 실린 차례대로 뽑아 보면 다음과 같다.

- 동화 「어머님의선물」 : 낙장
- 아동극 「복남이와네동무」 : 송도소녀가극단을위하야 대정12년 · 12 · 새ㅅ별
- 아동극 「다시건저서」 : 송도소녀가극단을위하야 대정13년 · 5 · 새ㅅ별
- 아동극 「장님과코길이」 : 대정14년 · 5 · 어린이
- 아동극 「둑겁이의배」 : 대정14년 · 8 · 어린이
- 동화 「바위나리와애기별」 : 대정15년 · 1 · 어린이
- 아동극 「독갑이」 : 대정15년 · 3 · 신소년
- 동화 「소년특사」 : 소화2년 · 1 · 어린이
- 동화 「호랑이」 : 낙장
- 동화 「톡기와원숭이」 : 소화6년 · 8 · 어린이, 소화8년 · 1 · 2 · 어린이(부득이한 사정으로 미완)
- 동화 「호랑이 · 고깜」 : 소화8년 · 10 · 11 · 어린이

여기서 확인되는 것은 '처음 발표된 연도순서'대로 작품을 실었다는 사실이다. 「어머님의 선물」은 『어린이』 1925년(대정14년) 12월호에도 발표되었지만, 『샛별』에 발표된 연도를 따라서 제일 앞자리에 실었을 것이다. 그러니까 마해송의 첫 창작동화는 「어머님의 선물」인 셈이다. 또 하나 확인되는 사실은 「바위나리와 아기별」의 처음 발표 연도와 지면이다. 여기에 따르면 『어린이』 1926년(대정15년) 1월호가 된다. 작가가 손수 작성한 이 서지사항에 의문스러운 구석은 남아 있지 않다.

1953년 학원사에서 나온 동화집 『떡배 단배』에는 5편의 창작동화가 실렸는데, 1964년에 재판을 찍으면서 작품도 더 많이 추가했고 추가된 작품만큼 후기의 설명도 늘어났다. 초판은 현재 손에 닿지 않지만, 초판의 후기까지도 재판에 그대로 옮겨 실었기 때문에 그 내용을 살피는 데 어려움은 없다. 작가는 수록작품 5편에 대한 서지사항을 후기에서 다음과 같이 밝혀 놓았다.

> 「바위나리와 아기별」은 1923년에 지은 것이다. 1924년 5월 1일, 제2회 어린이날에 이 이야기를 두 군데서 해 준 일이 있었다.
>
> 그리고 1926년 신년호 『어린이』 잡지에 실렸다. 여러 해를 두고두고 지은 것이다. (…)
>
> 「어머님의 선물」은 1923년에 『샛별』이라는 잡지에 실렸다.
>
> 그러니 1922년에 지었을 것이다. (…) 1925년 12월호 『어린이』에 다시 나왔고 다른 잡지에서도 옮겨 실었다.
>
> 「토끼와 원숭이」는 1931년 8월호 『어린이』에 첫 머리가 실렸고 1933년 1월, 2월호에 다시 싣기 시작했는데 제3회치 원고는 압수를 당하여 나오지 못했다. (…)
>
> 「호랑이 곶감」은 1933년 10월호와 11월호 『어린이』에 발표하였다.
>
> 「떡배 단배」는 1948년 신년호 자유신문에 20일 동안 연재하여 발표하였다.[13]

여기에서도 확연하게 드러나는바, 「어머님의 선물」은 1922년에 지었고 1923년 『샛별』에 실렸다고 분명하게 기술했지만, 「바위나리와 아기별」은 1923년에 지었다고만 했을 뿐이고 발표지면은 1926년 신년호 『어린이』를 들고 있다는 사실이다. 작가가 손수 작성한 이 서지사항에도 크게 의심나는 대목은 발견되지 않는다.

「바위나리와 아기별」의 서지사항과 관련해서 중요한 정보를 제공하는 마해송의 초기기록이 하나 더 있다. 1931년 9월 23일자 《조선일보》에 실린 「산상수필(山上隨筆)」이다. 이 글은 1931년 8월호 『어린이』에 처음 선보인 「토끼와 원숭이」가 "이미 6, 7년 전에 창작한 것"이라면서 그 발표경위를 설명하는 데에 더 초점을 둔 자료인데, 「어머님의 선물」과 「바위나리와 아기별」에 대해서도 다음과 같이 언급하고 있다.

> 10년 전일까? 「어머님의 선물」이란 부끄러운 동화를 썼을 때에도, 이야기를 꾸미기 시작한 지 약 1년 후에, 비로소 원고로 써서 발표한 것이다. 1년 동안, 이리 생각 저리 생각하며, 동화회에서, 이렇게 이야기해보고, 저렇게 이야기해 보고 하는 중에 점점 좋은 동화가 되어가는 까닭에, 그 후의 수편의 동화도 대개 수개월, 혹 1개년, 혹 2개년 동안을 걸려 쓴 것이다.
>
> 「바위나리와 아기별」이란 동화는 일본 건너오기 전, 개성에서 제2회 어린이 날의 동화회에서 구연한 일이 있었고, 그 후 일본에서 2년을 지낸 후, 제3년 신년회의 『어린이』에 발표하였으니, 그간 3, 4년을 지낸 것이다.[14]

앞서 살펴본 두 권의 동화집에서 작가가 손수 작성한 서지사항과 어긋나지 않는 내용이다. 작가의 표현대로 「바위나리와 아기별」을 '1923년에 지은 것'이라고 해도 그건 아직 텍스트로 기록된 것이 아니었다.

13 마해송, 『떡배 단배』, 재판, 학원사, 1964, 226쪽.
14 마해송, 「산상수필」, 《조선일보》, 1931년 9월 23일자.

혹시 작가 발언에 기대어 「어머님의 선물」의 창작 연도를 1922년, 「토끼와 원숭이」의 창작 연도를 1924년으로 문학사 연표에 기록해야 한다고 주장할 사람이 있겠는가? 「바위나리와 아기별」을 '1923년작'이라고 연표에 기록하는 것은 「어머님의 선물」을 '1922년작'으로, 「토끼와 원숭이」를 '1924년작'이라고 각각 연표에 기록하는 것이나 다름없다. 얼마나 큰 차이인가? 텍스트 형태로 발표되기 전의 원고·구상·구연 등은 하나의 참고사항일 뿐이다. 우리가 연구하는 대상은 구체적으로 분석 가능한, 객관적으로 존재하는 텍스트이기 때문이다. 그러니 「바위나리와 아기별」의 창작 연도는 1926년이 되어야 맞는다. 요컨대 '『어린이』 1926년 1월호'가 이 작품의 정확한 서지사항이 되는 것이다.

그럼 「바위나리와 아기별」이 '1923년 『샛별』에 발표된 것'이라는 통설은 어디에 근거하는 것일까? 필자가 확인한 바로는 이에 관한 최초의 언급도 작가 자신에게서 나왔다. 1962년 민중서관에서 나온 『마해송 동화집—한국아동문학전집 · 2』의 '작품해설'이 그것이다. 여기에서 마해송은 「바위나리와 아기별」에 대해 다음과 같이 밝혔다.

> 1923, 4년에 걸쳐서 지은 작품이다. 맨 처음의 작품이었다. 『샛별』이라는 잡지에 실었었고 1926년 신년호 『어린이』 잡지에 다시 실렸다.[15]

『샛별』에 언제 실렸는지는 분명하게 언급하지 않았지만, 1923, 4년에 걸쳐서 지은 작품이라고 했으니, 1924년이나 1925년에 실렸다는 얘기가 된다. 본문의 텍스트 말미에는 '1924년'이라는 연도만 기록해 놓았다. 한 가지 이상한 것은, 이전에 「어머님의 선물」을 '1922년에 지은 작품'이라고 말해 놓고서 그에 대한 아무런 해명도 없이 이번에는 "1923,

---

15 『마해송 동화집—한국아동문학전집 · 2』, 민중서관, 1962, 325쪽.

4년에 걸쳐서 지은" 「바위나리와 아기별」을 "맨 처음의 작품"이라고 언급한 점이다. 「어머님의 선물」은 여기 수록작품이 아니기에 서지사항에 대한 언급도 나와 있지 않다.

민중서관의 한국아동문학전집은 마해송, 윤석중, 이원수, 강소천이 편집위원으로 참여했다. 당연히 전집 2권의 『마해송 동화집』은 마해송 자신이 편집했을 것이다. 이를 증명하듯 여기 텍스트는 이전의 텍스트를 새롭게 손질한 대목들이 많이 눈에 띈다. 말하자면 이것이 저자가 손질한 '결정판'에 해당하는 것이다. 이후 각종 작품집에 실린 「바위나리와 아기별」 텍스트는 대부분 민중서관에서 나온 것을 정본으로 삼았음이 확인된다.

그렇지만 마해송 작고 후의 작품집들에서 보는 「바위나리와 아기별」의 서지사항은 또 제각각이다. 1977년에 창작과비평사에서 나온 『사슴과 사냥개』에는 수록 작품에 대한 이오덕의 해설이 실려 있는데, 「어머님의 선물」은 "1923년 『샛별』에 발표된, 최초의 작품"이라고 해두었지만, 「바위나리와 아기별」의 서지사항은 일체 밝히지 않았다. 1988년 웅진에서 나온 『귀 먹은 집오리—한국아동문학대표작선집 · 5』은 「바위나리와 아기별」의 텍스트 말미에 '1923'이라고 연대를 밝혔고, 작가소개란에 "1923년 『샛별』지를 통해 동화 「바위나리와 아기별」로 문단에 나옴"이라고 서술해 놓았다. 1995년 계몽사에서 나온 『바위나리와 아기별—어린이한국문학 · 1』은 작가소개란에 "1923년 잡지 『어린이』에 우리나라 최초의 창작동화 「바위나리와 아기별」을 처음 발표"했다고 서술해 놓았다. 한편, 1994년 평양 문학예술종합출판사에서 나온 『1920년대 아동문학집 · 2』은 1926년 1월 『어린이』에 실린 것을 정본으로 삼았으면서도 텍스트 말미에는 "1925년 1월 『어린이』"라고 서지사항을 밝혀 놓았다. 아예 서지사항을 밝히지 않은 창작과비평사의 작품집을 제외하고는 모두 오류를 드러내고 있는 것이다.

4. 작가 진술의 변화 요인

「바위나리와 아기별」의 첫 발표 시기 문제는 1920년대 개성에서 발행된 잡지 『샛별』을 손에 넣지 않는 이상 완전히 해결할 수는 없다. 만일 처음부터 작가가 「바위나리와 아기별」을 『샛별』에 발표된 최초의 작품으로 일관되게 기록해 왔다면, 「어머님의 선물」처럼 설사 물증이 없더라도 연보나 연표를 작성하는 데 별 문제는 없었을 것이다. 그렇지만 앞서 살펴본 대로 작가는 애초 「어머님의 선물」이 「바위나리와 아기별」보다 더 이른 시기의 작품이고, 「바위나리와 아기별」은 1926년 1월 『어린이』에 발표된 것으로만 서지사항을 밝혀 왔다. 그러다가 어느 시점부터 작가 진술이 달라진 것인데, 이런 경우에는 작가와 그 주변인물의 기록을 참조하되 기억의 불확실성을 십분 감안하면서 작가 진술의 변화 요인도 함께 따져 보는 것이 효과적인 방법이라고 생각한다.

일제시대의 아동문학집으로서 주목할 가치가 있는 자료는 앞서도 말한 1938년 조선일보사 발행의 『조선아동문학집』이다. 당시 조선일보 출판부는 신문학 이후의 창작을 정리해서 각종 문학전집을 발행했으며, 독자로부터 높은 호응 얻고 있었다. 『조선아동문학집』은 동요·동화·동극·소년소설 등 갈래별로 작품을 뽑아 실었는데, 마해송의 작품은 동화 「어머님의 선물」과 동극 「장님과 코끼리」가 각각 선택되었다. '최초의 창작동화집'으로 평가받는 『해송동화집』이 나온 지 4년 후에 만들어진 선집임을 감안할 때, 「바위나리와 아기별」이 빠진 것은 뜻밖의 일이다.[16] 「바위나리와 아기별」을 제치고 「어머님의 선물」이 대표작으로 선택된

16 일찍이 장혁주는 「해송동화집독후감」(《동아일보》, 1934년 5월 26일자)에서 「바위나리와 아기별」이 안데르센과 그림형제의 동화에도 뒤지지 않는 것이라면서 극찬한 바 있다. 장혁주(張赫宙, 1905~1998)는 일본문단에 등단한 소설가이자 평론가로서 주로 일본에서 활동을 벌였고, 해방 후 일본에 귀화하였다. 1920, 30년대 일본에서는 오가와 미메이(小川未明) 풍의 이른바 '상징동화'가 창작동화의 모델로 인식되었다.

것은 왜일까? 필자는 여기에 일제시대 우리 창작동화의 민족적 특성과 관련되는 문제가 숨어 있다고 판단한다. 곧 '탐미적 색채'가 도드라진 「바위나리와 아기별」보다는 다소 감상적이지만 현실적 색채를 지닌 「어머님의 선물」이 더욱 일제시대 우리 창작동화의 전형으로 인식되었다는 점, 따라서 당대 독자의 호응도 그쪽이 훨씬 높았으리라는 점이다. 크게 보아서 「바위나리와 아기별」 계열의 작품은 마해송한테서도 더 이상 나오지 않았으며, 다른 동화작가들 또한 마찬가지여서 훗날 이 작품은 더욱 이채를 발하는 것으로 주목받게 되었다.[17]

한편, 해방 후에 만들어진 아동문학집으로서 주목할 가치가 있는 자료는 1962년 을유문화사에서 나온 『한국아동문학독본』 시리즈다. '1권 방정환, 2권 마해송, 3권 윤석중, 4권 이주홍, 5권 이원수, 6권 강소천, 7권 임인수, 8권 박화목, 9권 한국 전래동화, 10권 한국 전래동요' 순으로 발행되었다. 그중 2권으로 나온 『마해송 아동문학독본』은 엮은이가 이희승이라고 되어 있다. 흥미로운 건 여기에도 「어머님의 선물」은 실려 있는데 「바위나리와 아기별」은 빠져 있다는 사실이다. 대표작을 엄선해서 싣는 권위 있는 선·전집류가 정전 형성에 미치는 영향력을 생각할 때, 이는 결코 예사롭게 보아 넘길 일이 아니다.

어쩌면 여기에는 특별한 사정이 개입해 있는지도 모른다. 같은 해에 마해송이 엮은 민중서관의 대표작선집에는 을유문화사의 대표작선집과 겹치는 작품이 한 편도 없다. 민중서관 선집의 수록작품은 「바위나리와 아기별」, 「토끼와 원숭이」, 「떡배 단배」, 「토끼와 돼지」이고, 을유문화사 선집의 수록작품은 「호랑이, 곶감」, 「어머님의 선물」, 「소년 특사」, 「오돌돌 한우물」, 「형제」, 「꽁초 노인의 새장」, 「물고기 세상」, 「신기한 옥퉁소」이다. 엮은이 해설에서도 이렇게 된 사정을 엿볼 수 있는 단서는

---

17 이에 대한 기본적인 관점은 졸고, 「한일 아동문학의 기원과 성격 비교」(『아동문학과 비평정신』, 창작과비평사, 2001)를 참고하기 바람.

찾아지지 않는다. 단언할 성질은 아니지만, 같은 시기에 다른 출판사에서 각각 대표작선집이 나오게 되니까 엮은이끼리 서로 연락을 주고받으면서 수록작품이 겹치기 않게끔 골랐을 가능성이 없지 않다.

그 사정이 어떠하든, 마해송이 「바위나리와 아기별」을 자신의 첫 작품이자 『샛별』에도 발표한 것이라고 밝힌 1962년은 한국아동문학의 유산을 정리하는 선·전집류의 발행이 본격화한 시점이라는 사실을 주목할 필요가 있다. 뿐만이 아니다. 1962년은 성인을 상대로 하는 본격적인 아동문학 전문지 『아동문학』이 발행되기 시작한 해이기도 하다. 『아동문학』은 강소천, 김동리, 박목월, 조지훈, 최태호를 편집위원으로 해서 1962년 10월부터 1969년 5월까지 총 19집이 발행되었고, '동화와 소설', '동요와 동시의 구분' 등 일련의 지상 심포지엄을 통해 아동문학의 여러 문제점들을 검토해 갔다. 1963년에 나온 『아동문학』 5집에는 마해송과 강소천의 대담기록이 실려 있는데,[18] 초기작품과 관련한 다음의 발언이 눈에 띈다.

강소천: (…) 그럼 선생님의 처녀작품이 발표된 것은 언제쯤인가요?

마해송: 박홍근 주간의 『샛별』에 동화 「어머님의 선물」을 발표한 것이 1923년입니다마는, 처녀작품은 「바위나리와 아기별」이지요.

강소천: 저도 당시 상당히 재미나게 읽었습니다. 선생님의 「바위나리와 아기별」 「어머님의 선물」은 우리 나라에서는 최초의 창작동화라고 기억하는데, 이 점 선생님은 어떻게 생각하시는지요.

마해송: 네, 그렇죠. 제일 먼저 발표된 것이라고 여깁니다. 그 당시 「어머님의 선물」은 독자들에게 많은 감동과 격찬을 받으면서 읽히어졌습니다. 그리고 이 작품의 영향이 얼마나 컸느냐고는, 그 당시 이것과 흡사한 모작품이 수없이

18 대담 일자는 1963년 3월 2일이고, 이 기록이 발표된 시점인 6월은 강소천이 작고한 뒤였다.

쏟아져 나왔다는 사실로도 짐작할 수 있습니다.[19]

마해송은 「바위나리와 아기별」을 처녀작품이라고 했으나, 언제 어디에 발표했다는 언급은 하지 않았다. 그런데 「어머님의 선물」은 1923년 『샛별』에 발표한 것이라고 확실하게 진술하고 있다. 또 그 작품이 일제시대에는 「바위나리와 아기별」보다 훨씬 더 호응이 컸다고도 밝히고 있다. 두 작품이 모두 작가에게 의미를 띠고 있는 것은 분명하지만, 발화시점과 상황에 따라 강조점이 미묘하게 움직이고 있는 것이다.

개인적으로 마해송은 청년시절의 슬픈 사랑 체험을 그린 「바위나리와 아기별」에 대해 각별한 애착심을 보여 왔다. 그는 수필가로서도 명성을 떨쳤는데, 회고 형식의 글을 통해서 「바위나리와 아기별」의 씨앗이 된 '연애사건'을 여러 차례 소개해 왔다.[20] 조혼의 폐습에 따라 신부도 모르고 결혼했다가, 도일(渡日)하여 새로운 여성과 사랑에 빠지지만 엄친의 명에 의해서 가택연금까지 당해야 했던 것이다. 한편, 우리 창작동화의 흐름에서 「바위나리와 아기별」의 가치는 점점 더 높아져 갔다. 「어머님의 선물」과 더불어 주류를 이룬 교훈적인 생활동화나 의인동화가 대신할 수 없는 독특한 세계를 지녔기 때문이다. 결과적으로 「바위나리와 아기별」은 자타가 공인하는 대표작으로서 부각되었다. 하나 걸리는 게 있다면 발표 시기가 「어머님의 선물」보다 조금 늦다는 사실이었을 테다. 그래서일까? 마해송은 1964년 『현대문학』의 '나의 처녀작·내가 고른 대표작'란에 「연금에서 빚어진 '바위나리와 아기별'」이라는 제목의 글을 쓰면서 초기작 가운데 오로지 이 작품에 대해서만 집중하고 있다. 「바위나리와 아기별」을 자신의 처녀작이자 대표작으로 최종 봉인(封印)한 것이

19 마해송 · 강소천 대담, 「작가를 찾아서—마해송편」, 『아동문학』 5집, 1963, 37쪽.
20 가장 대표적인 책은 『亦君恩』(東京 : 愛宕社, 1941)과 『아름다운 새벽』(성바오로출판사, 1974)이다.

다. 여기에서는 「바위나리와 아기별」의 서지사항을 다음과 같이 밝혔다.

> 당시 개성에는 박홍근 씨가 발행하는 『샛별』이라는 어린이잡지가 있었다. 『샛별』에 발표했고, 1926년 신년호 『어린이』에 다시 실렸고, 1934년 '시에론 레코오드'가 앞뒤 두 면으로 (남궁선 낭독: 원문) 넣어 발매하니 『어린이』(에: 인용자)는 다시 한 번 실렸었다.[21]

『샛별』에 발표한 것이라는 언급이 또 나타나 있는데 정확한 연도는 말하지 않았다. 뒤늦게 「바위나리와 아기별」을 자신의 첫 작품으로 추인(追認)했지만, 그 서지사항은 「어머님의 선물」을 언급할 때와는 달리 분명하게 고정되어 있지 않은 것이다. 가까운 사람들에게서도 정확한 서지 정보는 찾아지지 않는다. 동향의 선배이자 오랜 문우인 고한승도 정확한 증언은 남기지 않았다. 마해송 작고 후에 나온 추모문집에는 아동문학가 박홍근이 "1925년 약관 19세에 동화 「어머님의 선물」과 「바위나리와 아기별」 등으로 이 나라에 창작동화의 길을 처음으로 열어놓고……"[22]라고 창작 연도에 대해 다소 부정확하게 쓴 것을 볼 수 있는데, 이 박홍근(朴洪根)은 개성에서 『샛별』을 발행한 박홍근(朴弘根)과는 동명이인이다. 마해송의 아들 마종기가 비매품으로 펴낸 추모문집의 작가 연보에는 "1922년 박홍근 주간의 어린이 잡지 『샛별』에 동화 「어머님의 선물」 「바위나리와 아기별」 「복남이와 네 동무」 등을 발표"[23]했다고 잘못 기록해 놓았다. 이건 거의 의도적인 왜곡에 가깝다.

사정이 이러하다면 문학사 연표에서 「바위나리와 아기별」의 서지사항을 어떻게 확정해야 할 것인가? 일차자료는 구해지지 않고 서로 경쟁하

21 마해송, 「연금에서 빚어진 '바위나리와 아기별'」, 『현대문학』, 1964. 7, 223쪽.
22 박홍근, 「동화나라의 해바라기 할아버지」, 『행복하여라 마음이 가난한 사람』, 비매품 : 성바오로출판사, 1989, 20쪽.
23 같은 책, 215쪽.

는 이차자료는 여럿 존재하는 만큼 절대적 완벽은 기할 수 없다는 전제 아래, 부족한 부분은 합리적 추론에 의거해서 해결하는 것이 최상의 방안이다. 작가가 손수 작성한 초기의 서지사항이 가장 믿을 만한 것이겠고, 작가의 회고기록은 사안으로부터 가까운 날의 글이 더 믿을 만한 것이겠다. 더욱이 훗날 더 많이 주목받기 시작한 작품임에랴. 모름지기 사람의 기억은 자신에게 유리한 쪽으로 움직이게 마련 아닌가.[24] 작가의 여러 기록에 의거할 때 「바위나리와 아기별」은 「어머님의 선물」보다 1년 가량 늦거나 거의 비슷한 시기에 '구상'된 작품이었다. 처음에는 1923년 『샛별』에 발표된 「어머님의 선물」을 최초의 작품으로 삼았으나, 나중에는 1926년 『어린이』에 발표된 「바위나리와 아기별」을 더 앞자리에 끼어 넣고 싶은 작가의 욕망이 일어났고, 그 때문에 '이른 시기에 구상되고 구연된 사실'과 '실제로 발표한 사실'을 이따금 혼돈해서 말한 것이라고 생각한다.

5. 맺음말

이제 각종 문헌자료를 통해 필자가 파악한 마해송 초기작품의 서지사항을 정리해 보기로 하자. 마해송은 색동회 가입 이전에 연극운동과 소년회 운동을 활발하게 전개했는데 「어머님의 선물」과 「바위나리와 아기별」은 잡지에 발표되기 전에 동화대회에서 먼저 구연되었다. 대략

24 부정확한 사실을 작가에게 유리하게 기억하는 방증자료는 또 있다. 마해송과 같이 색동회에 1년 늦게 가입한 정인섭은 『색동회어린이운동사』(학원사, 1975)를 엮으면서 마해송의 「나와 '색동회' 시대」(『신천지』「 1954.2)를 재수록했는데, 내용 중 잘못 기억된 사실을 바로잡기 위해 글의 말미에 다음과 같은 주석을 달아 놓았다. "(정정: 색동회 조직은 1922년이 아니라 1923년이고, 처음 회원은 8명뿐이며, 마해송 · 정인섭은 1924년에 입회하였고, 최영주 · 최진순 · 윤석중 3인 중에서 최진순만 입회됐음)—색동회 중앙위원"(208쪽). 마해송의 회고글에는 '색동회는 1922년 마해송을 포함한 9명이 조직했다'고 잘못 기술되어 있었다.

1922~23년경이었다. 그러다가 「어머님의 선물」은 1923년 『샛별』에, 「바위나리와 아기별」은 1926년 1월호 『어린이』에 각각 처음 발표되었다. 애초에 마해송은 「어머님의 선물」은 1922년경에 지어져서 1923년 『샛별』에 처음 발표되었고, 「바위나리와 아기별」은 1923년경에 지어져서 1926년 1월호 『어린이』에 처음 발표되었다고 비교적 일관되게 진술해 왔으나(1931년의 「산상수필」, 1934년의 『해송동화집』, 1953년의 『떡배 단배』), 나중에는 「바위나리와 아기별」도 『샛별』에 발표되었던 것이라면서 그것이 맨 처음 작품이라고 진술을 번복하기 시작했다(1962년의 『마해송 동화집—한국아동문학전집 · 2』, 1963년의 「작가를 찾아서—마해송편」, 1964년의 「연금에서 빚어진 '바위나리와 아기별'」).

앞선 시기의 일관된 진술을 신뢰하지 못할 까닭이 없으며, 뒤에 와서 진술이 오락가락하면서 바뀌게 되는 데에는 나름의 근거를 추정해 볼 수 있다. 첫째, 애틋한 첫사랑의 체험을 담은 「바위나리와 아기별」에 대한 작가의 남다른 애착심이다. 창작의 동기가 된 '연애사건'이 1922년의 일이었으니, 구상단계까지를 '지어진 때'라고 말해 온 바에 입각해 본다면, 「바위나리와 아기별」이 제일 처음 작품이라고 혼돈할 만하다. 둘째, 초기에는 「어머님의 선물」이 더 호응을 받았는데, 후기에는 「바위나리와 아기별」이 더 주목을 받게 된 점이다. 특히 아동문학사의 유산에 대한 정리와 평가가 활발하게 이루어지기 시작한 1962년을 기점으로 자신의 첫 작품에 대한 진술이 바뀌는 것을 그저 우연이라고만 보기는 어렵다.

필자는 「바위나리와 아기별」의 선구적 위치나 문학적 가치는 1923년작이든 1926년작이든 크게 달라질 것은 없다고 본다. 그렇긴 해도 잘못된 정보에 기초해서 연표를 작성하거나 문학사적 평가를 내리는 일은 피해야 할 것이다. 이제 이 작품에 대한 '우리나라 최초' 운운하는 상투적인 수식어는 떼어버리는 게 좋겠다. 그 말은 엄밀하게 실증된 정확한 표현도 아닐 뿐더러, 형성기 창작동화의 다단(多端)한 흐름에 대해서도 눈을 감게 만든다. 누구나 인정하듯이 「바위나리와 아기별」은 마해송의 초기 대표작이다. 그런데 이 작품은 '1923년 『샛별』에 발표된 우리나라 최초의 창작동화'라고 자못 거창하게 의미가 부여되었던 만큼 가장 많이 연구되어 왔으면서도 정작 기본적인 텍스트비평이 누락됨으로써 잘못된 통념을 대표하는 본의 아닌 오점을 끌어안게 되고 말았다. 주먹구구식 연구가 낳은 아동문학의 불명예가 아닐 것인가. 아동문학 전공자가 증가하면서 이 분야에 대한 학문으로서의 인식은 점점 확고해지고 있다. 그러나 부정확한 작가 연보와 문학사 연표를 재정비해야 하는 기초연구의 과제는 여전히 절실하다.

참고 문헌

1. 기본자료

『어린이』, 《조선일보》, 《동아일보》 기타.

『해송동화집』, 동경 : 동성사, 1934.

『조선아동문학집』, 조선일보사, 1938.

『역군은』(수필집), 동경 : 애암사, 1941.

『편편상』(수필집), 새문화사, 1948.

『전진(戰塵)과 인생』(수필집), 홍국연문협회, 1953.

『요설록』(수필집), 신태양사, 1958

『떡배 단배』(동화집), 학원사, 1953 : 재판, 1964.

『한국아동문학전집』 전12권, 민중서관, 1962.

『한국아동문학독본』 전10권, 을유문화사, 1962.

『아름다운 새벽』(자서전), 성바오로출판사, 1974.

『소년소녀 세계문학전집』 전60권, 계몽사, 1962 : 중판, 1983.

『사슴과 사냥개』(동화집), 창작과비평사, 1977.

『한국아동문학대표작선집』 전30권, 웅진출판주식회사, 1988.

『1920년대 아동문학집 · 2』, 평양 : 문학예술종합출판사, 1994.

『어린이한국문학』 전50권, 계몽사, 1995.

어효선, 「아동문학사연표」, 『아동문학』 제12집, 1965.

윤고종, 「아동잡지소사」, 『아동문학』 제2집, 1962.

윤석중, 「한국아동문학서지」, 『아동문학의 지도와 감상』, 대한교련, 1962.

이재철, 「한국아동문학서지」, 『세계아동문학사전』, 계몽사, 1989.

2. 논저

김만석, 『아동문학개론』, 동북조선민족교육출판사, 1993.

김영순, 「'황소와 도깨비'는 이상의 창작인가」, 『창비어린이』, 2003년 겨울호.

김자연, 『아동문학의 이해와 창작의 실제』, 청동거울, 2003.

______, 『한국 동화문학 연구』, 서문당, 2000.

나까무라 오사무(仲村修), 「발굴자료 이주홍 '배암새끼의 무도'」, 『창비어린이』, 2003년 여름호.
라영균, 「정전과 문학 정전」, 『외국문학연구』 7집, 2000.
박상재, 『한국 창작동화의 환상성 연구』, 집문당, 1998.
박숙경, 「이광수와 근대 창작동화의 기원」, 『아침햇살』, 1998년 여름호.
박태일, 「이원수의 부왜문학 연구」, 『배달말』 제32집, 2003.
박홍근, 「동화나라의 해바라기 할아버지」, 『행복하여라 마음이 가난한 사람』, 비매품 : 성바오로출판사, 1989.
석용원, 『아동문학원론』, 학연사, 1992.
심명숙, 「다시 쓰는 방정환 동요 연보」, 『아침햇살』, 1998년 가을호.
염희경, 「소파 방정환과 사회주의」, 『아침햇살』, 2000년 여름호.
______, 「소파 방정환 연구」, 인하대박사학위논문, 2007.
염무웅 · 최원식 외, 『해방 전후, 우리 문학의 길찾기』, 민음사, 2005.
오오타케 키요미(大竹聖美), 『근대 한일 아동문화와 문학관계사』, 청운, 2005.
원종찬, 『아동문학과 비평정신』, 창작과비평사, 2001.
이상현, 『아동문학강의』, 일지사, 1987.
이재복, 『우리 동화 바로 읽기』, 한길사, 1995.
이재철, 『한국현대아동문학사』, 일지사, 1978.
정인섭,『색동회어린이운동사』, 학원사, 1975.
조은숙, 「1910년대 아동신문 "붉은 져고리" 연구」, 『근대문학연구』 8호, 2003.
최기숙, 「'신대한 소년'과 '아이들보이'의 문화생태학—"소년"과 "아이들보이"를 중심으로」, 『상허학보』 16, 2006.

『별나라』와 계급주의 아동문학의 의미

류덕제

1. 머리말

1917년 러시아 혁명이 성공하고 계급주의 이데올로기는 전 세계로 빠르게 확산되었는데, 식민지 조선의 지식인들은 대체로 일본을 통해 그 사상을 접하게 되었다. 일제강점기 조선에서 계급주의 사상이 확산된 것은 자생적 현실과 외부적 충격이 조응한 결과였다. 프롤레타리아의 해방을 목적으로 하는 계급주의 사상은 전 국민이 프롤레타리아와 다름없는 식민지 조선의 현실과 자연스럽게 맞아떨어져 급속하게 흡수되었고, 문학에서도 예외는 아니었다.

1920년대 아동문학 잡지로는 『어린이』(1923.3), 『新少年』(1923.10), 『아희생활』(1926.3; 1930년 11월호부터 '아이생활'로 제호 변경), 『별나라』(1926.6) 등이 대표적이었다. 이 가운데 『어린이』와 『아희생활』은 아동문학에 식민

류덕제
ryudj@dnue,ac,kr 대구교육대학교 국어교육과 교수. 주요 저서로는 『학습자 중심 문학교육의 이해』, 『대구경북 아동문학인 연구』가 있고, 「구성주의 관점의 문학교육, 일제강점기 계급주의 아동문학의 방향전환론과 작품적 대응양상 연구—〈별나라〉와 〈신소년〉을 중심으로」, 「윤복진의 동요곡집 연구—『물새발자옥』을 중심으로」 등 다수의 논문을 집필했다.

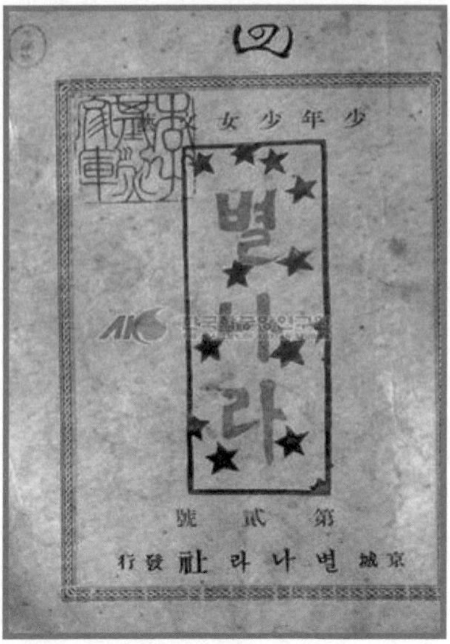

『별나라』, 제1권 제2호(1926.7)

지 현실을 반영하는 것에 관심이 없었으나, 『新少年』과 『별나라』는 이와 달랐다. 『별나라』는 창간 당시부터 '가난한 동무'를 위한다는 취지를 분명히 하였으며, 『新少年』의 경우 KAPF의 2차 방향전환이 있은 후 대체로 계급주의 사상을 반영하기 시작하였다. 이 두 잡지가 KAPF의 인적 영향 하에 있었기 때문인데, 필자들 가운데는 KAPF의 맹원이 많았고 따라서 내용도 KAPF 문인들의 현실 인식과 크게 다를 바 없었다.

일제의 강압적이고도 수탈적인 식민 지배가 진행됨에 따라 조선인들의 대부분을 차지하는 노동자와 농민의 현실은 더없이 열악해져 갔다. 어린이들의 현실 또한 이와 다르지 않았는데 아동문학 잡지들은 식민지 현실을 제대로 반영하지 못하고 있었다. 이러한 상황에서 어린이들에게도 계급적 현실 인식이 필요하다는 생각이 대두되었고, 『新少年』과 『별나라』가 그 역할을 담당한 것이다.

이 글은 『별나라』로 대표되는 계급주의 아동문학의 양상과 그 의미를 살피자는 것이 목적이다. 지금까지 계급주의 아동문학에 대한 연구가 일정한 성과를 거두었지만 아직 미진한 부분이 많다. 이유는 많겠지만 자료 접근의 어려움이 가장 큰 원인이었을 것이다. 필자는 남아 있는 『별나라』를 최대한 확인하고, 일제강점기 신문 및 잡지와 식민지 당국의 검열 자료, 북한의 문헌 등을 통한 교차 확인을 바탕으로 1920~30년대 『별나라』의 실체를 규명하고자 한다. 연구 방법의 초점은 실증적인 문헌

탐색에 집중과 철저를 기하는 것이다. 엄밀한 일차적 서지 고찰이 식민지 계급주의 아동문학 연구의 토대를 구축할 뿐만 아니라 실체적 진실을 밝혀 줄 수 있을 것이라 생각하기 때문이다. 이 연구에 이어서 계급주의 아동문학의 구체적인 작품과 비평에 대해 살펴보는 것을 후속 과제로 할 것이다.

2. 『별나라』와 계급주의 아동문학[1]

1) 『별나라』의 발행과 아동문학의 지형도

『별나라』는 1926년 6월 1일 창간하여 1935년 2월 통권 80호를 끝으로 종간한 것으로 보이며[2], 해방 속간 1호 이후 몇 호가 발간된 적이 있

---

1 이 논문에서 말하는 '아동문학'은 현재의 개념과는 일정한 차이가 있다. 식민지 시대 아동문학과 밀접한 관련이 있는 소년운동 단체들은 '소년'의 연령을 천도교소년회가 7세에서 16세까지, 조선소년연합회가 만18세까지, 조선소년총연맹은 12세에서 18세까지로 생각했다. 아동문학에 대해 유년을 만 4세~7세, 아동을 만 8세~13세, 소년을 만14세~17세로 나누며, 이를 통칭하는 이름으로 '아동'이라 하는 것이 적당하다는 주장(虎人, 「兒童藝術時評」, 『新少年』, 1932년 9월호, 19~22쪽)과, "「러시아」의 區別에 基하야" "自八歲 至十四歲까지의 兒童을 「幼年的兒童」이라 하고 自十四歲 至十八歲까지의 兒童을 「少年的(青年期에 直面한) 兒童」"(九峰學人, 「「푸로레」 童謠論」, 《朝鮮日報》, 1930.7.5)으로 구분하는 주장 등이 있었다. 당대나 해방 후, 식민지 시대의 '소년문학', '아동문학' 등등의 활동을 지칭해 '아동문학'이라 하는 점(李周洪, 「兒童文學運動 一年間-今後 運動의 具體的 立案」, 《朝鮮日報》 1931.2.13~21., 宋完淳, 「兒童文學의 天使主義-過去의 史的 一面에 關한 備忘草」, 『兒童文化』 제1집, 同志社兒童園, 1948.11, 宋完淳, 「朝鮮兒童文學試論-特히 兒童의 單純性 問題를 中心으로」, 『新世代』 제1권 제2호, 1946. 5, 朴世永, 「朝鮮兒童文學의 現象과 今後 方向」, 『建設期의 朝鮮文學』, 조선문학가동맹 중앙집행위원회 서기국, 1946) 등을 고려해 이 글에서도 '아동문학'이라 하고, 식민지 시대 '소년 운동'과 함께한 문학 활동을 통틀어 그 범주로 한다.

2 『별나라』의 창간과 종간에 대해서는 견해가 상이하다. 당대 문인들의 회고로는 윤고종(尹鼓鍾), 윤석중(尹石重), 어효선(魚孝善) 등을 참고할 수 있다. 윤고종의 「아동잡지소사」(『아동문학』 제2호, 1962)는 『별나라』의 창간이 1926년 가을, 종간(폐간)이 1929년이라 하였고, 어효선의 「한국아동지 60년」(『세대』 1968.3)는 1926년 11월 창간, 1934년 12월 종간이라 하였으며, 윤석중의 「한국아동문학소사」(『아동문학의 지도와 감상』, 대한교육연합회, 1962)는 1926년 창간이라고만 밝히고 있어, 서지 확인의 기본조차 미흡하다. 『한국신문 · 잡지 총목록(1883~1945)』(대한민국국회도서관 사서국, 대한민국국회도서관, 1966)에 따르면, 창간은 1926년 11월이고 종

『별나라』, 제10권 제1호 종간호(1935.1~2)

다.[3] 당시 『소년』, 『붉은저고리』, 『아이들보이』, 『어린이』, 『新少年』 등 많은 잡지들은 크게 보아 모두 민족 운동의 일환으로 아동(소년)의 계몽과 계도, 교육과 교화를 목적으로 발행하였다. 『별나라』도 이와 다르지 않으나 세계관이나 현실인식은 달랐다.

『별나라』의 창간호는 '가난한 동무를 위하야 갑싼 잡지로 나오자'라는 슬로건으로 시작하였다. 당시 『어린이』가 10전(錢), 1929년 이전까지 『新少年』이 15전, 『아희생활』이 10전이었던 것에 비해 『별나라』가 "육십여 페이지나 되는 잡지를 정가(定價) 五전에 내노흔 것"은 "조선의 무산 아동을 위하"[4]겠다

간은 1934년 12월이라고 하고(207쪽), 이재철의 『한국현대아동문학사』(일지사, 1978)는 1926년 6월 창간, 1935년 2월 통권 80호로 종간되었다 하며(126쪽), 김근수의 『한국잡지 개관 및 호별 목차집』(영신아카데미한국학연구소, 1973)은 1926년 6월 1일 창간하여 1934년 12월 1일 통권 79호로 종간하였다 한다.(179쪽) 『별나라』의 발간에 관여했던 이들 중, 엄흥섭은 「별나라의 거러온 길—별나라 略史」(『별나라』 해방속간 1호, 1945.12)에서 "一九三四년 十二月호로써 일본 관헌의 최후의 발악으로 말미아마 허는 수 없이 제구년째 七十九호로써 폐간"(10쪽)하였다 하며, 「편집을 마치고」에는 "日本帝國主義의 압박으로 因하야 어쩔 수 없이 一九三四年에 廢刊"(32쪽)했다고 하였다. 박세영은 「朝鮮兒童文學의 現狀과 今後 方向」(『建設期의 朝鮮文學』, 조선문학가동맹 중앙집행위원회 서기국, 1946)에서 "一九三四年 十二月 七十九號를 내고 廢刊되였든 『별나라』"(102쪽)라고 하였으며, 송영의 「해방 전의 조선 아동문학」(이선영 편, 『현대문학비평자료집』, 태학사, 1994)에서는 1927년 창간, 1935년 폐간이라 하였다. 이상으로 볼 때 당대의 발행자와 아동문학가들의 회고나 후대의 연구자들의 연구 결과가 무척 혼란스러운 것이 사실이다. 결론적으로 말해, 창간은 1926년 6월 1일이 분명하고, 종간은 『별나라』 제80호(1935.2.15)가 확인된 데다 《每日申報》(1935.2.21.), 《中外日報》(1935.2.23.), 《東亞日報》(1935.3.1)에 『별나라』 1, 2월 합호 발간 소식이 있는 점, 그리고 이후 어느 신문에도 『별나라』 발간 소식이 없는 점 등을 종합할 때, 이재철이 확인한 통권 80호로 종간하였다는 주장이 신빙성이 높다.

3 『별나라』 해방 속간 1호는 1945년 12월 15일 발행하였고, 이후 《自由新聞》에 『별나라』 제2호

는 취지이며 창간 슬로건을 실천한 것이라 하겠다. 뿐만 아니라 내용도 달라졌음을 밝히고 있다.

> 달이나 새나 노래하든 작문 련습과 노래 되푸리만을 요리조리 어엽부게만 꾸며놔서 우리들의 눈을 속이고 우리들의 할 일을 방해하는 그들의 잡지와 완연히 달나젓든 것이다.[5]

『별나라』의 집필자들이 『어린이』와 『아이생활』을 두고, "『어린이』나 읽는 이밥 먹는 아이들"[6] 또는 "「아이생활」은 우리에게 잇서서 排斥하지 안흐면 아니 될 원수의 잡지"[7] 등으로 평가하는 것을 볼 때, '우리들의 눈을 속이고 우리들의 할 일을 방해하는 그들의 잡지'는 바로 『어린이』와 『아이생활』을 가리킨다고 하겠다. 『별나라』는 이들 잡지처럼 '달이나 새나 노래'하고 '요리조리 어엽부게만 꾸며' 놓는 것과 '완연히' 다른 내용을 담아냈다는 것이다.

『별나라』가 창간될 즈음 문단은 KAPF로 대표되는 계급주의 문학이 시작 단계에 접어들고 있었는데,[8] 창간 이후 1931년경에 이르기까지 『별나라』의 편집인들은 안준식(安俊植), 김도인(金道仁), 최병화(崔秉和), 박세영(朴世永), 임화(林和), 송영(宋影), 염근수(廉根守), 엄흥섭(嚴興燮) 등으로 KAPF 쪽 인사들이 대부분이다.[9] KAPF가 사회주의 '운동'과 밀접한 관련을 가짐에 따라 작품이나 비평이 강한 정론성(政論性)을 띠고 있었듯이, 『별나라』 등 당시 계급주의 아동문학 역시 소년 '운동'의 연장선상에

---

4 嚴興燮, 앞의 글, 9쪽.
5 編輯局, 「별나라는 이러케 컷다-별나라 六年略史」, 『별나라』 제51호, 1931.6, 6쪽.
6 김광균, 「少年部는 작구 組織된다」, 『별나라』 제49호, 1931.4, 2쪽.
7 朴炳道, 「盲人的 批評은 그만 두라」, 『별나라』 제57호, 1932.2~3, 27쪽.
8 KAPF에 대해서는 《中外日報》(1926.12.26.), 《東亞日報》(1926.12.27)에 조선프롤레타리아예술동맹에 대한 보도가 있기 전까지 그 존재를 확인할 아무런 언급도 찾을 수 없고, 1925년 8월 결성 후에도 실질적인 활동이 활발하지 못했던 것으로 보인다.(권영민, 『한국계급문학운동사』, 문예출판사, 1998, 79쪽)

『별나라』(1927년 6월호) '보고십흔 얼골' 에 실린 안준식 사진(가운데).

놓여 있었던 것이 분명하다.

筆者는 일즉히 少年運動과 그의 文藝運動에 있었서 種種 理論的 展開를 해왓거니와 少年運動과 少年文學運動은 不可分的 關係로 連結性을 갖이고 있다. 그럼으로 少年運動 그 自體를 떠나서 少年文學運動이 成立되지 못한 것이오 少年文學運動을 떠나서 그 運動의 目的을 完全히 遂行할 수 없을 것이다. 쉽게 말하자면 少年運動은 指導者로써 實際的 運動이라 하겟고 少年文學運動은 指導者로써 間接指導運動이라고 規定할 수 있다. 그럼으로 朝鮮少年運動이 一九二

9 송영은 1927년 이후 카프 아동문학부가 새로 조직되고 기관지 『별나라』를 출판하였다고 회고(「해방 전의 조선 아동문학」, 이선영 외 편, 『현대문학비평자료집』, 태학사, 1994, 35쪽)하고 있으나, 『별나라』가 KAPF의 기관지는 아니었던 것으로 보인다. KAPF의 중앙위원회 회의 또는 임시총회를 면밀히 검토해도 『별나라』가 기관지라는 언급이 없고, 현재 확인 가능한 『별나라』를 정독해도 "무산소년소녀의 긔관지"(제49호, 47쪽)라는 표현 이외에는 발견할 수 없다. 이에 대해, 권영민은 "카프의 영향 밑에 있던 소년 잡지"(『한국계급문학운동사』, 문예출판사, 1988, 374쪽)라 하였고, 이순욱은 "카프가 독립적인 아동분과를 두지 않았던 까닭에 이들 매체를 카프의 기관지로 볼 수는 없다."(「권환의 삶과 문학 활동」, 『어문학』 제95집, 한국어문학회, 2007.3, 414쪽)고 하였다. 1927년 개최된 조선프롤레타리아 예술가 동맹 임시총회 결의 내용에는 카프 아동문학부가 없고 기관지 문제는 『예술운동』에 관한 내용밖에 없어, 송영의 회고는 기억의 착오로 보인다. 다만 "카프의 傘下에 있든 별나라社"(朴世永, 「朝鮮兒童文學의 現象과 今後 方向」, 99~100쪽) 등의 의미로 볼 때, 『별나라』는 공식적으로 노출시키지 않았으나 실질적인 KAPF의 아동문학 기관지 역할을 했던 것으로 보인다.

○年을 筆頭로 發生한 以後-해를 거듭하여 進展됨에 딸아서 少年文學運動도 달을 거듭하야 發展되고 있는 것이다.[10]

1922년 4월 결성된 천도교소년회가 1923년 3월 『어린이』를 발간하였다. 이에 반해 1923년 3월 무산소년 운동 단체로 반도소년회(半島少年會)가 결성되었다. 같은 시기 동경(東京)에서 색동회가 조직된 후, 소년운동이 확산되면서 천도교소년회 측에서 조선소년운동협회를 결성하자, 1925년 5월 사회주의 사상을 표방하는 소년운동 단체로 오월회(五月會)가 창립되었다. 이념을 달리하는 두 소년운동 단체는 1927년 10월 100개 이상 단체의 가입 신청을 받아 조선소년연합회를 창립하였다. 1928년 3월 다시 350여 단체가 가맹한 조선소년총동맹(이후 '조선소년총연맹'으로 개칭)으로 변경하였다.[11] 1928년 3월 26일에 개최된 제1회 신임중앙집행위원회에서는 다음과 같은 사항을 결의한다.

◇ 決議事項

1. 教養問題

從來의 색루조아的 頑迷한 教養으로부터 科學的 知識을 普及함

(중략)

方法

가. 無產少年 教養에 主力할 것

나. 未就學 少年에게 對한 講習所 設置

다. 農村 無產少年 夜學 設置

라. 都市에는 勞動夜學 設置

---

10 金泰午, 「少年文藝運動의 當面에 任務(一)」, 《朝鮮日報》, 1931.1.31.

11 金正義의 『한국소년운동사』(민족문화사, 1993), 신재홍의 「일제치하에서의 한국 소년운동고」(『史學研究』, 제33호, 한국사학회, 1981), 鄭洪教의 「朝鮮少年運動概觀-今後 運動의 展開를 望함」(《朝鮮日報》, 1932.1.1~19) 참조.

마. 兒童圖書館 設置

바. 機關紙 發行의 實現

사. 講演, 講座, 雄辯, 討論, 童話會 等을 隨時 開催할 것

아. 早起會 組織 實現

자. 隨時 遠足會 運動會 等을 開催할 것

(중략)

1. 組織問題

從來의 自由聯合制인 頑迷한 組織制로부터 民主主義的 中央集權制인 總同盟으로 結成할 것[12](하략)

계급주의 아동문학 계열에서는 아동의 계몽이나 교육이라는 목표는 방정환(方定煥)계와 동일하였으나, 그 내용과 방법은 사뭇 달랐다. 위 결의사항에는 계급주의 세계관이 많이 노출되어 있는데, 이런 이유로 갈등을 빚던 방정환계 인사들은 이후 일선에서 물러난다. 이와 같은 사상적 대립으로 당시 가장 대중적인 행사이자 운동이었던 '어린이날 행사'를 따로 개최하는 등 분열상을 보였다.

일제강점기 소년운동이 소년문예운동을 포함하고 있는 것은 김태오의 글에서 분명히 확인할 수 있다. 동심주의 아동문학이나 계급주의 아동문학을 구분할 것 없이 같은 양상을 보였는데, 다양한 단체 활동을 통해 구체적 활동이 벌어졌다. 승효탄(昇曉灘)의 글을 통해 당시 소년들의 손으로 조직한 조선 소년문예 단체를 살펴보자.

1924년 ▷깃븜사(경성): 『어린이』를 무대로 활동. 동인은 尹石重, 徐德出, 崔順愛, 申孤松, 崔貞化, 尹福鎭

12 「組織體를 變更한 朝鮮少年總同盟의 첫 中央執行委員會의 決議」, 《東亞日報》, 1928.3.28.

1926년 ▷등대사(대구): '등대' 2호까지 발행. 동요 등사집 '개나리' 발행. 동인은 尹福鎭, 申孤松, 宋完淳(大田), 昇應順(金川) 등 깃븜사 동인 다수

▷芳年社(경성 시외 東幕): 동인은 '깃븜사' 동인 다수

1927년 ▷少年文藝社: 『少年界』(경성 시외 아현리에서 발행)의 '소년문예사 동인작품 특집란'을 무대로 활동. 동인은 金英一, 玄東濂, ▷달빗사(경남 합천): 李聖洪

1928년 ▷글쏫사(경성): 소년문예 강연회. 동인은 昇應順(京城), 崔鳳河(三水에서 京城 '새벗사' 근무), 朴弘濟(『少年朝鮮』 편집), 이왕직 아악부의 成慶麟과 太在福

1929년 ▷조선소년문예협회(경성): '글쏫사'를 개명하고 회원을 전 조선으로 확대. 동인은 李明植(朝鮮之光社 퇴사), 李東珪, 申順石, 李圭容, 具直會, 鄭台益(이상 京城), 安平原(永川), 金敦熙(文川), 李聖洪(陜川), 吳慶鎬(載寧), 蔡奎三(定平), 禹泰亨(安岳) 등

1929~1930년 ▷백의소동사(白衣小童社): 許水萬(咸北), ▷횃불사: 洪銀杓(春川), ▷붓춤사: 鄭明杰(鎭南浦)

1931년 ▷새힘사(晋州): 鄭祥奎, ▷朝鮮少年文學硏究會(京城): 확호(確乎)한 푸로소년문학의 확립 목적. 동인은 宋影, 李東珪, 洪九, ▷新興兒童藝術協會(京城): 尹石重, 申孤松, 昇應順 등이 발기하였으나 불허가로 창립총회도 열지 못함[13]

이상과 같이 전국적으로 많은 소년문예 단체가 있었고 이를 중심으로 소년문예 활동이 이루어졌다. 여기에다 『어린이』, 『新少年』, 『별나라』의 지분사(支分社)를 중심으로 한 문예단체도 많았다. 신문의 한 기사에 의

13 昇曉灘, 「朝鮮少年文藝團體消長史稿」, 『新少年』, 1932년 9월호, 25~29쪽을 정리. 昇曉灘은 昇應順임.

하면 1927년 당시 아동 잡지만 33종류가 있었다 한다.[14]

당시 아동문학은 창작자와 독자의 구분이 불분명했고 소년운동가들이 중심이 되어 소년운동 중심의 문예운동 성격을 유지하게 되었다. 따라서 아동문학 잡지들은 소년운동 또는 소년문예운동의 흐름과 궤를 같이 했다. '색동회'가 『어린이』와 함께 활동한 것처럼, 『별나라』는 '별탑회'와 함께 활동하였다.[15]

이상에서 살펴본 것처럼 족출(簇出)하다시피 한 소년운동 단체 가운데, 식민지 현실에 대한 무산계급적 인식과 대응을 표방한 단체는 '반도소년회', '오월회', '조선소년연합회', '조선소년총연맹' 등이다. 『별나라』는 이들 소년운동 단체 및 KAPF의 영향과 무관하지 않고 따라서 당대 사회운동의 방향전환이라는 흐름을 따라 아동문학의 방향전환을 도모했던 것으로 보인다.

2) 『별나라』와 계급주의적 방향전환

『어린이』, 『新少年』, 『아희생활』과 달리, 『별나라』는 창간 당시부터 계급주의 입장을 표방은 했으나, 당시는 자연발생적으로 가난에 대한 심정적 동조 수준에 머물렀던 것으로 보인다.

> 純全히 自然發生的 領域에서 버서나지 못했고 가난한 것만 외쳤지 왜 가난해젔나 무엇이 우리를 가난하게 맨드러주었나? 하는 그 原因은 밝히지 못햇든 것이다. 별나라 第六號 以後에는 비로서 宋影 氏가 編輯에 參與하자 儼然히 별나라의 性格을 밝힌 以後, 唯物辨證法的 社會主義리아리즘에로 指向하고 나아갔다. 그 後 林和 氏, 嚴興燮 氏, 나 自身이 이 編輯에 當하게 될 때는 階級鬪爭期

14 「文藝雜誌 筆頭-農村問題와 少年運動」, 《東亞日報》, 1927.5.30.
15 昇曉灘, 앞의 글, 25쪽.

에로 突入하야 많은 역할을 하엿스나[16] (하략)

위와 같은 박세영의 회고 외에도, 엄홍섭의 회고에서도 같은 맥락을 읽을 수 있다.

즉 一九二六년부터 一九二七년 七月까지는 계몽긔(啓蒙期)라고 할 수 있었읍니다. 별나라는 즉 이 계몽긔를 위시(爲始)하야 아옵해(九年) 동안을 세기(三期)로 난흘 수 잇으니 다음 一九二七年부터 一九三二년까지는 목적의식긔(目的意識期)요 一九三二년 七月부터 그 다음은 투쟁긔(鬪爭期)라고 할 수 잇겟읍니다.[17]

위 두 사람의 회고를 종합해 보면 1927년경부터 『별나라』는 목적의식기에 접어들었고, 유물변증법적 사회주의리얼리즘을 지향하였다는 것이다. 소위 방향전환이 있었다는 뜻이고 KAPF의 제1차 방향전환과 시기를 같이하는 것으로 진술한 셈이다. 이 시기에 소년운동과 소년문예운동에도 방향전환 논의가 많았다.[18] 그 내용은 대체로 소년 운동을 조직적으로 전개하고 아동문학에도 프롤레타리아 이데올로기를 포함해야

16 朴世永, 「朝鮮兒童文學의 現狀과 今後 方向」, 98쪽.

17 嚴興燮, 「별나라의 거러온 길」, 8~9쪽. 朴世永도 「朝鮮兒童文學의 現狀과 今後 方向」, 103쪽에서 같은 시기 구분을 하고 있다.

18 金泰午의 「全朝鮮少年聯合會 發起大會를 압두고 一言함」(《東亞日報》, 1927.7.29~30), 「丁卯一年間의 朝鮮少年運動-氣分運動에서 組織運動」(《朝鮮日報》, 1928.1.11~12), 「少年運動의 指導 精神」(《中外日報》, 1928.1.13~14), 「少年運動의 當面 問題-崔青谷 君의 所論을 駁함」(《朝鮮日報》, 1928.2.8~16). 崔青谷의 「方向을 轉換해야 할 朝鮮少年運動」(《中外日報》, 1927.8.21~22), 「少年運動의 當面 諸問題」, 《朝鮮日報》, 1928.1.19~22). 金漢의 「轉換期에선 少年文藝運動」(《中外日報》, 1927.11.19~21). 洪銀星의 「少年運動과 그의 文藝運動의 理論確立」(《中外日報》, 1927.12.12~15), 「在來의 少年運動과 今後의 少年運動」(《朝鮮日報》, 1928.1.1~3), 「少年運動의 理論과 實際」(《中外日報》, 1928.1.15~19.). 宋完淳의 「空想的 理論의 克服-洪銀星 氏에게 與함」(《中外日報》, 1928.1.29~2.1). 頭流山人의 「童話運動의 意義—少年文藝運動의 新展開」(《中外日報》, 1930.4.8.~10) 등에서 방향전환 논의를 확인할 수 있다.

하며, 무산 문학을 소년 때부터 제공해야 한다는 내용이었다. 그런데 대체로 운동이 선창을 하고 그에 따라 문학론이 뒤를 이었는데, 계급주의 성격을 뚜렷이 드러낸 아동문학론은 대개 1930년에 이르러서야 나타난다. 대표적인 논의로는 신고송(申孤松)의 「童心의 階級性」(《中外日報》, 1930.3), 송완순(宋完淳)의 「'푸로레' 童謠論」(《朝鮮日報》, 1930.7), 유백로(柳白鷺)의 「少年文學과 리아리즘-프로 少年文學運動」(《中外日報》, 1930.9), 안덕근(安德根)의 「프로레타리아 少年文學論」(《朝鮮日報》, 1930.10), 이주홍(李周洪)의 「兒童文學運動 一年間」(《朝鮮日報》, 1931.2) 등이 될 것이다.

계급적 대립이 아주 오래 전부터 있었건만 소년문학에서는 혼돈되어 뚜렷한 계급적 대립이 이루어지지 못했다고 본 신고송은 정확한 사회의식과 시대의식을 가진 아동을 조성해야 한다고 하였고, 유백로는 자본주의적 생산이 지배적인 사회에 있어서 소년의 현실은 어른과 다르지 않다고 본다. 한 발 더 나아가 송완순은 정치투쟁의 일익에까지 진전시켜야 한다고 주장한다. 『별나라』의 경우에는 상대적으로 문학론이 적었다. 1930년대에 들어 소년문사들이 발표욕에 치우친 나머지 '박쥐식 투고'를 하는 것에 대한 지상 논쟁이 벌어지면서 문학론 성격의 글들이 발표되었는데 여기에서 계급적 인식이 뚜렷하게 표출되기 시작하였다.

그러나 운동(정치)으로서의 구호와 같이 아동문학운동 혹은 작품적 성취에 있어서도 과연 그러한가? 이주홍의 다음과 같은 글을 보자.

> 朝鮮의 文學運動에 잇서서 特히 兒童文學運動의 領域에 잇서서 지난 一九三○年은 確實히 鬪爭의 一年이엇다. 一九二九年이 初步的 啓蒙的 自然發生的임에 反해서 三○年은 보담 ㅁ步前進한 目的意識的 ××의 活氣에 찬 朝鮮兒童文學運動史上에 劃線할 一年이엇다. 作家들의 意識水準이 均騰해진 것 엇던 一定한 統制된 機關이 업스면서도 作家들의 團合이 組織的으로 容易하게 된 것 또 『별나라』 『新少年』 두 雜誌가 飛躍的 發展을 보여 機關紙와 마찬가지로 우리들

의 計劃的 運動이 무난히 實現化된 것 쏘 社會的으로 讀者大衆의 階級的 意識이 어느 程度까지 速度로 覺醒해저서 前年보담도 半 以上 힘을 덜고라도 倍 以上의 效果를 어들 수 잇게스럼 指導者들의 힘이 모자라지 안는 것 等이 그 主要한 原因이라고 볼 수 잇다.

實로 지난해의 兒童藝術運動에 잇서서 『별나라』『新少年』은 참으로 큰일을 하엿다. 數三 新聞에 理論發表를 빌린 外로 作品으로는 전혀 이 두 雜誌에서만에 볼 수 잇다.[19] (ㅁ은 해독 불가)

제2차 방향전환이 시작되었다고 하는 1929년까지만 해도 아동문학운동은 '계몽적 자연발생적'이었고 1930년에 들어서야 비로소 비약적 발전이 있었으며, 그 구체적 매체로는 『별나라』와 『新少年』이 중요한 역할을 했다는 것이다. 이주홍의 주장을 뒷받침하는 자료로, 『朝鮮出版警察月報』 등 일제 당국의 검열[20] 기록을 보아도 1930년 이전에 아동문학 잡지에서 계급의식적 내용이 현저하게 드러났다는 근거는 많지 않다.

민족의식을 환기하는 기사에는

(1) 조선의 역사적 인물의 위대성을 보인 전기적 이야기, (2) 조선의 역사가 오래됨을 보이는 기사, (3) 외국인에게 있어 조국을 위해 희생하는 인물의 전기, (4) 현재 조선인의 지위를 비관하는 기사, (5) 병합 후의 위정자, 관헌에 대한 반항심을 격발하는 기사, (6) 계급의식의 환기, (7) 계급적 반감의 양성, (8) 현재 사회제도의 모순 등을 담고 있는 기사, 이야기, (9) 단결의 미덕과 효과를 설명하는 것[21]

19 李周洪, 「兒童文學運動 一年間-今後運動의 具體的立案(一)」, 《朝鮮日報》 1931.2.13

20 『별나라』의 출판은 '편집-검열-인쇄-발송'의 단계를 거치는데, "모흔 原稿를 대개는 初旬 頃에 총독부 경무국으로 提出을 합니다. 그러면 한 一週日동안이나 或 느지면 二週日만에야 許可"가 나오는 방식의 검열을 거친다.(「별나라 出世記」, 『별나라』 제41호, 1930.6, 26쪽) 당국의 엄혹한 검열은 필자나 잡지사의 자기 검열로 이어졌을 것이다.

21 『朝鮮出版警察月報』 第2號, 「諺文 少年少女讀物ノ傾向」, 1928.10. 일본어 번역 필자.

이런 기준으로 1929년 『별나라』는 출원 횟수 12건, 허가 횟수 10건, 불허가 횟수 2건, 삭제 건수 9건의 검열이 있었고, 아직 뚜렷한 계급의식을 드러내 보이지 않던 『新少年』의 경우 출원 횟수 7건, 허가 횟수 7건, 불허가 횟수 0건, 삭제 건수 6건이 있었다. 이로 볼 때, 『별나라』가 아직까지 정치투쟁을 포함한 선명한 계급의식을 드러낸 글(작품)이 많지 않았음을 알 수 있다. 계급의식과는 거리가 멀다고 공격했던 『어린이(オリニ)』의 경우[22]에도 출원 횟수 16건, 허가 횟수 14건, 불허가 횟수 2건, 삭제 건수가 13건이나 있어 '불허가'나 '삭제'가 곧 계급의식의 표출과 연관되는 것은 아니었던 것이다.[23] 그러나 『별나라』는 1930년 이후 폐간까지 약 5년여 간에 10여 회에 달하는 '불허가'를 받고 있음을 주목할 필요가 있다.

> 제6권 제1호(1930년 12월 20일), 제3권 제2호 추가(1930년 12월 26일), 제7권 제1호(1931년 12월 23일), 제7권 제1호 추가(1932년 1월 11일), 제7권 제4호(1932년 4월 18일), 제7권 제4호(1932년 5월 10일), 제7권 제4호(1932년 5월 25일), 제8권 제9호(1933년 9월 26일), 제9권 제?호(1934년 2월 28일), 제9권 제?호(1934년 3월 15일)[24]

계급투쟁, 빈부격차, 농민의 파탄 현실 등을 내용으로 했다는 이유로 '불허가, 차압 및 삭제'된 것은 주로 1930년 이후에 해당하고, 1920년대

22 방정환이 죽은 뒤인 1931년 8월부터 1932년 9월까지 申瑩澈이 『어린이』 '편집담임자'가 되었는데 이 기간 동안 『어린이』는 대체로 계급주의적 색채를 띤다.

23 「鮮內發行ノ思想關係出版物」, 『朝鮮出版警察月報』 第8號, 1929.5.

24 「不許可差押 及 削除出版物 目錄」, 『朝鮮出版警察月報』 第20號, 1930.4. 참조. 券號를 알 수 없는 것은 1930년 3월호를 준비했고 불허가가 나자 다시 준비한 것도 발행할 수 없었음을 밝히고 있는 통권 제76호(1934.4) 「편집여언」의 내용으로 짐작할 수 있다. 한편, 엄흥섭은 "평균(平均) 일년에 두세호식은 내용이 불온(不穩)하다고 압수를 당하엿으니 따져보면 二十회나 압수(押收)를 당햇읍니다."(「별나라가 거러온길」, 9쪽)라 하고 있어 '불허가'와 '차압', '삭제'를 구분하지 않아 정확히 알 수 없다.

말에 있었던 두 건의 불허가는 1928년 11월 29일 3·1운동 관련 내용(제3권 제9호)과 1929년 12월 16일 전편 계급의식의 풍자 동화를 게재했다는 내용(제5권 제2호)이다. 그 외에는 대체로 외국의 애국적 인물 이야기를 하는 것인데 '民族主義的 讀物'이라 지칭하고 있는 것으로 보더라도 계급사상과는 일정한 거리가 있다.

이로 보아 『별나라』가 제7호(1926.12)부터 유물변증법적 사회주의리얼리즘으로 나아갔다거나, 1927년부터 목적의식기에 접어들었다고 하는 것은 일정 부분 수정되어야 할 것으로 보인다. 목적의식기에 접어들었다는 것은 계급사상의 방향전환이 있었다는 것으로 이는 노동자 농민 대중이 자연발생적인 경제투쟁으로부터 의식적인 정치투쟁으로 운동 노선을 전환하는 것을 의미[25]하는 것이다. 그러나 『별나라』에 나타난 문학론과 작품의 실체는 회고적 주장들과는 다르게 일정한 차이가 있다.

이는 실제 작품을 보아도 분명하다. 현재 확인 가능한 1930년대 이전 『별나라』[26]에 수록된 작품을 일별해 보아도 계급투쟁적 의식이 선명한 작품이 많지 않고, 식민지 노동자·농민의 빈곤과 그 원인 등에 대한 인식 등에 상당한 성과를 보여주는 1930년대 이후의 작품과는 많은 차이가 있다.

> 그 전에는 달큼한 文藝品이나 덥허놋코 재미만 잇는 옛날이야기나 우리들과 관계업는 욕심쟁이인 英雄傳記가튼 것도 석거서 실어 왓지만 지금부터는 우리들의 살님사리와 또는 잘 살어보자는 운동과 관계업는 것이며는 절대로 실치를 아니하기로 하엿다.[27]

---

25 권영민, 『한국계급문학운동사』, 문예출판사, 1998, 86쪽.

26 필자가 확인한 1930년대 이전 『별나라』는 제2호(1926.7), 제6호(1926.11), 제7호(1926.12), 제11호(1927.4), 제13호(1927.6), 제15호(1927.8), 제17호(1927.10), 제22호(1928.3), 제24호(1928.7), 제31호(1929.5), 제33호(1929.7) 등 전체 11권이다. 이 11권으로 1920년 『별나라』의 전모를 알 수는 없으나 대체적인 경향은 확인할 수 있다.

27 「편집후기」, 『별나라』, 통권 제45호, 1930.10.

1930년 10월호 『별나라』의 「편집후기」에 실린 글인데, 잡지 편집자의 발언인 만큼 이전까지는 달콤한 문예품, 재미있는 옛날이야기, 욕심쟁이 영웅전기 같은 것들이 많았던 것을 알 수 있다. '석거서 실어 왓'다고 하였으므로 문자 그대로 보면 목적의식적 계급의식이 두드러진 작품이 많이 수록되었다고 보아야 하겠으나, 1930년대 이전에 발간된 『별나라』 열한 권과, 북한에서 류희정이 묶은 『1920년대 아동문학집』[28]을 통해 간접적으로 확인해 보아도 그 가능성은 희박한 것으로 보인다. 계급의식이 강하게 표출된 몇몇 작품이 있지만 중심적인 경향을 형성했다고 말하기는 어렵다. 다음과 같은 『新少年』 편집자의 말도 『별나라』의 그것과 유사하다.

> 本誌는 文字形式을 고치는 同時에 材料도 在來 쓸데 업는 허풍선이 이야기 짜위보다 童話, 童謠, 小說, 隨筆 等을 모다 勞働少年, 農村少年의 實生活을 內容으로 한 것과 또 趣味잇는 科學的 記事를 만히 내려 한다.[29]

이상으로 볼 때 『별나라』는 1926년 말경 소위 KAPF의 제1차 방향전환 이후까지 소박한 경향성을 보이다가, 제2차 방향전환을 한 1929~30년 이후에 가서야 목적의식적인 계급 사상을 좀 더 분명히 드러낸 것으로 판단하는 것이 옳겠다. 승효탄이 "一九二九年, 一九三○年은 朝鮮少年文學이 생긴 以來로 重大한 變革을 일운 해"로 "아직 自然生長期로 잇든 少年文藝의 동산에 颱風을 일으키고 가는 곳마다 葬送과 分裂과 批判을 일으키엇다."[30]고 하는 것도 이런 추론에 힘을 실어준다. 물론 일제 당국의 혹독한 검열로 인해 편집자의 자기검열이 강화되어 목적의식

---

28 류희정, 『1920년대 아동문학집』(1), (2), 문학예술종합출판사, 1993.
29 「編輯後記」, 『新少年』, 1930년 11월호.
30 昇曉灘, 「朝鮮少年文藝團體 消長史稿」, 28쪽.

적 계급 사상이 지면(誌面)에 선명하게 반영되지 못했을 것이란 점은 일정 부분 감안해야 할 것이다.

3) 『별나라』와 계급주의의 의미

아동문학은 미성숙한 아동을 대상으로 한 것이어서 계몽적 혹은 교육적 내용이 앞설 소지가 있기 때문에, "成人社會의 不幸한 現實을 兒童에게 見聞시킬 수는 차마 업슬 샘" 아니라 "罪惡이라고까지 생각"[31]하는 것이 『어린이』를 중심으로 한 방정환계의 일반적인 생각이었다.

> 즉 조선 소년은 모두가 무산자의 자질이요 그의 생활환경이 모두 비참한 지경에 빠젓다. 그런데 아모 철모르는 천진스러운 아이들에게 그러지 아니해도 악착한 생활을 하고 잇는데다가 더한층 그러한 현실성을 띠운 문예작품을 보여주는 것은 참아 할 수 업는 일이요 너무도 악착한 노릇이니 다소라도 그들에게 위안되고 심령을 구완해 줄 작품을 읽혀야 될 것이라(이하 생략)[32]

이러한 생각과 달리 『별나라』는 왜 아동문학에 있어 계급주의 사상을 표방하였을까? 계급주의 아동문학자들은 1910년대 최남선의 『少年』, 『아이들보이』, 『붉은 저고리』에서 아동문학이 시작되었다고 했으나 이들을 "復古的 民族主義의 傾向"[33]으로 보았고, 『어린이』는 "朝鮮에 名實共히 近代的 意味를 가진 兒童文學이 生成"[34]한 것으로 평가하면서도 "主潮 思想은 功利主義였스며 感傷的이엇스며 또는 兒童至上主義 (중

31 宋完淳, 「朝鮮兒童文學試論—特히 兒童의 單純性 問題를 中心으로」, 83쪽.
32 濱江漁夫, 「少年文學과 現實性—아울러 朝鮮少年文壇의 過去와 將來에 對하야」, 『어린이』, 1932년 5월호, 4쪽.
33 朴世永, 「朝鮮兒童文學의 現象과 今後 方向」, 97쪽.
34 宋完淳, 「朝鮮兒童文學試論」, 83쪽.

략) 半宗教的 傾向이면서도 獵奇的"[35], 또는 "感傷的 天使主義"[36]라고 보았다. 『어린이』와 방정환계의 아동문학을 이렇게 평가한 이유는, 「처음에」(『어린이』, 1923년 창간호)와 「어린이 讚美」(『新女性』, 1924년 6월호)에 잘 드러나 있다.

처음에

새와가티쏫과가티 앵도가튼어린입술로, 텬진란만하게부르는노래, 그것은 고대로 자연의소리이며, 고대로 한울의소리입니다. 비닭이와가티 톡기와가티 부들어운머리를 바람에날리면서뛰노는모양, 고대로가 자연의자태이고 고대로가 한울의그림자입니다. 거긔에는 어른들과가튼욕심도잇지아니하고 욕심스런계획도잇지아니합니다. 죄업고 허물업는 평화롭고 자유로운한울나라! 그것은 우리의 어린이의나라입니다. 우리는 어느때까지던지 이한울나라를 더럽히지말아야할것이며 이세상에사는 사람사람이모다, 이깨끗한나라에서살게되도록 우리의나라를넓혀가야할것입니다. 이두가지일을위하는생각에서넘처나오는 모든깨끗한것을거두어 모아내이는것이이『어린이』입니다. 우리의쓰거운정성으로된 이『어린이』가 여러분의짜뜻한품에안길때 거긔에 깨끗한령(靈)의싹이새로도들것을우리는밋습니다.

오오 어린이는 지금 내 무릅 압헤서 잠잔다. 더할 수 업는 참됨(眞)과 더할 수 업는 착함과 더할 수 업는 아름다움을 갓추우고 그 우에 또 위대한 창조의 힘까지 갓추어가즌 어린 한우님이 편안하게도 고요한 잠을 잔다. 엽헤서 보는 사람의 마음속까지 생각이 다른 번루한 것에 밋츨 틈을 주지 안코 고결하게 고결하게 순화(純化)식혀 준다. 사랑흡고도 보드러운 위엄을 가지고 곱게곱게 순화식혀 준다. 나는 지금 성당(聖堂)에 드러간 이상의 경건(敬虔)한 마음으로

35 朴世永, 「朝鮮兒童文學의 現象과 今後 方向」, 97쪽.
36 宋完淳, 「兒童文化의 新出發」, 『人民』, 제2권 제1호, 1946.1, 95쪽.

모든 것을 니저버리고 사랑스런 한우님-위엄 섇만의 무서운 한우님이 아니고-의 자는 얼골에 례배하고 잇다.[37]

어린이는 '자연'의 모습이고 그들의 나라가 '한울 나라'이며, 진선미(眞善美)와 창조력까지 갖춘 '어린 한우님'이고 타인을 '고결하게 순화'시켜 주는 존재이자, 종교적 수준으로 승화된 완벽한 이상태(理想態)다. 방정환의 이런 생각이 『어린이』에 영향을 미쳤을 것은 자명하므로, 감상적이며 아동지상주의 및 반(半) 종교주의적 색채를 띠고, 나아가 엽기적이기까지 하다는 평가는 수긍이 되는 측면이 있다. 방정환이 "兒童은 美醜와 善惡에 잇서서 現實生活에 別로 물들지 안은 純潔無垢하고 · 天眞爛漫하고 · 無邪氣한 · 人間으로서의 天使임으로 그럿케 純無缺한 童心"[38]을 가진 존재라고 보았기 때문에 "『별나라』에 집결된 〈프로〉 아동작가들"은 이를 "동심주의 · 천사주의로 몰아 꿈속 인간으로 돌린"[39] 것이라 비판하였던 것이다. 그래서 계급주의 아동문학자들은 방정환과 『어린이』의 "神秘로운 天使主義"가 "兒童의 現實的 存在價値를 去勢해 버린 것"으로 보고 "天使的 兒童을 人間的 兒童으로 還元"[40]해야 한다고 주장한다.

天使主義는, 우리가 살고 있는 地域 社會에 있어서는 外觀上으로는 어린이를 가장 爲하는 것 같으면서도, 그 實은 가장 그릇치는 思想이니, 兒童文學은, 어린이를 觀念에 있어서만 미리 天使부터 만드는 데에 힘을 浪費하지 말고, 어린이가 實際에 있어서 文字 그대로의 天使的인 人間이 될 수 있을, 社會의 探究에

37 차례로 「처음에」, 『어린이』, 1923.3.20, 「어린이 讚美」, 『新女性』 제2권6호, 1924.6, 66~67쪽.
38 宋完淳, 「朝鮮兒童文學試論」, 83쪽.
39 尹石重, 「韓國兒童文學小史」, 『兒童文學의 指導와 鑑賞』, 대한교육연합회, 1962, 12쪽.
40 宋完淳, 「朝鮮兒童文學試論」, 84쪽.

關한 意慾과 情熱을 啓發하는 데에 置重하지 않으면 안 된다. (우리가 當面한 이 現實의) 兒童文學의 알파와 오메가는, 여기에 있다고 나는 確信한다.[41] (밑줄 인용자)

송완순은 관념으로서만 어린이를 천사로 만드는 것을 두고 다른 글에서 "實體 일흔 幽靈"[42]이라고 비판했다. 방정환의 '동심천사주의'에서 '천사'는 지켜야 할 아름다움이 아니라 연약하고 순진해서 보호해야 하는 존재라는 의미를 담고 있다.[43] "'천사'라는 그가 지향해야 할 이상적 이념태와, 식민지였던 현실이 부여한 계몽적 강박이 혼합된 형태"[44]였을 것이다. 이상적 존재로서의 '천사'와 같은 어린이와 개조해야 할 대상으로서의 식민지 현실의 어린이는 동일한 대상을 바라보는 충돌하는 가치이다. 더구나 개조의 목표로 제시된 인간상이 '조흔 人物'[45]이었는데, 이는 비판적 이성보다는 인격과 수양을 강조했던 당대 '문화주의'[46]의 논리와 관련이 깊다. 이러한 점과 "'조흔 사람'이라는 주체상이 당대 일본 '修身 교과서'의 주요 주제"였다는 점을 들어, "방정환이 『어린이』 발행 초기에 지향했던 반신민화의 길에서 벗어나, 오히려 점점 강화되어 가는 '신민화' 논리에 동화될 위험이 큰 것"[47]이라는 해석까지 가능해진다.

동심천사주의의 주장을 읽다 보면 도리어 "어린애라고 해서 그들의 모든 생활이 현실을 떠나가지고는 생각할 수 업는 것"[48]이란 반론이 떠

---

41 宋完淳, 「兒童文學의 天使主義-過去의 史的 一面에 關한 備忘草」, 31쪽.
42 宋完淳, 「朝鮮兒童文學試論」, 84쪽.
43 필립 아리에스(문지영 역), 『아동의 탄생』, 새물결, 2003. 참조.
44 박지영, 「방정환의 '천사동심주의'의 본질—잡지 『어린이』를 중심으로」, 『대동문화연구』, 제51집, 성균관대 대동문화연구원, 2005, 174쪽.
45 소파, 「사랑하는 동모 어린이 讀者 여러분께」, 『어린이』, 1925.9, 62~63쪽 참조.
46 박현수, 「동일시와 차별화의 지식 체계, 문화 그리고 문학—1920년대 초기 문화론 연구」, 『상허학보』, 제12호, 상허학회, 2004.2, 참조.
47 박지영, 앞의 논문, 177쪽.
48 濱江漁夫, 「少年文學과 現實性」, 3쪽.

오른다. 그럼에도 불구하고 "文藝運動이 齷齪한 現實 社會에 鬪爭的 뿌리를 박지 못하고" "迷信的 作品"과 "反動的 作品이 橫行"하는 것은 "所謂 指導者라는 人物이 擧皆가 宗敎團體에 所屬人物이기 때문"[49]이라는 지적은 방정환과 『어린이』 그리고 『아희생활』을 겨냥한 것이다.

일본의 프롤레타리아 아동문학자들은 '동심'을 키워드로 삼았던 다이쇼(大正) 시기의 새로운 동화·동요 창작 운동을 매섭게 비판했는데, 그 까닭은 '동심'이 포착한 아동상은 몰계급적이었지만 현실의 어린이는 부르주아와 프롤레타리아가 격렬한 계급 대립 하에 있다고 판단했기 때문이다. 1926~7년경, 마끼모또 쿠스로오(槇本楠郎)가 '동심주의'라는 단어를 처음 사용했는데 아동문학의 계급성을 주장하기 위해 비판적 의미로 사용한 것으로, 대체로 '천진', '무구', '속되지 않음' 정도의 의미였다.[50] 마끼모토 쿠스로오의 계급주의 아동문학 이론은 식민지 조선의 아동문학 이론가들에게도 일정하게 영향을 미쳤으므로,[51] 일제강점기 조선에서 논의된 '동심'의 내포와 크게 다르지 않을 것이다.

결국 식민지 조선의 계급주의 아동문학자들은 "어린 世代의 교화적 사업"에 큰 주의를 기울여야 함을 강조하면서 '소년시대'는 "인간이 한평생을 사라가는 긔초공사가 실시되는 시긔"[52]임을 직시하라고 하는 것을 연결지어 보면, 아동문학의 교화적 성격을 뚜렷이 드러내고 있음을 확인할 수 있다. 부르조아 아동예술가들은 '兒童敎化'를 위해 의식적·

49 張善明, 「少年文藝의 理論과 實踐」, 《朝鮮日報》, 1930.5.16.

50 요꼬스까 카오루(橫須賀 薰)(박숙경 역), 「동심주의와 아동문학」, 『창비어린이』, 제5호, 2004년 여름호, 184~189쪽 참조.

51 이주홍은 "아동문학가 전본남랑(槇本楠郎)씨가 소개해 주어서 문학신문이나 부인잡지 같은 데에 주장 동요를 발표"하였다고 밝히고 있다.(이주홍, 「스미다강의 5월」, 『술 이야기』, 자유문학사, 1987, 113쪽) 이주홍의 「兒童文學運動 一年間」과 安德根의 「푸로레타리아 少年文學論」(《朝鮮日報》 1930.10.18~11.7)은 마끼모토의 글을 인용하고 있다. 1928~29년에 발표한 논문을 중심으로 정리한 마끼모토의 『プロレタリア兒童文學ノ 諸問題』(世界社, 1930)와 『プロレタリア童謠講和』(紅玉堂書店, 1930) 등의 저서와 논문이 이주홍, 안덕근 외에도 송완순, 신고송 등에게 상당한 영향을 미친 것으로 보인다.

52 林和, 「兒童文學問題에 對한 二三의 私見」, 『별나라』, 제75호, 1934.2, 2~3쪽.

조직적으로 노력하는데, "푸로 兒童藝術運動者는 푸로레타리아 階級의 싹이요 希望인 어린이의 藝術的 教化에 있어서 너무나 가장 重要한 童話를 問題 外로 본다."[53]는 비판도 계급대립적 현실인식을 요청하는 것에 다름 아니다. 계급주의 아동문학자들은 아동을 '천사'로 보기는커녕 "現實主義者"로 보며, 어른과 다를 바 없이 "現實에 對하여 不斷히 注意하고 · 觀察하고 · 思索하고 · 想像"[54]하는 존재로 생각한다.

일제강점기는 수탈적 통치 체제로 말미암아 노동자와 농민이 빈민화하는 시기라 할 수 있다. 이에 대항한다는 것은, 노동쟁의와 소작쟁의 등 생활보호라는 경제적 의미의 투쟁과 일제에 대한 저항운동이자 민족운동의 형태로서 현실비판적인 정치투쟁의 성격을 동시에 띠게 되는 것이었다.[55] 『별나라』를 위시한 계급주의 아동문학자들은 아동들도 이러한 현실을 분명하게 인식하도록 해야 한다고 생각했다. 『별나라』 지상(誌上)에 나타난 식민지 현실은 빈민화와 그로 인한 유민화이고 그 구체적 양상은 농민과 노동자, 야학 등의 문제로 나타났다. 이에 대한 대응 방식도 문학을 통한 소극적인 저항에만 머무는 것이 아니라, '조합 소년부', '아지프로', '방향전환' 등의 개념에서 읽을 수 있듯이 개인적인 의식 각성을 거쳐 집단적 저항, 나아가 정치투쟁을 지향하는 '운동으로서의 문학'의 형태를 보이고 있다. 계급주의 아동문학이 이러한 성격을 드러내자, 일제 당국은 아동문학 매체에 대한 검열을 강화하고 나아가 폐간을 강제하게 된다.

『별나라』에 대한 일제 당국의 검열은 혹심했는데, 그 양상과 의미를 살피는 일은 『별나라』가 표방했던 계급주의 아동문학의 실상과 성격을

53 虎人, 「兒童藝術時評」, 『新少年』 1932.9, 18쪽.
54 宋完淳, 「朝鮮兒童文學試論」, 85쪽.
55 주봉규, 「일제하 농민운동전개에 관한 연구—소작쟁의운동을 중심으로」, 『경제논집』(제23집, 서울대학교 경제연구소, 1984)와 김경일 외, 「일제하 노동운동」(『한국노동운동사 대토론회』, 고려대노동문제연구소, 1999) 참조.

역으로 확인하는 작업이 될 수 있을 것이다.

> 一九二八年 一九二九年 이 두 해 동안에는 여섯 번이나 잡지는 못나오고 다섯 번이나 병신된 꼴로 나오고 몃 번이나 열려든 사업도 하지 못하게 되엿다. (중략) 一九三○年 역시 두 호나 나오지를 못하엿다. 그리고 네 번재 돌날 紀念으로 全國少年少女雄辯大會를 열녀고 하였다. (중략) 그러나 少年少女에게는 웅변이 소용업다는 가닭 밋헤서 中止를 당하고 말엇다. (중략) 이제 싸지의 그릇된 소년운동을 박처버리고 우리들은 우리들의 조합소년부로! 들어가게 되고 또! 힘잇게 벗티게 되엿다.[56]

이상의 인용에서 보듯이 검열을 넘어선 탄압이 다반사였음을 알 수 있다. 기념호나 특집호의 발간이 무산되거나 예정되었던 원고가 수시로 수록되지 못하거나 통째로 압수되어 임시호를 발간하는 것도 흔했다. 편집자 박세영이 「어린 掃除夫」[57] 필화 사건으로 용산경찰서에 구금되기도 한 것은 식민 당국이 단순 검열에만 국한하지 않았음을 보여주는 예다. 『별나라』는 잡지를 통한 매체 투쟁뿐만 아니라, 본사와 지분사의 실천적 활동에도 적극적이었는데 이를 또 다른 투쟁으로 생각한 듯하다. 이에 대해 식민 당국은 잡지 검열뿐만 아니라 『별나라』의 활동에 임석관을 보내는 등 일일이 통제하였다.[58] 『별나라』는 지분사의 확장과 거의 매호 제시되는 현상(懸賞) 문제, '별님의 모임'을 통한 독자의 궁금증 해소

---

56 編輯局, 「별나라는 이러케 컷다」, 5~6쪽.

57 권영민(『한국계급문학 운동사』, 374쪽)과 한만수(『그들의 문학과 생애—박세영』, 한길사, 2008, 63쪽)에 의하면 1929년 「어린 소제부」 필화사건으로 용산경찰서에 체포되기도 했다고 하나, 『별나라』에는 「어린 掃除夫」가 제52호(1931년 7·8월 합호, 54~56쪽)에 수록되어 있고, 1931년 3월 21일 '독자위안의 밤' 행사에서 공연한 것으로 나와 있어 확인이 필요하다. 식민지 당국의 자료인 「出版警察概況-不許可差押及出版物記事要旨」(『朝鮮出版警察月報』 第31號, 1931.4)의 에는 『별나라』 제6권제3호 追加(1931.3.28)로 「어린 掃除夫」를 '削除' 하였다. 제5호 「편집후기」(1931.12)에 "그 동안 별나라를 써나 게시든 朴世永 先生님께서 다시 도와주시게 된 것은 깃븐 일"이 이와 관련된 것으로 보여 확인이 필요하다.

와 독자 상호간의 소통의 장 마련, 계급주의 관련 도서 발간 및 판매 등을 통해 '푸로레타리아적 교화'를 투쟁적으로 전개한 것으로 생각된다. 5전이라는 '희생적'인 출판을 통해 독자 배가[59]를 위해 노력한 것은 영업 이익의 도모보다는 교화가 우선이었기 때문일 것이다. 100여 개가 넘는 지사망에다 1만 명이 넘는 독자는 오늘날에 비추어 보더라도 상당한 숫자다. 당시 소년문예단체의 상당수가 KAPF 등 지도부의 매체 투쟁에 전국적으로 호응했던 결과라고 할 것이다. 이는 일제 식민 당국의 촉각을 곤두세우게 할 만한 일이었을 것이고, 자연스레 『별나라』에 대한 검열이나 압수 나아가 구금으로 이어지는 요인이 되었을 것이다.

요컨대 『별나라』는 '소년'들로 하여금 식민지 농촌과 노동자들의 열악한 현실을 제대로 인식하도록 하고 이를 타개하기 위해 정치투쟁을 전개하도록 요구하는 계급주의적 태도와 자세를 견지하였던 것은 분명하다. '동심주의' 아동문학이 결국 현실을 외면하거나 왜곡하여 결과적으로 일제의 통치체제에 순응하고 민중들의 민족해방 의지를 약화시키는 역기능[60]을 초래하게 될 것이라는 판단과 이에 대한 대타적 인식 및 활동이 『별나라』가 추구했던 계급주의의 의미라 할 것이다.

그러나 『별나라』가 추구했던 계급주의가 갖는 한계 또한 분명하다. 1930년대에 들어 『별나라』는 '소년운동'의 방향을 '조합소년부'로 강화

---

58 「동화회」(1926.10), 「얼네공대회」(1931.1), 「독자위안의 밤」(1931.3), 「全鮮夜學講習所私立學校聯合大學藝會」(1932.7), 「동요의 밤」(1933.11) 등등이다. 「전국지사의 활동 뉴-스, 용산지사, 아버지 어머니 신년축하」에는 "「어머니」라는 演題로 宋影 先生님의 講演이 始作되엿다. 封建時代로부터 至今까지의 進化論과 함께 現代 아버지 어머니들 任務를 말슴하는 중 「쏠키-」作 「母」라는 小說 가운데 어머니의 대한 使命를 말슴하다가 림석에게 注意를 밧고 별 파란이 업시 宋 先生님의 講演은 긋내고 「우리의 살길」이라는 演題로 安俊植 先生이 말슴하시다 中止를 당하고 말엇다."(『별나라』 제47호, 1931.1 · 2, 55~56쪽). 『별나라』의 이런 활동을 일종의 투쟁으로 인식한 일제 당국은 다양한 방법으로 간섭과 압박을 가했다.

59 제51호(1931.6)에는 "三萬의 독자와 갓치 굿게 손목을 쥐엇다."(6쪽)고 하였으나, 제56호(1932.1, 38~43쪽)에 독자수를 확인한 통계가 있는데, 10,392명으로 나와 있어 정확한 숫자를 확인하기 어렵다. 특기할 것은 만주(292명), 일본(210명), 미국(25명), 큐바(15명) 등에도 독자가 있다는 사실이다.

60 권순긍, 「현실주의 동화론과 '삶의 동화운동'」, 『역사와 문학적 진실』, 살림터, 1997, 314쪽.

하고자 한다. 김광균(金光均)의 「少年部는 작구 組織된다」와 "勞働少年은 勞働組合少年部로!"와 "農村少年은 農民組合少年部로!"[61]를 표어로 내건 데서 확인된다. '소년부'란 "대개 로동조합 농민조합 소년부를 말하는 것"[62]인데, 조합의 지도부는 '아저씨들'이므로 '아저씨들이 하는 일에 힘을 보태라'는 말은 소년 운동의 연대 투쟁 혹은 하부조직화를 의미하는 것으로 볼 수 있겠다. 목적의식적 정치투쟁이라는 KAPF의 제2차 방향전환이 한참 지난 1930년대에 이르러서도 이와 같은 조합주의적 영역을 벗어나지 못한 점은 이론투쟁의 측면에서 볼 때 분명한 한계인데, 『별나라』와 더불어 계급주의 아동문학이 젖줄을 대고 있던 KAPF도 별반 다르지 않다는 점에서 보면, 일제강점기 사회운동 혹은 문학운동의 전반적인 한계라 할 수 있을 것이다.

그리고 이러한 이론투쟁의 결과 일제강점기의 "階級的 兒童은 수염난 총각"[63]을 그리고 말았다는 점은 자연스런 귀결일 테지만, 극복해야 할 과제였던 것이 분명하다.

> 卽「별나라」「新少年」誌들을 中心으로 이루워진 一聯의 兒童文學은 계급적 良心에서 過去의 少年解放運動이, 根本을 問題하지 않고 枝葉만을 重要視한 것을 批判하고 童心至上主義의 貴族性을 排擊하야 社會構成의 一 分子로서의 兒童을 認識하고 이들을 象牙塔에서 끌어내렸던 것이다. 그러나 이러한 正當한 指標를 가졌음에도 不拘하고 創作活動에 있어서 誤謬를 犯한 바 없지 않었다. 卽 童心至上主義를 排擊하는 남어지 童心을 否認하는 것 같은 程度에 이르렀고 感傷과 지나친 幼稚를 버리는 남어지 兒童의 思想感情을 超越한 成人的 兒童文學을 만들어버린 그러한 作品이 적지 않었다.[64]

---

61 「少年部는 작구 組織된다」(『별나라』, 1931.4)와 「오월의 표어」(『별나라』, 1931.5)
62 「우리들의 사전」, 『新少年』 1932년 7월호, 21쪽.
63 宋完淳, 「朝鮮兒童文學試論」, 84쪽.
64 李元壽, 「兒童文學의 史的 考察」, 『少年運動』, 朝鮮少年運動中央協議會, 1947.4, 7쪽.

일제강점기 사회운동은 청년운동과 소년운동을 지도하였고, 소년문예(아동문학) 운동은 소년운동과 함께 하되 KAPF 등 일반 문학운동의 이론과 실천에 기대어 성장과 발전을 이루었다. 그러다 보니 아동화 곧 동심적 특질을 담아내는 데 대한 치열한 이론적 투쟁과 실천적 노력이 미흡해 '성인적 아동문학'을 만들고 말았던 것은 크게 아쉬운 대목이라 할 것이다.

3. 맺음말

1926년 6월 『별나라』가 창간되어 약 10년간 계급주의 아동문학의 명맥을 이었다. 식민지 현실을 몰각하는 여타 아동문학 잡지에 대한 대타적 인식에서 시작한 『별나라』는 식민지 당국의 집중적인 검열과 방해에도 불구하고 나름대로 일정한 성취를 보였다.

아동도 현실을 벗어나지 않아야 한다는 리얼리즘적 세계 인식과 창작방법을 견지했고, 식민지 현실의 변모와 함께 '운동으로서의 문학'이라는 입장을 굳게 지켜나갔다. 동요대회, 작품 전람회 등 식민지 아동을 위한 각종 행사는 잡지라는 매체를 통한 투쟁의 한계를 극복하고자 한 것으로, 계급적 세계 인식을 실천적으로 확산하는 의미가 있었다.

KAPF가 1927년을 전후하여 제1차 방향전환을 하고 목적의식기로 접어들었으며 1929년을 전후하여 제2차 방향전환을 한 것은 주지의 사실이다. 『별나라』를 중심으로 한 계급주의 아동문학가들도 이런 주장을 하고 있으나, 정치투쟁을 전제로 한 아동문학의 방향전환은 1929년 이후의 시기, 본격적으로는 1930년대에 들어서 이루어졌다고 보아야 할 것이다. 이는 문학론이나 작품에서 분명하게 확인된다.

식민지 아동문학에 있어서 계급주의의 의미는 한 마디로 현실 인식을 분명히 하고 그에 대처하는 아동을 육성하는 것이라고 말할 수 있다. 그래서 『어린이』나 『아희생활』 등이 보여주는 부르조아적 동심주의를 매도하고, 식민지 현실 곧 노동자와 농민, 빈부격차, 가난으로 인해 학교를 다닐 수 없는 아이들이 야학과 강습소에 나가는 현실에 주목하고 있다. 이는 식민지 아동의 계급모순에 대한 인식을 통해 식민지 모순을 극복하고자 하는 의도에서 비롯된 것이다.

이러한 성취는 동전의 양면과 같아서 이미 문제점을 내포하고 있었다. 그것은 바로 아동문학의 본질이라 할 수 있는 동심의 상실로, '수염 난 총각'이 아동문학의 대상이 된 현실이 바로 그렇다.

이 글은 계급주의 아동문학의 배경, 작품의 의미, 그리고 비평론으로 이어지는 3부작의 처음에 해당한다. 앞으로 산일(散逸)된 『별나라』의 확보와 관련 자료의 면밀한 조사를 바탕으로 식민지 시대 계급주의 아동문학의 실체를 밝히기 위한 노력을 이어갈 것이다.

참고문헌

1. 기본자료

『별나라』, 『新少年』, 『어린이』, 《中外日報》, 《朝鮮日報》, 《東亞日報》, 『朝鮮出版警察月報』〔不許可差押及削除出版物目錄, 諺文少年少女讀物ノ傾向, 鮮內發行ノ思想關係出版物, 不許可差押及削除出版物記事要旨, 出版法違反事件ニ其他關スル件(京本警高秘 第10082號), 全鮮少年聯合會反對同盟會ノ動靜ニ干スル件(京龍警高秘 第1430號)〕

2. 논문 및 저서

가라타니 고진(박유하 역)(1997), 『일본근대문학의 기원』, 민음사.

강동진(1984), 『한국농업의 역사』, 한길사.

권순긍(1997), 『역사와 문학적 진실』, 살림터.

권영민(1998), 『한국계급문학운동사』, 문예출판사.

金炳昊 외(1931), 『푸로레타리아 童謠集 불별』, 중앙인서관.

김근수 편저(1973), 『한국잡지개관 및 호별목차집』, 한국학연구소.

김봉희(2007. 6), 「신고송문학연구」, 경남대학교 박사학위논문.

김수경(2009), 「최남선의 '소년'과 방정환의 '어린이' 사이의 거리」, 『한국문화연구』, 제16집, 이화여대한국문화연구원.

김윤식(1973), 『한국근대문예비평사 연구』, 한얼문고.

김정의(1992), 『한국소년운동사』, 민족문화사.

김지은(2001), 『경남의 계급주의 문학과 밀양』, 경남부산지역문학회.

대한민국국회도서관 사서국1966), 『한국신문 · 잡지총목록(1883~1945)』, 대한민국국회도서관.

류종렬(2003), 「이주홍과 부산지역문학」, 『문학의 지방화와 탈식민주의』, 한국현대소설학회 제21회 학술연구발표대회.

류희정 편(1994), 『1920년대 아동문학집』 (1), (2), 문학예술종합출판사.

홍 구(1946), 『건설기의 조선문학』, 조선문학가동맹 중앙집행위원회 서기국.

박지영(2005), 「방정환의 '천사동심주의'의 본질—잡지 『어린이』를 중심으로」,

『대동문화연구』, 제51집, 성균관대 대동문화연구원.
박태일(2002), 「이주홍의 초기 아동문학과 『신소년』」, 『현대문학이론연구』, 제18호, 현대문학이론학회.
박현수(2004), 「동일시와 차별화의 지식 체계, 문화 그리고 문학—1920년대 초기 문화론 연구」, 『상허학보』, 제12호, 상허학회.
______(2005), 「문학에 대한 열망과 소년운동에의 관심—방정환의 초기 활동 연구」, 『민족문학사연구』 제28집, 민족문학사연구회.
방정환(1923), 「처음에」, 『어린이』, 창간호, 1923.3.20.
濱江漁夫(1932), 「少年文學과 現實性—아울러 朝鮮少年文壇의 過去와 將來에 對하야」, 『어린이』, 5월호.
소래섭(2002), 「『少年』誌에 나타난 '소년'의 의미와 '아동'의 발견」, 『한국학보』, 제109집, 일지사.
송 영(1994), 「해방 전의 조선 아동문학」, 이선영 편, 『현대문학비평자료집』, 태학사.
宋完淳(1948), 「兒童文學의 天使主義-過去의 史的 一面에 關한 備忘草」, 『兒童文化』 제1집, 同志社兒童園, 1948.11.
______(1946), 「兒童文化의 新出發」, 『人民』, 제2권 제1호, 1946.1.
______(1946), 「朝鮮兒童文學試論-特히 兒童의 單純性 問題를 中心으로」, 『新世代』, 제1권 제2호, 1946.5.
昇曉灘(1932), 「朝鮮少年文藝團體消長史稿」, 『新少年』, 1932년 9월호.
신소년사(1932), 「우리들의 사전」, 『新少年』, 1932년 7월호.
신재홍(1981), 「일제치하에서의 한국소년운동고」, 『사학연구』, 제33집, 한국사학회.
申鉉得(2006), 「〈신소년〉·〈별나라〉 회고」, 『아동문학평론』, 제31권 제2호, 2006.5.
심명숙(2002), 「한국근대 아동문학론 연구—1920년대에서 해방까지」, 인하대학교 석사학위논문.
安俊植(1932), 「全鮮無産兒童 聯合大學藝會를 열면서—별나라 六週年紀念에 當하야」, 《朝鮮日報》 1932.5.28～29.

오세창(1992), 「일제하 한국소년운동사 연구」, 『민족문화논총』, 제13집, 영남대학교민족문화연구소.

요꼬스까 카오루(横須賀 薫)(박숙경 역)(2004), 「동심주의와 아동문학」, 『창비어린이』, 제5호, 2004년 여름호.

원종찬(2001), 「한일아동문학의 기원과 성격 비교」, 『아동문학과 비평정신』, 창비.

윤석중(1990), 「한국동요문학소사」, 『예술논문집』, 제29집, 대한민국예술원.

______(1962), 「韓國兒童文學書誌」, 『兒童文學의 指導와 鑑賞』, 대한교육연합회.

______(1962), 「韓國兒童文學小史」, 『兒童文學의 指導와 鑑賞』, 대한교육연합회.

윤주은(2007), 「槇本楠郎와 이주홍의 프롤레타리아 아동문학 비교 연구」, 부산외국어대학교 일어일문학과 박사학위논문, 2007.6.

이기훈(2002), 「1920년대 '어린이'의 형성과 동화」, 『역사문제연구』, 제8호, 역사문제연구소.

이순욱(2004), 「카프의 매체 투쟁과 프롤레타리아 동요집 『불별』」, 『한국문학논총』, 제37집, 한국문학회.

이원수(1947), 「兒童文學의 史的 考察」, 『少年運動』, 제2권 제1호, 조선소년운동중앙협의회, 1947.4.

이재철(1978), 『한국현대아동문학사』, 일지사.

張善明(1930), 「少年文藝의 理論과 實踐」, 《朝鮮日報》, 1930.5.16-19.

전기철,(1996) 「일제하의 어린이 문학 비평」, 『아침햇살』, 여름호.

槇本楠郎(1930), 『プロレタリア 童謠講話』, 紅玉堂書店(東京).

________(1930), 『プロレタリア 兒童文學の 諸問題』, 世界社(東京).

정인섭(1975), 『색동회 어린이운동사』, 학원사.

丁洪敎(1928), 「朝鮮少年運動槪觀-壹週年 紀念日을 當하야」, 《朝鮮日報》, 1928.10.16~28.

______(1932), 「朝鮮少年運動槪觀-今後 運動의 展開를 望함」, 《朝鮮日報》, 1932.1.1~19.

仲村 修(1999), 「方定煥研究序論-東京時代を 中心に」, 『靑丘學術論集』, 제14집, 韓國文化研究振興財團.

최지훈(2001), 『어린이를 위한 문학』, 비룡소.
필립 아리에스(문지영 역)(2003), 『아동의 탄생』, 새물결.
한만수(2008), 『그들의 문학과 생애, 박세영』, 한길사.
虎　人(1932), 「兒童藝術時評」, 『新少年』, 8월호.

김영일의 '자유시론'과 '아동자유시집' 『다람쥐』

김찬곤

1. 머리말

김영일(金英一, 1914~1984)은 흔히 우리 동시 문학사에서 동요에서 동시로 가는 길목에 한 이정표를 세운 시인으로 평가받는다. 하지만 이는 실제 작품 비평 과정을 거쳐 얻어진 평가는 아니다. 그런데도 우리는 '김영일' 하면 '자유시론'을 떠올리고, 마치 그가 우리 동시 문학사에서 가장 먼저 자유시로서 동시를 쓰고, 자유시론을 주창한 것인 양 알고 있다. 하지만 그는 특별히 자유시론을 펼친 적이 없고, 그런 시론 글을 쓴 적도 없다. 단지 1950년 그의 첫 동시집 『다람쥐』(고려서적주식회사)를 펴내면서 부표제(서브타이틀)를 '아동자유시집'이라 붙여 동시집의 성격을 드러내고, 차례를 '제1부 자유시현재'(40편) '제2부 자유시초기'(13편) '제3부 자유시이전'(24편)이라 하여 자신의 동시 창작이 어떤 지점에서 시작하여 '자유시로서의 동시'[1]에 이르게 되었는지 말해 줄 뿐이다. 굳

김찬곤
childkls@hanmail.net 광주대학교 강사. 《어린이신문 굴렁쇠》 발행인, 제1기 『동시마중』 편집위원을 지냈다. 『문화유산으로 보는 역사 한마당』, 『우리 민족문화상징 100』, 『손에 잡히는 사회교과서, 지구촌』, 『강직한의 파란만장 시장 도전기』 같은 어린이책을 쓰고 있다.

이 그의 '자유시론'이라 할 수 있는 글이라면 시집 끝에 실은「사시광론(私詩狂論)」[2]이라 할 수 있겠는데, 이 글 또한 엄밀히 따져 보면 자유시론과는 거리가 멀다.

그렇다면 그에 대한 이런 오해는 어디에서 비롯된 것일까. 그 시작은 이재철의 평가에서 출발한다. 이재철은 "가사적 동요를 쇄신하려는 의지를 공식적으로 표면화시킨 것이 김영일의「자유시론」이"라 하고, 김영일을 "실로 이 나라 아동문학계에서 최초로 자유시 이론을 부식(扶植)했다는 점에서 간과할 수 없는 큰 의의"가 있는 시인으로 평가한다.[3] 더구나 '자유시론'을 홑낫표로 묶어 마치 김영일이 그런 시론을 쓴 것인 양 말하고 있다. 지금까지 이루어진 김영일의 동시집『다람쥐』연구 또한 대체로 이런 이재철의 평가를 전제로 한 연구라 할 수 있다.

『다람쥐』(고려서적주식회사, 1950) 표지. 부표제를 '兒童自由詩集'이라 했다.

---

1 우리는 지금까지 동시를 말할 때, 아주 '자명하게' 동요에서 동시로 '발전'한 것으로 봤다. 하지만 동요와 동시의 역사를 살펴보면 꼭 그렇지 않았다는 것을 알 수 있다. 이 둘은 분명히 '별개의 장르'로 보는 것이 타당하다. 물론 동시가 동요의 영향을 안 받은 것은 아니다. 하지만 그렇다고 해서 동시가 동요에서 진화 · 발전했다고 볼 수 없다. 이에 대해서는 원종찬의 최근 논문「일제강점기 동요 · 동시론 연구—한국적 특성에 관한 고찰」(한국아동문학학회,『한국아동문학연구』 제20호, 2011)과 김찬곤의「동요를 동시의 눈으로 봤을 때」(『동시마중』 제2호, 2010년 7 · 8월호)를 참고하기 바람.

2 김영일은 1943년『아희생활』7 · 8월 합본호와 10월호에「사시소론(私詩小論) 1 · 2」를 발표한다. 그는 이 소론1 · 2에 더할 부분은 더하고 뺄 부분을 뺀 뒤 동시집『다람쥐』뒤편에 붙이는데, 제목을「사시광론(私詩狂論)」으로 달리하여 싣는다. 왜 이렇게 제목을 바꾸어 실었는지는 밝혀지지 않았다.

3 이재철,『한국현대아동문학사』, 일지사, 1978, 256~257쪽.

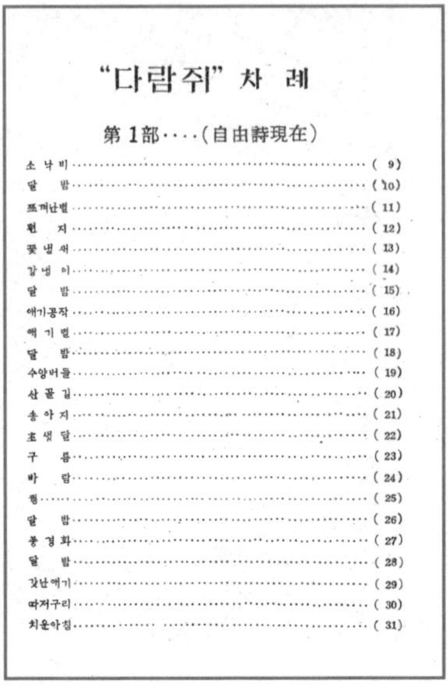

"다람쥐" 차 례

第 1部····(自由詩現在)

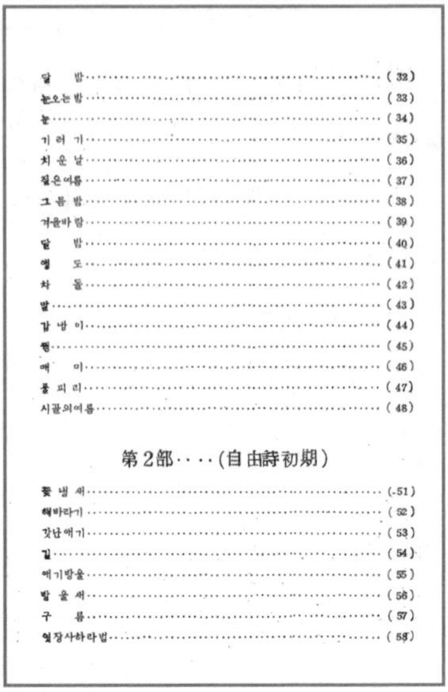

第 2部····(自由詩初期)

차례를 '제1부 자유시현재' (40편), '제2부 자유시초기' (13편), '제3부 자유시이전' (24편)이라 하여 자신의 동시 창작이 어떤 지점에서 시작하여 '자유시로서의 동시' 에 이르게 되었는지 밝히고 있다.

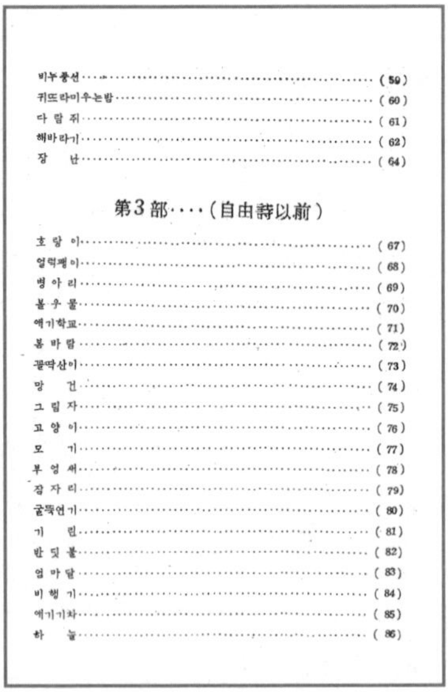

第3部····(自由詩以前)

지금까지 김영일에 대한 가장 깊이 있는 연구는 권석순의 두 논문 「김영일 동시 연구」(강릉대학교 국어국문학과 대학원 석사학위 논문, 2005)와 「김영일 아동문학 연구」(강릉대학교 국어국문학과 박사학위 논문)를 들 수 있다. 그런데 이 두 논문은 이재철이 『한국아동문학작가론』(개문사, 1983)에서 말한, 김영일이 "1937년 박영종과 함께 이른바 자유시론을 들고"(99쪽) 나왔다는 구절, 바로 이 구절을 전제로 한 연구라 할 수 있다. 이재철이 아무 근거 없이 '1937년'을 '자유시로서의 동시'의 기점으로 삼았다면, 마땅히 그 근거를 찾아보고 따져봐야 하는데 안타깝게도 권석순은 이 점을 너무 가볍게 생각했고 끝내 놓치고 말았다. 물론 권석순 이전의 연구자들도 마찬가지다. 석용원은 『아동문학원론』(학연사, 1992)에서 김영일을 다룰 때, "여기서 하나 밝혀 두어야 할 것은 김영일, 박영종이 1937년에 주창한 자유시론이다"(95쪽)고 말하고, 뒤이어 "한국아동문학사상 자유형의 동시가 나온 것은 김영일의 공로이며 전대의 전통적인 유행을 뒤엎을 만한 획기적인 것이었다"(97쪽)고까지 평가한다. 또 최근 전병호는 「한국 서정동시의 흐름1—동시 문단의 형성과 상실 의식의 시대」(『오늘의 동시문학』, 2007년 봄호)에서 "동요의 시대를 극복하고자 1933년 『어린이』로 등단한 박영종이 새롭게 보여준 자유 동시는 시대를 앞선 선구적인 것이었다. 1937년 '자유시론'을 발표한 김영일이나 강소천도 이와 큰 흐름을 같이한다"(28쪽)고 하면서 마치 김영일이 1937년에 '자유시론'이란 글을 발표한 것인 양 말하고 있다.

나는 이 글에서 이런 전제가 잘못되었다는 점과 왜 이재철이 우리 동시사에서 최초의 자유시로서의 동시를 김영일에 두었는지 밝혀 보고자 한다.

2. 일본의 아동자유시와 김영일의 단시

1) 기타하라 하쿠슈와 '아동자유시'

일본에서 아이들이 쓰는 시를 일러 '아동자유시'[4]라 이름 붙인 이는 기타하라 하쿠슈(北原白秋 1885~1942)다. 그는 스즈키 미에키치(鈴木三重吉, 1882~1936)가 1918년 7월에 창간한 어린이 잡지 『빨간 새』(1918~1936)에

합류한다. 그가 거기에서 주로 맡은 분야는 동요다. 그는 관제 창가를 뛰어넘는 동요 쓰기를 주장하고, 그 자신 또한 『빨간 새』에 동요를 발표한다. 또 아이들에게도 동요 쓰기를 권한다. 하지만 문인들도 아이들도 동요를 써 보내오지 않는다. 그래서 문인들에게 따로 동요를 청탁하고, 이와 더불어 일반 투고 작품을 모집한다. 그래도 투고 작품이 없자 둘레 문인들이 쓴 동요를 투고작인 것처럼 다른 사람 이름으로 싣는다. 이렇게 하자 차츰 어른들의 투고 작품이 들어온다. 그런데 그와 동시에 아이들이 쓴 동요와 아동자유시가 막 들어오기 시작한다. 기타하라 하쿠슈는 깜짝 놀라 잡지에 어른이 아닌 어린이 글란을 따로 두고 투고를 장려한다.

기타하라 하쿠슈가 아이들이 쓴 시를 '아동자유시'라 이름 붙인 까닭이 있다.

> 기따하라 하꾸슈우 씨의 『빨간 새』에 투고되던 어린이들의 동요 가운데 "아동 본위의 리듬, 그 자유시의 형식을 띠고 나타난 작품"이 나와, 기따하라 하꾸슈우 씨가 크게 놀라고 기뻐했다고 합니다. 이것으로 보아 그때 일본 어린이들은 놀랍게도 그들 자신의 자유시를 창조해 냈다고 할 수 있습니다. 그리하여, 이 전환 시기에 순 동요조의 작품이 적어지고, 어린이 시가 현저하게 많이 나왔다는 것을 『아동자유시집성』의 통계표로서 알 수 있습니다.[5]

일본에서 1920년대에 문인들이 아이들에게 써 주었던 시는 엄격히 말하면 동시라 할 수 없고 동요로 볼 수 있다. 5·7·5조, 7·5조의 운율로

---

4 일본 어린이 시 교육 역사에서 아이들이 쓰는 시를 '아동자유시'라 한 시기는 1921년에서 29년까지의 시기를 말한다. 보통 이 시기를 '아까이 도리 시대' 또는 '감각시 시대'라 한다. 그 뒤 이나무라 갱이찌의 '생활시' 이론이 어린이 시 쓰기 이론 안으로 들어와 감각시가 극복되고 '생활시'로 자리 잡는다. 그리고 이 생활시는 곧바로 '생활행동시'로 나아간다.

5 요시다 미즈호, 이오덕 옮김, 『어린이 시』, 온누리, 1983, 139쪽.

쓴 정형시였고, 노랫말에 가까웠다. 그런데 아이들은 이런 어른들의 동요를 읽고 그 동요하고는 완전히 다른, 자신들의 말로 '자유롭게' 시를 써낸 것이다. 기타하라 하쿠슈는 이런 시를, 아이들이 썼다 해서 앞에 '아동'을 붙이고, 그 뒤에 정형시 동요와 달리 자유롭게 막 내치듯이 썼다 해서 '자유시'를 붙였다.[6]

2) 김영일과 아동자유시

김영일은 동시집 제목 '다람쥐' 위에 '아동자유시집'이라 부표제를 달아 이 시집의 성격을 드러내는데, 정작 이 말을 어떤 뜻으로 붙였는지는 분명치 않다. '아이들에게 주는 자유시(동시)집'이라는 뜻인지, 아니면 기타하라 하쿠슈가 말한 '아동자유시'라는 말인지 분명하지 않다. 만약 하쿠슈가 말한, 그러니까 어린이가 쓴 시로서의 '아동자유시'라면 잘못 붙인 말이 아닐 수 없다. 과연 그는 어떤 뜻으로 '아동자유시'라는 말을 붙였을까.

내지(內地 : 일본)에 신동요운동이 일어난 것은 대정 7년(1918)경 北原白秋

6 우리나라 초등 글쓰기 역사에서 어른이 쓴 동시와 구별하여 아이들이 쓴 시를 '어린이 시'(처음에는 '아동시'라 했다. 그런데 이오덕이 우리 말글살이의 문제점을 절실히 느끼고 우리 말 바로 쓰기 운동을 하면서 '아동시'를 '어린이 시'로 정정한다)라 이름 붙인 이는 이오덕이고, 그 시기는 60년대 말쯤이다. 이오덕은 『글짓기 교육—이론과 실제』(아인각, 1965)와 『아동시론』(세종문화사, 1973)에서 어른이 쓰는 동요 · 동시와 아이들이 쓰는 시는 애당초 다르다 말하고, 아이들이 쓰는 시를 '어린이 시'로 따로 분류한다. 하지만 그렇다고 해서 아이들이 쓰는 시를 모두 '어린이 시'라 하지 않는다. 지금도 마찬가지지만 우리나라 교실에서 아이들이 쓰는 시는 거의 다 어른들이 쓰는 동시를 흉내낸 시다. 이오덕은 이런 시를 '어린이 시'로 보지 않고 "기묘한 흉내내기 놀이"(『아동시론』, 굴렁쇠, 2006, 5쪽)로 본다. 당시 이오덕의 이런 주장은 아주 놀라운 주장이었지만 지극히 당연하고 옳은 주장이었다. 이렇게 봤을 때, 일본의 아동자유시와 우리의 어린이 시는 같은 명칭이지만 서로 다른 형편에서 생겨난 이름이라는 것을 알 수 있다. 둘 다 어린이가 쓴 시라는 것에서는 같지만, 일본의 아동자유시는 어른의 '동요'에 맞견주는 말이었고, 우리의 '어린이 시'는 어린이들이 쓴 시 가운데서 어른들이 쓰는 '동시'를 흉내내지 않은, 아이다운 시라는 의미에서의 '어린이 시'다.

先生의 『빨간 새(赤い鳥)』에서부터 시작되었다고 하겠다. 그는 그때 여러 가지 곤란과 핑찬을 물리치고 그가 생각해온, 행동해온 자유시를 몸을 바쳐 주창하였다. "아동자유시의 확립과 통일의 일대사에 관하여서 나는 자기 동요창작 이외에 필생의 사업으로 하고 지금까지 나왔으며 나의 정혼을 만들고 종사해 왔다. 적으나마 나의 열성은 보람이어서 나의 주장은 달성되고 있다. 현재에 있어서는 일본 전국의 학령 이상의 아동은 시가 무엇인가를 알고 시를 짓는 기쁨과 스스로 깨달은 뒤에 그들은 일상생활을 높이고 그들의 자유시형을 낳고 있다. 세계 어느 곳에 그 전국의 소학생이 시를 알고 시의 작자인 국가가 있는가" 하고 北原白秋 先生은 말하였다. 北原白秋 先生으로 말미암아 일본 전국의 아동들이 깨끗이 맑게 그리고 푸른 꿈을 안고 생활의 기쁨을 맛보고 있다는 사실에 北原 先生이 얼마나한 노력과 지도가 담겨 있는가를 가이 알 수 있을 것이다.

그는 『빨간 새』 잡지 우에 신동요운동을 전개하셨고 지도하셨다. 北原白秋 先生 편저인 『아동자유시집성』은 그가 감상 지도한 집성으로 『빨간 새』에 실었던 자유시 수백 편을 모아 평과 아울러 신동요운동을 제창하셨다.[7]

위 구절을 잘 읽어 보면 김영일이 '자유시'와 '아동자유시'를 같은 뜻으로 쓰고 있다는 것을 알 수 있다. 더구나 1920년대 초반부터 일본 초등학교에서 일어난 (아동)자유시 쓰기 운동을 신동요운동과 혼동하고 있다. 모두 잘 알고 있듯이 기타하라 하쿠슈의 '신동요운동'은 관제 창가의 교훈주의나 계몽주의에 대항하여 아이들에게 깊은 울림을 줄 수 있는, 그런 예술성 있는 동요를 주자는 운동이다. 이런 혼란은 김영일뿐만 아니라 20년대 말부터 벌어진 우리 동요·동시 논쟁에서도 찾아볼 수 있고, 이는 끝내 명확하게 정리되지 못한 채 봉합되어 오다가 이오덕에 와서야 뚜렷하게 정리된다. 김영일은 일본 아이들이 쓰는 (아동)자유시를

7 김영일, 「私詩小論(一)」, 『아희생활』 1943년 7·8월 합본호, 41~42쪽.

어른이 아이에게 주는 자유시(동시)와 구별하지 못했다. 그래서 그는 그의 시집 『다람쥐』 부표제를 '아동자유시집'이라 붙인 것이다.

이런 혼란은 김영일의 동시와 동화를 다룬 권석순의 논문 「김영일 아동문학 연구」에도 그대로 이어진다. "김영일은 아동문학을 독립적인 문학으로 자리매김하는 데 중요한 역할을 수행한다. 예컨대 기존의 형식에 얽매여 있던 동요를 자유시 형태로 전환시키는 데 기여를 한다. 김영일이 자신의 첫 동시집 『다람쥐』를 발표하면서 '아동자유시'라는 장르 명칭을 표제로 선택했다는 점이 이 같은 사실을 단적으로 보여준다."(앞의 논문 3쪽) 또 "기타하라 하쿠슈가 일본에서 아동자유시 운동을 한 당사자로서, 동요를 동시로 전환시키는 데 중요한 역할을 했기 때문에 그의 영향을 받았을 가능성은 높다"(24쪽)고까지 한다. 하지만 하쿠슈가 아동자유시 운동을 한 것은 맞지만 "동요를 동시로 전환시키는 데 중요한 역할"을 했다는 말은 맞지 않다. 그는 단지 동요와 달리 동시도 아이들에게 줄 필요가 있다고 했을 뿐이다. 어른이 아이들에게 주는 시를 일러 '동시'라 이름 붙인 이는 하쿠슈다. 그는 1923년 '동시'의 필요성을 말한다. "노래하기 위한 이런 동요 이외에, 조용히 읽게 하고 또는 감상시키기 위한 시—동시—도 아동에게 주어야 할 것이다. 아동 자신도 지금은 주로 자유율의 시를 짓고 있다. (……) 그것을 생각하면 나는 가요 이외에, 신풍으로서의 동시(주로 자유율)의 방면에도 앞으로 더욱 개척의 쟁기를 휘둘러야겠다. 이미 두세 편 試作은 있지만, 일간에 나에게 중대한 뜻이 담긴 제작이 될 것이다."[8] 이 글은 하쿠슈의 동시 선언인 셈인데, 뒤이어 1926년에는 동요와 동시를 아주 명확하게 구별한다. "동요는 童心童語의 歌謠다. 동시는 童心童語의 詩다. 동요는 노래하기 위한 것이며, 동시는 오히려 조용히 읽고 느끼게 하는 것이다."[9] 이 대목은 일본

8 기타하라 하쿠슈, 「童謠史觀」(『詩와 音樂』, 1923년 1월), 『綠의 觸角』, 개조사, 1987, 53쪽.
9 기타하라 하쿠슈, 「童謠와 童詩」(『童詩』, 1926년 5월), 『綠의 觸角』, 개조사, 1987, 54쪽.

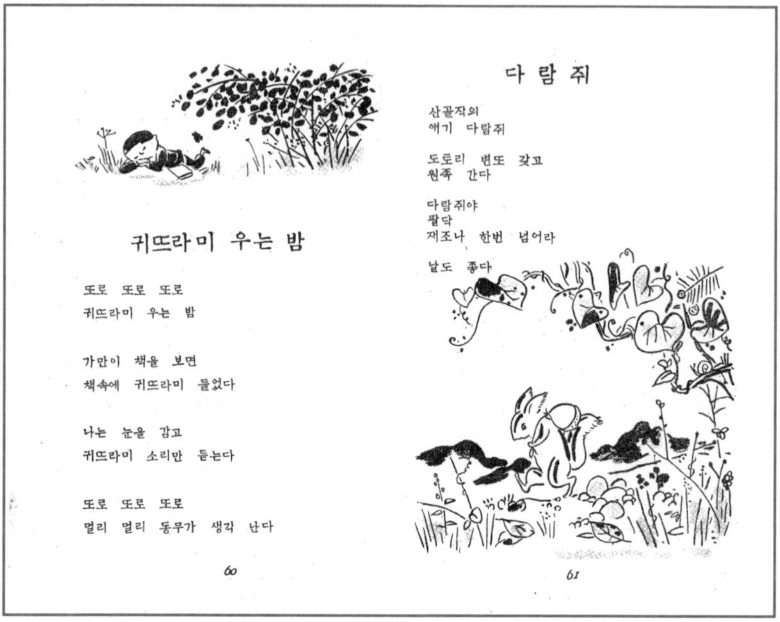
귀뚜라미 우는 밤

또로 또로 또로
귀뚜라미 우는 밤

가만이 책을 보면
책속에 귀뚜라미 들었다

나는 눈을 감고
귀뚜라미 소리만 듣는다

또로 또로 또로
멀리 멀리 동무가 생각 난다

60

다 람 쥐

산골작의
애기 다람쥐

도토리 번또 갖고
원족 간다

다람쥐야
팔닥
재조나 한번 넘어라

날도 좋다

61

『다람쥐』(고려서적주식회사, 1950) 본문 속 시와 그림. 일제강점기와 해방 이후 활발하게 활동했던 임동은 화백의 그림을 볼 수 있다.

어린이문학사에서 '동시'를 처음으로 개념 정리한 구절이다.

지금 일본의 어린이 운문 장르명은 '시'이지만, 우리처럼 동요가 동시로 '진화 또는 발전'해야 한다는 논리는 없었던 듯싶다. 하쿠슈만 하더라도 1918년 『빨간 새』 창간 이래 죽기 전까지 25년에 걸쳐 동요와 동시를 같이 썼고, 그 작품 수는 무려 1200편에 달하며 그중 400편에 곡을 붙였다고 하니 말이다.

김영일이 아이들이 쓰는 (아동)자유시와 어른이 아이에게 주는 자유시(동시)를 구별하지 못한 것도 문제지만, 그의 짧은 시 '단시(短詩)' 또한 그가 새롭게 창조한 시 형식이라기보다는 일본의 '초기' 아동자유시에서 왔다는 점이 문제가 된다. 그는 「사시소론1」에 일본 초기 아동자유시 네 편을 든다. 이 시를 보면 그의 단시가 어디에서 왔는지 단박에 짐작할 수 있다.

石がぬれてゐる
いつまでも黑い
冬の空暗黑

돌이 젖어 있다.
언제까지나 까맣다.
암흑 같은 겨울 하늘.

—「冬の日 겨울날」 전문

かつて鳥の聲に
白く光る障よ

일찍부터 새소리에
하얗게 빛나는 순간이여.

—「朝 아침」 전문

芝原で足をのばすと
足の先に海が見える

너른 잔디밭에서 발을 뻗치면
발끝에 바다가 보인다.

—「海 바다」 전문

とんぼの目光る午後

山吹の花白くなる

잠자리 눈 빛나는 오후
황매화꽃이 하애진다.

—「とんぼの目 잠자리 눈」 전문

김영일은 일본 아이들 시 네 편을 일본말 그대로 인용하고 그 아래에 "이것이 모다 소학생들의 자유시라는 사실을 보면 그들의 상(想)과 관찰력이 어떻다는 것을 가이 상상할 수 있는 동시에, 또한 그 뒤에서 지도해온 北原白秋 先生의 꾸준한 노력과 열성에 머리 숙이지 않을 수 없다"고 한다.

더구나 「바다」나 「잠자리 눈」 같은 시는 1행을 2행으로 나누고, 2연으로 하면 그의 단시와 꼭 닮았다. 아래에 그렇게 나누어 보고, 그의 시 두 편 「달밤」과 「쪼껴난 별」[10]을 한번 들어본다.

너른 잔디밭에서
발을 뻗치면

발끝에 바다가 보인다.

잠자리 눈
빛나는 오후

10 이 시 두 편 모두 『다람쥐』(고려서적주식회사, 1950)에서 인용한 것임. 「달밤」(10쪽), 「쪼껴난 별」(11쪽).

황매화꽃이 하애진다.

달밤에
어린애 울음소리

하늘은 새맑다

—「달밤」 전문

꼭 하나 나온 별
쪼껴난 별

바람에 날라갈 것 같다

—「쪼껴난 별」 전문

거의 비슷한 형식이고 정서가 아닐 수 없다. 이렇게 봤을 때 그의 단시 뿌리는 일본의 초기 아동자유시에 닿아 있는 것이 분명하다. 물론 이런 시 형태는 어린이 시에서 배울 수 있고, 동시의 품으로 받아안아 새롭게 창조할 수 있다. 그런데 안타깝게도 그는 '초기' 일본 어린이 시에서 그 형식과 정서를 가져왔다는 점을 지적하지 않을 수 없다. 더구나 그 시기(흔히 '아까이 도리 시대'라고 한다) 어린이 시는 '감각시'에 머물러 있었다.

3) 일본 초기 아동자유시와 김영일의 단시

일본 초기 어린이 시에는 하이쿠처럼 짧은 시가 아주 많다. 김영일은 바로 이런 일본 초기 어린이 시에서 그 형식과 정서를 가져온 것이 분명하다. 그런데 일본 초기 어린이 시는 비록 '감각시'라 비판받았지만 그 시에는 어린이 특유의 '직관'이 살아 있다. 이재철이 김영일의 시를 두고 "직감적 관조"라 했는데, 여기서 '직감'은 '직관'과 거리가 멀다. 그것은 요시다 미즈호의 말처럼 "딴딴하게 야물어진 노골(老骨)"의 감각일 뿐이다. 요시다 미즈호는 하이쿠 같은 일본 초기 어린이 시에 대해 이렇게 평가한다. "대상을 붙잡을 때, 하나의 '틀'(형식)을 가지고 대하기 때문에 감동을 나타내는 데 독창성이 없어지고, 발전성도 없어집니다. 이런 작품을 보면 곧 알 수 있는 바와 같이, 지은이의 적극적인 정신을 찾을 수 없습니다. 사물을 보고 영탄하는 버릇이 있습니다. (……) 사물의 진실에 적극적으로 파고들려는 의욕이 없어서, 그 껍데기만을 매끌매끌하게 만지고 있는 식의 파악입니다. 이런 작품이 『아동자유시집성』에는 참으로 많다는 것입니다."[11] 김영일이 「사시소론1」에서도 밝혔듯이, 그는 하쿠슈가 『빨간 새』에 실었던 어린이 시 가운데서 가려 뽑아 엮었던 『아동자유시집성』을 읽고 큰 충격을 받은 듯싶다. 하지만 그것은 일본 어린이 시 교육 역사에서 극복되어야 할 것이었지 발전시키고 장려할 것은 아니었다.

김영일 시의 가장 큰 특징은 아주 짧은 단시라는 점이다. 그의 시집 『다람쥐』에는 1934년 매일신보 등단작인 「반딧불」부터 1948년까지 발표한 시 77편을 싣고 있다. 이 가운데 39편이 2연으로 되어 있고, 3~4행으로 된 단시가 23편에 이른다. 이런 시 가운데 아주 잘 쓴 시로 평가받는 시 두 편을 아래에 들어본다.

소낙비 그쳤다

11 요시다 미즈호, 이오덕 옮김, 『어린이 시』, 온누리, 1983, 144쪽.

하늘에

세수하고 싶다

—「소낙비」 전문

수양버들

봄바람에

머리 빗는다

언니 생각 난다

—「수양버들」 전문[12]

이렇게 그의 시는 아주 짧다. 그렇다면 그의 단시는 어디에서 온 것일까? 그가 새롭게 창조한 형식일까? 지금까지 김영일의 단시 연구는 대체로 이재철의 연구를 그대로 따르고 있다. 이재철은 김영일이 1943년 「사시소론1」에서 밝힌 논리를 근거로, "형태를 간략화한 단시가 시의 내용을 보다 암시적이고 보다 생동감 있게 만든다"[13]고 평가한다. 하지만 아무리 마음 써서 읽어도 '암시적'일지는 모르지만 '생동감'은 느껴지지 않는다. 아래에 김영일이 「사시소론1」에서 그의 단시에 대해 밝힌 대목을 들어본다. 그런데 그의 「사시소론1」은 쭉 이어진 글로 된 것이 아니고 그저 짤막짤막한 문장으로 되어 있다. 그래서 인용 또한 그렇게 할 수밖에 없다.

12 위 시 두 편 모두 『다람쥐』(고려서적주식회사, 1950)에서 인용한 것임. 「소낙비」(9쪽), 「수양버들」(19쪽).

13 이재철, 『한국현대아동문학사』, 일지사, 1978, 258쪽.

· 예술은 교시가 아니다. 암시다.

· 짧다는 것이 단순한 정조(情操)의 표현이 되어서는 안 된다. 즉 종래는 보다 더 잘 표현하기 위하여 장황하게 표현하였다. 그러나 나는 보다 더 잘 표현하기 위하여 더 짧게 쓴다.

· 지금까지의 예술은 모다…… 설명하지 못할 것을 피하여 설명할 수 있는 것을 설명하고 있었다. 그들이 회피한 혹은 보지 못하고 있는 설명할 수 없는 것을 표현하고 쓰지 않으면 안 된다. 그 방법으로 나는 더 많은 말을 필요치 않는 형식과 예술을 가졌다. 그것이 즉 「단시」다.

· 대체 짧은 말로 표현한다고 사물 그 자체가 단순한 까닭은 결코 아니다. 사물 그 자체가 너무나 크고 복잡한 까닭이며 미묘한 까닭이다.

· 평연하게 방출한다. 홱 내던진다.

이러한 그의 시론에 따라 그는 짧은 시를 썼다. 그런데 그의 시론은 그만의 독창적인 시론이었다기보다는 일본의 '초기' 아동자유시에서 가져온 것이 아닌가 싶다. 하지만 그것은 일본 어린이 시 교육 역사에서 '생활시 시대' 이전, 그러니까 1921년에서 1932년 사이 어린이 시에서 보인 경향이고, 이는 곧바로 바로잡힌다.[14] 안타깝게도 김영일은 바로 이것을 붙잡은 것이다. 더구나 그가 새로운 형식의 시라고 보고 '자유시 현재'에 엮었던 시편은 이오덕의 말처럼 "아이들 것보다 월등하게 높은 수준의 것이 아니"다. 그 까닭을 이오덕은 "시인이 온몸을 던져 넣는 자세로 동시를 쓰지 않고, 아동의 세계를 자연 관찰의 안이한 감각적인 것

14 이에 대해서는 김영순의 「일본 동요로의 초대(4)—일본 근대 어린이 시 맛보기」(『시와동화』, 2010년 가을호)를 참조하기 바람. 그는 여기서 모모타 소우지의 글을 인용하는데, 여기에 한번 그대로 들어본다. "이 시기 아동자유시의 특징에 대해 모모타 소우지는 "아까이 도리 시기의 대표적인 작풍 하나가 주로 사생적인 자연 관찰을 바탕으로 한 아동 감각의 기분 · 정조화, 일종의 간결한 하이쿠적인 형상화로 나타났다. (……) 그리고 그러한 관찰적 · 사생적 단순한 감각 표현에 한 발 더 나아가 더욱 내면적 · 관조적인 서정시 작풍이 일반화되었다"고 지적하고 있다."(397쪽) 이는 김영일 단시의 특징이기도 하다.

에다 설정하여 거기 맞추어" 썼기 때문으로 본다.[15]

아까이 도리 시대 어린이 시에 대해 요시다 미즈호는 이렇게 평가한다.

> 이 시기의 작품을 고찰해 보면, 지도하는 사람들의 지도 의식이 나아갔으므로 대상을 파악하는 데 진실 위에 선다는 태도가 이루어지고 있습니다. 쉽게 말하면, 솔직하게 느끼는 것입니다. 그런데, 현실에 입각한다는 것은 좋지만 객관 세계를 감각적으로 파악하는 경향이 생겨났습니다. 그래서 소위 『아까이 도리』 시대를 감각시 시대라고 하게 되었습니다. 그리고 또 대상을 방관적으로 붙잡는 태도가 주가 되었기 때문에 작품 그 자체의 행동성이 작품에 스며 나오는 일이 적게 되었습니다. 또한 흔히 어린이 시의 말이란 것이 '하이징'의 그것처럼 되고, 은둔생활을 하는 것같이 되어 버렸습니다. 야성과 소박과 다이나믹한 행동성 같은 것, 어린이 시의 독특한 인간 냄새를 잃어버리는 듯한 경향이었습니다.[16]

요시다 미즈호는 이때 이런 "후각이나 시각이나 촉각 같은 것으로 사물을 붙잡아 나타내는 일이 매우 성행"했고, 이와 같이 "감각적으로 대상을 보는 훈련을 하고, 또 감각적으로 표현을 하고 있으면 어느새 매너리즘에 빠져 버린다"고 지적한다. 또 "사물을 보고 영탄하는 버릇이" 있다고 평가한다. 이런 초기(1923~1929) 일본의 어린이 감각시는 1933년을 전후로 '생활시' 이론에 비판받고, 이 생활시 이론은 다시 1934년 이후 '생활행동시' 이론으로 정립되어 오늘에 이르고 있다.[17]

일본의 초기 어린이 시는 하이쿠와 아주 닮아 있다. 우선 짧다는 것을 들 수 있고, 무엇보다도 자연을 관조의 대상으로 본다든지, 영탄이나 탄사적인 말로 끝맺는 것을 들 수 있다. 김영일의 관조 태도에 대해서는 이재철도 "외계의 자연물에 대한 조용하면서도 직감적 관조의 태도를

15 이오덕, 「시정신과 유희정신」, 『시정신과 유희정신』, 굴렁쇠, 2005, 24쪽.
16 요시다 미즈호, 이오덕 옮김, 『어린이 시』, 온누리, 1983, 140쪽.

고집"했다고 말한다. 그런데 일본 초기 어린이 시가 생활시와 생활행동시로 나아간 것에 반해 그는 처음부터 끝까지 일관되게 일본 초기 어린이 시에 머물렀다. 이것이 문제다.

이재철은 『한국현대아동문학사』(1978)와 『한국아동문학작가론』(1983)에서 김영일 동시의 특징을 탄사적·직서적 표현, 의성어와 의태어, 함축성, 자연 관조, '~다' 종결어를 들어 가며 동요와 구별하고, 자유시로서의 동시로 김영일 시를 분석한다. 그런데 이런 그의 탄사적·직서적 표현, 함축성, 자연 관조, '~다' 종결어(이것은 탄사적 표현의 종결어로 보는 것이 맞을 성싶다)는 하이쿠와 초기 일본 어린이 시의 특징이라 할 수 있다. 그리고 의성어와 의태어는 동요의 특징이기도 하기 때문에 동시의 특징으로만 볼 수도 없는 노릇이다.

4) 「사시소론(私詩小論)」과 자유시론

「사시소론(私詩小論)」은 『아희생활』(1943년 7·8월 합본호, 10월호)에 실린 글이다. 김영일 연구 논문(석·박사)을 보면 보통 이재철의 연구와 이 소론에 나와 있는 몇 구절을 인용해 가며 김영일이 마치 '자유시론'을 주

---

17 일본의 어린이 시 교육 역사에서 1933년을 전후로, 이나무라 갱이찌의 '생활시' 이론이 어린이 시 교육에 들어와 그전의 감각시를 넘어설 수 있었다. 당시 갱이찌는 "새로운 생활 정신으로 살아가려는 우리들이 사념(思念)하는 것은 근심 많은 이 세상, 더럽혀진 이 인생을 사랑하는 것이다. ……거기에 생활시의 근본적인 태도가 있다. ……그 속사(俗事)에야말로 시가 있는 곳이다"면서 화조풍월(花鳥風月)의 시를 비판한다. 일본 글쓰기 선생님들은 갱이찌의 생활시 이론을 곧바로 어린이 시 교육으로 받아안는다. 그렇게 하여 감각시에서 볼 수 있었던 것, 예를 들자면 자연을 그저 관조의 대상으로 본다든지, 진실을 찾고 본질을 붙잡기 위해 자연(혹은 시의 대상)과 대결하지 않는, 그런 평면적인 태도를 이겨낼 수 있었다. 하지만 그렇다 하더라도 요시다 미즈호의 말처럼 시를 쓰는 "주체가 잠자고 있다"면 문제가 아니될 수 없었다. 그래서 나온 것이 '생활행동시'다. 여기서 행동성이란 단순히 몸을 움직이는 것만을 뜻하지 않는다. 그것은 어린이가 보고 생각하고 느끼고 행동하는 모든 것을 뜻한다. 사가와 미찌오는 이를 "살아가는 의식(意識)"이라 했다. 다시 말해 어린이가 대상에서 받는 작용이 아니라, 어린이 스스로 활동해서 우러나온 의식의 총화(總和)로 본 것이다. 한마디로 시를 온몸으로 쓰는 태도라 할 수 있다. 요시다 미즈호, 앞의 책, 141~154쪽.

장한 것처럼 말한다. 하지만 읽어 보면 자유시론이라 할 만한 구절은 찾아보기 힘들다. 앞에서도 보았듯이 김영일 시의 가장 큰 특징이라 할 수 있는 '단시(短詩)'의 창작 배경을 짐작할 수 있을 뿐이다. 그런데도 이재철은 김영일을 일러 "자유시론의 주창으로서 우리나라 동시단에 신경지를 개척한"[18] 시인으로 평가한다.

> 1933년 동시집 『잃어버린 댕기』(윤석중)에 의해서 시적인 동요의 시도가 눈에 띄기는 하였으나, 그것은 아직은 구전동요를 탈피하였을 뿐, 형식면 · 내용면에서 동요의 울타리를 완전히 벗어난 것이 아니었고, 동요에 예술적 시성을 도입시키려는 노력에 불과하였다.
>
> 이런 가운데 학생시절이던 1934년에 동요 「반딧불」이 매일신보에 당선되고, 동경에서 아동잡지 『고향집』을 발행함으로써 그 문학적 정열을 보여주고 있던 김영일이 비록 北原白秋의 영향 아래서지만 1937년 박영종과 함께 이른바 자유시론을 들고 나옴으로써, 매너리즘에 빠져 있던 동시단에 획기적인 하나의 전환기를 가져온 것이다.[19]

이 구절에서 눈여겨봐야 할 부분은 "비록 北原白秋의 영향 아래서지만 1937년 박영종과 함께 이른바 자유시론을 들고 나"왔다는 부분이다. 기타하라 하쿠슈와 관련해서는 김영일이 자유시로서의 동시와 어린이가 쓴 시로서의 아동자유시를 구별하지 못했다는 점을 앞에서 지적했다. 문제는 "1937년 박영종과 함께 이른바 자유시론을 들고" 나왔다 하면서 자유시로서의 동시의 기점을 '1937년'으로 잡는데, 대관절 무엇을 근거로 이렇게 잡았다고는 밝히지 않는다. 굳이 찾는다면 김영일이 동경 유학시절 1937년에 자비로 발행한 어린이잡지 『고향집』을 들 수 있

18 이재철, 『한국현대아동문학사』, 일지사, 1978, 257쪽.
19 이재철, 『한국아동문학작가론』, 개문사, 1983, 99쪽.

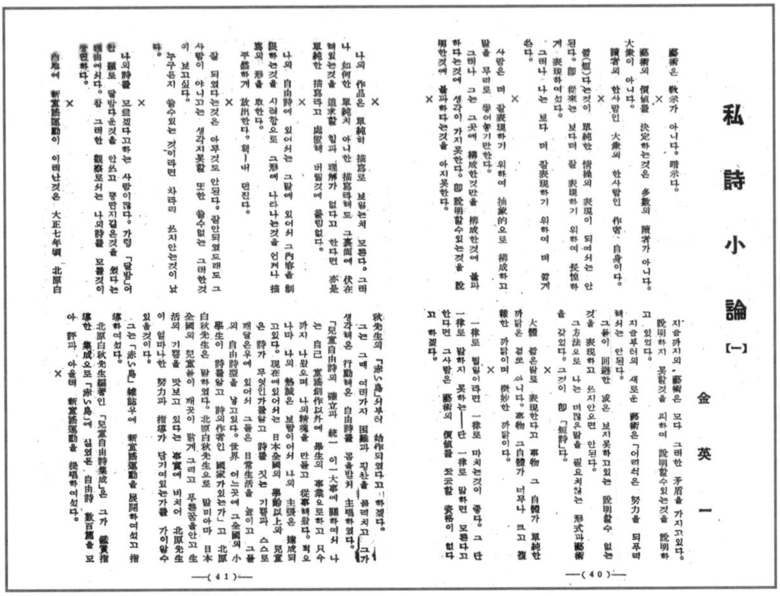

私詩小論【一】

金英一

藝術은 敎示가 아니다。暗示다。

×

藝術의 價値를 決定하는것은 多數의 讀者가 아니다。大衆이 아니다。

讀者의 한사람인 大衆의 한사람인 作者 自身이다。

×

짧(短)다는것이 單純한 情操의 表現이 되여서는 안된다。卽 從來는 보다더 잘 表現하기 위하여 長恨하게 表現하여섰다。

그러나 나는 보다 더 잘表現하기 위하여 더 짧게 쓴다。

×

사람은 더 잘表現하기 위하여 抽象的으로 構成하고 말을 무리로 쌓어놓기만한다。

그러나 그는 그곳에 構成한것만을 構成한것에 불파하다는것에 생각이 가지못한다。卽 說明할수있는것을 說明한것에 불파하다는것을 아지못한다。

×

지금까지의 藝術은 모다 그러한 矛盾을 가지고있다。說明하지 못할것을 피하여 說明할수있는것을 說明하고 있었다。

지금부터의 새로운 藝術은「어리석은 努力을 되풀이해서는 안된다。

그들이 回避한 或은 보지못하고있는 說明할수 없는것을 表現하고 쓰지안으면 안된다。

그方法으로 나는 더많은말을 필요치않는 形式과藝術을 갖었다。그것이 卽「短詩」다。

×

大體 짧은말로 表現한다고 事物 그 自體가 單純한 까닭은 결코 아니다。事物 그自體가 너무나 크고 複雜한 까닭이며 微妙한 까닭이다。

×

一律로 될일이라면 一律로 마치는것이 좋다。그 단一律로 말하지 못하는—단 一律로 말하면 모른다고 한다면 그사람은 藝術의 價値를 云云할 資格이 없다고 하겠다。

—(40)—

×

나의 作品은 單純히 描寫로 보일는지 모른다。그러나 如何한 單純치 아니한 描寫라해도 그裏面에 伏在해있는것을 追求할 힘과 理解가 없다고 한다면 亦是 單純한 描寫라고 處置해 버릴것에 틀림없다。

×

나의 自由詩에 있어서는 그말에 있어서 그內容을 制限하는것을 시려함으로 그形에 나타나는것을 언케나 描寫의 形을 取한다。

平然하게 放出한다。확ㅣ내 던진다。

×

잘 되였다는것은 아무것도 안된다。잘안되였드래도 그사람이 아니고는 생각지못할 또한 쓸수없는 그러한것이 보고싶다。

누구든지 쓸수있는 것이라면 차라리 쓰지안는것이 났다。

×

나의詩를 모르겠다고하는 사람이많다。가령「달밤」어한 題로 달밤다운것을 안쓰고 뚱딴지같은것을 썼다는 理由에서다。참 그러한 觀察로서는 나의詩를 모를것이 당연하다。

×

內地에 新童謠運動이 이러난것은 大正七年頃 北原白秋先生의「赤い鳥」서부터 始作되였다고 하겠다。

그는 그때 여러가지 困難과 핑찬을 물리치고 그가 생각해온 行動해온 自由詩를 몸을받처 主唱하였다。

「兒童自由詩의 確立과 統一」이 一大事에 關하여서 나는 自己 童謠創作以外에 畢生의 事業으로하고 只今까지 나왔오며 나의精魂을 만들고 從事해왔다。적오나마 나의 熱誠은 보람이어서 나의 主張은 達成되고있다。現在에있어서는 日本全國의 學齡以上의 兒童은 詩가 무엇인가를알고 詩를 짓는 기쁨과 스스로 깨달은우에 있어서 그들은 日常生活을 높이고 그들의 自由詩型을 낳고있다。世界 어느곳에 그全國의 小學生이 詩를알고 詩의作者인 國家가있는가」고 北原白秋先生은 말하였다。北原白秋先生으로 말미아마 日本全國의 兒童들이 깨끗이 맑게 그리고 푸른꿈을안고 生活의 기쁨을 맛보고 있다는 事實에 비치어 北原先生이 얼마나한 努力과 指導가 담기여있는가를 가이알수있을것이다。

그는「赤い鳥」雜誌우에 新童謠運動을 展開하여섰고 指導하여섰다。

北原白秋先生編著인「兒童自由詩集成」은 그가 鑑賞指導한 集成으로「赤い鳥」에 실였든 自由詩 數百篇을 모아 評과 아울러 新童謠運動을 提唱하여섰다。

×

—(41)—

1943년 『아희생활』 7 · 8월 합본호에 실린 김영일의 「사시소론(私詩小論) 1」

겠다.

이에 대해 제해만은 "이재철의 기술도 김영일 당사자의 글, 「사시소론 1 · 2」에서 따온 것으로, 1937년에 와서 '이때까지의 동요로서만 일관되다시피 주장되어 오던 작풍에다가 동심세계에 시적인 신기원을 불어넣기'에 이르렀다고 한 김영일의 글을 그대로 믿는 것은 잘못이다"고 비판한다.[20] 제해만의 말처럼 이재철이 김영일의 어떤 글을 읽고 이렇게 잡았을지도 모른다. 하지만 그 글 또한 정확히 어떤 글인지 알 수 없다. 단지 김영일이 1980년에 쓴 「일제시에 자유시의 깃발을 들고」에 이와 비슷한 얘기를 하는 것을 확인할 수 있다. "나는 지금으로부터 50년 전

20 제해만, 「동요와 동시에 대하여」, 『아침햇살』, 1996년 여름호, 91쪽. 그런데 이 말은 김영일이 한 말이 아니다. 이재철도, 박인수가 『한국아동문학전집』 제7권 '작품해설'에서 한 말을 인용한 것뿐이다.

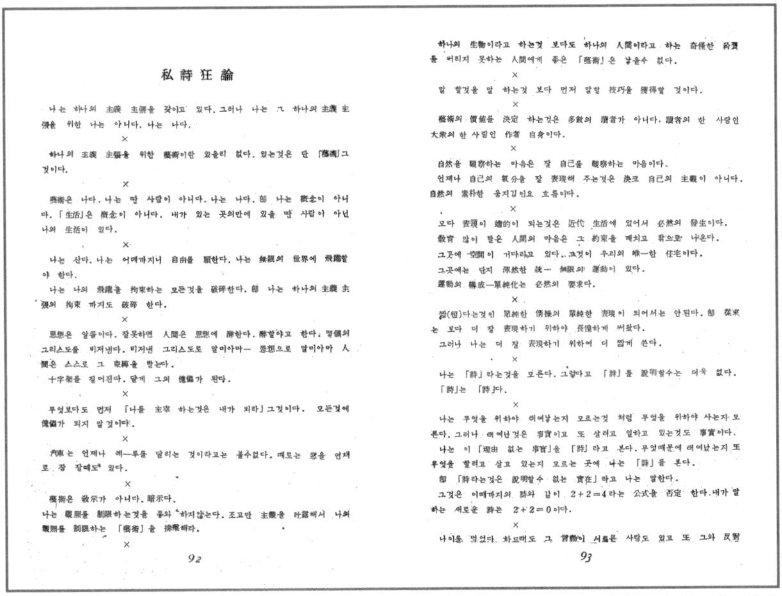

私詩狂論

나는 하나의 主義 主張을 갖이고 있다. 그러나 나는 그 하나의主義 主張을 위한 나는 아니다. 나는 나다.

×

하나의 主義 主張을 위한 藝術이란 있을리 없다. 있는것은 단 「藝術」그것이다.

×

藝術은 나다. 나는 딴 사람이 아니다. 나는 나다. 卽 나는 槪念이 아니다. 「生活」은 槪念이 아니다. 내가 있는 곳의만에 있을 딴 사람이 아닌 나의 生活이 있다.

×

나는 산다. 나는 어데까지나 自由를 願한다. 나는 無限의 世界에 飛躍할야 한다.

나는 나의 飛躍을 拘束하는 모든것을 破碎한다. 卽 나는 하나의 主義 主張의 拘束 까지도 破碎 한다.

×

思想은 알콜이다. 잘못하면 人間은 思想에 醉한다. 醉할야고 한다. 몇個의 그리스도를 비저낸다. 비저낸 그리스도로 말미아마— 思想으로 말미아마 人間은 스스로 그 束縛을 받는다.

十字架를 질머진다. 닭게 그의 傀儡가 된다.

×

무엇보다도 먼저 「나를 主宰 하는것은 내가 되라」그것이다. 모든것에 傀儡가 되지 말 것이다.

×

汽車는 언제나 레—루를 달리는 것이라고는 볼수없다. 때로는 窓을 언채로 잘 잘때도 있다.

×

藝術은 敎示가 아니다. 暗示다.

나는 觀照를 制限하는것을 좋와 하지않는다. 조고만 主觀을 吐露해서 나의 觀照를 制限하는 「藝術」을 排擊해라.

×

92

하나의 生物이라고 하는것 보다도 하나의 人間이라고 하는 奇怪한 矜[illegible]를 버리지 못하는 人間에게 좋은 「藝術」은 낳을수 없다.

×

말 할것을 말 하는것 보다 먼저 말할 技巧를 獲得할 것이다.

×

藝術의 價値를 決定 하는것은 多數의 讀者가 아니다. 讀者의 한 사람인 大衆의 한 사람인 作者 自身이다.

×

自然을 觀察하는 마음은 잘 自己를 觀察하는 마음이다.

언제나 自己의 氣分을 잘 表現해 주는것은 決코 自己의 主觀이 아니다. 自然의 素朴한 움지김인요 흐름이다.

×

보다 表現이 端的이 되는것은 近代 生活에 있어서 必然의 發生이다.

敎育 많이 받은 人間의 마음은 그 約束을 께치고 밖으로 나온다.

그곳에 空間이 기다리고 있다. 그것이 우리의 唯一한 住宅이다.

그곳에는 단지 渾然한 統一 無限의 運動이 있다.

運動의 構成—單純化는 必然의 要求다.

×

짧(短)다는것이 單純한 情操의 單純한 表現이 되어서는 안된다. 卽 從來는 보다 더 잘 表現하기 위하야 長優하게 써왔다.

그러나 나는 더 잘 表現하기 위하여 더 짧게 쓴다.

×

나는 「詩」라는것을 모른다. 그렇다고 「詩」를 說明할수는 더욱 없다. 「詩」는 「詩」다.

×

나는 무엇을 위하야 태여났는지 모르는것 처럼 무엇을 위하야 사는지 모른다. 그러나 태여난것은 事實이고 또 살려고 일하고 있는것도 事實이다.

나는 이 「理由 없는 事實」을 「詩」라고 본다. 무엇때문에 태여났는지 또 무엇을 할려고 살고 있는지 모르는 곳에 나는 「詩」를 본다.

卽 「詩라는것은 說明할수 없는 實在」라고 나는 말한다.

그것은 이때까지의 詩와 같이 2+2=4라는 公式을 否定 한다. 내가 말하는 새로운 詩는 2+2=0이다.

×

나이를 먹었다. 하므때도 그 言動이 서툴은 사람도 있고 또 그와 反對

93

『다람쥐』(고려서적주식회사, 1950) 끝에 실린 「사시광론(私詩狂論)」. 왜 제목을 달리하여 실었는지는 밝혀지지 않았다.

인 1930년 중반에 창가나 가사조의 동요로부터 벗어나 자유시로 옮기는 작업을 했습니다. 「다람쥐」도 그중의 하나가 되겠습니다. 1935년부터 1945년, 그러니까 우리나라가 해방이 될 때까지 10년 동안, 나의 자유시 운동은 많은 성과를 거두어 동조자가 적잖이 나오게 되어 그들과 더불어 동시의 품격을 높여 갔습니다."[21]

사실이 이런데도 이재철 이후 김영일 연구는 거의 다 이재철이 김영일에 대해 말한 몇 구절을 전제로 하는 연구였다고 할 수 있다. 더구나 이재철은 『한국현대아동문학사』에서 '자유시론'을 낫표로 묶어 마치 김영일이 자유시론이란 글을 쓴 것인 양 말한다. 하지만 아직까지 김영일의 '자유시론'이라 할 만한 글은 알려진 바가 없다.

21 김영일, 「일제시에 자유시의 깃발을 들고」, 『어린이문예』, 1980년 5월호, 39쪽.

이러한 이재철의 의견에 의문을 제기한 이로는 제해만과 원종찬을 들 수 있다. 제해만은 「동요와 동시에 대하여」에서 "일제하의 동시는 흔히 1930년대 박영종, 강소천, 김영일 등에 의해 처음 창작된 것으로 논의되고 있다. 더욱이 우리의 자유동시는 1937년 무렵 김영일에 의해 시도되었다고들 한다"(80쪽)고 말한 뒤, 『금성』 창간호(1923.11.10)에 실린 손진태의 시 「별똥」을 보기글로 들면서 "이 작품은 같은 해(1923)에 창간된 『어린이』지의 동요와는 분명 다른 모습을 보인다. 그 갈래명도 동시라 밝혔을 뿐만 아니라 작품의 구체적인 형식이나 발상 역시 자유동시 바로 그것이다. 이로 보아 한국 어린이문학사에서 자유동시의 출발은 1937년 김영일부터가 아니라 1920년대(구체적으로 1923년)에 손진태에 의해 시작된 것"(81쪽)으로 정리한다. 그리고 1927년 『신소년』에 실린 정지용의 시 「해바라기 씨」를 든 뒤, "우리 자유동시의 첫 적자는 손진태이고 그 첫작품은 1923년 『금성』에 실린 「별똥」과 「달」이지만 자유동시를 본격적으로 전개한 시인은 1926년의 정지용부터라고 해야 옳을 것이다"(82쪽)고 주장한다. 내가 보기에 이는 아주 적절하고 타당한 주장이다.

원종찬은 더 깊이 들어간다. 그는 「일제강점기의 동요·동시론 연구—한국적 특성에 관한 고찰」(『한국아동문학연구』 제20호)에서 "필자가 조사해 본 바, 김영일은 1937년에 자유시론을 발표한 적이 없다. 이재철이 밝혀놓은 김영일의 자유시론은 『아희생활』 1943년 8월호에 발표한 「사시소론(私詩小論)」을 가리킨다"(90쪽)고 말한다. 그렇다면 왜 이재철은 이런 무리수를 둔 것일까? 원종찬은 이재철이 은연중에 '순수문학'의 입장에서 '1930년대를 동시 장르의 확립' 쪽으로 문학사 서술방향을 잡았기 때문에 나타난 편향의 소산으로 본다. 더구나 "이는 '동요에서 동시로'의 전환을 진화론적·발전론적으로 바라보는 문학사 서술체계"(91쪽)에서 비롯된 것으로 판단한다.

이재철은 '비문학적인 시'(노랫말 또는 동요)에서 '문학적인 시'(동시)로 옮겨가는 과정을 '시에의 복위 과정'으로 본다. 물론 그는 이것이 '진화론적인 입장'은 아니라고 한다.[22] 하지만 그는 1933년 윤석중이 그의 시집 『잃어버린 댕기』를 '동시집'이라 이름 붙인 것을 두고, "동시라는 용어가 처음으로 의식화된 것"으로 평가한다.[23] 그는 이런 '의식화'를 "20년대식 동시관을 지배했던 음악과의 밀월 행각을 지양하는, 문학 자체의 미의식에 눈 돌리려는 의지를 처음으로 표상시킨 일종의 선언"으로 본다. 그가 보기에 동시 이전의 동요는 동시로 옮겨갈 수밖에 없는 어떤 것이다. 30년대 어린이 운문 문학은 어떻게 보면 몇 시를 빼놓고는 거의 다 동요로 볼 수 있는데, 이 동요(또는 동시)가 "음악과의 밀월 행각"을 벌였다고 비판하는 것이다. 하지만 동요는 음악과 늘 밀월을 즐겨야 한다. 그것은 동요 장르 자체의 생명력이다. 아이들이 노래를 부르는 한, 그들 나이 때에 불러야 할 노래가 마땅히 있어야 한다면, 동요 장르는 있어야 하고, 그 장르가 억지로 동시 장르로 이사할 필요는 없다. 이와 관련해서는 동요와 동시 장르의 복잡한 관계를 다시 풀어야 하는 숙제가 있다. 또 60년대 이후 동요 장르가 서서히 뒤로 물러나는 것도 동요가 동시로 발전(?)해야 할 어떤 운명을 타고난 장르이어서도 아니다. 그것은 별개의 문제다. 다시 말해 어린이 운문 문학에서 동요 장르가 저물고 동시 장르가 주된 장르로 자리잡은 것을 '시로의 복위 과정'으로 볼 까닭이 없다는 것이다.[24]

---

22 이재철, 「한국 현대동시 약사」, 『한국동시문학』, 2003년 창간호, 80쪽.

23 이재철, 「한국 현대동시 약사」, 『한국동시문학』, 2003년 여름호, 85쪽.

24 이와 관련하여 우리가 눈여겨봐야 할 문제의식이 하나 있다. 사나다 히로코는 「'노래'가 시가 될 때까지-동시의 기원에 얽힌 여러 문제들」(『문학과사회』, 1998년 가을호)에서 전래 동요를 활자화했을 때 벌어지는 상황을 말한다. 일단 활자화되고 나면 그것은 노래(노랫말)가 아니라 '눈으로 보기 위한 시'가 되고 만다. 다시 말해 노래가 아니라 문학이 되어 버리고 만다는 것이다. 그렇다 보니 동요(노랫말)를 자꾸 시(동시)의 눈으로 보게 되고, 결국 동요는 '비문학적인 시'가 되고 마는 것이다.

5) 김영일 이전의 '자유시로서의 동시'

김영일은 1934년 매일신보 신춘문예에 「반딧불」이 당선되고, 그뒤 1938년 『아희생활』에 「방울새」가 당선되어 등단한다. 이 두 시는 '동요'다. 그래서 그도 1950년 『다람쥐』를 낼 때, 「반딧불」은 '제3부 자유시이전'에 넣고, 「방울새」는 '제2부 자유시초기'에 넣는다. 그가 '제1부 자유시현재'에 묶은 시 가운데 가장 먼저 발표한 작품은 무엇이고, 몇 년도 작품일까. 그 시는 1940년 매일신보에 발표한 「달밤」「애기공작」「수양버들」「산골길」 이렇게 네 편이다. 그렇다면 그가 '자유시로서의 동시'를 본격적으로 쓰기 시작한 시기는 1940년쯤으로 잡을 수 있다. 문제는 여기에 있다. 이재철은 김영일이 우리나라에서 처음(1937년)으로 자유시로서의 동시를 썼고 그 시론을 주창했다고 하지만 사실 1940년 이전 자유시로서의 동시를 쓴 시인으로는 윤석중, 이원수, 강소천도 있기 때문이다. 비록 동요조의 시가 많기는 하지만 이 세 시인의 작품 가운데 40년 이전에 벌써 동시로 볼 수 있는 시가 꽤 있다. 더구나 그 수준도 상당한 수준이다. 또 이와 더불어 40년 이전, 그것도 1922년에 김소월이 『개벽』 1월호에 발표한 「개아미」와 「부헝새」, 김동환의 「북청 물장사」(『국경의 밤』, 1924), 복동의 「단풍잎」(동아일보, 1924), 최서해의 「시골 소년이 부른 노래」(동아일보, 1925), 1926년 정지용이 『학조』 창간호에 발표한 「서쪽하늘」「감나무」「하늘 혼자 보고」, 1927년 『신소년』에 발표한 「할아버지」(5월)와 「해바라기 씨」(6월), 「말」(『조선지광』, 1927), 「바람」(1928), 「호수」(『시문학』, 1930), 「딸레」(1935), 「종달새」(1935) 같은 시를 들 수 있다. 이 시 가운데 시인이 처음부터 아이에게 주겠다는 목적의식을 갖고 쓴 시가 아닌 시도 있다. 하지만 정지용은 『어린이』와 『신소년』에도 발표하고, 1927년에 창립한 조선동요연구협의회 간부도 지냈다. 그렇기 때문에 정지용의 시는 처음부터 아이들에게 주겠다는 마음을 먹고 쓴 시로 보는 것이 맞다. 물론 정지용의 시 가운데서도 동요로 볼 수 있는 시가 있다. 하지만 그 시는 동요이면서 동시인 시로 보는 것이 타당하다. 그는 민요와 동요의 리듬을 계승했고, 어떤 시는 지금 동시의 눈으로 보아도 아주 앞선 시이고 뛰어난 시다.

3. 맺음말

이재철은 왜 김영일을 우리 동시사에서 처음으로 자유시론을 주창하고 자유시로서의 동시를 쓴 시인으로 평가했을까. 그것은 그가 카프를 중심으로 해서 벌어진 동요·동시 논쟁을 애써 외면했기 때문이다. 사실 김영일이 등단한 1934년보다도 훨씬 이전, 김영일의 자유시론으로 치는 「사시소론」이 발표된 1943년보다도 훨씬 이전, 현실주의 쪽에서는 동요와 동시 관련 논쟁을 벌였고, 어느 정도 동요와 동시 개념을 확립했다. 1929년 신고송의 「동심에서부터—기성동요의 착오점」(조선일보, 1929.10.20~30)에서부터 시작된 동요·동시 논쟁은 1930년 송완순의 「프롤레타리아 동요론」(조선일보, 1930.7.5~22)까지 이어진다. 이 과정에서 자유시로서의 동시 개념은 어느 정도 꼴이 잡혔다고 볼 수 있다.[25] 물론 동요와 아동자유시, 동시와 아동자유시의 혼란은 끝내 해결되지 않았다. 그 까닭으로는 먼저, 일본과 달리 당시 조선의 초등학생들이 아동자유시를 쓸 수 있는 형편이 못 되었다는 것을 들 수 있겠고, 또 열두세 살 쯤 되는 소위 '소년문예운동가'들이 동요와 동시를 쓰고 있었기 때문일 것이다.

이재철은 동요와 동시 장르를 별개의 장르로 보지 않고 동요에서 동시로 '발전'한 것으로 본다. 그래서 윤석중과 강소천의 동요에서 동시로

25 이에 대해서는 앞의 원종찬 글을 참조하기 바람.

넘어가는(발전하는) 길목에 박목월을 두었다. 하지만 박목월의 동시는 여전히 동요에 가까웠다. 그래서 그는 동요에서 완전히 벗어난 시인을 찾아야 했다. 그가 늘 말했듯이, '1930년대가 동시 장르의 확립 단계'라면, 그에 걸맞은 시인을 그 자리에 놓아야 했다. 그 시인이 바로 김영일이다. 하지만 앞에서도 살폈듯이 그는 특별히 '자유시론'을 '주창'하지 않았다. 또 그의 시론이라 할 수 있는 「사시소론」 또한 자유시론이라기보다는 그의 단시 창작 배경을 말해 주는 것일 뿐이다. 이렇게 봤을 때 김영일에 대한 평가는 부풀려진 면이 아주 많다고 할 수 있다. 이것은 앞으로 한국동시사를 쓸 때 반드시 짚고 넘어가야 할 부분이 아닐까 싶다.

참고문헌

1. 기본 자료

김영일, 『다람쥐』, 고려서적주식회사, 1950.

______, 「사시소론(私詩小論) 1」, 『아희생활』, 1943년 7 · 8월 합본호.

______, 「사시소론(私詩小論) 2」, 『아희생활』, 1943년 10월호.

요시다 미즈호, 이오덕 옮김, 『어린이 시』, 온누리, 1983.

2. 단행본

기타하라 하쿠슈, 『綠의 觸角』, 개조사, 1987.

석용원, 『아동문학원론』, 학연사, 1992.

이오덕, 『글짓기 교육—이론과 실제』, 아인각, 1965.

______, 『시정신과 유희정신』, 굴렁쇠, 2005.

______, 『아동시론』, 굴렁쇠, 2006.

이재철, 『한국아동문학작가론』, 개문사, 1983.

______, 『한국현대아동문학사』, 일지사, 1978.

3. 논문과 평론

권석순, 「김영일 동시 연구」, 강릉대학교 국어국문학과 대학원 석사학위 논문, 2005.

______, 「김영일 아동문학 연구」, 강릉대학교 국어국문학과 박사학위 논문, 2009.

김영순, 「일본 동요로의 초대(4)—일본 근대 어린이 시 맛보기」, 『시와동화』, 2010년 가을호.

김영일, 「일제시에 자유시의 깃발을 들고」, 『어린이문예』, 1980년 5월호.

김찬곤, 「동요를 동시의 눈으로 봤을 때」, 『동시마중』 제2호, 2010년 7 · 8월호.

사나다 히로코, 「'노래'가 시가 될 때까지—동시의 기원에 얽힌 여러 문제들」, 『문학과사회』, 1998년 가을호.

원종찬, 「일제강점기 동요 · 동시론 연구—한국적 특성에 관한 고찰」, 『한국아동문학연구』, 한국아동문학학회, 제20호. 2011.

이재철,「한국 현대동시 약사」,『한국동시문학』, 2003년 창간호.
______,「한국 현대동시 약사」,『한국동시문학』, 2003년 여름호.
전병호,「한국 서정동시의 흐름1—동시 문단의 형성과 상실 의식의 시대」,『오늘의 동시문학』, 2007년 봄호.
제해만,「동요와 동시에 대하여」,『아침햇살』, 1996년 여름호.

어두운 기억의 소환

—이원수의 친일 아동문학과 작가론 구성 논리에 대한 재검토

조은숙

1. 친일문학과 작가론

일제 말 이른바 신체제기에, 이원수는 동시 「지원병을 보내며」를 비롯한 5편의 친일 글을 발표했다.[1] 이로 인해 이원수의 이름이 2009년 민족문제연구소가 편찬한 『친일인명사전』에 등재되었다. 이원수 외에도 고한승, 김영일, 송영, 신고송, 정인섭, 최영주와 같은 아동문학가의 이름이 『친일인명사전』에 수록되었으며,[2] 김상덕, 윤극영, 이주홍 등도 친일 관련 행적을 의심받은 바 있다.[3] 그러나 이원수의 친일 행적은 유독 사회적 파문을 크게 일으켰다. 이는 이원수가 아동문학사에서 큰 비중을 차지하는 작가일 뿐만 아니라, 사회 현실에 대한 비판 정신이 높게 평가되어 온 작가였다는 사실에 기인한다. 또한 생전에는 친일 행적이 전혀 알려지지 않았다가 2000년대에 들어서 뒤늦게 밝혀진 점도 충격을 배가시킨 요인이 되었다.[4]

조은숙
childist@hanmail.net 춘천교대 국어교육과 교수, 아동문학평론가. 저서로 『한국 아동문학의 형성』 『모던라이프 언파레드』(공저) 『근대 한국의 일상생활과 미디어』(공저) 『텍스트 읽기』(공저) 들이 있으며, 평론으로 「사춘기 '초딩'들이 몰려온다」 「낯선 징후와 함께」 「아동문학의 독자를 생각한다」 들을 썼다.

이원수의 친일 행적이 알려지자 아동문학계는 크게 동요되었다. 일단 허탈감이나 배신감을 드러내는 감정적 반응부터 불거져 나왔다. 동시 작가 권오삼은 숱한 친일 문학인이 거론되더라도 이원수만큼은 "털끝만큼도" 의심해 본 적이 없었기 때문에 더욱 충격적이고 허탈하다고 토로했다. 그는 이원수의 친일 작품 때문에 "그동안 이원수가 보여줬던 삶이나 작품이 마치 허구처럼 느껴지는 참담함"을 맛보지 않을 수 없고, 그의 작품과 글에 나타났던 "민족정신, 문학정신에 의심이 가고, 속았다는 느낌"마저 갖게 되었다고 했다.[5]

한편 친일 작품만으로 이원수의 작가로서의 삶과 문학 전체를 평가해서는 안 된다는 주장도 제기되었다. 이오덕, 원종찬 등은 이원수의 전체 삶에서 친일 작품이 차지하는 부분은 극히 일부분이며 해방 이후 억압적 정치 상황에서도 추호의 흔들림 없이 민족주의 · 현실주의 아동문학의 중심 자리를 지켰다는 점을 생각해 볼 때 그의 전체 삶과 문학을 친

1 이원수가 쓴 친일 글들은 동시(소년시) 「낙하산」(1942.8), 「지원병을 보내며」(1942.8), 시(농민시) 「보리밧헤서—젊은 농부의 노래」(1943.5), 수필 「농촌아동과 아동문화」(1943.1), 「고도감회(古都感懷)」(1943.11) 등 5편이며, 모두 조선금융조합연합회의 기관지인 『반도의 빛(半島の光)』에 발표되었다.

2 그러나 이들 중 아동문학 작품 활동 때문에 『친일인명사전』에 등재된 작가는 이원수와 김영일 두 사람뿐이다. 고한승은 비행기 헌납, 송영, 신고송 등은 전쟁 찬양 친일 연극 공연, 정인섭은 조선문인보국회 활동 및 국민문학론 관련 글 발표, 최영주도 대동아공영권을 찬양하는 잡지 『신시대』 편집 등으로 인해 친일 인사로 지목되었다. 친일인명사전편찬위원회, 『친일인명사전』, 민족문제연구소, 2009 참조.

3 임종국의 『친일문학론』(평화출판사, 1966)의 부록 친일 「관계 작품 연표」에는 김상덕이 아동문학 항목에, 이주홍은 문학 항목에 이름이 들어 있다. 이재철은 「일제식민지잔재 아동문학의 청산을 위한 각서」(『아동문학평론』 62, 1992), 「친일아동문학의 청산과 새로운 아동문학의 건설」(『민족문제연구』 10호, 1996)에서 윤극영, 정인섭, 김영일, 김상덕, 송창일 등의 친일 행적을 소개한 바 있다. 김화선은 이원수 외에도 박태원, 계용묵 등의 방송소설을 일제에 협력하는 태도를 보인 아동문학 작품의 사례로 언급하였다.(「일제 말 전시기의 아동문학 및 아동담론 연구」, 『친일문학의 내적 논리』, 역락, 2003)

4 이원수의 친일 문학은 박태일에 의해 처음 알려졌다. 박태일은 2002년 3월 5일 언론을 통해 이원수의 「지원병을 보내며」 창작 사실을 발표했고, 이후 학술대회(경상대 인문과학연구소 쟁점학술 토론회, 2002.4.11)의 논문(「경남 지역문학과 부왜활동」)을 통해 보다 자세한 내용을 소개했다. 박태일, 「이원수의 부왜문학 연구」, 『배달말』 32호, 2003, 60쪽 참조.

5 권오삼, 「1943년의 이원수와 안태석 청년」, 『아동문학평론』 29권 1호, 2004.3.

일로 규정짓고 매도하는 것은 가혹하고 부당하다고 주장했다. 친일의 행적이 훨씬 노골적이었던 다른 아동문학 작가들에 비한다면 의도적이거나 적극적이지 않았는데도 불구하고, 생전에 밝혀지지 않고 최근에야 알려져 충격을 주었다는 이유로 마치 대표적인 친일 인사인 것처럼 매도되는 것은 불공평한 평가라는 지적도 있었다.[6] 아울러 일제 말 이원수의 처지에서 외부의 압력에 의해 어쩔 수 없이 친일 작품을 발표한 것이 아니겠느냐는 추정도 제기되었다. 이원수가 독서회 사건[7]으로 1년이나 감옥에 수감되었다 나온 뒤 집행유예 상태에서 함안금융조합에 복직했던 점을 미루어볼 때, 그가 거부하기 어려운 모종의 압력을 받았을 가능성이 크다는 것이다.[8]

이원수의 친일 아동문학 작품이 발굴됨으로써 그가 장기간 견고하게 유지해 왔던 현실주의 아동문학가로서의 표상은 크게 손상되었다. 자연히 이원수의 작가론도 근본적으로 재구성되어야 할 필요가 생겨났다. 그런데 '현실주의 아동문학가'와 '친일 아동문학가'의 표상은 지극히 배

6 대표적인 글을 소개하면 다음과 같다.
이오덕, 「이원수 선생의 일제 말기 친일 시, 어떻게 볼 것인가」, 『우리 말과 삶을 가꾸는 글쓰기』, 2002.11.
원종찬, 「동화칼럼—이원수 친일시를 둘러싼 논쟁」, 동화아카데미(http://www.dongwhaac.org/), 2002.12.9.
이재철, 「이원수 선생의 일제말기 문필활동: 남쪽에서 들려온 소식」, 『아동문학평론』 28권 1호, 2003.3.

7 '독서회 사건'이란 1935년 2월에 이원수, 라영철, 한갑수, 제상목, 김문주 등 마산, 함안 지역 문인들이 프롤레타리아 문예조직을 결성하여 "푸로문학의 결사 재건"을 꾀했다는 혐의로 검거되었던 사건이다. 이원수는 이로 인해 징역 10개월, 집행유예 5년을 언도받았으며, 1936년 1월 30일에 출옥하게 된다. 이원수의 혐의는 불온서적 소지와 프롤레타리아 문예 비밀결사 조직 등이었지만, 이원수 전집의 연표에도 "반일(反日) 문학 그룹" 사건으로 기록되었을 만큼 계급주의적 활동의 의미보다는 항일 민족주의의 이력으로 인식되어 왔다.
「좌일문학청년 오명(五名)을 송국(送局)」, 《매일신보》, 1935.11.17; 「연보」, 『아동과 문학(이원수아동문학전집 30)』, 웅진, 1989.

8 이원수의 친일 작품 활동을 소위 '생계형 친일'로 분류하고자 하는 태도라고 볼 수 있다. 그러나 이원수의 친일 글들은 일제의 압력에 대해 회피하거나 타협하는 포즈를 보여주지 않고, 오히려 적극적인 협력의 양상을 띠고 있어 친일 글들이 이원수의 자발적 의지를 담고 있다는 주장을 반박하기는 어려워 보인다.

타적인 것이어서, 친일의 문제를 이원수의 작가론에 수용하는 것은 난처한 문제가 될 수밖에 없다.[9] 이는 임종국의 『친일문학론』(1966) 이후 1970~80년대에 걸쳐 본격화되었던 친일문학에 대한 비판이 대체로 "식민지 협력과 무관하다고 스스로를 규정한 세대와 계급(민중)"에서 나왔으며, 문단의 주류를 차지해 온 민족 부르주아의 정당성에 대한 강한 의문과 비판의 성격을 띠고 전개되었다는 점과도 관련이 있다.[10] 즉 "민족 민주주의 사상"[11]을 중핵으로 해서 구성된 이원수의 현실주의 작가상은 곧 친일문학에 비판적으로 맞서면서 자신의 정체성을 구성해 나간 민족문학 진영의 가치가 응집된 하나의 이념적 모델이었다는 점에서도, 친일의 행적이 현실주의 작가론에 수용되기 어려운 측면이 발생하는 것이다.

이원수의 친일 행적과 관련하여 작가론 재편의 방향은 크게 양분되어 나타났다. 먼저, 이원수의 친일 작품을 발굴하거나 분석한 연구자들은 친일 작가로서의 면목을 이원수의 전체 삶과 작품에까지 확대 적용하여 해석하려는 모습을 보였다. 반면 이원수의 현실주의 작가로서의 측면을 강조해 온 아동문학 비평가나 연구자들은 대개 친일 행적 자체는 사실

---

9 하나의 예를 들어 본다. 류덕제는 「현실주의 아동문학 작품과 교육성」이란 논문에서 교과서 수록 제재에 좌파 성향의 작가와 현실주의 동화가 배제되어 온 양상에 대해 비판하였는데, 전태일 분신 사건을 다룬 이원수의 동화 「불새의 춤」을 현실주의 아동문학의 대표적인 예로 제시하였다. 그는 이 논문에서 좌파 작가들의 이론적 기반이 현실주의에 있으며, 해방 이후 이들이 대부분 월북하게 되었다는 점 등이 현실주의 문학을 반교육적인 것으로 생각하게 만든 요인이라고 꼽았다. 반면 교과서 수록 제재의 주류는 순수문학, 형식주의 작품이 되어 왔는데 그 기원은 조선문인협회(朝鮮文人協會), 친일 단체인 조선문인보국회(朝鮮文人報國會), 한국문인협회(韓國文人協會) 계열에 있다고 보았다.(류덕제, 「현실주의 아동문학과 교육성」, 『초등국어교육연구』 6호, 2006 참조.) 그러나 이원수는 이와 같은 주장의 일관성을 흔들어 놓을 수 있는 인물이다. 이원수는 대표적인 좌파 현실주의 작가로 꼽히지만, 동시에 친일 아동문학 작가로도 지목되기 때문이다.

10 윤대석, 「친일문학과 문학교육」, 『문학교육에서 바라본 일제강점의 기억과 체험』(문학교육학회 56회 학술대회 발표문집), 2010.11.20.

11 이주영은 이원수의 동화 『숲 속 나라』가 김구가 꿈꾸었던 '민족국가, 민주국가, 문화국가'와 같은 사상적 바탕을 가지고 있다고 보았다. 이주영, 「이원수의 문학과 사상」, 『동화읽는 어른』 100호, 2000.12.

로 인정하되 그것을 순간적인 일탈이나 부분적 오점으로 분리 처리하여 기존 이원수 작가론이 갖는 의미 구조는 그대로 보존하는 방식을 지향해 왔다. 양편 모두 '친일작가' 혹은 '현실주의 작가' 중 한쪽을 선택하여 논리를 강화하는 방식을 선호했던 것이다. 이에 따라 이원수의 친일 사실이 알려진 지 약 10년이 된 현재에 이르기까지도, 이원수의 작가론은 통합적으로 재구성되기보다는 '친일 작가'와 '현실주의 작가'로 분열된 채 대립되어 있는 상태라고 할 수 있다.

물론 최근의 친일문학 연구가 이처럼 단순한 관점을 취하는 것은 아니다. 2000년대 이후의 친일 관련 연구는 그간 우리 학계가, 친일의 문제를 정치적 윤리적 책임을 물어 고발하고 처벌하는 대상으로 삼는 대신 '사유의 대상'으로 다루는 것은 포기해 왔다는 점을 비판하면서,[12] '협력과 저항', '파시즘', '반복과 차이' 등의 새로운 인식틀을 제안하고 있다. 구체적인 문제 설정에는 차이가 있지만 최근의 연구들은 대개 '친일문학'은 강력한 "제국/제국주의의 헤게모니 아래서 '식민지 근대'를 살아온 지식인 작가들의 역사철학적 인식이 가닿은 하나의 필연적 귀결"이라는 점, 그 속에서의 "식민지 지식인 작가들 내면의 근대 지향과 탈근대 지향 사이의 혼돈과 착종"을 읽어야 한다는 문제의식을 공유하고 있다.[13]

그럼에도 불구하고 아동문학계의 논쟁은 여전히 '친일:항일'의 이분법적 틀을 크게 벗어나지 못하고 있는 듯하다. 특히 2011년 이원수 탄생 100주년을 맞이하여 지역 사회의 공론장에서는 이원수를 일제에 협력한 친일 작가로 볼 것인가, 잠시의 과오는 있었지만 한평생 민주·민족주의를 지향한 작가로 평가할 것인가를 두고 차이가 좁혀지지 않는

12 윤대석, 앞의 글, 50쪽 참조.

13 2000년대의 대표적인 친일문학 연구자로는 김재용, 김양선, 박수연, 한수영, 류보선, 강상희, 하정일, 윤대석 등을 꼽을 수 있다. 친일문학 연구의 전개와 주요 내용에 대해서는 김명인의 「친일문학 재론—두 개의 강박을 넘어서」, 『한국근대문학연구』 17호, 2008.4, 258쪽 참조.

언쟁을 벌인 바 있다.[14]

도대체 작가란 어떤 존재이기에 이토록 열정적인 의미 투쟁의 장소가 되는 것일까? 바르트의 말을 참조하자면, 작가(혹은 저자)란 '인간'의 존엄성을 찾아내고자 하는 사회적 욕망의 산물이다. 즉 작가란 "의미를 사회적으로 구현하는 특권을 갖는 자"로서, 저자에 쏟는 막대한 열정과 관심은 곧 "정체성이 조각조각 분열되는 것을 막아 고정시키려는 시도, 말하자면 의미에 대한 투자에 다름 아니"라는 것이다.[15] 이러한 논리에 기대 보자면, 친일과 현실주의의 이분법으로 분열된 이원수 작가론은 우리가 가지고 있는 의미 생산 방식을 되비쳐 주는 것이라고 할 수 있다. 그리고 그것은 '민족주의'라는 공통의 심급에서 파생된 대립 짝으로서, 결과를 '판정'하는 데는 유용하지만 내적인 논리나 문학적 실천의 동기와 과정을 '사유'하는 데는 무력한 것이기도 하다.

이러한 맥락에서 이제 작가론 연구는 작가의 삶과 문학을 어느 한 편으로 판정하고 결정(結晶)짓기 위한 것이 아닌 새로운 목표를 생각해 볼 필요가 있다. 작가란 "자기 자신의 삶 전체를 탐구 대상으로 내어놓은"[16] 자이며, 문학 연구에서 문제 삼아야 하는 것은 하나의 실체로서의 인간이 아니라 "작품의 가치와 관련된 일종의 개념체로 드러나는 作

---

14 창원시는 2011년 이원수의 탄생 100주년을 맞이하여 기념사업을 지원하고 이원수를 창원시 브랜드화 계획에 포함시키고자 했으나, 시민 단체 연합은 친일 작가를 기념하는 사업에 혈세를 낭비할 수 없다는 논리로 거세게 항의했다. 이원수에 대해 창원시는 민족의 노래 「고향의 봄」을 노래한 작가로, 시민단체는 일제에 협력한 친일 작가로 규정하는 등 확연하게 대조적인 인식을 보여주었다. 그런데 이러한 대립은 2002년 '채만식 탄생 100주년 행사'에서도 이미 똑같이 연출되었던 것이어서 기시감을 느끼게 할 정도다. 당시 '참여자치 전북시민연대'가 발표한 결의문(「채만식 100주년 기념행사를 규탄한다」)의 내용은 류보선이 요약해 놓았다.
류보선, 「친일문학의 역사철학적 맥락」, 『한국근대문학연구』 4권 1호, 2003.4, 11쪽.

15 바르트의 작가에 대한 논의는 콜린 멕케이브가 요약한 다음 글을 참조하였음.
콜린 멕케이브, 「저자의 보복」, 박인기 편역, 『작가란 무엇인가』, 지식산업사, 1997, 306쪽.

16 이재복, 「이원수 문학이 우리에게 남긴 과제—별 왕자가 찾아와 나눈 이야기」, 『동원 이원수의 삶과 문학(이원수탄생100주년기념학술세미나 발표문집)』, 사단법인 고향의봄기념사업회, 2011.4.1, 17~18쪽.

家(者)"[17]라고 할 때, 오히려 작가의 삶과 문학은 매번 새롭게 읽고 해석해야 하는 텍스트가 될 것이기 때문이다.

이 글은 작가론이란 인간의 삶과 문학에 대한 통합적 이해를 지향하는 담론의 구성체라는 전제 아래, 기존 작가론 구성이 갖는 한계를 짚어봄으로써 이원수라는 한 작가의 다층적 의미 공간을 통과해서 아동문학의 문학적 실천을 근본적으로 성찰해야 함을 제언하고자 한다. 이원수의 친일 작품이 발굴되는 것을 계기로 그동안 통념으로 자리잡고 있던 이원수의 현실주의 작가상은 크게 균열되었다. 그러나 이후의 연구가 민족주의나 현실주의로 억압되어 있던 작가론의 일면성을 해체하고 재구성하기보다는, '친일 작가'와 '현실주의 작가'의 배타적인 정체성을 강화하는 방향으로만 진행되고 있는 현상은 문제가 아닐 수 없다.

이를 극복하기 위해서는 우선 기존 작가론의 논리 구성 방식을 비판적으로 검토하지 않으면 안 될 것이다. 특히 최근 10년간 축적되어 온 친일 아동문학론은 광범위한 자료를 수집·분석하고 친일에 대한 새로운 관점을 도입함으로써 작가 연구의 새로운 전환을 마련한 의의가 있음에도 불구하고, 자료의 실증과 해석의 과정에서 과장되거나 비약된 부분이 있으며 이러한 논의가 아동문학계뿐 아니라 사회 공론의 장에서도 강력한 영향력을 행사하고 있으므로 집중적으로 재검토될 필요가 있다. 본고는 이와 같은 작업을 통해, 이원수 작가론을 재구성할 수 있는 기초적인 발판을 마련하고 향후 친일 아동문학 연구가 지향해 나가야 할 방향을 탐색하는 것을 목적으로 삼고자 한다.

---

17 우한용, 「문학교육과 작가론」, 『국어교육』 55·56호, 1986, 158쪽.

2. 이원수의 친일 작가론 구성과 실증 자료 검토의 문제

이원수는 동화, 소년소설, 동요, 동시, 동극, 방송극, 수필, 비평 등 다양한 장르에서 왕성한 집필 활동을 했으며, 다채로운 경향의 작품 세계를 보여주었다. 그러나 그의 작가론에서 가장 핵심적인 것은 현실 비판의 정신을 강하게 보여주었다는 평가였다고 할 수 있다. 일찍이 이재철은 이원수의 아동문학사적 의의를 첫째, 저항적 현실주의 동요 동시를 창작하고 아동문학의 기초 이론을 확립하는 데 이바지하였으며 둘째, 동화와 아동소설 부분에서도 본격적인 소설 수법 도입으로 고발적인 현실주의 문학을 확립하는 데 기여하였고 셋째, 약자의 편에서 서서 비판적 리얼리즘 아동문학의 방향을 제시하였으며 넷째, 비문학적, 통속적, 상업주의적 아동문학에 맞서 현실주의 아동문학을 정착시키는 데 기여했다고 요약했다.[18] 이후 이원수의 작품에 사회 역사적 현실이 어떻게 수용되었는가는 여러 논자에 의해 꾸준히 논의되어 왔다.[19] 최근의 연구에서 이원수의 작가 정신의 핵심을 '현실주의'라는 용어로 정리한 대표적인 연구자로는 원종찬, 박종순 등을 들 수 있다.[20]

그러나 '현실주의'로 대표되던 이원수의 작가 표상은 그의 친일 문학 작품으로 인해 크게 손상되었다. 이원수의 친일 문학은 박태일에 의해 2002년 처음 세상에 알려졌다. 박태일은 「이원수의 부왜문학 연구」(2003), 「나라잃은시대 후기 경남 · 부산지역 아동문학—이원수와 남대우를 중심으로」(2005), 「나라잃은시대 후기 이원수의 아동문학」(2007) 등의 후속 논문을 통해 이원수의 친일 문학에 관한 연구를 심화 확장하였다.[21]

---

18 이재철, 「이원수의 문학세계」, 『아동문학평론』 18호, 1981.3.
19 채찬식, 「이원수 동화의 현실대응 양상」, 『아동문학평론』 42호, 1987.3.
이균상, 「이원수 소년소설의 현실 수용양상 연구」, 『청람어문학』 18호, 1997.
20 원종찬, 「이원수의 현실주의 아동문학」, 『인하어문연구』 1호, 1994.
박종순, 「이원수 문학의 리얼리즘 연구」, 창원대 박사논문, 2009.

그는 친일 문학 연구의 과제를 몇 가지로 제시한 바 있다. 첫째, 광범위한 1차 사료 확보를 통해 친일 사실에 대해 실증적으로 고찰할 것. 둘째, 작가의 사회적 명성이나 고정 관념으로부터 벗어나 역사적 맥락에서 작품의 의미를 재해석할 것. 셋째, 작가에 대한 가치 판단을 재구성하고 문학 관련 행정 등 사회적 실천 방향을 잡는 데 이바지할 것.[22] 실제로 그는 이러한 세 가지 과제를 충실하게 수행해 나갔다.

특히 방대한 분량의 1차 자료를 수집 · 검토하여, 친일 작품을 비롯한 다수의 작품을 발굴한 것은 이원수 작가론의 실증적 토대를 확충한 중요한 성과라고 할 수 있다. 우선 박태일은 「경남 지역문학과 부왜활동」에서 이원수가 1942~1943년 동안 조선금융조합연합회의 기관지인 『반도의 빛』에 발표한 다섯 편의 친일 글들을 발굴하여 소개하였다. 또한 이후의 논문에서는 이원수의 시집 『종달새』(새동무사, 1947), 『빨간열매』(아인각, 1964), 『고향의 봄(이원수 아동문학전집 1권)』(웅진, 1993) 등을 대상으로 일제 말과 해방 이후의 문학 활동을 고찰해 나갔다. 그 결과, 일제 말에 이원수는 생전에 자신이 진술했던 것과는 달리 친일 작품을 비롯하여 많은 양의 작품을 발표했다는 것을 확인할 수 있으며, 해방 직후에는 일제 말에 이미 발표했던 여러 편의 작품들을 다른 지면에 재발표했고, 이후 단행본 시집을 묶을 때에는 연도나 발표 매체명을 부정확하게 기록하였다고 밝혔다. 그런데 이 모든 것이 친일 행적은 은폐하고 현실주의 작가로서의 면모는 강조하고자 한 이원수의 의식적, 무의식적 행위였다는 것이 연구의 핵심 주장이다. 이러한 연구를 바탕으로 박태일은, 이원수가 일제강점기 때 독서회 사건으로 투옥되었던 경력이 있기

21 박태일, 「이원수의 부왜문학 연구」, 『배달말』 32호, 2003.
박태일, 「나라잃은시대 후기 경남 · 부산지역 아동문학—이원수와 남대우를 중심으로」, 『한국문학논총』 40호, 2005.
박태일, 「나라잃은시대 후기 이원수의 아동문학」, 『어문논총』 47호, 2007.

22 박태일, 「경남지역 부왜문학 연구의 과제」, 『인문논총』 19호, 2005 참조.

때문에 저항 작가로 알려져 있고, 현실주의 아동문학가, 정의로운 문학인 등의 이미지를 가지고 있어 "민족 아동문학의 표상"으로 신화화되어 온 측면이 있으나, 이처럼 "잘못된 고정관념이나 부풀려진 자리"로 인한 명성은 친일 행적에 비추어 다시 생각해 보아야 할 문제라고 주장했다. 아울러 지역 사회에서 이원수를 기념하는 각종 사업을 추진하는 것도 마땅히 재고해야 한다고 역설하였다.[23]

박태일의 연구는 이원수의 친일 문학을 가장 상세하게 다루고 있을 뿐 아니라, 현재 이원수의 친일 작가론이나 이와 관련한 사회적 담론을 구성하는 데 가장 강력한 영향력을 미치고 있다. 그는 작가 이원수를 근본적으로 "개량성과 기회주의"를 보여준 인물로 평가했으며, 해방 직후 좌파 계열 문인 단체에 적극 가담한 것이나 동시를 주로 써오다가 동화나 소년소설을 창작하는 변신을 꾀한 것조차도 자신의 부끄러운 과거를 은폐하기 위한 반동적인 행동으로 해석했다. 이원수는 자신이 해방 직후 산문에 관심을 갖게 된 동기에 대해 "압제자는 갔으나 감시자가 더 많아진 조국의, 자리 잡혀지지 않은 질서 위에 이욕에 눈이 시뻘개진 사람들"을 보면서 울분과 탄식에 젖지 않을 수 없었으며, 탄식조의 동시로는 만족할 수 없어 『숲 속 나라』나 『5월의 노래』와 같은 동화와 소설을 쓰게 되었다고 밝힌 바 있다.[24] 작가의 이러한 회고담은 그간 이원수의 현실주의 작가론을 뒷받침하는 유력한 자료로 인용되어 왔다. 그런데 박태일은 이원수의 현실 참여의 의욕보다 친일 아동문학 은폐의 동기를 강조함으로써 현실주의 작가로서의 정체성은 해체하고, 친일 작가로서

23 박태일은 창원과 양산에서 이원수 문학동산이나 '고향의 봄' 거리 조성과 같은 "손쉬운 현양사업"을 구상하고 있지만, 한 작가를 기리는 공간은 사회 가치 내면화 효과를 발생시킬 수 있으므로 심각하게 생각할 문제라고 주장하였다. "특정 작가를 부풀리고 신화화하여 문학적 사실이나 가치를 날조하는 것은 두고두고 뒷세대에 죄를 짓는 일"이라는 것이다. 이러한 그의 주장은 창원의 시민단체들이 이원수 기념사업을 반대하는 핵심 논거가 되고 있다. 박태일, 같은 글 참조.

24 이원수, 「나의 문학 나의 청춘」, 『월간문학』, 1974.2(『아동과 문학(이원수아동문학전집 30)』, 웅진, 1989에서 재인용)

의 서사를 강화한 것이다.

이처럼 이원수 친일문학의 대표적인 연구자 박태일의 실증 작업은 단순히 기초 자료를 엄밀하게 확정하고 보완하는 차원을 넘어서, 이원수의 작가로서의 기본 성향과 문학적 실천의 동기에 대한 해석의 근거를 제공하고 있으므로 면밀하게 검토해 볼 필요가 있다. 박태일이 일제 말과 해방기의 이원수 문학 활동에 대한 실증적 검토 과정에서 문제 삼은 것은 크게 보아 연도와 발표 매체의 '표기 오류', '미발굴' 작품의 성격, '재발표'의 취지 등의 세 가지였다.

1) 연도 및 매체명 '표기 오류'의 문제 재검토

먼저 이원수의 일제 강점기 작품에 대한 연도 및 발표 지면의 표기가 친일 행적을 은폐할 목적으로 부정확하게 기재되었다는 주장의 근거를 살펴보자.

> 『종달새』에는 33편을 담았다. 그러면서 작품 끝에 부차텍스트로서 실린 지면은 뺀 채, 게재 연월 또는 연을 밝혔다. 「가시는 누나」 한 편만 예외다. 그런데 나머지 32편의 **게재 연월 기록에 대한 사실 여부를 알아본 결과, 바르게 적힌 것을 눈으로 확인할 수 있었던 작품은 「염소」 한 편뿐이다.** 너무 뜻밖의 결과다.
>
> —박태일, 「나라잃은시대 후기 경남 · 부산지역 아동문학」, 『한국문학논총』 40호, 2005, 241쪽.

박태일이 지적한 것처럼, 이원수 생전에 발간한 동시집 『종달새』나 『빨간열매』, 사후에 간행된 전집 『고향의 봄』 등에는 작품의 발표 매체나 연도가 부정확하게 기재되어 있는 것이 상당수가 있다. 이에 대해 이원수는 "책을 잃어서 기억에 의해 적은 것도 있어서 정확하지 못한 점도 있"을 것이니, "부정확한 점을 발견하신 분은 정정을 위해 알려"달라고

동시집 『종달새』, 새동무사, 1947.

동시집 『빨간 열매』, 아인각, 1964.

밝히기도 했다.[25] 그러나 박태일이 문제 삼는 것은 표기가 부정확하다는 사실 자체가 아니다. 연도나 매체명이 부정확한 것은 친일 행적을 감추기 위한 작가의 의식적, 무의식적 동기가 관여한 결과라고 판단했기 때문에 문제시한 것이다. 이원수는 생전에 친일 작품이나 『반도의 빛』이라는 잡지명을 언급한 적이 전혀 없다. 박태일이 추측한 것처럼, 이원수 작품의 연도나 발표 지면 표기가 부정확한 것에는 작가의 은폐 동기가 적지 않게 작용했을 것으로 판단된다.

그러나 잘못된 표기의 근원지로 지목된 『종달새』의 시기 표기 문제에 대해서는 생각해 볼 만한 또 다른 가능성이 있다. 『종달새』에 실린 작품의 연월 표기와 이후 『빨간 열매』에서 밝힌 매체명과 연도 표기, 박태일이 확인하여 대조한 발표 지면과 시기를 정리해 보면 다음과 같다.

25 이원수, 「동시집을 내면서」, 『빨간 열매』, 아인각, 1964, 144쪽.

〔표 1〕 동시집 『종달새』 수록 작품의 연도 표기 비교[26]

	제목	종달새(1947)	빨간열매(1964)	잡지나 신문 발표 시기
1	기차	1928.05.	미수록	
2	헌모자	1929.10.	1929(《동아일보》)	1930.02.20.(《조선일보》)
3	잘가거라	1929.07.	미수록	1930.08.20.(『어린이』)
4	설날	1930.01.	미수록	
5	정월 대보름	1930.02.	미수록	
6	찔레꽃	1930.05.	1930(『어린이계』)	1930.11.01.(『신소년』) 1947.05.01.(『어린이세계』)
7	눈 오는 밤에	1931.12.	미수록	1934.02.(『신소년』, 원제:눈오는 저녁)
8	이삿길	1932.02.	1932(『신소년』)	
9	포푸라	1932.10.	미수록	
10	부엉이	1935.10.	1935(《조선일보》)	1939.12.17.(《소년조선일보》, 원제:부헝이)
11	새봄맞이	1936.01.	미수록	1947.03(『소학생』)
12	첫나드리	1938.04.	미수록	
13	보오야 넨 네요	1938.08.	1938(『소년』)	1938.10.01.(『소년』)
14	밤눈	1938.11.	미수록	1940.01.28.(《소년조선일보》, 원제:눈오는 밤)
15	보구 싶던 바다	1939.07.	미수록	
16	양말 사러 가는 길	1939.11.	1939(《조선일보》)	
17	앉은뱅이 꽃	1939.12.	미수록	1940.03.31.(《소년조선일보》, 원제:안즌뱅이 꼿)
18	빨강 열매	1940.01.	1940(발표지 미상)	
19	염소	1940.01.	1940(발표지 미상)	1940.01.20.(《소년조선일보》)
20	가없은 별	1941.11.	1941(발표지 미상)	
21	꽃불	1942.06.	1942(『새동무』)	
22	자장 노래	1942.10.	1942(발표지 미상)	1940.07.01.(『소년』)
23	군밤	1942.11.	미수록	

26 박태일, 「나라잃은시대 후기 경남 · 부산지역 아동문학」, 『한국문학논총』 40집, 2005.8, 241~243쪽에 실린 『종달새』 수록 작품 연표를 간략하게 정리한 것으로 발표 날짜, 재발표 여부 관련 몇 가지 사항만 보완하였다.

24	개나리 꽃	1945.03.	1945(발표지 미상)	
25	버들피리	1946.03.	미수록	
26	저녁	1946.09.	1946(『새동무』)	
27	병원에서	1946.09.	1946(『새동무』)	
28	달밤	1946.09.	1949(『소학생』)	1947.10.(『소학생』)
29	첫눈	1946.09.	미수록	
30	가을밤	1946.10.	미수록	
31	가시는 누나	연대표기 없음	1929(『별나라』)	
32	종달새	유실, 확인 불가[27]	1940(발표지 미상)	1942.06.(『반도의 빛』)
33	종달새 노래하면	유실, 확인 불가	1943(발표지 미상)	

위의 도표에서 볼 수 있듯 『종달새』에 표기된 연월 기록은 실제로 잡지나 신문에 발표되었던 시기와 일치하는 것이 거의 없다. 이 때문에 박태일은 게재 연월 표기가 애초부터 누락되어 있는 「가시는 누나」를 제외한 32편의 작품 중에서 정확하게 표기된 것은 「염소」 단 한 편뿐이며, 이는 이원수의 의도적 망각이나 착종의 상태를 보여주는 것이라고 주장했던 것이다. 그런데 위의 도표를 자세히 살피다 보면 과연 『종달새』 수록 작품의 시기 표기의 정확성을 신문이나 잡지에 발표한 날짜와 대조하여 판단하는 것이 타당한 방법인가 하는 의문이 든다. 신문 잡지 매체에 발표된 시기 표기를 정확성 판정의 기준으로 삼을 경우, 예를 들어 「달밤」처럼 시집 『종달새』의 발행 시기[28]보다도 더 늦은 잡지 발표 날짜를 기준으로 시기 표기의 정확성 여부를 따지게 되는 비논리적 상황도

27 연구자가 구한 『종달새』는 '이원수 문학관' 소장본이다. 그런데 일부분(목차부터 13면까지)이 유실된 상태여서 『종달새』에 실렸다고 알려진 「종달새」, 「종달새 노래하면」 전체와 「자장노래」의 앞부분은 확인할 수 없었다. 귀한 자료의 사본을 보내준 박종순 선생님과 창원 이원수문학관에 감사드린다.

28 『종달새』의 판권지에는 정확한 발행 날짜가 나타나 있지 않다. 그러나 책의 마지막에 들어 있는 「꼬리말」에는 발행인 김원룡이 이원수로부터 여러 달 전 원고를 받고도 출판 사정상 늦게 출판하게 되었다고 밝히고, '1947年 5月 10日'이라고 날짜를 밝히고 있어 발행 시기를 추정할 수 있다.

생기기 때문이다.

이와 같은 점을 염두에 두면서 위의 도표를 다시 살펴보면, 『종달새』에 실린 작품 중 실제로 잡지나 신문에 발표된 것으로 확인된 13편의 날짜는 「자장 노래」 한 편을 빼고는 모두 『종달새』에 표기된 날짜보다 뒤인 것을 알 수 있다. 그렇다면 『종달새』에 표기된 연월은 잡지나 신문과 같은 매체에 공식적으로 '발표한 날짜'보다 더 이른 날짜, 즉 작가가 개인적으로 '창작한 날짜'를 기록한 것이라고 생각해 볼 수 있지 않을까. 『종달새』 수록 작품들이 모두 잡지나 신문에 발표된 것은 아니었음에도 연월은 모두 표기되어 있다는 점도 이와 같은 심증을 뒷받침한다. 만약 이와 같은 가정이 가능하다면, 『종달새』에 수록된 33편 중 날짜가 정확하게 표기된 것이 「염소」 한 편밖에 없는 것이 아니라, 반대로 부정확하게 표기된 것이 「자장 노래」 한 편에 불과하다고 판단할 수도 있다.

또한 〔표 1〕에서도 볼 수 있듯이 적어도 『종달새』의 연월 표기를 가지고는 이원수가 일제 말의 문학 활동을 의도적으로 축소하고자 한 정황을 증명하기가 어렵다. 일제 말(1938~1945년)에 해당하는 작품이 13편이나 있어 많은 비중을 차지하고 있기 때문이다. 또한 『종달새』 표기 날짜와 공식 매체에 발표한 날짜 사이의 차이도 1~2년에 불과한 것이 대부분이어서 모든 작품의 날짜 표기를 일부러 잘못 기재함으로써 작품 활동의 이력을 바꾸고자 했다는 주장은 무리가 있어 보인다. 즉 이원수 자신이 친일 작품을 발표한 『반도의 빛』과 같은 매체명을 언급하지 않고 숨겼던 것은 사실이지만, 그렇다고 일제 말의 왕성한 작품 활동을 감추기 위해 의도적으로 작품 연월 표기를 잘못 적었으리라고 판단하는 것은 무리이며, 이는 이원수를 친일 작가로만 규정하고 그의 문학적 삶 전체를 그러한 관점에서 조망한 데서 비롯된 것으로 보인다.

2) '재발표' 동기에 대한 재검토

이원수가 일제 말의 왕성한 문학 활동을 감추고 현실주의 작가로서의 입지를 강화하기 위해, 일제 말에 이미 발표했던 작품 중에 주로 '생활동시'에 해당하는 것을 가려 뽑아 해방기에 의도적으로 '재발표'했다는 추정에 대해서도 좀더 생각해 볼 필요가 있다.[29] 이원수가 1945년 해방 이후부터 1948년까지 소위 해방기에 재발표한 작품은 8편 정도로 확인되며,[30] 그중 윤석중이 편집을 주관했던 『주간소학생』이나 『소학생』에 재발표한 것이 6편으로 압도적으로 큰 비중을 차지한다. 당시 이들 잡지에는 이원수의 작품이 많이 발표되고 있었다. 특히 1946년도 『주간소학생』에는 재발표작 5편을 포함하여 8편이나 실렸으므로 주목을 요한다.

〔표 2〕 이원수의 『주간소학생』, 『소학생』 수록 작품 목록

발표 매체	제목	발표 시기	비고	
주간 소학생	오끼나와의 어린이들	1946.02.25.	'소년시'로 소개	
	빨래	1946.03.04.	'아기차지'란에 소개	재발표
	돌다리	1946.03.	원제 「돌다리노차」	재발표

29 물론 박태일 또한 이미 발표한 작품을 재발표한 것이 이원수의 자의에 의한 것이 아닐 가능성, 재발표 문제에 이원수 스스로 큰 의미를 두지 않았을 가능성, 처음 발표된 지면이 《소년조선일보》와 같이 확산력이 약한 매체였기 때문에 다시 발표하고자 했을 가능성 등을 검토하였다. 그러나 결국 해방기에서 얼마 떨어지지 않은 1940년대 전반의 작품을 주로 재발표한 것은 작가의 고의적인 자의성을 느끼게 하는 '기형적인 매체 활동'이며, 현실주의 작가로서의 "명성 생산과 확대를 위해 의도된 선택의 결과"로 볼 수밖에 없다고 결론지었다. 박태일, 「나라잃은시대 후기 경남 · 부산지역 아동문학」, 『한국문학논총』 40호, 2005, 235~255쪽 참조.

30 박태일은 같은 글에서 이원수의 일제강점기 작품 7편이 해방기에 재발표되었다고 하였다. 즉, 「빨래」(『半島の光』, 1942.6)가 『주간소학생』(1946.3)에, 「니 닥는 노래」(《매일신보》, 1941.10.26)가 『주간소학생』(1946.3)에 「돌다리 노차」(《소년조선일보》, 4.28)가 『주간소학생』(1946.3)에, 「어머니」(『아이생활』, 1943.9)가 「밤중에」라는 제목으로 바뀌어 『주간소학생』(1946.6)에, 「애기와 바람」(《소년조선일보》, 1940.3.17)이 『주간소학생』(1946.11)에, 「밤시내」(《소년조선일보》, 1940.2.25)가 『소년』(1948.7)에, 「전기때」(《소년조선일보》, 1940.2.25)가 『소학생』(1948.12)에 재발표되었다는 것이다. 여기에 연구자도 「찔레꽃」(『신소년』, 1930.11.1)이 『어린이세계』(1947.5.1)에 재발표된 것을 새로 확인하였으므로 이를 추가하면 모두 8편이 된다.

	이 닦는 노래	1946.03.25.	'아기차지'란에 소개	재발표
	밤중에	1946.06.	원제「어머니」	재발표
	이 골목 저 골목	1946.07.05.	'동요'로 소개	
	애기와 바람	1946.11.18.	'소년시'로 소개	재발표
	연	1946.12.02.	'동요'로 소개	
	새봄맞이	1947.03.03.	'동요'로 소개	
	민들레	1947.03.10.	'동요'로 소개	
소학생	달밤	1947.10.01.	'동요'로 소개	
	저녁	1948.09.01.	'동요'로 소개	
	전깃대	1948.12.01.	'동요'로 소개	재발표

『주간 소학생』은 1946년 2월부터 발간한 주간지였는데, 1947년 5월부터는 『소학생』으로 제목과 체제를 바꾸어 발간하게 된다. 그런데 이원수는 윤석중이 『주간 소학생』을 발간하던 당시에 자신의 시 원고를 윤석중에게 맡긴 적이 있다고 회고한 바 있다. 즉 이원수는 『빨간 열매』 후기에서 "내 동시집으로 맨 처음 엮은 것은 『고향바다』라는 이름으로, 해방 후 2년 때 그 즈음 을유문화사에서 『주간 소학생』을 내고 있던 윤석중 형이 맡아 가지고 내 주겠다고 했는데, 그냥 묵혀 있다가 6·25가 나고 그 뒤로 원고는 없어졌습니다."라고 밝힌 적이 있다.[31] 이러한 진술에 기대 본다면, 1946년경 윤석중은 이원수의 시 원고 뭉치를 맡아 가지고 있었다는 얘기가 되고, 주간으로 발행되던 『주간소학생』의 원고를 채우기가 어려웠던 윤석중이 가지고 있던 가지고 있던 이원수의 시 중 몇 편을 골라서 실었을 가능성을 어렵지 않게 생각해 볼 수 있다.

그런데 실제로 이와 같은 가능성을 뒷받침할 만한 단서를 찾을 수 있어, 흥미를 끈다. 『주간소학생』 42호(1947.3.10)에는 "37호에 난 이원수 선생의 동요 「이 골목 저 골목」은 인쇄할 때 잘못 돼서 딴 것이 섞여 들

31 이원수, 「동시집을 내면서」, 『빨간 열매』, 아인각, 1964, 144쪽.

어갔습니다. 다음 치가 맞습니다."라는 정정 광고가 실렸다. 「이 골목 저 골목」에 다른 내용이 섞였음을 알리고 이를 바로잡는 광고인데, 잘못 인쇄되었다는 37호(1946.7.5)에 실린 「이 골목 저 골목」의 전문은 다음과 같다.

이 골목 저 골목
이 골목 저 골목에
좋은 것도 많구나.
연필도 많구나.
공책도 많구나.

과자도 빵도신발도 많구나.
우린 아직 못 샀는데
누가 누가 사가나.

—「이 골목 저 골목」 원문

이 시에서 실수로 섞여 들어간 "딴 것"이란 "부지런히 배우고 어서 자라서"로 시작하는 첫 연으로, 이는 「오끼나와의 어린이들」 마지막 연의 일부이다. 「오끼나와의 어린이들」은 『주간 소학생』 1946년 2월 25일자에 이미 발표되었던 작품이다. 그런데 4개월 후에 발표된 「이 골목 저 골목」에 일부가 섞여 들어갈 수 있었다는 것은 이들 시 원고가 함께 있었다는 것을 의미할 것이다. 이 때, 그 함께 묶여 있던 원고 뭉치가 이원수가 언급했던 첫 시집을 묶기 위한 시편들이었으리라는 것은 어렵지 않게 추측 가능하다. 이원수가 일제강점기 때 이미 발표한 시들이 특별히 1946년 윤석중이 주관하던 『주간 소학생』에 집중적으로 재발표되었던 사정도 여기에서 짐작된다. 따라서 해방기의 재발표 행위나 재발표

「이 골목 저 골목」(『주간 소학생』 37호, 1946.7.5.) 「오끼나와의 어린이들」의 일부가 잘못 섞여 들어가 있음을 확인할 수 있다.

작품 선별의 동기를 이원수에게 돌려 의도를 분석하는 것 또한 이원수의 모든 문학 활동들을 친일 은폐 동기와 연관 지어 생각한 데서 비롯된 무리한 해석일 수 있다.

재발표된 작품들을 『주간 소학생』의 주간으로서 이원수의 원고를 맡아 가지고 있었던 윤석중이 선별했으리라 추정하게 되면, 이원수가 자신의 친일 행적을 가리거나 현실주의자 면모를 강조할 수 있는 작품을 골라 고의적으로 재발표했다는 것과는 다른 새로운 맥락을 고려해야 하며 이에 따라 재발표 작품에 대한 해석도 다시 검토될 필요가 있다. 즉 박태일은 재발표 행위를 이원수가 자신의 현실주의자로서의 이미지와 명성을 강화하기 위해 채택한 전략으로 보고 재발표된 작품도 대부분

'생활동시'였다고 파악했으나, 재발표된 「빨래」, 「이 닦는 노래」, 「돌다리」가 현실주의자로서의 이원수의 면모를 뒷받침하는 데 도움을 주는 작품이라고 보기에는 미심쩍다. 그보다는 차라리 편집자인 윤석중의 '유년동시' 취향과 연관 지을 때 그 발랄하고 밝고 긍정적인 시상 전개를 설명하는 데 설득력을 갖는 작품들로 판단된다.[32]

3) '발굴 작품의 성격'에 대한 재검토

이와 관련하여 최근 새롭게 확인된 '발굴 작품'의 성격에 대해서도 다시 생각해 볼 여지가 있다. 박태일은 특히 일제 말 1938년부터 1945년까지 발표되었던 「야옹이」, 「공」, 「저녁노을」, 「기차」, 「언니 주머니」, 「밤」, 「봄바람」 등 7편의 동시를 새로 발굴하여 소개하고, 이들 동시 중 「저녁노을」과 「밤」 2편은 '미학동시'로 나머지는 모두 '유희동시'로 분류하였다. '유희동시', '미학동시'라고 이름붙인 것에서 엿볼 수 있듯, 박태일은 이러한 동시의 성격이 "가난한 아동의 현실과 맞닿아 있으려 했다는 본인(이원수—인용자)의 진술"과 어긋난다는 점을 비판하고 "암울했을 어린이들에 대한 사랑과 공감을 지닌 작가라는 이름 앞에 내려놓기 어려울 작품"이라는 점을 강조했다.[33] 일제 말의 상황과는 어울리지

---

32 재발표된 작품 중에 「밤중에」나 「전깃대」처럼 이원수의 현실주의자로서의 면모가 돋보이는 작품이 있는 것은 사실이지만, 「빨래」를 비롯한 다음 시까지 그렇게 해석하는 것은 무리라고 본다. 이해를 돕기 위해 시의 일부를 예로 들어 보이면 다음과 같다.
"바람 불면 빨래들이 춤을 춘다./어머니 파랑 치마 팔랑팔랑./조꼬만 내 치마도 팔랑팔랑."(「빨래」 부분); "싸악 싹 닦는다./웃ㅅ이, 아래ㅅ이,/싸악 싹 닦는다./앞ㅅ이, 어금ㅅ이//이 잘 닦는 아이는/하얀ㅅ이, 이쁜ㅅ이,/웃을 때 빤작빤작/보기 좋아요"(「이 닦는 노래」 전문)
다른 재발표작 「애기와 바람」도 유년동시는 아니지만 현실보다는 귀엽고 사랑스런 아기의 모습이 전경화되어 있어 이 또한 현실주의 작가로서의 면모를 드러내기 위해 재발표했다는 논리에 들어맞지 않는 예가 된다.
찬 바람이 제 아무리 많이 불어도/애기는 꼭, 밖에 나가 노올지.//"감기 들라 가지마라" 할머니가 붙들면/고개를 잘래 잘래 도래질 하고/"아냐, 아냐, 감기 없쩌"//문 열고 내다보면 바람마지 발길에/아, 우리 애기는 뛰어다니네.//떼지어 몰려가는 겨울바람 속으로/저기 우리 애기는 뛰어다니네.(「애기와 바람」 전문)

않는 '몰현실'적인 모습을 담고 있어서, 현실주의, 민족주의 작가로서의 이미지를 강화하는 데 도움이 되지 않으므로 작가가 의도적으로 자신의 작품 목록에서 누락시켰다고 본 것이다.

실제로 많은 이원수 연구자들은 이원수가 1930년대 후반에 들어서서는 이전의 작품 경향과는 달리 밝고 천진한 동심을 보여주는 작품들을 창작했다고 지적해 왔다.[34] 공교롭게도 이원수 시의 변화는 중일전쟁이 일어났던 1938년경을 전후로 하여, 일제가 전쟁을 수행하기 위해 대동아공영권을 내세우며 내선일체의 황국신민화를 강제했던 소위 '신체제기'와 맞물려 나타났다. 이 시기에 발표된 작품들이 이전의 이원수 작품에서는 볼 수 없었던 밝고 가벼운 분위기로 전환되었던 것도 총후봉공의 총력 체제에서 건전하고 명랑한 문학 창작을 요구하던 일제의 정책과 무관하지 않을 것이다. 이 때문에 이원수의 현실주의 정신을 고평해 온 연구자조차 이 시기 이원수 작품의 경향에 대해서는 "당시 역사적 현실을 외면한 것으로서 작가정신을 잃어버린 작품임이 분명"하고, "고난 받는 민족적 현실, 그 현실에 깊이 침잠하여 쓴 시가 아니라 일제 강점의 합리화를 드러내는 국어공부의 독려와 귀여운 아동의 부지런한 생활상을 보여줌으로써 황국신민화에 가까운 아동 기르기에 일조"했다고 언급하기도 했다.[35] 친일작가론의 맥락에서만이 아니라, 현실주의 작가론의 관점

---

33 박태일은 일제 말의 이원수 동시를 소위 동심천사주의의 '유희동시'라고 비판했다. 소위 '짝짜꿍 동시'라고 폄하되기도 하는 이런 동시들은 1970년대 이오덕 등이 가장 맹렬하게 공격했던 유형으로 현실을 살아가는 아동독자를 실제보다도 어리게만 보려고 하는 동심주의를 반영한 것들이다. 당시 이오덕은 아동문학의 실제 독자는 대략 초등학생 이상이라고 파악하고 있었다. 그런데 만약 초등학생 정도의 독자를 대상으로 하는 것이 아니라 유아를 위한 동시라면 그 경향이 밝고 천진하다고 해서 이를 '몰현실'의 놀이 동시라고 매도할 수는 없을 것이다.

34 나까무라 오사무(仲村修)는 일제강점기 이원수의 시세계를 'A군:가난 속에 사는 사람들이나 아이들을 다룬 작품들', 'B군:바다, 별, 새, 초목 등 자연을 찬미하는 작품들', 'C군:설, 자장가, 가축을 소재로 한 작품들'로 나누었는데, 1935년 이후 이원수의 작품 세계가 A군에서 B, C군으로 변환되었다고 보았다. 특히 C군에는 "이상하게 밝은" 작품들도 눈에 띈다고 하였다. 仲村修, 「이원수 동화 · 소년소설 연구」, 인하대 석사논문, 1993, 19쪽.

35 박종순, 앞의 글, 48쪽.

에서도 이 시기의 밝고 활력에 찬 작품은 비판적으로 평가되는 것이다.

그런데 일제 말의 이원수의 시편들을 친일문학 대 민족문학의 프레임이 아니라, 다른 기준으로 평가할 수는 없을까. 예컨대 이전과는 달리 나이 어린 아동을 위한 '유년동시'를 창작한 것이 이전과는 다른 작풍으로 느끼게 하는 원인이라고 볼 수는 없을까. 유년동시라는 기준으로 본다면 이원수의 일제 말 작품 중에는 뛰어난 성취를 이룬 작품도 적지 않아서 그를 현실주의자라는 틀로만 바라보았을 때는 발견되지 않았던 새로운 면모를 확인할 수 있게 한다. 여을환 또한 일제 말 이원수의 "천진무구한 유아의 세계에서 나온 작품"들은 우리가 그를 현실주의 동시인으로 기억하는 맥락 안에서는 제 위치를 차지할 수 없었던 작품들이라고 적실하게 지적한 바 있다.[36]

이원수는 1935년 2월 '독서회 사건'으로 투옥되었다가 1936년 1월 30일 출옥하여 같은 해 6월 동시 작가인 최순애와 결혼하게 된다. 결혼한 이듬해인 1937년에 장남 경화를, 1939년에는 차남 창화, 1941년 장녀 영옥, 1945년 차녀 정옥을 잇달아 얻었다. 일제 말기는 이원수의 개인사에서 이제 막 가정을 꾸려 어린 아이들을 낳아 양육하던 때이기도 했다는 점을 고려해 본다면, 이원수 시작풍이 변화하게 된 중요한 요인을 시대적 배경만이 아니라 개인적인 상황과 연관 지어 생각해 볼 필요도 있을 것이다. 이전에는 나타나지 않았던 '자장가' 풍의 동요가 이 시기에 처음 등장하는 것도, 시에 담겨져 있는 생활 경험의 내용이나 시적 화자가 이전 시들보다 현저하게 어리게 나타나는 것도 이러한 맥락에서 재고해 볼 수 있다. 이원수의 다양한 창작 세계를 작가의 말이나 작가에 대한 통념에 의지하여 현실주의 혹은 민족주의로 단일하게 규정해 버리는 것, 시대적 배경을 지나치게 강조하여 은연중에 일제강점기 작품은

36 여을환, 「이원수의 친일 행위가 던진 물음들」, 『동화읽는어른』 194호, 2008.12.

민족 수난의 어두운 현실을 그린 것만이 올바르다고 생각하는 것, 시의 성취를 작가의 현실 인식을 얼마나 담고 있는가 하는 것만을 기준으로 판단하는 것, 독자층에 따라 나타날 수 있는 양식적 차이를 무시하는 것 등은 (아동)문학을 이해하는 데 있어서 경계해야 할 태도라고 할 수 있을 것이다.

보다 균형 잡힌 판단을 위해서는 일제강점기에 이원수의 작품 중 지금까지 잘 알려지지 않았던 미발굴 작품들이 단지 1938년 이후의 '신체제기'에만 몰려 있는 것이 아니라는 점을 함께 짚어볼 필요가 있다. 이재복, 원종찬 등이 발굴한 작품과 최근 한일 아동문학 연구자 나까무라 오사무가 발굴한 작품 목록을 참조할 때,[37] 일제강점기 동안 발표된 이원수의 시 중에서 미발굴되었던 작품의 수는 무려 37편에 달한다. 그 중 1930년도에 발표되었던 작품이 8편으로 가장 많은 양을 차지하며, 1926년과 1940년의 작품은 각 6편으로 그 다음에 해당한다. 1930년은 현재 정확한 서지가 확인된 작품만 모두 18편으로 일제강점기에 가장 많은 편수의 작품을 발표한 해가 되는데,[38] 미발굴되었던 작품의 수도 가장 많았다. 1930년은 「헌모자」, 「찔레꽃」, 「교문 밖에서」와 같이 이원수가 현실주의 아동문학의 경향성을 가장 적극적으로 노출했던 때다. 만약 단순히 현실주의 작가상을 보다 효과적으로 부각시키고자 하는 동기만이 단일하게 작용했다면, 1930년에 발표했던 「화부(火夫)인 아버지」[39]와 같은 강

37 이재복, 「발굴조명: 이원수의 시—잃어버린 오빠 외 4편」, 『아침햇살』, 1996.9.
원종찬, 「이원수와 마산의 소년운동」, 『인하어문연구』 3호, 1996.
나까무라 오사무(仲村修), 「발굴 보고」, 『이원수와 한국 아동문학』, 창비, 2011, 310~314쪽 참조.

38 전체 작품 편수는 『이원수아동문학전집』(웅진, 1984)의 연도를 기준으로 하였다.

39 이 작품은 《조선일보》(1930.8.22)에 실렸던 것으로 나까무라 오사무에 의해 발굴되었다. (나까무라 오사무, 앞의 글) 일부를 소개하면 다음과 같다.
"八月太陽은 거리와 집웅을 쪼여/땅덩이는 이글이글 타오르는데/發電所 쇠가마에 石炭을 때고 잇는/아버지여! 오직이나 더웁습니까//(…)//아버지! 당신은 분해하실터입니다./火氣에 숨막히면서 일을 할 때/아버지의 그努力 그苦生의 結晶이/한가이 낫잠자는者의 電車가되고/거룩한 아버지에겐 주림만 온다는/이不公平한 對照에 얼마나 분해하시릿가/아-아-버-지!"

렬한 계급 비판 성향의 작품도 묻어 둘 이유가 없었을 것이다.

따라서 일제강점기에 이미 발표했으나 이후의 시집에 묶지 않은 작품들이 많았던 이유에 대해서는, 친일 작품과 같이 명백한 은폐의 의도가 감지되는 경우가 아니라면 다양한 각도에서 판단할 수 있는 여지를 두어야 할 것이다. 일제강점기에 미발굴 작품이 많았던 것은 이원수가 작품을 선별하여 시집에 실었던 탓이 크며, 이러한 편집 과정에서 친일 작품의 은폐가 이루어지고 작가의 이상에 부합되는 것이 가려 뽑아졌을 것은 분명하다.[40] 그러나 이뿐만 아니라 작가의 의도와는 무관하게 첫 시집의 원고 『고향바다』를 유실하고 찾지 못했던 상황도 고려해 보아야 하고, 1930년경의 계급주의 경향의 작품이 빠져 있었던 것에 대해서는 해방기에 좌파 계열에서 활동했던 점이나 1950년 한국전쟁 시에 월북을 시도했던 경력으로 인해 곤혹을 치렀기 때문에 밝히는 것을 꺼렸을 가능성에 대해서도 생각해 보아야 한다. 또한 습작기의 시나 유년동시들은 작가 스스로 완성도가 떨어지거나 중요하지 않은 작품으로 판단해서 누락시킨 것일 수도 있다. 친일 작품의 은폐를 제외한다면, 나머지 가능성에 대해서는 비윤리적인 행위라고 비난하기 어렵다. 그러나 친일작가론의 관점에서 본다면 반민족적 작품을 쓴 이원수가 민족주의자나 현실주의 작가의 정체성을 부여받거나 스스로 욕망하는 것이야말로 가장 위선적인 행태로 비춰질 수 있다. 친일문학 연구들이 이원수 스스로가 현실주의자로서의 작가 의식을 드러내었던 진술에 대해 강한 반감을 표현해 왔던 것은 이 때문일 것이다.

40 이원수가 스스로 자신의 '전집'으로 불러도 무방하다고 했던 『너를 부른다』(창작과 비평사, 1979)의 편집 방식을 살펴보면, 자신의 문학과 삶을 민족주의자, 현실주의자로 규정하고 싶어 하는 작가의 욕망을 읽을 수 있다. 또한 『너를 부른다』에 수록된 작품의 배열과 개작 양상에는 동요의 정형률로부터 내재율을 선도적으로 찾아가는 작가상도 투사되어 나타난다. 그가 정형율의 동요인 「고향의 봄」이 자신의 대표작으로 인식되는 것을 그다지 달가워하지 않았던 것도 이 때문일 것으로 판단된다.

3. 이원수의 친일 작품에 나타난 자발성과 내적 논리의 해석 문제

이원수의 친일 동시나 글들은 일제의 전쟁 동원 정책이나 황국신민화에 동조하는 적극적이고 분명한 태도를 보여주고 있다. 김재용은 친일 문학의 기준을 엄밀히 정하고자 했던 대표적인 연구자다. 그에 따르자면, 친일문학이란 1938년 중일 전쟁 이후에 '대동아공영권의 전쟁 동원'이나 '내선일체의 황국신민화의 주장'을 담아 선전한 작품으로 단순히 시대적 분위기를 반영한 작품과는 구분되는 것이다. 1942년부터 1943년경 이원수가 『반도의 빛』에 발표한 5편의 글, 파시즘적 신체제기에 '지원병'에 대한 찬양을 직접적으로 드러낸 동시 「지원병을 보내며」와 병역봉공의 태도를 엿볼 수 있는 「낙하산」, 태평양 전쟁을 '성전(聖戰)'으로 표현하고 총후봉공의 자세를 역설했던 시 「보리밧헤서—젊은 농부의 노래」, 내선일체의 황국신민화의 내용을 담은 수필 「농촌아동과 아동문화」, 「고도감회(古都感懷)」 등의 작품은 이러한 기준에 정확하게 부합된다. 그런데 김재용은 친일문학이 작가의 '자발성'에 기초해 쓰였으며, 따라서 '내적 논리'를 갖게 된다는 점을 강조했다. 외부의 강요에 의해 억지로 썼거나 생계의 문제 때문에 어쩔 수 없이 쓴 작품에는 내적인 논리라는 것이 있을 수 없으며, 지속성을 갖고 나타나기 어렵다고 본 것이다. 이처럼 한 작가의 주체적인 판단과 선택, 친일에 이르게 된 논리적 과정을 문제 삼기 때문에 친일 문학론은 작품론을 넘어 작가론의 형식을 띠게 된다.[41]

이원수를 친일 작가로 규정할 때도 먼저 강조된 점이 바로 '자발성'의 문제였다. 박태일은 이원수의 친일 동시들은 "전시동원과 전시조직을

41 김재용, 『협력과 저항』, 소명출판, 2004.

위한 병역봉공의 선전 선동이 힘차게 요구되었던 그 무렵 왜로의 요구를 적확하고도 감동적으로 잘 드러냈"으며, "부왜 빛깔과 강도가 너무 완연"하여 "뚜렷한 문학적 자의식"을 거친 것으로 판단된다고 하였다.[42] 김화선 또한 친일 아동문학을 지속적으로 연구해 온 대표적인 연구자로서,[43] 특히 「이원수 문학의 양가성—『半島の光』에 수록된 친일 작품을 중심으로」에서 이원수의 친일 문제를 집중적으로 다루었는데 박태일과 마찬가지로 이원수가 외적 강압에 의해서라기보다는 자발적으로, 진지한 열정으로 완성도 있는 친일 작품을 썼다고 보았다.[44]

이원수의 친일 작품이 매우 노골적이며 적극적인 협력의 내용을 담고 있다는 것은 자명해 보인다. 그러므로 주된 과제는 작가의 자발성과 친일에 이르게 되는 내적 논리를 짚어 나가는 일이 될 것이다. 특히 작품을 통해 친일의 내적 논리를 찾는 것은 이원수의 작가적 삶과 문학을 어떻게 이해하는가와 직결되는 문제이기 때문에 작가론의 재구성에 있어 중요한 문제가 된다. 날카로운 현실 비판 정신을 지녔던 아동문학가로서 어려운 처지의 아이들을 보듬는 작품들을 창작해 왔던 그가 왜 친일 동시를 쓰게 되었고, 그것이 어떤 지적 모색 혹은 도착의 결과였는가를 확인하는 것은 단순히 이원수를 친일 작가로 규정하고 단죄하는 것을 넘어서 역사의 교훈을 얻는 데 유효할 것이다.

---

42 박태일, 「이원수의 부왜문학 연구」, 『배달말』 32호, 2003, 68쪽.

43 김화선, 「일제 말 전시기의 아동문학 및 아동담론 연구」, 『친일문학의 내적 논리』, 역락, 2003.
김화선, 「대동아공영권의 전쟁동권론과 병사의 탄생-일제 말기 친일 아동문학 작품을 중심으로」, 『인문학연구』 31권 2호, 2004.
김화선, 「식민지 어린이의 꿈, '병사 되기'의 비극」, 『창비어린이』 13호, 2006.6.

44 김화선, 「이원수 문학의 양가성—『半島の光』에 수록된 친일 작품을 중심으로」, 『친일문학의 내적 논리』, 역락, 2003 참조.

1) '자발성' 문제에 대한 재검토

문제는 이원수의 친일 작품 자체는 너무나 뚜렷한 근거로 남아 있는 것에 비해, 작가가 친일 문학에 경도되기까지의 과정이나 동기를 설명해 줄 수 있는 관련 자료는 찾기가 어렵다는 데에서 발생한다. 이원수의 친일 글들은 그가 근무하던 함안금융조합의 중앙기관인 조선금융조합연합회의 기관지 『半島の光』에 1942년부터 1943년까지 약 1년 남짓한 기간에만 집중적으로 실렸다. 이 시기를 전후한 작품이나 기타 글 등에서 친일과 관련한 작가의 심경이나 사상의 변화 등을 추적할 수 있는 자료들은 거의 눈에 띄지 않으며, 해방 이후의 글에도 구체적인 술회는 찾아보기 힘들다. 때문에 친일작가론은 주로 친일 작품 자체의 분석에 집중하여, 표현이 곡진하다거나 완성도가 높다는 점 등을 자발성의 근거로 삼을 수밖에 없었다.

먼저 김화선은 당시의 아동 관련 교육 담론들은 일제의 제국주의 내셔널리즘을 충실하게 반복 재생산하면서 조선의 어린이들을 황국의 신민으로 호출해내고 있었지만 이에 비한다면 실제 친일 아동문학 작품의 숫자는 양적으로 그리 많지 않았다는 점을 생각해 볼 때, 친일 아동문학이 대체적인 경향이었다기보다는 작가들의 자발적인 참여에 의해 나타난 결과로 볼 수 있다고 주장했다. 그는 이원수의 작품의 경우, 완성도가 높으며 진지하고 열정적인 어조가 나타난다는 점에서 작품 창작 행위를 외적인 강제가 아닌 자발적인 것으로 볼 수 있다고 하였다.[45] 박태일 또한 이원수의 친일 동시들은 "자신의 다른 동시에 견주어 그 부왜 빛깔과 강도가 너무 완연"하며, "『半島の光』에 실은 다른 이들의 동시와도 구별"된다는 점에서 그의 친일 동시가 "뚜렷한 문학적 자의식을 거친

45 김화선, 같은 글. 237쪽 참조.

것"임을 알 수 있다고 보았다.[46] 두 연구자 모두 이원수의 친일 동시들이 작가의 열정을 느끼게 한다는 점과, 작품의 문학적 독자성을 보여준다는 측면에서 자발성의 근거를 찾고 있다는 점을 엿볼 수 있다.

그러나 결론을 당겨 말해 보자면, 이원수 친일 동시는 개인의 열정이나 개별적 표현의 완성도 유무를 보여주는 텍스트라기보다는 오히려 제국주의 파시즘에 포획된 아동문학의 정형성을 확인시켜 주는 사례로 이해하는 것이 더 적합할 것 같다. 그의 친일 동시들은 국내의 아동문학 작품들 내에서는 개성적인 것으로 느껴질 수 있지만, 일본의 전쟁 찬양 동시들과 비교한다면 너무나 흔한 발상과 상투적인 수사적 표현의 반복을 보여주는 텍스트라고 할 수 있기 때문이다.

이원수의 「낙하산」과 梅木三郎의 「空の神兵」[47]

푸른 하눌 날르는 비행기 에서 쀠어나와 떠러지는 사람을 보고 「앗차」하고 놀래면 꼿송이 처럼 활작피여 훨-훨, 하얀 낙하산, 오오, 하늘공중으로 사람이가네. 새들아 보아라 해도 보아라 우리나라 용감한 낙하산 병정, 푸른 하눌 날러서 살풋내리는 낙하산 병정은 勇敢도하다, 낙하산 병정은 참말 조쿠나. -防空飛行大會에서- **이원수, 「落下傘」, 『半島の光』, 1942.8**	쪽빛보다도 파란 드넓은 하늘에 드넓은 하늘에 순식간에 열리는 수천 수백의 새하얀 장미 모양 보아라 낙하산 하늘에 내려 보아라 낙하산 하늘을 간다 보아라 낙하산 하늘을 간다 (…) 상찬하자 하늘의 신병, 신병을 육탄 가루로 부서져도 공격해가는 일본혼 우리 대장부 창공 내려간다 우리 황군은 창공 내려간다 우리 황군은 창공 내려간다 **梅木三郎 작사, 高木東六 작곡, 「하늘의 신병」,1942 (번역 김영순)**

46 박태일, 「이원수의 부왜문학 연구」, 앞의 책 68쪽 참조.

왼편에 인용한 것은 이원수의 「낙하산」이고, 오른편에 인용한 것은 우메키 사부로(梅木三郎)가 작사한 「하늘의 신병(空の神兵)」이다. 당시 일제는 '항공기'에 대한 관심을 촉발시켜 총후에서의 전쟁에 대한 열기를 북돋우려 했고, 이를 반영하여 비행기와 관련한 시들이 대거 창작되었다. 「하늘의 신병」은 1942년 육군 낙하산 부대를 다룬 동명의 기록 영화 주제가로 만들어진 것인데, 1942년 1월 11일 일본 해군 낙하산 부대가 인도네시아의 섬에, 2월 14일에 육군 낙하산 부대가 수마트라 섬에 투하한 모습을 그렸다고 한다.[48] 낙하산이 한꺼번에 창공에서 펼쳐지는 장관을 활짝 핀 하얀 꽃에 비유한 것이나,[49] '보아라' 등의 명령문으로 시적 대상을 환기시키는 표현 등은 당시 낙하산을 소재로 한 시들에게 흔하게 볼 수 있는 것들이다. 이원수의 시와 우메키 사부로의 시 모두 1942년에 창작되었으므로 둘의 선후 영향 관계는 추정하기 어렵다. 설혹 직접적인 영향 관계가 있더라도 그보다 더 중요한 점은 이원수의 친일 시들이 이처럼 당시의 파시즘적 상상력에 단단하게 고착되어 있었음을 엿보게 한다는 사실일 것이다.

---

47 본고에서 인용한 일본의 전쟁 찬양 동시들은 모두 한일 아동문학 연구자인 김영순 선생님이 제공해 준 것이다. 김영순 선생님이 일본인 아동문학 전문가 7명의 자문을 얻어 이원수와 상호텍스트성을 갖는 자료들을 수집해 주고 손수 번역까지 해주었다. 김영순 선생님 덕분에 이원수의 동시와 일본의 전쟁 찬양 문학을 비교하는 것이 가능할 수 있었다. 따뜻한 배려에 감사드린다.

48 「하늘의 신병(空の神兵)」은 오오사카 국제아동문학관 전문연구원인 도이 야스코(土居安子) 선생님의 자문을 얻어 실었다. 이 군가의 원문과 해설은 〈http://homepage3.nifty.com/oume-hotaru/sinnpei/sinnpei.htm〉를 참조할 것.

49 박태일은 낙하산을 "활짝 피어"난다고 한 부분에서 "은유 표현에서 뛰어난 솜씨"가 잘 드러났다고 평가했지만(박태일, 「이원수의 부왜문학 연구」, 앞의 책, 67쪽) 이와 같은 표현은 낙하산 관련 노래들에는 쉽게 찾아볼 수 있는 것들이다. 예컨대 문부성 창가였던 「낙하산 부대」에서도 "너도나도 이어서 날면/ 활짝 펼쳐지는 낙하산/피운다 하늘로 흰 꽃/뭉쳐서 내려가는 낙하산 부대"(『군가 전시가요대전집9』, 콜롬비아 레코드사, 1995)와 같은 비유를 다시 확인할 수 있다.

이원수의 「지원병을 보내며」와 青木浩의 「형의 출정(兄さんの出征)」

지원병 형님들이 떠나는 날은 거리마다 국기가 펄럭거리고 소리 높이 군가가 울렸습니다. 정거장, 밀리는 사람틈에서 손붓처 경례하며 차에 오르는 씩씩한 그 얼골, 웃는 그 얼골. 움직이는 기차에 기를 흔들어 허리 굽은 할머니도 기를 흔들어 「반자이」 소리는 하늘에 찻네. 나라를 위하야 목숨 내놋코 전장으로 가시려는 형님들이여 부대부대 큰 공을 세워주시오. 우리도 자라서, 어서 자라서 소원의 군인이 되겟습니다. 굿센 일본 병정이 되겟습니다. 이원수, 「지원병을 보내며」, 『半島の光』, 1942.8	(1) 발차를 알리는 사이렌소리에 우렁차게 울려퍼지는 만세의 환호 속에서 형은 "다녀오겠습니다"란 단 한마디 (2) 형 집 걱정은 하지 마 내가 있으니까 괜찮아 맘 속으로 그렇게 말하며 아무 말없이 흔들던 종이 국기 (3) 기차가 보이지 않게 됐을 때 나도 모르게 만세하고 혼자서 외쳤던 내 목소리 아아 형은 갔다 (4) 나도 자라면 형처럼 늠름한 일본남아가 되어야지 일본남아가 되어야지 青木浩 작사, 河村直則 작곡, 「兄さんの出征」,[50] 『講談社の繪本 支那事變美談』, 講談社, 1937.10.1 (번역 김영순)

이원수의 친일 동시 「지원병을 보내며」와 일본 작가 아오끼 히로시(青木浩)가 쓴 「형의 출정(「兄さんの出征」)」이다. 「형의 출정」은 월간 『고단샤

50 이 작품은 월간 『어린이와 문학』은 창간 3주년 기념 세미나('친일 아동문학의 재조명', 2008.8.22)의 김영순의 토론문에서도 인용된 바 있다. 김영순, 「아동의 '국민'편입과 식민주의의 내면화」, 『어린이와 문학』, 2008.8 참조.

의 그림책(講談社の繪本)』 43호가 중일전쟁 특집호로 꾸며질 때 수록되었던 노래이다. 일본 《호치신문(報知新聞)》의 현상모집에서 뽑힌 작품으로 타까기 히데꼬(高城日出子)가 불러 킹레코드사(キングレコード) 음반으로 취입되었다고 한다. 일단 두 작품은 전쟁터에 나가는 군인을 환송하는 기차역을 배경으로, 기차에 오르는 병사의 모습과 이를 바라보며 '일본 병정/남아'가 되겠다는 다짐을 하는 어린 화자가 등장하는 공통점이 있다. 전체적으로 시적 화자, 배경, 시상의 전개, 소재 및 주제가 흡사하게 느껴진다.

그러나 대체적인 유사성에도 불구하고, 자세히 살피면 이원수의 「지원병을 보내며」와 青木浩의 「형의 출정(「兄さんの出征」)」 사이의 미묘한 차이가 감지된다. 전자 「지원병을 보내며」의 경우, 막연한 보통명사로서의 '지원병 형님들'의 승리를 기원하며 자신들도 빨리 자라 소망스런 일본 '병정'이 되겠노라는 '우리'들의 다짐이 입을 모은 합창처럼 들려온다. 이별의 장면임에도 모두 한결 같이 씩씩하게 웃으면서, 우렁찬 만세를 부르는 달뜬 정경이 작위적이고 과장된 흥겨움을 느끼게 한다. 이에 비해 후자 「형의 출정(「兄さんの出征」)」의 경우에는 전쟁터에 나가는 자신의 형을 전송하는 상황이 구체적으로 그려졌으며 화자의 내적 감정의 흐름이 보다 섬세하게 표현되었다. 기차역은 사이렌 소리와 만세 환호로 소란스럽지만 이별하는 두 형제는 오히려 과묵하고 절제된 행동으로 상대의 마음을 배려하며 말을 삼키고 있다. 형이 탄 기차가 떠난 후에야 시적 화자가 혼자 독백처럼 외치는 '만세' 소리나 "아아 형은 갔다"고 되뇌이는 탄식은 떠나는 형 앞에서 차마 다 쏟아내지 못한 걱정, 안타까움, 미더움 등의 복잡한 감정을 절실하게 느끼게 한다. 때문에 이원수의 「지원병을 보내며」의 마지막 구절이 당시의 패턴화된 생각을 담고 있는 의례적인 표현으로 느껴지는 반면, 青木浩 시의 마지막 구절은 단지 일본의 병정이 되겠다는 것이 아니라 형과 같은 늠름한 일본 남자로 성장

하겠다는 내면의 굳은 다짐으로 느껴지는 것이다.

단적인 비교이지만, 이원수의 친일 동시는 상황의 구체성, 다시 말해 식민지인으로서 제국의 전쟁에 참여하는 현실에 대한 구체적인 사유의 흔적이 절박하게 느껴지지 않으며, 과도한 열기와 과장된 기쁨의 감정이 표현되고 있다고 할 수 있다. 이러한 문제는 단지 이원수가 시적 표현 능력이 부족해서 발생한 것이라기보다는 아동의 성장을 제국의 발전과 이익에 수렴시키는 파시즘적 담론에 강력한 힘으로 포섭되고 있기 때문에 나타난 것으로 생각된다.

즉 이원수의 친일 관련 글들이 자발적으로 쓰인 것은 인정되더라도, 그 근거를 개성 있는 표현이나 문학적 완성도, 곡진한 표현 등에서 찾는 것은 재고해 볼 필요가 있다. 아울러 이원수의 친일 문학과 일본의 전쟁 찬양시들이 갖는 유사성과 차이점을 상호 텍스트적 관점에서 살피고, 이를 통해 아동문학의 계몽성이 파시즘적 담론에 포섭될 수 있는 위험성을 근본적으로 살피는 것을 향후 이원수의 친일 문학을 계기로 아동문학의 연구를 확장 심화시킬 수 있는 방향 중 하나로 제안할 수 있을 것이다.[51]

2) '내적 논리' 문제에 대한 재검토

친일 문학 연구에서 작가의 자발성 문제가 중시되는 것은, 친일에 이르는 내적 논리를 확인하고자 하기 때문이다. 그러나 때로 친일작가론

---

51 김화선의 연구 또한 전체적인 방향에서는 이러한 문제의식을 공유하고 있다. 「일제 말 전시기의 아동문학 및 아동담론 연구」(역락, 2003)에서 아동담론과 아동문학을 식민주의 내면화의 호출기제로 파악하고, 식민담론이 아동담론과 아동문학에 어떠한 영향을 미쳤는가를 분석했던 것도 이러한 문제의식에서 출발한 것으로 이해된다. 그러나 이원수의 작가론 분석에 있어서는 본문에서 검토한 것처럼 자발성이나 내적 동기의 개념을 단순화하게 설정하여 애초의 문제의식을 충분히 관철시키지 못한 한계가 있다.

에서 자발성을 묻는 것이 친일 문학의 창작이 작가의 고의적 기만적 과오라는 것을 확인하고 윤리적으로 단죄하기 위한 절차적 과정이 될 때도 많으며, 친일에 이르는 '내적 논리'를 찾는 것 또한 개인적인 동기를 확인하는 문제로 단순화되기도 한다.

김화선은 이원수의 친일 문학이 자발적 의지에 의해 이루어졌다고 보고, 작품에서 '내적 논리'를 추출하는 작업을 진행했다. 그 결과 그는 이원수가 친일 작품을 창작하게 된 계기 중 하나를 민족이 처한 현실에 대한 인식과 개인적인 취향이 서로 어긋났던 점에서 찾았다. 즉 "의식적으로는 일제에 저항하고 있었지만 감성적으로는 일본인과 일본 문학을 가깝게 여겼던 이원수의 양가적인 감정"이 그를 친일 문학으로 이끌었다는 것이다.

> 그 선생(일본인 여선생이—인용자)이 빌려준 일본의 유명한 작가들의 작품이 문학생활의 밑거름이 되었다는 당당한 고백은 학창시절에 보여준 강한 반일적인 행동과 그에 관한 진술과 모순된다. 일제에 대한 강한 저항의식을 가지고 반일적인 내용의 글을 쓰기까지 한 이원수가 별다른 거부감 없이 일본인 선생을 "정서 생활의 인도자"로까지 받아들이고 있다는 사실을 어떻게 이해해야 할 것인가. 물론 일본인 교사를 거부할 수는 없지만 일본인에 대한 순수한 마음은 저항적인 그의 삶의 궤적과 어울리지 않는다.
>
> —김화선, 「이원수 문학의 양가성」, 『친일문학의 내적 논리』, 역락, 2003, 217~218쪽.

그러나 현실주의나 민족주의 작가는 일상의 개별적이고 구체적인 모든 만남에서도 민족적 관념을 가지고 배타적으로 대응해야 한다고 생각하는 것은 지나친 강박이 아닐까. 또한 친일 문학의 내적 논리를 찾는다는 애초의 문제의식이 개인의 성격이나 취향을 찾는 것으로 단순화되는 것은 문제라고 할 수 있다. 물론 이는 앞서 언급한 것처럼 이원수가 친일에 이르기까지의 내적 논리의 변화를 추적하기에는 주변 자료가 충분하지 않다는 문제에서도 기인할 것이다. 그러나 이원수 친일 문학의 동기를 개인의 성격이나 취향으로 한정하는 것은 친일 문학의 내적 논리를 분석함으로써 이를 사유의 대상으로 이끌어 내고자 하는 시도로는 한계가 있는 것이다.

한편 이러한 점에서 이원수가 친일 아동문학의 파시즘적 담론에 포획된 글쓰기를 함으로써, 아동과 국가의 관계를 적극적으로 연관 짓기 시작했다는 점은 보다 주시해 볼 필요가 있다. 아이러니컬하게도 이원수의 아동문학에서 아동과 국가는 친일 문학을 경유하면서 본격적이고 적극적으로 관계 맺는 양상을 보인다.[52] 이원수는 1911년에 태어났다. 태어나자마자 식민지인이었던 그는 '민족'과 '국가'가 같은 것으로 주어지지 않았던 세대에 속한다. 일제 말, 우리 민족 스스로 독립된 민족 국가를 건설할 수 있으리라는 확신이 부재했을 때, 일제가 제기한 대동아공영권은 이원수에게도 식민지 지식인의 무의식적 열등감을 단번에 극복할 수 있는 대안처럼 다가왔을 수 있다.[53] 그러한 전도된 욕망이 "나라를 위하야 목숨 내놋코" 전쟁터로 나서는 지원병들을 축복할 뿐 아니라,

---

52 물론 일제강점기 이원수의 작품에 '나라' 표상이 전혀 없었던 것은 아니다. 특히 1930년경 이원수가 계급주의에 강하게 경도되었을 무렵의 작품에 자주 나타난 바 있다. 1930년 『학생』 4,5월호에 실렸던 「꽃씨 뿌립시다」와 「나도 용사」 등은 광주 학생 운동에 자극받으며 창작된 것으로 알려져 있으며, 이원수의 '나라' 표상의 첫 모습을 살필 수 있는 예이다. 이러한 시에 나타난 '나라' 표상과 친일 작품에 나타난 '나라' 표상의 유사점과 차이에 대해서는 추후에 보다 세밀하게 검토해야 할 것이다.

53 류보선은 식민지 근대로 인해 민족과 국가의 불일치라는 상황에 처하게 되었으며, 그것이 초래한 지식인들의 민족 허무주의가 친일 문학의 한 동기가 될 수 있다고 보았다. 류보선은 민족이 곧 국가가 아니라는 상황은 그것에 대한 강한 열망을 낳을 수도 있지만, 무관심과 허무주의를 파생시킬 수도 있다고 보았다. 류보선의 관심은 주로 식민지 지식인들의 열등감과 같은 심리기제에 있으므로 하위 주체의 문제는 다루지 못하고 있으며, 지배 내러티브의 일방적인 장악력을 강조함으로써 식민지의 주체가 가질 수 있는 저항 가능성을 차단한다는 한계가 있다. 그럼에도 불구하고 계급주의 지식인이나 모더니즘 지식인들이 모두 친일 파시즘에 휩쓸렸던 내적 상황을 민족이나 국가의 문제와 함께 환기시켜 주는 설명은 설득력 있게 느껴진다.
류보선, 「민족≠국가라는 상황과 한국문학의 민족 로망스들」, 『문학과 사회』 21권 2호, 2008.5 참조.

아직 어린 아동들의 성장마저도 "자라서, 어서 자라서" "소원의 군인", "굿센 일본 병정"이 되어 또다시 나라를 위해 목숨을 내놓는 헌신으로 이어지도록 부추기는 소년시로 드러났다고 볼 수 있다. 일제 말 친일 아동문학에 절대선처럼 자리잡고 있던 이러한 '나라' 이데올로기는 사실 근대 국가의 출현 이후에는 자명한 것이 되어 왔다는 점에서 근대주의에 뿌리가 닿아 있는 문제이다. 친일 아동문학은 나라 이데올로기와 소년 담론[54]이 가장 폭력적인 형태로 결합된 예라고 할 수 있을 것이다. 이와 같은 나라 이데올로기가 어린이에게 미치는 영향력이 성찰의 대상이 되기 시작한 것은 파시즘적 전쟁에 휩쓸림으로써 참담한 파탄을 겪고 난 이후였다고 할 수 있다.

돌이켜 보건대, 이원수 문학의 빛나는 성취는 아동의 시간을 국가나 민족에 일방적으로 수렴시키지 않는 찰라의 순간에 이루어지곤 했다. 예컨대 해방 직후에 발표된 「오끼나와의 어린이들」(1946)은 「지원병을 보내며」에 깊게 침윤되어 있던 파시즘적 논리를 작가 스스로 해체하는 과정에서, 그렇다면 과연 '나라'란 어떤 것이어야 하는가[55]를 묻기 시작한 징후적 작품이라고 할 수 있다. 즉 '나라'와 '정부'를 구별하고, 파시즘의 논리에 가려져 있던 타자로서의 아동의 실존을 발견하기 시작한 것이다. 「오끼나와의 어린이들」은 다소 관념적이라는 한계가 있기는 하지만 아동의 성장을 현존하는 국가 권력에 직접 접속시키지 않고, 만들어 가야 할 잠재적 가능성 속의 '좋은 나라'와 연결시킴으로써 근대 국가주의에 깊이 침윤되어 있던 아동문학 담론의 탈근대적 가능성의 실마리를 미약하나마 보여줄 수 있었다.

---

54 소년담론과 근대적 아동관의 형성과정에 대해서는 다음의 글에서 살핀 바 있다. 조은숙, 『한국 아동문학의 형성』, 소명출판, 2009, 36~87쪽.

55 류보선은 해방기에 필요했던 것은 "1930년대 후반기의 그 다양한 편폭과 스펙트럼을 통해서 나라를 찾지 못한 것에 대한 총체적이고 전방위적인 반성을 하는 한편, 무조건적인 나라 만들기보다는 어떤 나라를 만드는 것이 의미 있는 것인지에 대한 치밀한 반성"이라고 하였다. 류보선, 앞의 글, 350쪽.

이후 이원수 아동문학에서 '나라세우기' 모티프는 동화 『숲 속 나라』(1949)에서 엿볼 수 있듯 평생의 과업으로 계속 변주되어 나갔으며, 산업화와 독재 정권을 경험하면서는 개인(아동)과 국가의 관계가 근본적으로 회의되는 단계에 이르기도 했다. 이상적 공동체의 새로운 규범과 윤리를 창안하고자 시도했던 『잔디숲 속의 이쁜이』(1971)와 같은 장편 동화는 그 대표적인 예가 될 것이다. 이는 친일 아동문학 연구가 탈식민, 탈근대 연구로 확산될 수 있는 발전 가능성을 시사해 주는 것이며, 이원수 친일 문학의 작가론적 수용은 이러한 지점에서도 모색될 수 있을 것이다.

4. 남은 과제

문학 연구에서 작가론은 가장 대표적인 연구 유형 중 하나이다. 작가론은 작가의 전기적 삶에 대한 가치 판단과 다양한 문학 작품에 대한 해석을 유기적 구조로 통합시킴으로써 작가의 삶과 문학에 대한 총체적 인식을 표방하는 연구 방법으로서, 문학적 실천의 주체인 작가에 대해 특정한 정체성을 부여하는 역할을 한다고 볼 수 있다. 이 때문에, 한 작가의 문학적 실천이 갖는 정치적 윤리적 책임을 묻는 친일문학 연구는 대개 작가론의 형태를 취해 왔다.

이원수의 친일문학 논쟁은 현재 우리 아동문학계의 작가와 문학에 대한 의미 생산의 구조를 단적으로 보여준다. 이원수의 친일 문학이 발굴된 이후 그가 오랫동안 가지고 있던 현실주의 작가상은 크게 균열되었으며, 작가론 재구성의 작업도 필연적으로 요청되었다. 그러나 이원수의 친일 작가론은 기존 현실주의 작가론의 반작용으로, 실증적 검토와 내적 논리 추출의 과정에서 무리하게 편향적으로 해석하거나 단순한 논리로 과격화하는 양상을 보였다. 최근의 친일 관련 연구가 친일의 내적 논리에 대한 탐구를 통해 근대 문학사 혹은 사상사의 전개 과정을 심층적으로 이해하는 의미 있는 전환을 보여주고 있음에도 불구하고, 아동문학 작가론에서 친일의 문제는 여전히 '항일:친일'의 배타적인 담론을 완강하게 고수함으로써 다양한 인식의 가능성을 사전에 차단하고 있는 것은 아쉬운 일이 아닐 수 없다.

작가론은 단지 한 작가의 문학사적 위치를 판정하는 역할만을 하는 것은 아니다. 친일 아동문학의 작가론적 수용 작업을 통해 우리가 얻어야 하는 교훈 중 하나는 아동이라는 타자를 대상으로 한 문학적 실천으로서 아동문학은 어떠한 정치적 윤리적 책무를 감당해야 하는가에 대한 진지한 성찰일 것이다. 이원수의 친일문학을 작가론으로 수용하는 작업 또한 이분법적 판정의 프레임을 벗어난다면, 친일 작품을 계기로 그의 문학 저변에서 지속적으로 이어졌던 만만치 않은 질문, 즉 어린이의 성장과 국가 이데올로기의 폭력적인 혹은 화해로운 만남의 의미가 심화·확장되어간 과정을 새삼스럽게 발견할 수 있을 것이다. 이원수라는 문제적 작가의 삶과 문학에 대한 통합적 의미를 궁구하는 작가론 구성의 한 방향을 여기에서 찾을 수 있다.

참고문헌

1. 기본 자료

이원수, 「낙하산」, 『半島の光』, 1942.8.

______, 「지원병을 보내며」, 『半島の光』, 1942.8.

______, 「보리밧헤서―젊은 農夫의 노래」, 『半島の光』, 1943.5.

______, 「農村兒童과 兒童文化」, 『半島の光』, 1943.1.

______, 「古都感懷」, 『半島の光』, 1943.11.

______, 『종달새』, 새동무, 1947.

______, 『빨간열매』, 아인각, 1964.

______, 『너를 부른다』, 창작과 비평사, 1979.

______, 『고향의 봄(이원수 아동문학전집 1권: 개정판)』, 웅진, 1989.

______, 『아동과 문학(이원수 아동문학전집 30권: 개정판)』, 웅진, 1989.

2. 국내외 논저

권오삼, 「1943년의 이원수와 안태석 청년」, 『아동문학평론』 29권 1호, 2004.

김명인, 「친일문학 재론―두 개의 강박을 넘어서」, 『한국근대문학연구』 17호, 2008.

김영순, 「아동의 '국민'편입과 식민주의의 내면화」, 『어린이와 문학』, 2008.8.

김재용, 『협력과 저항』, 소명출판, 2004.

김화선, 「일제 말 전시기의 아동문학 및 아동담론 연구」, 『친일문학의 내적 논리』, 역락, 2003.

______, 「이원수 문학의 양가성―『半島の光』에 수록된 친일 작품을 중심으로」, 『친일문학의 내적 논리』, 역락, 2003.

______, 「대동아공영권의 전쟁동권론과 병사의 탄생―일제 말기 친일 아동문학 작품을 중심으로」, 『인문학연구』 31권 2호, 2004.

나까무라 오사무(仲村修), 「이원수 동화·소년소설 연구」, 인하대 석사논문, 1993.

______________, 「발굴 보고」, 『이원수와 한국 아동문학』, 창비, 2011.

류덕제, 「현실주의 아동문학과 교육성」, 『초등국어교육연구』 6호, 2006.
류보선, 「친일문학의 역사철학적 맥락」, 『한국근대문학연구』 4권 1호, 2003.
______, 「민족≠국가라는 상황과 한국문학의 민족 로망스들」, 『문학과 사회』 21권 2호, 2008.
박인기 편역, 『작가란 무엇인가』, 지식산업사, 1997.
박종순, 「이원수 문학의 리얼리즘 연구」, 창원대 박사논문, 2009.
박태일, 「이원수의 부왜문학 연구」, 『배달말』 32호, 2003.
______, 「경남지역 부왜문학 연구의 과제」, 『인문논총』 19집, 2005.
______, 「나라잃은시대 후기 경남 · 부산지역 아동문학—이원수와 남대우를 중심으로」, 『한국문학논총』 40호, 2005.
______, 「나라잃은시대 후기 이원수의 아동문학」, 『어문논총』 47호, 2007.
여을환, 「이원수의 친일 행위가 던진 물음들」, 『동화읽는어른』 194호, 2008.12.
우한용, 「문학교육과 작가론」, 『국어교육』 55 · 56호, 1986.
원종찬, 「나도 용사」, 『인하어문학』, 1999.
______, 「동화칼럼3—이원수 친일시를 둘러싼 논쟁」, 동화아카데미(http://www.dongwhaac.org/), 2002.12.9.
______, 「이원수의 현실주의 아동문학」, 『인하어문연구』 1호, 1994.
윤대석, 「친일문학과 문학교육」, 『문학교육에서 바라본 일제강점의 기억과 체험(문학교육학회 56회 학술대회 발표문집)』, 2010.11.20.
이균상, 「이원수 소년소설의 현실 수용양상 연구」, 『청람어문학』 18호, 1997.
이오덕, 「이원수 선생의 일제 말기 친일 시, 어떻게 볼 것인가」, 『우리 말과 삶을 가꾸는 글쓰기』, 2002.11.
이재복, 「발굴조명: 이원수의 시—잃어버린 오빠 외 4편」, 『아침햇살』, 1996.9.
______, 「이원수 문학이 우리에게 남긴 과제—별 왕자가 찾아와 나눈 이야기」, 『동원 이원수의 삶과 문학(이원수탄생100주년기념학술세미나 발표문집)』, 이원수탄생100주년기념사업회, 2011.4.1.
이재철, 「이원수의 문학세계」, 『아동문학평론』 18호, 1981.
______, 「일제식민지잔재 아동문학의 청산을 위한 각서」, 『아동문학평론』 62호, 1992.

______, 「친일아동문학의 청산과 새로운 아동문학의 건설」, 『민족문제연구』 10호, 1996.
______, 「이원수 선생의 일제말기 문필활동: 남쪽에서 들려온 소식」, 『아동문학평론』 28권 1호, 2003.3.
이주영, 「이원수의 문학과 사상」, 『동화읽는 어른』 100호, 2000.12.
임종국, 『친일문학론』, 평화출판사, 1966.
조은숙, 『한국 아동문학의 형성』, 소명출판, 2009.
채찬식, 「이원수 동화의 현실대응 양상」, 『아동문학평론』 42호, 1987.
친일인명사전편찬위원회 편, 『친일인명사전』, 민족문제연구소, 2009.

「황소와 도깨비」는 이상의 창작인가[1]

김영순

1. 들어가는 말

일본 오사카에 있는 바이카(梅花)여자대학에서 '일본아동문학연습'을 수강하게 되었다. 1918년에 창간된 일본의 아동문예잡지 『아까이토리(赤い鳥, 빨간새)』에 실린 작가들을 선별해 작품을 읽고 토론하는 수업이었다. 아쿠타가와 류노스케(芥川龍之介)의 「거미줄」, 아리시마 다케오(有島武郎)의 「포도 한 송이」, 오가와 미메이(小川未明)의 「달밤과 안경」, 쯔보따 죠오지(坪田譲治)의 「마법」과 함께 도요시마 요시오(豊島與志雄)의 「천하제일의 말(天下一の馬)」을 읽게 되었다. 도요시마 요시오의 작품은 일본에 와서 처음 읽은 작품이었다. 「천하제일의 말」은 『아까이토리』 1924년 3월호에 실린 작품이다.

「천하제일의 말」을 읽고 있자니 그 제목과 이야기의 첫머리만으론 바로 알아채지 못했지만 등장인물인 말몰이꾼과 악마의 새끼인 산꼬마와

김영순
tobi0909@hanmail.net 아동문학연구자. 1999년 일본 오사카에 있는 바이카(梅花)여자대학 아동문학과 3학년에 편입학하여, 같은 대학 대학원에서 석 · 박사 학위를 취득했다. 저서로 『한일아동문학 수용사 연구』, 『일본 아동문학 탐구』 등이 있다.

의 만남, 말의 배를 둘러싸고 벌어지는 홍정 부분에서 필자가 이미 이 작품을 알고 있다는 느낌이 들었다. 말에게 하품을 하게 하는 곳에서는 거의 확신이 갔다. 분명히 필자는 이 작품을 알고 있었다. 일본에서가 아니라 한국에 있을 때 「천하제일의 말」과 유사한 작품을 읽은 적이 있었다. 일본 작품의 번역글이 아닌, 분명 한국 사람이 쓴 글이었는데 도무지 작가의 이름이 떠오르질 않았다. 하지만 「황소와 도깨비」란 제목과 대부분의 내용은 생각이 났다. 한국 작품에서는 말이 황소로, 악마의 새끼가 도깨비 새끼로 돼 있었다. 자기의 소를 소중히 아끼는 사람이 상처 입은 도깨비에게 소 배를 빌려주자 도깨비는 그 보답으로 소의 힘을 열 배 백 배나 세게 해주었다는 내용이었다. 특히 소에게 하품을 하게 하는 장면은 아주 인상깊게 남아 있었다.

한국 작가가 누구였는지 금방이라도 알고 싶었다. 그러고 보니 몇 년 전 한국 아동문학을 연구하고 있는 나카무라 오사무(仲村修)씨를 통해 「황소와 도깨비」가 그림책으로 나왔다고 소개 받은 적이 있었다.[2] 익살맞은 도깨비하며 황소와 사람의 친근한 관계가 고풍스러운 색상과 터치로 잘 표현된 그림책이었다. 곧바로 지인들에게 연락해 그림책을 수소문해 보았지만 결국은 손에 넣을 수 없었다. 그래서 혹시나 해서 '어린이도서연구회'에서 펴낸 『2002년도 학년별 어린이 권장도서 목록』을 펼쳐 보았다. 그곳 글쓴이 난에서 이상(李箱)의 이름을 발견했다.[3]

---

1 「「황소와 도깨비」는 이상의 창작인가」는, 『창비어린이』(창비, 2003년 12월호)와 『한일아동문학 수용사 연구』(채륜, 2013년 6월 30일)에 실린 글을 수정한 글이다.

2 이상 글, 한병호 그림, 『황소와 도깨비』, 다림, 1999년 11월 15일. 하지만 1997년경 아직 한국에 있을 때 필자가 처음으로 읽은 책은 신웅섭이 그린 『황소와 도깨비』(가교, 1997년 1월 5일)이다. 이 책은 저학년을 대상으로 꾸며진 그림동화로 만화 기법으로 과장스럽게 그려진 그림이 재미를 더해 준다.

3 (사)어린이도서연구회, 『2002년도 학년별 어린이 권장도서 목록』, 28쪽.

2. 金海卿과 「황소와 독개비」

「황소와 도깨비」는 《매일신보(每日申報)》 1937년 3월 5~9일자에 '金海卿'의 작품으로 발표되었다. 첫날 발표된 표기를 좀더 자세히 살펴보면, 연도 및 날짜는 '昭和十二年三月五日'이며, '童話 황소와 독깨비[4], 作 金海卿 畵 尹喜淳'이란 이름으로 5일간에 걸쳐 삽화와 함께 연재되었다. 첫날엔 金海卿이란 이름으로 발표되었는데 잘 알려진 대로 김해경은 이상의 본명이다. 하지만 5일 발표 모두 '김해경'이란 이름으로 발표된 것은 아니다. 당시 매일신보에 한자 이름을 들여다보면 2회째가 되는 3월 6일부터 마지막 날인 9일까지는 '金海鄕'으로, 즉 '卿'→'鄕'으로 바뀌어 표기되어 있다. 그러니 5일간의 연재 중 첫날만 이상의 본명인 '김해경(金海卿)'이고 나머지 4일간은 '김해향(金海鄕)'이라는 이름으로 발표돼 있는 것이다.

김해경이라고 표기한다는 게 잘못하여 김해향으로 되었는지, 원래 김해향이라고 쓸 걸 첫날 김해경이라고 잘못 써 나중 4일간 연재 때 바로 고쳐 썼는지에 대해서는 알 수 없지만, 아무리 '卿'과 '鄕'이란 한자가 유사성을 띤다고 하더라도 의구심을 일게 한다.

이에 대해 김주현은 『이상소설연구』에서 "이 가운데에서 「황소와 독깨비」만 본명 '김해경(金海卿)'으로 발표되고, 나머지는 모두 '이상(李箱)'으로 되어 있다. (…) '김해경(金海卿)'은 다른 작품 어디에도 보이지 않고, 또한 작가가 실수로 그렇게 썼다고 할 수도 없다."고 지적하며 이어서 같은 책 〈각주 26〉에서는 "신문사 교열자의 실수 가능성도 개연성이 없는 것은 아니다. (…) 그것은 '卿'과 '鄕'의 형태적 유사성으로 인해 교열자가 실수한 것으로 보인다."[5]고 분석하고 있다.

---

4 2회부터는 '독개비'로 표기됨.

5 김주현, 『이상소설연구』, 소명출판, 1999.11.30, 401쪽.

이상은 1931년까지의 초기 소설이나 일본어로 된 시는 본명인 '金海卿'으로 발표하고 있지만 33년 이후부터는 모두 필명인 '李箱'으로 발표하고 있다. 이러한 상황에서 37년 발표작인 동화 「황소와 독깨비」의 1회째에 본명이 명기되어 발표된 것이다.

마침 1937년은 간지(干支)가 소의 해인 축년(丑年)으로, 매일신보에서는 전년도부터 소에 관한 전설을 모집하고, 정월에 「소 전설 입선작(牛の伝説入選作)」[5]을 연재하거나, 매일신보 산업란에도 소에 관한 기사를 특집으로 꾸미는 등 신문 지면에 종종 소에 관한 그림이나 사진이 게재된 해이기도 했다. 이러한 흐름 속에서 「황소와 도깨비」의 발표가 있는 것 또한 유념해 둘 필요가 있는 것 같다.

본론으로 들어가기도 전에 신문에 표기된 이름이나 당시 정황을 가지고 수수께끼 풀기에 도전한 셈인데, 이상 문학세계 탐구를 위해 평론가들의 연구 대상 작품이 되고 뛰어난 그림책으로 그려지고 있는 「황소와 도깨비」는 정말이지 천재 시인으로 잘 알려진 이상이 유일하게 남긴 단 한 편의 동화인 것일까? 아니면 사실은 「황소와 도깨비」는 이상과는 전혀 무관한 작품인 것일까? 완벽한 해답까지는 못 제시할지언정 지금부터 좀더 구체적으로 그 수수께끼 풀이 작업에 들어가 볼까 한다.

3. 이상과 「황소와 도깨비」

우선 1937년 매일신보에 「황소와 도깨비」가 발표되기 전후의 이상의 발자취를 간단하게나마 더듬기로 한다. 이상은 1936년 10월 도쿄로 건너가 1937년 2월 중순쯤에 사상불온 혐의로 니시간다(西神田) 경찰서에

6 嚴長德, 「因果應報」, 《每日申報》, 37.1.1~9, 3面.

구금되나 건강이 악화돼 3월 중순에 풀려나온다. 그리고 한 달 뒤 1937년 4월 17일 이상은 만 26세의 나이로 세상을 뜬다. 이 상황을 보면, 「황소와 도깨비」가 연재되기 시작한 것이 1937년 3월 5일자이니 이상은 김해경이란 이름으로 「황소와 도깨비」란 동화가 매일신보에 발표된 사실조차 모르고 사망했을 가능성마저 떠오른다.

「황소와 도깨비」가 처음 이상의 작품으로 인식되기 시작한 것은 1956년 임종국이 편집해 태성사에서 세 권으로 나온 『이상전집』[7]이 아닐까 싶다. 이에 앞서 1949년 백양당에서 나온 『이상선집』[8]에는 작품이 실리지도 않았을 뿐더러 연보에도 별다른 언급이 없다. 그러던 것이 『이상전집』 제1권 창작집 속에 동화로 표기돼 실리게 된다.[9] 그리고 끝에 '同人 李榥氏 提供. 文責編者'라며 '이황(李榥)'이란 제공자가 있었음을 밝히고 있다.[10] '동인 이황'이란 사람이 누구인지 지금 단계에서는 파악이 안 된 상황이다. 이상에 관련된 책들을 보면 이상이 관여한 두 개의 동인으로 '구인회(九人會)'[11]와 '삼사문학(三四文學)'[12]이 있는데, 양쪽 모두에서 해당하는 이름을 찾을 수가 없었지만, 그 가능성을 완전히 배제할 수는 없다.[13]

이처럼 『이상전집』의 편집을 맡은 임종국은 매일신보에 김해경이란 이름으로 실린 「황소와 도깨비」를 자신이 직접 찾아 실은 게 아니라 이

---

7 林鐘國 編, 『李箱全集』 1~3, 泰成社, 1956년 7월 1일.

8 『李箱選集』, 白楊堂, 1949년 3월 31일.

9 『이상전집』 제1권, 215~234쪽.

10 『이상전집』 제1권, 234쪽.

11 "1933년 8월에 9인의 동인들이 조직한 문학동인회로 여러 차례에 걸쳐 동인 멤버가 교체되었는데, 이상 역시 창립동인은 아니지만 1934년 입회하여 구인회의 동인지 『시와 소설』의 편집을 맡아 보았다." "이태준 정지용 이효석 김기림 조용만 박태원 김환태 이무영 등과 어울려 지냈다." 『李箱小說全作集1』, 文學思想資料硏究室 編, 李御寧 校註, 甲寅出版社, 1977년 12월 5일, 319쪽 및 315쪽.

12 三四文學: "1934년에 창간되어 『삼사문학』이란 제명을 정함. 시·소설 동인지로 1934년 9월에 창간되어 1935년 12월에 6월호로 종간. 당시 문단의 20대 안팎의 참신한 신인 신백수 이시우 정현웅 한천 조풍연 황순원 장서언 최영해 등의 모임이다." 김윤식 편 『李箱문학전집3 隨筆』, 문학사상사, 1993년 9월 10일, 232쪽 주석.

황이란 사람에게서 제공받아 이상의 작품으로 실었을 것으로 추정된다. 그렇다고 해서 임종국이 매일신보의 존재를 몰랐던 것도 아니다. 『이상전집』의 수필 모음인 제3권 작품연보를 보면 1937년 항목에 "황소와 도깨비 每日申報 3, 5~3, 9"[14]라며 첫 게재지를 밝히고 있다. 제공자가 정확히 어떤 인물인지 충분히 조사가 안 돼 안타깝지만 이황이란 사람과 임종국이 당시의 상황을 가장 잘 알고 있을 여지가 크다. 여하튼 이 전집을 시작으로 해서 「황소와 도깨비」는 이상이 남긴 유일한 동화로 자리를 굳히는 계기가 된 것이다.

이후 「황소와 도깨비」는 각종 전집 속에 이상의 작품으로 당당하게 얼굴을 내밀고 연구자들 사이에 그의 색다른 소설들과 함께 이방인처럼 다뤄지며 동화책과 그림책으로도 나와 어린이들에게 읽히게끔 된다. 그리고 이상의 작품으로 연극 등 다른 매체로 공연되기에 이른다.

지금까지 이상과 「황소와 도깨비」를 둘러싼 움직임을 한국 쪽 상황에 초점을 맞춰 살펴보았다. 그렇다면 이쯤에서 매일신보에 발표된 「황소와 도깨비」보다 13년 먼저 『아까이토리』에 발표된 도요시마 요시오의 「천하제일의 말」을 살펴볼 필요가 있겠다.

4. 「황소와 도깨비」와 도요시마 요시오의 「천하제일의 말」

이상이 서울에서 1910년에 태어나 1937년에 도쿄에서 사망했다면,

---

13 이상이 도쿄에서 김기림 앞으로 보낸 1936년 11월 14일자 서신에 다음과 같은 문구가 있다. "起林兄 期於코 東京 왔오. 와보니 失望이오. (줄임) 三四文學 同人들이 이곳에 여럿이 있소. 그러나 그들은 어디까지든지 學生들이오. 그들과 어우러지지 못하는 것을 보면 우리는 인제 그만하고 늙었나 보이다. 三四文學에 原稿를 좀 주어주오." 여기서 확인할 수 있는 건 이상이 삼사문학 동인들과 도쿄에서 만났다는 점이다. 이들 가운데 李槐이란 사람이 있었을 가능성이 있다. 김윤식 편 『이상문학전집3 수필』, 233쪽.

14 『이상전집』 제3권, 322쪽.

도요시마 요시오는 후쿠오카현(福岡縣)의 오구마(小隈)란 곳에서 1890년에 태어나 1955년 도쿄에서 심근경색으로 인해 65세에 삶을 마친다. 도요시마 요시오는 소설가로 알려졌지만 도쿄제국대학 불문학과 출신으로 프랑스문학 번역가로도 유명하다. 하지만 작고하기 전까지 120여 편의 많은 동화를 남긴 도요시마 요시오에게 가장 큰 영향을 끼친 것은 열두세 살까지 나고 자라난 오구마의 시골 생활과 어린 그에게 많은 옛이야기를 들려준 할머니였다. 「천하제일의 말」도 그가 자라난 고향의 모습이 반영된 작품이라 할 수 있다.

도요시마 요시오가 『아까이토리』에 동화를 싣게 된 것은 1919년부터이다. 잡지 창간인인 스즈키 미에키치(鈴木三重吉)의 의뢰로 『아까이토리』에 동화를 싣게 된 이후 도요시마 요시오는 토속적이며 유머 넘치는 작품들을 많이 남겼다. 『아까이토리』에 발표된 「천하제일의 말」은 아동문학에 있어 그의 대표작으로 꼽히는 작품이다.

그럼 여기서 「황소와 도깨비」와 「천하제일의 말」[15]의 유사 부분을 중심으로 그 내용을 살펴 보자.

〔표〕「황소와 도깨비」와 「천하제일의 말」 내용 비교

	황소와 도깨비	천하제일의 말(天下一の馬)
(기) 곳, 인물	어떤 산골에 돌쇠라는 나무 장사가 살고 있었습니다.	어느 시골 산골 마을에 진베에(甚兵衛)라고 하는 말몰이꾼(馬方)이 있었습니다.
(기) 성격, 일	먹을 것이나 있는 동안은 핀둥 핀둥 놀고 그러다가 정 궁하면 나무를 팔러 나갑니다. 어데서 해오는지 아름드리 장작이나 솔나무를 황소 등에다 듬뿍 싣고 장터나 읍으로 팔러 갑니다.	돈이 있을 동안은 빈둥빈둥 놀다가 돈이 떨어지면 일을 했습니다. 그 일이라는 것이 산에서 나는 재목을 5리쯤 떨어진 읍내로 나르는 것이었습니다.

15 이 글을 쓰기 위한 번역으로 원본을 그대로 필자가 직역한 것에 불과하므로 문학적인 느낌을 제대로 못 살린 점은 양해 바란다.

(기) 자랑거리	그 방울 달은 황소가 또 돌쇠의 큰 자랑거리였습니다.	그 말이 또한 진베에의 자랑거리였습니다.
(기) 구입방법	자기 앞으로 있던 몇 마지기 토지를 팔아서 돌쇠는 그 황소를 산 것입니다.	진베에는 부모님께 물려받은 논밭을 다 팔아 그 말을 사들였던 것입니다.
(기) 소의 생김새	그 황소는 아직 나이는 어리었으나 키가 훨씬 크고 골격도 튼튼하고 털이 또 유난스럽게 고왔습니다. 긴 꼬리를 좌우로 흔들며 나뭇짐을 잔뜩 지고 텁석텁석 걸어가는 양은 보기에도 참 훌륭했습니다.	세상에도 보기 드문 반질반질 윤기가 나는 검정털 젊은 말로 키가 크고 뼈대도 단단하여 히이잉 하고 소리를 지르며 굵다란 꼬리를 치켜 흔들면서 따각따각 길가로 나서는 모습은 보기에도 씩씩했습니다.
(승) 만남	"돌쇠 아저씨 제발 살려주십시오."	"말몰이꾼 진베에 아저씨, 제발 좀 살려주십시오."
(승) 산오뚜기의 생김새	처음에는 깜짝 놀래인 돌쇠도 이렇게 말을 붙이는 고로 발을 멈추고 자세히 바라보니까 사람인지 원숭인지 분간할 수 없는 얼굴에 몸에 비해서는 좀 기름한 팔다리 살결은 까뭇까뭇하고 귀가 우뚝 솟고 적은 꼬리까지 달려서 원숭이 같기도 하고 고양이 같기도 하고 또 어찌 보면 개 같기도 했습니다.	처음 깜짝 놀란 진베에는 말까지 걸어오는 터에 더 놀라 멈춰서서 자세히 바라보니 사람인지 원숭이인지 분간이 안 가는 생김새에다 몸에 비해선 유난히 기다란 손발 끝엔 마치 염소 같은 굽이 나 있으며 새카만 홑겹의 옷자락을 통해 짤막한 꼬리가 엿보였습니다.
(승) 산오뚜기와 돌쇠의 대화	"애 요게 뭐냐." 돌쇠는 약간 놀래면서 소리쳤습니다. "대체 너는 누구냐." "제 이름은 산오뚜기예요." "뭐? 산오뚜기?" (…) "거짓말 말어 요놈아." 하고 돌쇠는 소리를 버럭 질렀습니다. "너 요놈, 도깨비 새끼지." "네, 정말은 그렇습니다. 그렇지만 산오뚜기라구두 합니다." "하하하하 역시 도깨비 새끼였구나."	"거 참 괴상하게도 생긴 놈이로군." 하고 진베에는 말했습니다. "너는 대체 누구냐?" "산꼬마(山の子僧)입니다" "산꼬마라고?" (…) "거짓말 말아."하고 진베에는 말했습니다. "너 악마의 새끼(悪魔の子供)잖아." "예예, 악마의 새끼입니다. 산꼬마라고도 말합니다." "역시 악마의 새끼군."하고 진베에는 웃음을 터뜨렸습니다.
(전) 열 배의 힘	과연 도깨비 새끼가 말한 대로 돌쇠의 황소는 전보다 十배나 힘이 세어졌던 것입니다.	그 이튿날부터가 대단합니다. 꼬마 악마의 말대로 진베에의 검정말은 열 배나 힘이 세어져
(전) 만족	돌쇠는 걸어서는 도저히 따라갈 수가 없어서 새로 구루마를 하나 사서 밤낮 그 위에 올라타고 다녔습니다.	진베에는 걸어서는 도저히 쫓아갈 수가 없자 갈 때도 돌아올 때도 짐마차 위에 쭉 앉아 있었습니다. 이

	에— 이건 참 굉장하다……	것 참 끝내주는군 하고
(전) 소문	자— 이러고 보니 동리에서나 읍에서나 큰 야단입니다.	자, 이렇게 되자 마을에서도 읍내에서도 아주 소문이 대단합니다.
(전) 부자가 된 내력	원래 게으름뱅이 돌쇠입니다마는 이튿날부터는 소 모는 데 고만 재미가 나서 장작을 팔러 다녀서 돈도 많이 모았습니다.	본디는 게으름뱅이인데다 느긋한 성격의 진베에지만 말을 모는 데 재미가 들려 날마다 재목을 실어 날랐기 때문에 꽤 많은 돈을 모으게 되었습니다.
(전) 커진 소의배	그때부터 웬일인지 자꾸 소의 배가 부르기 시작했습니다.	말 배가 점점 커지기 시작했습니다.
(전) 짐작	아마 이것이 필경 뱃속에 있는 도깨비 작란인가보다 하는 것은 어슴푸레 짐작할 수 있었으나	이는 틀림없이 뱃속 악마의 소행이겠지 하고 짐작은 갔습니다다만
(결) 하품을 하게 하는 장면	그래서 함부로 옆구리도 찔러보고 코구녕에다 막대기도 꽂아보고 간질여도 보고 콧등을 쓰다듬어보기도 하고	옆구리를 콕콕 쑤시거나, 콧구멍에 막대기를 집어넣어보기도 했습니다만
(결) 백 배의 힘	“(…) 그 대신 아저씨 소가 지금보다 백 갑절이나 기운이 세이게 해드리겠습니다.”	“(…) 이제부터 아저씨네 검정말은 백 배나 힘이 세어질 것입니다.”

위 표는 두 작품의 유사점을 중심으로 '기승전결'로 나누어 표로 나타낸 것으로, 눈에 확연하게 띄는 차이를 들자면 등장인물들의 이름 표기라 할 수 있다. '진베에'가 '돌쇠'로, '악마'가 '도깨비'로 바뀌어져 있지만 줄거리는 거의 동일하다.

도요시마 요시오의 「천하제일의 말」에는 「황소와 도깨비」의 도깨비와 같은 등장인물로 '산꼬마'라는 '악마의 새끼'가 등장한다. '악마'라는 용어에서도 알 수 있다시피 '산꼬마'는 일본 옛날이야기에 자주 나오는 고유한 등장인물상이라기보다는 도요시마 요시오가 불문학을 공부한 걸로 보아 유럽의 영향을 받았거나 그의 독창적인 창작이라 할 수 있겠다. 악마 캐릭터에 대해 일본의 연구자 세키구치 야스요시가 '요정 같은 악마'[16]라고 '산꼬마'에 대해 표현하고 있는 것에서 알 수 있듯이 도요시

16 関口安義, 「天下一の馬」, 『豊島与志雄と児童文学』, 久山社, 1997년 9월 12일, 56쪽.

마 요시오의 「천하제일의 말」은 옛이야기를 현대식 캐릭터와 융합해 재창작한 이야기라고도 볼 수도 있겠다.

「황소와 도깨비」에서는 악마가 '도깨비'로 바뀌는데, 이로 인해 한국적인 정서를 띠게 된다. 일본 독자가 「천하제일의 말」의 '악마' 캐릭터에서 갖는 이질감과는 달리 '도깨비' 캐릭터는 한국 독자에게는 친근감을 부여하며, 「황소와 도깨비」를 한국 고유의 옛이야기처럼 느껴지게 한다.

5. 「황소와 도깨비」는 이상의 번안인가

「황소와 도깨비」를 「천하제일의 말」과 상세히 대조해 보면 이야기의 전개과정, 구성, 심지어는 낱말에 이르기까지 두 작품이 아주 유사하다는 걸 금방 알게 된다. 마치 색깔 다른 옷을 걸친 쌍둥이 작품과도 같다. 하지만 엄밀한 의미에서 번역이라고 하기도 어렵다. 굳이 말하자면 그 나라의 민족정서에 어우러지게 고쳐 쓴 번안이라고 할 수 있겠다. 예를 들면 짐을 운반하는 데 말을 많이 이용한 일본과 달리 예로부터 소를 많이 쓴 우리나라 정서에 맞게 말이 소로 바뀐 점, 말몰이꾼이란 직업이 나무장수로 된 점 들이다. 그렇다면 「황소와 도깨비」는 도요시마 요시오의 「천하제일의 말」의 번안일까? 그러면 그건 누구에 의한 것일까? 필자는 앞서 「황소와 도깨비」는 이상의 작품일까, 아니면 사실은 이상과는 전혀 무관한 작품인 것은 아닐까란 의문을 던졌었다. 다시 한 번 이 의문점에 정면으로 부딪칠 때가 되었다.

먼저, 「황소와 도깨비」는 「천하제일의 말」의 번안일까? 그렇다고 대답한다. 필자에 의한 임의적인 선별이기는 하지만 내용을 비교한 표의 인용만 보아도 짐작할 수 있으리라. 이것으로 「황소와 도깨비」는 한국 작가의 오리지널 작품일까? 아니다란 대답도 이끌어낼 수 있을 것이다. 표를 살펴보면 알겠지만 두 작품 중 어느 한쪽이 다른 한쪽을 참고했음을 알겠고, 어떻게 보나 13년 먼저 씌어진 도요시마 요시오의 「천하제일의 말」이 오리지널일 가능성이 크다.

계속해서 「황소와 도깨비」는 이상과 무관한 작품은 아닐까란 의문에 도전해 보자. 필자는 그렇다고 생각한다. 앞에서도 소개한 1937년 당시의 이상의 발자취를 보아도 그렇고, 매일신보에 실린 문장도 시인 이상의 번안으로 여기기엔 거칠어 보인다. 한국 정서에 맞추어 옮기긴 했지만 '이' '그'와 같은 지시어의 빈번한 사용하며, 「천하제일의 말」의 결말에서 진베에가 악마 새끼와의 만남을 수수께끼 같은 노래로 흥얼거리는 부분의 멋스러움이 「황소와 도깨비」에선 완전히 자취를 감추고 "도깨비가 아니라 귀신이라두 불쌍하거든 살려주어야 하는 법야"식의 교훈으로 처리한 것은 왠지 이상답지가 않다. 또한 김윤식이 지적한 "이상의 글쓰는 행위의 한 방법이 도시스런 매개어의 사용"[17]이란 점에 비추어서도 서울 토박이 이상과 「황소와 도깨비」의 산골 이미지는 낯설다. 그리고 1937년 당시 이상이 일본 도쿄에서 동생 김운경에게 보낸 마지막 서신[18]에서 알 수 있듯이 2월 8일을 기점으로 고국과의 연락이 두절되었을 가능성이 높다. 따라서 3월 이후의 고국 상황, 즉 매일신보에 김해경이란 이름으로 「황소와 도깨비」가 실린 것은 이상과는 전혀 상관없이 진행되었을 가능성이 대두되는 것이다.

물론 그래도 이상의 '번안'이 아닐까란 주장도 나올 수 있겠다. 가령 이상은 도요시마 요시오의 「천하제일의 말」을 번안 작품으로 신문사에 보냈는데 뭔가 오해가 생겨 신문사에서는 이상의 창작이라고 싣고 말았

17 金允植, 「우리 문학의 인간상」, 『韓國近代文學과 文學敎育』, 乙酉文化社 1984, 117쪽.
18 "一九三七年二月八日 李氏(金雲卿)에게 보낸 葉書. 이것이 그가 故國에 보낸 最後의 書信이 되고 말았다." 김윤식 편, 『이상문학전집3 수필』, 243쪽.

다, 식으로. 그밖에도 다른 추측과 가설을 얼마든지 이끌어낼 수 있겠다. 하지만 지금까지의 여러 추측과 단서로는 이상의 번안이라는 주장보다 이상과는 무관하다는 주장 쪽이 설득력이 있지 않을까 싶다. 그렇다면 1937년 당시 매일신보에 「황소와 도깨비」를 발표한 사람은 도대체 누구란 말인가? 그게 누구란 걸 알면 시원하련만 이렇게 해서 드디어 가장 어려운 의문에 맞닥뜨린 셈이다. 이 의문에 대답하기 위해선 더 많은 시간과 더 많은 노력이 요구된다. 단지 지금까지 언급한 사람들과 그 주변에 정말로 그런 인물이 존재한다면 1937년 당시 매일신보에 3월 6일부터 9일까지 「황소와 도깨비」의 지은이로 표기된 김해향이란 사람, 당시의 신문 편집자, 임종국이 편집하여 1956년 태성사에서 나온 『이상전집』에 「황소와 도깨비」를 제공한 이황이란 사람 들이 그 열쇠를 쥐고 있을 것이다. 필자는 이번 글에서 「황소와 도깨비」는 도요시마 요시오의 「천하제일의 말」의 번안이라는 점과 천재 시인 이상이 남긴 단 한 편의 동화와는 거리가 멀다는 것, 아니 이상과는 무관한 작품은 아닐까란 의문을 제기하는 것으로 그칠까 한다.

6. 맺는 말

권영민은 "이상의 문학에 대해서는 그가 남겨 놓은 문학작품의 양보다 훨씬 많은 여러가지 주석이 붙어 있다. 그의 생애에 대해서도 그가 살았던 짧은 생애보다 훨씬 이채로운 해설이 따라 붙는다"라고 말하고 있다.[19] 문학비평을 함에 있어 설득력이 있고 납득이 가는 글이라면 얼마든지 이채로운 해설이 나와도 무관하다고 본다. 오히려 참신한 논리

19 권영민, 「이상 연구의 회고와 전망—이상 문학, 근대적인 것으로부터의 탈출」, 권영민 편저 『이상문학 연구 60년』, 문학사상사, 1998, 27쪽.

전개와 발상을 기대한다. 하지만 이상이 쓰지도 않은 글을 가지고 이상의 작품세계와 정신세계를 논하는 일은 아까운 시간과 에너지만 소비하는 것이 아닐까 싶다.

1924년 일본에서 쓰여진 작품이 13년 뒤인 1937년 한국에서 번안되며, 이상의 순수한 창작 작품으로 오인된 「황소와 도깨비」는 한국에서 그림책이라는 매체를 통해 현대성이 가미되며 재탄생되고, 이 그림책 작품이 다시 일본으로 수용되는 과정으로 이어진다.[20] 한편, 2008년 토요시마 요시오 단편 동화 모음집 『천하 제일의 말』[21]이 우리말로 번역 출간되었다.

이처럼 한국적인 정서에 맞게 번안되고, 그림책이라는 새로운 매체로 재탄생하여 현재에도 아이들에게 읽히고 있는 것은 물론 이상이라는 작가가 지닌 이름의 무게도 작용했겠지만, 어쩌면 「황소와 도깨비」란 작품이 지닌 생명력에서 연유하는지도 모르겠다.

---

20 イ・サン作, ハン・ビョンホ絵, 大竹聖美訳, 『황소와 도깨비』, アートン, 2004.

21 토요시마 요시오 지음, 김난주 옮김, 김숙현 그림, 『천하 제일의 말』, 그린북, 2008년 5월 23일.

참고문헌

1. 기본 자료

金海卿,《每日申報》, 1937.3.5, 5面

金海鄕,《每日申報》, 1937.3.6~9, 5面(6~7, 9日) 3面(8日)

豊島与志雄,「天下一の馬」,『赤い鳥』(1924 · 3), 赤い鳥社, 1924.

2. 저서

『李箱選集』, 白楊堂 1949.

林鐘國 編,『李箱全集』(1~3), 泰成社, 1956.

文學思想資料硏究室 編, 李御寧 校註,『李箱小說全作集1』, 甲寅出版社, 1977.

金允植,『韓國近代文學과 文學敎育』, 乙酉文化社, 1984.

김윤식 편,『李箱문학전집3 隨筆』, 문학사상사, 1993.

関口安義,「天下一の馬」,『豊島与志雄と児童文学』, 久山社, 1997.

권영민 편저,『이상문학 연구 60년』, 문학사상사 1998.

이상 글, 한병호 그림,『황소와 도깨비』, 다림 1999.

김주현,『이상소설연구』, 소명출판, 1999.

(사)어린이도서연구회,『2002년도 학년별 어린이 권장도서 목록』

イ・サン作, ハン・ビョンホ絵, 大竹聖美訳,『황소와 도깨비』, アートン, 2004.

토요시마 요시오 지음, 김난주 옮김, 김숙현 그림,『천하 제일의 말』, 그린북, 2008.

두 작가를 동일시한 문학사적 오류*

박금숙

1. 학문적 호기심의 발로에서

고한승(高漢承)이란 이름을 처음 알게 된 건 아동문학을 공부하기 시작할 무렵이다. 일제강점기와 해방기 사이의 아동문학을 연구하기 위해 관련 자료를 찾던 중 개성 출신 사람들이 모여서 만든 『고려시보』에서 고한승의 이름을 처음 보았던 것으로 기억된다. 그리고 그의 작품들을 찾기 위해 몇몇 도서관과 개성 출신 시민들의 모임 등을 방문하여 관련 자료를 얻었다.

고한승은 개성 출신이다. 그의 아버지는 인삼밭을 가지고 있어 상당히 부유했고, 그 덕에 일본에 유학하여 소파 방정환 등과 색동회를 조직하였다는 것을 알게 되었다. 그런데 인터넷에서 고한승을 검색해 보니 고한용(高漢容)과 겹쳐지는 부분이 많이 있었다. 해방 이후 지금까지 고한승과 고한용에 관한 연구를 살펴보니 대부분 이 두 사람을 같은 인물

박금숙
2000pgs@hanmail.net 고려대학교에서 「권정생 초기동화 연구」(2008), 건국대학교에서 「강숙인 역사 동화연구」(2011)로 석사학위를 받았으며, 고려대학교에서 「강소천 동화의 서지 및 개작 연구」(2015)로 박사학위를 받았다. 2013년 『아동문학평론』 신인상에 동시 당선.

『창비어린이』에 고한승으로 소개된 고한용의 사진.

로 소개하고 있었다. 한 예로 인터넷에 고한승과 고한용을 검색해 보면 다음과 같이 나타났다. "1902년에 경기 개성 출신이고, 1950년에 사망했으며 색동회를 중심으로 동화를 창작하거나 구연(口演)해 어린이의 정서 함양에 이바지했다. 필명은 다다이즘을 표방하여 '고한용(高漢容)', '고따따' '고마부' '고사리' 등으로 불린다." 또 〈한국민요〉 중 〈울산아가씨〉를 작사한 고한승을 고한용이라고 표기하고 있었다. 심지어 국내 주요 저서와 학위논문들조차도 이 두 작가를 동일인물로 보고 있었다.

필자도 별반 의심 없이 두 사람을 동일인물로 보고 있었다. 그러던 어느 날 『창비어린이』(2011, 가을호)에서 「고한승과 연인의 어머니」라는 글

---

* 이 글은 논문 「두 작가를 동일인물로 혼동한 문학사적 오류」(박금숙 · 홍창수, 『한국아동문학연구』, 2013년 12월)를 바탕으로 쓴 글임.

과 사진을 보았다.

그런데 고한승의 얼굴과 닮지 않았다는 생각이 문득 들었다. 그 무렵 일본인으로 한국문학을 연구하고 있는 요시가와 나기가 고한승이 1978년경 일본인 작가에게 편지를 했다며 그의 사망연도가 기존에 알려진 사실과 다르다고 말한 것이 생각났다. 그래서 혹시 고한용과 고한승은 다른 사람이 아닌가 라는 생각을 해보았다. 고한승을 연구하려고 찾던 기록의 사진과 창비에 있는 사진을 대조해 보니 두 얼굴이 너무나 닮지 않았다.

학문적 호기심으로 고한승과 고한용에 관하여 조사하여 본 결과 두 사람은 전혀 다른 사람이라는 사실을 알게 되었다.

2. 아동문학가 고한승, 그는 누구인가?

고한승은 1902년 8월 27일 개성 지정 246번지 충교 부근에서 인삼밭을 소유한 부자 고도후(高燾厚)의 장남으로 태어났다. 그의 부모님은 8명의 자식을 낳았지만 어렸을 때 홍역으로 모두 죽고 고한승과 딸 하나만 남게 되었다. 하지만 나중에 그 딸마저 죽었다. 고한승은 1913년인 12살에 경성에 사는 김거복(金巨福)과 이른 나이에 결혼을 했고, 1914년 개성 제1공립보통학교를 졸업하고 보성고등보통학교에 진학하여 1920년에 졸업하였다. 그리고 1920년 연희전문학교에 입학하여 서울로 상경, 같은 개성 출신 사람들과 돈의동 28번지에서 하숙 생활을 하였다. 고한승과 함께 하숙을 한 개성 출신 최성진(崔成鎭)은 『송도민보』에 고한승이 음악 감상도 좋아하고 바이올린도 만질 줄 알았던 멋쟁이라고 회고했다.

연희전문 입학 후 고한승은 같은 개성 출신들인 마해송, 진장섭 등과 함께 1920년 4월에 『여광』 동인으로 활동을 하며 그곳에서 편집부장 일

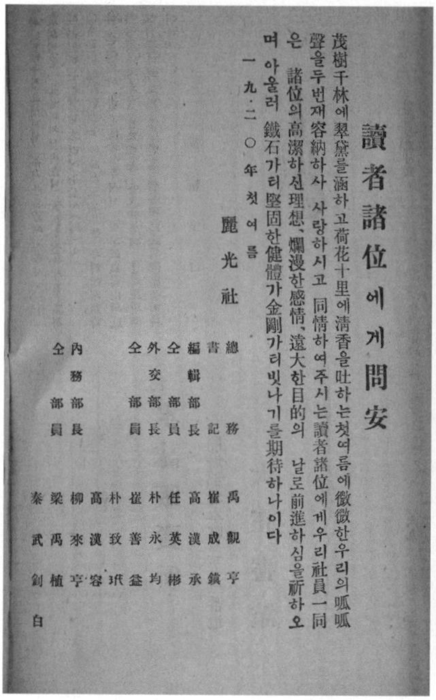
讀者諸位에게問安

茂樹千林에翠黛를涵하고荷花十里에淸香을吐하는첫여름에微微한우리의呱呱聲을두번재容納하사 사랑하시고 同情하여주시는讀者諸位에게우리社員一同은 諸位의高潔하신理想、爛漫한感情、遠大한目的의 날로前進하심을祈하오며 아울러 鐵石가티堅固한健體가金剛가티빗나기를期待하나이다

一九·二〇年 첫여름

麗光社

總務 禹觀亨
書記 崔成鎭
編輯部長 高漢承
仝 部員 任英彬
外交部長 朴永均
仝 部員 崔善益
朴致珖
高漢容
柳來亨
內務部長 梁禹植
仝 部員 秦武劍白

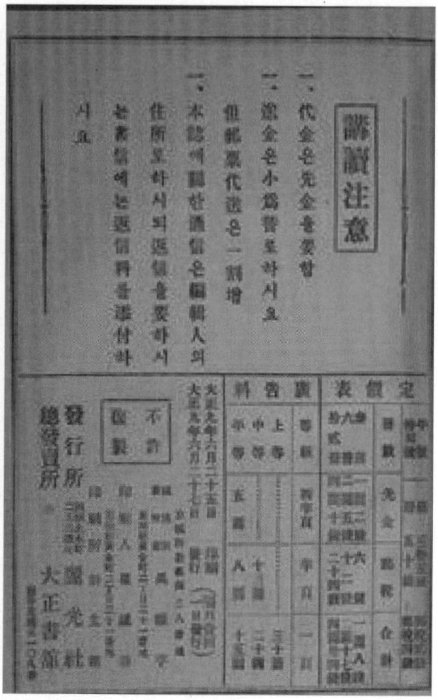
購讀注意

一、代金은先金을要함
一、送金은小爲替로하시요
但郵票代送은一割增
一、本誌에關한通信은編輯人의住所로하시되返信을要하시는書信에는返信料를添付하시요

不許複製

大正九年六月二十五日 印刷
大正九年六月二十七日 發行

發行所 麗光社
總發賣所 大正書館

『여광』(1920.6)에 고한승은 편집위원으로, 고한용은 외교부원으로 각각 나와 있다.

을 맡았다. 이때 서원(署園)이라는 호를 써서 『여광』 1호에 「친구의 묘하」·「웃음」을, 『여광』 2호에 「야마구치(山口) C형에게」란 글 발표했다. 또 『폐허』에 단편소설 「젊은 봄날」을 발표하여 염상섭의 주목을 끌기도 했다. 이때 그의 나이 18세였다. 문학적 열정과 재능을 볼 수 있는 한 단면이다.

고한승의 전생애의 활동을 살펴보면 대체로 연극 관련, 동화 관련, 기타 사회단체에 관련된 활동이 대부분이었다. 고한승은 1921년 일본으로 유학 가서 우리나라 최초의 신극단체인 극예술협회(劇藝術協會) 창립회원으로 활약하였다. 동양대학 문학과(東洋大學 文學科)에 입학한 그는 그해 여름 개성 출신 동경유학생단체 송경학우회(松京學友會)를 이끌고 귀국하여 개성좌에서 각종 연극을 상영했다. 또 스스로 각색한 「불쌍한 사람」

을 공연하는데, 특히 「과거의 죄인」이라는 각본에서는 광산감독(鑛山監督) 역할인 '짝크'라는 역을 맡고 진장섭이 광산주인의 딸 '애리쓰'라는 여자역을 맡아 박수갈채를 받기도 하였다. 그후 고한승은 '형설회순회연극단(螢雪會巡廻演劇團)'을 발족하는 등 연극에 많은 관심을 나타내었다. 그는 진장섭·공진태·김학형 등과 더불어 극장 개성좌에서 3일간 「백파의 울음」과 빅토르 위고의 「레미제라불」 등의 주역으로 출연하여 상당한 인기를 끌었다. 또 고학하는 학생을 위하여 기숙사를 증축하고자 모금을 위해 1923년 7월 21일에 단성사에서 「4인남매(四人男妹)」, 「개성의 눈뜬 뒤」를 공연하고 22일에는 자신이 직접 쓴 「장구한 밤」을 공연하였는데, 배우로 등장한 고한승은 "꽃딸기"를 기증받을 정도로 인기를 한몸에 받기도 했다.

젊은 시절의 고한승이 개성 자신의 집에서 찍은 사진.

1923년 1월 1일 고한승은 처음으로 쓴 동화 「옥희와 금붕어」를 《동아일보》에 발표하면서 아동문학으로 방향을 돌린 그는 1923년 방정환(方定煥) 등과 함께 5월 1일 '색동회'를 조직하였다. 이 무렵부터 고한승은 자신이 쓴 동화 「보석속에 공주」(1923년 4월), 「엄마 없는 참새」(1923년 9월), 「우는 갈매기」(1923년 11월), 「백일홍 이약이 1」(1923년 11월), 「백일홍 이약이 2」(1923년 12월) 등을 본격적으로 『어린이』에 발표하기 시작하였다. 「백일홍 이약이」는 구연동화로 작가 자신이 직접 구연하기도 하였다. 그리고 그해 11월 『샛별』이 개성에서 창간되자 마해송과 함께 편집일을 도왔다.

1924년 2월에는 『신문예』 창간호를 발행하고 5월에는 마해송(馬海松)과 더불어 '개성 소년회(開城少年會)'를 조직했다. 6월 17일에 동화회 겸 가극회를 열어 마해송, 전수창과 함께 동화를 들려주었고, 〈숨박질〉, 〈물망초〉란 두 가지 가극을 보여주기도 했다.

고한승의 활동이 이렇게 활발했음에도 불구하고 그의 결혼 생활은 행복하지 않았다. 어린 나이 철모를 때 일찍 결혼한 부인 김거복과의 사이에서 불협화음이 생긴 것이다. 결국 고한승은 이혼소송을 냈고 이것은 당시 신문의 기사거리로 나오기도 했다.

그런 와중에도 고한승은 「나븨와 장사꿋」, 「로－레라이」, 「아름다운 라인강－저주바든샘물」, 「노래부르는 꼿(상하)」 등 많은 동화를 발표하고, 『신여성』에 라인 전설 「라인강 미화－사랑과 맹세」를 쓰기도 했다. 고한승은 다음해인 1925년 4월 19일에 경성제일고녀학교에 재학 중인 김숙자와 자신의 집에서 조선식으로 결혼식을 올렸다.

이 해에 소년 단체의 지도자연합회인 '오월회'를 조직하고 방정환·정홍교와 함께 대표위원으로 선출되었다. 또 현대 소년구락부 주최로 소

부인 김숙자와 함께 한 고한승의 가족사진.

색동회 창립 맴버 중의 한 명인 고한승.

년동화회를 김홍경, 한상건과 함께 개최하였고 4월 30일에는 천도교 사무실에서 어린이들과 어린이날에 관한 일정을 미리 협의하기 위해 특별동화회를 열었다. 여기에서 고한승은 〈백일처녀 이야기〉를 했고, 방정환과 정순철이 함께 했다. 또 5월 4일에는 개성 어린이날을 위하여 중앙예배당에서 동화구연을 했는데 고한승은 〈소년을 해방하라〉라는 제목으로 강연을 했다. 이 해에 발표한 작품은 「어미소와 색기소」, 「아기의 꿈」, 라인 미화(美話) 소설 「로－헨그린」, 등이 있다. 또 『라인 미화』를 박문서관에서 출판했다.

이후 고한승 『아희생활』 3월호인 창간호와 4월호에 「백조왕자」라는 번역동화를 상·하로 나누어서 실었다. 그 외 『어린이』, 『문예시대』, 『조선일보』, 『매일신보』, 『시대일보』 등에 동화 및 영화평을 실었으며 번역서 『주일학교 유치원 동화집』을 개성 반월상회 서점에서 내었다. 1927년에는 잡지와 신문에 발표한 자신의 글 중 동화 10편과 극동화 1편을 모아 창작동화집 『무지개』를 출판한다. 또한 개성에 있는 소년문예사에서 창립 후 첫 사업으로 '소년문예사 동화음악회'를 열었는데, 이날의

고한승의 호를 쓴 "포빙거사제주고공지묘" 묘 앞에 부인 김숙자가 앉아 있다.

연사로 참가하기도 했다.

1930년 4월 15일 개성 중심의 동인지 『고려시보』가 창간되었다. 『고려시보』는 보름에 한 번 발행되었는데, 고한승은 서무책임을 맡았다. 그는 이곳에 고한승이라는 자신의 본명과 포빙(抱氷), 고마부 등 여러 가지 필명을 써 글을 발표했다. 이곳에 동화를 쓸 때는 주로 '고한승'으로, 시와 시조를 쓸 때는 '고마부'란 필명으로 썼다. 『고려시보』가 발간된 해인 1933년부터 폐간된 1941년까지 고한승이 이곳에 발표한 작품들은 50여 편으로 시와 시조가 약 30여 편, 소설 3편, 동화 3편, 수필 약 7편 등이 있다. 그는 『고려시보』에 각별한 애정을 보인 듯하다. 1937년 4월 1일자 고려시보사 사옥 신축 낙성 및 창간 만 4주년 기념호에서는 「든든한 지반은 개성인의 행복」이란 제목의 축사를 쓰기도 했다.

1934년에는 《조선중앙일보》 신춘문예에 고마부 이름으로 희곡 「명암2중주」가, 『별건곤』에서 주최한 '제1회 당선 유행소곡'에 '고마부'란 필명으로 「나도 몰라요」(2월 1일)가, 이어서 두 달 간격으로 벌어진 같은 잡지의 '제2회 유행소곡'에서 「베짜는 처녀」(4월 1일)를 응모해 각 당선되기도 하였다. 또 「모범강짜」라는 작품을 발표했는데 연도는 확실하지 않다.

1936년 4월 14일에는 《중외일보》와 3월 11일 《조선 중앙일보》에 「조춘우음(早春偶吟)」이라는 시조를 발표하였는데. 이즈음에 그는 다카야마 기요시(高山清)라는 일본식 이름을 썼다. 이후 해방될 때까지 각종 사업, 단체의 일로 바빴는지 발표한 작품은 보이지 않는다.

광복이 된 지 3년이 지난 1948년 고한승은 『어린이』 복간에 힘을 기울여 드디어 5월 5일 발행인 이응진(李應辰), 편집인 고한승(高漢承)의 이름으로 『어린이』지가 복간되었다.

그러나 1949년 2월 20일 친일부역자로 체포된 그는 반민특위법 제 4조 1항 6호 해당자로 공민권 정지 5년에 처한다는 언도를 받았다. 그에 따라 고한승은 『어린이』지를 1949년 3월호까지만 편집을 맡아서 할 수 있었다. 친일파로 몰리자 고한승은 마음의 병을 얻었다. 그는 화병을 앓으면서 술로 마음을 달래다가 부산에서 1949년 10월 29일에 갑자기 쓰러져 세상을 떠났다. 향년 47세의 아까운 나이였다. 묘지를 썼으나 후손들이 파묘하여 그 뒤 소식은 알 수 없다.

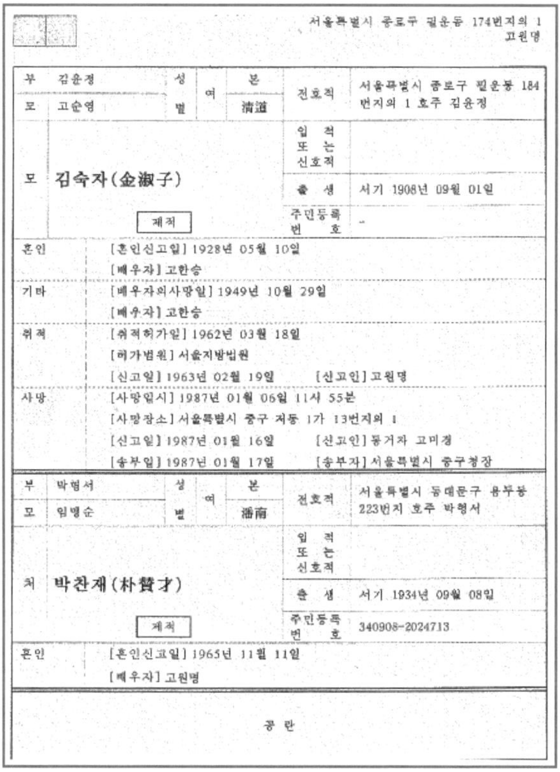
서울특별시 종로구 필운동 174번지의 1
고원명

부	김윤정	성별	여	본	전호적	서울특별시 종로구 필운동 184번지의 1 호주 김윤정
모	고순영			清道		
모	김숙자(金淑子) 제적				입적 또는 신호적	
					출생	서기 1908년 09월 01일
					주민등록번호	-

혼인 [혼인신고일] 1928년 05월 10일
[배우자] 고한승
기타 [배우자의사망일] 1949년 10월 29일
[배우자] 고한승
취적 [취적허가일] 1962년 03월 18일
[허가법원] 서울지방법원
[신고일] 1963년 02월 19일 [신고인] 고원명
사망 [사망일시] 1987년 01월 06일 11시 55분
[사망장소] 서울특별시 중구 저동 1가 13번지의 1
[신고일] 1987년 01월 16일 [신고인] 동거자 고미경
[송부일] 1987년 01월 17일 [송부자] 서울특별시 중구청장

부	박형서	성별	여	본	전호적	서울특별시 동대문구 용두동 223번지 호주 박형서
모	임명순			潘南		
처	박찬재(朴贊才) 제적				입적 또는 신호적	
					출생	서기 1934년 09월 08일
					주민등록번호	340908-2024713

혼인 [혼인신고일] 1965년 11월 11일
[배우자] 고원명

공란

고한승의 사망연도가 나와 있는 김숙자의 제적등본

3. 다다이스트로서의 고한용

고한용(高漢容)은 1903년 7월 23일 개성군 중서면 여능리에서 부호 고석후(高錫厚)의 둘째 아들로 태어났다. 그가 부모로부터 받은 이름은 고영복이다. 또 한때는 고한경으로도 썼다. 고한용은 송도중학교를 다니다가 양정고등학교에 입학하여 1920년 『여광』의 외교부원으로 창간에 참여했다. 그는 양정고등학교를 다니다가 중퇴하고 1921년에 바로 일본의 니혼(日本)대학으로 유학을 갔다.

일본으로 간 고한용은 1922년부터 니혼대학 법문학부 출신의 저항시인이며 아나키스트인 아키야마 기요시(1904~1988)와 절친해진다. 그리고 다카하시 신키치(高橋新吉)의 '발광' 사건으로 일본에 다다이즘이 알려지기 시작하자 훗날 다카하시 신키치와 친해졌고 다다이즘을 우리나라에 소개하기도 했다.

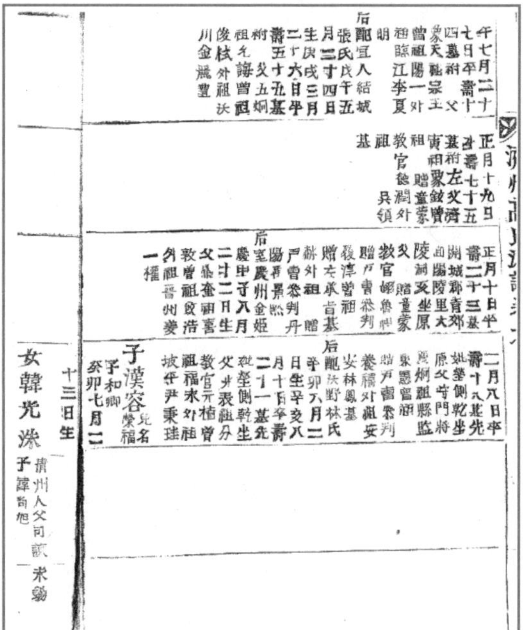

고한용의 족보

1923년부터 고한용은 도쿄에 머물면서 여러 가지 노동을 했다. 그가 노동을 한 것은 가난해서가 아니라 밑바닥의 삶을 맛보아야 한다는 인도주의적이고 금욕적인 신념을 실천하려는 생각에서였다. 그는 다다를 알게 된 후 자신을 속박하는 강박 관념에서 벗어나 "절대 자유(우움피쿠리아)"를 얻었다고 했다. 또한 도보로 돌아다니는 무전여행을 떠나기도 하였다. 그는 나무 그늘에서 책을 읽는 버릇이 있는데, 이는 그때 생긴 버릇이다. 고한용은 그해 신키치 쓰지준을 통해 다다이즘을 받아들였다. 이해 9월 1일 관동대지진이 나자 구사일생으로 살아나 귀국하였다. 귀국 후 1924년에 『개벽』 9월호에 고한용 이름으로 「다다이슴」을 써서 발표했다. 다다이즘을 소개하면서 일본의 다다이스트 다카하시 신키치와 편지를 교환했고, 신키치가 서울에 오자 2주간 같이 체류하면서 지냈다. 이 일을 『개벽』 10월호에 「서울왓던 다다이스트 이약이」란 제목으로 소개했다. 또 11월 17일에는 『동아일보』에 '고따따'란 필명으로 「DA.DA」와, 12월 1일에 「잘못안 『따따』—김기진(金基鎭君)에게」, 12월 12일에는 「우움피쿠리아」를 썼고 '지리쇼으'원작의 「볼-라의 슷가지」를 번역하여 발표했다.

1925년 고한용은 다시 일본으로 갔다. 그는 3월 15일자 《해방신문(解放新聞)》에 「북쪽 나라에서(北の國から)」라는 글을 게재했다. 1926년에 연인 유키코(雪子)를 좇아 그녀의 고향인 큐슈 미야자키 현 지방 신문사에 근무를 하기도 했다. 1927년에 고한용은 몸이 아파 병원에 입원

일본에서 닛쇼와 함께한 고한용(左), 앞에서 고한승이라고 소개한 『창비어린이』의 사진과 닮았다.

일본 작가들과 함께한 고한용(맨 왼쪽), 이 사진 어딘가에 다카하시 신키치가 있을 수도 있다.

한다. 이때 아키야마 기요시(秋山清)가 병문안을 왔다. 얼마 후 다시 도쿄로 돌아온 고한용은 아키야마가 맡고 있는 『시전행』에 필진으로 참여하기도 하였다. 아키야마는 고한용의 절친한 친구였다. 아키야마 집은 아나키즘에 심취한 문학청년들이 모이는 '코뮌'이 되었고 다시 도쿄로 돌아와 대학병원 식당에서 일하고 있었던 고한용도 거기에 드나드는 청년 중의 한 사람이었다. 아키야마에 따르면 그와 고한용의 사상은 '반권력'으로 일치했지만 '사는데 희망이 없다. 자아가 있을 뿐이다'라고 주장하는 고한용은 니힐리스틱한 데가 강했다고 평했다.

일본에서 돌아온 고한용은 1933년 자신의 형인 고한철이 장호원에 머물자 그곳에 가서 야학을 돕기도 하고 연사로서의 일도 했다. 당시 《동아일보》에 〈고한용씨의 특지(特志)〉이라는 제목으로 "본적을 경성에 두시고 잠시 장호원(長湖院)에 머믈러 잇는 고한용씨는 보수가 업슴은 물론이오 객지에서 온갖 괴로움을 불고하고 당지 야학강습회(夜學講習會) 강사로써 자진하야 기타 강사들과 더부러 손을 맛잡고 수백이나 되는 아동에게 열심히 교수하야 내려온다는데 일반은 씨의 성의에 감격하야 마지 안는다고 한다."고 이 일을 기사화했다.

1936년 고한용은 조차방녀(趙次芳女)와 결혼하였다. 그리고 1937년 3월 16일 아들 고현명이 출생하였다. 아들이 태어난 다음해 1938년 2월 1일에 부인이 사망했다. 1939년 2월 4일에는 첫아들마저 사망하였다. 같은 해 개성군 고려정 1030번지의 문한주(文漢周)의 딸 문태희(文泰姬, 1918~2012)와 결혼하여 6월 5일에 혼인 신고를 했다. 그리고 9월 2일 원래 이름인 영복에서 한용(漢容)으로 정식으로 개명(改名) 신고를 했다.

결혼 후 고한용은 책을 읽거나 쓰는 일보다는 가족의 생계를 위해 경영에 관심을 둔 듯하다. 1939년 7월 20일에는 경성부 남대문통 1정목 22에 자본금 5만원을 들여 아세아무역공사(亞細亞貿易公司)를 설립하여 대표로 일하기 시작했다. 또한 1940년에는 〈아세아인삼공사〉 라는 무역회사를 경영하다가 1945년에 그만두었다. 1943년 고한용은 다시 일본을 방문하였다. 그때 연인이었던 유키꼬의 어머니 키꾸무라 료오(菊村 亮, 涼, 綾)를 만나 닛꼬오 국립 공원의 주젠지 호숫가에서 사진을 같이 찍기도 했다.

고한용의 가족사진

1947년에는 서울에서 〈삼흥 직조사〉라는 섬유 공장을 경영하였으나 실패한다. 2년 후 1949년에 충북 천연 탄산 주식회사를 차렸는데 이 회사는 본사는 서울 쌍림동에 있었고, 공장은 충북 청원군에 있었다. 고한용은 서울과 청원군을 오가며 생활을 했다.

1950년에 6·25전쟁이 나자 가족들을 충북 청원군 북면 숙정일 21 번지로 피난을 시켰고, 1951년에 그곳으로 주소를 옮겼다. 그리고 초정리 약수를 이용해 사이다를 만들어 판매하는 등 공장을 운영하기도 했다. 1954년에 사이다 공장의 운영이 어려워지면서 문을 닫게 되었다. 1954년 이후 1~2년 중앙청 공보부 대한영화제작소 소장을 하면서 미군들과 전쟁영화 〈불사조의 언덕〉을 찍었다. 이때의 주연 여배우가 나애심이다.

1967년 광산 산업인 피치산업을 경영하면서 석유를 만들기도 했지만 실패하여 많은 재산을 잃었다. 또한 비료, 사료 연구를 하여 특허를 얻었으나 사기를 당하는 등 사업으로 성공하지는 못했다. 그러나 고한용에게 특허를 사겠다는 사람들이 많았다. 하지만 고한용은 끝까지 팔지 않았다. 그는 자신이 만든 비료와 발효효소로 마당에 꽃을 가꾸었다. 그래서 그의 집에는 항상 꽃들이 만발했다.

일본에서 일본 작가들과 함께한 고한용

1974년에 문인 박열이 작고 장례식에 참석해서 옛날에 알고 지내던 일본 문인들을 만났다. 고한용은 3월 11일 다카하시에게 안부편지를 보냈다.

고한용은 나이가 들면서 신경통 때문에 고생하면서 지냈다. 하지만 자녀들에게는 정 많은 아버지요, 손자 손녀들에게는 자상한 할아버지로서의 삶을 살았다. 고한용은 신경통으로 오랫동안 고생하다가 1983년 10월 23일에 신촌 세브란스 병원에서 조용히 눈을 감았다. 향년 80세이다. 현재 탄현 기독교공원묘지에 잠들어 있다.

고한용의 말년 모습.

4. 학문을 하는 즐거움과 축복

이상으로 우리 문학사에서 동일 인물로 여겨지던 고한승과 고한용이 다른 사람임을 밝히는 과정을 비교적 소상히 적었다. 우리 문단에서 두 사람을 동일인물로 본 것은 두 사람이 동시대에 등장하는 인물이고, 이름이 비슷하고, 같은 개성 출신이고, 글을 발표했던 경험이 있어서인 것 같다.

알려진 사실과 오류를 찾아 이를 바로 잡아가는 과정은 꽤나 힘들었고 끈기와 인내를 요하는 작업이었다. 하지만 학문적 호기심에서 시작한 것이 자료에서 하나 둘 나타나면서 두 사람이 완전히 다른 사람이라

고한용의 묘소에서(중간은 필자,
그 외 고한용 아들들과 며느리들)

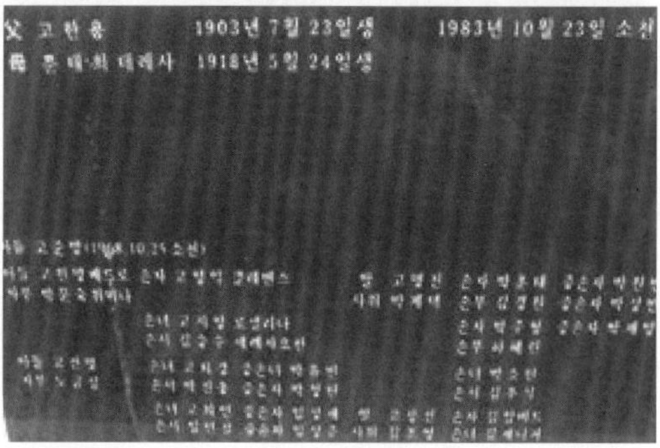

는 것이 분명해질 때마다 힘든 일은 다 잊고 묘한 희열감이 찾아왔다. 아마도 이런 희열감은 학문을 하는 사람에게만 주어지는 축복인지 모른다.

'눈 덮인 들판을 걸을 때, 함부로 어지러이 걷지 말라. 오늘 내가 남긴 발자취는 후인들의 이정표가 되리니'라는 서산대사의 말씀을 되새겨 보면서 학문을 하는 사람의 자세에 대하여 다시 한 번 되돌아보는 계기도 되었다.

제2부 자료 발굴과 재조명

1930년대 한국 계급주의 소년소설과 『소년소설육인집』

박태일

1. 들머리

계급주의 문학은 근대문학 본격 성장기인 1920년대와 1930년대를 거치며 생성·전개·분화했다. 그를 빌려 우리 문학은 부름켜가 유래 없이 크게 자랐다. 게다가 을유광복과 1950년 경인년 전쟁을 거치면서 남북한 문학 전개에 결정적인 영향을 끼쳤다.[1] 그럼에도 그에 대한 연구 역사는 오래지 않아 1980년대 들어서야 본격화했다. 연구 역사가 늦었던 만큼 관심과 성과는 폭발적이었다. 그로부터 적지 않은 시일이 지난 이즈음이다. 계급주의 문학 연구는 매듭을 지은 것이 아닌가라는 생각까지 연구자 사이에 자리잡을 정도에 이른 것으로 보인다.[2] 사정이 정말 그러한가? 그런데 아직까지 논의 자리가 적지 않게 남아 있는 곳이 계급문학이다. 전모는 물론, 밑자리와 후대에 끼친 울림까지 끌어안은 연구는 충분하게 이루어지지 않았다.

박태일
parkil@kyungnam.ac.kr. 경남대학교 국어국문학과 교수. 시인. 저서로 시집 『옥비의 달』 외 5권. 연구서 『유치환과 이원수의 부왜문학』 외 5권, 비평집 『시의 조건, 시인의 조건』 외 1권. 산문집 『몽골에서 보낸 네 철』 외 2권, 편저로 『동화시집』(마르샤크 지음, 백석 옮김) 외 8권을 냈다.

그런 가운데서 각별히 살펴야 할 데는 두 쪽이다. 첫째, 카프 조직이나 중앙 지도부 활동 중심으로 계급주의 문학을 좁혀 보는 인습에서 벗어나지 못한 점이다. 그러다 보니 어린이문학이나 지역 활동을 포함한 계급문학 전반에 걸친 밑그림을 그리지 못했다. 계급주의 문학은 카프 중앙의 조직 활동으로만 수렴할 수 없을 중층적 활동과 폭넓은 성과를 일궈 냈다. 마땅히 주변 작가와 조직, 담론사회의 관계망, 지역 동향까지 밝히려는 시도가 이루어질 때다. 그럴 경우 1919년 기미만세의거를 물꼬로 1920년대 중반에서 1930년대 초반까지 갖가지 매체의 투고문단을 텃밭으로 삼아 자라난 계급주의 청년 문학인의 꾸준한 성과와 지역 활동이 모습을 드러낼 수 있을 것이다. 문학과 인접 부문 사이 연관성 또한 마찬가지다.[3]

둘째, 계급주의 문학의 핵심 장인 매체에 대한 발굴과 풀이가 만족할 만한 데까지 이르지 못했다는 점이다. 게다가 매체사회 안쪽의 역학이나 작가 개별론으로 나아가자면 할 일이 적지 않게 남았다. 당장 계급주의 문학을 대표했던 『조선지광』·『비판』·『우리들』뿐 아니라, 카프 소장파 핵심 매체인 『군기』만 하더라도 온전하게 갈무리하지 못한 채 남아

---

1 북한문학에서는 카프 전통을 선별적으로 끌어들이거나 약화시키면서 주체문학론을 마련해 나갔다. 남한문학 또한 카프 전통에 대한 배제와 선택적 모방을 통해 계급문학을 온전하게 되살리지 못했다. 그런 가운데서 남북한 모두 계급주의 문학에 대한 이해에 있어 정치 편향성이라는 공통점은 한결같았다.

2 계급문학에 대한 이즈음 논의를 검토한 글로는 손유경이 대표적이다. 거기서 연구자는 2000년대 이후 계급주의 문학 연구의 경향을 신경향파문학에 대한 적극적인 재평가 경향, 프로문학에 대한 방법론의 편향성이나 과잉 해석 경향에 대한 반성, 민족주의/계급주의와 같은 이분법적 틀에서 벗어나려는 노력에다 전향문학·비교문학·북한문학과 관련한 새 연구로 나누어 살폈다. 손유경, 「최근 프로 문학 연구의 전개 양상과 그 전망」, 『상허학보』 19집, 상허학회, 2007, 279~308쪽.

3 한국 계급문학의 흐름과 성과를 몇몇 언론 지식인, 카프 명망가 활동 중심으로 축소시켜 다루어 온 잘못은 오래도록 이어졌다. 그들 가운데서 부풀린 평판을 지닌 이에 대한 재조정은 이루어지지 않았다. 아울러 카프 조직 활동 안쪽 연관에만 매이지 않고 다른 조직이나 부문 활동 사이 연결망을 폭넓게 찾아 나가야 한다. 그를 빌려 카프계 문학이 지닌 민족문학적 동력과 뜻을 제대로 읽을 수 있을 것이다.

있다. 나아가 1930년대 중반부터 광복기에 이르는 시기, 카프계 작가의 전향에 초점을 맞춘다면 오늘날 우리가 지니고 있는 통념을 벗어날 뜻밖의 성과를 얻을 수도 있다. 은폐와 배제 기간이 길었던 만큼 계급주의 문학 매체와 문인에 대한 실증 자료 보완이 가져올 의의는 예사롭지 않을 전망이다. 어린이문학 쪽에서 보자면 대표 잡지였던 『신소년』과 『별나라』조차 부분적으로라도 발굴, 풀이가 이루어진 때가 2000년대 초반이었음을 짚어 둘 필요가 있다.[4]

이 글은 이러한 문제 인식 아래 계급주의 문학 가운데서도 상대적으로 관심을 받지 못한 채 묻혀 있었던 어린이문학 쪽의 단행본 매체에 초점을 두고자 한다. 계급주의 어린이문학은 계급문학의 하위 영역을 이루면서 1935년 카프 해체까지 대중화 투쟁의 핵심으로 자리잡았던 부문이다. 목적의식의 강화와 무산대중을 위한 투쟁 전선 맨 앞줄에 섰던 공이 컸다. 그 일을 뒷받침했던 잡지가 『신소년』과 『별나라』였고, 『음악과 시』가 뒤를 이었다. 그리고 낱책으로 나온 것에 다섯 종이 보인다.

> 우리 동무들! 나이 어린 동무들 우리들에게 가저야 할 출판물은 이제 멧 가지나 잇나 보와라. 월간잡지로 『신소년』 『별나라』가 있고 단행본으로 『불별』, 『소년소설육인집』, 『소년소설집』, 『왜?』 동화집, 『어린 페터』가 잇슬 뿐이다.

4 『별나라』와 『신소년』에 대해서는 2002년도부터 관련 성과가 나오기 시작했다. 박태일이 경남지역문학 차원에서 이들을 다루었고, 류덕제가 『별나라』를 떼어 살폈다. 박태일, 「경남지역 계급주의 시문학 연구」, 『어문학』 80집, 한국어문학회, 2003, 161~199쪽; 박태일, 「나라잃은시기 아동잡지로 본 경남 · 부산지역 아동문학」, 『한국문학논총』 37집, 한국문학회, 2004, 149~200쪽; 류덕제, 「『별나라』와 계급주의 아동문학의 의미」, 『국어교육연구』 46집, 국어교육학회, 2010, 305~333쪽. 세 권이 나온 『군기(群旗)』는 그 가운데서 카프 개성지부가 맡아서 낸 3호만 최근 알려졌다. 박태일, 「근대 개성 지역문학의 전개: 북한 지역문학사 연구 1」, 『국제언어문학』 25집, 국제어문학회, 2012, 79~118쪽. 계급주의 어린이문학 전반에 대해서는 권복연이 성글게나마 한 장을 마련해 살피기 시작했고, 최미선 · 장승희가 뒤를 이었다. 권복연, 「근대 아동문학 형성과정 연구」, 연세대학교 대학원 석사학위논문, 1999; 최미선, 「카프 동화 연구」, 경상대학교 대학원 석사학위논문, 2004. 장승희, 「한국 프롤레타리아 소년소설 연구: 작품에 나타난 아동상을 중심으로」, 한양대학교 대학원 석사학위논문, 2004.

(…줄임…) 요새이 나온 1933년판으로 출판된 『소년소설집』조차 이런 허명무실한 내용으로 장치햇스니 우리는 엇지 그대로 잇슬 수가 잇나. 그 소설집에 실린 소설은 벌서 옛날이 아니면 우리가 요구치 안는 소설뿐이다.[5]

'우리 동무'로 일컬은 대상은 '무산소년'을 뜻한다. 그들이 누릴 문학 '출판물' 가운데서 낱책으로 다섯 권을 들었다. 그 가운데서 조선소년사에서 낸 『소년소설집』은 이미 무산소년들이 "요구치 안는", "허명무실한 내용으로 장치"한 '반동' 매체로 내치고 있다. 그러니 당대 계급주의 문학인들이 내집단 경계 안에 드는 낱책으로 본 것은 모두 넷이다. '프로레타리아동요집' 『불별』(중앙인서관, 1931)과 『소년소설육인집』(신소년사, 1932), 그리고 번역동화집 『왜?』(별나라사, 1931)와 『어린 페터』(별나라사, 1931)가 그것이다. 이들 가운데서 오늘날 학계에 알려진 것은 『불별』뿐이다. 그것도 광고문으로만 이름이 알려져 오다, 2003년에 이르러 보고되면서 뼈대가 밝혀졌다.[6] 나머지 셋은 이제까지 존재조차 알려지지 않은 것이다.

이 글은 그들 가운데서 '프로레타리아 소년소설집' 『소년소설육인집』을 대상으로 삼아 그 실체를 널리 알리고자 하는 목표로 쓴다. 목표에 이르기 위해 글쓴이의 됨됨이를 중심으로 매체 환경을 먼저 살피고, 작품 속살을 밝히는 순서를 좇을 것이다. 1930년대 한국 계급주의 소년소

5 정철, 「출판물에 대한 몇 가지 이야기」, 『신소년』 5월호, 신소년사, 1933, 24~25쪽.

6 『불별』은 2003년 『지역문학연구』에서 '발굴자료'로 한 차례 소개했다. 거기서 박경수가 첫 풀이를 붙였다. 이어 이순욱이 전반에 대한 논의를 폈다. 박경수, 「계급주의 동시 이해의 밑거름: 프롤레타리아동요집 『불별』에 대하여」, 『지역문학연구』 8집, 경남·부산지역문학회, 2003, 201~252쪽; 이순욱, 「카프의 매체 투쟁과 프롤레타리아 동요집 『불별』」, 『한국문학논총』 37집, 한국문학회, 2004, 243~268쪽. 번역 동화집 『왜?』와 『어린 페터』는 모두 당대 독일의 대표 프로작가로 알려진 '뮤흐렌'의 작품집이다. 일역에서 다시 옮기는 방식으로 별나라사에서 냈는데 둘 다 청곡 최규선이 옮겼다. 이들 어린이문학 쪽 낱책 말고 성인문학 쪽에서는 『캅프시인집』(집단사, 1931)·『농민소설집』(별나라사, 1933)·『캅프작가7인집』(집단사, 1932)이 나란히 나와 당대 계급문학의 매체 투쟁 양상을 고스란히 되비쳐 준다.

설의 성과를 한자리에 온축하고 있는 작품집 『소년소설육인집』의 구명으로 말미암아 알려지지 않았던 계급주의 어린이문학에 대한 이해가 깊어질 뿐 아니라, 우리 계급문학의 외연이 더욱 넓어질 수 있기 바란다.

2. 글쓴이의 됨됨이

『소년소설육인집』은 1932년 6월 20일 신소년사에서 154쪽으로 낸 낱책이다.[7] 총판은 중앙인서관으로 신소년사 영업부였던 곳이다. 책이름에서 두 가지를 내걸었다. '소년'의 '소설'이 그것이다. 소년 '동화'가 아니고 소년'소설'이며, 단순한 '아동(어린이)' 소설이 아니라 '소년'소설이라 한 것이다. '소설'이라는 쪽에서 보면 『육인집』에 실린 글은 경험적 삶의 현실에 뿌리를 둔 이야기라는 뜻을 지닌다. 그러니 전래 민담이나 우화, 환상 형식과 거리를 둔 현실 모방 문학이라는 됨됨이를 분명히 했다. 아울러 '소년'이라 적은 데서 『육인집』의 주 수용층을 소년으로 묶었다. 1930년대 무렵 '소년'이라는 일컬음은 어린이나 아동과 달리 중의적이었다. 어느 정도 연령이 있는, 곧 보통학교 상급생에서 고등보통학교 학생층에까지 걸리는 어린이라는 연령대별 뜻과 함께 제도권 학업 바깥에서 일하고 있는 아이라는 계층적인 뜻이 겹쳐진 자리에 놓인 어린이가 그들이다.[8] 한마디로 '무산소년'이다. 따라서 『육인집』의 '소년소설'

7 아래부터 『소년소설육인집』은 『육인집』으로 줄여 적는다.

8 1930년 당대 문학사회에서 '소년소설'을 어떤 갈래로 보고 있었던가라는 문제는 따로 긴 글을 필요로 하는 연구거리다. 호인이라는 이는 '소년'에 대한 규정을 아예 넓게 잡았다. 곧 '소년성'은 '유아성', '아동성', '청년성'을 포괄한다. 호인, 「아동예술시평」, 『신소년』 9월호, 신소년사, 1932, 21쪽. 이와 달리 박승극에게 '소년'은 계급적 성격을 분명히 지닌 대상이다. 도시의 "기계 소리 요란하게 나는 공장에서나 심부름하기에 바쁜 그 어떤 데서나 별 나쁜 일이 다 일어나는 농촌에서나 어디를 물론하고 소년들이 일하고 또 사는 곳에"서 어려운 처지에 놓인 무산 어린이가 소년이다. 그에 따르면 그 무산소년을 "울이고 우키고 성나게 하고 주먹을 쥐게 하는 그러한 문학작품만이 정말의 소년문학"이다. 박승극, 「소년문학에 대하야」, 『별나라』 1월호, 별나라사,

1932년 신소년사에서 발행된 『소년소설육인집』

새로 엮어 낸 『소년소설육인집』(경진, 2013)

은 무산소년이 겪고 있는 경험적 현실을 그려 담은 소설이라는 뜻을 지닌다.

"처음 나오는 푸로소년소설집" 소년소설육인집

"노동하는 조선의 수백만 소년소녀 대중을 위하야 우리들은 이 책을 짜냇다. 지금까지 조선에는 가난한 모든 동무들을 위하야 만드러논 이런 책이라고는 하나도 업섯다. 돈 잇고 잘사는 부자집 아해들에게는 이 책이 소용업슬는지 모르

1934, 23~24쪽. 최미선은 '소년'을 연령별로 나누어 보는 것은 무리가 있다고 여겨 "정신적 또는 신체적으로 성장기에 있는 세대를 지칭하는 대표 용어"로 확정하고자 했다. 최미선, 「한국 소년소설 형성과 전개에 관한 연구」, 경상대학교 대학원 박사학위논문, 2012, 22쪽. 그렇게 본다면 연령별 나눔은 넘어설 수 있으나, 박승극이 말했던 무산자 현실은 빠지고 만다. 무엇보다 당대 '소년'은 사회적 약자라는 계층적 의미가 핵심이다. 당대 소년소설에 대한 갈래의식을 엿볼 수 있는 터무니 가운데 하나는 『신소년』의 '원고모집' 광고다. "동요/작문/편지/소년소설/동화/소화/만화"로 갈라, 소년소설과 동화를 엄연히 나누었다. 『신소년』 2월호, 신소년사, 1930, 12쪽.

며 또 우리는 그들에게 이 책을 사 보라고 요구하지 안는다. 그러나 사랑하는 공장의 농촌의 소년 동무들아! 우리는 다 가치 이 책을 읽고 우리들의 씩씩한 힘을 내이자!"[9]

『육인집』 발간 무렵 광고문이다. "처음 나오는 푸로소년소설집"이라 책의 됨됨이를 내세웠다. 그러면서 책이 "공장의 농촌의", "노동하는 조선의", '소년소녀대중'을 현실독자층으로 삼고 있음을 분명히 했다. 아울러 그들에게 "씩씩한 힘을 내"도록 부추기기 위한 목표를 지니고 있음도 밝혔다. "힘잇는 생활과 어린 동무들 굿센 의식을 갓"[10]도록 하는 계몽과 선동 의도가 뚜렷하다. 당대 '봉건적' 어린이동화, '뿌루조아' 어린이문학과 맞선 자리다. 여기에 작품을 실은 사람은 책 이름으로 밝혔듯이 모두 여섯 사람이다. 구직회 · 이동규 · 승응순 · 안평원 · 오경호 · 홍구가 그들이다. 이들 가운데 학계에 어느 정도 이름이 알려진 이로는 이동규 · 홍구에 머물 따름이다. 나머지는 아직까지 우리 문학사에 이름을 번듯하게 올린 적이 없다.

수원 출신 구직회(具直會: 1910~?)는 『육인집』 발간 때인 1932년 현재 스물세 살이었다. 조선청년총동맹 아래 경기도 수원청년동맹 양감지부를 이끄는 청년 지도자 가운데 한 사람이었다.[11] 양감면 동소리에서 무산 아동을 위한 계급주의 밤배움 대화의숙(大化義塾)을 이끌고 있었다. 당대 "아동문학작가 속에서 보기 드문", "실제 소년운동 지도자"[12]였다. 아

9 『신소년』 6월호, 신소년사, 1932, 맨 앞 광고지.

10 정철, 「소년소설육인집을 보고」, 『별나라』 7월호, 별나라사, 1932, 48쪽.

11 "무산소년 삼십여 명과 밤에는 검은 얼골에 수염이 나고 이십삼십이 넘은 농군들이 구직회라는 젊은 그러나 훌늉한 정신을 가진 선생님 앞헤서 밧분 틈을 타서 자미 잇게 참되게 교육을 밧고 잇습니다." 이동규, 「무산야학소개: 대화의숙(大化義塾)과 숙가(塾歌)」, 『신소년』 10 · 11월호, 신소년사, 1932, 12쪽. 「수원청맹 양감지부대회」, 《중외일보》, 중외일보사, 1930. 8. 20.

12 홍구, 「아동문학 작가의 프로필」, 『신소년』 8월호, 신소년사, 1932, 26쪽. 여기서 송영 · 박세영 · 오경호 · 구직회 · 정청산 · 안평원 · 승응순 · 이동규 · 현동염 · 홍은표 · 엄흥섭 · 김우철 · 한철염과 함께 구직회를 말하면서 "겨우 23세 된 촌골 선생"이라 적었다.

울러 '조선소년문예협회' 회원으로 이름을 얹었다. 보통학교 이상의 학력을 지녔을 것으로 보이나 확인할 길은 없다.[13] 그는 주로 『신소년』에서 산문과 동요, 소년소설을 중심으로 작품 활동을 했다. 다른 이와 달리 창작 범위는 넓지 않았던 셈이다. 그의 「가마니장」은 발표 뒤 본보기가 될 만한 계급주의 소년소설로 호평을 받기도 했다.[14]

철아(鐵兒) 이동규(李東珪: 1911~1952)는 경기도 평택 진위(振威) 출신이다.[15] "학교도 변변히 다니지 못한"[16] 노동자 출신이며 구직회와 마찬가지로 『신소년』 독자문단을 중심으로 습작을 하다 작가로 자랐다. 1930년 6월호 『신소년』에 릴레이 연작소설 「불탄 촌」을 발표할 때부터 기성문인 대접을 받았다. 따라서 오늘날 확인 가능한 그의 등단작은 「불탄 촌」이다.[17] 나이 스무 살 때 일이었다. 1932년부터 신소년사에 들어가

---

13 이즈음 두어 차례 그의 작품이 선뵀다. 「가마니장」과 「무쪽 영감」이 그들이다. 교육문예창작회 엮음, 『야구빵 장수』(한국 근대동화선집 1), 창작과비평사, 1993, 176~182쪽. 『돼지 콧구멍』에는 「무쪽 영감」을 실었다. 겨레아동문학연구회 엮음, 『돼지 콧구멍』(겨레아동문학선집 2), 보리, 1999, 119~127쪽; 206쪽.

14 "1932년도에 잇서 크다란 수확이라 할 동지 구직회의 가마니장을 읽을 때 작가의 실천생활이 작품상에 얼마나 생생하게 반영되는가를—거짓업는 실천경험에서 짜낸 추진력이 얼마나 굿세던가를. 창작 방법에 잇서 실천의 우위성의 확립 이것이야말로 프로레타리아레아리즘에서 유물변증법적 창작방법에로의 발전의 기초인 것이라" 한철염, 「최근 프로소년소설평」, 『신소년』 10월호, 신소년사, 1932, 29쪽.

15 「통신」, 『신소년』 10월호, 1925, 58쪽. 이제까지 이동규의 전기적 사실에 대해서는 카프 2차 검거 때 왜경의 조서나 판결서에 나와 있는 바를 터무니로 삼았다. 출생지를 '경성부 행촌동 210의 5번지'라 본 것이 그것이다. 그런데 이 주소가 그의 출생지 것임을 확정할 길은 없다. 『신소년』에 올린 '진위 이동규'라는 기록에 따라 진위에서 태어나 자라다 어느 시기 서울로 옮겨와 살면서 본적을 서울 행촌동으로 옮겼을 가능성이 큰 까닭이다. 가족 사항은 알려진 바가 드물다. 1934년 스물네 살로 임신한 아내와 회갑을 맞이한 어머니를 모신 것을 알 수 있다. 「동규 씨 방문기」, 『신소년』 4·5월호, 신소년사, 1934, 21쪽. 모친 회갑연에는 정청산·김욱·홍구·전평·이춘인들이 모여 하루를 지내고 있어 그들과 각별한 친교를 엿보게 한다. 「신소년소신문」, 『신소년』 3월호, 신소년사, 1934, 31쪽. 『육인집』 발간 당시에는 스물두 살이었다.

16 류희정 엮음, 『1930년대 아동문학작품집』(2), 문학예술출판사, 2005, 8쪽.

17 이동규의 등단작은 1932년 2월 카프 기관지 『집단』에 실린 「게시판과 벽소설」로 알려져 왔다. 그러다 김명석이 그보다 두 달 빠른, 1931년 12월 『아등』 5호에 실린 벽소설 「벙어리」를 찾아 알렸다. 김명석, 「이동규 소설 연구」, 『우리문학연구』 23집, 우리문학회, 2008, 187~188쪽. 그러나 이 글로 말미암아 다시 그의 등단작은 훨씬 앞당겨졌다. 「불탄 촌」으로부터 이제까지 등단작으로 알려져 온, 1931년 「벙어리」 앞까지 『신소년』·『별나라』에 발표한 작품만 살펴도

편집 일을 보다 1934년에 나왔다. 1934년 카프 2차 검거로 피검되기 앞까지 『신소년』·『별나라』에 연작소설 · 소설 · 동요 · 벽소설 · 소년소설 · 동극 · 동화극 · 장편소년소설 · 산문에 걸쳐 활발하게 작품을 올렸다. '조선소년문예협회' 회원으로 활동했다.[18]

승응순(昇應順: 1908~?)은 황해도 금천 갈현리에서 태어나 자랐다.[19] 금천공립보통학교에 다니면서 1925년부터 『신소년』 '독자문단'에 꾸준히 작품을 선뵈며 문학 역량을 가꾸었다.[20] 1927년 보통학교를 졸업하고, 상급학교에 진학하지 못한 채 고향에 머물며 습작 활동을 거듭하였다. 1929년 12월호부터 『신소년』에 '소년 서사시' 「생각의 고침」을 실으며 기성 작가로 대접을 받기 시작했다.[21] 전형적인 1920년대 투고문단 출신 작가인 셈이다. 1929년 어렵게 보성고보에 입학했으나 두 해를 넘기지 못하고 1930년에 그만둔 것으로 보인다. 재학 시에는 보성고보 대표 문

열두 편에 이른다. 소년소설 「두 가지 정의」(『신소년』 1930년 8월호), 동요 「동무」(『신소년』 1930년 10 · 11월호), 장편소년소설 「곡마단」(『신소년』 1931년 2월호~1931년 5월호), 동요 「신자장가」(『신소년』 1931년 5월호), 동요 「나무꾼」(『신소년』 1931년 6월호), 동요 「노래를 부르자」, 소년소설 「나무꾼」(『별나라』 1931년 가을 특집호), 동요 「자랑」(『별나라』 1931년 10 · 11월호), 동요 「소년직공」(『신소년』 1931년 10월호), 소설 「이쪽 저쪽」(『신소년』 1931년 10월호), 동요 「밤일」, 산문 『동요를 쓰려는 동무들에게』(『신소년』 1931년 10월호).

18 이제까지 그의 어린이문학 작품이 알려진 바는 적다. 『육인집』에 실린 것 가운데서 「나무꾼」은 『1930년대 아동문학작품집』(1)에 한 차례 올랐다. 『육인집』의 글쓴이 가운데서 북한 쪽에서 다룬 이는 이동규 · 홍구 · 안평원 · 구직회다. 구직회는 구직호라 썼다. 안평원과 구직회는 이름만 올렸다. "카프의 아동문학부가 생기면서 박세영과 송영 등 기성 작가들과 함께 카프 아동문학부원들인 리동규, 홍구, 정청산, 구직호 들과 진보적 아동문학잡지인 『별나라』의 지방지사 출신들인 신인작가 김북원, 리원우(리동우), 남궁만(량가빈), 박고경, 송순일, 강승한, 안평원, 송완순(송강) 등이 많은 작품을 창작하였다." 류희정 엮음, 『1930년대 아동문학작품집』(2), 문학예술출판사, 2005, 7쪽, 53~56쪽.

19 안승현에서 한 차례 짧은 소설 「아스팔트의 울분」이 선을 뵀다. 1933년 『제일선』 1월호에 실렸던 것이다. 그리고 '작가인명록'에서는 '미상'으로 기록하는 데 그쳤다. 안승현, 『일제 강점기 한국 노동소설 전집』 3, 보고사, 1995, 34~39쪽, 513쪽.

20 산문 「우리 동리」가 처음이다. 『신소년』 9월호, 신소년사, 1925, 57쪽. 그 뒤 1927년 금천공보를 졸업할 때까지 『신소년』에만 열여섯 차례나 동요와 산문을 발표해 활발했다.

21 '소년 서사시' 「생각의 고침」에서 "석 달 동안이나 형편 못 되는 상급학교 입학을 괴롭게도 당신에게 요구하얏든 것입니다. (…줄임…) 그리고 오날부터 광이를 잡고. 당신의 위대한 일을 도와 드리고/그리고 커서는 나도 발에 신등을 매고/만은 불상한 형제를 도와주려 써나렵니다." 라 하여 진학을 포기하고 고향에 머물게 된 데 대한 심회를 보여 준다. 『신소년』 12월호, 신소년사, 1929, 33~35쪽.

사로서 『학생』에 여러 편의 소설·시·산문을 실었다. 학교를 그만둔 뒤 신간회 서울지회에 관여하며 '조선소년문예협회'에 몸을 담아 활동했다.[22] 1932년부터 이름을 승효탄(昇曉灘)으로 썼다.[23]

안평원(安平原)은 경북 영천군 금호면이 고향이다. 1927년 『소년계』 3월호와 『별건곤』 4호에 작품을 올렸고[24] 『신소년』 4월호에는 기성 문인으로 대접 받으며 동요 「난초」를 실었다. 그 뒤로도 『신소년』에 동요와 소년소설을 주로 실었다. 각별히 1929년 12월호에는 동요 「오누 두리 잇는 집」과 담배 공장 아이의 처지를 그린 소년소설 「소년직공수기」를 함께 내놓았다. 잠시 고향을 떠나 떠돌다[25] 1930년에 다시 돌아왔다. 여러 차례 벽소설·소년소설·동요를 발표했으나, 『신소년』 1934년 4·5월호에 소설 「험산을 밟고」를 끝으로 이름을 찾을 수가 없다. 영천에서 보통학교를 졸업한 뒤 상급학교에 진학하지 못한 채 유랑 생활을 거쳐 고향에 머물면서 짧은 문학활동을 벌인 셈이다.[26]

오경호(吳慶鎬)는 황해도 재령군 하방면 화석 출신이다.[27] 1926년 여름

---

22 번역 동화 「만족의 마귀」(뮤흐렌 지음, 『별나라』 1931년 12월호)와 평론 「조선소년문예단체소장사고」(『신소년』 1932년 9월호), 그리고 장편연재소년소설 「남매」(『신소년』 1933년 1월호~3월호)와 같은 글이 대표적이다.

23 홍구가 "초기부터 꾸준히 역사적 의의"를 지닌 작품을 쓴 그의 전환을 우려했을 때다. 아마 연극계로 걸음을 옮긴 데 따른 것으로 보인다. 협동신무대(協同新舞臺)가 단성사(團成社)에서 그가 편한 사극(史劇) 「낙랑공주와 마의태자」를 올린 때가 1933년이었다. 1935년 현재 서울 "남대문통 오케레코드회사"에 몸을 담아 일했으나, 뒷날 자취를 보긴 힘들다. 「조선문단집필문인주소록」, 『조선문단』 4월호, 조선문단사, 1935, 186쪽.

24 『소년계』 3월호, 소년계사, 1927, 20쪽. 놀이 「돈돌니기」를 소개하는 짧은 자리였다. 「지방색: 採藥山의 두지터(祈雨壇)」, 『별건곤』 6호, 별건곤사, 1927, 86~87쪽.

25 "흘러 다니는 몸이 되어 소식 한 자 못 알리우고 또한 제우의 소식을 몰라 궁금합니다." 「담화실」, 『신소년』 12월호, 신소년사, 1929, 46쪽.

26 동요·소년시·벽소설·소년소설·비평에 걸친 활동을 했다. 홍구는 그를 두고 "퍽 오래부터 만히 활동해 준 사람"으로 "소설 창작에 노력이 크다"고 덧붙였다. 홍구, 앞의 글, 26쪽. 작품이 알려지지 않았다가 이즈음 들어 세 편을 선봤다. 1999년 『팔려 가는 발발이』에 실린 작품 「물 대기」가 처음이다. 겨레아동문학연구회 엮음, 『팔려 가는 발발이』(겨레아동문학선집 3), 보리, 1999, 88~97쪽, 222쪽; 이재복, 『우리 동화 바로 읽기』, 한길사, 1995, 126~128쪽. 이 책에서는 '고통을 느끼는 아이'라는 표제 아래, 안평원의 「북국의 밤」을 소개했다. 그런데 작품명을 「북극의 밤」이라 적었다.

27 『신소년』 5월호, 신소년사, 1927, 59쪽.

에 하방리에 개교한 농촌강습소 보명학원(普明學院)에서 공부를 했다. 초등·중등·고등 세 과에 걸쳐 1927년 2월 현재 서른 사람 남짓 배우고 있는 곳이었다. 『육인집』의 다른 글쓴이와 비슷하게 문학사에 이름이 오른 적은 없었다.[28] 1927년 『신소년』 4월호에 작문 「어너 봄날」로 첫선을 뵈었고, 1929년 12월호부터 기성 대우를 받으며 동화 「쇠꼬리솟」을 발표했다. 1930년에는 고향에서 '시우사(詩友社)'라는 무산소년 문학동맹 활동을 이끌었다.[29] 吳慶鎬·吳鏡湖·吳鏡昊·吳京昊로 이름자를 번갈아 쓰면서 소년소설·수필·동화·동극·동요를 내놓았다. 그러다 1931년 5월부터 吳京昊로 굳혔다. 1931년 이후 작품은 눈에 뜨이지 않는다. 짧은 기간 작품 활동을 하다 만 셈이다. 1932년과 1933년 두 해 동안《동아일보》신원면 신원분국 총무로 일했다.[30]

홍구(洪九: 1908~?)는 본명이 홍순렬(洪淳烈)이다.[31] 경기상업학교를 졸업했으니 『육인집』 작가 가운데서는 가장 학력이 높다. 1931년부터 『신소년』을 중심으로 작품을 발표했다. 동요·아동극·소설·벽소설·소년소설·동화·비평·수필에 이르기까지 거의 문학 모든 갈래에 걸친 활발한 활동이었다. 1934년까지 『신소년』과 『별나라』에만 작품을 서른 편가까이 실었다. 『삼천리』 기자로 일하다 1934년 『신소년』과 『우리들』을 내던 중앙인서관으로 옮겼다. 카프 2차 검거 때 전주 감옥에 기소되어 1

28 동화 「어린 피눈물」이 이즈음에 선뵀다. 그리고 지은이 소개에는 "계급주의 아동 문학의 전성기에 『별나라』와 『신소년』에 글을 쓰면서 활동했습니다. 황해도 출신이라는 기록이 있습니다"라 적었다. 겨레아동문학연구회 엮음, 『돼지 콧구멍』, 앞의 책, 38~48쪽, 205쪽.

29 오경호, 「어쩌케 살가」(수필), 『신소년』 3월호, 1930, 40쪽.

30 홍구는 그들 두고 "가장 촉망 있는 작가의 한 사람"이라고 하면서도 "근래에 와서 군의 직업관계상 별로 작품을 볼 수 없는 것이 유감"이라 했다. 신문사 업무를 일컫는 것으로 보인다. 홍구, 앞의 글, 25쪽.

31 신건설사피검폭거로 왜경에 검거되었을 때 왜로 검경의 조서에는 본명을 홍장복이라 썼다. 그런데 『별나라』의 '별님의 모임'에서 "문예가 홍구(본명) 씨의 주소를 알으켜 주실 수 업습닛가"라는 구독자의 물음에 대한 답으로 "홍구 씨 홍순렬 씨십니다. 경성부 도염동 27이십니다"라 밝혔다. 『별나라』 12월호, 별나라사, 1933, 38~39쪽. 홍구는 본명을 홍순렬과 홍장복으로 쓰고 있는 셈이다.

년 징역형을 선고 받았다. 그 결정 내용에 따르면 "1934년 1월 중 이상춘의 권유에 의해" 카프에 가입하여 "연극 부원이"[32] 되었다. 광복 뒤에 조선문학가동맹원으로 이름을 올렸고, 작품집 『유성』을 비롯해 적지 않은 작품 활동을 거듭했다.

앞에서 살펴 본바, 『육인집』 글쓴이는 몇 가지 특성을 지닌다. 첫째, 나이와 세대다. 『육인집』 간행 당시 스물두 살에서 스물네 살 어름에 걸치는 젊은이라는 공통점이다. 이들은 빠르게는 보통학교 상급 학년 무렵부터 『신소년』·『별나라』와 같은 매체의 독자 투고란을 빌려 습작 활동을 하다 1930년을 앞뒤로 한 시기 기성 문인으로 자란, 1920년대 후반기 투고문단 출신이다. 1920년대 초반 유학생·지식인 중심의 계급주의 문인 세대와 달리 이들은 나라 안에서 자연스럽게 자라난 자생적 계급주의 세대라 일컬을 수 있다. 기미만세의거 뒤부터 유행처럼 번져 올랐던 사회주의 사상 조류를 독서를 통해 관념으로만 이해한 것이 아니라 밤배움이나 현장 조직 활동을 빌려 몸으로 내면화하고자 한 이들이다.

둘째, 학력과 직업이다. 이들은 고등보통학교나 더 높은 상급학교에 진학하기 어려웠던, 또는 보통학교조차 나올 수 없었던 중하위 출신 젊은이라는 공통점을 지녔다. 따라서 피식민지 제도교육의 수혜자로서 얻을 수 있을 사회적 지위 향상을 바라보기 어려웠던 계층이다. 고보 중퇴인 승응순과 상업학교를 나온 홍구가 높은 학력을 지녔고, 오경호 경우는 아예 농촌강습소에서 배운 경우다. 제도교육 바깥에 놓여 있었던 특성은 그들을 구직회와 같은 밤배움 교사, 홍구·이동규처럼 출판사 기자와 같이 고용 유동성이 큰 일터나, 안평원처럼 농사 현장에 머물게 하였다. 안정적인 직업을 얻기 어려운 환경이라는 특성이 더한다. 계급 사상 선택으로 말미암은 문필 활동의 제한뿐 아니라, 생활난에서 오는 어려

32 권영민, 앞의 책, 306쪽.

움까지 겹으로 껴안고 있었다.

셋째, 매체나 조직 연결망이다. 이들은 어린이문학을 위한 청년 문예 조직 활동을 통해 지속적으로 수평 관계를 맺어 온 이라는 특성을 지닌다. 여섯 사람 가운데서 홍구를 제쳐 둔 다섯 사람이 모두 당대 신흥문학이었던 계급문학 학습 모임 '조선소년문예협회' 회원이라는 공통점이 그것이다.[33] 게다가 계급주의 매체 『신소년』·『별나라』의 글쓴이나 편집진으로 관여하는, 한결같은 매체 연속성을 지니고 있었다. 연결망 지표로 본다면, '조선소년문예협회'와 『별나라』·『신소년』과 같은 공식적 연결망 경로를 지닌 공적 접촉이 중심이었다. 특정 지연이나 학연에 바탕을 둔 직접적 결속력은 엷어 연결망의 관계 강도는 높지 않다. 대신 계급주의 어린이문학이라는 도구적 연결망에 의한 유유상종의 정도는 높았다. 그리고 이들 연결망의 중앙에 신소년사에서 일하고 있었던 이동규가 놓인다. 『육인집』에 '여러 작가를 대신하야' 그가 서문을 쓰게 된 까닭이다.[34]

『육인집』의 글쓴이 여섯은 교육에서부터 직업, 생활에 이르기까지 피식민지 주류 사회 가장자리에 놓인 이들이다. 이들은 『육인집』이 나온

---

33 이 모임은 1920년대 후반부터 1930년대 초반까지 나라 곳곳에서 이루어졌던 여러 청년 문사 모임 가운데서도 '신흥' 어린이문학을 내세운 것이었다. 1928년 승응순을 중심으로 서울에 머물고 있었던 청년 문사들이 모여 '글쏫사'를 '창립'했다. 그러다 1929년부터 그것을 "조선소년문예협회로 변경하고 회원을 전조선"에 걸쳐 모집하였다. 이때 서울에 와 있었던 구직회를 비롯해 서울의 이명식·박홍제·성경린·태재복·이동규·신순석·이규용·정태익에다 영천 안평원, 문천 김돈희, 합천 이성홍, 재령 오경호, 정평 채규삼, 안악 우태형과 같은 지역 문사들이 뜻을 같이한 모임으로 커졌다. 승응순, 「조선소년문예단체소장사고」, 『신소년』 9월호, 신소년사, 1932, 27~28쪽.

34 『별나라』·『신소년』에 실린 작품 가운데서 『육인집』으로 가려 뽑는 일은 그의 손길이 중심이었음이 분명하다. 『육인집』의 서문은 권환과 이동규, 그리고 임화가 썼다. 권환과 임화는 카프 중앙위원이라는 대표성을 지녔던 글쓴이다. 이동규는 카프 맹원이었을 뿐만 아니라 펴낸곳인 신소년사의 기자로 일하고 있었을 때다. 서문을 올린 일은 그가 엮은이임을 짐작케 하는 터무니다. 『육인집』은 그보다 먼저 나온 프로레타리아 동요집 『불별』과 짝을 이루어 냈던 카프 작품집이다. 『불별』 간행은 이동규에 앞서부터 신소년사 편집실 기자로 일하고 있었던 이주홍이 주도적이었다. 그리고 『육인집』의 표지그림은 『불별』과 마찬가지로 이주홍이 맡은 것으로 보인다.

뒤, 제국주의 사상 통제가 강화되는 가운데서 활동이 급격히 퇴조한다. 결과적으로 『육인집』 글쓴이는 직접적으로 체제 검열과 탄압에 노출되고 피해를 입을 입장이었다. 승응순이 연극인으로 잠시 얼굴을 보였고, 구직회·안평원·오경호는 카프 해체에 이어 작품 활동을 보기 힘들다. 꾸준히 문필 활동을 이어간 이는 이동규·홍구 정도다. 그러나 그 둘은 전향하여 부왜(附倭)문학으로부터 자유롭지 않은 걸음을 걸었다. 광복 뒤 『육인집』의 글쓴이들은 문학사에 얼굴을 내밀 수 있을 기회도, 그럴 힘도 지니지 못한 채 잊혀 버렸다. 이동규·홍구만 예외였을 따름이다.[35] 이 점은 광복기 문학의 정치화 과정에서 어린이문학이 지녔던 갈래의 열세에서 말미암은 일이라기보다는 이미 앞 시기부터 계급문학을 선택했던 작가의 삶에서 예견되었던 고난을 반영하는 일이라 하겠다.

3. 무산소년 수용의 세 길

『육인집』에는 여섯 사람이 스무 편을 실었다. 작품을 가려 뽑는 일에 주도적이었을 이동규가 여섯 편으로 가장 많고, 홍구와 승응순이 한 편씩 실어 가장 적다. 나머지 사람은 세 편에서 다섯 편에 이르는 작품을 올렸다. 그런데 이들 작품은 이미 『별나라』와 『신소년』에 실렸던 것이다.[36] 오

35 다만 구직회 경우는 광복 뒤 이동규·홍규와 함께 조선문학가동맹 회원으로 이름을 올리고 있으나, 실제 발표 활동을 엿볼 수는 없다. 『예술운동』 창간호(조선예술동맹, 1945. 12)에는 조선문학동맹의 해방기념동요작곡집 『휘파람』을 내고자 한 광고가 실렸다. 거기에 구직회·이동규·홍구가 나란히 이름을 올렸다.

36 정철, 「소년소설육인집을 보고」, 『별나라』 7월호, 별나라사, 1932, 47쪽. "그 소설은 벌서 오래동안 별나라 신소년을 통하야 다 읽고 드른 것일 것이다." 작품 스무 편에 대한 첫 게재지를 밝히면 아래와 같다. 구직회, 「참된 배신자」(『신소년』 1930. 10·11~1931. 2월호), 「절름바리와 거지」(미상), 「흉내쟁이」(『신소년』 1931. 10월호), 「옛 생각」(『신소년』 1931. 11월호), 「가마니(叺)장」(『별나라』 1932. 2·3월합호). 이동규, 「곡마단」(『신소년』 1931. 2~5월호), 「이쪽 저쪽」(『신소년』 1931. 10월호), 「두 가지 정의」(『신소년』 1930. 8월호), 「집안싸홈」(『별나라』 1931. 10·11월호), 「나무꾼」(『별나라』 1931. 9월호), 「고향」(『신소년』 1932. 1월호). 승

늘날까지 실물을 얻지 못해 게재지를 알 수 없는 세 편을 제쳐 둔 나머지 열일곱 편은 1930년 1월부터 1932년 2·3월호에 걸친다. 다시 말해 1930년대 초반 세 해 동안 나온 작품이 『육인집』을 이루었다. 그런데 이 시기는 1920년대 중반부터 발전, 성장하기 시작했던 우리 계급문학이 대중화론을 앞세우며 조직 투쟁을 활발하게 일궈 나갔던 으뜸 활성기였다.[37] 『육인집』은 이 시기 계급주의 어린이문학의 성과를 고스란히 온축한 셈이다. 이들 작품 스무 편의 속살은 주인공 무산소년이 놓인 중심 이야기의 단위에 따라 셋으로 나눌 수 있다. 가족 현실과 사회 현실 그리고 그 두 현실을 향한 메타적 시선이 중심을 이루는 전망 현실이 그것이다.

1) 파괴된 가족과 한계 생활

가족은 개인이 사회로 나아가기 위한 출발 단위면서 다시 되돌아드는

응순, 「꿈?」(『신소년』 1932. 2월호). 안평원, 「마지막 남은 것」(미상), 「다 같은 일꾼인 선생」(미상), 「북국(北國)의 밤」(『신소년』 1932. 2월호), 「홍색(紅色) 소포함(小包函)」(『신소년』 1931. 3월호). 오경호, 「그 소년의 편지」(『신소년』 1931. 6월호), 「불상한 소녀」(『신소년』 1930. 5월호), 「어린 피눈물」(『신소년』 1930. 4월호). 홍구, 「도야지 밥 속의 편지」(『별나라』 1932. 2·3월합호). 경희대학교 한국아동문학연구센터에서 2012년 7월 한국아동문학 연구자료총서를 국학자료원에서 펴냈다. 거기 2권에서는 나라잃은시대 1930~1932년 사이 어린이 잡지에 실린 동화와 소년소설을 연대를 좇아 원문대로 묶었다. 그 속에 『소년소설육인집』에 실린 20편 가운데서 16편이 올라 있다. 그러나 구직회의 「참된 배신자」, 「절름바리와 거지」, 안평원의 「마지막 남은 것」, 「다 같은 일꾼인 선생」 4편은 거기서도 빠졌다. 거기다 이동규의 「곡마단」은 부분 게재했다.

37 1930년을 앞뒤로 한 시기는 제국주의 왜로(倭虜)가 세계공황을 맞아 그 위기를 벗어나기 위해 1931년 만주침략으로 대표되는 침략 노선을 더욱 뚜렷이 한 때다. 산업을 군사화하며 피식민지 한국을 그 진출을 위한 병참기지로 재편성하기 시작한 때였다. 그런 가운데 우리의 노동투쟁에서는 이미 1927년부터 1928년 사이에 '노동자 속으로'라는 강령을 앞세우며 대두되었던 방향전환론이 1928년 12월 코민테른의 이른바 12월 테제에 따라 노동자·농민을 중심으로 한 볼셰비키화 노선으로 더욱 나아갔다. 이전의 대중 파업투쟁과 비폭력, 합법 노선에서부터 경제투쟁과 정치 투쟁이 결합하여 폭력적, 비합법 노선으로 이행해 갔다. 그와 맞물려 비합법, 지하조직 활동도 커졌다. 1927년부터 1931년 사이가 그러한 방향전환의 핵심기였다. 문학 부문 또한 그에 맞물려 들면서 2차 방향전환론으로 무장했다. 노동투쟁에서 방향전환에 대해서는 김준에서 도움 받을 수 있다. 김준, 「일제하 노동 운동의 방향 전환에 관한 연구」, 『일제하의 사회운동』, 한국사회사연구회, 1987, 12~49쪽.

귀환 단위기도 하다. 가족 현실은 개인에게 가장 중요한 삶의 중심이다. 그런 점에서 가족의 파괴는 삶의 해체를 극명하게 암시한다. 『육인집』에 실린 스무 편 가운데서 열세 편이나 되는 작품이 가족이 파괴되고 해체된 모습을 전제로 삼았다. 무산소년 주인공이 놓여 있었던 삶의 중심 환경이 그만큼 피폐했다는 뜻이다. 『육인집』에 담긴 그러한 가족 현실은 생계 책임을 지는 자리에 있는 부모상(父母像)을 잣대로 살피면 모두 셋으로 나뉜다. 첫째 어버이를 잃어 버린 고아의 경우, 둘째 편모슬하, 셋째 어버이가 있다 하더라도 무력한 경우가 그것이다. 어느 쪽이든 생계 유지에 대한 책임을 무산소년 스스로 떠맡아야 할 문제 환경이다.

첫째, 고아 소년의 경우는 구직회가 쓴 「옛 생각」과 「절름바리와 거지」가 대표 본보기다. 「옛 생각」의 주인공 수남은 열세 살, 은수는 열두 살이다. 한 고아원에서 오누이와 같이 정답게 지내는 사이다. 그 둘은 "사무원 선생 감독들의 눈을 피하여" 밖으로 나와 이야기를 나눈다. 작품은 둘이 앉은 자리에서 수남이 은수에게 해 주는, 고아원으로 흘러들게 된 내력담으로 채워진다.

"왜 우리들 가정에는 요만한 행복이나마 오래 동안 그대로 잇서지지 안는지? 어머니께서는 공장에서 긔게에 치섯는지 엇더캐 되섯는지 자세 생각할 수는 업스나 하여간 일하시다가 실수를 하시여서 몹시 다치섯단다.

그런데 공장주인은 제가 잘못하여 다칫는데 무슨 상관 인냐고 치료비 하나 무러 주지 안헛단다. 그래서 아버지께서는 여간 분이 안이 나서서 공장주와 싸홈을 다 하시엿스나 소용이 업섯단다……."

수남이의 말소래는 점점 비창하여젓다.

은순이는 아모 말 업시 눈물만 흘린다.

"그 뒤 어머니께서는 그여히 그 다치신 것으로 하야 도라가시고 분을 참지 못하시는 아버지께서는 공장 여러 어른들과 한꺼번에 일을 안 하기로 하고 모다들 나오섯단다. 그 뒤에 아버지와 나는 거지가 되다시피 하엿단다. 아버지의 일자리는 업고 이리저리 도라단이다가 아버지마저 도라가시게 되엿다. 그래 나는 이리로 오게 되엿단다."

수남이도 울고 은순이도 울고 해도 설허하는지 그 빛을 감초앗다.

—구직회, 「옛 생각」 가운데서[38]

공장에서 일하다 기계에 다쳐 거기를 나오게 된 어머니에 대한 정당한 보상을 공장주는 해 주지 않았다. 마침내 어머니는 그 일로 돌아가시고 보상을 받지 못한 아버지는 "공장 여러 어른들과 한꺼번에" 파업을 하고 일터를 나왔다. 그 뒤로 아버지도 거지처럼 되다시피 하다 돌아가셨다. 아버지와 어머니를 노동 분규로 말미암아 다 잃어버린 탓에 수남은 고아원에 오게 된 것이다. 고아인 수남과 은수의 앞날이 나아지리라는 보장은 어디에도 찾아볼 수 없다.

「절름발이와 거지」의 주인공 소년은 아예 고아원에 들어갈 기회조차 얻지 못한 처지다. 어버이를 잃고 기댈 형은 철공장에서 일하다 노동쟁의를 벌이고 쫓겨나 옥에 갇혔다. 그 여파로 소년마저 부채 만드는 일터에서 쫓겨났다. 길바닥으로 내몰린 소년은 학교 다니는 부잣집 아이들 놀림감으로 살아간다. 그러다 절름발이 늙은 거지를 만나 자신도 거지가 되기로 결심한다. 어버이를 잃고 형마저 헤어지게 된 소년에게는 걸인으로 살아가는 길 말고 다른 도리가 있을 리 없었다. 무산소년 고아가 고아원에 얹히게 되는 경우는 그나마 나은 쪽이었다.

둘째, 편모슬하의 무산소년을 그린 경우다. 오경호의 「그 소년의 편지」·「어린 피눈물」, 홍구의 「도야지 밥 속의 편지」, 안평원의 「홍색 소포함」과 같은 작품이 본보기다. 보통학교를 졸업한 다른 소년에게 신문

38 『육인집』, 32~33쪽.

배달 일을 빼앗기게 된 문맹 소년의 딱한 형편을 그가 보낸 편지글 형식으로 담은 작품이 「그 소년의 편지」다. 어머니와 누나는 소년의 신문 배달로 생계를 유지하다 그마저 끊기는 낭패를 당했다. 소설은 새로 신문 배달을 하게 된 다른 소년에게 배달할 집들을 가르쳐 주기 위해 다음 날 아침 소년이 신문 지국으로 나서는 데서 마무리했다. 「어린 피눈물」의 어머니는 사정이 더욱 나빠 아예 병으로 임종을 앞둔 경우다. 오누이는 어떻게 구완할 도리가 없다.

"××이란 이가 모시러 오섯서요."

"웨?"

"어머니 병이 위중하다고요."

"어듸 갓는지 안 게시다고 그래라. 돈 한 푼 업는 놈이 저번은 약을 달라고 성화 치듯 하드니 갓금 또 와서 의사가 다 무엇야……."

말이 끄치자 다시 조리 끄는 소리가 갓가워 오드니

"의사님 안 게십니다." 이 말까지 듯고 보니 분함이 용소슴치며 이놈을 멱살을 잡아 실컷 메여 첫스면 시펏습니다.

—오경호, 「어린 피눈물」 가운데서[39]

왕진에 응하지 않을 것을 뻔히 알면서도 오라버니는 밤늦게 병원 의사를 만나러 갔다. 예상대로 퇴짜를 맞고 나오다 홧김에 병원 문을 발로 찼다. 그 일로 유치장에 갇히는 신세로 떨어져 버렸다. 집에 남은 어린 누이는 두려움에 떨며 밤새 오지 않은 오라버니를 기다리다 잠이 든다. 그 사이 어머니는 운명하고 말았다. 아침에 깨어난 누이 앞에는 어머니의 차디찬 주검만 기다리고 있을 따름이다. 오라버니는 언제 감옥에서

---

39 『육인집』, 145쪽.

나올지 알 수 없는데, 홀로 남은 누이동생 앞에는 "어린 피눈물"을 더욱 흘려야 할 가혹한 현실만 펼쳐진다.

「홍색 소포함」은 앞선 둘과 달리 편모슬하로 떨어지는 과정, 곧 고향을 떠나 있었던 아버지의 죽음 소식을 통보 받는 소년을 주인공으로 삼았다. 왜나라 동경으로 건너가 노동판을 떠돌다 임종한 "아버지의 유골"이 담긴 홍색 소포함을 받고 자신은 학교에서 퇴학을 당한 입장임을 고백하는 형식을 지녔다. 아버지는 노동조합 활동도 열심히 한 터다. 부두 노동자로 일하다 사고로 바다에 빠져 횡액을 당하고 말았다. 앞으로 이 소년이 겪을 곤경은 학교 퇴학에 머물 정도가 아닐 것이다. 어머니와 함께 집안 생계를 책임져야 할 고통스러운 길이 소년 앞에 예정되어 있다.

셋째, 무력한 부모상을 보여주는 작품이다. 어버이는 이미 바탕에서부터 무산계급으로서 열등한 위치에 있어 생계 능력을 지니지 못한 데다, 판단 능력마저 옮어진 입장이다. 따라서 어버이의 마땅한 보호나 양육을 받지 못한 소년은 가족을 떠나 살게 되거나 고통스런 노동 현실로 나앉을 수밖에 없다. 구직회의 「참된 배신자」·「흉내쟁이」·「가마니장」, 이동규의 「곡마단」·「이쪽 저쪽」, 안평원의 「마지막 남은 것」·「북국의 밤」, 오경호의 「불쌍한 소녀」가 모두 무력한 어버이로 말미암은 피폐한 무산소년의 가족 현실을 바탕으로 삼았다. 「불쌍한 소녀」는 열 살짜리 어린 딸을 멀리 남의 집으로 아이 보러 보낸 시골 어버이를 보여준다. 딸 순이가 어떻게 고향을 떠나 남의 집에 얹혀살게 되었는지, 얼마나 힘든 구박을 받으며 지내고 있는가를 담고자 했다. 이동규의 「곡마단」에서 아버지는 친구의 꾐에 빠져 아들 영수를 곡마단으로 팔아넘긴다. 아버지가 자식을 금지된 인신매매의 대상으로 삼았다.

곡마단에 드러가서 재조를 배워 노면 상당히 생기는 것도 만흘 뿐더러 한 가지만 배워 나도 일생 밥버리는 끈허지지 아니할 것이라고 발러 대는 춘삼의 말을 믿지 아니하려고 하면서도 영수 아버지는 기피 미덧다.

그날 밤 영수의 집에는 큰 싸홈이 이러낫다. 그러나 나중에는 집안 식구가 모다들 붓잡고 울엇다. 그들 중에 아모도 헤지기를 조하하는 사람은 업섯다.

"여보. 영수 어머니. 멧 해만 고생하오. 내가 일본에 가서 엇더케 하든지 돈을 버러 모하 가지고 와서 다시 살림을 하여 볼 터이요. 이것이 모다 나의 죄요. 그러치만 어떠케 한단 말이요……."

—이동규, 「곡마단」 가운데서[40]

일자리를 잡지 못해 서울을 떠돌아다니고 있었던 영수 아버지였다. 여섯 해 만에 같은 정미소에서 일하다 쫓겨났던 춘삼을 만나 그의 꾐에 쉽게 빠져 드는 길은 당연한 순서였는지 모른다. 왜냐하면 어려운 살림에 영수를 떼어 놓고 아내마저 친정으로 보내고 난다면 무슨 다른 일거리를 얻어 떠날 수 있을 듯했기 때문이다. 무기력한 처지로서는 어쩔 수 없는 선택이었던 셈이다. 왜인 단장이 맡고 있는 곡마단에 영수를 팔아넘기는 아버지는 생계를 책임진 가장으로서 모습이 아니다. 피식민지 제국 통치의 그늘 아래서 제 한 몸 가누기도 힘든 아버지는 가족에게 고통만을 더욱 안겨 주는 원흉일 따름이다.

이렇듯 고아로 편모슬하로 아니면 무력한 어버이 아래서 『육인집』의 소년 주인공은 부계로부터 어떠한 도움도 보호도 받기 힘든 고통 앞에 나앉아 있다. 자기 생존뿐 아니라 가족의 생계까지 어린 몸으로 책임져야 하는 딱한 모습이다. 가난만 거듭 그늘을 늘어뜨리고 있으니 학교 다닐 기회가 있을 리 없다. 다니던 학교마저 쫓겨나는 형편이다. 이렇듯 가족의 수직 관계가 파괴되고 훼손된 채로 남은 무산소년에게 형제라는 수평 관계 또한 다르지 않다. 든든하게 받침을 해 주어야 할 터이나 그

40 『육인집』, 49쪽.

또한 뜻 같지 않다.[41] 바탕에서부터 가족으로부터 어떤 도움도 받지 못한 채 문맹과 우민, 무지로 내몰리면서 가난만을 책임지는 한계 생활을 거듭할 따름이다.

2) 차별적 사회 현실과 억압

『육인집』에는 당대 무산소년이 겪고 있었던 사회 현실을 담은 작품이 큰 줄기를 차지한다. 그들은 다시 배경 장소를 중심으로 볼 때 세 가지로 나뉜다. 농촌 현실을 담은 재촌 소년의 경우, 도시 현실을 담은 도회 소년의 경우, 그리고 그 둘을 넘나들거나[42] 어느 데라 할 수 없을 일반 현실을 그린 경우가 그것이다.

첫째, 농촌 소년을 그린 작품이다. 이들은 어려운 소작인의 삶을 살거나 그러한 생활도 버티지 못해 마침내 유민으로 떠돌 수밖에 없는, 농민 가족의 아들딸이다. 그들은 부계의 힘든 노동 조건과 겹치는 노동에 나서기도 하면서 성별로 나뉘어 능력에 따라 재배치된다. 구직회의 「가마

41 이즈음 최윤정이 1920~1930년대 우리 어린이문학에 나타나는 가족모티프를 살폈다. 거기서 이는 '아버지의 부재'를 중요한 양상으로 짚으면서, 그것이 '영웅형' 어린이와 '애상형' 어린이를 만들어 내는 효과적인 장치로 보았다. 작품 발표 시기에다, 동화와 동시를 모두 대상으로 삼았다는 점에서 다르지만 『육인집』의 소년소설도 큰 틀에서는 맞물려 드는 점이 적지 않다. 최윤정, 「1920년대~30년대 한국 아동문학의 가족모티프 연구: 아동잡지를 중심으로」, 건국대학교 대학원 박사학위논문, 2012, 84~123쪽. 그런데 소년 주인공이 떠안고 있는 가족 파괴의 적지 않은 원인은 파업, 분규, 고용주의 횡포에 있었다. 가족 파괴 현상의 책임이 피식민지 우리에 대한 제국주의 수탈에 있음을 에둘러 말하고 있는 셈이다. 게다가 『육인집』의 가족은 대가족이 아니라 부부가족, 곧 아버지 어머니와 자녀 단위로 이루어진 가족이라는 특징을 지닌다. 말하자면 윗대로부터 도움 받을 처지가 아닌 근대 노동가족인 만큼 그 파괴가 안겨 주는 고통은 더할 수밖에 없다.

42 나라잃은시기 노동 활동은 다른 부문 활동과 밀접한 연관을 가지고 이루어졌다. 김경일은 "도시에서 노동자들은 어떠한 형태로든지 자신이 떠나온 농촌과 연계를 여전히 유지하고 있었"고 "점차 그 성격이 약화되었다고는 하더라도 일부 대도시를 제외하고", "중소 도시들에서는 여전히 농촌적 분위기가 지배하였다"고 풀이한다. 이런 점에서 노동 활동은 농민 활동과 상호 연관을 맺고 발전할 수 있었다. 사회 현실을 도시/농촌의 이원 분류에서 나아가, 그 사이 중간지대를 두어야 함을 일깨워 준다. 김경일, 『노동운동』, 독립기념관 한국독립운동사연구소, 2008, 9쪽.

니장」, 안평원의 「마지막 남은 것」·「북국의 밤」과 같은 작품이 좋은 본보기다. 「가마니장」은 '머드내'라는 곳에서 "한 달에 여섯 번" 서는 가마니장에서 일어난 일을 다루었다. 소년 주인공도 자신이 짠 가마니[43]를 들고 마을에서 십오 리나 떨어진 장터까지 간다. 가마니 검사원으로부터 좋은 등급을 받기 위해 하나같이 가난한 가마니 팔이들은 신경이 곤두선다. 다른 소년소설에 견주어 특별한 글감인 가마니장을 빌려 무산소년의 고된 나날살이를 속속들이 담아냈다.

"이래서는 살 수 업다. 흉년은 흉년이여서 못살고 풍년은 빗쟁이에게 졸리어 못살고……. 북간도로 다러나던지 이것 어데 살 수 잇느냐." 하시며 한숨을 지우시는 속에도 야릇한 미소를 지우섯습니다. 아버지의 그 야릇한 미소! 그 미소가 나로 하야곰 이 북간도를 직히게 한 원인이엿다고 나는 생각합니다. 그 가을부터 나는 처음으로 가난한 사람은 풍년이 들러도 못사는 것이라는 것을 깨달앗습니다.

—안평원, 「북국의 밤」 가운데서[44]

「북국의 밤」은 고향을 버리고 만주 땅 용정으로 숨어 들어와 살게 된 소년 가족의 내력담이다. 다섯 식구가 뿔뿔이 흩어지고 흉년은 흉년대로 못살고, 풍년은 풍년대로 빚에 살 수 없어 소작농 생활을 더 버티지 못할 지경이었다. 하는 수 없이 지주 몰래 그해 곡식을 처분한 뒤 아버지와 소년은 누나를 작은집에 남겨둔 채 야반도주를 감행한다. 그러나 흘러든 만주 땅에서도 "원수의 가난"을 벗어날 길이 없음을 소년은 이미 잘 안다.

---

43 가마니 짜기는 제도교육에서도 이른바 농촌 '부업 생산품' 가운데 하나로 다루었던 자리다. 그러나 빈농에게는 그것이 주업이었다. 『초등직업 제5학년』, 조선총독부, 1944, 78~83쪽.
44 『육인집』, 122쪽.

「마지막 남은 것」은 가을걷이를 마친 뒤 타작도 하지 않은 채 철남이네 집에서 열두 마지기 소출을 갈라붙이는 날 풍경을 그렸다. 소작료와 금융조합 빚에다, 이렇게 저렇게 빌린 것까지 빼고 보니 마지막 나락 두 말만 남았을 따름이다. 그것조차 철남이 친구인 수돌이네 집 빚으로 내놓은 마당이다. 그런데 그것을 지고 가던 수돌이가 싸리문 밖까지 나갔다 "우리도 같은 처지의 가난한 사람"이니 그것을 두고 가자며 아버지에게 여쭌다. 차마 "동무의 집 마지막 남은 것을 지고 갈 수가" 없었다. 그러한 아들을 아버지는 대견스럽게 여긴다. 철남과 수남의 우정과 연대감을 화소로 끌어들이고 있으나 중심은 한결같이 소작농의 어려운 현실[45]이다.

둘째, 도시 현실을 그린 작품이다. 이동규의 「곡마단」, 홍구의 「도야지 밥 속의 편지」가 좋은 본보기다. 「곡마단」은 '장편'이라는 이름을 달고 연재된 작품이다. 피식민지 시기 소년 노동자에게 저질러졌던 구타 · 학대를 비롯한 물리적 폭력뿐 아니라 인격에 대한 모멸까지 담아냈다. 주인공은 열세 살 소년 영수다. 다니던 보통학교를 그만두고, 곡마단의 어린 단원이 되어 왜인 곡마단장 아래서 온갖 불의를 겪는다. 모두 3부로 이루어진 작품에서 1부는 영수 아버지가 옛 친구 춘삼의 꾐에 빠져 영수를 곡마단에 팔아넘기고, 그 돈을 밑천으로 섬나라로 돈 벌러 떠나는 데까지 이어진다. 2부는 단원의 환대를 받으며 곡마단에 들어서는 이야기가 중심이다. 하나같이 "가난한 집에서 태여나서", "팔려 와 고생하는"[46] 열 명 남짓한 아이에다 늙은이, 청나라 사람까지 낀 이들이다. 3

---

45 당대 우리 농촌의 소작 관계는 한 해에서 새해에 걸치는 단기간 계약이 중심이었다. 소작농이 상품생산자로 자라는 길을 막는 데서 더 나아가 농가 경영 재생산 자체를 불가능하게 만드는 정도였다. 그런 까닭에 계급 대립이 컸다. 거기다 왜인 지주들이 거대 토지를 차지하고 있었다. 따라서 지주/소작인 관계에는 민족 모순이 뚜렷하게 자리잡고 있었다. 박섭, 「식민지조선에 있어서 1930년대의 농업정책에 관한 연구: '농촌진흥운동'과 '조선농지령'을 중심으로」, 『한국 근대 농촌사회와 농민운동』, 열음사, 1988, 112~114쪽.

46 『육인집』, 63쪽.

부에서는 다음날부터 시작된 "무섭고도 지긋지긋한" 곡마단 연습과 공연을 빌미로 저질러진 단장의 폭력, 그에 맞서 단원들이 단결해 싸우는 이야기를 담았다.

> 아래에다 그물을 처 노키는 하엿스나 한 번 떠러지면 정신이 팽팽 돌고 마치 약에 취한 사람처럼 빗틀거리며 밧그로 긔여나오다가는 쓰러지고 쓰러지고 하엿다. 좁은 통속을 들낙날낙하며 재주 넘는 연습 가튼 것을 할 때에 그들의 연한 뼈는 으서지는 것 갓고 눈에는 제절로 눈물이 술술 쏘다저 나왓다.
>
> 그러나 그들에게는 한마디 실타는 소리 몸이 괴롭다는 소리를 못하엿다. 그것은 단장과 춘삼의 챗죽이 무서웟든 까닭이다. 그들은 개나 원숭이나 말과 가치 함부로 그 챗죽에 어더맛는 것이다. 인정이라고 조곰도 업는 단장과 춘삼이는 조곰만 잘못하면 함부로 후려갈것다. 그들의 연한 살에는 피맷친 것이 풀닐 때가 업섯다. 그러나 아모도 반항을 하지는 못하엿다.
>
> —이동규, 「곡마단」 가운데서[47]

영수는 다른 단원들과 "친부모 친형제 같이 서로 의지하고 서로 위로하야" "마굴" 같은 거기서 석 달 훈련을 마치고 무대에 설 수 있었다. 어느 날 공중모험을 할 때였다. 함께하던 연순의 실수로 영수는 아래 그물로 떨어져 버리고 말았다. 화가 난 단장은 영수와 연순을 채찍으로 후려갈기기 시작했다. 그걸 본 영수가 가슴에 불이 붙어 단장에게 달려들고, 뒤이어 나머지 대원들도 힘을 모아 단장과 춘삼이에게 대들었다. 마침내 지도자 격이었던 진주영감이 단장의 권총에 맞아 쓰러지고, 나머지 단원은 경찰서에 잡혀가게 되었다. 그러나 영수를 비롯해 잡혀가는 곡

47 『육인집』, 56~57쪽.

마단원들의 "마음은 무한히 통쾌"하였고, 그들은 가슴에 맺힌 "원한이 다 녹는 것"[48] 같은 후련함을 느낀다. 「곡마단」은 곡마단원의 연대감을 바탕으로 왜인 고용주에 맞서는 투쟁 현실을 보여 준다는 점에서 "민족적, 정치적 성격"[49]까지 담아낸 드문 본보기다.

피식민지 당대 쟁의 · 동맹파업 투쟁은 방직과 제사를 시작으로 제분 · 운수 · 부두 · 금속 · 광산 · 토목 · 고무와 같은 여러 소규모 산업 부문에서 이루어졌다. 「도야지 밥 속의 편지」[50]는 그 가운데서 주요 부문이었던 방직회사 노동쟁의를 배경으로 삼았다. 주인공은 순득과 남순 오누이다. 순득은 남순이 일하고 있는 방직회사에서 나온 도야지 밥을 거두어 축사에 가져다주고 그 삯을 받는 일을 하면서 늙은 어머니를 봉양한다. 그런데 그 공장에서 직공과 회사 사이에 이루어졌던 '담판' 내용과 달리 공장주는 직공들을 회사 안에 가두어 두고 회유하려 든다. 회사 바깥으로는 자발적으로 직공들이 일하고 있는 양 속이기 위해 거짓 연기를 뿜어 올리기도 했다. 오라버니가 도야지 밥을 거두러 올 것을 안 남순은 그 안에 편지를 넣어 공장 안 사정을 알릴 방법을 생각해 냈다. 순득은 통 속에서 '담배상자' 종이를 발견하고, 그 속에 들어 있었던 편지를 찾아낸다. 그리하여 소설 뒷자리는 도야지 밥 속에서 나온 남순의 편지를 그대로 옮겨 놓아, 보름 동안이나 공장 안에 감옥과 다름없이 갇힌 직공의 사정[51]을 알려 준다.

옵바야. 그런데 한 가지 부탁할 것 잇서. 저 박게 잇는 아주머니들이 우리들

---

48 『육인집』, 62쪽.

49 김경일, 앞의 책, 312쪽. 노동 투쟁의 전반적인 전개에서 볼 때 1930년대는 보다 격렬하고 지속적인 강건성을 지니고 이루어졌다. 강동진, 「일제하의 한국노동운동」, 『한국근대민족운동사』, 돌베개, 1980, 560~568쪽.

50 북한에서 소개된 작품은 『육인집』과 달리 손질이 많이 이루어졌다. 아마 홍구가 월북해서 손질한 것으로 보인다. 류희정 엮음, 『1930년대 아동문학작품집』(1), 문학예술출판사, 2005, 56~58쪽.

은 지금까지 일 안 한다고 그리고 굴뚝 연긔는 그짓말 연긔라고 그리고 또 우리들이 나가려고 하는데 엇더케 하면 조흐냐고 물어다 주우. 그 대답을 엇더케 전할 수 업슬까! 옵바! 내 옷이 덜어우니 옷 가주구 올 때에 옷 속에다 집어느어 가지고 오면 되겟수.

옵바! 이것을 쓰는 데 사흘 걸엿수. 옵바는 날마다 도야지 밥 가질러 왓섯지 엇더케 할 수가 잇서야지. 생각하다 못하야 도야지 밥 속에다 집어늣수.

—홍구, 「도야지 밥 속의 편지」 가운데서[52]

동생 남순이를 비롯한 공장 직공들이 고투를 겪고 있음을 알게 된 순득이다. 기어이 쟁투에서 이기고 어린 동생과 직공이 자유롭게 풀려날 수 있을 계책을 마련하기 위해 입술을 깨문다. 당대 나라 곳곳의 쟁의·파업 현장에서 이루어졌을 투쟁 현실과 방법을 짧게 담아낸 작품이다. 피식민 지배 체제 맨 밑바닥에서 생활하고 있었던 무산소년 노동자에 대한 민족적, 계급적 차별과 폭력은 그들을 인격도 지니지 못한 '도야지'처럼 만들었음을 암시한다.

셋째, 농촌과 도시의 교차 현실이나 일반적인 계급 현실을 일깨우고자 한 작품이다. 이동규의 「이쪽 저쪽」, 승응순의 「꿈?」과 같은 것이다. 「이쪽 저쪽」은 부잣집 부남이라는 아이와 가난한 집 수동이라는 두 아이가 하늘과 땅처럼 서로 나뉘어 사는 행색을 빌려 계급 차별 현실을 일깨운다. 보통학교 이 학년 부남이 집은 여자 하인, 남자 하인 십여 명을 두었다. 부남이는 점심으로 통조림에 회에 샌드위치를 먹고 그것이 싫을 때

---

51 당대 노동자는 장시간 과도한 노동, 위험한 노동조건, 강화된 노동강도에 가혹하게 시달려야 했다. 이런 사정은 여자 노동자와 유소년 노동자에게 더 심했다. 게다가 우리 노동자의 단결과 조직을 약화시키기 위해 왜로가 채용한 일용노동제는 그러한 가혹한 조건을 어쩔 수 없이 견디도록 내몰았다. 그에 따라 1931년에는 나라잃은시기 가운데서 가장 많았던, 모두 205건의 파업투쟁이 한 해에 일어났다. 이이화, 『한국근현대민족해방운동사』, 백산서당, 1988, 82쪽, 207쪽.

52 『육인집』, 153~154쪽.

는 약식까지 먹는 아이다. 그에 견주어 수동이는 직공 수백 명인 공장에서 '닭장의 닭'처럼 일한다. 아버지는 시골로 장사하러 가서 집을 비웠고, 편찮은 어머니를 비롯한 다섯 식구는 어린 수동이의 벌이에 기대 사는 형편이다. 수동이는 공장에 갈 때 빈 도시락을 들고 갔다 다시 들고 온다. 채울 게 없는 도시락이지만 남들이 가지고 다니니 그도 그리한 것이다. 그런 가운데서도 수동을 위로하는 것은 또래 친구의 우정뿐이다.

승응순의 「꿈?」은 "농촌에서 남의 땅 소작으로 근근이 연명을 해 오든"[53] 집안의 세 소년을 주인공으로 삼았다. 그 셋이 피식민지 현실 사회로 나아갔다 좌절하여 마침내 자신의 자리를 찾는 과정을 그렸다. 제목에 있는 물음표가 암시하듯, 보통학교도 간신히 졸업했던 그들이 꿈만은 컸다. 경태는 "장래 대정치가"를, 천일은 "훌륭한 피아니스트"를, 동숙은 "세계적인 대문학가"를 겨냥한 것이다. 졸업식을 마친 며칠 뒤 그들은 고향을 몰래 빠져나왔다. 경태와 천일은 동경으로 건너가 고학을 시작했다. 그러나 얼마 있지 않아 동경 거리를 "거의 거지"로 떠도는 신세로 떨어졌다. 두 아이는 "자본주의 사회의 모순"을 온몸으로 배우기 시작한다. "자기의 실제의 책임과 의무를 모르고" "자본주의 사회를 심각히 해부치 못하고" "어리석은 공상"과 "환멸의 허영"에 빠져들었음을 깨우친 것이다. 그 둘과 달리 동숙이는 애독하고 있었던 소년잡지 기자가 되기 위해 서울로 갔다. 찾아간 그곳에서 냉대를 받은 동숙은 고생을 하다 왜인 서점 점원으로 취직했다. 세 소년은 사회가 그들이 그렸던 바와 딴판임을 뒤늦게 배웠다. 그리하여 세 해나 지난 뒤 세 소년의 동향은 아래와 같다.

빠른 세월은 어느듯 삼 년이 지나갔다. 그러나 세 소년의 희망은 아직 실현될

53 『육인집』, 104쪽.

길이 망연한 채로 잇다. 그사이 경태는 제약회사에서 도태를 당하야 어느 방직 공장의 직공으로 옴겨간 후 책 한 페―지 읽을 사이 업섯다. 그의 대정치가인 리상은 깨끗하게도 뿌리가 잘려저 가는 셈이다. 그리고 천일이는 약한 몸에 넘어나 고역을 하여 각긔병을 알어 할 수 업시 고향으로 편지를 하여 집을 잽히여 돈 보낸 것으로 삼 년 석 달 만에 고향으로 돌아왓다. 동경간 지 삼 년 만에 깡깡이 하나 손에 잡어 보지 못하고 장래 음악가 김천일이는 원대한 희망을 그대로 가삼에 안은 채 무참히 실패를 당하여 성공하기 전에는 죽어도 안 오려든 고향을 병든 몸으로 돌아왓다. 그리고 동숙이는 아직 변동이 업시 서점에 잇스나 이상한 세계적 대문학가가 될 푸로그람을 아직 작정도 못하고 잇다.

—승응순, 「꿈?」 가운데서[54]

세 소년은 지난 시절에 지녔던 "어리석은 공상", '허영'을 미련 없이 버리고 "모순된 이 사회"에서 마땅히 해야 할 의무와 책임을 깨닫고 그 일에 최선을 다하기로 목표를 바꾸었다. 경태는 방직공장의 직공으로 독학하며 "노동조합 소년부에서 활동"하는 소년 활동가로 나아갔다. 고향으로 다시 내려온 천일과 동숙은 서로 동지가 되어, "무의식한 소년들을 모아 놓고 모든 것을 가르쳐 주며 이약이하여 주는 맹렬한 활동가"로 바뀌었다. 고향을 떠난 지 네 해 만에 자신의 계급 정체성을 확실히 깨닫고 공장의 노동조합이나 농촌 야학에서 자본주의 사회의 모순을 일깨워 주는 청년 지도자로 거듭났다. 소설 「꿈?」은 『육인집』의 글쓴이를 비롯해, 숱한 우리의 어린이, 청년이 겪었을 꿈과 좌절의 과정을 온축해 보여 준 셈이다.

이상과 같이 『육인집』의 무산소년은 부자나 소작인, 고용주나 왜인과 같은 계급적, 민족적 강자들에 의한 차별과 억압을 일상적으로 겪었다.

---

54 『육인집』, 108~109쪽.

무산계급으로서 겪는 한편, 피식민지 노예 민족 구성원의 한 사람으로서 겪는 계급적, 민족적 차별이라는 이중의 굴레를 온몸으로 아로새기며 살았다. 그리고 이러한 무산소년의 차별적 사회 현실은 고스란히 피식민지 우리 민중의 것이기도 했다. 『육인집』의 작가들은 무산소년이 피식민지 지배 체제 아래서 그러한 차별 현실로 말미암은 억압과 고통을 학습하고, 나아가 그에 대한 투쟁심을 내면화시키고자 애썼던 셈이다.[55]

3) 학습장 구축과 지도자 양성

『육인집』에는 불행한 가족 현실이나 차별적 사회 현실뿐 아니라, 그에 맞설 수 있을 길을 찾고자 고심한 작품도 한 줄기를 차지한다. 「곡마단」·「절름발이와 걸인」과 같은 데서 드러나는 바와 같이 몸소 분노를 터뜨리고 쟁투에 몸을 맡기는 길은 더 견디기 어려울 고통이나 투옥을 전제로 한다. 게다가 일정한 범위를 넘어서는 모습은 검열로 말미암아 작품 발표 자체가 어렵다.[56] 따라서 『육인집』의 글쓴이는 가능하고도 합법적인 공간 안에서 이룰 수 있을 전망 현실을 겨냥할 수밖에 없었을 터다. 그런 위에서 비합법적 투쟁도 뿌리를 지킬 수 있었을 것인 까닭이다. 그렇게 볼 때 많지 않은 가운데서 가능한 길은, 제도교육에 크게 못 미치지만 근대 지식을 닦아 장차 사회 진입을 예비함과 아울러 자신이

---

55 김경일은 이 점에 대해 아래와 같이 짚었다. "이 시기 노동자들은 한편으로는 식민지 민중의 구성원으로서 억압받으면서 다른 한편으로는 특정 계급의 일원으로서 착취를 받는 이중의 굴레에 놓여 있었다. 이러한 점에서 노동운동은 민족차별에 반대하고 반일민족해방을 지향하면서 동시에 일제에 의한 식민지적 착취와 종속에 반대하는 지향을 보였다." 김경일, 앞의 책, 4쪽.

56 이동규 작품 「고향」의 주인공 영철은 고향에 되돌아와 앞으로 가난한 농민을 위한 지도자가 될 것을 결심한다. 그런데 이어질 이야기를 더 잇지 않고, '부기(附記)' 형식을 빈 다음 작자는 바깥 검열을 의식해 더 쓸 수 없다는, 자기 검열이라는 글쓰기 전략을 끌어다 놓았다. 현실 대응 방식에 대한 구체적인 전망을 당대 작품들이 제시할 수 없었을 사정을 보여 주는 한 본보기다. "이 소설은 이 뒤끝부터가 이 소설의 가장 힘 잇는 곳이다마는 실을래야 실을 수 업슴으로 이 뒤는 끈허 버렷다. 독자는 양해하여 다오." 『육인집』, 154쪽.

놓여 있는 계급적 현실을 더욱 깊이 깨닫고 의식을 단련하는 쪽이었다. 함께 이루기 힘들 이 둘을 제대로 닦기 위해 『육인집』은 무엇보다 그것이 가능할 학습장을 마련하고 투쟁 환경을 가꾸는 데로 눈길을 모은다. 그것은 모두 세 가지로 그려진다. 첫째 무산소년을 위한 학습장을 구축하는 일, 둘째 학습장을 운영하고 투쟁을 효과적으로 이끌기 위한 덕성을 가꾸는 일, 그리고 지도자를 지속적으로 양성하는 일이 셋째다.

첫째, 계급 교양과 투쟁의 바탕인 학습장을 마련하는 일이다. 곧 회관이나 강습소, 교실이 그것이다. 구직회의 「참된 배신자」가 대표적인 본보기를 보여준다. 이 작품은 무산소년에게 거짓 앎과 믿음을 퍼뜨리는 기독교를 비판하고 그를 대신할 농촌야학의 설립[57]을 부추긴다. 그 일을 성칠과 성구라는 두 형제를 중심으로 풀어 나갔다. 형인 성철은 섬나라에서 공장 일을 하면서 계급 현실을 깨닫고 그에 맞서 싸우고자 하는 젊은이로 자랐다. 그는 자신의 학습 경험을 남몰래 고향에 남아 있는 동생 성구에게 편지로 알려 그를 일깨우고자 했다. 그런 학습에 힘입어 성구는 마을 사람이 거의 모두 나가고 있는 교회와 목사의 가르침이 참이 아님을 깨닫기 시작한다.

전부가 거짓말이다. 사람을 속이는 것이다. 목사님도 밤낮 부지런해라 참어

57 1920~1930년대 우리에 대한 왜로의 우민화 책략으로 말미암아 공립보통학교에 입학할 수 있었던 학령기 학생은 전체 가운데 30% 정도에 머물렀다. 따라서 그러한 제도교육이 만족시킬 수 없었던 교육열을 밤배움이 충족시켰다. 노동야학, 농민야학, 여자야학과 같이 여러 모습으로 이루어진 그것은 교사만 있다면 적은 경비로 유지할 수 있었다. 교사는 사가뿐 아니라 정년회관, 단체 회관, 서당 들을 썼다. 주로 농번기인 겨울이나 밤시간에 이루어진 이러한 밤배움은 소작농층의 자녀, 학령기를 넘겼으나 배우고 싶어하는 남녀 어른을 대상으로 삼았다. 교사도 그들이 다가서기 어렵지 않은 생활공간에 자리했다. 밤배움의 중요 목표가 문맹퇴치였던 까닭에 거기서 이루어진 학습은 한글, 왜어, 산술, 간단한 한문에다 한국 역사가 중심이었다. 이러한 밤배움에 대해 이른바 조선총독부에서는 1930년대에 들어서면서 탄압을 강화했고, 이른바 농촌진흥사업을 벌이면서 그 됨됨이를 식민야학으로 변질시켜 장악해 갔다. 문소정, 「1920~1930년대 소작농가 자녀들의 생활과 교육」, 『한국사회의 여성과 가족』, 한국사회사연구회, 1990, 97~109쪽.

라 하지만 거짓말 가트다. 만약 내가 아직 시기를 못 만나 이러케 고생을 한다 하자. 그러면 그 시기는 언제나 올가. 그리고 부지런한 사람들은 모다 나종에 잘살가!

"아하—. 엇재 머리가 뒤숭뒤숭하기만 한 게 속상해 죽겠다." 하고 한참 잇드니 다시

"아니다. 내가 하나님께 대한 정성이 부족하다. 기도를 올리자." 하고 그는 일어나 하날을 우르러 중얼거렷다.

해가 넘어가 일손을 떼고 집에 돌아와 보니 편지가 왓다 한다.

—구직회, 「참된 배신자」 가운데서[58]

성구는 "부지런하고 고통을 참으면 성공이 될 것이라고 힘껏 농사지여 소작료로 모다 듸밀고 몇 푼어치 남지 안는 것을 부등켜안고도" 그것을 고맙게 여기며 살아가는 빈농 소작인 아들 신세다. 그러나 형의 편지를 받고서 한 발자국씩 자신의 처지를 깨닫기 시작한다. "밤낮 하느님에게 몸을 바치고 순량한 종놈이나 되어서 한세상 살어가라는 효자를 만드는 목사의 설교"[59]가 거짓임을 알게 된 것이다. 그리하여 앞으로 불쌍한 이들을 위하여 무슨 일이든지 착수해야겠다고 마음을 다져 먹고 밤배움을 시작한다. 성구를 비롯한 소년 동무들은 목사를 "맹렬히 공격하여" 쫓아 버리고, 교회를 차지했다. 그리고 그곳을 아이들을 위한 밤배움 교실로 삼았다. 그런 가운데 그들의 지도자, 섬나라에 가 있었던 성칠이 돌아오게 되어 소년 동무들은 "행렬을 지어" "정거장으로 마중을" 나간다. 구직회의 종교 비판은 기독교가 무산계급이 놓인 농촌 현실에는 눈을 돌리지 않고, 무조건 부농이나 지주와 같은 유산계급에 순종하도록 만든다는 데 있었다. 그래서 그들을 쫓아내고 그들을 대신할 자체

58 『육인집』, 11쪽.
59 『육인집』, 15쪽.

밤배움과 학습장을 마련하는 일이 필요함을 힘주어 말한 셈이다.[60]

안평원이 쓴 「다 같은 일꾼인 선생」은 농촌야학의 설립과 운영이 매우 어려운 일임을 깨우치고자 했다. 보통학교를 졸업하고 집에서 일하고 있었던 영구는 마을에 사립학교가 생기자 교사로 뽑혔다. 그러나 아이들에게 부자의 영리함과 '상놈'의 어리석음을 비롯한 계급 현실을 일깨우는 교육을 하다 설립자들로부터 쫓겨났다. 그러나 거기에 굽히지 않고 농촌야학을 만들어 또래 아이들을 학습시켰으나, 마을에서마저 떠나야 했다. 그럼에도 남은 아이들은 지도자였던 영구의 뒤를 따라 농촌야학을 이어갈 것을 결심한다. 열아홉 살 먹은 영구의 밤배움 설립과 배척 과정을 빌린 당대 밤배움 현장의 고충이 고스란하다. 이렇듯 『육인집』은 당대 무산소년을 위한 계급 현실 학습을 안정적으로 할 수 있을 학습장 구축을 강조한다. 설립과 운영의 어려움은 역설적으로 어떤 일이 있더라도 배움을 위한 최소 조건을 마련하기 위한 노력을 멈추지 말아야 할 것임을 말하고 있는 셈이다.

둘째, 무산소년 계몽 조직이나 청년 조직 활동을 이어나갈 덕성을 일깨우고자 하는 작품이다. 가장 큰 것은 분파주의 비판이다. 이동규의 「나무꾼」·「집안싸홈」, 구직회가 쓴 「흉내쟁이」가 모두 그 점을 짚었다. 「나무꾼」은 길남과 초동이라는 두 사이좋은 나무꾼 소년을 내세워 단결

60 당대 계급문학에서 반종교 활동은 반봉건 활동의 중요 부문으로 강조되었다. 이갑기가 종교를 "주복관계를 소위 대의명분이라 하는 것으로 설명하야 종 된 사람은 영원이 그 주인에게 엇더한 학대를 밧드래도 충성스럽게 하여야 한다고 한다"고 짧게 줄인 바가 핵심이다. 이갑기, 「종교란 것은 엇던 것인가」, 『별나라』 10 · 11월호, 별나라사, 1931, 4쪽. 종교는 이른바 조선총독부 통치책략과 상호보완 관계에 있었다. 이러한 종교 비판을 두고 최병구는 넓게 다가설 필요가 있음을 짚었다. "프로소설에서 기독교 비판은 일관된 서사"다. 적극적인 의지를 가지고 운명을 변화시키려는 계급주의자들에게 "기독교는 자신들의 불행을 합리화하는 집단으로 인식되었던 까닭"이다. 자신들이 놓인 "운명의 인과관계를 따지는 가운데" 찾게 된 것 가운데 하나가 '기독교'라는 맥락이었던 셈이다. 그러나 기독교가 일방적으로 공격 받을 만한 대상은 아니었다. 기독교 교리와 관련한 자유 · 평등사상은 거꾸로 통치체제를 위협할 수도 있었다. 이른바 조선총독부 통치책략 체제의 중층성을 읽어야 함을 강조한 셈이다. 최병구, 「프로문학과 운명 그리고 법」, 『구보학보』 4집, 구보학회, 2008, 169~170쪽.

이라는 가르침을 강조하고 있다. "자기 욕심만 채우고 작고 제 배만 채우는 그런" '부자들'[61]의 잘못된 태도와 다른 무산계급의 덕목이다. 「흉내쟁이」는 신문 인쇄소 문선부에서 일어난 무산소년 사이의 갈등과 연대감을 그렸다. 사장 측에 붙은 고자질쟁이 또래에 대한 조직적 조롱이 이야기 핵심이다. 당시 계급주의 지식인의 적지 않은 수가 몸담았던 일터기도 했던 인쇄소의 짧은 촌경을 빌려 무산소년 안쪽의 연대감 강화라는 덕목을 부추긴다. 이동규의 「집안싸홈」은 그런 모습을 청년회 운영 방법이라는 쪽에서 구체화했다.

> 회관을 어더 노코 모든 준비도 다하여 노흔 김 동무는 자긔의 공로가 큰 것을 미듬이엿든지 좀 뽐내는 긔분이 잇섯고 일은 퍽 독단적으로 하여 나갓다. 회원 모집에 대하여도 지원자 이십여 명에 단 네 사람을 뽑앗다고 한다.
>
> 이런 것 모집에도 여러 사람과 가치 안저 협의하는 것이 안이고 자긔 마음대로 혼자 안저서 신입회원 지원자들을 시험보이다시피 한 것이다. 이런 것이야 좀 마음을 돌려 양보를 한다면 문제될 것은 업는 것이엿다만은 김 동무의 성품이 좀 깔깔하고 좀 뻿뻿하야 그것으로 제일 불쾌한 마음을 가젓든 것은 신 동무이다.
>
> —이동규, 「집안싸홈」 가운데서[62]

집세를 못 내 회관을 내놓았다 다시 어렵사리 얻었던 청년회에서는 신입회원을 뽑아 간담회와 같은 청년 대회를 열고자 했다. 이 작품은 그런 과정에서 조직 운영의 어려움과 장애 요소를 보고 형식으로 담은 문학, 곧 오체르크다. 새 회관을 얻는 데 공이 큰 김 동무가 회의 운영에 전횡을 저지르는 분위기 아래서 다른 동무와 감정 충돌이 잦았다. 소년회나 청년 조직 활동을 하다 보면 어디서나 있음 직한 일이다. 이 작품

61 『육인집』, 87쪽.
62 『육인집』, 33쪽.

은 그런 경우에 갈등을 줄이면서 어떻게 조직을 이끌어야 할 것인가라는 지침을 일깨우고자 했다. 작품에서는 김 동무의 빼기기나 독선, "좀 깔깔하고 좀 뻣뻣"한 됨됨이가 비판 요인이다. 그래서 "어듸까지든지 커다란 양보와 자긔희생"을 덕목으로 강조한다.

셋째, 청년 지도자의 길을 권하는 작품도 있다. 이동규의 「고향」이 대표적이다. 이미 앞에서 든 이동규의 「두 가지 정의」나 구직회의 「참된 배신자」 또한 이런 눈길로 살펴 무리가 없다. 「고향」의 주인공 영철은 가난한 시골 고향을 떠나 서울에서 공부하고 오 년 만에 되돌아온 청년이다. 떠날 때와 달리 그는 부쩍 자란 모습으로 돌아왔다.

> 그가 고향에 이르자 그중 먼저 그의 눈에 띄이고 그중 그의 머리로 하야금 생각게 하고 마음속에 박히게 한 것은 자긔가 살든 그때보다도 몹시 쇠퇴하엿고 타락된 이 동리의 살림사리이다. 다 문허저가는 도야지 어리깐 가튼 집 서울바닥에 헤매는 거지보다도 드러운 그들의 옷 그리고 다 쭈으러저 가는 그들의 얼골 그에게는 이 동리가 뼉다구만 나문 송장과 같고 말러빠저 뜨더먹다 남긴 북어와 같고 커다란 폭풍우가 지나간 뒤의 촌락 가튼 늣김을 주엇다. 그 꼴을 보고 그는 흥분되여 부르지젓다.
>
> "양복을 입고 비단옷을 입고 모양만 차리고 다니는 서울 놈들 놀러나 다니고 구경만 다니며 그래도 속에 무엇이 드럿다고 떠드는 도회의 신사 놈들 그놈들을 모다 불러다 이 꼴을 보여 주고 싶다. 시골서는 모다 도야지만도 못한 살림을 하고 사는데 잘난 체하고 뽐내고 다니는 그들을 모다 붓드러다가 보여 주고 싶다. 그들에게 알리여 주고 싶다."
>
> —이동규, 「고향」 가운데서[63]

63 『육인집』, 95쪽.

돌아와 본 고향은 옛날보다 더욱 피폐했다. "뼉다구만 남은 송장"같이 "도야지만도 못한 살림을 하고 사는" 고향 사람을 보면서 영철은 "서울 놈들"에 대한 분노를 참을 수가 없다. "모다 이익만 찾고 인정도 의리도" 모르는 그들이다. 영철은 서울 사람으로 일컬은 유산계급에 대한 분노와 그들의 실상을 마을 사람에게 교양하고 무산계급 의식을 일깨우는 청년 지도자가 되기로 결심한다. 이때 오년 만에 고향으로 돌아왔다는 설정은 뜻이 가볍지 않다. 고등보통학교를 마쳤다는 사실을 말하는 까닭이다. 그럴 경우 거의 모든 청년 학생은 피식민지 수탈 체제에서도 어렵지 않게 편입할 수 있었다. 그런데 영철은 거꾸로 고향의 못사는 무산 농민 속으로 몸을 던졌다. 앞으로 그가 시골 고향에서 헤쳐 나갈 구체적인 일에 대한 자리는 생략되어 있지만 농촌 청년 지도자로서 나아갈 걸음걸이[64]를 짐작하기란 어렵지 않다.

이동규의 「두 가지 정의」는 밤배움 현장에서 이루어졌던, 계급 학습 과정을 그리고 있다. 교사 세 사람이 가난한 마을 사람의 존경을 받으며 이끌고 있는 산골 사설학교 교실, 물음과 답변 형식을 빌었다. 참된 정의를 실천하고 있는 사람이 있다면 들어 보라는 물음이 그것이다. 그에 대한 답변은 둘이었다. 마을 지주의 마름 아들 박남석은 그 지주를 들었다. 어리장사로 시작하여 사업을 일으켜 "수만은 직공들을 먹여 살리"고 사회사업에도 나서 이른바 "총독에게 표창까지 받고 비석까지 세웟스며" 왜왕으로부터 "공을 표하는 은잔"까지 받은 사람이다. 이른바 조선총독부가 우리에 대한 효율적인 지배를 위해 키웠던 전형적인 식민지 중견 부왜인이다. 거기에 견주어 최영호라는 소년은 자신의 형님 같은 이를 들었다. 중학교를 다니다 말았으나 친구들과 청년회를 조직하고 조합까지 만들어 열심히 농민 활동을 하고 있는 이다. "동리 사람을 위

64 이 작품에서 세우고 있는 지도자상은 하향식 인물이다. 따라서 당대 대중화론에 바탕을 둔 전략으로 제시되었던 상향식 지도자상까지 담아내지는 못했다. 김준, 앞의 글, 49쪽.

하여" "가난한 사람들을 위하야"[65] 목숨까지 내놓겠다는 각오를 지녔다.

둘 가운데 어느 쪽이 참된 정의를 실천하는 사람인가를 교사는 입으로 답하지 않았지만 글쓴이가 두 사람의 대조를 빌려 말하고자 한 바는 분명하다. 어린 무산소년이나 농민들을 위한 청년 동맹이나 농민 조합원으로 나서 투쟁하는 지도자의 길을 따르라는 일깨움이 그것이다. 무산소년은 사회적 차별과 고통을 거듭 키워 나갈 수밖에 없는 악순환 속에 던져져 있다. 그런 가운데서 중요한 일은 자신이 놓인 계급 현실을 뚜렷하게 깨닫고 계급의식으로 무장하는 일이다. 그러기 위해서는 그런 학습이 가능한 밤배움 장소나 회관 같은 투쟁 토대를 굳건하게 마련해야 할 일이다. 그 운영을 위해서는 내집단 구성원 사이의 불화나 불신을 딛고 희생정신으로 단결하지 않으면 안 된다. 아울러 그러한 투쟁 활동을 이끌 지도자를 거듭 길러야 한다. 뜻있는 젊은이가 그런 일에 몸을 던져 주기 바라는 간절한 바람을 『육인집』은 숨기지 않았던 셈이다.

앞에서 살펴본 바와 같이 『육인집』에 실린 소년소설 스무 편은 1930년대 초반 당대 우리 무산소년이 놓여 있었던 삶의 모습을 모두 세 길로 나누어 담아냈다. 수직, 수평적으로 파괴된 가족 현실 속에서 무산소년은 가족의 생계까지 짊어진 한계 생활 속에 내던져져 있었다. 제도 교육과 인간적 배려와는 거리가 먼 생활이었다. 게다가 부계의 양육과 보호로부터 떠밀려 나온 그들을 맞이한 사회 현실은 더욱 뼈아픈 것이었다. 농촌 장터에서 도시 공장에서 그들은 민족적, 계급적 차별과 억압에 일상적으로 팽개쳐져 있었다. 그렇다고 그러한 가족, 사회 현실을 벗어날 전망이나 방법을 뚜렷하게 마련할 수 있는 처지도 아니었다. 피식민 노예 상태로 있었던 무산소년에게 몸소 투쟁 전선에 나서는 일은 거의 불가능했다. 합법/비합법 공간 사이에서 조심스럽게 가능한 현실 전망을

65 『육인집』, 78~80쪽.

마련하지 않을 수 없었다. 계급 현실을 교양하고 굳건하게 다지기 위한 안정적인 학습장을 구축하여 지도자를 중심으로 단결하면서 가능한 투쟁을 거듭해 나가는 길만이 바라다볼 가능성이었다.

그럼에도 피식민지 수탈 체제 아래서 『육인집』의 글쓴이 여섯 사람이 꿈꾸었을 무산소년의 해방과 행복을 위한 합법/비합법 사이 어려운 줄타기는 실패가 예정되어 있었다. 카프 맹원 검거와 함께 계급문학 자체의 좌절로 나아간 정세 변화야말로 전향과 실종으로 이어진 그들의 모습을 대변한다. 그들은 『육인집』을 빌려, 1930년대 초반 카프 대중화론으로 대표되는 계급주의 소년 청년 조직 투쟁 활동과 성과를 간접적으로 일깨웠다. 그리하여 많지 않은 작품임에도 피식민지 노예상태로 있었던 한국인의 민족적, 계급적 지위와 모순을 환기하고 식민자 왜인에 대한 저항심을 굳힐 뿐 아니라, 무산소년 · 청년의 단결과 희생의 미덕을 그려 담은 뜻은 무겁다. 1930년대 초반 우리 계급주의 어린이문학이 일군 성과의 가장 적극적일 수 있을 자리를 『육인집』은 고스란히 보여준 셈이다.

4. 마무리

1980년대부터 본격적으로 이루어지기 시작했던 계급주의 문학 연구는 아직까지 빈자리가 적지 않다. 그 맨 앞에서 고투했던 매체에 대한 발굴과 구명도 그런 가운데 하나다. 이 글은 이제까지 알려지지 않았던 '프롤레타리아 소년소설집' 『소년소설육인집』을 찾아 실체를 알리고, 1930년대 계급주의 어린이문학에 대해 이해를 더하고자 하는 목표로 쓰였다. 논의를 줄여 마무리로 삼는다.

첫째, 『육인집』은 1932년 6월 신소년사에서 낸 낱책이다. 엮는 데 주도 역할을 한 이는 신소년사 기자 이동규로 보인다. 카프 중앙위원 임화·권환에 이어 그가 머릿말을 쓴 안에는 1930년 1월부터 1932년 3월까지 『별나라』·『신소년』에 실렸던 소년소설 가운데서 가려 뽑은, 구직회·이동규·승응순·오경호·안평원·홍구의 작품 스무 편을 올렸다. 이 시기는 우리 계급문학이 대중화론을 앞세우며 조직 투쟁을 활발하게 일궈 나갔던 으뜸 활성기였다. 『육인집』은 1931년 3월에 낸 '프롤레타리아 동요집' 『불별』과 짝을 이루며 당대 피식민지 한국 무산소년이 겪고 있었던 경험적 현실을 그려 담은, 소년소설의 성과를 고스란히 온축했다.

둘째, 『육인집』 글쓴이 여섯은 발간 무렵 스물두 살에서 스물네 살 어름에 걸치는 젊은이로서 『신소년』·『별나라』의 독자 투고란을 빌려 습작 활동을 하다 1930년을 앞뒤로 한 시기 기성 문인으로 자란, 자생적 계급주의자다. 이들은 고등보통학교나 더 높은 상급학교에 진학이 어려웠던, 또는 보통학교조차 나올 수 없었던 이다. 따라서 직업도 밤배움 교사, 출판사 기자와 같이 고용 유동성이 큰 일터나 농촌이었다. 그들 가운데 다섯 사람은 계급문학 학습 모임 '조선소년문예협회' 회원으로 활동했다. 지연·학연에 바탕을 둔 직접적 결속력은 엷으나 계급주의 어린이문학이라는 도구적 연결망에 따른 유유상종의 정도는 높았다.

셋째, 『육인집』 스무 편의 속살은 주인공이 놓인 중심 이야기의 단위에 따라 셋으로 나뉜다. 가족 현실과 사회 현실 그리고 그 둘을 향한 전망 현실이 그것이다. 열세 편이나 되는 작품이 파괴된 가족을 바탕으로 삼았다. 고아거나 편모슬하, 또는 어버이가 있다 하더라도 무력한 입장에 있어 부계로부터 양육과 보호를 받을 수 없었던 주인공은 오히려 가족 생계까지 떠맡거나 거리를 떠돌아야 했다. 아버지에 의한 인신매매까지 겪으며 폭력적인 노동 현장으로 내몰렸다. 이렇듯 가족의 수직·수평 관계가 파괴되고 훼손된 『육인집』의 무산소년은 비참과 무지·문맹을 재생산하며 한계 생활 속에 던져질 따름이다.

넷째, 『육인집』에는 무산소년이 겪고 있었던 사회 현실을 다룬 속살이 가장 두텁다. 가난을 거듭 키우는 소작 현실이거나 그로부터도 쫓겨나 유민으로 떠도는 농촌 소년, 공장·파업 현장·거리에서 차별과 억압을 몸으로 겪는 노동 소년을 담아냈다. 농촌과 도시를 넘나들며 일반적인 계급 현실을 일깨우기도 한다. 그러한 사회 현실 속에서 지주·고용주·왜인과 같은 강자에 의한 민족 차별과 계급 차별이라는 이중의 굴레를 각인시킨다. 피식민지 수탈 체제 아래서 겪는 차별 현실을 학습하고, 그에 대한 투쟁심을 내면화시키는 몫이 컸던 셈이다.

다섯째, 『육인집』에는 불행한 가족 현실이나 차별적 사회 현실뿐 아니라, 그런 현실 아래서 가능할 전망을 찾는 노력도 한 자리를 차지한다. 분노를 터뜨리며 쟁투에 몸을 던지는 길은 더 큰 아픔을 전제로 삼는다. 따라서 『육인집』은 무엇보다 학습장 구축의 길을 강조한다. 계급 학습이나 밤배움이 가능한 강습소·회관·교실을 세우고 청년회·소년회·조합 조직을 운영하기 위한 구성원의 희생과 단결을 덕성으로 되풀이했다. 투쟁에 앞장설 청년 지도자의 양성 또한 마찬가지다. 직접 투쟁 너머에서 합법/비합법 공간을 오갈 수 있을 자리를 겨냥한 진지 전략인 셈이다.

『육인집』이 담고 있는 1930년대 초반 우리 무산소년의 현실은 뜻이 무겁다. 소극적으로는 당대 계급주의 소년·청년 조직의 노농 투쟁 활동을 암시 받을 수 있다. 나아가 당대 무산소년이 겪고 있었던 민족적, 계급적 모순을 환기하고 투쟁 의식을 내면화시키며 대응 전망을 고심했던, 근대 계급주의 어린이문학의 가장 적극적인 자리를 엿볼 수 있다. 빠른 시일 안에 『육인집』에서 더 나아가 나라잃은시기 계급주의 어린이문학의 전모를 살필 수 있기 바란다.

참고문헌

1. 기본 자료

『소년계』·『별나라』·『신소년』·『아이생활』·『조선중앙일보』·『별건곤』·『학생』·『조선문단』·『중외일보』

『음악과시』 창간호, 음악과시사, 1930.

『군기(群旗)』 7월호, 군기사, 1931.

『카프시인집』, 집단사, 1931.

『불별』, 중앙인서관, 1931.

『농민소설집』, 별나라社, 1933.

『남북어린이가 함께 보는 창작동화』, 사계절, 1991.

『광복 60년 동안 가장 빛나는 남북한 창작동화』, 효리원, 2005.

겨레아동문학연구회, 『겨레아동문학선집』, 보리, 1999.

김혜숙 엮음, 『이동규 선집』, 현대문학, 2010.

류희정 엮음, 『1930년대 아동문학작품집(1)』, 문학예술출판사, 2005.

류희정 엮음, 『1930년대 아동문학작품집(2)』, 문학예술출판사, 2005.

안승현 엮음, 『일제 강점기 한국 노동소설 전집 3』, 보고사, 1995.

2. 논저

강동진, 「일제하의 한국노동운동」, 『한국근대민족운동사』, 돌베개, 1980, 560~568쪽.

권복연, 「근대 아동문학 형성과정 연구」, 연세대학교 대학원 석사학위 논문, 1999.

권영민, 『한국 계급문학 운동사』, 문예출판사, 1998.

김경일, 『노동운동』, 독립기념관 한국독립운동사연구소, 2008.

김명석, 「이동규 소설 연구」, 『우리문학연구』 23집, 우리문학회, 2008, 187~188쪽.

김봉희, 「신고송 문학 연구」, 경남대학교 대학원 박사학위 논문, 2007.

김상욱, 「아동문학의 장르와 용어」, 『아동청소년문학연구』 4집, 한국아동청소년문학연구학회, 2009, 7~29쪽.
김성수, 「카프 문학부 편 『캅프作家七人集』에 대하여」, 『민족문학사연구』 1집, 민족문학사연구소, 1991.
김 준, 「일제하 노동 운동의 방향 전환에 관한 연구」, 『일제하의 사회운동』, 한국사회사연구회, 1987, 12~49쪽.
김학렬, 『조선프로레타리아 문학운동연구』, 김일성종합대학출판사, 1996.
류덕제, 「『별나라』와 계급주의 아동문학의 의미」, 『국어교육연구』 46집, 국어교육학회, 2010, 305~333쪽.
문소정, 「1920~1930년대 소작농가 자녀들의 생활과 교육」, 『한국사회의 여성과 가족』, 한국사회사연구회, 1990, 97~109쪽.
박 섭, 「식민지 조선에 있어서 1930년대의 농업정책에 관한 연구—'농촌진흥운동'과 '조선농지령'을 중심으로」, 『한국 근대 농촌사회와 농민운동』, 열음사, 1988, 112~114쪽.
박경수, 「계급주의 동시 이해의 밑거름—프롤레타리아동요집 『불별』에 대하여」, 『지역문학연구』 8집, 경남 · 부산지역문학회, 2003, 201~252쪽.
박태일, 「경남 지역 계급주의 시문학 연구」, 『어문학』 80집, 한국어문학회, 2003, 161~199쪽.
______, 「근대 개성 지역문학의 전개—북한 지역문학사 연구 1」, 『국제어문학』 25집, 국제어문학회, 2012, 10~53쪽.
______, 「나라잃은시대 어린이잡지로 본 경남 · 부산 지역 어린이문학」, 『한국문학논총』 37집, 한국문학회, 2004, 149~200쪽.
______, 「이주홍의 초기 어린이문학과 『신소년』」, 『경남 · 부산 지역문학 연구 1』, 청동거울, 2004, 205~234쪽.
박헌호, 「'계급' 개념의 근대 지식적 역학」, 『근대 지식으로서의 사회주의』, 깊은샘, 2008, 13~39쪽.
역사문제연구소 엮음, 『카프문학운동연구』, 역사비평사, 1989.
오세란, 「청소년소설의 장르 용어 고찰」, 『아동청소년문학』 6집, 한국아동청소년문학학회, 2010, 149~176쪽.
원종찬, 「해방 이후 아동문학 서사 장르 용어에 대한 고찰」, 『아동청소년문학연구』 5호, 한국아동청소년문학학회, 2009, 7~30쪽.
이순욱, 「카프의 매체 투쟁과 프롤레타리아 동요집 『불별』」, 『한국문학논총』 37집, 한국문학회, 2004, 243~268쪽.
이이화, 『한국근현대민족해방운동사』, 백산서당, 1988.
이재복, 『우리 동화 바로 읽기』, 한길사, 1995.
장승희, 「한국 프롤레타리아 소년소설 연구—작품에 나타난 아동상을 중심으로」, 한양대학교 대학원 석사학위 논문, 2004.
전명희, 「한국 소년소설의 형성과 전개양상—장르의 역사적 기반과 흐름에 대해」, 『한국아동문학연구』 15집, 한국아동문학학회, 2008, 5~27쪽.
전상숙, 『일제시기 한국 사회주의 지식인 연구』, 지식산업사, 2004.
정영진, 『문학사의 길찾기』, 국학자료원, 1993.
______, 『통한의 실종문인』, 문이당, 1989.
최명표, 『한국 근대 소년소설작가론』, 한국학술정보, 2009.
최미선, 「카프 동화 연구」, 경상대학교 대학원 석사학위 논문, 2004.
______, 「한국 소년소설 형성과 전개에 관한 연구」, 경상대학교 대학원 박사학위 논문, 2012.
최병구, 「프로문학과 운명 그리고 법」, 『구보학보』 4집, 구보학회, 2008, 169~170쪽.
최윤정, 「1920~30년대 한국 아동문학의 가족모티프 연구—아동잡지를 중심으로」, 건국대학교 대학원 박사학위 논문, 2012.
『초등직업 제5학년』, 조선총독부, 1944.

계급주의 동시 이해의 밑거름
—프롤레타리아동요집 『불별』에 대하여

박경수

1. 아동문학의 재인식과 과제

우리 아동문학에 관한 관심이 근래에 들어 부쩍 높아졌다. 과거에 비해 아동문학가의 숫자도 크게 늘어났고, 아동문학 관련 도서의 출판도 눈에 띄게 많아졌다. 이는 해가 갈수록 자녀 교육에 관한 관심과 열의가 증대되고 있는 현상과 밀접하게 연관되어 있다. 여기에 상업적 득실을 저울질하는 출판사의 이해가 얽혀 있기는 하지만, 아동문학에 관한 관심의 고조는 그 자체로 반길 만한 일이다.

그런데 이러한 현상과 나란히 아동문학에 관한 학문적 탐구도 진전되어 왔다고 말하기는 어렵다. 아동문학에 관한 관심이 비평적 차원을 넘어서 학문적 차원으로 전환되기 시작한 시기는 대체로 1970년 이후라고 말할 수 있는데, 특히 이재철의 『한국현대아동문학사』[1]는 아동문학 관련 자료의 방대한 섭렵을 토대로 아동문학의 전반적 흐름과 상황을 일별할

박경수
kspark@bufs.ac.kr 부산외국어대학교 한국어문화학부 교수. 주요 저서로 『한국 근대문학의 정신사론』, 『한국 근대 민요시 연구』, 『한국 민요의 유형과 성격』, 『한국 현대시의 정체성 탐구』, 『잊혀진 시인, 김병호의 시와 시 세계』, 『정노풍문학의 재인식』, 『아동문학의 도전과 지역 맥락』, 『현대시의 고전텍스트 수용과 변용』 등이 있다.

수 있도록 함으로써 아동문학 연구에 획기적인 기여를 했다고 평가된다. 이 이후 이재철과 그 문하에 있었던 연구자들, 그리고 각 지역 교육대학을 졸업했던 연구자들이 주축이 되어 아동문학 연구를 지속적으로 펼치는 활동을 했다. 그러나 이 과정에서 아동문학 연구가 다양한 방법론적 적용을 통한 깊이를 더해 갔음에도 불구하고, 아직도 아동문학의 본격적 연구를 위한 기초 자료 조사가 이재철이 이룬 성과에서 별로 나아가지 못하고 있을 뿐만 아니라, 오랜 기간 남북분단으로 인한 고착된 이데올로기의 영향 아래 아동문학에 관한 연구도 편향된 시각을 극복하지 못한 채 연구 대상의 확대를 이루지 못하고 있다.

오늘날 아동문학 연구는 그동안 소홀히 했던 기초 자료 조사 작업을 착실하게 한 바탕에서 새롭게 출발되어야 한다. 그리고 과거 아동문학에 관한 편향된 시각을 극복하고 아동문학의 전체적인 국면과 실상을 올바로 이해하는 지평을 마련해야 하는 과제가 아동문학 연구자들에게 주어져 있다.[2] 이런 상황에서 이번에 발굴 소개되는 '푸로레타리아동요집' 『불별』은 매우 소중한 의미를 지닌다. 현재까지의 아동문학사[3]에서 어느 누구도 이 동요집을 소개하거나 언급한 일이 없다는 점에서 특히 그렇다. 이재철의 『한국현대아동문학사』에서도 이 동요집은 그 존재조차 언급되지 않았다. 이후 아동문학 연구자들이 설사 이 동요집의 출판

1 이재철, 『한국현대아동문학사』, 일지사, 1978.11.

2 원종찬, 「한국 현대아동문학사의 쟁점」, 『아동문학과 비평정신』(창작과 비평사, 2001.1)에서 이재철의 『한국현대아동문학사』가 지닌 문제점을 검토한 다음, 특히 프로아동문학과 월북문인에 대한 자료 조사와 재평가 작업이 온전한 아동문학사의 구성을 위해 가장 시급한 일이라고 했다. 그리고 원종찬은 「한국 아동문학의 어제와 오늘」, 위의 책, 18쪽에서 이재철의 아동문학사가 "'순수파'에 의한 '사회파' 배제의 담론"이라고 날카로운 비판을 했다.

3 아동문학사에 관한 이재철의 글을 제외하고, 최근에 발표된 아동문학사 관련 주요 글을 보이면 다음과 같다.

이상현, 『한국아동문학론』, 동화출판공사, 1976.
박화목, 「한국동화약사」, 『신아동문학론』, 보이스사, 1982.8.
김자연, 「한국아동문학의흐름」, 『아동문학 이해와 창작의 실제』, 청동거울, 2003.3.
김제곤, 「우리 동시가 걸어온 길」, 『아동문학의 현실과 꿈』, 창작과비평사, 2003.3.

광고를 당시에 발간된 『신소년』, 『별나라』 등에서 보았다 해도, 이 동요집을 실제로 보지 못했기 때문에 잘못 이해했거나[4] 광고와 달리 출판되지 않았을 것으로 추측했을 개연성이 많다. 어떻든 이번 『불별』의 발굴, 소개를 계기로 이 동요집의 실제 출판 여부가 명확하게 가려지게 되었고, 이 동요집이 아동문학사 중에서도 특히 계급주의 아동문학의 성격을 이해하는 데 중요한 기여를 하리라 생각한다. 그리고 아동문학의 총체적인 모습을 올바로 파악하려는 노력은 더 나아가서 한국문학사에서 아동문학이 차지해야 할 자리를 올바로 정립하는 데 기여하게 될 것임은 물론이다.

2. 『불별』의 서지와 성격

프롤레타리아동요집 『불별』을 찾게 된 곳은 향파(向破) 이주홍(李周洪) 선생의 유고 도서를 정리하는 자리에서이다. 그런데 필자가 이 책을 처음으로 찾은 것은 아니다. 필자와 같은 대학, 같은 학과에 근무하는 류종렬 교수가 향파 선생의 유고 도서를 정리하다가 이 책을 발견하게 되었다. 평소 향파문학, 특히 소설에 깊은 관심을 가지고 연구하고 있는 류 교수는 최근 한국소설학회의 학술대회에서 이 책의 존재와 간략한 서지를 포함한 글을 발표[5]한 다음, 이 책에 관한 본격적인 소개와 논의는 필자가 맡아줄 것을 권유했다. 아래에 소개되는 『불별』은 이렇게 해

4 신현득은 『신소년』 1930년 8월호에서 『신흥동요칠인집(新興童謠七人集)』의 출판 예정 광고를 보고, 실제 광고의 제목처럼 간행된 것으로 잘못 알고 있다. 『불별』이 간행되기 전에는 책의 제목이 이처럼 『신흥동요칠인집』으로 광고되었으며, 『불별』에 포함된 박세영의 이름은 빠져 있었다. 신현득, 「향파 이주홍의 동시 세계」, 『2003 이주홍문학제—이주홍문학세미나』 발표요지, 사단법인 이주홍문학재단, 2003.5, 4쪽.

5 류종렬, 「이주홍과 부산지역 문학」, 한국현대소설학회 제 21회 학술연구 발표대회(2003.5.31~6.1) 요지 『문학의 지방화와 탈식민주의』. 이 발표요지문 33쪽 각주 17)에서 『불별』에 관한 서지를 간략하게 제시한 바 있다.

1931년에 발행된 프로레타리아동요집 『불별』

서 필자의 손을 거치게 되었음을 밝혀 둔다.

『불별』은 1931년 3월 5일자로 신소년사 인쇄부(新少年社 印刷部)에서 인쇄하여 1931년 3월 10일자로 경성부(京城部) 경운동(慶雲洞) 96번지 소재 중앙인서관(中央印書館)에서 발행된 것으로 나타났다. 저작 겸 발행인은 신명균(申明均), 인쇄인인 이병화(李炳華)로 되어 있다. 책 크기는 13㎝×19㎝로 삼육판인 신서판(新書判)에 가깝다. 전체 쪽수는 서문에서 목차까지 8쪽과 그림 목차부터 본문 끝까지 57쪽을 합하여 65쪽이다. 당시 책의 정가는 20전, 송료는 2전으로 되어 있다.

이 동요집의 표지는 2도 칼라 인쇄로 되어 있으면서, 노동 소년의 전위적인 모습으로 보이는 그림을 담은 표제 아래쪽에 '푸로레타리아童謠集'이라고 명기하고 있다. 이 동요집이 프롤레타리아의 계급주의 이념을 추구한 작품들을 싣고 있음을 분명히 표지에서 밝히고 있는 셈이다. 여기다 속표지 다음에 권환(權煥)과 윤기정(尹基鼎)이 쓴 서문을 붙이고 있는데, 서문 끝에 각각 '朝鮮푸로레타리아藝術同盟' 소속임을 밝힌 다음 성명을 쓰고 있다.

여기서 권환은 임화와 함께 카프의 제 2차 방향전환을 주도한 인물로 1931년 4월에는 카프 중앙위원회의 위원이 되었다. 윤기정은 염군사(焰群社)에 가담하여 활동하다 카프 결성 때부터 가입하여 중앙상임위원, 조직부 책임자를 거쳐 1931년 당시에는 서기국 서기장 및 산하 영화부

상임위원을 맡고 있었던 인물이다.[6] 따라서 이 동요집에 이들의 서문을 올린 것은 이 동요집이 당시 조선프롤레타이라예술동맹 즉 카프(KAPE)의 핵심부로부터 지지 내지 후원을 받고 있다는 점을 은근히 내세우는 셈이 된다. 아울러 이 동요집의 시인들이 카프의 일원이거나 아니면 카프에 동조적인 인물들로서 카프의 문학이념을 지지 내지 동조하는 차원에서 이 동요집을 간행했음을 드러내는 셈이다. 여기서 권환의 서문에 있는 다음 구절은 『불별』의 성격과 의의를 잘 드러내고 있다.

> 이 『불별』은 우리들의 노래 짓는 아저씨들이 우리들의 부르는 노래만 지어 모아서 우리들에게 보내는 책이다. 이것은 우리 조선에서는 가장 처음으로 우리들의 노래책이다.[7]

위의 서문 내용은 실상 카프의 계급주의 이념을 지지하는 시인들이 자신들의 문학이념에 토대를 두고 창작한 작품들을 모아서 간행한 동요집임을 밝히면서, "우리 조선에서는 가장 처음 되는 우리들의 노래책"이라고 했듯이, 당시 카프에서 공인되어 출판된 것은 아니지만, 카프 조직에서 발행된 것이나 다름없는 최초의 프롤레타리아동요집에 해당된다는 것이다.

이런 점에서 『불별』이 카프와 직·간접으로 연관된 처음의 단행본 문학 출판물이라는 사실을 기억해 둘 필요가 있다. 잘 알다시피, 카프에서 공식 간행된 『카프시인집』은 이 『불별』보다 조금 늦은 1931년 11월에 간행되었으며, 카프 편 『농민소설집』도 1933년에 발간되었다. 그러니 이 동요집은 비록 카프의 공식 저작물은 아니지만, 카프 관련 문학인들

---

6 권환, 윤기정의 전기적 사항에 관해서는 권영민, 『한국계급문학운동사』(문예출판사, 1998.9)의 부록으로 붙은 「조선프롤레타리아예술동맹 관련 문인 약전」을 참고했다.

7 권환, 「서문(1)」, 『불별』, 경성: 중앙인서관, 1931.3, 2쪽.

의 문학활동이 먼저 동시(동요 포함)에서부터 정리되었음을 알 수 있게 한다. 이는 계급주의 아동문학 중에서도 동시의 창작이 일정한 성과를 모을 만큼 다른 장르보다 활발하게 진행되었음을 보여주는 것이기도 하다. 또한 이 동요집의 발간은 계급주의 문학에서 아동문학이 성인 대상의 문학보다 더 긴요하게 추진되었음을 보여주는 상징적인 사건이기도 한 것이다.

> 이제 우리들의 동요 작가들의 손으로 동요집이 발간되는 것이 우연한 일이 아니다. 그만치 푸로동요가 성장되엇다는 표상이며 또한 여러 동무의 의식적 활동인 동시에 문학전선에 잇서 한 부분의 계급적 사업이다.[8]

윤기정의 위 서문에서, 이 동요집이 "푸로동요가 성장되엇다는 표상"이면서 "문화전선에 잇서 한 부분의 계급적 사업"으로서의 의의를 갖는다고 밝히고 있다. 여기서 비록 '한 부분의 계급적 사업'이라 했지만, 프로동시의 창작이 갖는 '계급적 사업'의 의미는 의외로 클 수 있다. 그것은 성인들에게 계급주의의 이념을 주입, 고취하기가 여간 어려운 일이 아니라고 한다면, 아직도 이념적으로 순수한 아동들을 대상으로 계급주의 이념을 선전·선동하기가 가장 효율적이면서도 손쉬운 일일 수 있기 때문이다. 카프의 계급주의 문학에서 아동문학이 중요하게 부각될 수 있는 이유가 바로 여기에 있다. 이런 점에서 카프의 일원으로 시를 쓴 시인들의 상당수가 동시, 동화, 동극 등 아동문학의 창작을 병행했다는 사실을 예사롭게 보아 넘길 일이 아니다.

『불별』에서 이 책을 꾸며낸 8인의 명의로 쓴 「동생들아! 누이들아!」에는 바로 이러한 '계급적 사업'의 목표를 분명히 밝히고 있다.

---

8 윤기정, 「서문(2)」, 위의 책, 3쪽.

이것은 너의들에게 읽히랴는 것이다. 다 가치 가난과 설음 속에서 사는 정다운 우리 가난한 동무들에게 읽히자는 것이다. 밤낫 아름답고 사치한 것만 조아하는 부자

〔…중략…〕

너의들은 이 책을 뜻잇게 보아다고. 〔…중략…〕 그러치 그래서 너의들이 어떤 처지에 잇고 어떤 길로 나아가야 할 것을 아러야 된다. 〔…중략…〕

너의들은 내일 ××을 준비하는 씩씩한 어린 일군들이 아니냐 또 우리들은 지금 ×을 들고 나선 너의들의 뻑뻑한 어린 일군들이 아니냐 또 우리들은 지금 ×을 들고 나선 너의들의 씩씩한 형과 옵바들이 아니냐.

그러타 우리는 우리 우리끼리 이러케 한 덩치가 되어야 하는 것이다.[9]

이 글은 프롤레타리아의 계급투쟁 이념을 뚜렷이 드러내고 있다. 계급 대립의 관점에서 프롤레타리아 계급의 동지적 유대감과 결속을 통해 계급투쟁의 전선에 나아갈 것을 고취하는 데 이 동요집의 발간 뜻이 있다고 제시하고 있는 것이다. 동요 내지 동시 작품으로서의 미학적 인식은 배제되어 있고, 철저히 '계급적 사업'을 목표로 하는 '운동으로서의 문학' 이념을 좇고 있는 셈이다. 말하자면 이 동요집의 시적 세계관은 바로 이러한 창작 의도에 바탕을 두고 있는 것이다. 그렇지만 이들 동요집이 갖는 의의는 창작 의도에 따른 시적 세계관으로만 재단될 수 없다. 그것은 작품으로서의 시적 형상화가 문학적 감동을 동반하는 리얼리티와 긴장감을 얼마나 확보하느냐의 문제 인식을 통해 온전하게 드러날 수 있기 때문이다.

한편 『불별』은 동요집으로서의 독특한 면모를 일정하게 갖추고 있다. 8명의 동시 시인의 작품들을 싣고 있는데, 개인별로 적게는 4편, 많게는

9 『불별』, 5~6쪽.

7편까지 편성하고 있다. 그러면서 개인별 첫 작품에는 모두 그림을 넣었고, 두 번째 작품에는 모두 악보를 붙여 놓았다. 이는 동시 작품을 그림으로 시각화함으로써 시적 리얼리티의 효과를 높여 아이들의 동시 이해를 한층 용이하게 하고자 했으며, 또한 동시 작품을 악보와 함께 제시함으로써 노래를 통한 정서적 효과를 고조시키면서 궁극적으로는 동시의 노래화를 의도했던 것으로 보인다.

그렇다면 『불별』에 동시 작품들을 싣고 있는 8명의 시인들은 어떤 이들이며, 그들의 작품은 어떤 성격을 지니는지 구체적으로 살펴볼 차례이다. 각 시인별 작품을 수록 순서대로 제시하면 다음 표와 같다.

순서	시인명	작품명	작품수
1	彈 金炳昊	가을바람(畵), 退學(曲), 모숨기, 바다의 아버지, 더운 날	5
2	雨庭 梁昌俊	따로 잇다(畵), 망아지(曲), 대목장 압날 밤, 비밀상자, 씨름, 새총	6
3	久月 李錫鳳	게떼(畵), 새쫏는 노래(曲), 소작료, 어듸보자, 조심하서요, 중놈, 자동차 소리	7
4	向波 李周洪	벌꿀(畵), 편싸홈 노리(曲), 모긔, 장아치 아저씨, 방귀, 박쥐· 고양이	6
5	血海 朴世永	길(畵), 대장간(曲), 손님의 말, 단풍, 할아버지 헌 時計	5
6	楓山 孫重行	낫(畵), 거머리(曲), 물총, 불칼, 물맴이	5
7	孤松 申末贊	우는 꼴 보기 실허(畵), 미력과 장승(曲), 껍질 먹는 신세, 기다림, 도야지	5
8	響 嚴興燮	어머니(畵), 인쇄긔게(曲), 夜學노래, 제사	4
소계	8명		43

3. 시인들의 면모와 작품의 성격

『불별』에는 8명의 시인들의 동시 43편이 들어 있다. 전체 작품 수는 많은 편이 아니나, 이들 작품들이 당시까지 발표된 프로동시의 성과를 일정하게 반영하면서 그들 작품을 대표한다고 해도 그리 잘못된 것은 아니다. 그것은 위 8명의 시인들이 당시 계급주의 아동문학, 특히 프로동시를 가장 활발하게 창작했던 시인들이기 때문이다. 물론 위의 표에서 보듯이, 시인에 따라 수록 작품수에서 약간의 편차가 나타난다. 즉, 엄흥섭(嚴興燮)의 작품이 4편으로 가장 적고, 이구월(李久月)[10]의 작품이 가장 많은 것이 눈에 띄는 현상이다. 사실 엄흥섭은 동시보다 소설을 주로 썼다는 점에서 다른 시인보다 작품수가 적은 점이 이해된다. 그런데 이구월은 가장 많은 작품들을 실을 만큼 상당한 동시 작품들을 쓴 시인이지만, 그동안 그의 면모는 학계에서 한 번도 거론되지 않았다는 점에서 주목되는 시인이다. 이뿐만이 아니다. 김병호(金炳昊)의 경우도 시인으로서의 면모가 거의 밝혀진 바 없으며, 다른 시인들도 프로시인 또는 아동문학가로 논의되는 과정에서 어느 정도 그 면모가 알려졌으나, 정작 동시 시인으로서의 독자적인 면모는 구명되지 못한 단계에 있다. 여기서 위 8명의 시인들의 면모를 새롭게 짚어보면서 간략히 작품의 성격도 살펴보기로 한다.

---

10 시인에 따라 독자에게 실명이 더 익숙한 경우와 필명이 더 익숙한 경우가 있다. 필명이 실명보다 더 익숙한 경우는 필명으로 작품을 주로 발표했기 때문이다. 구월(久月) 이석봉(李錫鳳)은 후자의 경우에 속한다. 독자에게 어느 쪽이 더 익숙한가에 따라 시인을 지칭하는 이름으로 사용하기로 한다. 이구월(李久月), 양우정(梁雨庭), 손풍산(孫楓山), 신고송(申孤松)은 모두 필명으로 시인을 호칭한 것이다.

1) 김병호(金炳昊)의 동시

탄(彈) 김병호(金炳昊: 1904~1959)는 1980년대 이전에는 어떤 문예사전에도 이름이 오르지 않았을 정도로 우리 문학사에서 거의 잊히다시피 한 시인이다. 그런데 권영민이 편찬한 『한국근대문인대사전』[11]에서 김병호의 이력과 문학서지가 처음으로 간략하게 조사되어 오르게 됨으로써 그에 관한 관심이 촉발될 수 있게 되었다. 그러나 필자의 확인 결과, 이 사전에서 조사된 김병호의 이력과 문학서지는 정확성을 결여한 것이다. 그것은 이 시인과 동명이인인 또 다른 김병호 시인이 있었기 때문이다. 『불별』에 동시를 올린 김병호는 1906년 하동 출신[12] 시인으로 호가 계림(鷄林)이었고, 진주교육대학교의 전신인 경남공립사범학교 특과를 졸업하고 경남 일대에서 여러 초등학교를 전전하며 교사로 지내다 1954년 신병(정신이상)으로 백전초등학교장을 마지막으로 해임되었다가, 1961년 부산에서 위암으로 사망했던 것으로 조사되었다. 그리고 그동안 김병호의 시집으로 알려진 『황야(荒野)에 규환(叫喚)』은 이 시인의 시집이 아니고 해방 후에 시를 썼던 동명이인의 시집임이 밝혀졌다.[13]

하동 출신 김병호는 일제강점기에 『조선문단』 1925년 4월호에 시 「안진방이꽃」이 독자투고 당선시로 뽑힌 것을 시작으로 『대중공론』, 『음악과 시』, 『전선(全線)』, 『비판』, 『신소년』, 『별나라』 등에 시, 동시, 동화, 아동문학론, 수필 등 많은 글을 썼으며, 한때 일본에서 발행되는 『일본

---

11 권영민 편, 『한국근대문인대사전』, 아세아문화사, 1990.7, 179~180쪽. 이후 강희근은 여기 실린 기록을 바로 잡지 못한 채 김병호의 시를 간략히 논의한 바 있다. 강희근, 「광복 후 경남 시 문학사의 흐름」, 『경남문학의 흐름』, 보고사, 2001.11, 13~14쪽과 「진주문학의 흐름」, 같은 책, 113~116쪽.

12 김병호는 1904년 경남 하동군 하동읍 목도리에서 태어난 것으로 조사되었다. 그런데 1915년 이전에는 하동군은 진주부에 속해 있었기 때문에 진주 출신이라도 해도 그리 잘못된 것은 아니다. 그리고 시인은 후에 본적을 경남 진주시 평안동으로 옮긴 것으로 나타났다.

13 박경수, 『잊혀진 시인, 김병호의 시와 시 세계』, 도서출판 새미, 2004, 192~195쪽.

시인(日本詩人)』과 『전기(戰旗)』에도 주목할 시작품을 발표했다.[14]

김병호의 젊은 시절 모습(1930.8)

여기서 그의 시 작품들이 국내에서나 일본에서 당시 사회주의의 문학 노선과 직·간접적으로 관련된 잡지에 주로 발표되었다는 점에서 그의 문학적 지향이 사회주의의 문학이념을 토대로 하고 있었음을 알 수 있다. 『불별』에 실린 그의 동시 작품들은 바로 그의 문학적 지향을 뚜렷이 보여주면서, 계급주의 동시 시인으로서의 독자적인 면모를 드러내게 한다.

김병호의 동시는 처음부터 사회의식을 담은 계급주의 동시로 나아간 것은 아니었다. 그는 1930년 전반기까지 주로 자연 친화의 동심을 노래한 시를 썼으나, 1930년 후반 이후부터는 사회의식을 담은 계급주의 동시를 집중적으로 발표했다. 아마도 김병호 시인은 1930년 후반기부터 카프에 본격 관계한 것으로 짐작된다.[15] 이 『불별』에 실린 작품들은 바로 1930년 이후에 발표된 작품들 중에서 선별된 것이다.

김병호의 동시가 갖는 본령은 아무래도 일정한 사회의식이 개입되어 있는 작품들에서 찾을 수 있다. 그의 동시는 계급적 대립 구도에 따른 가난의 사회 현실을 문제 삼으면서 그 모순의 현실을 비판적으로 성찰하는 자세를 취한다. 다음 「바다의 아버지」와 「모심기」는 민중이 처한 삶의 질곡과 악순환을 노정시키면서 민중적 삶의 현실이 갖는 상대적 모순을 부각시키고 있는 작품들이다.

---

14 박경수, 「일제 강점기 부산·경남지역 시인의 일어시 발굴 및 재조명 연구」, 『한국문학논총』 제33집, 한국문학회, 2003.4.

15 김병호가 카프의 일원으로 공식 참가했다는 구체적인 증거는 아직 발견하지 못하고 있다.

①해도아즉 떠지안는 이른새벽에
기적소리 들려오면 울아버지는
조고마한 배타시고 윤선에가죠
쌀가마니 실어내려 열번수무번

선창가에 쌀가마니 산과가태도
울아버지 실어내신 그쌀이라도
오늘아침 우리집엔 양식이업서
울어머니 걱정하며 쌀꾸러갓죠

갈매기떼 울며나는 바다우으로
저녁노을 비츨실고 울아버지는
고기만히 잡아갓고 돌아오서도
오늘저녁 우리집엔 파래장국뿐

—「바다의 아버지」 전문[16]

②여름내 땀흘여 풀을 매고
가을에 타작한 나라섬은
지주네 고바에 들어가네
뭣하러 또다시 모심으나.

한평생 일해도 가난한건
놀고만 먹는이 잇는탓을
어널널 상사뒤 농부들아

16 『불별』, 23쪽. 이 작품은 『별나라』 통권 42호(1930.7.1)에 먼저 발표된 바 있다.

구렁논 장아치 박아주자.

—「모심기」 3, 4연[17]

위에서 ①은 가난한 어부로 있는 아버지의 처지를, ②는 소작농민으로 일하는 입장과 처지를 각각 시적 대상과 제재로 삼았다. 그런데 두 작품은 시적 대상과 제재를 달리 해도, 그것을 형상화하는 관점에서는 동일하다. 어부로 있는 아버지와 소작농민을 하층민의 전형으로 삼아, 하층민이 겪는 삶의 모순을 들추어내면서 그것을 비판적인 시각으로 보고자 했다. ①에서 "선창가에 쌀가마니 산과가태도/[…중략…]/울어머니 걱정하며 쌀꾸러갓죠", 그리고 "고기만히 잡아갖고 돌아오서도/오눌저녁 우리집엔 파래쟝국뿐"이라 한 대목이나 ②에서 "여름내 땀흘여 풀을매고/가을에 타작한 나락섬은/지주네 고방에 들어가네"라고 한 구절에서 이런 관점이 두드러지게 나타난다. 이는 일하는 자와 노는 자, 못 가진 자와 가진 자 사이를 계급적 대립의 관점에서 보는 것이다.

그런데 김병호의 동시에서 계급적 대립의 관점은 극심한 분노로 표출되지 않고 있다. 위의 시 ②에서 "어널널 상사뒤 농부들아/구렁논 장아치 박아주자"라고 했듯이, 지주에 대한 불만을 간접적으로 회화시키는 정도이다. 다음 작품에서, 그가 궁극적으로 내세우고자 하는 것은 계급적 대립에 의한 적개심이 아니라, 민중의 궁핍한 현실을 슬기롭게 이겨나가는 민중 자신의 의지적 노력에 있음을 알 수 있다.

학교와 동무를 뒤에 다두고
울며울며 논길을 걸어갑니다
학교못갈 책보를 무엇에쓰랴

17 『불별』, 22쪽. 목차에는 '모숨기'로 되어 있으나 본문에는 '모심기'로 되어 있다. 이 작품은 『신소년』 제8권 제8호(1930.8.1)에 먼저 발표된 바 있다.

까욱가욱 까마귀에 물여보낼가
……(2연 생략)……

밤되면 야학교에 가서배호지
가 갸 거 겨 하나 둘 셋
밤줏게 돌아가선 집신만들지
이래도 커나서는 큰일군될네.

—「退學」에서[18]

위에서 시적 화자는 가난의 현실 때문에 학교를 그만두게 되는 현실을 매우 안타까워하면서도, 그러한 현실에 좌절하지 않고, 야학이란 대안을 제시하며 주경야독의 정신을 통한 미래지향적 다짐을 보이고 있다. 이런 점에서 김병호의 동시는 민중현실을 비판하는 사회성을 고양하면서도 다른 한편으로 인간적 애정에 기초한 긍정적 세계인식의 전망을 제시하고자 했다고 말할 수 있다. 여기서 그가 일찍이 "동모들아 붓을잡어라/세속에물들지안은 그들의마음에/조흔씨를고히고히 뿌려나주자"(「어린이」에서[19])고 하여 순수한 동심에 대한 기대를 떠올릴 수 있다.

2) 양우정(梁雨庭)의 동시

우정(雨庭) 양창준(梁昌俊: 1907~1975)의 시는 일제 강점기 민요시 또는 농민시를 논의하는 자리에서 단편적으로 언급된 바 있었다.[20] 그러다 서

18 『불별』, 12쪽. 《조선일보》(1929.11.10)에 먼저 발표된 바 있다.
19 《중외일보》, 1928.5.8.
20 박경수, 「한국 근대 민요시 연구」, 부산대 대학원 박사학위 논문, 1989.2, 180~184쪽. 서범석, 『한국 농민시 연구』, 고려원, 1991.4, 130~132쪽. 서범석, 『우정 양우정의 시문학』, 보고사, 1999.

범석의 양우정에 관한 본격적인 조사와 연구[21]를 통해 그의 생애와 문학적 면모가 비로소 구체적으로 드러났다. 그러나 그의 동시 시인으로서의 면모는 아직까지 독자적으로 구명된 바가 없다.

양우정은 1928년 카프의 중앙위원으로 가담한 시기부터 본격 시를 발표하기 시작했는데, 『불별』에 실린 6편의 동시 역시 이 기간에 『신소년』과 『별나라』 등에 발표된 작품들로 파악된다. 그런데 이들 작품들은 그동안 양우정의 시작품 목록에서 제외되어 있었다는 점에서 주목될 뿐만 아니라, 그가 동시 시인으로서 차지하는 위치를 분명히 파악하는 근거가 된다는 점에서 매우 중요한 의의를 지닌다.

①양과자를 어더먹고 망아지되여
고놈고놈 석동이를 태워준다지

미운놈의 석동이와 놀지말자고
맹서맹서 하여노코 왜놀앗슬고

동모들게 말을하여 놀니여줄가
엄마한테 일너주어 매를마칠가

—「망아지」 전문[22]

②고기반찬 쌀밥을
배에지것처먹고
나물국죽 한그릇도
못어더먹은 나한테

21 『불별』, 13쪽.
22 『불별』, 13쪽.

씨름해서 젓다고 분이난다고
횟차리를 가저와서
깡부랑을 부렷지

울엄마가 네집에
일을 해주고
나허고와서 먹는다고
밥이만히 군다고
팔을쑥쑥 내밀며
욕을 하엿지
요놈보자 거리에 나오기만하며는
우리동모 떼동모 뭉처가지고
분푸리를 해볼테니
견듸 보아라.

—「씨름」 전문[23]

위의 두 작품은 시적 대상을 보는 관점에서 동일하다. 그것은 기본적으로 시적 화자를 못 가진 자 또는 가난한 자, 그 상대를 부자로 설정하여, 계급적 대립의 모순 관계를 들추고자 한 것이다. 이처럼 지나치게 도식적이라 할 수 있는 빈부의 계급적 대립 관계는 양우정의 동시에서 드러나는 기본적인 시의 구도이다. 즉, ①에서 '양과자—석동이 : 얻어먹는 망아지—나'와 ②에서 '고기반찬 쌀밥—너 : 나물국죽—나'의 대립 구도로 나타나는 것이 그것이다. 그런데 문제는 이러한 계급적 대립구도의 해결을 ①에서는 어머니에게 일러바치는 것으로, ②에서는 '떼동

23 『불별』, 28쪽.

모'의 집단적 분풀이로 설정하고 있다는 점이다. 시적 화자가 아동이라는 점에서 이러한 해결의 방안이 아동의 단순한 사고에 따른 것이라고 하겠으나, 합리적이고 이성적인 판단에 의해 문제 해결을 하는 것이 아니다. 이는 그만큼 양우정의 동시가 계급투쟁의 이념을 도식적으로 반영함으로써 드러나는 한계라고 말할 수 있다.

3) 이구월(李久月)의 동시

구월(久月) 이석봉(李錫鳳: 1904~?)은 지금까지 아동문학을 포함하여 한국 현대문학을 논의하는 자리에서 한 번도 거론된 적이 없는 시인이다.[24] 따라서 그의 생애나 문학 이력조차도 제대로 알려진 것이 거의 없다. 다만, 몇몇 자료를 통해, 그는 1904년 경남 마산에서 태어나서 통영에서 주로 거주했다는 점,[25] 1928년부터 『신시단』, 『조선시단』 등에 동시를 발표했으며, 광복 뒤 동시집을 간행하고 부산 대청동에서 지병으로 돌아간 것[26]으로 파악되는 것이 전부이다. 여기에 일제강점기의 신문 기사 등을 참고할 때, 이석봉은 교육계에 종사했던 것으로 파악되며,[27] 『불별』에서 자신의 동시를 비롯하여 다른 시인의 시작품들을 악보로 붙여 작곡하고 있는 점으로 미루어 보아 음악을 전공했거나 음악에 상당한 조

---

24 최근 필자는 이구월의 해방 이전 동시를 비롯한 그의 아동문학을 집중 조명하는 논의를 한 바 있다. 박경수, 「이구월(李久月)이 나아간 아동문학의 길과 자리」, 『한국문학논총』 제65집, 한국문학회, 2013.12.

25 이에 관한 사항은 『음악과 시』 창간호(1930.8)의 「시인소식 악인소식」(29쪽)에 나와 있는데, 당시의 주소지는 '통영(統營) 신천(新川) 103'으로 나와 있다.

26 박태일 엮음, 『두류산에서 낙동강에서—가려 뽑은 경남 · 부산의 시(1)』(마산: 경남대학교 출판부, 1997.9)의 「시인 해적이」(457쪽)에서 이구월의 간략한 이력이 소개되어 있다. 그리고 이 책의 39쪽에는 동시 「참깨고리」가 올려져 있다.

27 《동아일보》(1928.3.4)의 '해주녀자통속강연회'에서 「아동의 악습과 그 원인」을 강연한 것으로 나타난다. 그리고 같은 신문 1928년 3월 29일부터 동화 「고양이와 쥐」를 4회 연재했다. 그리고 《조선일보》(1929.1.27) 항일 관련 기사에서도 이석봉의 이름이 나타난다. 이들 글에 대한 좀 더 자세한 검토가 필요하다.

이구월의 젊은 시절 모습 (1930)

예가 있었던 인물로 추정된다.

그런데 이구월은 당시 계급주의 동시와 관련하여 매우 중요한 시인이라고 말할 수 있다. 그것은 『불별』에 작품을 실은 8명의 시인들 중에서 가장 많은 7편의 시작품을 싣고 있다는 사실에서 알 수 있다. 그의 동시는 주로 농촌의 농민현실을 담고 있는데, 다른 시인의 시들처럼 계급적 대립과 갈등을 형상화하고 있기는 마찬가지이다. 그러나 계급적 대립과 갈등을 극단적 투쟁으로 몰아가기보다는 그것을 시적 화자의 자아 성찰과 극복으로 연결시키고 있는 점이 특징이다.

> 우리는논직히는 새잘홋는아히들
> 휫바람군호마처 석유통북소리
> 량팔을내흔들며 후이후이후이
>
> 우리는논직히는 말잘듯는아히들
> 아버님핏땀흘려 애태우며지은곡식
> 한쪼각도못주겻다 후이후이후이

—「새 쫏는 노래」 1, 2연[28]

위의 시는 전승동요로 불리는 「새 쫓는 노래」를 기반으로 창작된 동시 작품이다. 부모가 애써 지은 곡식을 새가 와서 먹지 못하도록 새를 쫓으면서 불렀던 동요의 여음인 "후이후이후이"를 적절하게 넣으면서, 부모

28 『불별』, 14쪽.

의 고된 노동과 그 노동의 보람을 성찰하는 모습을 보여준다.

다음의 동시 「어듸보자」도 소작인의 처지에 있는 아버지와 그 주인의 대립적 구도를 보여주고 있으나, 궁극적으로 그 모순의 타개를 시적 자아의 미래에 대한 다짐으로 연결시키고 있다.

울아버지 허리굽혀 인사를하면
모자도 아니벗고 눈알만껌벅
나만흐신 울아버지 꾸러안저도
양반다리 건방지게 말조차노워

어듸보자 내가크면 어듸를 보자

피땀흘려 지은곡식 다빼서가며
그래도 세작다고 논뺏는다네

울아버진 성이업나 긔운이업나
논떼일까 참는다네 오직분하리

어듸보자 내가크면 어듸를보자.

—「어듸보자」 전문[29]

앞의 시에서 소작권을 매개로 한 지주와 소작인의 계급적 갈등은 경제적인 모순을 넘어 인격적 비하와 굴종까지도 허용할 수밖에 없는 모순으로 확대되고 있음을 말하고 있다. 그런데 시적 자아는 빈부의 경제

29 『불별』, 33쪽.

적 차이에서부터 비롯된 인간적 모멸의 상황을 계급투쟁의 적극적인 방향에서 해소하려고 하지 않는다. 오히려 시적 화자는 "논떼일까 참는다네 오직분하리"라고 했듯이, 계급적 갈등에서 빚어지는 인간적 모멸을 부득이한 상황으로 용인하는 태도를 보여준다. 그러면서 "어듸보자 내가크면 어듸를 보자"라고 했듯이, 즉각적으로 계급투쟁을 하는 적극적 방법보다는 미래의 상황을 기약하는 점진적이고 소극적인 방법을 취한다. 이런 점에서 이구월의 동시는 계급주의의 색채가 다소 옅으면서 급진적인 면모가 약하다고 말할 수 있다. 그러나 이런 점을 포함하여 이구월의 시를 좀더 포괄적으로 검토하기 위하여 앞으로 충분한 서지작업이 이루어져야 하고, 이를 토대로 동시 시인으로서의 모습을 구체적으로 검토해야 하는 과제가 주어져 있다고 할 것이다.

4) 이주홍(李周洪)의 동시

향파(向波) 이주홍(李周洪: 1906~1987)은 『불별』에 작품을 올린 8명 중 아동문학가 또는 소설가로 이미 상당한 논의가 이루어진 편에 속한다. 그런데 대부분의 논의가 동화작가나 소설가로서의 문학 업적을 살피는 것이었고, 시인으로서의 면모를 파악하는 논의는 손에 꼽을 정도에 지나지 않았다.[30]

이주홍은 생전에 동시집 『현이네 집』(보리밭, 1983)과 시집 『풍경』(보리

30 지금까지 이주홍의 시를 대상으로 한 주요 논의를 들면 다음과 같다.
송명희, 「이주홍의 시적 지향과 정신적 높이」, 『나그네의 수첩』, 그루, 1990.
곽홍란, 「이주홍 동시 특성 연구」, 영남대대학원 석사학위논문, 1999.
김지은, 「이주홍 시 연구」, 『지역문학연구』 제7호, 경남지역문학회, 2001. 10.
박태일, 「이주홍의 초기 아동문학과 〈신소년〉」, 『현대문학이론연구』, 현대문학이론학회, 2002. 12.
신현득, 「향파 이주홍의 동시 세계」, 앞의 책.
박경수, 「일제 강점기 이주홍의 동시 연구」, 『한국문학논총』 제35집, 한국문학회, 2003. 12.

발, 1984)을 간행했다. 그런데 이들 동시집과 시집에는 일제강점기에 발표한 동시와 시작품들이 대부분 빠져 있다는 데서 문제점이 제기된다. 따라서 일제강점기에 발표한 동시와 시작품들에 대한 면밀한 서지 조사가 선행될 필요가 있고, 그 다음 이를 토대로 한 동시나 시작품의 논의가 필요한 것이다. 이런 점에서 김지은, 박태일, 신현득의 시와 동시 논의는 일제 강점기 이주홍의 시 목록을 한층 충실히 하는 데 기여했고,[31] 또한 사회의식을 담은 이주홍의 계급주의 동시와 시를 주목하게 하는 성과를 거두었다고 말할 수 있다.

그러나 이러한 성과에도 불구하고 『불별』에 수록된 이주홍의 동시 작품들은 좀 더 폭넓은 자료 조사를 통해 동시를 논의할 것을 요구한다. 그것은 『불별』에 실린 6편의 작품들 중에 『편싸홈노리』 1편을 제외하고 모두 새롭게 추가되는 이주홍의 동시 목록들이기 때문이다.

이주홍의 동시 작품들은 다른 시인들의 작품들에 비해서 전승동요의 형식과 수사법을 가장 잘 활용하고 있으면서, 동심을 활용한 풍자와 해학의 기법을 두드러지게 보여준다. 몇 작품을 보자.

①모긔 앵앵앵
물고 앵앵앵
빨고 앵앵앵
조코 앵앵앵

31 김지은, 박태일, 신현득의 세 글을 통해 찾아진 일제강점기 때 이주홍의 시와 동시 작품은 다음과 같다. 『음악과 시』 창간호에서 시 「새벽」과 동요시 「편싸홈노리」(이상 1930.8), 『별나라』에 발표된 「가나다노래」(1931.5), 「千字푸리」(1931.9), 「개똥」(1933.2), 「호작질」(1933.5), 「기관차」(1933.12), 「엄마」(1934.12), 『신소년』에서 「벌소제」(1932.11), 「벽」(1932.11), 「염불긔도」(1932.12), 「새벽」(1933.2, 언론 검열로 삭제됨), 「연」(1933.5), 「풀꾹」(1933.7), 「자리짜기」(1934.3), 그리고 『우리들』에 발표된 시 「적막한 아침」(1934) 등이다. 그러나 이들 작품 외에도 신문 등의 지면에서 이주홍의 동시 작품들을 추가로 찾을 수 있다.

모긔 앵앵앵
맛고 앵앵앵
떨고 앵앵앵
죽고 앵앵앵

—「모긔」 전문[32]

②통삼베 중우에 방귀가 뽕
네놈들 못먹던 보리방귀다
고기만 처먹든 가즌코끄테
우리네 냄새도 마터보아라.

일하다 쉬다가 방귀가 뽕
아츰에 보리밥 다삿나보다
약한놈 땀만 빼아서갈네
맛조흔 방귀로 아서가거라.

—「방귀」 전문[33]

동시 ①에서 모기 소리를 반복적인 여음으로 잘 활용하고 있는 것이나, 1연과 2연을 병치(parallelism)시켜 의미상의 대조를 이루게 하는 기법은 전승동요에서 볼 수 있는 기법적 특징이기도 하다. 그러면서 이 시는 간명한 어휘와 수사를 보인다는 점에서 아이들의 단순한 사고에도 잘 호소되는 성질을 지닌다. 그렇지만 이 동시를 통해 전달하고자 하는 의미는 가볍게 보아 넘길 수 없다. 겉으로는 모기를 시적 대상으로 삼아 풍자하는 것 같으나, 실상은 모기에 상응하는 착취계급을 풍자하는 알

32 『불별』, 38쪽.
33 『불별』, 40쪽.

레고리(allegory)의 시이면서 아이러니(irony)의 시이기 때문이다. 즉, 1연에서 모기가 '물고/빨고/조코'의 상황이 2연에서 '맛고/떨고/죽고'의 상황으로 역전되는 아이러니를 보여줌으로써 착취계급에 대한 효과적인 풍자를 거두고 있다.

동시 ②는 해학적 소재와 표현을 통한 풍자적 효과를 추구하는 작품이다. 우선 시적 소재부터가 '방귀'라 하여 관심을 끌게 하면서 웃음을 자아내게 한다. 민요나 동요에서 불리는 「방귀 노래」나 「방귀 뀌는 아이 놀리는 노래」는 모두 풍소유희요(諷笑遊戲謠)로 한결같이 웃음을 동반한다. 이와 마찬가지로 ②의 동시도 각 연의 1행에서 "통삼베 중우에 방귀가 뽕", "일하다 쉬다가 방귀가 뽕"이라 하여 처음부터 웃음을 유발하는 표현을 앞세우고 있다. 그런데 이러한 웃음은 연속되는 행의 사설로 넘어가면서 점차 의미심장함으로 새겨지게 된다. 그것은 부자와 가난한 자 사이의 모순을 날카롭게 풍자하는 목소리로 전환되기 때문이다.

이상의 동시에서 보았듯이, 이주홍 동시가 갖는 중요한 특징은 일제강점기의 사회 현실을 기본적으로 계급적 모순에서 비롯되는 것으로 파악하지만, 그것은 효과적인 풍자와 해학의 기법을 통해 동심에 잘 호소될 수 있는 시적 발성과 수사를 확보하고 있다는 점에서 찾을 수 있다.

5) 박세영(朴世永)의 동시

혈해(血海) 또는 백하(白河) 박세영(朴世永: 1902~1989)은 임화(林和), 권환(權煥) 등과 더불어 카프의 대표적인 시인으로 꼽히는 인물이다. 따라서 그가 남긴 공동시집 『카프시인집』(1931)을 비롯하여 개인시집인 『산제비』(1938), 『횃불』(1946), 『진리』(1947), 『승리의 나발』(1952), 『박세영시선집』(1956) 등에 수록된 작품들을 대상으로 상당한 연구가 진행되어 왔다.

그런데 지금까지 박세영이 카프의 대표적인 동시 시인으로 상당수의 동시 작품을 썼다는 사실은 논의되지 못했다. 실제로 박세영은 카프의 영향 아래 아동 잡지 『별나라』를 편집하면서 틈나는 대로 동시를 쓰는 한편, 천도교 계열의 아동 잡지 『어린이』와 대립하는 구도에서 계급주의 아동문학을 이끌었다. 그리고 1929년에는 동요극 「어린 소제부」의 필화 사건으로 용산경찰서에 구금되기도 했다. 이처럼 박세영이 카프의 핵심에 있으면서 아동문학을 주도했다는 차원에서 보면, 그가 아동문학가로서 특히 동시 시인으로서 갖는 남다른 면모는 결코 소홀히 할 수 없는 것이다. 『불별』에 실린 박세영의 동시 5편은 이런 관점에서 눈여겨볼 작품들이다. 앞으로 이들 작품 외에 박세영의 동시 작품들을 폭넓게 조사한 결과를 보태어 그를 동시 시인으로 본격 논의하는 과제가 남아 있다.[34]

우선 박세영의 동시를 잠시 보자. 그런데 그의 동시는 계급주의에 의한 선입견으로만 볼 수 없는 국면을 지닌다. 5편의 작품들 모두 계급주의의 관점이 상당히 희박하게 드러나는 편이기 때문이다.

①소리소리 나는저집은
할아버지 낡은 대장간
아츰부터 저녁때까지
똑딱똑딱 징징글뚝딱

동무네가 부는 풀무는
풀느덕삑 풀느덕빽-
쉬지안코 장단맛추어
불은훨훨 쇠야다러라.

34 『불별』이 간행되기 이전에 나온 '신흥동요칠인집'이란 제목의 광고에는 박세영의 이름이 빠져 있다. 따라서 박세영은 처음부터 『불별』에 작품을 싣고자 했던 것은 아니었던 것으로 보인다. 그러나 『신소년』, 『별나라』에서 상당한 동시 작품을 발표했다.

할아버지 맨든연장은
시골서울 논아가지만
딱딱하고 말는손들이
녯날부터 벗들이래요

—「대장간」 1~3연[35]

②대각대각 댈그럭
갓다섯다 또가는 굼보헌시게

세 살 열 살 또 열 살
내나보다 더먹은 우리집시게

지금세상 다갓다
헐떡헐떡 못가나 왜작구쉬나

(4~5연 생략)

할아버지 조곰만 더살다갑쇼
우리들의 새날을 보고나갑쇼.

—「할아버지 헌 時計」에서[36]

①의 시 「대장간」은 대장간에서 노동하는 할아버지의 의지적인 모습

35 『불별』, 16쪽. 『별나라』(1931.7 · 8 합호)에 다시 발표했다.
36 『불별』, 46쪽. 『별나라』(1930.10)에 먼저 발표되었는데, 이 때의 제목은 「할아버지와 헌 時計」였다.

을 그려나가다가 마지막 연에 가서 "딱딱하고 말는손들이/넷날부터 벗들이래요"라고 하여 노동자와 농민의 계급적 동질성 내지 일체감을 나타내고 있다. 그렇지만 이 시는 어떤 계급적 모순이나 대립의 관계를 그리지 않고, 대장간에서 노동하는 할아버지의 인상적인 모습을 더 전경화(fore-grounding)하고 있다고 말할 수 있다. 따라서 이 시는 프로동시로서는 매우 온건한 작품에 해당한다.

②의 시도 마찬가지이다. 할아버지의 오래되고 헌 시계가 시간을 잘 맞추지 못하지만, 그래도 끊임없이 돌아가는 상태를 인상적으로 묘사하는 데 초점을 맞추었다. 그러다 끝 부분에 가서 갑자기 '우리들의 새날'을 염원하는 마음을 나타내는 쪽으로 전환시키고 있다. 따라서 이 작품의 주제의식은 마지막 부분에 있다고 하겠지만, 이 부분은 전반부에서 할아버지의 헌 시계가 고장으로 더딘 움직임을 나타낸다고 묘사한 부분과 자연스럽게 연결되지 못하는 결점이 있다. 물론 박세영의 동시는 『불별』에 오른 작품만으로 재단될 수 없다. 그렇지만 그가 카프의 핵심부에 있었던 시인치고는 작품 자체가 계급주의의 강경한 이데올로기에서 벗어나 있음은 의외의 측면이기도 하다.

6) 손풍산(孫楓山)의 동시

풍산(楓山)은 본명이 손중행(孫重行:1907~1973)으로 알려져 있는 시인인데, 이 『불별』에서는 본명이 손재봉(孫在奉)으로 표시되어 있다. 본명을 한 차례 바꾼 것인지, 이에 관한 정확한 사정을 현재 알지 못하고 있다.

손풍산 역시 잘 알려지지 않은 시인이다. 지금까지 손풍산의 시를 논의한 글로 최해군, 손영부, 정상희의 글을 찾을 수 있을 뿐이다.[37] 이 중에서 정상희의 글이 여러 자료를 조사하여 손풍산의 이력을 파악하고, 그동안 손풍산이 발표했던 시, 동시, 산문을 찾아서 목록으로 만드는 한

편, 이를 토대로 손풍산의 시와 산문을 비교적 치밀하게 살폈다. 그렇지만 손풍산이 동시를 쓴 사실을 확인하고 있으나, 그를 동시 시인으로 각별하게 보지는 못했다.

『불별』에 실린 손풍산의 동시는 다른 시인들의 동시에 비해 가장 과격하다고 말할 수 있다. 그것은 계급주의의 관점에서 부르주와 계급에 대한 분노를 매우 직접적으로 표출하면서, 그것이 때로 섬뜩한 느낌마저 주고 있기 때문이다.

①논두렁에 혼자안저 꼴을베다가
개고리를 한 마리 찔너보고는
미운놈의 모가지를 생각하얏다.

—「낫」에서[38]

②부자영감 논에서 놀고먹는 거머리
거머리 배를 질너라

모심으는아버지 피를 빠는 거머리
거머리 배를 찔너라

—「거머리」 전문[39]

①의 시 「낫」에서 보듯이, 시적 자아가 꼴을 베다가 개구리를 찔러 본다는 상황의 설정도 필연성이 없이 잔인한 결과에 이르게 한다는 점에

---

37 최해군, 「풍산 손중행의 시적 배경 연구」, 『부산문학』 제5집, 1973.
손영부, 「풍산 손중행 연구」, 동아대학교 석사학위논문, 1988.
정상희, 「풍산 손중행의 길」, 『지역문학연구』 제7집, 경남지역문학회, 2001.10.

38 『불별』, 7쪽. 『별나라』(1930.6)에 먼저 발표된 것임.

39 『불별』, 17쪽. 『음악과 시』 창간호(1930.8)에 먼저 발표되었다.

서 놀랍기도 하거니와, 그 낫을 들고 "미운놈의 모가지를 생각하얏다"라는 대목에서는 그 잔인성에 전율마저 느끼게 한다. 이 시의 시적 소재가 '낫'이란 점에서 잔인성을 예상할 수 있다고 하겠지만, '미운 놈'에 대한 일방적이고 극단적인 분노의 표출이 필연적인 계기나 이유가 결여된 채 이루어지고 있다. 이런 점에서 이 시는 과격하다.

시 ②도 과격하기는 마찬가지이다. 이 시에서 '거머리'는 "놀고먹고/피를 빠는" 부르주와 착취계급과 동일시된다. 그리고 이런 동일시에 의해 시적 화자는 '거머리'에 대한 극단적 공격의 태도를 취한다. 각 연에서 "거머리 배를 찔너라"는 구절을 반복함으로써 부르주와 착취계급에 대한 적개심을 부추기고자 한 것이다. 그렇지만 작품에서 이런 메시지를 지나치게 강조하다 보니 시적 상황이 모순을 범하고 있다는 사실조차 인식하지 못하고 있다. 그것은 바로 1연에서 "부자영감 논에서 놀고먹는 거머리"란 구절에서 분명히 확인된다. 만일 '거머리'가 부르주와 착취계급과 동일시된다면, 계급주의의 관점에서 부르주와 착취계급의 전형으로 인식되는 '부자영감'의 논에서 '거머리'가 놀고먹는다는 상황 설정은 모순이고 당착이 아닐 수 없기 때문이다.

이처럼 손풍산의 동시는 전후 부자연스러운 문맥을 보여주기도 하는 가운데 계급주의 관점에서 부르주와 계급에 대한 일방적인 적개심을 극단화하여 드러내는 데 치중하고 있다. 그의 동시가 충분한 시적 감동을 확보하지 못하는 까닭이 여기에 있다.

7) 신고송(申孤松)의 동시

고송(孤松) 신말찬(申末贊: 1907~?)[40]은 사회주의 연극운동에 종사했던 인물로 더 잘알려져 있다. 따라서 극작가로서의 신고송의 면모는 여러 사람에 의해 논의되었다. 그런데 신고송은 초기에 주로 동시를 썼던 동시 시인이었다. 동시를 쓰다가 점차 아동극을 비롯한 연극에 관심을 가지고 그 방향으로 나아갔다.

신고송이 상당수의 동시를 썼다는 사실은 일찍이 이재철에 의해 확인된 바 있다.[41] 그렇지만 이재철은 계급주의 문학에 대한 지나친 부정의식 때문에 신고송의 동시 작품들을 시종 부정적인 시각에서 해석, 평가하고 말았다. 이를테면 "이 시기의 그의 작품들이 모두가 행동적 · 선동적인 색채를 띠고 있는 것"이라 한 것이나, "그에게 문학성을 운위한다는 것은 일종의 넌센스다", "그의 작품들은 한결같이 발랄한 생명력을 상실하고, 깊은 한을 품은 듯한 어두움을 띠기도 했다. 〔…중략…〕 마치 몰락한 제후가 다시 제 지위를 탈취하기 위하여 기회를 노리는 것과 비슷한 것이 그것이다"라고 한 것들이 이런 점을 분명히 보여준다.

신고송은 1924년 무렵부터 『어린이』에 동시를 발표한 이래, 『신소년』, 『별나라』, 『아희생활』 등 아동 전문 잡지는 물론이고 《조선일보》, 《동아일보》 등에도 상당수의 동시 작품들을 발표했다. 이뿐만이 아니다. 그는 동화, 동극, 아동문학론 등 아동문학 전반에 걸쳐 많은 글을 발표했다. 신고송의 문학은 어떤 선입견에서 벗어나서 아동문학가로서의 면모를 종합적이고 객관적으로 살펴야 온전하게 그 성격이 드러날 수 있는 것이다. 『불별』에 수록된 동시는 말할 필요도 없이 신고송이 동시 시인으로서 지니는 면모를 파악하는 데 중요한 밑천이 된다.

①미운놈 아들놈이
　조흔옷입고

40 초기에는 필명을 고송(孤松)으로 했다가 후에는 고송(鼓頌)으로 바꾸었다. 신찬(申贊)이라는 필명을 사용하기도 했다. 그리고 신고송의 작고 여부는 아직 확인되지 않고 있다. 1980년대 말 이후부터 평양연극영화대학 교수로 재직했던 것으로 알려져 있다. 신고송에 대한 생애와 문학 이력에 관해서는 이명재 편, 『북한문학사전』(국학자료원, 1995.11), 727~729쪽에 자세히 나와 있다.

41 이재철, 앞의 책(『한국현대아동문학사』), 291~292쪽.

지개진 나를보고
욕하고가네

처주자니 우는꼴
보기도실코
욕하자니 내입이
더러워지네

엣다그놈 가다가
소동을밟아
믯그러져 개똥에
코나다쳐라

—「우는 꼴 보기 실허」 전문[42]

②도야지가 꿀꿀
뱃대기가 똥똥
배가 불러도
작구만 먹네

콧구멍이 킬킬
눈까리가 실룩
제만 먹으면
되는줄 아네

—「도야지」에서[43]

42 『불별』, 8쪽. 『별나라』(1930.6)에 먼저 발표되었다.

『불별』에 실린 신고송의 동시들은 모두 부르조와 계급에 대한 분노와 저주를 표현하고 있다. 그런데 이런 분노와 저주는 앞서 살펴본 손풍산의 경우에 비하면 상당히 점잖고 온건한 편이다. 물론 그의 동시는 기본적으로 계급적 대립의 관점에서 출발한 계급적 차별과 모순의 상황을 떠올리고 있다. ①에서 좋은 옷을 입은 '미운놈 아들놈'과 '지개진 나' 사이에 드러나는 차별적 상황의 묘사, 그리고 ②에서 '도야지'에 대한 부정적 언술에서 이런 점이 잘 나타난다. 그렇지만 계급적 차별과 모순의 상황에도 불구하고, 행동으로 상대를 직접적으로 공격하는 방향보다는 상대를 풍자, 조롱함으로써 내면적인 승리를 도모하는 방향을 선택하고 있다. 그것이 ①에서 직접적인 욕설을 피하고 조롱 섞인 저주를 하는 것이며, ②에서는 "뱃대기/콧구멍/눈까리"와 같이 비속어를 사용하여 상대를 무시 내지 낮추어버리는 것이다. 따라서 신고송의 동시는 시적 대상을 간접 공격하는 풍자적인 성격을 갖는다고 말할 수 있다. 여기서 신고송의 동시를 '행동적, 선동적 색채'에 물들어 있어서 아예 문학성을 운위할 수 없다는 이재철의 평가는 실상과 다른 선입견에 따라 재단된 것임을 확인하게 된다.

8) 엄흥섭(嚴興燮)의 동시

『불별』의 마지막 자리에 올라 있는 향(響) 엄흥섭(嚴興燮: 1906~?)은 카프와 관계한 시인이기보다는 소설가로서 알려져 있다. 엄흥섭의 문학에 관한 연구가 거의 소설작품을 대상으로 진행되었던 까닭도 여기에 있다. 그리고 그는 양우정과 함께 1930년을 전후해 카프에 가담하여 한때 카프 중앙집행위원이 되기도 했다가 1931년 이른바 '『군기』사건'으로

43 『불별』, 54쪽. 『별나라』(1930.10)에 먼저 발표되었다.

카프를 떠났던 인물로도 이미 거론된 바 있다.

그런데 『별나라』나 『신소년』 등의 아동문학 관계 자료들을 뒤지다 보면, 이외로 엄흥섭의 동시를 많이 만나게 된다. 이는 그가 동시의 창작에도 상당한 관심을 가지고 활동했다는 것을 의미한다. 그는 경남공립사범학교에 재학중이던 1923년, 나이 17세에 《동아일보》에 시를 투고하여 게재[44]할 정도이고 보면, 일찍부터 시를 습작했던 것으로 생각된다. 『불별』에 실린 엄흥섭의 동시는 바로 이러한 동시 시인으로서의 면모를 집약적으로 보여주는 셈이다. 그렇지만 다른 7명의 시인과 달리 엄흥섭은 가장 적은 4편의 동시만을 올리고 있는 사실에서, 아무래도 8명의 시인들 중에서 동시 시인으로서 갖는 비중이 상대적으로 떨어진다는 것으로 받아들일 수 있다.

엄흥섭의 동시는 과연 어떤 특징적인 시 세계를 보여주는지 검토해 보기로 하자.

①어머니의 얼골은
왜 쭈글쭈글
어려서 늙기까지
고생한표다

어머니의 손가락은
왜 울툭불툭
어려서 늙기까지
논밧맨표다

44 이명재 편, 앞의 책(『북한문학사전』), 783쪽에 이런 사실을 기록하고 있다.

어머니의 등어리는
왜 꼬뿔꼬불
배불이 못먹어서
힘업는표다

—「어머니」 전문[45]

②우리는 땅파는 농부의 아들딸
우리는 일하는 농부의 아들딸
땅파도 가난한 농부의 아들딸
일해도 가난한 농부의 아들딸

—「夜學노래」에서[46]

엄흥섭의 동시는 대체로 계급주의의 관점에서 계급적 주체로서의 자기인식이나 계급적 상황에 대한 주체적 인식을 보여준다. 위의 시 ①, ②는 모두의 '얼골/손가락/등어리'에 대한 묘사는 곧 시적 자아의 계급적 처지, 곧 평생을 고되게 노동하면서도 배불리 먹지 못한다는 불합리성을 어머니를 통해 보여주는 것이다. 그리고 ②에서 시적 자아가 '농부의 아들딸'로서 자아의 처지를 인식하는 상황 역시 ①과 같이 "땅파도/일해도/가난한" 프롤레타리아 계급의 적개심이나 분노를 강경하게 드러냄으로써 시나 계급투쟁의 이전 단계에서 시적 자아에게 요구되는 계급적 주체로서의 자기인식을 다소 투박한 수준에서 보여주고 있는 것이다.

45 『불별』, 9쪽.
46 『불별』, 56쪽.

4. 마무리하며: 경남 아동문학이 갖는 자리

이 글은 아동문학 중에서도 특히 계급주의 아동문학에 대해 폭넓은 자료 조사와 함께 엄정한 연구가 필요하다는 전제에서 출발되었다. 이에 따라 필자는 '프롤레타리아동요집'으로 발간된 『불별』의 발굴 경위를 밝힌 다음, 이 동요집의 서지 사항과 성격을 소개하고, 이 동요집에 작품을 실은 8명의 시인들의 간략한 문학 이력과 함께 이들 시인들의 동시 세계의 특징적인 면모를 파악해 보았다.

그런데 『불별』은 일제강점기 계급주의 아동문학의 성격을 파악하는 데 매우 요긴한 자료이다. 여기에 더하여 『불별』은 경남지역 아동문학과 떼어서 생각하기 어려울 정도로 지역적 연고가 강하다.

우선 각 시인별 출생 지역을 보면, 김병호가 경남 진주(현 하동), 양우정이 경남 함안, 이구월이 경남 마산, 이주홍과 손풍산이 경남 합천, 신고송이 경남 울산이다. 이처럼 8명의 시인 중에서 6명이 경남지역 출생이며, 이들은 거의 대부분의 생활을 경남에서 하면서 문학 활동을 했다. 여기다 엄흥섭은 충남 논산에서 태어났지만, 진주에서 경남공립사범학교를 나왔을 뿐만 아니라, 이후 진주 근교에서 교편생활을 1920년대 말까지 4년 동안 하면서 문학 활동을 하다가 상경했다. 박세영만이 직접적으로 경남지역과 인연을 가지지 않은 시인이다. 그는 경기 고양 출생으로 서울 배제고보를 졸업한 후 중국에서 '염군사(焰群社)'의 일원으로 활동하다, 귀국 후 주로 서울에 거주하며 문학활동을 했기 때문이다. 그렇지만 박세영은 당시 아동잡지 『별나라』를 편집하고 있으면서 다른 7명의 시인들과 문학적 연대를 통해 깊은 친교를 맺었던 시인이다.

여하튼 『불별』에 작품을 발표한 8명의 시인들 중 7명의 시인들은 경남지역을 문학 울타리로 삼아서 활동하면서, 서로 간에 나이 차이가 크지 않은 데다가 서로 지역적 연고를 함께 하고 있었다. 여기다 이들은 특히 문학이념에서 추구하는 바가 같았기 때문에 교유관계가 매우 깊었던 것으로 파악된다. 8명의 시인들 중 박세영이 1902년 생으로 가장 연장자이나, 박세영을 제외하면, 김병호와 이구월이 1904년 생인 동년배로 손위이고, 그 아래 이주홍, 엄흥섭이 1906년으로 동갑, 양우정, 손풍산, 신고송이 이들보다 1살 아래인 1907년 생으로 또한 동갑이다. 여기다 김병호, 손풍산, 엄흥섭이 모두 경남공립사범학교를 1, 2년 선후배 관계로 다녔던 사이이다.[47] 이처럼 『불별』의 시인들은 경남을 지역적 연고로 서로 깊은 인간적 유대를 쌓으면서 문학 활동을 펼쳤다.

그런데 『불별』에 동시를 쓴 이들은 동시 이외에도 동화, 동극, 아동문학론 등 여러 문학 장르에 걸쳐 글을 발표했던 이들이다. 이들이 경남지역의 동시 시인이란 명칭을 넘어서 경남의 아동문학가로서 어떠한 문학 활동을 펼쳤는지 구체적으로 파악해야 하는 과제가 우리 앞에 놓여 있다. 이뿐만이 아니다. 이들은 아동문학에 특별한 관심과 조예를 보였지만, 성인문학의 여러 장르에서도 괄목할 만한 문학 활동을 했다는 사실에서 이들의 문학 성과를 총체적이면서도 체계적으로 밝혀야 한다. 『불별』은 이와 같이 한국 현대문학 연구자들에게 참으로 커다란 문학연구의 과제를 던져주고 있는 것이다.

47 엄흥섭은 김병호보다 1년 뒤에 학교를 다녔고, 손풍산은 김병호보다 3년 아래이나 2년 대학 후배로 1927년 같은 학교의 강습과를 나왔다.

참고문헌

강희근, 『경남문학의 흐름』, 보고사, 2001.

곽홍란, 「이주홍 동시 특성 연구」, 영남대대학원 석사학위논문, 1999.

권영민 편, 『한국근대문인대사전』, 아세아문화사, 1990.

김자연, 『아동문학 이해와 창작의 실제』, 청동거울, 2003.

김제곤, 『아동문학의 현실과 꿈』, 창작과비평사, 2003.

김지은, 「이주홍 시 연구」, 『지역문학연구』 제7호, 경남지역문학회, 2001.

류종렬, 「이주홍과 부산지역 문학」, 『문학의 지방화와 탈식민주의』, 한국현대소설학회 제21회 학술연구 발표대회 요지, 2003. 6.

박경수, 『아동문학의 도전과 지역 맥락—부산 · 경남지역 아동문학의 재인식』, 국학자료원, 2010.

______, 「일제 강점기 부산 · 경남지역 시인의 일어시 발굴 및 재조명 연구」, 『한국문학논총』 제33집, 한국문학회, 2003.

______, 『잊혀진 시인, 김병호의 시와 시 세계』, 도서출판 새미, 2004.

______, 『한국 근대 민요시 연구』, 한국문화사, 1998.

박태일 엮음, 『두류산에서 낙동강에서—가려뽑은 경남 · 부산의시(1)』, 마산: 경남대학교출판부, 1997.

______, 「이주홍의 초기 아동문학과 〈신소년〉」, 『현대문학이론연구』, 현대문학이론학회, 2002.

박화목, 『신아동문학론』, 보이스사, 1982.

서범석, 『한국 농민시 연구』, 고려원, 1991.

송명희, 「이주홍의 시적 지향과 정신적 높이」, 『나그네의 수첩』, 그루,1990.

신현득, 「향파 이주홍의 동시 세계」, 『2003 이주홍문학제—이주홍문학세미나』(발표요지), 사단법인 이주홍문학재단, 2003.

원종찬, 『아동문학과 비평정신』, 창작과 비평사, 2001.

이명재 편, 『북한문학사전』, 국학자료원, 1995.

이상현, 『한국아동문학론』, 동화출판공사, 1976.

이재철, 『한국현대아동문학사』, 일지사, 1978.

정상희, 「풍산 손중행의 길」, 『지역문학연구』 제7집, 경남지역문학회, 2001.
최해군, 「풍산 손중행의 시적 배경 연구」, 『부산문학』 제5집, 1973.

윤석중 작품에 나타난 부성콤플렉스

김제곤

1. 문제제기

어린 시절 부모와의 사별 혹은 부모의 부재는 작가의 의식과 무의식에 적잖은 영향을 미친다. 이런 견지에서 작가의 성장과정에 나타나는 부모와의 관계를 살펴보는 것은 그의 문학을 파악하는 데 긴요한 의미를 가진다고 볼 것이다. 특히 우리 아동문학사에 중요한 위치를 차지하는 윤석중은 부모와의 관계에 있어 유별난 성장과정을 겪은 인물이다. 주지하는 바와 같이 두 살 때 그는 어머니를 잃었고, 손위 누이와 함께 외조모의 손에 의해 양육되었다. 그의 아버지는 윤석중이 여덟 살 때 재혼을 하게 되는데, 부자가 각기 떨어져 살게 되는 바람에 윤석중은 아버지를 마치 먼 친척 아저씨처럼 대해야 했다.[1] 윤석중이 유년기를 지나 소년기에 접어드는 시기에 아버지는 사회주의 운동에 투신해 활동하다가 얼마 뒤에 감옥에 갇히는 신세가 되면서 윤석중은 또 다른 의미에서

김제곤
jegoniid@hanmail.net 인천영선초교 교사, 아동문학평론가. 인하대 국문과에서 박사학위를 받았다. 평론집 『아동문학의 현실과 꿈』, 연구서 『윤석중 연구』를 냈다.

아버지 부재를 경험하게 된다. 우리 아동문학 작가 가운데 윤석중처럼 유년기와 소년기에 걸쳐 모성과 부성의 부재와 결핍을 겪은 이도 드물 것이다.

그러나 기왕의 윤석중 연구에서는 이런 그의 개인사와 관련하여 특별한 주목을 한 경우가 드물다. 노원호,[2] 김종헌,[3] 진선희,[4] 노경수[5] 등이 윤석중 작품에 드러나는 '동심의식'과 '모성' 혹은 '모성에 대한 그리움'의 관계를 언급하긴 했지만, 정신분석의 관점에서 본격적인 탐구에는 미치지 못한 아쉬움이 든다.

이 자리에서는 윤석중 작품 중 일반에도 널리 알려진 몇 편의 작품을 정신분석의 관점에서 살펴보고자 한다. 윤석중의 작품들에는 그의 생애와 관련하여 이른바 '부성콤플렉스'가 작동되고 있으며, 이것이 국민문학의 성격을 지니는 윤석중 문학과 밀접한 관련을 맺고 있음을 밝혀 보도록 하겠다.

2. 부성콤플렉스[6]와 '조그만 아버지' 되기

콤플렉스(complex)란 원래 복합체란 뜻으로, 아파트 단지나 여러 가지 기능을 가진 건물 '덩어리'를 가리키는 용어다. 정신분석학과 심리학에

---

1 윤석중, 『노래가 없고 보면』, 웅진출판, 1988, 14쪽.
2 노원호, 「명쾌한 동심의식과 시적 정서」, 『한국아동문학 작가 작품론 · 전편』, 서문당, 1991.
3 김종헌, 「해방기 동시의 담론 연구」, 대구대 박사 논문, 2005.
4 진선희, 「석동 윤석중의 동시 연구: 슬픈 웃음과 낙천적 전망 」, 『한국어문교육』 15집, 2006.2.
5 노경수, 「윤석중 연구」, 단국대 박사 논문, 2008.
6 부성콤플렉스라는 개념을 정리하기 위해 참고한 자료는 다음과 같다.
남경태, 『개념어 사전』, 들녘, 2006.
조셉 칠더즈 · 게리 헨치 엮음, 황종연 옮김, 『현대문학 · 문화 비평 용어사전』, 문학동네, 1999.
박신, 「부성콤플렉스의 분석심리학적 이해—아들의 아버지와의 관계를 중심으로」, 『심성연구』 19호, 한국분석심리학회, 2004.
이반 워드 지음, 이수련 옮김, 『정신분석』, 김영사, 2001.

서 나타내는 의미도 그것과 크게 다르지 않다. 여러 가지 관념들이 마음속에 복합적으로 응어리진 것을 가리켜 콤플렉스라 부른다. 정신분석학에서 가장 중요한 것은 프로이트가 말한 오이디푸스 콤플렉스와 거세 콤플렉스다. 오이디푸스 콤플렉스는 그리스 신화에 나오는 비극적 주인공인 오이디푸스처럼 '아버지를 죽이고 어머니와 결혼하고 싶다'는 무의식적 욕망이 억압되어 만들어진다. 프로이트는 어린 아이에게도 성욕이 있다고 보았다. 어린 남자아이가 가진 성욕의 대상은 우선 어머니다. 그런데 아버지는 그것을 금지하는 존재이며, 나아가 그런 금지로 이루어지는 사회적 질서를 상징한다. 어머니에 대한 욕망을 포기하도록 하기 위해 아버지는 아이에게 거세의 공포감을 불어넣는다. 이런 아이의 공포가 바로 거세 콤플렉스다. 아이가 자란 뒤에도 그 유년기의 콤플렉스가 계속 무의식에 남아 있으면서 병리적인 현상을 유발할 경우 정신과 의사는 그것을 환자의 의식에 드러내도록 해줌으로써 치료한다. 억압된 콤플렉스의 정체를 의식으로 확인할 수 있을 때 환자는 콤플렉스에서 벗어난다.

그러나 프로이트는 콤플렉스를 제한적으로 사용했고 그다지 정교한 개념이라고 여기지 않았다. 이에 반해 스위스의 정신의학자인 융은 콤플렉스를 더 폭넓게 사용했으며, 마음속의 감정이 담긴 복합체만이 아니라 다중인격이나 부분인격도 콤플렉스로 간주했다. '부성콤플렉스'는 융이 언급한 그러한 콤플렉스 가운데 하나다. 사실 융은 「모성원형에 관한 심리학적 측면」이라는 논문을 비롯하여 모성에 관해 많은 언급을 하였지만 부성에 관해 따로 다루지 않았고 여러 곳에서 단편적으로 언급하고 있을 뿐이다. 그러나 융의 모성에 관한 여러 언급 속에서 우리는 부성이 가지는 중요성을 함께 발견할 수 있다.

융은 인간이 태어나면서 이미 보편적으로 존재하는 무의식적 조건을 가지고 있다고 했는데 이것을 '원형'이라 불렀다. 융이 말한 원형을 아버지에게 적용시키면 그것은 일종의 '아버지상(父性像)'이 될 것이다. 아버지는 원형적 남성상의 가장 강력한 육화라 할 수 있다. 아버지는 말씀과 법을 의미 있게 만드는 권위의 힘을 가진 존재다. 즉 부성 원형은 음양(陰陽)가운데 양이다. 그것은 인간, 법과 국가, 이성과 정신, 그리고 자연과의 활력과의 관계를 결정한다. 남자 아이는 언젠가 '스스로 아버지가 되기 위해' 그런 힘들을 내재화해야 한다. 남자 아이에게 이 과정이 순탄하게 진행되지 않으면 여러 가지 문제가 발생한다. 가령 아버지 자신이 부성원형에 사로잡혀 자신을 신적인 존재로 높이게 되면 자신에게 주어진 책무의 개인적인 차원을 넘어서게 되어 아들에게 자신의 삶의 태도를 일방적으로 강요하거나 지나치게 간섭하거나, 지나치게 엄하고 완고하거나, 심한 경우 폭력적이기까지 할 정도로 권위주의적인 태도를 보이게 된다. 이런 경우 아들은 내적 권위와 자신감을 얻지 못하여 외적으로는 윗사람을 대할 때 어려움을 느끼고 내적으로는 늘 보상적인 권력 충동을 통해 아버지의 경직성을 타파하고 새로워지려는 욕구를 나타낸다. 반대로 아버지가 책임감이 없고 무관심하고 방임하거나, 무력하고 무능하고 제 역할을 못하면 아들은 교조주의에 빠져 도덕적 경직성, 권위주의, 강박적 사고나 행동 등의 형태로 나타나거나 아니면 모성적 의존상태에서 빠져나오지 못해 끊임없이 타인의 도움을 요구하는 상태에 머물러 있게 된다. 아버지는 시시한 존재로 여겨지며 자신이 넘어서야 할 어떤 것으로 경험된다. 그런 경우 무의식에는 오히려 보상적으로 긍정적인 부성상이 배열되어 그것과 자신을 동일시할 가능성이 있다.

윤석중이 1929년 발표한 「낮에 나온 반달」은 그가 이른바 '소년문사'이던 시절에 발표한 그의 초기작이면서, 일반에게도 비교적 널리 알려진 작품이다. 이 작품은 명실공히 윤석중의 대표작이라 할 수 있는바, 이 작품에는 윤석중의 무의식 속에 잠재되어 있던 '아버지상'이 그려져 있음을 알 수 있다. 이 작품의 전문을 소개하면 다음과 같다.

낮에 나온 반달은 하얀 반달은
해님이 쓰다 버린 쪽박인가요.
꼬부랑 할머니가 물 길러 갈 때
치마 끈에 달랑달랑 채워 줬으면.

낮에 나온 반달은 하얀 반달은
해님이 신다 버린 신짝인가요.
우리 아기 아장아장 걸음 배울 때
한쪽 발에 딸깍딸깍 신겨 줬으면.

낮에 나온 반달은 하얀 반달은
해님이 빗다 버린 면빗인가요.
우리 누나 방아 찧고 아픈 팔 쉴 때
흩은 머리 곱게 곱게 빗겨 줬으면.

—「낮에 나온 반달」 전문[7]

각 연에 등장하는 세 사람의 면면을 보면 이 동요가 윤석중 자신의 실제 삶을 그대로 투영하고 있음을 짐작하게 된다. 윤석중은 어머니의 죽음 이후 누나와 함께 외조모의 손에서 자라게 되는바, 이 시에는 그때의 가족 구성원을 연상시키는 세 인물이 등장하고 있는 것을 볼 수 있다. 우선 1연에 나오는 '꼬부랑 할머니'는 그를 거둔 외할머니에 대응되고, 2연의 '아기'는 시인 자신에 대응되며, 3연의 '누나'는 그와 두 살 터울이던 누나를 가리키는 것으로 볼 수 있다. 윤석중의 누나는 물론 위 동요에 나오듯 가사 일을 도맡아서 할 만한 나이도 누리지 못하

7 윤석중, 『윤석중 동요집』, 신구서림, 1932, 58쪽.

고 더 어린 나이에 죽었지만, 그래서 더더욱 윤석중의 무의식 속에는 가사 노동에 힘겨워하는 누나의 이미지가 더욱 강렬하게 자리하고 있었는지 모른다.

시에 나온 달은 온달이 아니라 반달이다. 그것도 밤에 나온 달이 아니라 낮에 나온 별 쓸모가 없는 달, 누구에게도 주목받지 못하는 존재, 있으나 마나한, 있어도 없는 듯 여겨지는 그런 존재이다. 낮에 나온 반달은 말할 것도 없이 시인 자신을 가리키는 비유라 볼 수 있다. 시인은 자신을 '낮에 나온 반달'이라 명명한다. 반달은 애초 밤하늘을 밝히는 영웅(또 다른 해님)이 되는 것을 꿈꾸며 태어난 존재이다. 그러나 반달은 시간(운명)을 잘못 타고 났음으로 인해서 태어나자마자 불완전한 존재로 전락된다. 그는 낮을 지배하는 강력한 해님의 기세에 눌려 희미한 존재로 머물 수밖에 없다. 그러나 반달은 자신의 처지가 비루하고 불행하다는 것을 탄식하는 데서 멈추지 않는다. 그는 자신이 그 불완전함을 딛고 언젠가 쓸모 있는 존재로 거듭나리라는 의지와 희망을 표명하고 있다.

이 시에서 해님은 누구일까? 과도한 유추일지 모르나 여기서 해는 윤석중의 아버지로 보는 것이 타당하다고 본다. 두 살 때 어머니가 죽은 이후 할머니 손에 맡겨지면서 윤석중은 아버지를 먼 친척 아저씨처럼 대해야만 했다. 윤석중은 새어머니와 사는 아버지를 뵈러 어쩌다 한 번씩 아버지 집을 갔다고 했다. 말하자면 윤석중은 무의식으로라도 자기 자신을 일종의 버림받은 자식으로 생각했을 공산이 없지 않다. 이런 사실로 미루어 볼 때 윤석중의 무의식에 각인된 아버지는 두 가지 모습으로 나타났을 가능성이 있다. 하나는 높고 큰 뜻을 품고 사회를 위해 기꺼이 자신을 헌신하는 영웅으로서의 아버지이며, 하나는 대의를 위해 가족을 희생시키는 가정에 무책임하고 무관심한 아버지이다. 시인의 무의식 속에는 전자와 후자의 아버지상이 서로 교차하며 '양가감정(ambivalence)'을 만들어 내고 있었을 것으로 보인다.

시인의 무의식 속에 내재되어 있던 '양가감정'은 영웅의 모습을 한 아버지(어쩌면 영웅으로 거짓 포장되어 있는 아버지)를 선택하는 대신 가정에 무책임하고 무관심한 아버지상에 더 집착하는 쪽으로 기울기 시작한다. 일종의 나르시시즘이 작동되기 시작하는 것이다. 시인은 해님이 되고 싶지만 해님이 될 수 없다. 자신은 해님에게 버림받은 반달이기 때문이다. 그러므로 그는 해님이 되는 것에 집착하기보다 해님에게 '버림받은 사실'에 집착한다. 이때 부각되는 것은 영웅인 아버지가 아니라 무책임하고 무관심한 아버지에게 버림받은 자신이다.

아버지에게 버림받은 나는 자신을 버린 부정적인 아버지상을 상쇄할 가정적인 아버지를 상정한다. 그것은 버림받은 자신에게 보상을 주는 아버지인 동시에 영웅인 아버지와 자신을 대등한 위치에 놓고 바라보게 하는 새로운 관점을 제공한다. 나는 영웅인 아버지와 대척적인 거리에 있는 가정적인 아버지에 집착함으로써 영웅인 아버지와 동격이 된다. 반달은 할머니와 자신과 누이에게 쪽박과 신짝과 면빗이 되어 줌으로써 작고 소박하지만 자기의 혈육들을 '온전히 건사하는 아버지상'을 스스로 정립한다. 할머니에게는 쪽박으로, 누나에게는 면빗으로 나(아기)에게는 신발로. 쓸모없는 것이 쓸모 있는 것으로 되는 것, 보잘 것 없는 반달이지만 사랑하는 이들에게 요긴한 그 무엇이 되는 것, 이것은 영웅적이기만 한 아버지는 도저히 이룰 수 없는 과업이다. 시인(반달)은 그런 과업을 온전히 수행함으로써 자신을, 자신을 버린 해님과 동등한 위치에 놓게 된다.

결국 「낮에 나온 반달」의 심층에 깔린 무의식은 아버지를 대신해 '조그만 아버지 되기'이다. 조그만 아버지 되기는 단순한 개인이나 가정사의 문제로만 축소되지 않고, 사회나 민족 등 집단의 문제로 확대되어 해석될 여지를 남긴다. 「낮에 나온 반달」은 흔히 '일본의 지배 아래에서 우리 민족이 느낀 상실감을 7·5조의 운율에 담아 표현한 노래'로 널리 인식되어 왔다. 이런 알레고리의 차원으로 이 시를 확대해서 본다면 "낮에 나온 반달"이라는 제목은 '식민지시기에 태어난' 불행한 존재들을 아우르는 말이며, 그 반달은 사라진 국가(아버지)를 대신해 할머니와 누나(동포)를 돌봐야 하는 조그만 아버지(자라나는 식민지 소년)로도 해석이 가능할 것이다.

3. 조그만 아버지 되기와 '명랑한 아이'와의 연관성

윤석중 작품에 나타나는 이 '조그만 아버지' 되기는 윤석중 작품의 특질이라 할 수 있는 '명랑성'이란 요소와도 상통하는 지점이 있다. 윤석중 작품이 가지고 있는 이 명랑성이라는 특질은 현실주의 관점에서 현실과 유리된 아이의 형상을 대변하는 부정적 요소로서 취급되어 왔다. 그러나 필자는 이 '명랑한 아이상'의 구현이야말로 '조그만 아버지'가 되려는 시인의 무의식을 반영한 결과라 생각한다. 주지하다시피 윤석중은 1920년대 창작 동요의 출발기에 작품을 쓰기 시작하였으면서도, 당시 패턴이라 할 수 있는 감상성(感傷性)에 깊이 매몰되지 않았다. 오히려 그의 작품에는 명랑하고 활달한 아이들이 등장한다. 이것은 윤석중과 당대 다른 동요 시인들을 구분하는 중요한 표지다. 일찍이 어머니를 잃은 윤석중의 처지에 비추어 볼 때, 당시 창작 동요가 표방한 감상성은 그 무엇보다 그의 개인사와 친연성을 가질 수 있는 요소였다. 그러나 그는 초기부터 어머니를 잃은 상실감을 담은 작품을 거의 발표하지 않는다.[8] 그의 동요에는 은연중 '어머니 부재'가 드러나지만, 거기 등장하는

8 이 시기 어머니의 부재를 소재로 한 윤석중의 작품은 「엄마 생각」(《조선일보》 1927.9.11) 정도를 들 수 있다. 이 작품에 시인의 개인사를 적용시켜 보면 시인의 내면에 응어리진 '고아의식'의 발로로도 여겨지지만, 이는 당시 우리 동요의 애상적 경향을 따른 결과로도 해석할 수 있다.

아이의 형상은 쓸쓸하고 어두운 이미지보다 오히려 밝고 명랑한 형상으로 드러난다. 이런 아이의 형상은 곧 '조그만 아버지'가 되려는 시적 화자의 욕망과 밀접한 연관성을 갖는다.

아버지는 나귀타고 장에 가시고,
할머니는 건너 마을 아젓씨 댁에.
고초 먹고 맴 맴
담배 먹고 맴 맴

할머니가 돌떡바다 머리에 이고,
꼬불꼬불 산골길로 오실 때까지
고초 먹고 맴 맴
담배 먹고 맴 맴

아버지가 옷감떠서 나귀에 실고
딸랑딸랑 고개넘어 오실때까지
고초먹고 맴 맴
담배먹고 맴 맴

—「고초먹고 담배먹고」 전문[9]

윤석중의 대표작으로 뽑아도 손색이 없는 위 작품에는 할머니, 아버지는 등장하지만 어머니라는 존재에 대한 언급은 없는 것을 볼 수 있다. 아기는 너무나 당연하게 떡을 받아올 할머니와 장에 간 아버지만을 기다릴 뿐이다. 어머니가 부재한 이 집에서 혼자 노는 아기의 형상은 절대

9 《어린이》, 1928.12, 58~59쪽.

쓸쓸하거나 처량하지 않다. 그는 되레 아이다운 생동감으로 어른(아버지)의 흉내를 내며 놀 뿐이다. 그의 동요에 드러나는 이 명랑한 아이는 앞에서 살펴본 「낮에 나온 반달」의 '조그만 아버지가 되려는 욕망을 가진 아이'와 상통하는 지점이 있다. 즉 위 동요는 「낮에 나온 반달」과는 분위기가 전혀 다른 작품임에 틀림없지만, 이면에 감추어진 시적 화자의 무의식에는 역시 '조그만 아버지 되기'를 염원하는 욕망이 내재되어 있음을 확인하게 된다.

엄마 압헤서 짝짝궁
압바 압헤서 짝짝궁
엄마 한숨은 잠자고
압바 주름살 펴저라

들로 나아가 쭈루루
언니 일터로 쭈루루
언니 언니- 왜우루
일하다말고 왜우루

우는 언니는 바아보
웃는 언니는 장-사
바보 언니는 난실혀
장사 언니가 내언니

햇님보면서 짝짝궁
도리도오리 짝짝궁
울든 언니가 웃는다

눈물 씨스며 웃는다

—「우리 애기 행진곡」 전문[10]

이 동요의 화자는 아기다. 그러나 그는 부모의 보살핌을 받아야 하는 연약한 존재이기보다, 오히려 노동에 지친 언니를 달래려는 모습으로 나타난다. 언니를 달래려는 이가 부모가 아니라 아기라는 점에서 이 동요에 등장하는 '아빠와 엄마'는 보호자로서의 자격을 갖춘 부모이기보다 무능하고 무기력한 존재에 가깝다. 언니는 노동 현장에 나가 일을 하는 소년노동자일 텐데, 그 역시 나약한 모습을 보이고 있다. 이 시에 등장하는 인물 가운데 유일하게 생기 있는 이는 바로 시적 화자인 아기다. 아기는 자신의 특기인 '짝짜꿍'(박수를 치며 주는 춤)을 통해 무기력한 가족들에게 생기를 불어넣고 있다. 이 작품에 드러난 '명랑한 아이' 역시 '조그만 아버지'로서 '아버지'의 임무를 대행하려는 욕망을 갖고 있다.

팔랑팔랑 방패연 우리 옵바연
아버지가 주고가신 연이랍니다.

우리남매 잠재우고 길써나시며
만드러 주고가신 연이랍니다.

간들간들 방패연아 춤을추어라
새파란 한울에서 춤을추어라

간밤에 길써나신 우리아버지

10 《조선일보》, 1929.6.8.

지금은 어디만큼 가섯슬까요

웃줄웃줄 옵바연아 춤을추어라
아버지좀 보시게 춤을추어라

혼자혼자 길떠나신 우리아버지
북쪽의 새벽길이 퍽은칩겟네.

—「방패연」 전문[11]

위 시에 등장하는 인물은 오빠와 나, 아버지다. 아버지는 "우리 남매"를 남겨 두고 북쪽으로 길을 떠난다. 작품에 직접적인 언급은 없지만, 아버지의 새벽길이 일상적이고 단순한 떠남이 아님을 우리는 충분히 짐작해 볼 수 있다.[12] 시적 화자는 그런 먼 길을 떠나는 아버지에게 투정을 부리는 대신, 그 아버지가 안심하고 길을 떠날 수 있게 아버지가 정표로 만들어 준 연을 날리고자 한다. 연이 웃줄웃줄 춤을 추며 나는 것을 보면 아버지가 두고 온 집안 걱정 어린 남매의 걱정을 덜 하실까 생각하기 때문이다. 이 작품에서 시적 화자는 여자 아이로 등장하지만, 그 아이의 형상이 「낮에 나온 반달」에 등장하는 시적 화자의 또 다른 모습임을 충분히 짐작할 수 있다. 결국 이 시에 등장하는 시적 화자 또한 아버지가 부재하는 집안의 '조그만 아버지'가 되려는 욕망을 가진 존재에 다름 아닌 것이다.

윤석중은 일반에게 알려진 통념과는 다르게 1930년을 전후로 맹위를 떨친 계급주의 아동문학과 친연성이 있는 작품을 여러 편 발표하였다. 동맹파업 전단지를 몰래 돌리는 어린이를 소재로 한 「언니 심부름」도 그

---

11 《중외일보》, 1928.11.10.
12 이 작품은 아버지 윤덕병의 행적과 밀접한 연관을 가지는 작품이라 볼 수 있다.

가운데 하나이다.

딸랑, 딸랑, 딸랑.
딸랑, 딸랑, 딸랑.

동맹파업 하고나온 우리 언니가
돌리라는 광고외다, 어서 받읍쇼.

쉬. 쉬.
펴들지 말으세요, 바지속에 넣세요.

저네들이 봣다가는 아니 됩니다.
아니되구 말구요, 야단 나지요.

딸랑, 딸랑, 딸랑.
딸랑, 딸랑, 딸랑.

길거리로 내어쫓긴 당신네 들께
전하라는 편지외다, 어서 받읍쇼.

쉬. 쉬.
떠들지 말으세요, 시치미를 떼세요.

저네들이 알앗다간 아니 됩니다.
아니되구 말구요, 큰일 나지요.

—「언니 심부름」 전문[13]

이재복이 이미 지적한 바와 같이 이 작품의 경향은 이른바 "계급의식을 드러내는 언어감각"에 입각한 작품이라 할 수 있으며, 이 작품이 계급주의 아동문학 운동 시기에 씌어졌음을 주목해야 하겠지만,[14] 이들 작품 속에 내재되어 있는 아이의 모습을 살펴볼 때 이것을 단지 상투적이고 단순한 계급의식의 발로에서 나온 형상으로만 치부할 수 있는지 의문이 생긴다. 「언니 심부름」에 등장하는 시적 화자는 소년이다. 이 소년은 동맹파업에 나선 언니의 부탁으로 지금 언니 동료들에게 삐라를 돌리고 있다. 그런데 이 소년의 형상을 유심히 볼 것 같으면 그가 단순한 심부름꾼의 자리에 머물러 있지 않음을 파악할 수 있다. 그는 언니를 대신하는 또 한 사람의 운동가의 모습이다. 이 작품에도 여전히 언니를 대신하여 '조그만 언니'가 되려는 시적 욕망이 개입되어 있다. 즉 윤석중 작품에 드러나는 대부분의 시적 화자들은 부재하는 아버지나 언니를 대신하여 그 역할을 감당하려는 '명랑하고 씩씩한 아이들'이다.

4. 부성콤플렉스의 소멸과 재생

앞서 살펴본 윤석중의 작품들은 대개 20년대 중반부터 30년대 중반까지 씌어진 작품들이다. 그렇다면 일제 말기나 해방 이후 씌어진 그의 작품들에는 '조그만 아버지상'이 어떻게 구현되었을까? 우선 일제 말기에 씌어진 한 작품을 보기로 한다.

아기가 잠드는걸 보고 가려고

13 《동아일보》, 1930.9.29.
14 이재복, 「어린이 마음놓이에서 찾아낸 발랄한 언어」, 『우리 동요 동시 이야기』, 우리교육, 2004, 210쪽.

아빠는 머리맡에 앉아 계시고,
아빠가 가시는걸 보고 자려고
아기는 말똥말똥 잠을 안자고.

—「먼길」 전문[15]

이 작품은 해방기에 나온 『초생달』(1946)에 수록되어, 윤석중 작품 가운데 일반에게 비교적 널리 알려진 작품에 속한다. 해방 이후 발간된 작품집에 실려 있어서 자칫 해방 이후에 씌어진 작품으로 오해하기 쉽지만, 이 작품은 사실 태평양 전쟁이 한창이던 1942년 7월 《조광》에 발표되었던 작품이다. 발표 당시 이 작품은 해방 후에 수록된 작품과 다른 모습을 하고 있다. 처음 발표되던 당시의 「먼길」은 다음과 같다.

아기가 잠드는 걸 보고가려고
아빠는 머리맡에 앉어계시고.
아빠가 가시는걸 보고자려고
아기는 말똥말똥 잠을안자고.

"아가아가 울지안치 아빠가 가도"
등을톡톡 두들기며 물어보실 때,
고개를 끄덕끄덕 아가의눈에
눈물이 그렁그렁 고였습니다.

사뿐사뿐 걸어가는 하얀눈길에
끝없이 펼쳐지는 아빠발자욱

15 윤석중, 『초생달』, 박문출판사, 1946, 49쪽.

아기가 발자욱을 따라갈까봐

얼른지워 버립니다 눈이옵니다.

—「먼길」 전문[16]

해방 후 작품집에 수록된 「먼길」에 드러난 아기의 형상이 앞에서 살펴본 '조그만 아버지상'의 반복에 가깝다면, 태평양 전쟁 시기에 발표된 최초의 「먼길」에는 2, 3연의 진술로 말미암아 전혀 다른 아이의 형상이 그려진 것을 볼 수 있다. 이 작품에는 길 떠나는 아버지를 배웅하는 아이의 모습이 「고초먹고 담배먹고」나 「방패연」에 등장하는 아이의 모습과 달리 나약하고 여린 모습으로 등장하는 것을 볼 수 있다. 이 아이는 길 떠나는 아버지 대신에 집을 보는, 이른바 '조그만 아버지'가 되려는 욕망을 가진 아이가 아니라 길 떠나려는 아버지와의 이별을 두려워하는 어린 아기의 모습으로 그려지고 있다. 앞서 살펴본 시들에 나타나는 아이가 집에 남아 아버지 흉내를 내면서 놀거나, 길 떠나는 아버지를 염려하는 아이로 그려진다면 이 아이는 아버지와 분리되는 것을 불안해하는 아이로 그려지고 있는 것이다. 아버지는 길을 떠났지만, 아이는 조그만 아버지가 되려는 욕망을 갖지 않으며, 대신 눈이 오는 길에 발자국을 내며 사라져간 아버지 뒤를 따라가려는 욕망을 표출하고 있다. 그러나 아이가 가진 그 욕망은 사뿐사뿐 내리는 눈에 의해 좌절된다.

이 시에 등장하는 아버지는 앞서 살펴본 작품에서 드러난 '길 떠나는 아버지'의 형상을 그대로 반복하고 있지만, 길 떠나는 아버지를 바라보며 아이가 분리 불안을 표출하는 것은 어쩐 일인가? 이 시를 당시 시대상에 견주어 보면 그것은 일종의 출구가 없는 일제 말기를 감내해야 했던 시인의 무의식의 발현은 아닐까 생각한다. 이전 시기 윤석중의 작품

16 《조광》, 1942.7, 138쪽.

윤석중 동요집 『초생달』

에 등장하는 아버지는 비록 길을 떠나는 존재이긴 하지만 언젠가 돌아오리라는 희망을 안겨주던 존재였다. 그래서 아버지가 부재한 그 시간 동안 아이는 집을 보며 조그만 아버지로서 역할을 스스로 자임할 수 있었다. 그러나 이 시에 등장하는 아버지는 돌아올 기약 없이 '먼 길'을 떠나는 존재이다. 아버지는 눈이 쏟아지는 캄캄한 저 밤길로 총총 사라져 간다. 아이는 내심 그 아버지가 남긴 발자국을 따라 아버지 뒤를 따라가고 싶지만 이내 눈이 그 발자국을 지워버려 제 의지와 상관없이 '집을 보는 아이'로 홀로 남겨지는 신세가 된다. 길을 떠나는 아버지는 아이에게 "울지안치" 달래며 '조그만 아버지'로서의 역할을 감당할 것을 기대하고 떠나지만, 아이는 고개를 끄덕끄덕하면서도 눈에는 "눈물이 그렁그렁" 고인다. 이 시에 그려진 아이의 형상을 확대 해석해 본다면 그는 회복할 기미가 엿보이지 않는 일제 말기, 영영 사라져 버릴지도 모르는 아버지(조국)의 처지를 비관적으로 바라보고 있던 시인의 자화상으로 읽힐 여지가 있다. 아버지를 대신해 조그만 아버지가 되려 했던 아이의 욕망은 좌절되고(즉 부성콤플렉스는 소멸되고), 그 아이는 아버지와 이별을 슬퍼하는 작고 초라한 존재로 전락한다.

이런 견지에서 일제 말기에 나타나는 이 아이의 형상이 해방기에 발간된 『초생달』에 재수록될 때, 조금 다른 형상으로 등장하는 것은 예사롭지 않다. 해방기에 개작의 형태로 수록되는 「먼길」에서는 2, 3연이 생략됨으로써 아버지와 이별하는 것을 불안해하고 슬퍼하는 아이의 모습이 표면적으로 드러나지 않는다. 즉 아버지와의 이별을 슬퍼하는 장면이 생략됨으로써, 이 시에 등장하는 아이는 먼 길을 떠나는 아버지를 배웅하려는 아이의 형상에 머물 뿐이다. "눈물이 그렁그렁"했던 아이는 다만 "말똥말똥"한 눈을 하고 먼 길을 떠나는 아버지를 배웅하려 하고 있다. 전술한 바와 같이 이런 아이의 형상은 앞서 살펴보았던 작품들에서 드러나는 '명랑한 아이'의 형상에 더 가깝다고 볼 수 있다.

> 새 나라의 어린이는
> 일찍 일어납니다.
> 잠꾸러기 없는 나라
> 우리 나라 좋은 나라.
>
> 새 나라의 어린이는
> 서로 서로 돕습니다.
> 욕심쟁이 없는 나라
> 우리 나라 좋은 나라.
>
> —「새 나라의 어린이」 부분[17]

해방 직후 씌어진 이 작품에는 좋은 나라를 염원하는 시적 화자의 마음이 잘 드러나 있다. 비유하자면 앞날을 예고할 수 없던 일제 말기에 먼 길을 떠났던 아버지(조국)가 돌아오자 아이는 그 나라를 구성하는 일원으로서 충실한 아들(소국민)이 되길 자처한다. 아버지 대신 '조그만 아버지'가 되려는 욕망을 품었던 아이는, '말씀과 법을 의미 있게 만드는 권위의 힘을 가진 존재'로서의 국가로 상징되는 아버지에 대해 강한 기대를 가지며, 자신 또한 그 아버지에게 헌신하는 아들이 되고자 한다.

---

17 윤석중, 『초생달』, 앞의 책, 20쪽.

그러나 아이가 기대고자 했던 그 아버지는 아이가 신뢰할 수 없는, 무능하고 무책임한 아버지로 곧 자기 정체를 드러낸다. 아버지는 자신의 권위를 발휘하기도 전에 분열(분단)하며, 폭력적인 아버지로 돌변(전쟁)해 오히려 아이(시인 자신)에게 '가족 살해'라는 끔직한 상흔을 안겨준다.[18] 그 상흔은 시인에게 강한 트라우마(trauma)로 작용하며, 이는 시인의 작품 속에 또 다른 양가감정을 불러일으키는 계기가 된다. 시인의 무의식 속에는 국가로 상징되는 무능하고 무책임한 아버지를 넘어서고 싶어 하는 욕망과 그 폭력적이고 권위적인 아버지에 순응하고 싶어 하는 두 개의 욕망이 교차한다.

엄마 앞에서 짝짜꿍
아빠 앞에서 짝짜꿍
엄마 한숨은 잠자고
아빠 주름살 펴져라

해님보면서 짝짜꿍
도리도리- 짝짜꿍
우리 엄마가 웃는다.
우리 아빠가 웃는다.

―「짝자꿍」 전문[19]

「우리 애기 행진곡」이 보여주는 이런 변모는 전쟁 이후 변형된 부성콤플렉스를 상징적으로 보여주는 보기다. 본래 우는 언니를 달래는 내용이 들

18 9·28수복 이후 윤석중 부친과 계모는 우익에 의해 살해되고, 이복 형제 둘은 의용군으로 나가 행방불명되거나 국군으로 징집되어 전사한다. 노경수, 앞의 논문, 110쪽.

19 문교부 편, 『음악 · 1』, 국정교과서주식회사, 1967, 6~7쪽.

어 있던 작품은 교과서에 수록이 되면서 2, 3연이 잘려나가게 된다.[20]

이렇게 2, 3연이 잘려나간 동요에서 역시 우리는 어른을 위무하려는 아이를 만날 수 있지만, 일하는 언니 이야기가 사라짐으로써 그 아기는 언니를 달래려던 '조그만 아버지'의 자리에서 내려와 단지 부모 앞에서 재롱을 피우는 보다 작은 역할에 만족하는 처지가 되고 만다. '명랑성'이라는 조건에서는 앞에 소개한 작품과 궤를 같이 하지만, 아버지를 대신한 조그만 아버지 되기의 차원으로 보자면 일종의 퇴행을 보여주고 있는 것이다. 그러나 이런 작품과 대척적인 자리에서 '조그만 아버지' 자리를 고수하려는 의도를 강하게 드러낸 작품도 있다.

> 우리가 자라면 새 나라 일군
> 손 잡고 나가자 조선의 별아.
> 오월은 푸르고나 우리들은 자란다.
> 오늘은 어린이날 우리들 세상.

—「어린이날 노래」 부분[21]

---

20 「우리 애기 행진곡」이란 제목으로 《조선일보》(1929.6.8)에 발표되었던 작품은 『윤석중 동요집』(1932)과 선집인 『윤석중 동요선』(1939)에서 「도리 도리 짝짜꿍」이란 제목으로 수록되었다가, 해방기에 출간된 『굴렁쇠』(1948)에서 제목이 「짝짜꿍」으로 바뀌게 된다. 이후 선집인 『윤석중 동요 백곡집』(1953), 『한국아동문학전집 · 4; 윤석중 동요집』(1963), 『윤석중 문학전집 · 봄 나들이』(1988)에 묶일 때 계속 「짝짝(자)꿍」이란 제목으로 수록되었다. 특기할 것은 윤석중의 개인 선집에 수록된 「짝짜꿍」은 제목만 바뀌었을 뿐, 내용상의 개작은 이루어지지 않았다는 점이다. 그런데 이 작품이 교과서에 수록되면서 내용에 일종의 변형이 가해지게 된다. 이 작품은 1차 교육과정 시기인 1950년대에 「도리 도리 짝짜궁」이란 제목으로 초등학교 1학년 음악 교과서에 처음 수록되었는데, 그 내용을 보면 「우리 애기 행진곡」의 내용과는 전혀 다르게 동심주의 경향이 짙게 풍기는 것을 발견할 수 있다. 전문을 소개하면 다음과 같다. "도리 도리 짝짜궁/도리 도리 짝짜궁,/우리 아기 착한 아기,/도리 도리 짝짜궁.//엄마 보고 짝짜궁/아빠 보고 짝짜궁/우리 아기 예쁜 아기,/도리 도리 짝짜궁"(문교부 편,『음악 · 1』, 국정교과서주식회사, 1958, 56쪽.) 이어 2차 교육과정 시기인 1963년 이후에 「짝자꿍」이란 제목으로 다시 교과서에 실리게 되는바, 이 교과서에는 예문과 같이 2, 3연이 생략된 채 실려 있는 것을 볼 수 있다. 음악교과서에 실리게 됨으로써 이 작품은 '가창'의 형태로 더욱 널리 불리게 되지만, 내용상 개작이 됨으로써 작품이 본디 품고 있던 '조그만 아버지상'의 의미는 훨씬 축소되고 퇴색되었다.

21 윤석중,『굴렁쇠』, 수선사, 1948, 102쪽.

무궁무궁 무궁화, 무궁화는 우리 꽃.
피고지고 또 피어 무궁화라네.
너도 나도 모두 무궁화가 되어
지키자 내 땅, 빛내자 조국.

—「무궁화」 부분[22]

이런 윤석중 작품들은 어떤 '행사'를 기념하거나 어떤 선전을 목적으로 지어진 시들에 가깝긴 하지만, 분단 이후 많은 어린이들의 입에서 입으로 불린 노래라는 점에서 윤석중의 대표작이라 해도 손색이 없는 작품들이다. 이들 작품에 등장하는 "새 나라 일군" 또는 "피고 지고 또 피는 무궁화"로 표상되는 아이들은 모두 국가나 민족이라는 공적 가치를 실현하는 '조그만 아버지'로서 면모를 강하게 표출하고 있다. 이것은 국가로 상징되는 강한 권위를 가진 아버지가 요구하는 충실한 아들의 모습일 뿐더러 다른 한편으로 그 강한 권위 뒤에 감추어진 무기력한 아버지의 모습을 대신하고자 하는 아이의 모습을 대변하고 있다. 그 속에는 시인의 무의식에서 발현된, 이른바 부정적 아버지상과 대립되는 '조그만 아버지'의 형상이 반복되고 있음을 볼 수 있다. 이는 분단 이후 윤석중이 새롭게 가지게 된 면모라기보다 그가 일제시대부터 작품 속에 지니고 있던 부성콤플렉스의 재현이라 보는 것이 타당할 것이다.

5. 결론

윤석중의 작품은 현실과 유리된 세계를 그렸다거나, 그 현실과 무관

22 피천득 편, 『윤석중 아동문학 독본』, 을유문화사, 1962, 73쪽.

한 순진무구한 동심을 그렸다고 인식되어 왔다. 그러나 부성콤플렉스의 발현이라는 측면에서 그의 작품을 살펴본다면, 그의 동요야말로 역설적으로 식민지 현실과 분단 현실에 가장 밀착해 있던 문학이 아닌가 생각한다. 아버지의 부재 혹은 부정적 아버지상에서 촉발된 부성콤플렉스는 그의 작품 초기부터 말년에 이르기까지 꾸준히 나타나는바, 그는 부재하는 아버지(잃어버린 국가) 혹은 분열된 아버지(완성되지 않은 국가)를 대신해 '조그만 아버지'가 되기를 열망하는 아이의 모습을 작품 속에 구현해 왔다. '조그만 아버지'는 사회와 국가, 민족이라는 공적 가치를 실현하는 존재로서 의의를 지닌다. 그는 가족을 건사하는 존재일 뿐만 아니라 한 사회, 더 나아가서는 국가와 민족의 장래를, 무능한 아버지 대신 책임지는(져야 하는) 존재이다. 이를테면 '명랑하고 씩씩한 아이'상은 조그만 아버지가 자신에게 부과된 무거운 짐을 감당하기 위해 고안한 퍼소나(persona)라 할 수 있는바, 시대적 질곡에 의해 그것은 소멸되거나 때로는 변형을 겪기도 한다. 일제 말기에 드러나는 감상적인 아이의 면모나 분단 이후 드러나는 재롱떠는 아이의 면모는 이른바 '명랑하고 씩씩한' 아이의 굴절된 상이라 하겠다.

결론적으로 윤석중 작품에 드러나는 부성콤플렉스는 완성된 근대국가를 갈망하는 시적 자아의 표출과 밀접한 관련을 맺는다. 주권을 상실한 일제시대부터 분단 이후까지 가창의 형태로 사람들 입에 계속 오르내렸던 윤석중의 동요에는 온전한 국가를 갈망하는 시인의 부성콤플렉스가 중요한 동인으로 작용했다. 결국 이러한 부성콤플렉스는 윤석중 동요 속에 내재된 국민애창동요로서의 위상을 확보하는 기반이 되었던 것이다.

○

참고문헌

《동아일보》《조선일보》《조광》

『윤석중 동요집』, 신구서림, 1932.
『잃어버린 댕기』, 계수나무회, 1933.
『윤석중 동요선』, 박문서관, 1939.
『어깨동무』, 박문서관, 1940.
『초생달』, 박문출판사, 1946.
『굴렁쇠』, 수선사, 1948.
『아침까치』, 산아방, 1950.
『엄마손』, 학급문고간행회, 1960.

김종헌, 「해방기 동시의 담론 연구」, 대구대 박사 논문, 2005.
남경태, 『개념어 사전』, 들녘, 2006.
노경수, 「윤석중 연구」, 단국대 박사 논문, 2008.
노원호, 「명쾌한 동심의식과 시적 정서」, 『한국아동문학 작가 작품론 · 전편』, 서문당, 1991.
박 신, 「부성콤플랙스의 분석심리학적 이해—아들의 아버지와의 관계를 중심으로」, 『심성연구』 19호, 한국분석심리학회, 2004.
윤석중, 『노래가 없고 보면』, 웅진출판, 1988.
이반 워드 지음, 이수련 옮김, 『정신분석』, 김영사, 2001.
이재복, 「어린이 마음높이에서 찾아낸 발랄한 언어」, 『우리 동요 동시 이야기』, 우리교육, 2004.
조셉 칠더즈 · 게리 헨치 엮음, 황종연 옮김, 『현대문학 · 문화 비평 용어사전』, 문학동네, 1999.
진선희, 「석동 윤석중의 동시 연구: 슬픈 웃음과 낙천적 전망 」, 『한국어문교육』 15집, 2006.2.

일제강점기 동화시(童話詩) 연구

정진헌

1. 들어가며

일제강점기 한국 아동문학은 다양한 갈래와 분화 속에서 많은 작가와 작품을 생산해 냈다. 특히 아동문학 서정 장르인 창작동요는 1930년대 초 동시와의 논쟁 속에서도 그 위치를 확고히 하며 해방 전까지 아동문학이 성장·발전하는 데 기여한다. 최남선이 발행한 잡지나 신문이 그 전사 역할을 한 이후, 방정환에 이르러 창작동요는 본격적인 장르 인식을 갖고 작품을 생산하게 된다. 3·1운동 이후 일제의 무단통치가 막을 내리고 1920년대부터 문화 지배정책이 시행되자 봇물처럼 쏟아져 나온 신문, 잡지 등의 출판물은 창작동요를 발전시키고, 이를 대중에게 보급하는 데 지대한 역할을 했다.

이러한 가운데 창작동요는 1930년을 전후해 7·5조의 정형성 탈피, 성인들의 관념적 사고 지양, 어린이들의 동요 참여 유도, 아동의 연령대

정진헌
cyjjh006@kku.ac.kr 건국대학교 교사편찬위원회 연구원, 동화와번역연구소 간사, 시인, 2004년 《충청일보》 신춘문예 등단, 저서로 『경기도 여성문인—현대편』(공저), 『겨울나무는 잎을 버린다』(시집), 『사고와 글쓰기』(공저) 등이 있다.

를 고려한 동요 창작 등, 동심의 재인식과 더불어 다양한 갈래로 분화되어 '동시', '소년시', '동화시', '유년동요', '그림동요' 등의 명칭이 생겨나게 된다.[1] 이 중 특이한 장르로 혼종 장르(hybrid genre)인 동화시가 있다.

동화시란 형식면에서 시적인 짜임새를 가지고 있으면서 거기에 동화적인 내용을 담은 시를 말한다. 다시 말하면 시의 형식인 운율과 동화의 내용인 서사를 한데 아우른 것이라고 말할 수 있다.[2] 유종호 또한 동화시를 운문이나 시로 된 동화, 혹은 어린이를 위한 이야기시로 장르를 규정한 바 있다.[3]

일제강점기 혼종 장르인 동화시에 대한 연구는 아동문학 작가·작품론[4], 그리고 동요·동시 장르론[5]에서 작품 편수 및 간략한 소개 정도만 되었을 뿐 아직까지 본격적인 논의가 없다. 또한 해방 이후 북한에서 아동문학, 특히 동화의 발전을 위해 노력했던 백석(백기행)이 지은 동화시집 『집게네 네 형제』(1957년)만이 집중적으로 논의가 되고 있는 실정이다.

그리고 최남선이 신문관에서 발행한 아동신문 《붉은져고리》(1913년 1월~1913년 6월)와 아동잡지 『아이들보이』(1913년 9월~1914년 9월)에 동화시의 전사 역할을 했던 작품들이 소개되고 있는데, 이 또한 1920년대 이후 창작되기 시작한 동화시와의 관련성을 갖고 있어 비교 검토해 볼 필요

---

1 정진헌, 「일제 강점기 한국 창작동요 연구」, 건국대학교 박사학위 논문, 2013, 참조.
2 이재철, 『아동문학개론』, 서문당, 1998(증판), 128쪽.
3 유종호, 『다시 읽는 한국 시인』, 문학동네, 2002, 311쪽.
4 김제곤, 「일제강점기 창작동요의 전개과정—윤석중 동요집을 중심으로」, 『아동문학평론』 제34권 제3호, 아동문학평론사, 2009.
최명표, 「소년운동가의 문학적 균형감각—곽복산의 아동문학론」, 『전북 지역 아동문학 연구』, 청동거울, 2010.
권혁준, 「雪崗 金泰午 童謠 硏究」, 『한국아동문학연구』 제20호, 한국아동문학학회, 2011.
5 이재철, 『한국현대아동문학사』, 일지사, 1978.
신현득, 「한국 근대아동문학 형성과정 연구—최남선의 공적을 중심으로」, 『국문학논집』 제17집, 단국대학교 국어국문학과, 2000.
박영기, 「일제강점기 동요, 동시명의 시대적 고찰」, 『아동문학 프리즘』, 청동거울, 2011.

가 있다. 두 매체에는 민담이나 고전소설을 7·5조의 정형률에 맞춰 싣고 있다.[6] 박혜숙은 당시 발표되었던 대부분의 창작동요가 전래동요와 같이 정격 리듬을 취하거나, 민담을 7·5조 리듬으로 소개한 것은 아동문학의 원천을 민담을 비롯한 옛이야기 서사와 전래동요로 생각했던 당시의 장르인식 때문이라고 본다.[7] 서사의 내용과 시의 형식이 혼재된 이 텍스트들은 이후 동화시가 탄생하는 데 영향을 주었으리라 추측된다.[8]

일제강점기 동화시는 1927년부터 《중외일보》에 집중적으로 실려 있다. 그리고 30년대 이후 자유율 형태를 취하고 있는 동화시와 달리 대부분이 7·5조나 4·4조의 정형률을 고수하고 있다. 특히나 7·5조의 형태를 취한 작품이 많은데, 이는 당시 창작동요가 7·5조의 정형률을 취하고 있었기 때문에 이와 유사한 율문 형식을 자연스럽게 선택했을 것으로 보인다. 내용 또한 개인 창작물도 보이지만 대부분이 민담이나 전래동화 그리고 이솝우화 등을 재화한 것들이다.

《중외일보》에 실린 동화시는 당시 소년운동 출신 작가들의 작품이 1927년과 1928년에 집중적으로 게재가 되고 있다. 이는 당시 《중외일보》 편집진과 기자 대부분이 카프 출신이었기 때문에 그들과의 인적 교류가 형성되었기에 가능했던 것으로 보인다.

본고에서는 이러한 형편을 토대로 아동문학 미개척 분야인 일제강점기 동화시를 살펴, 동화시가 한국 아동문학사에서 자치하는 위상과 의의를 밝히고자 한다. 이를 위해 동화시의 기원 및 장르 명칭의 문제, 작품의 내용 및 작가군 그리고 작품의 재화 양상과 시적 특징 등을 살펴볼

---

6 당시 최남선은 장르를 명기하지 않았지만, 이재철을 필두로 신현득, 박영기 등 대부분 선행연구자들은 신문관에서 발행한 신문이나 잡지에 실린 작품 중 옛이야기를 7·5조의 율문으로 재화한 작품을 동화요(童話謠)라 지칭했다.

7 박혜숙, 「한국 근대 아동문단의 민담 수집과 아동문학의 장르 인식」, 『동화와번역』 제16집, 건국대학교 동화와번역연구소, 2008, 212쪽.

8 원종찬, 「한국 아동문학 형성과정 연구—『소년』(1908)에서 『어린이』(1923)까지」, 『동북아문화연구』 제15집, 동북아시아문화학회, 2008, 84쪽.

것이다. 그리고 원본비평 방법을 사용해 당시 동화시가 실린 다양한 인쇄매체인 아동 잡지나 신문, 동요(시)집 등을 살펴 실증적으로 분석할 것이다. 일제강점기 아동문학에 대한 연구를 시작한 지 얼마 되지 않은 상황에서 이러한 작업은 아동문학의 온전한 복원을 위해 반드시 선행되어야 할 과제이기 때문이다.

2. 동화시의 기원 및 창작 배경

아동문학 연구의 미개척지 중 하나인 동화시는 아직까지도 하나의 장르로 인정받지 못하고 있다. 또한 일제강점기 몇 명의 작가와 얼마 되지 않은 짧은 역사에 소외된 채 문학사에서 사장되었던 것이 사실이다. 이석현은 이러한 현실을 안타까워하며 우리 아동문단에 '동화시'의 붐을 일으켜, 하나의 뚜렷한 분야를 개척해 동화가 시를 이탈하여 사건과 줄거리 위주로 소설화되어 가는 악폐를 지양하고, 동화를 시에 근접시켜 어린이들에게 동시 · 동요로 친근감을 안겨주기를 바란다고 회고한 바 있다.[9]

동화시는 일상적인 소재나 일상적인 산문 기법으로 전달하려 하지 않고 상상력과 고도의 판타지에 의해 세상사를 은유적으로 표현하는 것이다.[10] 따라서 동화시는 동화적인 환상성을 지니고 있어야 한다. 또한 시적 예술성을 갖추어 동화를 보다 시적인 경지로 끌어 올리는 격조와 이미지가 있어야 한다. 결국 한 작품 전체가 시여야 한다는 것. 시로서의 향취와 요소를 지니고 있어야 한다는 것이다.[11]

9 이석현, 「아동문학의 未開地—동화시 · 시조 · 동시극 · 그림동화」, 『아동문학평론』 제34호, 아동문학평론사, 2009.12, 162~164쪽.
10 제해만, 「현대동시론—동시의 갈래」, 『아동문학평론』 제11호, 아동문학평론사, 1986, 147~148쪽.
11 이석현, 위의 글, 163쪽.

그러면 동화와 시의 혼종 장르인 동화시의 출발은 언제부터일까? 실증자료를 통해 현재 확인되는바, 동화시로 장르가 명기된 최초의 작품은 1926년 『신소년』에 실린 색동회 회원 정인섭이 지은 「幸福의 쏫노래」[12]이다. 이 작품은 20년대 동화시가 주로 7·5조의 정형율을 취하고 있는 데 비해 유일하게 30년대 이후 동화시처럼 자유율 형태를 취하고 있다.

동화시가 처음 실린 잡지 『신소년』

이후 20년대 동화시의 전형적인 특징을 보이는 작품은 그해 11월 《동아일보》에 게재된 신고송(말찬)의 「오빠를 찾아서」[13]이다. 이 작품은 결미에서 '舊作 未贊 童劇集'[14]에서라는 출처를 밝히고 있어 신고송이 동극을 동화시로 개작한 작품임을 알 수 있다. 이 작품이 동화시로서 인정받을 수 있는 이유는 전처소생인 순이와 계모와의 갈등 양상을 그린

---

12 정인섭, 「幸福의 쏫노래」, 『신소년』 제4권 4호(1926), 46~49쪽. 이 작품은 줄거리는 꽃이 피어 아름답고 향기로운 나라를 시기한 이웃나라 악마가 햇빛을 구름으로 가려 꽃이 피지 못하게 해 나라를 불행하게 만든다. 이후 새로 태어난 왕자와 공주가 하늘에서 내려온 용마를 타고 악마를 물리친다는 이야기이다.

13 《동아일보》, 1926년 11월 3일. 「오빠를 찾아서」는 전처소생인 순이와 계모의 갈등 그리고 순이와 정대롱과의 사랑을 그린 작품이다. 추운 겨울날 계모는 풋나물을 캐오라며 순이를 집에서 내쫓는다. 순이는 정대롱의 도움을 받아 풋나물을 캐 가지만 의심이 많은 계모가 나중에 쥐로 변신해 순이를 미행하게 된다. 이후 계모는 풋나물의 출처를 알게 되어 혼자서 풋나물을 캐러 정대롱을 찾아가지만 정대롱은 순이가 아님을 알고 흰말을 타고 멀리 달아나 버린다. 이후 계모의 학대를 못 이겨 정대롱을 찾아간 순이는 정대롱이 없음을 알고 그를 찾아 여러 날을 헤매고 다니다 결국 아이들의 도움을 받아 정대롱을 만나 기쁨의 눈물을 흘린다는 이야기이다.

14 1923년 2월 14일 『어린이』 창간 기념 가극대회가 열렸는데, 1921년 11월 '동화가극대회' 무대에 올렸던 '소녀 비극' 「언니를 찾아서」가 공연되었다.(《매일신보》, 1923년 2월 20일) 신고송이 재화한 동화시 「오빠를 찾아서」는 이 작품으로 보인다.

동화적 서사 구조와 시적 율격인 7·5조의 정형률[15]을 들 수 있겠다. 그 밖에 겨울날 풋나물을 채취한다는 비현실성, 계모가 쥐로 변한다는 변신 모티프 등이 동화적인 요소에 해당할 것이다.

이 작품 외 동극을 동화시로 개작한 작품이 한 편 더 보이는데, 1930년 『어린이』에 실린 이경로의 「혹쌔리이야기」[16]이다. 그는 작품 결미에서 『어린이』 창간호에 실렸던 방정환의 동화극 「노래주머니」를 읽고 노래로 고친 것이라 밝히고 있다. 당시 동극은 1920년대 후반까지 동화극이라는 장르 용어와 함께 섞어 쓰고 있는데, 이를 통해 간접적으로나마 동화(전래/외국동화)를 아동극으로 재화해 읽을거리로 창작하거나 공연을 위한 대본으로 만들었음을 알 수 있다.[17]

그렇다면 동화시의 연원은 어디에서 찾을 수 있을까? 이재철[18]은 최남선의 「남잡이가 저잡이」(『아이들보이』, 12호)를 최초의 근대적 동화요(시)[19]로 보고 있다. 이 작품은 총 14절 56행으로 된 7·5조 형식으로 남을 잡으려다가 자기가 잡히고 만다는 내용이다. 이미 권혁준에 의해 밝혀진 바, 이 작품은 최남선의 작품이 아니라 독자 최승환이 보낸 내용을 개작한 작품이다.[20] 하지만 이 작품에 앞서 아동신문 《붉은져고리》에도 옛이야기를 7·5조 형식으로 실은 작품이 있다. 가령 '금도끼 은도끼' 이야

15 이석현은 동화시의 형태와 관련해 저학년들에게는 정형률을 위주로 한 '이야기 동요'가, 고학년(초등 4년 이상 중학생까지)들에게는 형식에 구애받지 않는 자유로운 산문시형, 즉 내재율로 엮는 동화시가 좋다고 했다. 이석현, 앞의 글, 재인용.

16 『어린이』 제8권 5호(1930년), 38~41쪽. 신현득은 이 작품에 대해 최남선의 「옷나거라 뚝짝」(『아이들보이』, 9호(1914년))과 내용이 같다며 7·5조 4행, 1절의 창가투 정형시여서 동화시가 아닌 동화요였다고 밝히고 있다. 신현득, 「한국동시사연구」, 단국대학교 박사학위논문, 2001, 참조.

17 아동극과 관련된 자세한 사항은 임지연, 「한국 근대 아동극 장르의 용어와 개념 고찰」, 『아동청소년문학연구』 제5집, 한국아동청소년문학학회, 2009, 참조.

18 이재철, 『한국현대아동문학사』, 앞의 글, 54쪽.

19 이재철은 옛이야기를 7·5조 율문 형식으로 창작한 것들을 '詩'라는 말 대신 '謠'라는 의미를 부여해 '童話謠'라 명명하고 있다. 이는 일제 강점기 7·5조 형식의 '童謠'를 의식한 듯하다.

20 권혁준, 「『아이들보이』의 아동문학사적 의의에 대한 연구」, 『한국아동문학연구』 제22호, 한국아동문학학회, 2012, 29쪽.

기를 7·5조 율문으로 만든 「고든 마음의 갑흠」[21]이 해당된다. 따라서 이재철의 논의는 재고할 필요가 있다.[22]

한편, 『아이들보이』에 수록된 작품 중 동화시와 유사성이 많은 작품들이 보이는데, 이들은 민담이나 고전소설을 7·5조 형식으로 재화해 잡지에 게재한 작품으로 「자라영감 토끼생원」(1호, 1913. 9), 「흥부 놀부」(2~3호, 1913. 11), 「심청」(4~5호, 1913. 12~1914. 1), 「세 선비」 (6~8호, 1914. 2~4), 「옷나거라 뚝딱」(9호, 1914. 5), 「나무군으로 신션」(10~11호, 1914. 7) 등이다. 대부분의 작품들이 7·5조 형식의 율문으로 재구성되어 있다.

일부 선행 연구자들은 이들을 동화요로 보고 있다.[23] 당시 동시라는 용어가 잘 쓰이지 않았으며 인식도 없었던 상황에서 동요 형식의 7·5조 리듬을 가진 작품들을 동화요로 보는 것은 다소 일리는 있지만, 이는 논란의 여지가 있다. 왜냐하면 잡지에는 민담이나 고전소설 외 다른 글들도 7·5조 형식으로 되어 있기 때문이다. 그리고 윤석중이 자유율 형태의 동화시를 발표하기 이전, 1920년대 동화시 대부분이 7·5조나 4·4조와 같은 정형률을 보이고 있는데, 그러한 주장대로라면 이들을 전부 동화요로 봐야 하기 때문이다. 동화시는 동화와 시의 합성어로 시가 가지고 있는 형식적인 특징은 리듬 외 행과 연, 비유, 상징 등 다양하다. 따라서 당시 동요의 형식적인 특징인 7·5조의 특징만을 가지고 동화요라 칭하는 것은 문제가 있다. 문학의 장르는 고정 불변하는 것이 아니다. 이는 역사적 산물이며 문화적, 사회적 합의와 관습에 의해 형성되는 것이다.[24] 동화시가 탄생한 배경도 그러한 이유에서이다. 물론 1920년대

---

21 《붉은져고리》 제10호, 1913년 5월 15일.

22 진선희, 「1910년대 아동 신문 『붉은저고리』연구—수록 동요를 중심으로」, 『한국아동문학연구』 제22호, 한국아동문학학회, 2012, 참조.

23 이재철, 신현득 외 『아이들보이』에 실린 7·5 형식의 옛이야기나 고대소설을 동화요로 보는 이들로 박영기(앞의 글, 80쪽)와 원종찬(「한국 아동문학 형성과정 연구—『소년』(1908)에서 『어린이』(1923)까지」, 앞의 글, 84쪽)이 있다.

동화시가 1910년대 최남선이나 이광수의 작품과 내용이나 형식적인 유사성을 가지고 있지만, 실증적 자료를 통해서도 확인되는 것처럼 당시 작가들은 동화에 시적 리듬을 취한 형태를 동화시라 인식하고 작품 활동을 했을 뿐만 아니라, 장르를 명확하게 잡지나 신문지상에 표기하고 있다.

한편 권혁준[25]은 최남선이 우리의 옛이야기를 서술하는데 7·5조를 사용한 것은 우리의 옛이야기가 판소리로 가창되었던 사정과 문헌으로 기록될 때 4·4조로 기록되었던 사정과 관련이 있다고 본다. 즉 심청전, 춘향전 등의 고대소설은 판소리로 불릴 때도 율문의 형식을 취했고, 육전소설이라는 형태의 인쇄물로 보급될 때도 4·4조로 기록되었기 때문에 이와 유사한 7·5조의 율문 형식이 자연스럽게 채택되었다는 것이다.

당시 최남선은 잡지 편집에 있어 '줄글'과 '귀글'을 병행하고 있다.[26] '아이들 신문'란을 보면 산문은 이야기로, 7·5조의 운문은 귀글이라는 용어를 사용하고 있다. 민담이나 고전소설뿐만 아니라 창가, 그리고 시 형식의 작품에도 '귀글' 형태인 7·5조 형식 취하고 있는데, '귀글'이란 두 마디가 한 덩이씩 되게 지은 글을 말한다. 이는 한시에서 주로 사용되었던 말이다. 문학 장르가 정착되지 않은 당시 상황을 고려하면 최남선은 문학을 크게 산문과 율문[27]인 2분법으로 구분해 사용한 듯하다. 2분법은 율격의 유무에 따른 분류 방식이다. 옛사람들은 이를 '줄글'과 '귀글'이라는 말로 사용했다.[28] 최남선 또한 이를 계승 율문 대신 귀글이

24 최인자, 「장르 문식력의 국어 교육적 의의」, 『국어교육론의 문화론적 지평』, 소명출판, 2001, 42~69쪽.

25 권혁준, 앞의 글, 26쪽.

26 「샹급잇는 글꼬느기」 규칙 란에 "글은 줄글 귀글 아모것도 다 조흐나 아모조록 죠선말로 지으며 이미 죠선말 뒤 한문말은 얼마 석거도 관계치 안습니다"라고 적고 있다.

27 현재 문학의 갈래를 2분법으로 논할 때 '율문'보다는 '운문'이 더욱 보편적인 용어로 사용되고 있다. 그러나 '운'보다는 '율'이 더욱 기본적인 것이므로 '운문'을 '율문'으로 보는 것이 타당하다. 조동일, 『한국문학의 갈래 이론』, 집문당, 1992, 286쪽.

28 위의 글. 재인용.

란 말을 사용했던 것으로 보인다.

최남선은 1908년 인쇄소 겸 출판사인 신문관을 창립하고, 잡지 간행 사업뿐만 아니라 조선광문회를 설립하여 한국 고전을 수집, 번역, 편찬하는 일에 주력하였으며 통속적인 고전소설을 정리하여 새로이 간행했다. 이는 음란한 대중소설을 정리하고 조선어를 정비하여 소년들의 고상한 취미를 진작하기 위한 의도로 볼 수 있다.[29] 그러면 율문의 성격을 가진 '귀글'을 시 외에 다른 작품까지 사용한 의도는 무엇일까? 임상석은 귀글이 단순히 구절을 맞춘다는 한정된 의미로 사용된 것인지 아니면 시 장르 전반을 규정하려는 의식이었는지 판명하기 어렵다고 밝히고 있다.[30] 반면, 김윤식은 최남선이 7·5조의 율문 형태를 취한 이유는 지식양의 확대와 개화기 지식 보급을 위한 리듬의 공리적 측면에 있다고 밝히고 있다. 장르 개념보다는 개화지식의 보급을 위해 노래가 본질적으로 갖고 있는 반복성을 의식적이든 아니든 이용했다는 것이다.[31]

여러 정황으로 보아 최남선이 민담이나 고전소설을 재화한 전래동화를 귀글 형태인 7·5조 율문 형식을 취한 이유는 계몽의 기획 하에 아이들 스스로 전래동화를 리듬에 맞춰 자연스럽게 읽고, 그 내용을 좀 더 쉽게 이해할 수 있도록 하기 위한 방편으로 볼 수 있다.

이광수 또한 『새별』 16호[32]에서 『아이들보이』에 실었던 고전소설 「허생전」을 4·4조의 율문으로 재화해 수록한 바 있다.[33] 그는 작품 말미에서 "이 許生의 事蹟은 일즉 「아이들보이」 ᄯᅢ에 散文으로 한번 揭載한 일이 잇으나 이번에는 韻文으로 다시지어 여러분의 새 感興을 닐히키고져 하얏노라"라고 밝히고 있다. 여기서 새 '감흥'을 일으킨다는 것은 산문

---

29 최남선, 『최남선전집 10』, 현암사, 1973, 422쪽.

30 임상석, 「『시문독본』의 편찬 과정과 1910년대 최남선의 출판 활동」, 『상허학보』 제25집, 상허학회, 2009, 52쪽.

31 김윤식, 「육당과 신문학」, 『육당이 이 땅에 오신 지 백주년』, 동명사, 1990, 74쪽.

32 1914년 9월 최남선은 이광수에게 위촉(委囑)하여 『새별』을 창간한다.

33 이광수, 「허생전」, 『새별』 제16호, 1915년.

형식의 이야기보다는 시로서 느끼는 리듬감 즉, 낯설게 하기 형식의 체험을 통해 독자들의 정서를 환기하려는 의도가 내포되어 있음을 알 수 있다.

이처럼 최남선과 이광수에 의해 시도되었던 율문 형식의 이야기 재화 작업은 1920년대 중반 이후 탄생한 동화시에 일정 부분 영향을 주었을 것으로 보이는데, 7·5조의 형식적인 부분과 민담을 바탕으로 재화한 내용면에서 유사성이 강하기 때문이다.

그러면 당시 작가들은 '동화시'라는 장르명을 어떻게 인식하고 작품 활동을 했을까? 현재로서는 1920년대 중반 이후부터 김영희[34]를 필두로 《중외일보》에 작품 활동을 했던 작가들의 창작동기를 찾기가 어렵다. 다만 최명표는 1928년 7월 8일에 발표한 곽복산의 동화시 「빨간 조희」를 논의하면서 그 창작 동기를 당시 카프 문단 내에서 등장한 단편서사시의 영향으로 보고 있다.[35] 하지만 동화시가 단편서사시의 영향을 받았다는 논의는 다소 문제가 있다. 왜냐하면 김기진에 의해 단편서사시[36] 이론이 전개된 것은 1929년 5월이다. 당시 임화가 「우리 옵바와 화로」[37]를 발표하자 김기진이 이를 옹호하면서 이른바 '단편서사시론'을 제출하였다. 시기적으로 보면 동화시의 시작이 단편서사시보다 앞서 있다. 1926년 『신소년』과 《동아일보》에 각각 게재된 정인섭의 「幸福의 쏫노래」와

---

34 김영희(金英熹)는 동화시를 발표했던 김계담(「사철저고리」)과 함께 1927년 11월 21일 《중외일보》에 동요 「문허진탑」을 발표한 작가이다. 현재 김영희에 대한 자세한 활동사항은 알 수 없다. 현재 그와 관련된 사항은 조선동요연구협회에 참여했다는 내용(이동순, 「1920년대 동요운동의 전개양상」, 『한국문학이론과 비평』 제53집, 한국문학이론과 비평학회, 2011, 82쪽)과 용인 출신(박경수, 「일제 강점기 일간지를 통해 본 경남 · 부산지역 아동문학」, 『한국문학논총』 제37집, 한국문학회, 2004, 11쪽)이라는 내용이다. 박경수는 1928년 8월 10일 《동아일보》에 발표된 동시 「반듸불」에 김영희의 소속이 '용인'으로 나와 있다고 밝히고 있는데, 필자 조사에 의하면 이전 1928년 7월 28일자에 동일한 인물의 작품, 동요 「우리아버지」를 포함해 두 작품 모두 김영희(金英姬)로 표기 되어 있다. 중외일보에는 동화시와 동요 모두 김영희(金英熹)로 표기 되고 있어 동일한 인물인지 재고할 필요가 있다.

35 최명표, 앞의 글, 128~129쪽.

36 김기진, 「단편서사시로의 길로」, 『조선문예』, 1929년 5월.

37 임화, 「우리 옵바와 화로」, 『조선지광』, 1929년 2월.

신고송의 「옵바를 차저서」를 제외하더라도 《중외일보》에 동화시가 실린 것은 1927년 5월부터이다. 그리고 계급주의 색채가 강한 작품도 극히 드물어 그들의 현실적인 목소리를 내기 위해 장형화된 동화시를 택했다고 보기도 어렵다.

필자는 1920년대 후반에 집중적으로 동화시가 발표된 이유에 대해 당시 '동화회'와의 관련 개연성을 조심스럽게 제기한다. 1922년부터 '소년회'나 '청년회' 등의 단체가 주축이 되어 시작된 동화회 운동은 1927년이 되면 전국 대규모로 확대가 되어 절정에 달한다. 동화대회는 오월회, 신우회, 별탑회, 가나다회 등의 단체나 아이생활사, 별나라사, 새벗사 등의 잡지사가 주로 개최를 했으며, 《동아일보》나 《조선일보》를 비롯한 신문사들의 적극적인 후원을 받았다.[38] 그들은 전국적으로 순회공연을 다니면서 어린이들에게 동화를 보급하고, 각 지방의 전설을 채집하기도 했다. 1927·8년 《중외일보》에 동화시를 쓴 김영희, 이동찬, 송완순, 김계담, 박두언, 곽복산, 이구월 등은 소년운동 출신인 동요·동화 작가들이다. 이 중 곽복산과 박두언은 당시 조선소년총연맹 김제소년동맹원으로 활동하면서 동화대회에 적극 참여를 한다.[39] 박두언은 1927년 김제에서 개최된 '김제현상동화대회'에서 3등을 차지하기도 한다.[40]

방정환의 전국순회 동화회 활동과 동화집 『사랑의 선물』(개벽사, 1922년) 출판은 동화라는 새로운 장르가 국내에 자리잡는 구심점 역할을 했다. 이후 1920년 중반을 전후해 전국 각지에서 소년회와 청년회를 중심으로 개최되었던 '현상동화대회'는 초창기 한국 문학의 재생산 제도와 문단의 형성에 크게 기여하였다. 현상문예는 문학을 공적 영역으로 끌어들여서 담론 차원으로 승격시켰고, 투고자들은 자신의 작품이 활자화

38 조은숙, 「식민지시기 '동화회(童話會)' 연구—공동체적 독서에서 독서의 공동체로」, 『민족문화연구』 제45호, 고려대학교 민족문화연구원, 2006, 참조.
39 《동아일보》, 1929년 1월 29일.
40 《동아일보》, 1927년 11월 23일.

되는 과정을 통해서 사상적 자유가 제한되던 식민지 사회로부터 일정한 사유 공간을 확보할 수 있었다. 또한 투고자들은 현상문예 제도를 통과하는 동시에 문단으로 편입되었고, 현상금이라는 물질적 부와 작가라는 소년문사의 명예를 얻기도 했다. 비록 현상동화대회가 단일한 장르에 국한된 발표 기회였을지라도 소년들은 기존 작품의 구연 과정에서 문학적 형식을 습득할 수 있었고, 새로운 작품을 창작하는 과정에서 소정의 글쓰기 훈련을 받을 수 있었다.[41]

이러한 제반 사항을 고려해 보면 소년운동 출신들이 당시 전국적으로 성행했던 동화회의 영향을 받아 그 일환으로 동화시를 창작했으리라 본다. 동요작가로서 당시 어린이들에게 동화를 보급하기 위한 새로운 실험정신을 갖고, 전래동화를 7·5조나 4·4조의 율문형식에 맞춰 창작하고 이를 신문에 게재했을 것이다.

한편 1930년대에 들어서면 윤석중과 남석종을 통해 동화시에 대한 내막을 어느 정도 알 수 있다. 윤석중의 첫 동시집 『잃어버린 댕기』(1933년)에는 동화시 5편이 실려 있다. 그는 회고록에서 다음과 같이 밝히고 있다.

> 나는 「잃어버린 댕기」에서 동화 밑바닥에 리듬을 깐 '옥수수 하모니카', '짝짝이 신발', '오줌싸개 시간표' 등 다섯 편의 동화시를 시도해 보았는데, 이것들은 책이 나온 뒤, 오케레코드 회사에서 만담가 신불출(월북)의 낭독으로 레코드판이 되어 나왔다.[42]

당시 윤석중은 1920년대 동요의 정형률을 탈피해 자유율 형태의 동시를 주창했던 작가이다. 이와 더불어 동화시 또한 1920년대의 정형률을

41 최명표, 위의 글, 72~73쪽.
42 윤석중, 『어린이와 한평생』, 범양사, 1978, 144쪽.

탈피해 자유율 형식으로 창작되는데, 그의 말대로 동화에 시적 리듬을 넣은 새로운 실험시를 만든 것이다. 당시 이광수는 윤석중의 동화시를 '산문시동화'라 칭했다.[43] 이를 통해 윤석중의 동화시는 이재철이 말한 동화요에서 본격적인 동화시로의 이행을 시사한다.

또한 남석종은 「朝鮮과 兒童詩—兒童詩의 認識과 그 普及을 爲하야」라는 글을 통해 당시 동화시에 대해 다음과 같이 말하고 있다.

> 이것은 童話를 아이들에게 리듬을 주어서 시인이 그 스스로의 奔放한 想像의 産物로서 긴 이야기를 아니면 짧은 이야기를 童謠로 만들어서 이야기하야 주는 것이다. 朝鮮에서도 이 童話詩를 郭福山, 李東贊, 尹石重 筆者其他가 시도하야 世上에 發表하였다. 저- 西條八十씨의 「琉璃의 山」, 藤森秀夫씨의 「三人姬」 등이 세상에 有名한 것이라 하겠다.[44]

남석종은 동화시에 대한 정의를 윤석중처럼 동화에 리듬을 준 것이라 말하고 있다. 즉 내용면에서 동화의 서사를 담고 있지만, 형식면에서는 동요의 운율인 7·5조나 4·4조를 취하고 있다는 것이다. 그리고 동화시는 곽복산, 이동찬, 윤석중 같은 국내 작가뿐만 아니라 사이조 야소(西條八十)나 후지모리 히데오(藤森秀夫)와 같이 일본 작가들도 동화시를 창작했다고 밝히고 있다. 이를 통해 한·일 상호간의 영향 관계를 밝히기는 어렵지만, 당시 일본에서도 동화시가 창작되었음을 간접적으로나마 확인할 수 있다. 이후 1940년대에 들어서면서 노양근, 임인수, 이종성 등에 의해 간헐적으로나마 동화시가 창작 되지만 지속적인 발표는 없다. 1950년대 후반에 들어 백석이 이를 계승 창작하게 된다.

이처럼 일제 강점기 동화시는 동화 밑그림에 시의 리듬을 단 일종의

---

43 《동아일보》, 1933년 5월 11일.
44 남석종, 「조선과 아동시—아동시의 인식과 그 보급을 위하야」, 《조선일보》, 1934년 5월 26일.

실험정신이 강한 혼종 장르로 볼 수 있다. 동화시는 비록 장르명은 밝히지 않았으나 최남선에 의해 시도되었던, 아이들의 정서를 고려해 민담이나 고전소설을 재화한 전래동화에 7·5조의 리듬을 단 귀글 형태와 유사성을 보이고 있어 그 영향 관계를 결코 부인할 수 없다. 또한 7·5조 외 4·4조의 형태를 취하고 있는 작품들도 있어 민요와 판소리의 특성을 계승했다고도 볼 수 있다. 1920년대까지 정형성을 보이던 동화시는 1930년대 윤석중 이후 정형성이 파괴되며 40년대까지 자유로운 형태를 띠게 된다.

3. 동화시 작품 및 작가 현황

현재 필자가 조사한바, 동화시라는 장르가 명기된 작품은 23편으로 확인되고 있다.[45] 재수록 작품을 포함해 《동아일보》에 4편, 《중외일보》에 10편[46], 개인 동요(시)집에 7편, 잡지에 6편이 실렸다. 이들 중 《중외일보》에 연작으로 게재된 작품은 「사냥꾼」(1회~5회), 「세 개의 상자」(1회~3회), 「영애의 죽음」(1회~2회), 「맘씨 좋은 信福」(1회~3회), 「동무를 짜러」(1회~4회) 등 5편이다. 작가와 작품 수는 아래 〔표 1〕에서 알 수 있듯이 윤석중 5편, 김영희 3편, 이동찬과 김태오가 각각 2편, 그리고 정인섭, 신고송, 송완순, 김계담, 박두언, 곽복산, 이구월, 이경로, 노양근, 임인수, 이종성 등이 각각 1편씩 발표를 했다. 당시 발표된 동화시 작품 및 작가 현황은 다음과 같다.

45 당시 장르 명기는 하지 않았지만 동화시와 유사성을 가지고 있는, 1910~30년대 작품들은 차후 자세한 논의를 하기로 한다. 또한 새로운 동화시 작품이 발견되면 작품 편수 또한 수정되어야 할 것이다.

46 최명표는 앞의 글에서 《시대일보》에 실린 동화시가 8편이라고 밝히고 있는데, 필자의 조사에 의하면 2편이 더 실렸다. 김영희의 「룡왕국에 간 복동이」(1927년 6월 12일)와 박두언의 「동무를 짜러」 1~4회(1928년 4월 27일~5월 1일)이다.

〔표 1〕 일제 강점기 동화시 작품 현황

<table>
<tr><th>순서</th><th>제목</th><th>발표연도</th><th>발표지</th><th>작가</th><th>비고</th></tr>
<tr><td>1</td><td>행복의 쏫노래</td><td>1926년 4월 1일</td><td>『신소년』 4권 4호</td><td>정인섭</td><td></td></tr>
<tr><td>2</td><td>옵바를 차저서</td><td>1926년 11월 3일</td><td>《동아일보》</td><td>신고송</td><td>동극집</td></tr>
<tr><td>3</td><td>이상한 구술</td><td>1927년 5월 22일</td><td>《중외일보》</td><td>김영희</td><td></td></tr>
<tr><td>4</td><td>룡왕국에 간 복동이</td><td>1927년 6월 12일</td><td>《중외일보》</td><td>김영희</td><td></td></tr>
<tr><td>5</td><td>사냥꾼</td><td>1927년 8월 21일 ~8월 28일</td><td>《중외일보》</td><td>김영희</td><td></td></tr>
<tr><td>6</td><td>세 개의 상자</td><td>1927년 12월 11일~12월 14일</td><td>《중외일보》</td><td>이동찬</td><td></td></tr>
<tr><td>7</td><td>영애의 죽음</td><td>1927년 2월 9일 ~2월 10일</td><td>《중외일보》</td><td>송완순</td><td></td></tr>
<tr><td>8</td><td>맘씨 좋은 信福</td><td>1928년 3월 17일 ~3월 20일</td><td>《중외일보》</td><td>이동찬</td><td></td></tr>
<tr><td>9</td><td>뻑꾹새 울거든</td><td>1928년 3월 30일</td><td>《중외일보》</td><td>김계담</td><td></td></tr>
<tr><td>10</td><td>동무를 짜러</td><td>1928년 4월 27일 ~5월 1일</td><td>《중외일보》</td><td>박두언</td><td></td></tr>
<tr><td>11</td><td>빨간 조희</td><td>1928년 7월 8일</td><td>《중외일보》</td><td>곽복산</td><td></td></tr>
<tr><td>12</td><td>늑대와 어린양</td><td>1928년 7월 15일 ~7월 18일</td><td>《중외일보》</td><td>이구월</td><td>이솝우화</td></tr>
<tr><td>13</td><td>혹쌔리이야기</td><td>1930년 5월 20일</td><td>『어린이』8권 5호</td><td>이경로</td><td>동화극</td></tr>
<tr><td>14</td><td>도깨비 열두 형제</td><td rowspan="5">1933년 4월 25일</td><td rowspan="5">『잃어버린 댕기』</td><td rowspan="5">윤석중</td><td>『동광』39호 1932년 11월 1일</td></tr>
<tr><td>15</td><td>옥수수 하-모니카</td><td>《동아일보》 1932년 11월 1일</td></tr>
<tr><td>16</td><td>빈대떡 한조각</td><td></td></tr>
<tr><td>17</td><td>짝제기 신발</td><td></td></tr>
<tr><td>18</td><td>오줌싸개 시간표</td><td>《동아일보》 1932년 11월 5일</td></tr>
<tr><td>19</td><td>눈서방과 고드름각시</td><td rowspan="2">1933년 5월 18일</td><td rowspan="2">『설강동요집』</td><td rowspan="2">김태오</td><td>『어린이』호 1930년 12월</td></tr>
<tr><td>20</td><td>고아의 승천</td><td></td></tr>
<tr><td>21</td><td>갑동이와 빨간연필</td><td>1940년 7월 14일</td><td>《동아일보》</td><td>노양근</td><td></td></tr>
<tr><td>22</td><td>별이야기</td><td>1943년 2월 1일</td><td>『아이생활』18권 2호</td><td>인인수</td><td></td></tr>
<tr><td>23</td><td>산밑에집</td><td>1943년 11월 1일</td><td>『아이생활』18권 9호</td><td>이종성</td><td></td></tr>
</table>

1920년대 후반 동화시가 가장 많이 실린 매체는 《중외일보》(1926년~1931년)이다. 특히 동화시가 《중외일보》에 집중적으로 실린 이유가 뭘까? 당시 《중외일보》에는 카프 출신 기자가 많았다.[47] 동화시 작가 김영희, 이동찬, 송완순, 김계담, 박두언, 곽복산, 이구월 등 대부분이 소년운동가 출신으로 당시 카프 문단과의 인적 네트워크가 있었기에 작품을 신문에 게재 했으리라 본다. 또한 이들은 동화시 발표 전후로 꾸준히 동요나 동화를 《중외일보》에 발표하기도 했다.

1925년 4월 홍명희, 한기악, 이승복 등이 《중외일보》의 전신인 《시대일보》(1924년 3월~1926년)를 인수하면서 이 신문에는 다수의 사회주의적 성향을 지닌 기자들이 들어와 활동하게 되었다. 홍명희가 사장이 된 이후의 기자들을 보면 1·2차 조선공산당(1925년 4월) 결성에 참여했던 사람들로 홍남표, 조이환, 구연흠, 유연화, 어수갑, 박순병 등이다. 또한 김기진, 안석주, 김동환, 조명희 등 카프 계열로서 사회주의적 성향을 가졌던 문인 기자들이 대거 활동을 했다. 이후 《중외일보》로 바뀌면서 대부분 《시대일보》 기자들을 다시 채용하게 된다.[48] 김기진, 황신덕, 최성우, 김동환, 이건혁, 서승효, 신상우, 서범석 등이다. 또한 《중외일보》를 통해 언론계에 첫발을 내디뎠던 이들로 민태원, 김형원, 유광열, 정인익, 이윤종, 노수현, 최상덕, 최학송, 김남주 등이 있다. 이외에 김말봉, 이태준, 이하윤, 이종명, 임인식, 권경완 등이 기자로 새로이 입사하게 된다.[49]

당시 카프 중앙위원회[50]에서 활동했던 《중외일보》 기자 김기진[51]과 그

47 당시 《중외일보》 기자 중 카프에서 활동했던 인물로 김기진, 김동환, 최학송(서해), 권경완(권환) 등이 있다. 이와 관련해 자세한 사항은 박용규, 「일제하 시대·중외·중앙·조선중앙일보에 관한 연구—창간 배경과 과정, 자본과 운영, 편집진의 구성과 특성을 중심으로」, 『언론과 정보』 2권, 부산대학교 언론정보연구소, 1996, 참조.

48 위의 글, 119쪽.

49 박용규, 「일제하 민간지 기자집단의 사회적 특성의 변화과정에 관한 연구—직업의식과 직업적 특성을 중심으로」, 서울대학교 박사학위 논문, 1994, 280~289쪽.

50 카프 조직도는 안막, 「조선 프롤레타리아예술운동 약사」, 『사상월보』, 1932년 10월, 참조.

와 함께 카프 회원으로 활동하면서 『별나라』에서 아동문학 운동 및 작품 활동을 했던 박세영, 권환, 엄흥섭, 박아지 등과의 인적 교류를 묵인할 수 없다. 1927년 카프 2차 방향전환 이후 『별나라』는 카프 계열의 필진들이 편집에 참여하면서 계급주의적 성향이 강해졌던 것으로 보인다. 1930년대 프로동요·동시 작가로 활동했던 이들은 박세영, 신고송, 손풍산, 박아지, 이구월, 이주홍, 정청산, 김우철, 이동규, 박고경 등이다.[52] 이들은 1925년 카프 결성을 전후해 각 지방에서 소년운동 및 문예동아리 조직 활동을 바탕으로 사회주의 계급이념을 받아들이는 한편, 서울의 매체인 『별나라』나 『신소년』 그리고 일간 신문 투고란을 통해 그들의 시적 역량을 키워 나갔다. 이후 1928년을 전후해 계급시인으로 성장하게 된 그들은 중앙에서 활발하게 활동하게 된 것이다.[53]

경남 출신인 신고송(말찬)은 1924년 이후부터 『어린이』, 『별나라』, 『신소년』외 각 신문에 꾸준히 동시, 아동극, 아동문학평론 등을 발표해 왔던 작가이며, 이구월(석봉) 또한 경남 출신으로 잡지 및 신문에 동요와 동화를 꾸준히 발표하던 작가이다.[54]

그리고 전북에서 활발하게 소년운동을 벌였던 이들로 박두언(만경), 곽복산(김제), 이동찬(완주 고산)이 있다. 박두언[55]은 1928년 7월 김제청년동맹 만경지맹에 노동야학을 설치하고 교사로 활동하였으며, 8월에는 서

51 당시 카프의 핵심인물인 팔봉(八峯) 김기진(金基鎭, 1903~1985)은 《시대일보》를 거쳐 《중외일보》의 사회부장으로 있으며 학예란을 담당하고 있었다.

52 계급주의 소년운동과 관련된 자세한 논의는 임성규, 「1920년대 계급주의 아동문학 비평 연구—소년문예운동 방향전환론의 전개와 비평사적 의미」, 『아동청소년문학연구』 제3집, 한국아동청소년문학학회, 2008. 류덕제, 「『별나라』와 계급주의 아동문학의 의미」, 『국어교육연구』 제46집, 국어교육학회, 2010. 원종찬, 「1920년대 『별나라』의 위상: 남북한 주류의 아동문학사 인식 비판」, 『한국아동문학연구』 제23호, 한국아동문학학회, 2012, 참조.

53 박태일, 「경남지역 계급주의 시문학 연구」, 『어문학』 제80집, 한국어문학회, 2003, 319쪽.

54 신고송 생애 및 작품관련 제반 사항은 김봉희, 『계급문학, 그 중심에 서서』, 한국학술정보, 2009. 이구월은 박경수, 앞의 글, 참조.

55 박두언에 관한 자세한 사항은 최명표, 「박두언의 사회운동과 문학운동」, 『한국지역문학연구』1, 한국지역문학회, 2012, 참조.

울의 유학생들과 만경독서구락부를 창립하고, 9월 만경소년회의 위원장으로 선출되었다. 1929년 5월에는 조선청년총동맹 집행위원으로[56], 1930년부터는 상임위원으로 활동하기도 한다.[57] 박두언은 소년운동을 하면서 1926년 5월 27일 《동아일보》에 「가루쏫」을 시작으로 《조선일보》와 더불어 10여 편이 넘는 동요를 발표하기도 한다. 곽복산[58] 또한 박두언과 함께 전라북도 아동문단의 발판을 마련한 작가이다. 그는 1927년 10월 김제소년독서회를 조직했으며, 김제소년회장, 김제소년동맹 위원장, 조선소년총연맹의 간부로 활동하면서 여러 신문에 동요와 동화 등을 발표한다. 이동찬[59] 또한 전북 완주 고산 출신으로 1927년 11월부터 《중외일보》에 동요를 발표했던 작가이다.

송완순은 충남 논산 출신으로 1930년대 신고송과 동요·동시 논쟁을 하며 '동시말살론'을 주창했던 인물이다. 동요와 동시의 구분은 시대착오적인 발상이라며 어린이보다 높은 연령대를 고려해 '소년시'를 창작하자고 주장했던 인물이다.[60] 이후 카프 계열 잡지나 신문에 소년시가 실리게 되는 계기가 된다. 송완순 또한 여러 잡지나 신문에 동요를 발표했던 인물이다. 김계담[61]은 함북 경성 나남(羅南) 출신으로 《중외일보》에 동요를 《조선일보》에는 시를 투고하며 작품 활동을 했다.

이처럼 《중외일보》는 1920년대 후반부터 계급주의의 이념을 가진 아동문학 작가들의 글과 작품들이 대다수의 비중을 차지하고 있음을 알

---

56 《동아일보》, 1929년 5월 1일.

57 《중외일보》, 1930년 5월 21일.

58 곽복산에 대한 자세한 사항은 최명표, 『전북지역 아동문학 연구』, 앞의 글, 117~145쪽.

59 현재 이동찬(李東贊)에 대한 자세한 이력은 확인할 바가 없다. 1927년 11월부터 12월까지 《중외일보》에 발표한 동요 4편과 동화시에 그가 밝힌 고산(高山) 출신이라는 것이 전부이다.

60 송완순, 「비판자를 비판—자기 변해와 신군 동요관 평」, 《조선일보》, 1930년 2월 19일~3월 19일. 당시 동요·동시 논쟁은 원종찬, 「일제강점기의 동요·동시론 연구—한국적 특성에 관한 고찰」, 『한국아동문학연구』 제20호, 한국아동문학학회, 참조.

61 김계담(金桂淡)과 관련해 자세한 내용은 찾을 수 없지만, 1928년 1월 12일에 《조선일보》에 발표한 시 「그리워라」에 출신지를 나남(羅南)으로 적고 있다.

수 있었다. 이는 《중외일보》가 일제의 식민지 정책을 강하게 비판하는 입장에 있었고, 이념의 공감대 형성과 연고주의가 작용했기에 소년운동 출신들이 동화시를 발표할 수 있는 장(場)이 되었다.[62] 또한 《중외일보》를 통해 함께 동요나 동화 등의 작품 활동을 했던 각 지역 소년운동 출신들은 각자 지역에서 소년운동 활동을 하며 사회주의 노선을 걸으면서 자연스럽게 서울의 오월회 등과 긴밀히 공조할 수 있게 되었다. 이는 이들이 중앙문단과의 인적 네트워크를 형성해 전문 작가로 성장하게 되는 계기가 되었다.

1930년대 들어서면서 동화시를 창작했던 이들로 윤석중과 김태오를 들 수 있다. 윤석중은 1932년 첫 동요집 『윤석중동요집』(신구서림) 이후 이듬해 『잃어버린 댕기』(계수나무회)를 발간한다. 시집에는 곡보 4편, 동시 20편, 번역시(譯謠詩) 10편, 동화시 5편이 수록되어 있다. 그는 '수염난 동요 · 분바른 동요'를 지양하기 위해 7·5나 4·4조에서 벗어나 아이들의 자유로운 생각을 시처럼 지은 동시를 창작했다고 밝히고 있다. 또한 "시처럼 지은 노래가 동시"라고 말하고 있다.[63] 이는 20년대 정형률을 고수하던 동화시가 자유율 형태로 바뀌게 되는 계기가 된다. 윤석중의 동화시는 단행본으로 발간하기 전 이미 잡지나 신문에 게재가 되기도 했다. 「도깨비 열두 형제」는 『동광』 39호(1932년 11월 1일)에, 「옥수수하-모니카」(1932년 11월 1일)와 「오줌싸개 시간표」(1932년 11월 5일)는 각각 《동아일보》에 게재가 된다.

한편 김태오는 1933년 5월 어린이날 기념을 맞아 동요집 『雪崗童謠集』(한성도서주식회사)을 발간한다. 이는 당시 윤석중 이후 두 번째로 출판

62 박경수는 특히나 《중외일보》에 경남 · 부산지역 출신들이 많은 이유를 경남 의령 출신이면서 부산에 터를 두고 있었던 안희제 사장과 카프의 핵심 인물인 김기진(팔봉)이 사회부장과 학예란을 담당하고 있음을 근거로 제시하고 있다. 박경수, 「일제 강점기 일간지를 통해 본 경남 · 부산지역 아동문학」, 『한국문학논총』 제37집, 한국문학회, 2004, 20쪽.

63 윤석중, 앞의 글, 142쪽.

된 동요집이다. 동요집에는 곡보 3편, 동요 66편과 자유동시 9편 총 75편이 수록되어 있다. 또한 부록에는 '동요작법'이 실려 있다. 김태오는 동요 창작뿐만 아니라 동요운동, 동요 평론과 이론 연구 등에서 활발하게 활동한 우리나라 아동문학의 선각자이다. 1926년 『아이생활』의 주요 집필진으로 활동을 했고, 1927년에는 '조선동요연구협회'를 창립하여 이를 무대로 활발한 아동예술운동을 전개한 동요작가이다.[64]

동요집에는 동화시라 명한 작품이 2편 보이는데, 7·5조의 정형률을 보이는 「눈서방님과 고드름각씨」와 자유율 형태로 지은 「고아의 승천」이다. 눈 서방과 고드름 각시의 대화 형식으로 된 「눈서방님과 고드름각씨」는 『어린이』 8권 10호(1930년 12월)에 실렸던 작품이다. 그리고 장르 명기는 하지 않았지만 동화시로 볼 수 있는 작품으로 「쥐들의 회의」[65]가 있다. 이 작품은 쥐들이 생존을 위해 고양이 꼬리에 방울을 달자는 회의 안건을 내용으로 4연 7(6)·5조로 구성되어 있다. 신현득은 이 작품을 '우화요'라 칭한 바 있다.[66] 「쥐들의 회의」는 김태오가 이솝우화의 내용을 바탕으로 재화한 작품이다. 이솝우화에서는 마지막 부분에 고양이에게 방울을 달 사람이 나오지 않는다는 내용을 바탕으로 '어려움을 당했을 때 말(충고/조언)만 앞선 사람보다는 실제 행동을 하는 사람이 되자'는 주제의식을 암시하고 있지만[67], 김태오의 작품 결말에서는 고양이에게 방울을 달자는 안건에 찬성하면서 다같이 힘을 모아 고양이에게 대항하자는 이야기로 원본과 다소 차이점을 보이고 있다.

이 작품처럼 이솝우화를 바탕으로 동화시로 개작한 작품이 있는데, 이구월이 1928년 《중외일보》에 발표한 「늑대와 어린양」이다. 이 작품은

---

64 김태오 동요의 주제 및 특성에 관해서는 권혁준, 「雪崗 金泰午 童謠 硏究」, 앞의 글, 참조.
65 이 작품은 『아이생활』 제6권 12호(1931년 12월)에는 동요로, 『사해공론』 제2권 제1호(1936년 1월) 동화로 표기되어 있다.
66 신현득, 『한국 동시사 연구』, 앞의 글, 122쪽.
67 조동화편, 『이솝우화집』, 샘터사, 1977, 41~42쪽.

줄글 형식의 이솝우화를 연체로 바꾼 작품이다. 그리고 우화의 주제를 마지막 5연으로 처리하고 있다. 전체적인 내용은 우화와 비슷하다. 늑대가 어린양을 잡아먹기 위해 어린양이 물을 흐렸다는 것과 욕을 했다는 억지 주장을 하지만 어린양은 늑대의 어리석은 말에 합당한 말로 대응을 한다. 하지만 결국 어린양은 늑대에게 잡아먹히고 만다. 5연에서 작가가 말하듯이 '나쁜 일을 하려고 마음먹은 사람에게는 아무리 좋은 말도 통하지 않는다'는 주제 역시 같다. 이처럼 이구월과 김태오는 이솝우화를 차용해 연을 나누고 내재율을 느낄 수 있도록 시 형식으로 재구성해 동화시라는 작품으로 만들었다.

이솝우화는 1896년 『신정심상소학』에 수용된 후, 『신문계』에 수십 편이 소개되는 1914년까지 18년 동안 국내 아동문학의 자리에서 확고한 위치를 차지한 후, 1921년 배위충(裵緯沖) 번역의 『이솝우언』이 나올 때까지 지속된다.[68] 이후 이솝우화는 아동 잡지나 교과서를 통해 연이어 소개되는바, 당시 어린이를 위한 동화시 창작 소재가 되기에 충분했다.

1940년대에 와서 동화시를 창작한 이는 노양근과 임인수 그리고 이종성이다. 노양근(황해도 금천[69])은 1925년 3월 《동아일보》에 시 「거짓말슴」이 선외작으로 뽑힌 이후, 1930년 《중외일보》신춘문예 전설부문에 「의마」가 당선되었다. 그리고 1931년 《동아일보》에 동요 「단풍」이 가작으로 뽑힌 동시에 동화 「의좋은 동무」가 2등으로 당선되었다. 이후 《동아일보》 신춘문예에 연이어 동화를 투고해, 1934년 「눈 오는 날」은 가작, 1935년 「참새와 구렁이」는 선외가작, 1936년 「날아다니는 사람」은 당

68 박혜숙, 「서양 동화의 유입과 1920년대 한국 동화의 성립」, 『어문연구』 제33권, 한국어문교육연구회, 2005, 180쪽.

69 1935년 1월 8일 《동아일보》 '현상당선자 소개'란을 보면 原籍: 金川君 白馬面 明城里, 現住: 鐵原邑 中里 一四八 年 二十九로 되어 있다. 노양근(盧良根)은 1907년 황해도 금천군 백마면 명성리에서 태어나 개성 송도고보를 졸업하고 금천, 개성, 철원 등지에서 교원으로 재직하며 작품 활동을 한다. 1935년에는 《동아일보》에서 주최한 가요공모전에 「조선 학생의 노래」가 당선이 되었으나, 가사 내용이 문제되어 교직에서 물러나게 된다.

선이라는 명예를 얻는다. 1937년에는 《매일신보》 신년현상문예에 동요 「학교길」을 응모해 병에 당선되었다.[70] 문단 등단에 화려한 경력을 갖고 있는 그는 1930년대 후반까지 《동아일보》나 《조선일보》에 작품을 발표하다가 1940년 신문폐간 이후 주로 『아이생활』에서 작품 활동을 한다.

이처럼 다양한 부문에서 작품 활동을 한 노양근은 비오는 날 도랑물에 떠내려가는 빨간 연필과 갑동이의 안타까운 헤어짐을 내용으로 한 창작동화 「갑동이와 빨간 연필」을 3음보와 연의 형태로 바꿔 동화시라는 장르로 발표하게 된다.

한편 1940년대 임인수(김포)와 이종성(경성)은 『아이생활』을 통해 각각 동화시를 발표한다. 1943년 『아이생활』은 1944년 1월 폐간까지 교파의 분열과 일제의 한글말살정책 등으로 재정위기를 겪는다. 당시 조선신학대학에 재학 중인 임인수와 김창훈은 잡지 편집 책임자인 한석원 목사를 도와 『아이생활』 편집에 관여를 하는데, 김창훈은 김영일과 함께 동화고선(考選)을, 임인수는 동요, 동시고선을 맡아 보았다. 임인수와 김창훈은 신학교에 재학 중이라 이종성을 견습기자로 영입한다.[71] 이종성은 이후 편집 및 작품 활동을 하다 아이생활사에 정식으로 입사를 하게 된다.[72]

임인수의 「별이야기」와 이종성의 「산 밑에 집」 또한 1930년대 동화시처럼 자유율 형태를 취하고 있다. 「별이야기」는 9연 113행으로 구성되어 있고, 어린 영희가 수수밭에서 별을 찾는 것과 영희가 사는 마을에 떠 있는 별에 대한 묘사가 주된 내용이다. 「산 밑에 집」은 당시 군수공장에서 일하는 오빠 욱이가 휴가를 나와 가족과 함께 있다가 서울로 간다는 내용이다. 이 작품은 「별이야기」에 비해 환성성은 보이지 않는다.

---

70 노양근과 관련한 지세한 사항은 최명표 저, 『노양근 동화선집』, 지식을만드는지식, 2013, 참조.

71 김경(金昌勳), 「암흑기의 아동문학—주로 「아이생활」을 중심으로」, 『아동문학평론』 제10집, 아동문학평론사, 1985, 27~29쪽.

72 『아이생활』 제18권 12월호(1943년 12월 1일), 19쪽.

아무튼 두 작품 모두 동요·동시 작가다운 면모를 볼 수 있듯이 시적 서정성과 자연에 대한 이미지 묘사가 뛰어나다.[73]

이처럼 1920년대 중반 이후부터 해방 전까지 신문이나 잡지에 발표되었던 동화시는 소년운동 출신부터 기성 작가에 이르기까지 다양하다. 그리고 1920년대가 주로 민담이나 전래동화, 우화를 바탕으로 한 서사에 정형률을 입혔다면, 1930년대에 들어서면서부터는 개인 창작 서사에 자유율을 입힌 형식을 취하고 있다.

4. 서사의 재화와 시적 변용

동화시는 1920년대와 1930년대 이후 내용상 차별성이 강하다. 앞서 잠시 거론한 것처럼 1920년대는 주로 전래동화를 바탕으로 서사를 구성해 간 반면, 1930년대 이후부터는 생활 속의 이야기인 창작동화를 바탕으로 서사가 구성된다. 전래동화는 전승되는 민담의 내용과 달리 어린이의 정서와 시대상황을 고려해 원전을 재화한 것이 대부분이다.

최남선과 이광수의 민담이나 고전소설 재화 작업 이후, 전래동화가 정착되기 전에는 주로 외국동화가 번역·번안되어 소개되고 있었다. 1915년 《매일신보》에 이서방(李書房)을 통해 세계동화가 연재된 이후 '동화'라는 말이 신문이나 잡지에 등장했고[74], 1920년대 초에는 동화집 오

---

73 특히 이종성은 김영일의 추천으로 등단하게 된다. 김영일은 등단 평에서 자유시형과 단시 형태인 그 대표작 「풀밭에서」를 두고 "시인이 아니고서는 지을 수 없는 작품이다"라며 극찬한 바 있다. 전문을 소개하면 다음과 같다. "빨리가는 구름/고향은 멀-다.//나는 「동요집」을 덮고/풀냄새를 맡았다." 「소국민문단」, 『아이생활』 제18권 7호(1943년 9월 1일), 37쪽.

74 당시 《매일신보》에 연재된 세계동화는 「알식시 리약기」, 「효행의 덕택」, 「진주 소져」, 「공주의 눈물」, 「긔의 말」, 「벌벌 떠는 법」, 「세 가지 소원」, 「뉘우쳐 고쳐라」, 「산 중의 알 사람」 등이 있다. 동화 관련 내용은 김경희, 「1930년대 옛날이야기를 기반으로 하는 '동화'의 양상—매일신보, 조선일보, 동아일보를 중심으로」, 『아동청소년문학연구』 제7집, 한국아동청소년문학학회, 2010, 참조.

천석의 『금방울』(광익서관, 1921년)과 한석원의 『눈꽃』(?) 등이 출간되어 안데르센과 같은 외국 동화작가의 작품이 소개되었다.

1910년대 중반부터 일부 작가들에 의해 동화가 소개되었지만, 근대 아동물로서 동화의 개념을 처음 정착시킨 이는 소파 방정환(1899~1931)이다. 특히나 1922년 그의 번안동화집 『사랑의 선물』(개벽사)은 전국 독자들에게 뜨거운 반향을 불러일으키기도 했다.[75] 이듬해 그는 「새로 開拓되는 「童話」에 關하야, 特히 少年 以外의 一般 큰 이에게」라는 글을 통해 "동화라는 것은 아동의 설화 또는 아동을 위한 설화이다"라고 하여 동화는 어른들을 위한 이야기가 아니라 어린 아이들의 정서에 맞게 설화를 재화한 것임을 강조했다.

> 童話의 童은 兒童이란 童이요 話는 說話이니 童話라는 것은 兒童의 說話 또는 兒童을 爲하야의 說話이다. 從來에 우리 民間에서는 흔히 兒童에게 들려주는 이약이를 「옛날이약이」라 하나 그것은 童話는 特히 時代와 處所 의 拘束을 밧지 아니하고 大概 그 初頭가 「옛날옛적에」으로 始作되는 故로 童話라면 「옛날이약이」로 알기 쉽게 된 까닭이나 決코 옛날이야기만이 童話 가 아닌 즉 다만 「이약이」라고 하는 것이 加合할 것이다.[76]

이를 통해 전래동화는 방정환에 의해 근대에 새로 등장한 장르이고[77], 근대 아동문학 작가와 아동을 위한 문학작품의 필요성에 의해 재구성된

---

75 당시 『사랑의 선물』 광고 및 판매 실적 관련 내용은 최윤정, 「근대 아동 독자의 형성과정 연구」, 『동화와번역』 제25집, 동화와번역연구소, 2013, 참조.

76 방정환, 「새로 開拓되는 「童話」에 關하야, 特히 少年 以外의 一般 큰 이에게」, 『개벽』 제31호, 1923년, 19쪽.

77 염희경은 민담을 순우리말로 고쳐 부르는 것이 '옛이야기'라면, 근대적 의식의 산물이자 문자로 기록된 것을 '전래동화'로 보았다. 즉 어린이를 위해 옛이야기를 재화한 것이 '전래동화'이다. 염희경, 「전래동화, 근대아동문학으로 편입된 옛이야기—방정환을 중심으로」, 『창비어린이』 통권4호, 창작과비평사, 2004, 71쪽.

서사물이라 할 수 있다. 이는 이미 재화된 전래동화가 작가의 성향과 시대의식에 따라 얼마든지 다양한 형태로 또 다른 재화물로 탄생할 수 있음을 시사한다.

방정환은 동화 작품을 설명하면서 동화라는 것은 누구나 아는 바 「해와 달」, 「흥부와 놀부」, 「콩쥐 팟쥐」, 「별주부」 등과 같은 것이라고 말하고 있다. 방정환이 동화의 예로 든 작품들은 대부분이 1910년대 유행했던 활자본 육전 고전소설이다. 당시 동화작가의 부재와 동화의 소재가 부족한 가운데 고전소설이 전래동화의 창작 모티프가 된 것은 자연스런 일이었을 것이다. 그는 동화의 속성을 지닌 고전소설이 영리를 목적으로 한 책장사의 의도에 의해 통속적으로 변한 것을 개탄하며, 성인 위주의 소설보다는 아동을 위한 고래동화(古來童話: 전래동화)로 읽혀져야 한다고 주장했다.[78] 또한 동화의 요건으로 아동이 흥미를 느낄 수 있을 것, 아동에게 유열(愉悅)을 줄 것, 교육적 의미를 지닐 것을 주장했다.[79] 그리고 조선에 부재한 고래동화를 발굴하고 외국동화를 수입하여 동화의 세계를 넓히자고 제안하고 있다.

방정환의 조선동화의 개척 사업은 이미 1922년부터 외국동화의 번안 및 재화 작업과 개벽사를 통한 '조선고래동화모집' 현상광고[80]를 통해 구체화되기 시작했다. 이듬해 1월 1일 '고래동화현상모집당선' 발표 내용을 보면, 전국 각지에서 무려 150편에 달하는 전래동화가 응모된 것으로 나타났다. 당선작을 보면 「숫닭의 내력」, 「고양이와 개」, 「톡기의 재판」, 「해와 달」 등 익숙한 이야기뿐만 아니라 각 지방에서 전해오는 생소한 내용도 많았다. 또한 중국이나 일본 등에서 보내온 작품들도 많

78 방정환, 앞의 글, 20~21쪽.
79 《동아일보》, 1925년 1월 1일.
80 방정환은 '조선고래동화모집' 현상광고를 통해 '민족사상의 원천인 동화문학의 부흥을 위해 각지에서 전해오는 고래의 동화를 보내줄 것'을 촉구하고 있다. 懸賞募集, 「朝鮮古來童話募集」, 『개벽』 제26호, 1922년, 광고 참조.

았다.[81]

한편 1924년 오다 쇼고(小田省吾)를 중심으로 조선총독부가 발행한 『조선동화집』[82] 이후 1926년 나카무라 료헤이(中村亮平)의 『조선동화집』(東京)과 한글학자이자 교육학자인 심의린의 『조선전래동화대집』[83](한성도서)이 발간되면서 고전소설이나 민담 등이 재화되어 어린이들을 위한 문학 작품인 전래동화로 재탄생하게 된다. 이는 1920년대 소년운동 출신 동화시 작가들에게도 외국동화와 함께 일정 부분 영향을 주었을 것이다. 당시 소년회나 청년회 회원들은 '동화회'나 '독서회'를 통해 강연 및 작품 감상 그리고 독서토론회를 자주 개최하며 그들의 문학적 역량을 키워 나갔다. 특히나 독서회 활동은 회원들의 활동 의욕을 고취시켜 문단에 등장하는 견인차 역할을 했다.[84]

1920년대 동화시 내용을 살펴보면 전래동화(외국동화 포함)의 재화 흔적이 많이 보인다. 원전과 거의 비슷한 경우도 있지만, 재화자에 의해 새로운 내용이 추가되거나 주제가 바뀐 경우도 있다.[85] 일례로 《동아일보》에 발표한 신고송의 「오빠를 찾아서」를 통해 확인할 수 있다. 이 작품은 박영만의 『조선전래동화집』에 「예쁜이와 버들이」로 수록되어 있다.[86] 이미 1921년 '동화가극대회'에서 공연되었던 작품이었지만, 이를 다시 신

81 「古來童話懸賞募集當選發表」, 『개벽』 제31호, 1923년, 100~101쪽.

82 『조선동화집』에는 총 25편의 작품이 실렸다. 주로 전설이나 민담 고전소설을 재화한 작품들이다. 권혁래 역저, 『조선동화집』, 집문당, 2003, 참조.

83 『조선전래동화대집』에는 총 66편의 작품이 실렸다. 이중 22편은 조선총독부에서 편찬한 『조선동화집』내용과 같다. 또한 외국동화의 번안과 笑話 작품이 많은 것이 특징이다. 신원기 역, 『조선전래동화대집』, 보고사, 2009, 참조. 논저로는 김미영, 「심의린 『조선전래동화대집』의 특징과 문학사적 위상」, 『한민족어문학』 제58집, 한민족어문학회, 2011. 최윤정, 「우리 옛이야기, 그 탈주-담론의 심층사회학—1920년대 『조선전래동화대집』을 중심으로」, 『한국문학이론과 비평』 제58집, 한국문학이론과 비평학회, 2013.

84 소년회의 독서회 활동 양상은 최명표, 『전북지역 아동문학 연구』, 앞의 글, 74~80쪽.

85 현재로서는 재화자들이 어떤 원전을 바탕으로 이야기를 재화했는지 명확하게 밝히기는 불가능하다. 다만 일제 강점기 발간된 동화집이나 신문, 잡지에 발표된 전래동화 그리고 번안, 번역동화와 우화집을 통해 내용의 유사성을 확인할 수 있을 뿐이다.

86 박영만, 『조선전래동화집』, 대동인쇄소, 1940년, 467~476쪽.

고송이 7·5조 형식에 맞춰 동화시로 재화한 작품이다. 경기도 김포에 전해지는 전설을 수록한 박영만의 작품과 신고송의 작품에는 주인공 이름 및 내용상 약간의 차이는 있지만 전반적인 서사는 같다. 신고송의 작품에는 당시 아동들의 정서를 고려해 박영만이 수집한 조선전래동화에서 보이는 잔혹성, 예를 들어 남자 주인공을 불태워 죽이는 계모의 행동과 결말 부분에서 보이는, 계모가 무서워 하늘나라로 가는 주인공들의 모습은 삭제되어 있다. 같은 이야기가 이처럼 다양한 변형을 보이는 것은 그들이 서로서로에게 일종의 셰마타(schemata)로 작용하기 때문이다. 전래동화는 똑같은 플롯이 다양한 변종을 가지고 있으며, 변종은 작가나 시대에 따라 서로 다른 가치관을 담아내고 있다.[87] 독자들은 이런 셰마타 경험을 통해 낯익은 패턴을 발견하고, 그런 다음 거기서 갈라져 나온 이야기의 의미를 받아들이고 이해하게 되는 것이다.

1920년대에는 전래동화가 정착되어 가는 과정이므로, 당시 아동문학 작가들의 전래동화 재화 작업은 서정오[88]가 말한 '다시쓰기'와 '고쳐쓰기'에 해당할 것이다. 그는 '다시쓰기'의 특징으로 옛이야기를 읽기 쉽게 말을 다듬고 화소 일부분을 빼거나 바꾸거나 보탤 수 있지만, 기본 줄거리와 주제는 같다고 했다. 그리고 '고쳐쓰기'의 특징은 줄거리를 상당 부분 고치고, 중요한 화소가 첨삭될 수 있고 주제가 바뀔 수도 있다고 했다. 굳이 신고송의 「오빠를 차저서」를 서정오식에 대입하면 '다시쓰기'로 볼 수 있지만, 동화시 내용을 '다시쓰기'와 '고쳐쓰기'로 명확하게 구분 지을 수는 없다. 원전 자체가 구비전승 되었던 내용이고, 시대나 지역에 따라 첨삭되었기 때문에 정확한 원전을 찾을 수가 없다. 또한 그림형제나 안데르센 등의 작품과 비슷한 내용도 많아 정확하게 우리

87 페리노들먼, 김서정 역, 『어린이 문학의 즐거움 2』, 시공주니어, 2005, 490쪽. 인지 심리학에서 셰마는 체험에 대한 반응 안에서 세워진 기존의 정신적 구조를 말한다. 셰마는 직관적인 행동을 지정해 주고 그 행위가 일어나는 동안 수정하기도 한다.

88 서정오, 『옛이야기 들려주기』, 보리, 2002, 52~55쪽.

설화를 근간으로 했는지도 의문이다. 설령 1920년대 초·중반에 문자로 기록된 조선(전래)동화집을 읽고 이를 바탕으로 이야기를 재화 했어도, 재화자의 창작의도에 따라 여러 이야기가 복합적으로 맞물려 있어 정확하게 어떤 이야기를 모티프로 했는지도 가늠하기 어렵다. 따라서 둘을 명확하게 구분지을 수도 없다. 이는 오직 재화자만이 알 뿐이다.

한편 서정오는 소재와 분위기만 빌려와 새로운 이야기를 지어내는 '새로쓰기'라는 명칭도 사용하고 있는데, 이는 1930년대 창작동화를 바탕으로 한 윤석중의 동화시 「도깨비 열두 형제」와 같은 작품이 해당될 것이다. 새집으로 이사 온 날 밤, 비가 세차게 퍼붓고, 천둥 번개가 치더니 무엇인가가 지붕 위로 떨어진다. 마을 사람들은 이를 도깨비의 행위로 보고 밤새 두려움에 떤다. 다음날 아침 어린 화자는 그 소리가 복숭아나무에 달린 썩은 열매가 비바람에 떨어지는 소리라는 것을 알고, 열매 열두 개를 주어다가 마을 사람들에게 보여준다. 마을 사람들은 더 이상 도깨비가 없다고 믿는다. 이 작품은 민담이나 전래동화에 등장하는 '도깨비'를 소재로 윤석중 나름의 '새로쓰기'를 하고 있는 것이다.

1920년대 《중외일보》에 발표된 동화시를 주제별로 살펴보면 보은, 용기, 지혜, 계모의 학대, 우정, 그리움, 욕심에 대한 경계 등 다양하다. 이들은 전반적으로 아동에 대한 교훈담과 권선징악적인 내용이 많다.

첫째, 보은담에 해당하는 이야기는 「이상한 구슬」(김영희), 「세 개의 상자」(이동찬), 「맘씨 좋은 신복」(이동찬)이다. 「이상한 구슬」은 사환(使喚)일을 하며 늙은 엄마와 가난하게 살고 있는 수남이가 연못 밖에 나온 잉어를 구해주고, 구슬을 얻어 돌아오는 길에 눈 없는 토끼를 만나 토끼의 눈에 구슬을 넣어주자 토끼는 임금님 따님으로 변한다. 이후 수남이는 공주와 함께 성으로 간다는 내용이다. 「세 개의 상자」는 부잣집 딸의 혼사를 위해 아버지가 세 개의 상자를 만든 후 딸의 사진이 있는 상자를 고르는 이에게 자신의 딸을 주겠다고 한다. 이 소식을 들은 길복이와 복동이는 부잣집으로 향하게 된다. 길복이는 부잣집으로 가는 도중에 뱀에게 잡혀 구해달라는 비둘기를 보고 그냥 지나친다. 결국 딸의 사진이 있는 상자를 택하지 못한다. 반면 복동이는 비둘기를 도와주고 비둘기의 보은으로 딸의 사진을 골라 부잣집 딸과 결혼을 한다는 이야기이다. 「맘씨 좋은 신복」은 엄마의 심부름을 가던 가난한 신복이가 아이들에게 괴롭힘을 당하는 고양이를 도와주고 고양이의 보은으로 논두렁에 파묻혀 있는 황금을 얻게 되어 부자가 된다는 이야기이다.

세 작품은 전래동화에서 흔히 볼 수 있는 모티프들이다. '종을 친 까치 혹은 꿩'이나 '은혜 갚은 두꺼비', 그리고 '용왕의 아들 또는 딸인 물고기를 구해줘 보물을 얻거나 용왕의 딸과 결혼한다'는 등의 보은담은 당시 발간된 『조선동화집』이나 『조선동화대집』 그리고 1940년에 발간된 박영만의 『조선전래동화집』에도 수록되어 있다.

둘째, 신고송의 「오빠를 차저서」처럼 계모와 전처소생과의 갈등을 그린 「영애의 죽음」(송완순)이다. 전처소생인 영애는 새엄마의 학대를 받는다. 새엄마는 바구니에 물 긷기, 돌로 불 떼기 등의 불가능한 일을 시키며 영애를 괴롭힌다. 영애는 중과 기름장수에게 도움을 받아 새엄마의 심부름을 해내지만, 결국 새엄마와 그 친딸 영숙은 영애를 펄펄 끓는 가마솥에 넣고 죽인다. 서울로 장사를 간 아버지는 꿈속에서 영애의 목소리를 듣고 집에 돌아오지만 영애는 보이지 않는다. 이를 추궁해 영애를 죽인 모녀를 내쫓는다. 둘은 결국 천벌을 받아 죽는다. 이 작품은 「콩쥐팥쥐」나 「신데렐라」처럼 전형적인 계모학대 모티프를 바탕으로 하고 있다. 계모학대 이야기는 두 작품 이전에도 이미 간행되어 독자들에게 소개가 된 바 있다. 1919년 고전소설 「大鼠豆鼠」(대창서원)와 1922년 페로의 「산드룡의 류리구두」(방정환, 『사랑의 선물』) 그리고 1926년 「콩쥐팥쥐」(심의린, 『조선동화대집』) 등이다. 특이한 점은 당시 아동들의 정서를 고려한다면 영애가 펄펄 끓는 가마솥에 들어가 죽는 장면은 삭제되었어야 하는데 잔인한 장면이 그대로 실렸다는 점이다.

반면 「빨간 조희」(곽복산)에서는 학대를 당한 주인공의 강한 의지가 부각되고 있다. 주인공인 12살 소녀(아가씨)는 늙은 엄마에게 밥을 해드리기 위해 나무를 하러 산에 갔다가 심술궂은 사내아이(도련님)에게 나무를 빼앗기고, 다시 땔감을 줍다가 산주인에게 몰매를 맞아 혼절한다. 혼절한 딸을 발견한 어머니는 딸을 집으로 데리고 온다. 꿈속에서 아버지가 나타나 옳은 일을 위해 싸우라는 글씨가 새겨진 빨간 종이를 준다. 이후 소녀는 아버지의 말처럼 용기를 내어 정의를 위해 싸웠다는 내용으로 끝난다. 이 작품에는 당시 계급주의 이념이 반영되어 있는데, 곽복산은 주로 동요나 동화에서 무산계급 아이들의 열악한 환경을 고발하거나 유산계급에 대한 그들의 저항의지를 그린 작품을 많이 발표했다.

셋째, 그리움을 주제로 한 작품으로 「뻐꾹새 울거든」(김계담)과 「동무를 짜러」(박두언)가 있다. 「뻐꾹새 울거든」은 어머니를 잃은 남매가 살고 있었는데, 어느 날 누이가 어린 동생 복동이를 남겨두고 시집을 가게 된다. 누이는 12년 뒤 뻐꾹새가 울면 집에 온다는 말을 남기고 복동이를 위해 밤나무를 심어 놓고 떠난다. 11년이 되던 해 아버지마저 죽고 복동이는 홀로 남아 외롭게 살아간다. 그해 누나에게 편지가 도착하고, 복동이는 집에 돌아올 누나를 위해 화병과 꽃을 준비하고 집안 구석구석 청소를 한다. 복동이는 내년에 뻐꾹새가 울면 누나가 반드시 올 것이라 믿으며 이야기는 끝난다. 「동무를 짜러」는 가난한 집 창희와 부자집 순희의 비극적 우정을 그린 작품이다. 부자인 순희 아버지는 순희에게 가난한 집 아들 창희와 놀지 말라고 훈계하고 집에 가두지만, 순희는 아버지 몰래 창희를 만난다. 병에 걸린 아버지 약값을 벌기 위해 창희(13살)는 나무를 하러 다닌다. 그런 창희가 안쓰러웠는지 순희는 자기 아버지 돈을 몰래 갔다가 주며 약값에 보태라고 하지만, 결국 창희 아버지는 죽고 만다. 아버지가 죽은 뒤 창희는 더욱 가난해져 힘들게 나무를 하다가 그만 병에 걸려 죽고 만다. 창희의 죽음을 슬퍼하던 순희도 죽은 창희 옆에서 죽는다. 순희 아버지는 자신의 잘못을 뉘우치며 처량하게 울면서 이야기는 끝난다.

넷째, 주인공의 용기담으로 「룡왕국에 간 복동이」(김영희)는 동쪽바다 모래밭에 아이들과 함께 놀던 용이 어느 날부터 아이들이 사라지자 바위 뒤에 숨어 무슨 일인지 지켜본다. 밤이 되자 백두산 지네가 나타나 아이들을 잡아간 것이다. 용은 여자로 변해 전국을 돌아다니며 아이를 구해줄 사람을 찾는다. 이때 두꺼비와 함께 살던 복동이가 아이들의 원수를 갚겠다며 두꺼비와 함께 활을 가지고 여자를 따라 간다. 지네가 나타나자 복동이와 두꺼비는 힘을 합쳐 지네를 물리친다. 이후 용색씨는 복동이를 데리고 용왕국으로 가 행복하게 살게 된다.

마지막으로 은혜를 모르는 인간에 대한 풍자를 그린 「사냥꾼」(김영희)이다. 명포수 사냥꾼은 어느 날 사냥을 하다 밤이 깊어 길을 잃게 된다. 마침 불빛이 보이는 동굴을 발견하고 그곳으로 갔는데, 귀신이 살고 있는 집이었다. 술에 취한 귀신들이 잠시 나가자 사냥꾼은 날아가는 배 한 척을 발견한다. 무사히 그 배를 타고 날아가다 성에 도착하게 된다. 이때 공주가 배를 보고 놀러가자고 한다. 사냥꾼은 공주와 함께 능금섬에 도착하게 된다. 능금섬에는 좋은 능금을 먹으면 예뻐지고, 나쁜 능금을 먹으면 못난 얼굴이 된다는 사과가 있다. 잠에서 깬 사냥꾼은 공주가 배를 타고 혼자 성으로 간 것을 알고 어찌할 바를 모른다. 다행히 지나가는 배가 있어 선원들의 도움으로 공주가 있는 성까지 오게 된다. 사냥꾼은 섬에서 나올 때 좋은 능금과 나쁜 능금을 각각 20개씩 가지고 나와 성문 앞에 능금점을 차린다. 늙은 성문지기가 좋은 능금을 먹고 젊어지자 공주도 예뻐지기 위해 능금을 사 먹는다. 하지만 나쁜 능금을 먹어 못생긴 얼굴이 된다. 임금은 공주의 병을 고쳐주면 사위를 삼겠다고 광고를 한다. 사냥꾼은 좋은 능금을 가지고 임금을 찾아간다. 사냥꾼은 공주의 병을 고쳐주고 지난날을 이야기하자 공주는 부끄러워하며 용서를 빈다. 임금은 사냥꾼을 사위로 삼겠다고 하지만 사냥꾼은 더럽다며 이를 거절하고 배를 타고 구름나라 달나라로 날아간다.

이처럼 1920년대 《중외일보》에 실린 동화시의 내용을 보면 민담이나 전래동화 그리고 외국동화와 내용상 유사성이 많은데, 이를 통해 간접적으로나마 동화시 작가들이 선행 작품을 읽고 이를 재화했다고 볼 수 있다.

한편 동화시의 시공간을 보면 '옛날도옛날옛적 아주옛날에'나 '적적한 깊은산속 오막살이에' 등처럼 우리가 생각하는 경험 너머에 있다. 그리고 사건의 전개가 흥미성과 환상성을 고려해 비약이 심하고 내용 또한 단순하다. 등장인물 또한 선과 악의 대립이 뚜렷한데, 주인공들은 대체로 불쌍하고 가난하고 외롭게 살아가는 이들이다. 그러나 그들은 사건의 비약으로 횡재를 하거나 부자가 되거나 임금이나 용왕의 딸과 결혼을 하게 되는 등 대부분이 행복한 결말로 끝난다. 물론 「영애의 죽음」이나 「동무를 따러」처럼 주인공이 죽는 비극적인 이야기와 「빨간조희」처럼 당시 시대적인 계급의식을 반영하려고 한 흔적도 보이지만, 전반적으로 보면 1920년대 동화시의 내용은 전형적인 민담이나 전래동화와 많은 유사성을 보이고 있다. 또한 동화시의 대상이 아동인 만큼 교육적인 내용을 배재할 수 없다. 보은, 용기, 지혜, 우정, 의지 등 아동의 계몽을 위한 도덕적인 주제의식도 강하다.

1930년대 이후 동화시 내용을 보면 1920년대와 달리 대부분이 창작동화를 바탕으로 하고 있다. 특히 윤석중의 작품을 통해 그 차별성을 뚜렷하게 확인할 수 있다. 옥수수 하모니카를 만들어준다는 벅쇠에게 속아 옥수수를 빼앗긴 어린 화자가 다 먹고 난 옥수수를 이용해 할머니 등을 긁어 주며 하모니카를 사달라고 조르는 이야기인 「옥수수 하-모니카」, 밤에 오줌을 싼 어린 화자가 누나가 붙여 놓은 오줌싸게 시간표를 보고 그 뒤로 오줌을 싸지 않았다는 「오줌싸개 시간표」, 비오는 날 빈대떡을 부치는 할머니를 도와 빈대떡을 한 조각 얻은 화자가 집에 와 우는 동생과 불쌍한 고양이에게 엄마 몰래 한 조각씩 나누어 먹었다는 「빈대떡 한조각」 등이 그렇다. 앞서 살핀 것처럼 1940년대 노양근과 임인수, 이종성의 작품도 마찬가지이다.

반면 외국동화를 모티프로 한 작품이 한편 있는데, 김태오의 「고아의 승천」이다. 「고아의 승천」은 주인공을 소년으로 설정한 것과 성냥불 속에 비친 환상 장면이 다르지만, 전반적인 서사구조는 안데르센의 「성냥팔이 소녀」[89]와 유사하다. 크리스마스 날 밤 가난한 거지 소년은 배고픔과 추위를 견디며 골목길 한 구석에 앉아 잠을 자게 된다. 꿈속에서 천사를 만난 소년은 현실에서 받지 못한 사랑을 받게 된다. 하지만 다음 날, 소년은 얼굴에 환한 웃음을 머금고 동사하고 만다. 이후 죽은 소년의 무덤에서 하얀 꽃이 피어나 죽은 어린 영을 지키고 있다는 이야기이다.

다음으로 동화시의 시적 형식을 보면 가장 눈에 띄는 특징이 리듬의 변화이다. 시를 질서의 체험화라고 할 때 이 질서화는 말할 필요 없이 리듬에 있는 것이다. 리듬은 작품에 통일성과 연속성 그리고 동일성의 감각을 준다.[90] 또한 시의 구조적 안정감을 준다. 1920년대 동화시는 음수율의 부각으로 전체적인 통일성과 동일성의 느낌을 주고 있다. 먼저 7·5조에 해당하는 작품으로 「옵바를 차저서」, 「이상한 구술」, 「룡왕국에 간 복동이」, 「세 개의 상자」, 「영애의 죽음」, 「맘씨 좋은 信福」, 「쎽쏙

89 안데르센의 「성냥팔이 소녀」는 『새별』 제16호(1915)에 「성냥팔이 처녀」로 실렸다. 1910년대 이후 신문이나 잡지에 외국번역 · 번안동화가 국내에 소개된 이후 김태오처럼 동화를 창작할 때 이야기의 모티프로 삼아 창작한 작품들이 많이 있다. 일제 강점기 번역 · 번안동화는 정혜원, 「1910년대 아동매체에 구현된 아동상 연구—번안동화를 중심으로」, 『한국아동문학연구』 제15권, 한국아동문학학회, 2008. 염희경, 「일제강점기 번역 · 번언동화 앤솔러지의 탄생과 번역의 상상력(1)」, 『문학교육학』 제39호, 한국문학교육학회, 2012, 참조.

90 김준오, 『시론』, 삼지원, 2002(4판), 135쪽.

새 울거든」, 「혹쌔리이야기」, 「눈서방과 고드름각시」 등으로 총 9편이다. 다음으로 4·4조 형식의 「사냥꾼」과 6·6조 형식의 「동무를 짜러」, 8·5조 형식의 「빨간 조희」가 각각 1편씩이다. 또한 화자의 신세 한탄에 해당하는 사설(辭說)이나 노래 부분을 4·4조로 변화를 준 「쌕국새 울거든」과 「빨간 조희」가 특이할 만하다. 한편 음수를 맞추기 위해 작가가 의도적으로 시적 허용을 하거나 잉여적 표현, 기호 표기 등을 한 흔적이 역력한데, 이는 당시 7·5조나 4·4조 형태의 정형성을 띠었던 창작동요와 마찬가지로 1920년대 동화시에도 나타날 수밖에 없는 한계점이기도 하다.

그리고 1920년대 동화시에는 음보율이 부각되고 있는데, 음보란 휴지(休止)에 의해서 구성된 율격적 단위로 가변적이다. 우리말의 어휘는 보통 2음절이나 3음절이 많다. 이 어휘에 조사나 어미가 첨가되어 실제로 시에서 운용되는 어절은 3음절이나 4음절이 많다. 따라서 시에서도 보통 3음절이나 4음절이 리듬의 기본 단위가 된다.

1920년대 동화시는 2음보나 3음보 형태를 취하고 있다. 4·4조는 2음보 율격을 취하고 있지만, 7·5조는 음수를 7음절과 5음절로 나누어 2음보 율격을 취하거나 7을 3(4)음절과 4(3)음절로 나누어 3음보 율격으로 재분배시켜 율격 기능을 수행하는 작품도 있다. 8·5조 또한 음수를 4음절과 4음절 그리고 5음절로 나누어 3음보 율격으로 재분배해 놓았다. 1920년대 동화시가 지나치게 도식화한 점은 면치 못하겠지만 전통 율격의 계승이라는 점에서는 나름 의의가 있겠다.

1930년대 들어서면 동화시는 자유율 형태를 보인다. 정형률이 파괴된 작품은 「늑대와 어린양」, 「도깨비 열두 형제」, 「옥수수 하-모니카」, 「빈대떡 한 조각」, 「짝제기 신발」, 「오줌싸개 시간표」, 「고아의 승천」, 「갑동이와 빨간 연필」, 「별이야기」, 「산밑에집」 등 총 10편이다. 김제곤은 윤석중의 동화시 중 「도깨비 열두 형제」를 제외하고는 시가 가지는 리듬보다 동화가 가지는 서사성이 강하다 하여 유년동화에 가깝다고 말한 바 있다.[91] 이는 이광수가 지적한 것처럼 시가 산문화 경향을 보이다 보니 짧은 이야기 형태인 유년동화와 유사성을 보이고 있기 때문이다. 유아들은 반복적인 리듬을 좋아하고 음성 상징어인 의태어나 의성어에 많은 흥미를 느낀다. 하지만 유년동화와 시는 반복이나 의인법, 음성상징어 등을 사용하는 공통된 속성을 갖고 있기 때문에 윤석중의 작품을 유년동화로만 볼 수는 없다. 무엇보다도 산문시라고 해서 율격적 요소가 전혀 없는 것은 아니다. 엄격한 언어 선택, 비유나 상징적인 언어 사용 그리고 극적 수단과 표현의 밀도 등을 갖춘 점에서 시의 정통성에 닿아 있기 때문이다.[92] 또한 앞서 밝힌바, 윤석중 본인도 '동화 밑바닥에 리듬을 깐' 동화시를 창작했다고 분명히 창작의도를 밝혔고, 작품에도 반복이나 휴지(내재율) 그리고 음성상징어나 다양한 시적 수사를 활용하고 있기 때문에도 그렇다.

1930년대는 정형률에 얽매인 동요가 형식에 구애받지 않는 동시나 소년시 등으로 이행하는 시기였기 때문에 동화시 또한 내재율 형태를 취한 것은 자연스런 아동문단사적 흐름이었을 것이다. 물론 이와는 반대인 경우도 있었는데, 동화는 아니지만 아동소설을 동요체 형식인 7·5조로 변화를 주어 새로운 실험을 하고 있는 경우도 있다. 대표적인 작품이 강순겸의 소녀소설 「기쁜날 슬픈날」이다.[93]

그밖에 대부분의 동화시들은 객관적인 3인칭 화자가 이야기를 풀어나가는 구연의 속성을 지닌 반면, 윤석중의 작품 「도깨비 열두 형제」, 「옥수수 하-모니카」, 「오줌싸개 시간표」 등에는 1인칭 화자가 작품 속에 등장하여 이야기를 풀어가는 형식으로 되어 있어 대조적이다. 이는 어른

91 김제곤, 「일제강점기 창작동요의 발전과정—윤석중 동요집을 중심으로」, 『아동문학평론』 제34권 3호, 아동문학평론사, 2009, 53쪽.

92 김준오, 앞의 글, 155쪽.

93 강순겸, 「기쁜날 슬픈날」, 『아이생활』 제6권 10호(1931년), 37~41쪽.

을 화자로 설정해 이야기를 풀어가는 것이 아니라, 아동 화자가 작품 속에 등장해 자신이 경험한 이야기를 독자에게 들려주는 형식을 취하고 있는 것이다.

또한 작가가 의도적으로 화소 단위로 연을 구분하기도 하는데, 숫자나 기호 아니면 띄어쓰기 방법을 사용하고 있다. 행의 구분도 작가가 쉼표를 찍어 휴지를 주거나, 대화나 음성상징어(의성어나 의태어)들을 한 행으로 처리하고 있어 시의 느낌을 주고 있다. 산문 형식의 동화를 시처럼 분행으로 처리를 하면 자연스레 내재율이 생겨나고 이 내재율이 시로서의 완성도를 높여주는 역할을 한다. 임인수의 동화시 「별이야기」(『아이생활』, 1943년)의 일부분을 예로 들어보자.

㉠ 노래하는 가을 버레들이 은방울을 흔들며 은피리를 불면서 아름다운 곡조로 쟁쟁거립니다. 참으로 기차, 전차소리 시끄러운 서울같은데서는 생각도 못해볼 훌륭한 합창대입니다.

㉡ 노래하는 가을 버레들이
은방울을 흔들며 은피리를 불면서
아름다운 곡조로 쟁쟁거립니다.
참으로 기차, 전차소리 시끄러운
서울같은데서는 생각도 못해볼
훌륭한 합창대입니다.

㉠과 ㉡은 문법적 구문상으로는 두 개의 문장으로 되어 있어 의미상 큰 차이가 없다. 하지만 산문 형식인 ㉠을 운문 형식인 ㉡처럼 분행으로 처리하면 억양이나 휴지 등으로 의미 차이가 발생하는 것이다. 즉 작가는 ㉠을 ㉡처럼 6행으로 분행해 시구의 느낌을 주어 내재율을 창조해 내

면서 동화시가 갖는 형식적 특징인 시의 완성도를 높이고 있는 것이다. 또한 서사 중간 중간에 의인법이나 은유법 등의 시적 수사나 각운의 반복적인 표현도 시적 요소에 해당할 수 있을 것이다.

이처럼 동화시는 전래동화 내용을 근간으로 고정된 틀에 짜여진 형태를 추구했던 1920년대와 달리 1930년대 이후에는 생활 소재를 바탕으로 한 서사에 자유로운 리듬을 지향하게 되었다. 또한 다양한 시적 의장도 가미되어 작품의 완성도를 높이고 있음을 알 수 있다.

5. 나오며

일제강점기 동화시는 동화의 서사와 시의 리듬을 한데 아우른 일종의 실험정신이 강한 혼종 장르로 볼 수 있다. 1910년대 최남선과 이광수에 의해 시도되었던 민담과 고전소설 재화 작업의 연속선상에서 해방 전까지 소수의 작가군으로 그 명맥을 유지하며 아동문학의 서정장르로 그 자리를 지켜 왔지만, 짧은 역사 속에 소외된 채 미개척지로 남고 말았다.

1920년대 초 방정환의 고래동화(古來童話) 모집 활동은 당시 조선에 부재한 동화와 동화 작가를 생산하는 데 일조했다. 외국동화가 유입되어 번역 · 번안되어 소개되는 과정 속에서 민담의 재화 작업은 전래동화를 탄생시켰으며, 전래동화는 또다시 작가의식이나 아동의 정서에 맞게 새로운 창작물인 동화시로 탄생하게 된다.

주요 동화시 작가를 살펴보면 1920년대는 김영희를 필두로 소년운동 출신들이 《중외일보》를 근거지로 작품 활동을 했다. 그들은 각 지방에서 독서토론회나 동화회 등을 통해 문학적 소양을 키워 갔으며, 중앙 문단에 있는 카프 작가들과의 인적 교류를 통해 문단 활동을 할 수 있게 되었다. 1930년대에는 윤석중과 김태오가 1940년대에는 노양근, 임인수 그리고 이종성이 그 명맥을 이어간다.

일제 강점기 동화시는 1920년대와 1930년대 이후 내용과 형식상 차별성이 강하다. 1920년대는 주로 전래동화나 우화 등을 근간으로 재화하고, 거기에 7·5조나 4·4조의 정형률을 입혔다. 특히나 7·5조가 많은데, 이는 당시 7·5조 형식의 창작동요 리듬과 맥을 같이 한다. 동화시가 정형률에 치중하다 보니 음수를 맞추기 위해 의도적으로 시적 허용을 하거나 잉여적 표현을 사용한 흔적도 보여 한계점으로 남는다. 반면 재화시 아동들의 정서를 고려해 원전의 잔인한 부분을 생략한 것과 시대의식을 반영한 부분은 긍정적으로 평가할 수 있다.

반면 1930년대 이후 동화시는 생활 속의 이야기인 창작동화를 차용한다. 또한 정형률을 탈피해 자유율 형태를 취하게 된다. 그 중심에는 윤석중이 있다. 당시 윤석중은 동시집 발간뿐만 아니라 동화시의 내용과 형식 모두 변화주기를 통해 1920년대와 명확한 선을 긋는다. 또한 동화시는 1940년대로 가면서 비유나 이미지 등 시적 구성 요소의 차용으로 작품의 완성도를 높이기도 한다. 아쉽게도 동화시는 동요나 동화처럼 아동문학의 중심에 서지 못하고 말았다. 그렇지만 새로운 실험 정신을 통해 아동문학의 새로운 분야를 개척한 점과 아동들에게 재미와 더불어 교육적 역할을 담당했던 부분을 간과해서는 안 될 것이다.

본 연구는 일제 강점기 동화시에 대한 선행 연구 작업으로 1910년대 작품과의 차별성 문제, 동화와의 변별성 문제, 동화시의 변천과정 연구 등 미흡한 부분이 많다. 하지만 그동안 전무했던 연구에 조금이나마 일조했으리라 본다. 앞으로 동화시가 어떤 작품을 바탕으로 재화되었는지 원전과 비교 분석하는 일과 시적 구성요소를 면밀히 살피는 작업이 앞서 미비한 지적과 함께 고찰되어야 할 것이다. 이는 후속 연구과제로 남겨 둔다.

참고문헌

1. 기본자료

『아이들보이』, 『새별』, 『어린이』, 『신소년』, 『아이생활』, 『개벽』, 『불별』, 『음악과 시』, 『동광』, 『조선문예』, 『조선지광』, 『사상월보』, 『사해공론』, 『잃어버린 댕기』, 『설강동요집』, 《붉은져고리》, 《매일신보》, 《중외일보》, 《조선일보》, 《동아일보》

2. 논문

권혁준, 「雪崗 金泰午 童謠 硏究」, 『한국아동문학연구』 제20호, 한국아동문학학회, 2011.

______, 「『아이들보이』의 아동문학사적 의의에 대한 연구」, 『한국아동문학연구』 제22호, 한국아동문학학회, 2012.

김 경, 「암흑기의 아동문학—주로 「아이생활」을 중심으로」, 『아동문학평론』 제10집, 아동문학평론사, 1985.

김미영, 「심의린 『조선전래동화대집』의 특징과 문학사적 위상」, 『한민족어문학』 제58집, 한민족어문학회, 2011.

김제곤, 「일제강점기 창작동요의 발전과정—윤석중 동요집을 중심으로」, 『아동문학평론』 제34권 3호, 아동문학평론사, 2009.

류덕제, 「『별나라』와 계급주의 아동문학의 의미」, 『국어교육연구』 제46집, 국어교육학회, 2010.

박경수, 「일제 강점기 일간지를 통해 본 경남 · 부산지역 아동문학」, 『한국문학논총』 제37집, 한국문학회, 2004.

박용규, 「일제하 민간지 기자집단의 사회적 특성의 변화과정에 관한 연구—직업의식과 직업적 특성을 중심으로」, 서울대학교 박사학위 논문, 1994.

______, 「일제하 시대 · 중외 · 중앙 · 조선중앙일보에 관한 연구—창간 배경과 과정, 자본과 운영, 편집진의 구성과 특성을 중심으로」, 『언론과 정보』 2권, 부산대학교 언론정보연구소, 1996.

박태일, 「경남지역 계급주의 시문학 연구」, 『어문학』 제80집, 한국어문학회, 2003.

박혜숙, 「서양 동화의 유입과 1920년대 한국 동화의 성립」, 『어문연구』 제33권, 한국어문교육연구회, 2005.
______, 「한국 근대 아동문단의 민담 수집과 아동문학의 장르 인식」, 『동화와번역』 제16집, 건국대학교 동화와번역연구소, 2008.
신현득, 「한국 근대아동문학 형성과정 연구—최남선의 공적을 중심으로」, 『국문학논집』 제17집, 단국대학교 국어국문학과, 2000.
______, 「한국동시사연구」, 단국대학교 박사학위논문, 2001.
염희경, 「전래동화, 근대아동문학으로 편입된 옛이야기—방정환을 중심으로」, 『창비어린이』 통권4호, 창작과비평사, 2004.
______, 「일제강점기 번역 · 번언동화 앤솔러지의 탄생과 번역의 상상력(1)」, 『문학교육학』 제39호, 한국문학교육학회, 2012.
원종찬, 「한국 아동문학 형성과정 연구—『소년』(1908)에서 『어린이』(1923)까지」, 『동북아문화연구』 제15집, 동북아시아문화학회, 2008.
______, 「일제강점기의 동요· 동시론 연구—한국적 특성에 관한 고찰」, 『한국아동문학연구』 제20호, 한국아동문학학회, 2011.
______, 「1920년대 『별나라』의 위상: 남북한 주류의 아동문학사 인식 비판」, 『한국아동문학연구』 제23호, 한국아동문학학회, 2012.
이동순, 「1920년대 동요운동의 전개양상」, 『한국문학이론과 비평』 제53집, 한국문학이론과 비평학회, 2011쪽
이석현, 「아동문학의 未開地—동화시 · 시조 · 동시극 · 그림동화」, 『아동문학평론』 제34호, 아동문학평론사, 2009.
임상석, 「『시문독본』의 편찬 과정과 1910년대 최남선의 출판 활동」, 『상허학보』 제25집, 상허학회, 2009.
임성규, 「1920년대 계급주의 아동문학 비평 연구—소년문예운동 방향전환론의 전개와 비평사적 의미」, 『아동청소년문학연구』 제3집, 한국아동청소년문학학회, 2008.
임지연, 「한국 근대 아동극 장르의 용어와 개념 고찰」, 『아동청소년문학연구』 제5집, 한국아동청소년문학학회, 2009.
정진헌, 「일제 강점기 한국 창작동요 연구」, 건국대학교 박사학위 논문, 2013.

정혜원, 「1910년대 아동매체에 구현된 아동상 연구—번안동화를 중심으로」, 『한국아동문학연구』 제15권, 한국아동문학학회, 2008.
제해만, 「현대동시론—동시의 갈래」, 『아동문학평론』 제11호, 아동문학평론사, 1986.
조은숙, 「식민지시기 '동화회(童話會)' 연구—공동체적 독서에서 독서의 공동체로」, 『민족문화연구』 제45호, 고려대학교 민족문화연구원, 2006.
진선희, 「1910년대 아동 신문 『붉은저고리』 연구—수록 동요를 중심으로」,『한국아동문학연구』 제22호, 한국아동문학학회, 2012.
최명표, 「소년운동가의 문학적 균형감각 –곽복산의 아동문학론」, 『전북지역 아동문학연구』, 청동거울, 2010.
______, 「박두언의 사회운동과 문학운동」, 『한국지역문학연구』1, 한국지역문학회, 2012.
최윤정, 「근대 아동 독자의 형성과정 연구」, 『동화와번역』 제25집, 동화와번역연구소, 2013.
______, 「우리 옛이야기, 그 탈주-담론의 심층사회학—1920년대 『조선전래동화대집』을 중심으로」, 『한국문학이론과 비평』 제58집, 한국문학이론과 비평학회, 2013.

3. 단행본

권혁래 역저, 『조선동화집』, 집문당, 2003.
김봉희, 『계급문학, 그 중심에 서서』, 한국학술정보, 2009.
김윤식, 『육당이 이 땅에 오신 지 백주년』, 동명사, 1990.
김준오, 『시론』, 삼지원, 2002(4판).
최명표 저, 『노양근 동화선집』, 지식을만드는지식, 2013.
박영기, 『아동문학 프리즘』, 청동거울, 2011.
박영만, 『조선전래동화집』, 대동인쇄소, 1940년.
신원기 역, 『조선전래동화대집』, 보고사, 2009.
서정오, 『옛이야기 들려주기』, 보리, 2002.
유종호, 『다시 읽는 한국 시인』, 문학동네, 2002.

윤석중, 『어린이와 한평생』, 범양사, 1978.
이재철, 『한국현대아동문학사』, 일지사, 1978.
______, 『아동문학개론』, 서문당, 1998.
조동일, 『한국문학의 갈래 이론』, 집문당, 1992.
조동화 편, 『이솝우화집』, 샘터사, 1977.
최남선, 『최남선전집』10, 현암사, 1973.
최인자, 『국어교육론의 문화론적 지평』, 소명출판, 2001.
페리노들먼, 김서정 역, 『어린이 문학의 즐거움 2』, 시공주니어, 2005.

조끼 입은 토끼를 따라 간 아이

—주요섭, 『웅철이의 모험』

김경연

조끼 토끼를 따라 간 아이라면 열이면 열, 『이상한 나라의 앨리스』를 떠올릴 것 같다. 하지만 우리나라에도 그런 아이가 있다. 바로 웅철이다. 웅철이는 「사랑손님과 어머니」로 잘 알려진 주요섭(朱耀燮, 1902~1972)이 지은 장편동화 『웅철이의 모험』의 주인공인데, 앨리스처럼 조끼 입은 토끼를 따라 갔다가 '땅속나라' '달나라' '해나라' '별나라'를 구경하게 된다.

『웅철이의 모험』은 1937년 4월 조선일보사의 『소년』 창간호부터 1938년 3월호까지 연재된 작품으로, 1946년 김의환의 삽화와 함께 조선아동문화협회 발행으로 단행본으로 출간된다.[1] 그러나 이 작품은 오랫동안 잊혀져 있었다. 어문각의 『한국 문예사전』(수정증보판, 1991)에는 "1930년 장편 『구름을 잡으려고』를 《동아일보》에 연재하는 한편 아동소설 『웅철이의 모험』을 발표했다"고 두루뭉술하게 언급되어 있는 반면

김경연
aha0217@gmail.com 아동청소년문학 연구자, 번역가. 저서로 『우리들의 타화상』, 역서로 『그림형제 민담집』, 『몽유병자들』, 『행복한 청소부』, 『책 먹는 여우』 등이 있다.

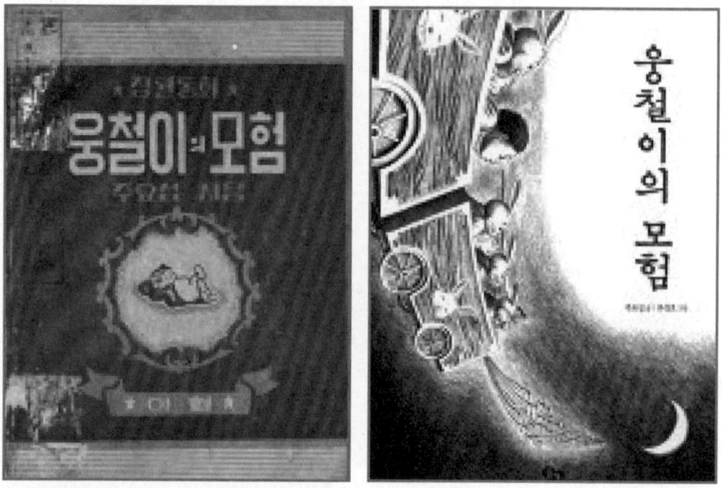

조선아동문화협회에서 출간된 『웅철이의 모험』(1949년 6월 30일 재판본)과 2006년 풀빛에서 단행본으로 출간된 주요섭의 『웅철이의 모험』

권영민의 『한국 근대문인 대사전』(아세아문화사, 1990)에는 아예 주요섭의 작품 목록에서 빠져 있다. 일반문학에서 동화가 소홀히 다루어지는 것은 그간의 아동문학의 위상에서 충분히 설명될 수 있겠다. 그러나 우리 아동문학의 씨앗을 뿌린 방정환은 「새로 개척되는 '동화'에 관하여」(『개벽』, 1923년 1월호)에서 이렇게 말한다.

> 조선서 동화집이라고 발간된 것은 한석원 씨의 『눈꽃』과 오천석 씨의 『금방울』과 졸역 『사랑의 선물』이 있을 뿐이다. 그밖에 동화에 붓을 댄 이로 상해(上海)의 주요섭 씨가 있다.

주요섭은 일반문학 작가로 알려져 있지만 우리 아동문학 초창기부터 아동문학과 관계하고 있으며 실제로 『아희생활』과 『신가정』, 『소년』 등

---

1 이 글에서는 1946년 김의환의 삽화로 조선아동문화협회에서 출간된 책을 참조했다.

에 동화를 꾸준히 발표 한다.[2] 따라서 이재철의 『세계아동문학사전』(계몽사, 1989)에 작가 자체가 들어 있지 않은 것은 뜻밖이다.

웅철이의 모험』(1946)

『웅철이의 모험』은 앨리스의 이야기를 듣고 있는데 느닷없이 나타난 조끼 입은 토끼를 따라가는 데서 시작하는 것으로 되어 있다. 작가는 의식적으로 『이상한 나라의 앨리스』와 상호텍스트성을 취하는 것이다. 상호텍스트성은 주지하다시피 한 텍스트와 다른 텍스트(들)과의 관련성을 일컫는 용어로서, 작가가 다른 텍스트를 의식적 또는 직접적으로 인용할 때는 그 텍스트를 통해 특정 목표를 달성하는 데 알맞은 조건을 창출하려는 의도를 노출시킨다. 그리고 이 작품에서는 그 목표가 앨리스가 만나는 이상한 세계, 즉 판타지 세계를 제시하려는 것임은 어렵지 않게 읽어낼 수 있다. 그에 따라 『웅철이의 모험』은 장르로서의 판타지를 겨냥하게 된다. 이는 옛이야기의 속성이 강한 동화, 아니면 이른바 리얼리즘 계열의 소년소설이 지배적이었던 당시 아동문학계를 생각해 보면 독보적인 성취라 하겠다.

2 주요섭은 『개벽』에 「해와 달」(1922), 『아희생활』에 장편동화 『?』(1930~31(?))와 단편동화 「슬퍼하는 인형」(1931), 「토끼의 꾀」 (1932), 「쫓겨난 선녀」(1933)를, 『신가정』에 「구멍뚫린 고무신」(1933), 「미친 참새새끼」(1933), 「풀잎이 가진 진주」(1933) 등을 발표한다. 참조: 전희은, 「부록. 주요섭의 문학연보」, 『1920~30년대 주요섭의 아동문학 연구』, 춘천교육대학교 석사논문 2012. 101~102쪽.

주요섭(朱耀燮, 1902~ 1972)

기실 이 작품은 우리가 알고 있는 장르로서의 판타지의 문법에 익숙한 면모들을 보여준다. 무엇보다도 현실 세계와 판타지 세계를 잇는 통로가 논리적으로 설득력 있게 제시된다. 웅철이가 친구 애옥이의 큰언니가 읽어 주는 『이상한 나라의 앨리스』를 들으며 "토끼가 조끼 입다니! 시곈 또 웬 시계, 하하" 하고 생각하는데 갑자기 머리 뒤에서 "왜요, 토끼는 그래 조끼도 못 입나요?" 하고 말하는 낯선 소리가 들린다. 어리둥절해서 보니까 소리의 주인공은 바로 복돌이네 집에서 기르는 토끼다. 토끼는 사라졌지만 웅철은 복돌이네 토끼니까 복돌이네 집으로 갔으려니 짐작하고 그리로 달려간다. 토끼가 주는 약을 먹고 몸이 줄어들어 토끼장 안으로 들어가 보니, 그때까지 높은 언덕으로 꽉 막혀 있는 줄로만 알았던 토끼장 뒤가 아주 막힌 것이 아니고 뒤로 통하는 문이 있는 것이다. 이렇게 해서 웅철이는 땅속나라를 구경하게 된다.

토끼는 자꾸만 안절부절못하며 시계를 들여다보는데, 여기에는 달나라로 가는 시간을 놓치지 않으려는 이유가 있으며, 달나라에 가서 하필이면 계수나무와 방아찧는 토끼라든가 거북이 왕자 등을 만나는 것은 우리 옛이야기라든가 고대소설, 또는 이솝우화를 통해 개연성이 부여된다. 달나라에서 해나라로, 해나라에서 별나라로, 그리고 다시 현실로 이동하게 되는 것도 전혀 허황되지 않다. 달나라에서는 불개한테 괴롭힘을 당하는 용을 얼떨결에 구해주는데 그 용이 웅철이를 사형장에서 구해준다. 그러나 용의 힘이 부족해 해나라로 끌려가게 되며 해나라에서

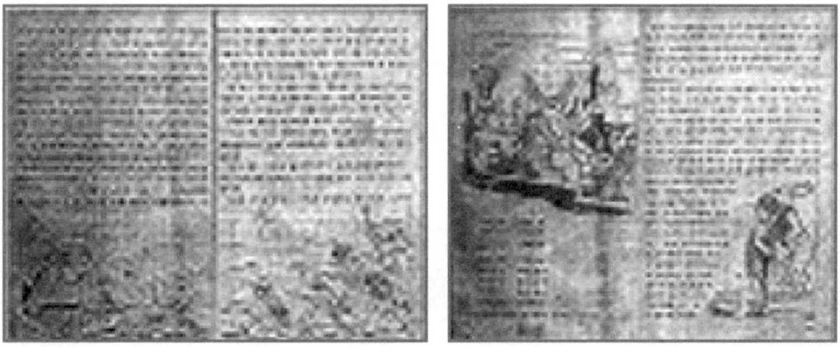

『웅철이의 모험』 본문(땅속 나라 구경을 간 웅철이)

는 시험용 로케트를 타겠다고 나서 별나라로 가게 된다. 그리고 이들 판타지 세계에서 현실로 돌아오는 것은 앨리스와 마찬가지로 '꿈'으로 처리된다. 비록 서양 판타지에서 따온 플롯을 큰 틀로 하고 있음에도 우리의 옛이야기에 나오는 상상의 동물들을 무리 없이 배치시킨다든가 가장 현대적인 과학 기술까지 동원하여 독자를 납득시키는 솜씨는 장르로서의 판타지에 관심이 높은 요즈음에도 흔치 않다.

그렇다면 웅철이는 어떤 세계를 만나는가? 땅속나라에서는 소경쥐, 즉 두더지들(웅철이가 두더지를 쥐라고 생각하는 것은 그럴 법하지만, 그것이 두더지라는 복돌이네 토끼의 설명이 있는데도 삽화가 두더지가 아닌 쥐 모습인 것은 의아하다)과 풀과 꽃의 정령들을 만난다. 두더지들은 눈뜬 쥐들의 겨울 양식을 위해 호콩을 만든다. 복돌이네 토끼에 따르면 그렇게 만든 호콩을 사람들이 훔쳐 간다고 한다. 그러나 작가는 웅철이가 곡식이나 음식물을 남몰래 조금씩 훔치는 사람을 비유하여 이르는 인쥐에 대해 오래 생각하게 두지 않고 손가락만한 작은 사람들이 있는 곳으로 웅철이를 이끈다. 바로 풀과 꽃의 정령들이다.

풀의 정령들은 이 속에서만 사람 모양을 하고 있는 법이지 흙 밖에만 나가면 모두 풀 모양을 하구 있지, 이 속에서 모양으로 사람 모양은 안 하는 법이라우. 그러기 세상 밖에서 아이들이 풀을 뽑아 죽이면 그때마다 이 속에서는 이 정령 하나씩이 죽는 줄을 모두 모르는 것이지요.

여기서도 복돌이네 토끼 말만 전해진다. 풀의 목숨을 하찮게 여기는 결과에 대해 웅철이는 그저 듣고만 있는 것이다. 예의 바르지만 보다 능동적으로 반응하는 앨리스와는 대조적이다. 웅철이 행동으로 나서는 것은 꽃 정령 나라와 개미 나라하고 전쟁을 할 때이다. "여름이면 꽃밭으로 쌍쌍이 날아들어서 재미있게 노는 노랑나비, 흰나비, 호랑나비, 이 여러 나비들의 고운 모양이 웅철이 머리 속에 그리어지고 그 나비가 될 수렁이를 모두 먹어 버리려고 저처럼 달려드는 개미떼가 몹시 미워"져 웅철이는 "닥치는 대로 개미를 밟아" 죽인다. 동기야 이해되지만 풀의 목숨이 소중한 것을 안다면 개미 목숨 역시 소중할 터인데, 다른 방법이 없었는지 아쉬운 대목이다. 아니, 굳이 악당 역을 개미한테 맡겨야 했는지 의문이 인다.

이런 아쉬움이 있기는 하지만 여기서 웅철이는 의협심을 가진 아이임이 드러난다. 뿐만 아니라 동정심도 있다. 달나라에서 거북이와의 경주에 진 벌로 평생 절구를 찧어야 하는 토끼 할아버지를 보며 "너무나 측은한 생각이 솟아" 올라 "잠시 절구질을 대신해 드릴게 좀 쉬세요" 라고 말하려 한다. 처음 용을 보았을 때는 겁이 나서 옴짝달싹 못하기도 하고, 해나라에서는 문지기 그림자가 떡 버티고 서 있는 문 밖으로 가끔 여위고 맥없는 그림자들이 왔다가

『웅철이의 모험』 본문(달나라 구경을 간 웅철이)

『웅철이의 모험』 본문(해 나라 구경을 간 웅철이)

는 쫓겨가고 왔다가는 쫓겨가는 모습에 호기심을 느껴 다가가 보기도 한다. 식민지 치하에서 힘겨운 삶을 남다른 용기로 견뎌내는 아이 모습도 아니지만, 그렇다고 천사같이 미화된 모습도 아닌 그저 보통아이이다.

판타지 세계는 현실 세계에서는 있을 수 없는 세계이지만, 현실의 독자가 서사의 개연성을 납득해야 하는 것처럼 판타지 세계 역시 외부 현실 세계와의 관련성을 완전히 상실할 수는 없다. 작중 현실이 외부 현실을 암시할 수 있는 곳에서는 특히 그렇다. 이 작품에서도 땅속나라의 두더지 처지라든가 달나라의 불합리한 법 등 곳곳에 언뜻언뜻 현실 세계와 관련지어볼 수 있는 부분들이 있기는 하지만, 해나라는 특히 그렇다. 마치 허상의 현실에 대한 풍자로도 읽힐 수 있는 것이다. 해나라는 "그림자 밖에 다른 물건이 살지 못하는 곳"으로 그려진다. 게다가 거지 그림자들의 말다툼이라니. 재미있는 부분이라 조금 길게 인용해본다.

"이놈아 그래 아무리 거지로서니 양반을 몰라본단 말이냐?" 하는 호령을 하니 다른 한 거지는 맞받아서

"흥! 양반 개 팔아 두냥반은 아니더냐?" 하고 대들었습니다.

"원 저런! 저런 잡놈 보아. 저놈이 그래 양반에게 대한 말버릇이…… 어 참

우리 할아버지 시절만 해도 너같은 놈은 잡아다가 볼기를 때렸을 게다."

"이 놈아 너만 양반인줄 아니? 우리 팔대조 할아버지는 진사를 하셨다."

"그까짓거? 우리 이십대조 할아버지는 정승을 지내셨다."

"암만 그래도 너는 동쪽에 살던 상놈 아니냐? 우리 조상네는 서쪽에 살던 양반이다."

"이놈아. 동쪽이 양반이지 서쪽이 양반이야?"

"이놈아. 서쪽이 더 양반이야!"

"이놈아. 동쪽이 양반이야."

하더니 말로는 안 되겠는지 한 거지가 달려들어 다른 한 거지의 빰을 갈겼습니다.

『이상한 나라의 앨리스』 식의 "섬세한 농담이나 말장난, 논리적 역설, 철학적 암시"까지는 아니라도 우리는 여기서 그와 유사한 방식들을 통한 허세의 희화화를 찾아볼 수 있다. 게다가 사람들이 부나 권세를 추구하는 목적은 무엇인가?

땅속에는 여기저기 조개 껍질이 박혀 있는데 그 조개 껍질들을 상하지 않도록 잘 파내서는 물에 씻어 창고에 갖다가 쌓아 놓는 것이 그들의 일이었습니다.

"그 조개껍질은 모두 무엇에 쓰는 것이오?" 하고 웅철이가 그중 한 그림자에게 물어보았더니 그 그림자는 이마의 땀을 씻으면서

"창고에 쌓아 두는 것이지!" 하고 답했습니다.

"건 왜 쌓아두어요?"

"쌓아 두어야 되니깐 쌓아두는 것이지."

이렇게 무슨 소린지 모를 대답을 하므로 웅철이는 그 창고의 주인인 원숭이를 찾아갔습니다.

"애! 잔나비야, 저 조갑지들은 무얼 하려고 저렇게 많이 쌓아두니?" 하고 묻

는 웅철이의 말에 원숭이는 놀랐다는 듯이 눈이 멍해서 한참이나 웅철이를 바라다보더니

"넌 바보로구나 그것두 모르니? 조갑지를 많이 쌓아두어야 높은 사람이 되지."

"어째서"

"그저 그런 법이라니까. 어디서 바보새끼가 왔군."

창고에는 해나라의 가난한 사람들이 먹고사는 달팽이가 푹푹 썩어나도록 많이 쌓여있는데 주인 원숭이는 달팽이가 썩으면 위생에 해롭고 냄새도 고약하니까 태워버리라고 명령한다. 그러나 썩어 가는 달팽이라도 얻어가려던 노인 그림자는 "할 수 없다는 듯이 콧물을 훌쩍 들이마시며" 주춤주춤 산 아래로 내려간다. 이 일련의 사태에 대해 웅철은 "절반 썩은 달팽이를 태우면 그 냄새가 고약할 것 같아서" 역시 슬그머니 꽁무니를 빼고 만다. 이렇게 사회적 모순에 대해 저항은 고사하고 분노조차 없이 체념해버리는 데서 그치고 마는 것은 문학에 계급성과 투쟁성을 요구하던 30년대 식민지 상황이 아니라도 못내 아쉬운 부분이다. 또한 웅철이만 국한해서 보더라도 꽃정령들을 위해 개미를 밟아 죽이던 성격에도 일관되지 않는다. 이런 작가의 태도는 어쩌면 「인력거꾼」(1925)이

『웅철이의 모험』 본문(별 나라 구경을 간 웅철이)

라든가 「개밥」(1927)과 같이 빈궁의 문제를 다루었던 초기 작품에서 "빈궁의 원인을 사회구조의 모순에서 찾는다든지 가진 자와 가지지 못한 자와의 갈등과 투쟁을 통해서 찾고 있는 것도 아닌"[3]것과 맥을 같이하는 것이리라 싶다.

그에 반해 별나라는 일종의 이상향으로 그려진다. 그곳은 아이들 나라이다. "어른이 있으면 그 나라가 미워지고 더러워지고 악해지"기 때문에 "우리 별나라는 언제나 언제나 아름답고 깨끗하기 위해서 어른이라고는 통 안" 생긴다는 설명이다. 동심 천사주의와의 친연성이 짚히는 아동관이다. 별나라 아이들은 마음대로 노는 한편 "김매고 물주고 북돋아주는" 노동으로 먹을 것을 마련한다. 또한 "배도 고프고 병도 돌리고 얻어맞기도 하는 지구라는 나라의 아이들"을 위해 횃불을 켜들고 있는 이타적인 마음씨를 갖고 있다. 그러나 웅철은 회오리바람과 함께 이 즐거운 낙원을 떠나게 된다. 다다른 곳은 꿈나라, 즉 "기억"으로 존재하는 나라이고 귀신들의 나라이기도 하다. 특히 복돌이네 토끼가 귀신이 되어 나타나는 장면은 아이들이 좋아하는 귀신 이야기를 연상시킨다.

조끼 입은 토끼를 따라 간 아이 웅철이의 모험은 발표 연대에서나 기법에서나 우리나라 판타지 동화의 계보를 다시 생각하게 한다.

---

3 김영화, 「주요섭의 소설연구」, 제주대학교 논문집, 1979, 73쪽 참고.

참고문헌

1. 기본자료

주요섭, 『웅철이의 모험』, 조선아동문화협회, 1946.

2. 논문

김영화, 「주요섭의 소설연구」, 제주대학교 논문집, 1979.

방정환, 「새로 개척되는 '동화'에 관하여」, 『개벽』, 1923년 1월호.

전희은, 「부록. 주요섭의 문학연보」, 『1920~30년대 주요섭의 아동문학 연구』, 춘천교육대학교 석사논문, 2012.

소년에 대한 기대가 넘치는 '작은 어른' 서사

—손창섭 소년소설 『싸우는 아이』

김이구

기말고사를 앞두고 시험공부를 하는 중학생 아들이 농땡이를 부리지 못하게 감시하다가 『싸우는 아이』를 읽기 시작해, 다음날 오전 버스로 출근하면서 마저 다 읽었다. 책읽기가 느리고 한번에 다 읽는 경우가 드문 나로서는 예외적인 일이다.

그만큼 『싸우는 아이』는 이야기가 골치 아프지 않고 재미가 넘친다. 그 재미는 오롯이 소년소설의 재미다. 우리 문학에, 아동문학에 소년소설의 맥이 이렇게 뚜렷하고 작품도 많이 생산되었구나 하는 것을 실감케 된다. 방정환의 「만년샤쓰」(1927)를 시발로 하여 현덕의 「고구마」 「모자」 등과 같은 모범적인 단편들이 나왔고, 이원수의 『오월의 노래』 『해와 같이 달과 같이』를 비롯한 많은 중장편, 권정생의 『몽실 언니』 등 소년소설의 전통은 연면하고 두툼하고 또한 알차다.

줄거리는 주인공 소년 찬수네 가족을 중심으로 전개된다. 내복과 아

김이구
boslbi21@hanmail.net 어린이문학평론가. 1993년 《경향신문》 신춘문예에 문학평론 당선. 평론집으로 『어린이 문학을 보는 시각』 『해묵은 동시를 던져 버리자』, 동화집으로 『궁금해서 못 참아』가 있음.

소설가 손창섭(1922~2010)과 소년소설 『싸우는 아이』(우리교육, 2001)

이들 옷가지를 팔러 다니는 할머니, 회사에 사환으로 나가는 누나, 그리고 초등학교 고학년인 찬수 이렇게 세 식구가 가난한 처지에도 여러 사건을 겪으며 꿋꿋이 살아가는 모습이 신파에 흐르지도 않고, 낭만적 동정에 빠지지도 않고 리얼하게 그려진다. 작가는 「비오는 날」 「잉여인간」 등 소설에서 보여준 면모와는 다르게, 관념과 감상과 엄살에서 벗어나 건강한 마음 바탕 위에서 밝고 강건한 필치를 유감없이 발휘하고 있다.

"사월혁명 때, 자유를 어쩌라고 막 외치며 용감하게 데모를 하던 대학생들의 모습이 눈앞에 선히 (…)"라는 구절로 미루어보면, 1960년대 초반에 씌어진 작품이다. 필자가 읽은 텍스트는 우리교육에서 2001년 다시 출간한 『싸우는 아이』인데, 아쉽게도 언제 창작되고 발표된 작품인지 밝혀져 있지 않다. 김제곤의 글에 따르면, 1991년 새벗사에서 간행된 『싸우는 아이』에는 장편 『싸우는 아이』와 단편동화 여섯 편이 실려 있는데, 대개 50년대 후반과 61년 사이에 씌어졌다고 한다.[1]

대부분 잡지 발표작들일 것이므로, 일차적으로 발표지면을 확인해 정확한 발표시기와 창작시기를 밝히고, 작품 분석을 위해서는 개작 여부도 살펴볼 필요가 있겠다.

앞부분의 주요사건은 내복 값을 갚지 않고 이사가버린 상진이네와의 사이에 벌어진 다툼이다. 찬수는 할머니 심부름으로 돈을 받으러 가지만, 상진이 어머니는 야단만 치고 쫓아버려서 찬수는 학교에 오가는 길에 상진이한테서 외상값 명목으로 돈을 빼앗는다. 이 일로 상진이 어머니가 학교로 찾아와 문제가 되지만, 담임선생님은 찬수의 사정 얘기를 듣고 교장선생님과 싸우면서까지 찬수의 퇴학 처분에 동의하지 않는다.

다음은 찬수가 누나가 다니는 직장에 누나의 밀린 월급을 받으러 간 이야기. 찬수는 차비가 없어 전차를 억지 승차를 해서 누나 회사에 가 과장으로부터 월급을 받아낸다. 물론 찬수의 힘으로 월급을 받아낸 것은 아니지만, 두려움을 이기며 대차게 세상과 대결하는 찬수의 모습은 전혀 돈 끼호떼의 형상이 아니고 용기있는 소년의 자연스런 형상이다.

"에이, 더러워서. 그놈의 광진사에서 돈 좀 받아 오느라고 생땀을 뺐군."

키다리 사원을 향해 그러고 나서 연방 부채질을 하다가,

"아니, 얜 누구냐?"

비로소 찬수를 발견한 듯이 찬옥에게 물었습니다.

"우리 동생이에요."

찬옥은 조금 볼 부은 소리로 대답했습니다.

"흐음, 고놈 똑똑하게 생겼다."

과장은 감탄하듯 하고 키다리와 무슨 이야기를 시작했습니다.

---

1 김제곤, 「소설가가 쓴 동화 한 편—손창섭 '싸움 동무'」, 겨레아동문학연구회 홈페이지 www.gyure. org 자료실, 2001. 3. 19.〔『우리 말과 삶을 가꾸는 글쓰기』 2000년 4월호; 김제곤 평론집 『아동문학의 현실과 꿈』, 창작과비평사, 2003〕 단편동화들은 『장님 강아지』라는 제목으로 역시 우리교육에서 2001년 다시 출간되었는데, 「꼬마와 현주」「장님 강아지」「돌아온 세리」「심부름」「너 누구냐」「싸움 동무」「마지막 선물」 모두 일곱 편이 실려 있다.

찬수는 두 주먹을 단단히 쥐고 눈을 부릅뜨고 과장의 옆얼굴을 잔뜩 노려보기는 하였지만 자꾸만 속이 떨렸습니다. 과장은 어딘가 다부지게 생겨서 섣불리 덤벼들 자신과 용기가 나지 않았던 것입니다.

그러자 누나가 재촉했습니다.

"돈 받아 오셨으면 오늘은 제 월급 주세요."

그 말에 과장이 찬옥을 바라보았습니다.

그 때 찬수는 가슴이 막 울렁거리는 것을 참고 용기를 내서 이렇게 따졌습니다.

"우리 누나 월급 왜 안 줘요?"

(…)

"옜다, 만환이다. 나머진 나중에 또 만들어 줄게. 우선 이것만 갖다 써라."

찬옥이 쪽으로 밀어놓고는, 나머지 돈을 도로 꾸려서 책상 서랍에 집어넣은 다음 다시 키다리와 이야기를 계속했습니다.

찬수는 과장이 너무 순순히 나왔기 때문에 좀 맥이 풀렸지만 돈을 받게 되니 아무튼 반가웠습니다. 그러나 가만히 있으면 면목이 안 서는 것 같아서,

"누나, 나머지 돈도 당장 내랄까?"

작은 소리로 물었더니,

"내버려 둬. 나중에 줄 거야, 아마."

찬옥이가 그래서 찬수도 양보하는 척했습니다. (58~62쪽)

사장은 도망가고 직원들이 자기가 받아갈 월급을 수금해 와야 하는 망해가는 회사에 가서 밀린 월급을 내놓으라고 하는 어린 남매의 상황이 정말 손에 잡힐 듯 생생하고 정밀하게, 간결한 필치로 묘파되어 있다. 용기를 내긴 했지만 다부져 보이는 어른 앞에 어쩔 수 없이 주눅든 찬수의 심리도 구구한 설명 없이 섬세하게 포착되었다. 악덕 기업주가 아닌 또다른 피해자인 과장의 말과 움직임은 매우 간결하게 언급되었을

뿐이지만, 그의 처지나 심사가 마치 현장에 있는 듯 환히 들여다보인다.

그나마 밀린 월급을 받아서 찬수네는 셋방에서 쫓겨날 위기를 넘기는데, 할머니의 행상이 잘 안 되고 누나의 회사도 완전히 망해버려 찬수는 중학교에 진학하기가 어려워진다. 그래서 찬수는 신문 장사도 해보고 아이스케키 장사도 해본다. 그러다가 상진이네 패에게 걸려 실컷 두들겨맞기도 하고, 그중의 한 아이를 만나 복수도 한다. 누나를 취직시키려고 애쓴 것이 잘 되어 찬옥이가 신문사에 사환으로 취직이 되는 좋은 일도 있고, 시장에서 시래기를 줍다가 도둑으로 몰려 경찰서에 잡혀가는 억울함도 당한다.

후반부에서는 옆집 인구네에서 식모를 살며 학대받는 영실이를 빼내는 이야기가 기둥 줄거리다. 찬수는 할머니가 알려준, 인간다운 대우를 해줄 집으로 영실이를 빼돌리려 하지만, 용기가 없어 망설이는 영실이를 몰래 빼내기란 쉽지가 않다. 그런데 흥미로운 것은 여기서 '4월혁명'이 언급되고 있는 점이다. 영실이를 새로 소개하기로 한 집을 찾아가니 젊고 예쁜 집주인 아주머니는 이런 말을 찬수에게 들려준다.

> "식모살이를 하든, 애를 보는 아이든 사람에겐 다 자유란 게 있단다. 어디서든 있고 싶으면 있고, 그만두고 싶으면 그만두고, 다 본인 마음대로란 말이다. 그 집에선 너무하는구나."
>
> "그래요, 너무해요. 그러니까 영실이가 불쌍해요. 내가 한 주일도 되기 전에 꼭 데리고 올 거예요."
>
> 찬수는 그렇게 장담을 하고 돌아서려 했습니다. 그랬더니,
>
> "일부러 와 주어서 고맙다. 그런 가엾은 애를 빼내 오는 건 좋은 일이니까 잘 해봐라." (152쪽)

이렇게 부추기는 것이 무리한 오버액션은 아니겠는데,

찬수는 막 신이 나고 부쩍 자신이 생겼습니다.

"사람은 자유다, 자유다."

그렇게 외치면서 집을 향하여 한길을 마라톤 선수처럼 뛰었습니다.

그러한 찬수에게는 사월혁명 때, 자유를 어쩌라고 막 외치며 용감하게 데모를 하던 대학생들의 모습이 눈앞에 선히 떠올랐고, 자기 자신도 갑자기 훌륭해지는 것 같았습니다.

그래서 찬수는 숨이 찬 줄도 모르고 내처 뛰어돌아오면서,

"사람은 자유다. 영실이도 자유다."

연방 그렇게 외쳤습니다. (152~53쪽)

처럼 흥분해서 관념적인 구호를 부르짖는 것은 작품의 전반적인 톤과 썩 잘 어울리지는 않는다. 집주인의 격려의 말에 의협심 많은 소년다운 공분을 느끼는 것은 그다지 무리해 보이지 않지만, 4월혁명의 대학생 데모대를 떠올리는 것은 어딘지 '외삽(外揷)'된 사고란 느낌을 준다. 왜냐하면 전편을 통틀어 여기에서 유일하게 4월혁명이 언급되기 때문이다. 4·19와 직접 연관성이 있는 삽화나 시대 분위기는 나타나지 않는다. (따라서 연재시기 및 집필시기를 검토해볼 필요가 있다. 연재 도중 4·19의 감격이 있었고, 이로 인해 집필중에 부가되었을 가능성이 있다.)

찬수는 집요한 노력으로 영실이를 그 집에서 빼내는 데 성공하지만, 찬수의 소행임을 눈치챈 인구네 식구들로부터 몹시 시달림을 당한다. 영실이를 도로 찾아오라는 인구 어머니와 인철이의 행패는 극심하기 짝이 없다. 찬수는 조금도 기죽지 않고 돌멩이를 마구 집어던지면서까지 격렬하게 대항하는데, 이 대목에 오면 이 작품의 제목이 어째서 '싸우는 아이'인지 확실하게 실감이 난다. 싸움은 두 가족간의 전투로 확전되어, 온 식구가 나서서 난장판이 되도록 울며불며 혈투가 벌어진다.

결국 영실이가 옮겨간 집 주인 아저씨가 변호사 명함을 내밀고 나서

서 사건은 일단락되는가 싶었는데, 인구 어머니가 친정에 가는 며칠간 영실이를 데려다 부엌일을 시키겠다고 하는 요청을 들어준 것이 화근이 되어 영실이가 돌아오지 않는다. 결말은 심약하기만 하던 영실이가 인구 어머니의 친정 집에서 도망쳐나와 변호사 집으로 돌아왔다는 반가운 소식을 그 집 아주머니가 찬수네 식구에게 전하는 것이다. 애초부터 용기있고 당찬 형상으로 등장하여 갈수록 자신과 가족의 운명의 주인공임을 뚜렷하게 보여준 찬수의 모습을 이어서, 심약하고 소극적인 영실이가 외부의 도움 없이 의지적·주체적 행동을 처음으로 보여주는 장면을 짐짓 간접적으로 드러냄으로써 작품은 매우 솜씨있게 마무리된다. 즉 영실이나 찬수나 다같이 전쟁으로 부모를 잃은 세대로서 유대해야 하는 동류항들이고, 그들 자신이 스스로 일어서서 불우한 환경과 싸워 인생을 개척해야 한다는 메씨지를 자연스럽게 담아내고 있는 것이다.

이와 같은 줄거리를 통해서 알 수 있듯이, 많은 에피쏘드들이 연쇄를 이루며 잇따라 새로운 갈등을 발생시켜 흥미와 긴장을 지속해주는 것이 이 작품의 특징이다. 또한 여러 조역(助役)들이 평면적으로 등장하지 않고 모두가 뚜렷한 개성을 보여주고 있는 것도 작품에 생동감을 불어넣는다. 대표적인 악인이라고 할 상진이 어머니와 인구 어머니의 형상은 이기적인 민중인물의 전형이다. 외상으로 물건을 사고는 어떻게든 외상값을 안 갚으려고 떼를 쓰는 서민들, 식모를 데려다 노예처럼 부리며 학대하고 제대로 보수도 주지 않으면서 부끄러운 줄 모르는, 약간의 여유가 있는 서민들, 월세가 밀렸다고 세입자를 몰아내는—몰아낼 수밖에 없는, 역시 겨우 살 만한 수준의 서민들이 말하자면 악인의 대표적인 부류지만, 이들이 행사하는 악의 영향력은 겨우 서민들 자신의 테두리에 머무른다. 그중에는 찬수가 세든 미숙이네와 같이 처음에는 세입자를 핍박하다가 차츰 인정과 유대가 돈독해지는 경우가 있는가 하면, 찬수를 기어이 퇴학을 시켜야 한다고 떼를 쓰는 상진이 어머니나 기어코 영실이를 되찾아 빼돌리는 인구 어머니와 같은 좀더 질기디질긴 악인도 있다. 이외에도 찬수를 돕는 친구 광호라든가 상진이를 편역드는 동네 깡패 아이들, 크게 잘못한 것이 없는 찬수를 퇴학시킬 수 없다고 교장의 타협주의에 굴하지 않는 인품과 줏대가 있는 선생님, 영실이를 빼돌리는 찬수를 보고 끈질기게 짖어대는 골목길의 개 등 조연들의 활약은 그때그때 눈부시다.

그러나 무엇보다도 빛나는 것은 찬수의 형상이다. 아니, 찬수는 전혀 영웅화되지 않기 때문에 '빛난다'고 말하는 것이 적절하지 않을지도 모른다. 찬수는 의협심이 많고 자립심이 강하고 의지적인 아이지만, 결코 소년다운 사고와 행동을 벗어나 영웅으로 비약하지 않는다. 또한 이런 작품이 종종 주인공을 도덕적·윤리적 설교의 대리자로 변모시켜감으로써 실패로 귀결하기 십상인데, 찬수는 거의 그런 역할을 맡지 않는다. 물론 의지적이고 꿋꿋하고 물러서지 않는 찬수의 형상 자체가 이 작품의 주제다. 전쟁 뒤의 가난과 고난에서 일어서야 하는 상황에서 찬수의 형상은 너무나도 건강하다. 그는 더 큰 불행의 나락으로 떨어지지도 않는다. 여기에 작가가 그리고픈 희망이 있다.

할머니의 심부름으로 외상값을 받으러 내키지 않는 걸음을 한 찬수는 상진이 어머니에게서 야단만 맞고 돈을 못 받아오자, 친구 광호를 지원자로 삼아 길에서 상진이를 위협해 외상값 명목으로 돈을 빼앗는다. 찬수의 이런 행동은 사실 순수한 도덕적 기준으로는 옹호될 여지가 거의 없다. 그러나 작가는 찬수에게 좀더 절대적인 도덕적 기준에 비추어 반성하도록 유도하지 않으며, 오히려 그런 식의 관념적 기준이란 무의미한 것임을 찬수의 퇴학 문제를 놓고 벌어지는 상진이 어머니와 교장선생, 담임선생의 갈등을 통해 뚜렷이 드러낸다. 찬수에겐 이러한 현실이 있고, 찬수에게 가능하고 절실한 일은 이런 것이라는 작가의 현실주의가 그 이상도 이하도 허용하지 않는 것이다. 찬수는 파는 신문을 사지 않고 여기저기 읽고만 있는 아저씨와도 싸우고, 여러 명의 아이들이 덤벼들어도 맞아서 쓰러질지언정 전혀 무릎 꿇지 않고 싸우며, 힘으로 안 되면 돌멩이를 던져서라도 대항한다. 누나 회사 과장이나 경찰관 같은 물리치기 어려운 어른들 앞에서는 주둑이 들고 때로는 울음보를 터뜨리기도 하지만 그렇다고 초라한 뒷모습을 보이지는 않는다. 그에게는 외부적으로는 패배하지만 내면적으로는 승리한다는 것과 같은 얄팍한 정신주의나 자기기만은 없다. 싸움을 걸어올 때 그 싸움을 피하고 다른 해결책을 구하려는 계산이나 영악함도 전혀 추구하지 않는다.

인구네와 대판 싸우다 귀를 다친 찬수가 병원에 치료를 받으러 가면 광호가 그를 기다린다.

> 진료실에서 찬수가 치료를 받고 나오면 대합실에서 기다리고 있던 광호는,
> "아펐지?"
> 눈을 동그랗게 뜨고 물었습니다.
> "응."
> "주사로 찌르지?"
> "아니."
> "그럼 가는 칼로 째지?"
> "아니, 쇠꼬챙이에 솜을 뭉쳐서 막 쑤셔댄다."
> "그럼 아프지?"
> "응. 얼마나 아프다고."
> 찬수가 그랬더니 광호는 겁이 난 눈을 해 가지고,
> "나 이젠 싸움 안 한다."
> 그렇게 말했습니다.
> 둘이는 밖에 나와 걸으면서,
> "그렇지만 저 쪽이 먼저 덤비는걸."

찬수가 그랬더니,

"그럼 할수없지. 지는 건 창피하니까. 난 한번도 져보지 않았어."

광호는 어깨를 으쓱하고 뽐냈습니다.

"거 봐. 싸움 안 할래도 자꾸만 싸울 일이 생기는걸 뭐." (193~94쪽)

요컨대 찬수는 싸움을 피하지 않는다. 상대방이 먼저 덤비고, 자꾸만 싸울 일이 생겨서 싸울 수밖에 없다. 그 이상의 관념적인 철학은 필요없다. 이 소년에게는 '싸울 일이 있을 때 싸우는 것' 그것이 스스로 터득한 생의 윤리다. 이것은 입지전(立志傳)도 아니고 약자의 오기도 아니다. 결말에 가까워지면서 인구네가 다시 영실이를 빼돌린 뒤, 벽과 전봇대에 낙서전을 펼치는 것도 흥미로운 사건이다. "찬수, 영실이 냠냠 고소하다"라는 놀림에 "인구네 사람 도둑놈"이라고 응수한다. 이처럼 찬수의 대응은 줄곧 소년다운 자존심, 소년다운 유치함, 소년다운 의기를 함께 보여주는 건강한 것이다.

찬수의 유력한 조력자로 신문사 사장과 변호사가 등장한다. 이들은 찬수네와는 다른 계층에 속하고, 생활 공간도 분리되어 있다. 실직한 누나를 취직시키기 위해 애쓰는 찬수를 결정적으로 도와준 이는 신문사 사장이다. 누나를 취직시켜야 하는 것은 벌이가 시원찮고 건강마저 나빠진 할머니 때문에 찬수에게는 절박한 생존의 문제이기도 하다. 소년다운 당돌함에다 신문을 팔던 경험을 살려 신문사 사장실에서 사장을 직접 대면할 수 있었던 찬수에게 그만한 정도의 행운을 부여한 것은 힘겨운 생활 속에도 가끔은 찾아들게 마련인 빛으로 받아들일 만하다. 이런 행운을 두고 가진자의 시혜로 문제를 해소해버리는, 불철저한 작가의식의 소산이라고 확대해석할 필요는 없으리라.

그런데 후반부의 중심갈등인, 영실이를 좀더 대우가 나은 집에서 식모를 살 수 있게 빼돌리려는 찬수의 희망을 실현시켜준 집안이 변호사 집이라는 것은 가벼운 행운 이상이다. 서민층 인물들이 생존과 생활에 매몰되어 같은 계층의 이웃들에게 이기적인 경쟁자의 모습으로만 나타나는 데 비해서, 변호사집 부부는 개인의 인격과 자유를 철저히 존중하는 발언을 하고, 그들 스스로 영실이에게 그런 인격과 자유를 부여하는 역할을 맡고 나선다.

> "식모살이를 하든, 애를 보는 아이든 사람에겐 다 자유란 게 있단다. 어디서든 있고 싶으면 있고, 그만두고 싶으면 그만두고, 다 본인 마음대로란 말이다. 그 집에선 너무하는구나." (152쪽)

"젊고 예쁜" 주인 아주머니는 생존과 생활의 논리를 펴는 것이 아니라, 이처럼 고상한 사상을 가지고 있다. 6·25 때 부모를 잃고 할아버지마저 세상을 떠나 식모살이를 전전할 수밖에 없는 영실이에겐 사실 "있고 싶으면 있고, 그만두고 싶으면 그만둘" 자유가 없다. 그런데 이 주인 여자의 '관념'이 위선이나 방관으로 보이지 않는 것은 실제로 영실이를 데려다 인간적인 대우를 해주는 인물로 그려지기 때문이다. 그 집 주인 아저씨가 변호사라는 사실이 드러나는 것은 찬수가 인구네와 대판 싸운 뒤, 주인 아저씨가 인구네한테 치료비를 물게 하는 조금 뒷이야기에 이르러서다. 그가 변호사라는 사실을 할머니한테서 듣고 찬옥은 찬수에게 "변호사라는 건 말야, 억울한 사람을 위해서 대신 나서서 그 억울한 사정을 풀어 주는 사람이야."라고 설명해준다. 작가는 서민층 사이에서 생겨나는 치열한 경쟁과 돈독한 유대를 동시에 포착해 따뜻한 시선으로 바라보면서도, 한편으로는 선량한 자산가의 너그러움과 근대적 지식계급의 합리성에 커다란 희망을 걸고 있는 것처럼 보인다.

6·25라는 민족 내부의 상잔으로 가정의 골격이 깨어져 경제적 약자

로 살아가는 찬수와 영실이 같은 인물들이 스스로 당차게 싸워 자존과 생활을 지키고, 또 사회 전체적으로는 재산과 지식 등을 소유해 힘과 여유를 가진 계층이 이러한 경제적 빈곤층을 포용해 더불어 살아가야 한다는 것은 전후 복구기에 필요한 가장 현실주의적인 상황인식일 것이다. 근대화와 근대정신이 갖는 두 얼굴—특히 그 부정적 폐해는 이미 일찍이 식민지시기 원산총파업과 같은 노동투쟁이 불붙은 것이나 식민종주국의 주구가 된 지식층과 관료층의 행태에서 여실히 드러났지만, 해방과 분단으로 역사의 단층을 통과한 1960년 무렵 남한사회에서는 다시 '합리적 근대'의 건설이 하나의 희망으로 떠올랐던 것이다. '개인의 자유'를 주창하고 이기심이나 주관이 아닌 시시비비에 따라 움직이는 변호사의 인물 형상은 바로 그와 같은 기대의 표상이다.

소년소설은 대부분 성장소설의 틀을 갖거나 성장소설적인 요소를 많이 지니게 되는데 『싸우는 아이』 역시 성장소설이다. '소년 가장'과 다름없는 찬수는 사회와 가정의 보호대상인 '어린이'의 안온한 노예적 위치와는 무관하고, 거친 세상에 출사표를 던진 '작은 어른'이다. 이처럼 '작은 어른' 또는 '작은 어른'을 지향하는 아이의 이야기는 우리 근대 소년소설의 흐름에서 매우 전형적인 것이다. 전쟁과 궁핍, 그에 따른 이향(離鄕) 등으로 보호자가 부재한 상태에서 투쟁과 적응을 통해 사회 속에서 살아가는 길을 터득하는 이야기는 『해와 같이 달과 같이』(이원수) 『몽실언니』(권정생) 『작은 어릿광대의 꿈』(손춘익) 등 대부분의 소년소설에 공통된 것이다.[2]

"아버지는 사변 때 납치당해 이북에 가시고, 어머니는 폭격에 돌아가

2 그러나 경제개발이 완료되고 '일하는 아이들'의 서사가 후퇴하면서, 1990년대 이후 작품활동을 시작한 세대에게서는 이러한 '작은 어른'의 서사를 찾아보기 어렵게 된다. 즉 성장소설 유형의 전형적인 소년소설이 약화되고, 『누가 호루라기를 불어줄까』(이상락) 『열 평 아이들』(원유순) 『가만 있어도 웃는 눈』(이미옥) 등에서 보듯 '학교 서사' 혹은 '가족 서사'로 대체되는 것이다.

신" 찬수가 할머니 밑에서 소년가장과 다름없이 세파를 헤치고 살아가는 이야기 속엔 소년들에 대한 작가의 기대가 담겨 있고, 전쟁으로 인해 깨어진 사회를 복구하려는 의욕이 담겨 있다. 전쟁의 원인을 캐내고 민족과 국토의 분단이 드리운 그림자를 탐색하는 것이 이 작품의 주조음은 아니다. 그러나 불행과 가난에 압살당하지 않고 꿋꿋하게 대결하는 자립 의지를 찬수와 영실에게 부여한 것은 작가가 소년의 성장에 대해 순수하고 깊은 믿음과 사랑을 품고 있지 않았다면 불가능한 일이다.

김제곤은 앞서의 글에서 손창섭의 소설과 동화(소년소설)를 비교하여 이렇게 말한다. "소설 속 어른은 세상과의 싸움에서 늘 지거나 상처받고 때로는 그 싸움을 피하는 데 견주어, 동화 속 동심은 세상과의 싸움에 꿋꿋이 맞서며 결국 그 싸움에서 이기고 만다." 상처 속에 칩거하고 병적 우수와 절망에 젖어 있는 손창섭 소설의 인물들과 달리, 그의 소년소설의 주인공들은 밝고 진취적이다. 어째서일까? 소년소설이기 때문이다. 소년소설 장르는 현실과 맞부딪쳐 싸우면서 적응해가는 소년들의 진취적인 의지와 모험을 적극적으로 옹호할 때 선택된다. 가까운 미래에 사회의 주인이 될 존재로서 소년에게 온전한 인격을 부여할 때 소년소설은 성립한다. 개개인을 챙겨 건사할 준비가 안 된 낙후된 사회로부터 무시당하고 박대받는 찬수와 영실이와 같은 소년들에게 오히려 희망의 짐을 지우는 것, 그리하여 세상을 조금만 알고 있는 소년 독자들에게 건강한 환상을 심어주는 것, 그것이 가령 『싸우는 아이』와 같은 뛰어난 소년소설이 하는 몫이다.

이주홍 연표의 비어 있는 기간을 찾아서

오진원

1. 다재다능했던 이주홍

이주홍만큼 다재다능하다는 말이 잘 어울리는 사람도 드물다. 동화와 동시, 그리고 다수의 아동극을 발표한 아동문학가로, 시인이자 소설가로, 또 희곡작가 겸 시나리오 작가로 활발한 활동을 했다. 또 콩트작가이자, 수필가, 번역가, 평론가이기도 했다. 이뿐 아니다. 이주홍은 음악과 미술에도 탁월한 소질을 갖고 있었다.

> 첨엔 음악가가 될 양으로, 바이올린을 구해 제법 무대에 나가서 연주를 했을 만큼 기초 공부를 닦았었다. 신문이나 잡지에 발표한 동요 작곡만도 적지 않았으니, 일시의 뜬 생각만은 아니었던 것 같다.
>
> 다음엔 미술가가 되려고 그림에 전심했다. 뒤에 잡지를 편집하게 될 때, 남의 손을 빌리지 않고서 나 혼자의 힘으로 컷이나 표지 따위를 그릴 수 있었던 것은

오진원
childweb@hanmail.net 어린이책을 읽고 공부하며, 어린이책과 관련된 다양한 글을 쓰고 있다. 어린이문학 사이트 오른발왼발(childweb.co.kr)을 운영하고 있다.

그 여택에서였다.

그러나 음악에나 미술에다 한평생을 붙인다는 것은 아무래도 맘에 미흡한 생각이 들었기 때문에, 마지막으로 주저앉은 것이 문학이었다.[1]

그가 음악과 미술에 남다른 애정이 있었음을 확인할 수 있다. 『신소년』과 『별나라』에는 그가 그린 표지[2]와 그가 곡을 붙인 노래[3]가 여럿 실려 있다. 위 글로 미루어 보건데 아마 아직 발견되지 않은 더 많은 작품들이 있으리라 짐작해 본다.

2. 만화가 이주홍

이주홍은 재주도 많았지만 무척이나 부지런했다. 1928년 5월 『신소년』에 동화 「배암새끼의 무도」를 발표하며 본격적으로 활동을 시작한 이후[4] 해마다 활발한 작품 활동을 해왔다. 『신소년』과 『별나라』를 중심으로 동화와 동시도 다수 발표했지만 시와 소설도 꾸준히 발표했다.

그런데 이주홍 문학관에서 정리한 이주홍 연표를 보며 이상한 점을 발견했다. 갑자기 아무런 활동이 없는 기간이 보였다. 1941년에서 1942

---

1 이주홍, 「소년의 꿈」, 『천신과의 약속』, 거암, 1986.

2 『신소년』 표지 목록
1930년 1월 '새날의 기쁨' / 1930년 2월 '빛나는 건설' / 1930년 3월 '바퀴' / 1933년 7월 '용궁의 사자' /
1934년 3월 /
『별나라』표지 목록
1933년 12월 / 1934년 9월 '압흐로 갓' / 1935년 1, 2월 합호 '새해의 첫소리' / 1945년 12월

3 『신소년』1930년 4월 '서울가는 나븨'
『신소년』1930년 7월 '호박꽃'
『별나라』1933년 12월 '기관차'
『별나라』1934년 2월 '톡탁톡탁'

4 이주홍의 작품이 처음 발표된 것은 1924년 3월 『신소년』 독자문단에 동생 '이성홍' 이름으로 발표된 동시 〈잠자는 동생〉이다.

년이다. 1934년 첫 아이를 잃고 충격에 빠져 있을 때에도, 해방 전후에도, 6·25 전쟁의 와중에도 꾸준한 작품 활동을 했던 걸 생각한다면 아주 이례적인 일이다.

흔히 이 시기는 이주홍이 한양영화사에서 시나리오를 집필하던 시절이기 때문이라고 한다. 맞다. 이주홍은 1939년 잡지 『영화·연극』을 편집하면서 영화와 본격 인연을 맺었고, 1943년에는 《매일신보》에 희곡 〈여명〉이, 1943, 44년에는 조선영화주식회사 공모에 시나리오 〈장미의 풍속〉과 〈춘향〉이 당선된다. 이주홍의 영화 관련 작업이 1940년에서 1944년 사이에 집중된 것은 확실하다.

그런데 연표에 빠져 있던 이 시기에 이주홍이 시나리오 작업 외에 진짜 집중했던 또 다른 활동이 있었다. 그건 바로 만화와 그림 작업이다. 이주홍의 만화 작업은 이전에도 있었지만, 만화가로서 본격적인 모습은 1939년 11월 30일부터 12월 30일까지 발표한 12편의 만평부터다. 그리고 1940년 1월 1일과 7일에는 4칸짜리 만화도 발표한다.[5]

이주홍은 동아일보에서 '만문만화(漫文漫畵)'도 여럿 발표한 것으로 보인다. 만문만화란 1920~30년대 유행한 만화의 한 형태다. 지금의 눈으로 본다면 삽화의 비중이 다소 높은 글 정도로 보이지만, 우리나라 만화 역사에서 중요한 자리를 차지한다. 아쉽게도 이주홍의 만문만화를 찾지는 못했지만 이주홍의 만문만화에 대한 기사를 찾아볼 수 있었다.[6]

---

5 이건 어디까지는 개인적으로 찾은 자료에 한정된 것이다. 이 외에 더 많은 작품이 있을 수도 있다.

6 "諷刺가 없는사람", "餘裕가없는 생활" | 이것은 우리가 다같이 自認하는바이다. 이에 나타난 漫畵家 李周洪氏의 諷刺잇고 餘裕잇는 漫文漫畵다. 題하야"여름밤의 꿈!" 或은 해변에누어서 혹은 원두막에 앉어서 날버레 덤비는 무더운 여름밤의 銷夏讀物로特특히 이 一文을 추천한다. (동아일보 1936.6.18.)

3. 이주홍의 연표 속 비어 있는 시간을 찾다

《동아일보》에서 만화가로서 다양한 실험을 하며 성장을 한 이주홍은 이후 그 역량을 조선금융조합연합회의 기관지인 『半島の光』에서 발휘한다.

이주홍은 『半島の光』에서 지금까지와는 차별된 본격 만화를 선보이고 있다. 이전까지 만화가 만문만화, 만평, 4칸 만화였다면 『半島の光』에 연재한 〈즐거운 박첨지〉는 15칸 만화이고, 〈명랑한 김산 일가〉는 10칸 만화, 〈버리지 못할 전통/버려야 할 습속〉은 각각 4컷으로 이루어진 만평의 형태였다. 그 외에 6칸 만화나 기존의 만문만화와 함께 삽화도 선보이고 있다. 이주홍이 『半島の光』에서 만화가로만 활동한 것은 아니지만, 주 활동은 만화였다.[7]

여기서 주목할 점은 이주홍이 『半島の光』에서 활동하던 이 시기는 기존의 이주홍 연표에서 보이지 않는 기간이라는 점이다. 이주홍 문학관이 밝히고 있는 연표에서도, 『이주홍의 일제강점기 문학 연구』(류종렬 편저, 국학자료원)에서도, 『이주홍과 근대문학』(류종렬 저, PUFS)에서도 1941년, 1942년의 활동은 빠져 있다. 이렇게 볼 때 『半島の光』에 실린 이주홍의 만화들은 사실상 숨겨져 있었다고 볼 수 있다.

왜일까? 과연 지금껏 이주홍의 『半島の光』 활동을 모르고 있었던 걸까? 아마 그렇진 않을 것이다. 이미 만화가 이주홍의 모습은 어느 정도 알려져 있었고, 한두 번도 아닌 몇 년간 계속된 만화 이력을 가족들이

---

7 『半島の光』에 실린 이주홍은 만화 가운데 지금까지 찾은 〈즐거운 박첨지〉와 〈명랑한 김산일가〉는 아래와 같다.
〈즐거운 박첨지〉 : 1941년 4월호 17쪽 / 1941년 5월호 23쪽 / 1941년 6월호 33쪽 / 1941년 7월호 3쪽 / 1941년 8월호 7쪽 /
〈명랑한 김산일가〉 : 1942년 1월호 32쪽 / 1942년 2월호 28쪽 / 1942년 3월호 28쪽 / 1942년 4월호 30쪽 / 1942년 6월호 24쪽 / 1942년 7월호 26쪽 / 1942년 8월호 22쪽 / 1942년 9월호 16쪽 / 1942년 10월호 16쪽 / 1942년 11월호 24쪽 / 1942년 12월호 12쪽 /

전혀 몰랐을 리도 없다. 더구나 연표에 빠져 있는 1941년과 1942년을 제외하곤 이주홍이 해마다 왕성한 활동을 해 왔다는 걸 감안할 때, 연표에 빠진 시기에 대해 의심의 눈길을 보내지 않을 수 없다. 혹시 이 시기의 활동을 굳이 인정하고 싶지 않은 무언가 있는 건 아닌가, 하는 의심 말이다.

물론 지금껏 연표는 만화를 제외한 문학 중심이었기 때문이었다고 말할 수도 있다. 하지만 이주홍의 삶에서 분명 만화는 큰 부분을 차지하고 있다. 따라서 이주홍의 삶을 이야기할 때 문학과 함께 만화는 반드시 함께 다뤄져야 할 것이다.

4. 만화—이주홍의 감춰졌던 친일의 흔적

그런데 『半島の光』에 실린 이주홍의 만화는 충격적이다. 만화 속에 깃든 친일의 모습 때문이다. 사람들의 일상 모습에 중점을 두었던 《동아일보》의 만화와는 다른 모습이다.

〈즐거운 박 첨지〉의 경우 모범촌 반장 박 첨지가 동네를 이끌어나가며 뺀질거리는 허 별감을 설득하는 형식으로, 박 첨지와 허 별감의 대비되는 캐릭터가 작품을 맛깔나게 끌고나간다. 그런데 가만 보면 모범촌 반장 박 첨지가 마을 사람들을 독려해 하는 일이란 일제가 벌이는 사업에 앞장서는 일이다.

〈명랑한 김산 일가〉의 김산 역시 〈즐거운 박첨지〉의 박 첨지와 비슷한 역할을 하는 인물이다. 하지만 〈즐거운 박 첨지〉에 비해 주제가 아주 노골적이다.

[그림 1] 1941년 4월 〈즐거운 박첨지〉

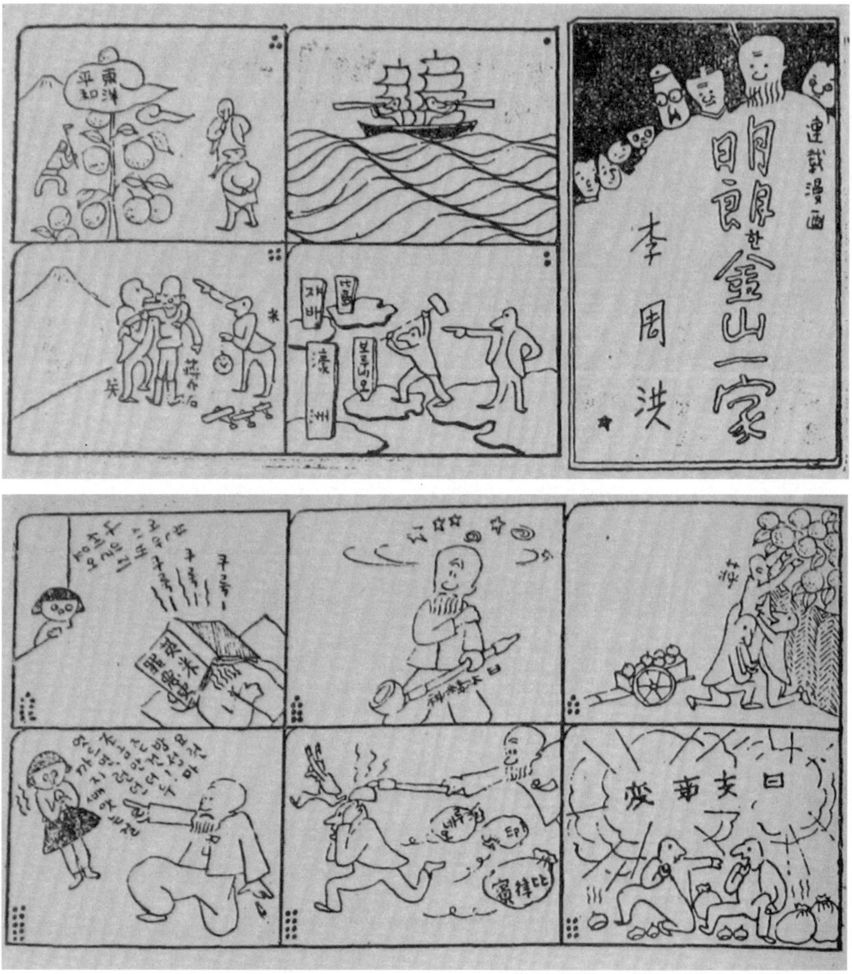

[그림 2] 1942년 3월 〈명랑한 김산 일가〉

안타깝지만 이주홍의 적극적인 친일을 인정하지 않을 수 없는 장면이다. 그리고 이주홍의 연표에서 빈 기간은 이를 감추기 위한 것이 아니었나 하는 의심을 거둘 수가 없다.

그런데 앞서도 잠깐 짚었지만 이주홍이 『半島の光』에서 활동하던 시

기는 이주홍이 시나리오 작업에 몰두하던 시기와도 통한다. 이주홍은 34, 5세 때 윤봉춘이 관계하던 한양영화사에 적을 두고 시나리오를 집필[8]했었다고 하는데, 이 시기는 1939년과 1940년으로 이주홍이 잡지 『영화·연극』을 편집하며 영화에 인연을 맺은 시기와 일치한다.

배우 겸 감독인 윤봉춘은 한국 영화의 개척자 가운데 한 명으로 영화인들로부터 존경을 받는 인물이다. 그는 1940년 조선총독부가 조선영화령을 공포하여 조선영화를 통제하기 시작하고, 1942년에는 조선영화제작주식회사를 세워 영화인들을 군국주의 선전영화 제작에 본격 동원하는 걸 거부했던 인물이다. 그가 다시 영화판으로 돌아온 건 해방 후였다.

결국 이주홍이 영화계에 발을 들여놓은 시기는 윤봉춘 같은 지조 있는 영화인들이 영화계를 떠나 은신을 하던, 한국영화의 암흑기였다. 그리고 이주홍은 이런 한국영화의 암흑기에 본격 활동을 했다. 그러고 보면 그가 공모를 통해 당선된 매일신보는 조선총독부의 기관지였고, 조선영화주식회사는 일제가 태평양 전쟁을 합리화시키기 위한 영화를 만들 목적으로 만들어진 특수법인이다. 물론 이주홍이 영화계에 처음 발을 디딜 때부터 친일을 시작했다고 말하기는 어렵다. 그러나 어쨌든 그가 영화계 입문을 계기로 본격 친일의 길로 접어들게 된 것만은 확실하다.

이렇게 볼 때 『半島の光』을 통한 이주홍의 친일 작품 발표는 당연해 보인다. 조선금융조합연합회의 기관지인 『半島の光』은 일본이 조선에서 착취를 강화하기 위해 만든 식산은행의 주요 자금원이었다. 같은 시기 이주홍이 활동했던 영화계의 성격과 정확히 일치한다.

이주홍 문학관의 연표에 따르면 1943년과 1944년에 『東洋之光』에 일문 단편소설 「내 산아」와 「지옥안내」, 시 「전원에서」를 발표한 것으로

8 신동한, 「이주홍 론」, 『신화』, 범우사, 1977.

되어 있다. 약칭 '동광'으로도 불렸던 『東洋之光』은 일제강점기 말기에 발행된 월간지다. 일제에 의해 발행된 잡지가 아니라 3·1운동 당시 33인의 한 명이었던 박희도가 변절을 하면서 만든 잡지로, 내선일체를 주장하며 일본어로 발행되었다. 이 작품들을 직접 확인해 보지는 못했다. 하지만 적어도 잡지의 성격을 볼 때 겉으로 드러난 작품의 친일성과는 상관없이 이주홍의 친일 성향을 보여준다. 또 연표에는 빠져 있지만 1942년 2월 『東洋之光』에 발표한 「반곡선생과 그의 제자들」, 1943년 7월 발표한 「청년과 도의」 역시 친일 작품으로 알려져 있다.

그러고 보면 이주홍은 1941년부터 1944년까지 적극적으로 친일 작품을 발표하며 활동을 했음을 확인할 수 있다.

5. 해방 후의 변신

이주홍은 해방 이후 친일의 흔적을 지우고 새로운 면모를 보이며 다시 활발한 활동을 한다. 조선프롤레타리아 미술동맹의 중앙집행위원과 아동문학부위원, 조선프롤레타리아 미술동맹의 위원장과 중앙협의원과 조직부원, 조선프롤레타리아 예술동맹의 미술부문 상임위원과 중앙위원, 조선문학가동맹의 아동문학위원회 위원과 서기국 출판부원, 조선문학가동맹 서울시 지부 집행위원 등을 맡았다. 마치 1930년대 카프 시대의 이주홍의 활동을 보는 듯하다. 일제 말기에 적극적인 친일 활동을 하던 이주홍이 어떻게 이런 변신을 할 수 있었을까?

그건 아마도 1945년에 일제에 피검된 사건 덕분이 아닐까 싶다. 이주홍은 1945년 봄에 피검되었다가 8·15해방 다음 날인 8월 16일에 출감을 한다. 이 일은 마치 이주홍이 일제에 저항을 한 흔적처럼 보인다.

태평양 전쟁의 막바지 시기까지도 친일 활동을 하던 이주홍이 갑자기

피검됐다는 건 다소 의외다. 하지만 이주홍의 피검은 큰 의미를 둘 만한 사건은 아닌 것 같다. 그 답의 열쇠를 한 신문의 칼럼에서 찾을 수 있었다.[9] 친일반민족행위진상규명위원회의 활동에 대한 불만으로 쓴 글이지만 의미심장한 부분이 보였다.

"1944년 들어 싸움터가 점점 일본 본토로 다가오자 일본은 미국의 일본 및 한국 상륙에 대비, 우리나라 지식인을 전부 학살하려고 리스트를 작성했다"

"해방 전 우리 집에 와 내 이력을 조사해간 고야마라는 한국인 형사를 만났더니 '일본은 우리나라 지식인을 전부 죽이기 위해 북악산 밑에 큰 구덩이를 파고 리스트도 작성했는데 나도 들어 있었다'"던가.

여기서 증언을 하는 사람은 언론인 유광렬이다. 유광렬은 방정환과 함께 청년구락부를 조직하고 활동했던 인물이다. 그러나 일제강점기 말기에는 조선임전보국단과 조선언론보국회에 가담하였고, 중일전쟁 때 중국 전선에도 종군한 것으로 알려진 언론계의 대표 친일 논객이다. 이런 그가 이런 증언을 했다. 즉, 당시의 피검은 일제에 저항하는 세력을 막기 위한 피검이 아니라, 패망의 조짐이 다가옴에 따라 불안해진 일본이 문제를 조금이라도 줄이기 위해 무작위로 지식인들을 잡아넣으려 했던 것 정도로 생각하면 충분할 듯하다. 즉, 당시 이주홍이 피검됐다는 것이 일제에 저항한 흔적으로 볼 만한 건 전혀 없다는 뜻이다.

하지만 해방 초, 이주홍이 활동을 재개하는 데에는 분명 도움을 주었으리라 여겨진다. 당시는 사람도 물자도 다 부족하던 시기였고, 그래서 함께 일했던 사람들을 설득해서 다시 일하는 게 자연스러웠을 테니 말이다. 더구나 유광렬이 증언한 리스트는 비밀문서였기에 해방 후에도

---

9 2009년 12월 1일 《동아일보》 최정호 칼럼, 「'과거사 바로 세우기'를 바로 세우기」

풍문으로만 잠시 떠돌았을 뿐 그 실체가 확인되지 않았다고 한다.

6. 인간 이주홍 제대로 보기

친일 논쟁은 나로서는 늘 부담스럽다. 내가 일제강점기에 태어났다면 '친일을 하지 않고 잘 살아낼 수 있었을까'라는 부분에서 자신이 없기 때문이다. 그리고 나 역시 친일을 했어도, 다른 많은 친일 인사들이 그랬던 것처럼 무조건 감추고 싶어 했을지도 모른다. 하지만 적어도 내가 감춘다고 해서 '나의 역사'가 사라지는 게 아니란 건 안다.

한 사람의 작가에 대해 이야기한다는 것, 그건 단순히 그 사람의 문학 작품에 대한 관심뿐 아니라 그 사람의 삶 자체에 대해서도 관심을 갖는다는 것을 뜻한다. 그리고 이주홍처럼 여러 분야에서 다양한 활동했다면 그 사람의 다양한 활동 분야 전체에 대한 조망 또한 필요할 것이다. 만일 우리가 아동문학에만 관심을 갖는다면 이주홍의 친일 활동은 눈에 들어오기 어렵고, 결국 이주홍의 삶과 문학을 제대로 바라볼 수 없다. 이주홍이 이원수보다 훨씬 더 많은 친일 만화를 발표했지만, 만화가 아동문학의 영역이 아니었기에 지금껏 논란도 없었을 것이다.

이 글이 그동안 아동문학을 중심으로만 이야기되던 작가 이주홍에 대한 논의의 폭을 넓힐 수 있는 계기가 되었기를 바란다. 그리고 이주홍의 친일 활동에 대한 인정이 이주홍이 이룩해 놓은 아동문학의 수많은 성과에 대한 무조건적인 폄하로 이어지지 않기를 바란다.

발굴자료, 이주홍의 「배암새끼의 무도」

나까무라 오사무(仲村 修)

2001년 나는 서울대학교 중앙도서관에서 해방전 아동문학 자료를 수집했다. 그때 5층에 있는 가람문고에서 『신소년(新少年)』 서른다섯 권을 찾았다. 이 책들은 『신소년』지에 집필했던 가람(嘉藍) 이병기(李秉岐) 선생이 보관하고 있었던 것으로, 서울대 도서관에 기증한 것이다. 『신소년』은 이주홍 선생의 미망인 외 몇몇이 갖고 있는 책과 합치면, 64호 정도가 현재까지도 남아 있음을 알 수 있다. 합병호 등을 고려하면 1923년 10월호부터 1934년 5월호까지 총 119호가 발행되었다고 추정되기 때문에, 절반 이상이 현존하고 있는 것이다. 이는 정말 기쁜 일이다. 또한 이주홍 선생 최초의 동화인 「배암새끼의 무도」를 찾았다는 것도 더할 나위 없이 기쁜 일이다.

이주홍(李周洪) 선생의 첫 발표작인 이 동화는 1925년 발표된 것으로 알려져 왔으나 실체가 확인되지 않았던 작품이다. 발표 당시의 제목은 「배암색기의 舞蹈」이고, 필자는 '향파(香派)', 차례와 본문의 제목에 '동화(童話)'로 표시되어 있다.

나까무라 오사무
eorini@ya2.so-net.ne.jp 아동문학연구자.

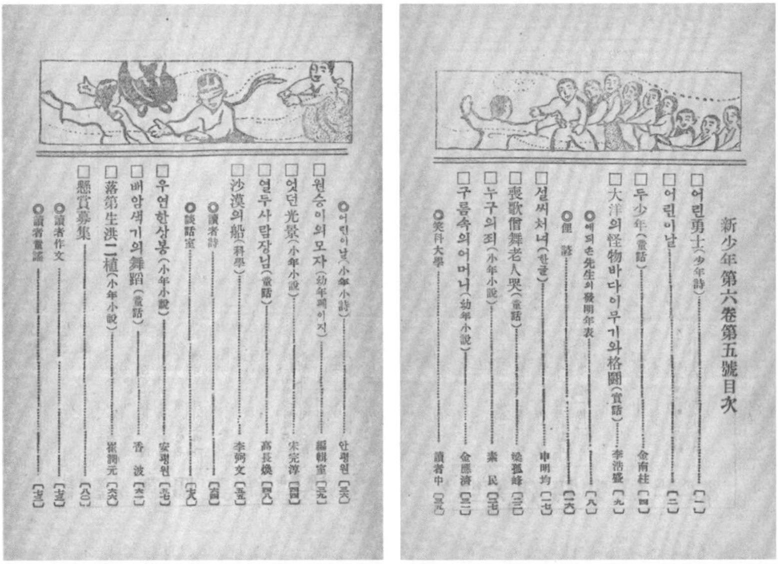

新少年第六卷第五號目次

이주홍의 「배암새끼의 무도」가 실린 『신소년』(6권 5호, 1928년 5월호) 목차

그런데 「배암새끼의 무도」는 여러 연구서나 연보를 보아도, "1925년 『신소년』에 발표"라고 되어 있다. 그러나 이번 발견으로 1928년 5월호(6권 5호)에 발표되었다는 사실을 확인했다. 이주홍 선생이 쓴 수필 「아동문학 출발의 언저리」(『아동문학』 1973년 12월호, 창간호)에는 일본에 간 다음해 즉 1925년에 실렸다고 회고하였으나, 이는 기억의 착오로 생각된다.

배암 새끼의 무도

이주홍

늙은 느릅나무 밑 언덕 아래에는 어린 배암 세 마리가 평화스럽게 자라났습니다. 배암이라 하면 볼 때나 들을 때나 아무라도 소름이 끼치도록 끔찍한 느낌을 주지만, 다 같은 사랑스러운 짐승 중에라도 큰 닭보다 어린 병아리가 더욱 사랑스럽고 어여쁜 만큼 새끼 배암은 큰 배암보다는 달리 좀 어여쁘고 귀여운 생각이 끌리었습니다. 새파란 몸에 붉은 점이 알눙알눙한 어린 새끼 배암들이었습니다. 어미 배암은 첫여름부터 이곳에다 집을 지어놓고 귀여운 새끼 세 마리를 낳아서 잘 길러 왔습니다. 어미는 날마다 낮에는 새끼 세 형제를 나란히 눕혀놓고 밖에 나가서 무엇을 잡아먹고 돌아옵니다. 새끼들은 날마다 집을 지키고 있으면서 어미가 돌아오기만 기다리고 있었습니다. 하루는 아무리 기다려도 돌아오지 아니하여 날이 어둡고 이곳저곳에서 등불이 반짝반짝하도록 어미는 돌아오지 않았습니다. 그래서 세 형제는 마중을 나갔습니다. 가다가 멀리 어미가 옴을 보고 반기면서 뛰어가

"어머니, 어머니." 하고 가슴에 매달렸습니다. 어미는 배가 유리병같이 불룩해가지고

"너희는 아직 어린것들이 어찌하려고 예까지 왔니." 하면서 꾸짖었습니다. 어미는, 방 안에 들어 앉자마자 씰씰씰 숨을 가쁘게 쉬면서 드러누웠습니다. 새끼들은 걱정하는 얼굴빛으로

"어머니, 어데가 편찮습니까. 오늘은 어째서 이렇게 늦었습니까." 하고 물었습니다.

"오늘은 개구리를 한 놈도 잡지 못했다가 이제사 한 놈 잡느라고 이렇게 늦었단다."고 천천히 대답하였습니다. 그중에 좀 큰 맏새끼는

"어머니, 그 개구리란 것은 퍽 맛이 있어 보입디다. 내일부터는 우리도 좀 잡아다 주세요." 하였더니 어미는 눈을 흘기면서

"너희들은 아직 어려서 어른 것은 못 먹는다. 이따가 크거든 먹으려무나." 하고 당초에 먹어서 안될 것을 자세히 가르쳐주었습니다. 그 이튿날도 역시 어미는 밖에 나가고 빈집에는 세 형제가 집을 지키고 있었습니다. 형이 말하기를

"얘들아, 너희들은 어머니 혼자 날마다 먹는 개구리란 것이 먹고 싶지 않더냐. 오늘은 우리도 어머니를 몰래 개구리를 잡아먹으러 나가자." 하므로 다음 아우들은 좋아라고 따라 나갔습니다. 돌담 위로 수풀 속으로 한참 나가니 저편 물가에 조그마한 개구리 한 마리가 빼약빼약 울고 앉아 있는 것을 보았습니다. 기뻐 뛰면서 형은 맨 끝에 아우더러 혼자 가서 잘 잡아오라고 호령하였습니다. 어린 끝에 아우는 할 수 없이 겁이 나서 눈물이 그렁그렁하면서도 겨우 그까지 갔으나 개구리는 그만 팔딱 뛰어 달아나버리고 난데없는 까치 한 마리가 날아와서 번개같이 끝동생을 물고 가버렸습니다. 이쪽에서 보고 있던 형들은 깜짝 놀라 벌벌 떨면서 급히 집으로 달아왔습니다. 까치에 물려간 아우가 불쌍하여 울고울고 눈물이 마르도록 울다가도 어머니한테 꾸지람 들을 것을 생각하니 겁이 나서 못 견뎠습니다. 그래서 다음 동생에게 꼭 비밀을 지켜 어머니께 말하지 말라고 꾀었습니다. 날이 저무니 어머니는 돌아왔습니다. 끝에 새끼가 없는 것을 보고 깜짝 놀라면서

"그 애는 어데 갔느냐."고 물었습니다. 큰새끼는

"그 애는 아침에 개구리가 먹고 싶다 하면서 나가더니 아직도 돌아오지 않습니다." 하니 어미는 눈물을 닦으면서

"아하— 그만 죽은 게로구나. 너희들도 밖에 나가지 마라. 밖에서는

너희들을 잡아먹는 큰 짐승들이 많이 있느니라." 하고 이튿날은 다시 이런 일이 있을까 염려하여 광에 가서 개구리를 한 마리 갖다 주면서, 너희들은 아직 어려서 이런 것을 먹지는 못한다, 그러니 싸우지 말고 가지고 놀기나 하여라, 아무데도 나가지 말아라, 하고 나갔습니다. 새끼들은 기뻐 날뛰면서 문밖에 가지고 나가 풀잎 위에 얹어놓고 빙빙 돌면서 재미나게 춤을 추었습니다. 점심때가 늦도록 아무것도 모르고 춤만 추고 있었습니다. 형은 춤을 멈추고

"이애, 인제는 다리도 아프고 몸도 피곤하니 잠깐 쉬다가 이 느릅나무 끝까지 먼저 다녀오는 이가 이것을 독차지하기로 하자." 하고 개구리 다리를 주무르면서 침을 삼키고 말하였습니다. 아직 날래지 못한 아우는 할 수 없이 대답하였습니다. 발을 똑같이 모두어 밟고 형의 부르는 호령이

"하나 둘 셋." 하자 둘이는 서로 다투어 불이 나도록 느릅나무 위로 기어올라갔습니다. 아우는 땀을 팥죽같이 흘리면서

"이번은 내가 일등 하는 게다." 하고 하마나 형이 따라오지 않나 하여 밑을 내려다보니 같이 오던 형은 그림자도 없고 어디선지 캑캑캑 하는 소리가 자꾸 들렸습니다. 무엇인가 하고 살펴보니 나무 밑에서는 심술쟁이 형이 개구리를 먹다가 목에 걸려서 캑캑거리었습니다. 눈물이 그릉그릉하여가지고

"아이구 죽네, 아이구 죽네." 소리를 질러 울고 있었습니다.

"에! 시원하다. 나를 속이면 그렇다. 어머니 말씀을 아니 들으면 그렇다." 아우는 혼자 중얼거리며 나무 끝에서 춤을 추고 있었습니다.

부록

과학소설 『잃어버린 소년』 연재 시기 찾기 분투기 • 김이구

과학소설『잃어버린 소년』연재 시기 찾기 분투기

김이구

2012년 10월 2일~5일

'한낙원 과학소설 선집'을 엮고 있다. 현대문학사에서 내고 있는 '작고문인선집' 시리즈로 출간하기 위해서다.

10월 말까지 원고를 넘겨달라고 해서 입력 파일을 받아 원문 대조를 하고 있다.

『잃어버린 소년』이 언제 처음 발표되었나를 확인하고 있는데, 첩첩산중, 희비쌍곡선, 충격…… 쉽지 않다.

『잃어버린 소년』의 첫 발표 즉 연재 시기가 왜 중요한가?

최초의 본격 과학소설로 1965년『주간한국』추리소설 공모에 당선되어 1967년 출간되었다는 문윤성의『완전사회』를 꼽고 있다.

그런데『잃어버린 소년』은 작가 한낙원의 약력에는 1953년에《연합신문》에 연재한 것으로 되어 있다.『완전사회』보다 무려 12년 앞선다.

김이구
boslbi21@hanmail.net 어린이문학평론가. 1993년《경향신문》신춘문예에 문학평론 당선. 평론집으로『어린이 문학을 보는 시각』『해묵은 동시를 던져 버리자』, 동화집으로『궁금해서 못 참아』가 있음.

과학소설 연구서인 『과학소설이란 무엇인가』(대중문학연구회 편, 국학자료원 2000)에 글을 쓴 연구자들은 어린이문학, 청소년문학은 안중에 없이 과학소설을 다루고 있기 때문에 한낙원의 존재는 고려되지 않았다. 그런 차원에서는 『완전사회』를 최초의 본격 과학소설로 보게 될 것이다.

최초, 본격, 이런 용어의 개념 규정, 이런 식의 접근이 바람직한가? 여기에 나는 좀 회의적인 편이지만, 그래도 시초, 기원을 찾으려는 일은 늘 그런 필요성이 있기 때문에 행해지는 것이다. 어린이청소년문학을 공부하고 비평하는 내 입장에서는 당연히 어린이청소년문학까지 포함해 우리 과학소설의 흐름을 살피게 된다.

한낙원의 과학소설 창작이 문윤성보다 앞서고, 『잃어버린 소년』, 특히 『금성 탐험대』는 본격 장편 과학소설로서 손색이 없다. 『금성 탐험대』는 10대 후반 청년이 주인공인데 1962~64년 『학원』지에 연재되었고 이후 '학원명작선집'으로 간행되었다. (1957년 초판이 나온 것으로 1969년 간행 삼지사 판 판권에 기록되어 있는데, 1957년 판은 확인하지 못했다. 이에 대해서는 뒤에서 다루어야겠다.)

한낙원 작가가 타계하기 전에 연락을 드린 적이 있는데, 그때 작가가

『금성 탐험대』 연재 1회(『학원』 1962년 12월호)

보내준 약력에 『잃어버린 소년』은 1953년 《연합신문》에 연재하였다고 되어 있었다. 그리고 연재본을 스크랩해 복사한 자료도 받았다. 그래서 1953년 연재라고 철석같이 믿었다. A4 용지에 두 회분씩 복사된 자료에는 신문명과 발표 일자는 전혀 나와 있지 않았다. 『잃어버린 소년』을 1953년 《연합신문》에 연재했다는 것은 몇몇 책의 한낙원 작가 소개에도 실려 있기에 1953년에 발표되었다는 것을 나는 추호도 의심하지 않았다.

작가 연보와 작품 연보, 해설을 '작고문인선집' 발간 지원 신청을 하면서 작성해서 보냈었는데, 이를 보완해서 출판사에 넘기기 위해서 몇 가지 확인할 것이 있었다. 특히 『잃어버린 소년』의 연재 일자를 확인하는 것은 내게 매우 중요한 일이었다. 그래서 지난 10월 2일, 국립중앙도서관을 찾았다. 왜냐하면 《연합신문》을 열람할 수 있기 때문에.

『잃어버린 소년』 연재 일자를 확인하고, 『학원』지를 찾아 『금성 탐험대』 연재본을 복사하고 시간이 되면 다른 자료도 더 찾아볼 생각이었다. 3층 신문자료실에서 《연합신문》을 신청해 마이크로필름으로 열람을 시작하였다.

그런데 1953년치에 『잃어버린 소년』이 나오지 않았다. 무려 88회에 걸쳐 연재되었기 때문에 만일 연재되었다면 눈에 안 띌 리가 없었다. 허탈했다. 머리를 굴려보았다. 연도에 다소 착오가 있을 수도 있다. 1963년 배영사에서 단행본이 나왔으니 1962년쯤 연재되지 않았을까? 그러나 신문이 중단되었는지 《연합신문》 자료는 1960년까지밖에 없었다. 그래서 시기가 늦은 것부터 거슬러올라갈까 이른 시기부터 내려올까 하다가 1952~54년치에 이어 마이크로필름 3롤을 더 대출했다. 1955년 1월 23일부터는 '소년연합'이라는 별지 일요 부록이 함께 나왔다. 여기에는 강소천의 동화 「달 돋는 나라」가 연재되고 이원수의 「아동문학의 길」이 실리는 등 한국아동문학사에 굵직한 족적을 남긴 작가들의 글이 지면을 장식하고 있었다. 그래서 아하, 이 지면에 『잃어버린 소년』이 연재되었군, 하고 짐작하며 기대를 갖고 롤을 돌리며 신문을 검색해 나갔다.

그러나 없었다. '소년연합' 별지는 얼마 못 가 사라지고, '문화'란에 마해송의 동화 「영애」가 연재(1956. 7. 15.~?)되는 등 어린이문학 관련 글이 실리고 있었지만 『잃어버린 소년』은 나타나지 않았다. 연재본 상태는 사각 박스가 쳐 있고 매회 삽화가 가운데에 들어갔기 때문에, 롤을 어느 정도 빠른 속도로 돌리며 화면에서 우선 『잃어버린 소년』의 삽화 같은 것이 눈에 띄는지를 유심히 살폈다. 그러나 삽화가 눈에 띄는 것은 다른 연재소설에 들어간 것들이었다. 홍목춘(洪木春)의 「세검정」, 김광주(金光州)의 「괴로운 사람들」, 박노홍(朴魯洪)의 「무지개」 등, 그리고 최인욱(崔仁旭)의 「제3 행로」는 아주 오래 연재되고 있었다.

결국 오후 6시 도서관이 문닫는 시간이 되어 검색하기를 그쳤다. 1952년 1월치부터 1956년 9월치까지 4년치 이상을 검색했지만 찾지 못했다. 어찌된 일이지?

10월 3일날 다시 도서관에 가서 찾아보고자 했지만, 3일은 개천절 공휴일로 도서관이 쉬었다. 도서관은 일요일은 열지만, 법정 공휴일(공휴일인 일요일 포함)엔 열지 않는다고 한다. 공무원과 마찬가지로 쉬는가 보다. 국공립도서관 직원은 실제 공무원이고…….

『잃어버린 소년』 배영사 판(1963)

1953년 《연합신문》을 다시 꼼꼼히 뒤져봐야 하나? 그런데 수십 회 연재된 것이 눈에 안

띄었을 리 없다. 어찌된 걸까.

3일 저녁, 『잃어버린 소년』 원문 대조를 앞서 1, 2회분을 한 데에 이어서 원문 대조를 더 하려다가 우선 맞춤법, 띄어쓰기를 먼저 바로잡아 놓고 나서 대조를 하기로 했다. 그래서 죽 읽어가면서 맞춤법과 띄어쓰기를 위주로 파일을 수정하였다. 원문에 충실하게 실어서 간행할 계획이지만 표기법이 잘못된 것 등은 바로잡고 때때로 주석도 붙인다.

아침에 회사에 출근하고 일을 보면서 얼핏 머리에 떠오르는 것이 있었다. 의아했다. 어젯밤 작업할 때 원고에 1957년 소련 우주선 스푸트니크호가 발사된 사실이 언급된 것 같았다. 그렇다면 1953년에 연재된 것이 아닐 것이다. 아무리 선견지명이 있어도 1953년에 작품을 쓰면서 소련이 4년 후 스푸트니크호를 성공시킬 것을 예견할 수는 없으니까…….

오후에 세브란스병원에 예약한 것이 있어 4시 반경에 진료를 받고 6시부터 MRI를 찍히고 집에 왔다. 머릿속에 맴돌던 1957년 스푸트니크호……. 『잃어버린 소년』 입력 파일을 확인했다. 역시 있었다.

"1957년 말에 스푸트니크 인공위성이 지구 밖을 돌게 된 뒤 이 우주의 길은 처음으로 트이기 시작하였었다. 그 뒤 30여 년 동안에 우주의 길은 눈부시게 발달하였다."

주인공 중의 한 사람인 용이는 작품에 달에서 1972년 태어난 것으로 나오고, 나이는 열여섯이라고 하였다. 그러면 1988년 무렵이 작중의 시간적 배경이고 위 인용에서 언급한 것과 같이, 1957년에서 30여 년 지난 시점인 것이다.

1953년 신문에서 연재를 확인하지 못한 것은 연도가 틀렸기 때문이다. 1953년은 아니다. 쌓아둔 한낙원 작품집들을 뒤져보았다. 『우주 항로』 『인조인간 피에로』 『마라 3호』……. 그런데 작가 소개에 '1953년 『잃어버린 소년』 연재'라고는 나와 있지 않았다. 웅진출판에서 나온 『풀안경』(한국아동문학대표작선집 12, 1991, 6판)의 한낙원 약력! 여기에는 "1953년 《연합신문》을 통해 공상 과학 소설 『잃어버린 소년』으로 문단에 나옴"(172쪽), 이렇게 뚜렷이 적혀 있다.

1953년 《연합신문》 연재가 작가의 착오에 의한 기록인지, 아니면 작가의 의도적인 발표 연도 앞당기기인지는 알 수 없다. 보통 착오라면 1, 2년 정도 차이나지 않을까. 이런 착오는 다른 작가들의 경우에서도 종종 발견된다. 1953년이 아니라면 언제? 그때 이재철의 『세계아동문학사전(世界兒童文學事典)』(계몽사, 1989)에서 한낙원 항목을 복사해둔 자료가 생각났다.

자료를 확인해 보니 "1962년 《연합신문》에 공상 과학소설 '잃어버린 소년' 등을 연재 발표함으로써 문단에 데뷔"(395쪽)라고 되어 있다. 이것을 내가 얼마 전 읽었는데……. 아하, 1962년 연재네. 그런데?

국립중앙도서관 자료실엔 1962년 신문이 없는데……. 1960년까지밖에 없었는데? 수집하던 신문을 이유없이 중단하진 않았을 텐데……. 웬일? 1962년 연재, 이것도 믿을 만하지 않네.

인터넷으로 《연합신문》에 대한 정보를 검색했다. 이 신문이 언제까지 나오다 없어졌지?

> 1949년 1월 22일 양우정이 창간했다. 이 신문은 1953년 국제간첩단사건으로 주필 정국은이 군사재판에 회부되어 사형을 당하고 발행인이었던 양우정도 체포되어 실형을 선고받음으로써 신문 발행이 불가능해졌다. 이후 1954년 3월에 부사장이었던 김성곤에게 인수되어 계속 발행되었는데, 논설보다는 기사 위주로 된 편집체제와 적극적인 가두판매 방식으로 대중적인 인기를 모으기도 했다. 특히 1959년 6월 17일에는 이 신문에서 8 · 15해방 이후 처음으로 기자노동조합이 결성되기도 했다. 이 신문은 4 · 19혁명 이후인 1960년 7월 11일자부터 '서울일일신문'으로 제호가 바뀌어 발행되다가 1962년 1월 1일 자진폐간했다.
>
> (DAUM 백과사전 브리태니커 설명)

1962년에는 《연합신문》 자체가 없어졌다. 그렇다면 『세계아동문학사전』의 기록도 오류다!

《연합신문》에 연재된 것이 사실이라면 내가 아직 뒤져보지 못한 1956년 10월~1960년도의 자료에서 나올 것이다. 그런데 《연합신문》이 아니라면? 『가톨릭 소년』이나 다른 잡지는 혹 아닐까. 그렇다면 《연합신문》은 왜 등장한 걸까?

어째서 출판물들에 1953년 《연합신문》에 『잃어버린 소년』을 연재하며 등단한 것으로 나올까?

작가는 왜 스스로 작성한 약력에 1953년 《연합신문》 연재라고 하였을까?

『세계아동문학사전』은 무엇을 근거로 1962년 《연합신문》 연재라고 기록했을까?

1963년 배영사에서 단행본으로 『잃어버린 소년』이 나온 것은 기록이 모두 일치하고 사실과 부합한다. 배영사 간행의 『잃어버린 소년』의 실물은 국립어린이청소년도서관에 소장되어 있고, 이를 내가 직접 확인했다.

실물을 직접 확인하기 전에는 출판물이나 작가 자신의 기록, 증언도 믿을 게 못 된다. 『잃어버린 소년』의 연재 문제는 확실히 이러한 경우다. (그런데 이 글을 쓰고 나서 확인해 보니 작가가 보내준 약력에는 연재 연도가 없었다. 이런! 연도도 적혀 있다고 생각한 것은 나의 착각이었다.)

『금성 탐험대』의 경우 1957년 소년세계사에서 처음 나온 것으로 작가가 작성해준 약력에 나와 있고, 내가 갖고 있는 『금성 탐험대』 책(삼지사, 1969)에도 1957년 초판 발행 사실이 판권에 뚜렷이 나와 있다. 그런데 이 초판의 실물은 아직 확인하지 못했다.

국립중앙도서관에서 『학원』지를 검색하니, 목차 자료까지 있는데 『금성 탐험대』가 1962년 12월부터 1964년 9월까지 연재되었다. 1957년 단행본으로 나온 작품을 5년 뒤인 1962년에 연재한다? 상식적으로 이해가 되지 않는 일이다.

내가 갖고 있는 것은 삼지사 판 1969년 간행…….

이왕 쓰는 김에 『금성 탐험대』 판본에 대해서도 쓰는 데까지 써보자.

삼지사 판 판권에는 이렇게 나와 있다.

> 한국소년소녀명작선집 금성 탐험대
>
> 1957년 12월 25일 초판 발행
>
> 1962년 4월 5일 6판 발행
>
> 1964년 2월 15일 8판 발행
>
> 1969년 7월 10일 10판 발행
>
> (…)
>
> 발행처 삼지사

『금성 탐험대』 삼지사 판(왼쪽)과 1977년에 나온 아리랑사 판(오른쪽, 고장원 '사이언스타임스' 글에서)

이때 책값은 200원이었다. 여기서 판이란 실상은 쇄(刷)에 해당할 것이다. 연재와 단행본 사이의 미스터리는 아직 풀지 못했다.

위 판권에 따르면 연재 5년 전에 단행본으로 나와 6판까지 찍은 내용을 다시 잡지에 연재했다고 보아야 하니, 의아하다.

한낙원 작가의 따님 한애경 교수(한국기술교육대학교 교양학부 교수, 영문학)가 제공해준 자료로 1967년 학원사 판 『금성 탐험대』가 있다. 여기 판권에는 "1967년 7월 10일 발행"으로만 기록되어 있을 뿐이다. 1969년 삼지사 판은 이 학원사 판을 그대로 찍은 것이다. 책의 사이즈만 조금 작을 뿐이고 삽화와 판면이 완전히 같다.

소년세계사 판도 갖고 있다고 해서 이를 보내달라고 부탁해서 받아 갖고 있다. 그런데 1957년 판이려니 기대했는데 그게 아니었다. 출판사만 소년세계사로 되어 있을 뿐이고, 삼지사 판과 완전히 같다. 속표지에는 '한국소년소녀명작선집 과학소설 금성 탐험대'라고 되어 있고 판권에는 다음과 같이 나와 있다.

> 금성 탐험대
> 1957년 12월 25일 초판 발행
> 1971년 1월 20일 중판
> (…)
> 도서출판 소년세계사

값은 300원이다. 그러니까 출판사 이름은 세 가지이지만 이름만 바뀐 것이지 새로 판을 짰다든가 수정이나 개정이 된 것은 없다. 1967년 학원사 판 한 가지의 복제다.

현재까지 확인한 도서관은 국립중앙도서관 및 국립어린이청소년도서관, 춘천교대도서관, 경희대도서관(사계아동문학문고)인데 여기에도 1957

년 초판본 『금성 탐험대』는 없다. 1957년 판의 정체가 궁금하다.

어쨌든 『잃어버린 소년』의 연재 시기가 1953년이 아니고, 1957년판 『금성 탐험대』가 확인되지 않았지만 그래도 두 작품은 『완전사회』보다 발표 시기가 앞선다. 『완전사회』는 1965년에 『주간한국』 추리소설 공모에 당선했다는데, 연재로 작품이 발표되었는지 여부는 확인하지 못했다. 『과학소설이란 무엇인가』에 실린 이정옥의 논문 『완전사회』론은 1967년 출간된 단행본(수도문화사)을 연구 대상으로 했다고 한다. 그런데 같은 책에 실린 김재국의 논문에서는 1965년 수도문화사 간행 단행본을 인용하고 있으니, 1965년 처음 단행본이 간행된 것이 맞는지 1967년이 맞는지 확인이 필요하다.

기초적인 연구의 부실, 기본적인 기록의 불철저, 오류. 나를 많이 헤매게 만든다.

몇 년 전에 원종찬이 마해송 작품 「바위나리와 아기별」의 첫 발표 연도와 지면에 대한, 작가 자신의 기록을 비롯한 기존 기록의 오류를 정확히 짚어 밝힌 적이 있다. 『잃어버린 소년』의 발표 연도와 한낙원의 등단에 대해서도 오류들을 바로잡아주어야 할 상황이다.

2012년 10월 7일 일요일

쾌재! 드디어 찾았다!

《연합신문》을 1960년치에서부터 거슬로올라가 찾는 중에 두 번째 마이크로필름 롤을 기계에 걸었는데, 『잃어버린 소년』이 확 눈에 들어온다. 짜르르르 몸에 전율이 흐른다. 1960년 1월 1일자, '어린이연합' 면, 『잃어버린 소년』 10회 분이다. 서초동 국립중앙도서관 신문자료실,

이주일의 문제 제50회

우리들의 상다기

어린이연합

정성의 위문품 4상자

홍인학교 어린이들이 모아

명랑만화 깔끔이 김경언

제49회 문제해답

과학모험소설 잃어버린 소년

한낙원 지음 신동헌 그림

힘센 삼손의 활약

『잃어버린 소년』 연재 1회(《연합신문》 1959. 12. 20.)

2012년 10월 7일 일요일 오후 5시경.

지금 다시 살펴보니 '어린이연합'이라는 제호가 왼쪽 상단에 있고 오른쪽 상단에는 김경언의 '명랑만화 깔끔이'가 실려 있는데, 바로 그 아래에 박스 편집으로 '과학 모험 소설 잃어버린 소년' 10회 분이 실려 있다. 어린이 면이라 다른 기사들은 모두 가로짜기인데, 『잃어버린 소년』만은 세로짜기로 박스 속에 편집되어 있다. 가운데에는 신동헌의 펜화인 듯한 삽화가 자리잡고 있다.

4월 7일자 '끝'이 적힌 마지막회까지 확인하고 중간중간, 그리고 끝부분 몇 회를 프린트했다. 필름 판독기의 오른쪽 다이얼을 좌우로 돌리면 필름이 풀리거나 감긴다. 원하는 날짜를 찾아 확대하거나 크기를 맞추고, 용지 사이즈에 맞게 다이얼로 위치를 조정한 뒤에 농도를 맞춰 프린트 버튼을 누른다. 초점이 안 맞으면 자동 초점 버튼을 누르고, 농도가 안 맞으면 농도를 올리거나 낮춘다.

이런 작업을 해서 프린트를 하고, 새 롤을 걸어서 연재가 시작된 부분을 확인했다. 1959년 12월 12일자와 19일자에 연재 예고가 나가고, 20일자부터 연재가 시작되었다.

새 연재는 과학모험소설
한낙원 지음 잃어버린 소년
오는 20일부터 싣는다

이렇게 해서 『잃어버린 소년』이 언제부터 언제까지 연재됐는지 밝혀졌다. 총 88회. 4월 6일자에 88회로 표시돼 있고, 4월 7일자에 '끝' 회로 적혀 있지만, 중간에 숫자가 착오가 있어 89회가 아니고 88회 연재되었다. 1959년 12월 20일부터 1960년 4월 7일까지 《연합신문》에 연재. 웅진출판의 『풀안경』에 실린 약력처럼 1953년 연재도 아니요, 이재철 선생이 『세계아동문학사전』에 적은 1962년도 아니다.

새연재는 과학모험소설
한낙원 지음
잃어버린 소년
오는 20일부터 싣는다
작가의 말
한 낙 원
화가의 말

『잃어버린 소년』 연재 예고

전날(10월 6일 토요일) 한애경 교수를 만나 한낙원 선생 자신이 기록한 이력서와 한국문화예술진흥원에 제출한 '한국문화예술인카드' 기록 등 귀중한 자료를 받았다. 한교수가 챙겨온 한낙원 작가 사진들에서 작고문인선집에 화보로 수록할 것들을 고르고 육필 원고도 보았다. 라디오 방송극 원고를 몇 편 보여주었는데, 출판되어 나온 것은 보존된 원고가 거의 없고 방송극 원고는 좀더 보존돼 있다고 하였다.

그리고 오늘(7일) 오전부터 역삼동 국립어린이청소년도서관에 가서 『잃어버린 소년』 등을 다시 대출해 디지털카메라로 촬영을 했다. 3시경에 국립중앙도서관으로 이동해서 『학원』지와 《연합신문》을 대출 신청했다.

연속간행물실에서 『학원』지 마이크로필름 롤 3개를 받아 신문자료실 구석에 있는 마이크로필름실에서 『학원』지를 열람했다. 도서관 검색 페이지에서 목차를 확인했던 대로 『금성 탐험대』는 1962년 12월부터 연재가 시작되어 1964년 9월에 22회로 마무리되었다. 첫회와 끝 회분을 주로 프린트하고 《연합신문》 필름을 판독기에 걸었다.

이번엔 지난번과 달리 거슬러올라가며 찾아보기로 해 가장 늦은 시기인 1960년 6월~9월 치가 수록된 롤을 먼저 걸었다. 정말 나올까? 《연합신문》에 실린 것이 아니라면? 이런 불안감이 엄습했다. 1957년 치부터 찾는 것이 현명한 방법이 아닐까, 그런 의혹도 들었는데 스푸트니크호 발사 직후라면 작품에서 스푸트니크호를 언급할 때 다소 흥분된 어조로 언급했을 것 같아 57년에서는 어느 정도 거리가 있을 것 같기도 했다. 첫번째 롤을 모두 돌려보았지만 『잃어버린 소년』은 없었다. 그래서 1960년 1월~5월 치 롤을 걸고 돌렸을 때, 드디어 『잃어버린 소년』이 모습을 드러냈던 것이다. 문윤성의 『완전사회』의 공모 당선을 확인하고자 『주간한국』도 열람코자 하였으나 자료 보수중이라서 대출이 되지 않았다.

한국문화예술진흥원의 '한국문화예술인카드' 양식에 한낙원 선생 자신이 직접 작성한 '문화예술활동 및 창작활동 실적'은 이렇게 되어 있다. 1953년 해외 방송극「자유인」 등 다수 번역 각색 소개, 1955년「100년 후의 월세계」 등 연속 과학 방송극 집필, 1955년 어린이 잡지, 신문 등에 공상 과학 소설 다수 발표 등으로 1953년부터 문학활동을 시작한 것으로 기록하였다.

『잃어버린 소년』과 『금성 탐험대』에 대해서는

> 1963년 12월 『잃어버린 소년』(연합신문에 연재분) 단행본으로 발행(배영사간)
>
> 1968년 7월 『금성 탐험대』(학원지 연재분) 학원사에서 발행(마을문고로 선정)

이렇게 적었고, 제일 아래쪽에 있는 '참고사항'란에는 활동 분야와 등단 상황을 기록했다.

> ……
>
> 확정된 분야: 과학소설
>
> 데뷰년월일: 1953
>
> 데뷰작품 및 활동명: 방송극「자유인」
>
> 『금성 탐험대』
>
> 발표처(지): KBS, 학원지

이 기록은, 경력사항란에 마지막으로 적힌 내용이 "75년 3월~77년 7월 재단법인 백병원 기획실장"인 것으로 보아 1977년 7월에 작성했다고 보아야겠다. 백병원 근무는 이후 80년대까지 이어진다. 이를 보면 한낙원 선생은 외국 방송극을 각색해 소개하기 시작한 1953년을 자신의 등단 연도로 삼았고, 등단 작품으로는 방송극 외에 『잃어버린 소년』이 아닌 『금성 탐험대』를 꼽았다. 문화예술인카드의 기록에는 『금성 탐험대』의 '1957년 12월 25일 초판 발행' 사실이 적혀 있지 않으니, 이에 대한 의문은 여전히 유효하다.

〔붙임〕

『잃어버린 소년』은 1963년 배영사에서 단행본으로 나온 후 1992년 '정원'에서, 1994년 '문화교육개발'에서 『특명, 지구 대폭발 구출 작전』으로 개제해 재간행되었다. 1996년에는 '정원'에서 다시 『미래 소년 삼총사』라는 제목으로 간행되었다. 과학소설은 특성상 금방 낡은 작품이 될 수 있는데, 1950년대 말 60년대 초에 발표된 작품이 30여 년 뒤에까지 지속적으로 간행되었으니 상당한 생명력을 지닌 작품이다. 과학소설에 대한 무관심으로 문단이나 학계의 정당한 평가와 주목을 받지 못했는데, 『금성 탐험대』 등과 더불어 앞으로 제대로 조명하고 문학사적 자리매김도 적극적으로 시도해야 할 우리 문학의 자산이다.

원문 출처

제1부 한국아동문학사의 오류와 해명

염희경, 소파 방정환과 사회주의: 『아침햇살』 22호, 2000년 여름호.

원종찬, 아동문학사의 잘못된 연표—「바위나리와 아기별」의 서지사항을 중심으로: 『아동청소년문학연구』 2호, 2008.

류덕제, 『별나라』와 계급주의 아동문학의 의미: 『국어교육연구』 46집, 2010.

김찬곤, 김영일의 '자유시론'과 '아동자유시집' 『다람쥐』: 『아동청소년문학연구』 10호, 2012.

조은숙, 어두운 기억의 소환—이원수의 친일 아동문학과 작가론 구성 논리에 대한 재검토: 『우리어문연구』 40집, 2011.

김영순, 「황소와 도깨비」는 이상의 창작인가: 『창비어린이』, 2003년 겨울호.

박금숙, 두 작가를 동일시한 문학사적 오류: (박금숙. 홍창수) 「두 작가를 동일인물로 혼동한 문학사적 오류」, 『한국아동문학연구』, 2013.

제2부 자료 발굴과 재조명

박태일, 1930년대 한국 계급주의 소년소설과 『소년소설육인집』: 『현대문학이론연구』 49집, 2012.; 『소년소설육인집』, 경진, 2013.

박경수, 계급주의 동시 이해의 밑거름—프롤레타리아동요집 『불별』에 대하여: 『지역문학연구』 8집, 2003.

김제곤, 윤석중 작품에 나타난 부성콤플렉스: 『아동청소년문학연구』 11호, 2012.

정진헌, 일제 강점기 동화시 연구: 『아동청소년문학연구』 14호, 2014.

김경연, 조끼 입은 토끼를 따라 간 아이—주요섭, 『웅철이의 모험』: 『열린어린이』, 2003년 6월호.

김이구, 소년에 대한 기대가 넘치는 '작은 어른' 서사—손창섭 소년소설 『싸우는 아이』: 『어린이문학』, 2001년 9월호.; 『어린이문학을 보는 시각』, 창비, 2005.

오진원, 이주홍 연표의 비어 있는 기간을 찾아서: 『어린이와문학』, 2011년 10월호.

나까무라 오사무(仲村 修), 발굴자료 이주홍의 「배암새끼의 무도」: 『창비어린이』, 2003년 여름호.

부록

김이구, 과학소설 『잃어버린 소년』 연재 시기 찾기 분투기: 『어린이책이야기』 20호, 2012년 겨울호.

찾아보기